Falaysia

Fremde Welt

Band 7

Ina Linger

Falaysia

Fremde Welt

Band VII: Locvantos

Impressum
Copyright: © 2016 Ina Linger
Einbandgestaltung: Ina Linger
Fotos: Shutterstock
Titelschriften: Roger White and Bolt Cutter Design
Lektorat: Faina Jedlin
Co-Lektorat: Christina Bouchard
Druck und Verlag: Create Space.com
ISBN-13: 978-1532986383
ISBN-10: 1532986386

Für all meine lieben Leser, die mir und dieser Geschichte bis zum Ende treu geblieben sind.

Prolog

Sie kamen. Er konnte es fühlen, bald auch schon hören. Das Wispern. Die Schritte auf steinigem Grund. Auch wenn sie sich die größte Mühe gaben, keine Geräusche zu verursachen – einem geschulten Gehör wie dem seinen entging nichts. Schon gar nicht in dem Zustand der Anspannung und Angst, in dem er sich seit Stunden befand. Er hatte in der Nacht kaum schlafen können und es war ihm unmöglich gewesen, etwas zu sich zu nehmen. Jetzt bereute er es, gab sein Magen doch immer wieder ein verräterisches, viel zu lautes Gurgeln von sich, das ihn, wenn er Pech hatte, vielleicht sogar das Leben kosten konnte.

Mit Bedacht kletterte er den steilen Hang hinauf, versteckt hinter scharfkantigen Felsen und knorrigen Büschen, deren Wurzeln sich tapfer in den harten Untergrund gegraben hatten; weiter bergauf, obwohl er doch eigentlich hinunter in den Wald wollte, wo ihn niemand mehr finden konnte. Der Weg dorthin war blockiert, so als wüssten sie um ihre Chancenlosigkeit ihn zu finden, sobald die Natur ihn erst einmal verschluckt hatte. Sie kreisten ihn langsam ein, ohne genau zu wissen, wo er war, und die einzige Fluchtmöglichkeit, die noch blieb, war die nach oben. Jedoch nicht in Richtung der rettenden Höhle, denn auch diesen Weg hatten sie ihm bereits abgeschnitten.

Die Angst, die schon die ganze Zeit sein Denken zu behindern versuchte, wallte wieder stärker in ihm auf, als er ein verdächtiges Geräusch von schräg über ihm wahrnahm, doch er gab diesem Gefühl nicht nach, zuckte weder zusammen noch verfiel er in Panik. Stattdessen schob er sich rasch in die Felsspalte, die sich neben ihm aufgetan hatte, zog Arme und Beine an seinen Körper und bemühte sich darum, sein Atmen nicht hörbar werden zu lassen.

Das Poltern seines Herzens schien glücklicherweise nur er selbst wahrzunehmen, denn der Quavi, der kaum eine Minute später schräg an seinem Versteck vorbeikletterte, bemerkte ihn nicht. Zu sehr war er darauf bedacht, in diesem gefährlichen Gelände keinen falschen Schritt zu tun, denn das konnte ihn nur allzu leicht das Leben kosten. Einen Sturz aus dieser Höhe überlebte niemand.

Erst als das angestrengte Keuchen des Mannes und auch alle anderen von ihm verursachten Geräusche gänzlich verklungen waren, wagte es Ma'harik wieder selbst tief Luft zu holen und sich aus seinem Versteck zu lösen. Er sah die steile Felswand hinauf zu einer Einbuchtung in der harten Wand, die er vor einigen Wochen entdeckt hatte. Nach einem leichten Beben vor ein paar Monaten hatte sich dort durch eine Lawine ein tiefer, tunnelartiger Riss im Berg ergeben, durch den man, wenn man klein und schmal genug war, an einem Punkt ins alte Höhlensystem Kesharus gelangen konnte. Ma'harik hatte zwar das Tal und sein Leben dort heute hinter sich lassen wollen, doch augenblicklich war das kleine Paradies seine einzige Rettung. Wenn er dort noch für längere Zeit leben musste, bis die Quavis sich beruhigt hatten, dann war es eben so und immer noch besser als zu sterben.

Ein starkes Ziehen und Kribbeln in den Schläfen erinnerte ihn daran, dass er nicht ganz so allein war, wie er sich fühlte. Die Kontaktsuche kam jedoch ausgesprochen ungelegen und er stieß die nach ihm tastende Energie vehement zurück.

‚Jetzt nicht!', sandte er hinaus in den Äther und das Kribbeln verschwand. Wenn er die nächsten Stunden überleben wollte, durfte er sich von niemandem ablenken lassen – auch nicht von Demeon, so gut er es auch mit ihm zu meinen schien.

Ma'harik zog die Schnürung seines Gepäcks noch fester, so dass es ganz eng an seinem Rücken anlag und kletterte endlich weiter, hoch konzentriert und auf jeden Schritt, jeden Griff bedacht. Auf diese Weise bewegte er sich Stück für Stück den Hang hinauf, kam seinem Ziel rasch näher. In dem Wissen, dass er nun besonders vorsichtig sein musste, wurde er erneut langsamer, wenngleich er die Quavis schon wieder deutlicher vernehmen konnte. Sie riefen sich etwas zu, doch da sie nicht aufgeregt klangen, hatten sie ihn wohl noch immer nicht entdeckt. Er selbst konnte es nicht riskieren, ins Rutschen zu geraten oder versehentlich Steine aus der Wand zu lösen, die seine Verfolger mit ihrem Poltern auf ihn aufmerksam machen würden.

Das Bergmassiv war kurz vor der Ausbuchtung noch nicht ganz so gefestigt wie in den übrigen Bereichen, die man erklettern konnte, und Nefian hatte ihm verboten, jemals wieder dorthin zu gehen. Doch sein Lehrmeister war tot und wenn Ma'harik ihm nicht ins Jenseits folgen wollte, hatte er keine andere Wahl, als es zu riskieren.

Der nächste Stein, den er berührte, tat genau das, wovor er sich gefürchtet hatte: Er löste sich aus dem Felsen. Geistesgegenwärtig hielt der Junge ihn fest und drückte sich gegen die Wand, sodass nur ein paar kleinere Kiesel den Abhang hinunter rieselten. Unwahrscheinlich, dass die Quavis das wahrnahmen. Ein paar Sekunden lang verharrte Ma'harik in dieser Position, versuchte dabei seinen Herzschlag zu drosseln und neuen Mut zu sammeln.

Nur noch ein kleines Stück. Komm schon – du schaffst das!

Er verlagerte sein Gewicht und schob den Stein über ihm in eine Lücke, drückte ihn dort, so gut es ging, hinein, um dann nach der nächsten Felskante zu tasten, noch bedächtiger als zuvor. Dieses Mal hatte er Glück. Sie war zwar relativ scharfkantig aber stabil – so wie auch der Felsbrocken, den er mit dem linken Fuß ertastete. Seine Arme zitterten unter der Last seines eigenen Gewichtes, während er sich das letzte Stück zur rettenden Felsspalte empor hievte, und er biss sich fest auf die Unterlippe, um nicht aufzustöhnen, als seine Hüfte dabei über eine scharfe Kante schrammte. Der Schmerz war groß und als er endlich schnaufend und keuchend in der Felsspalte lag, bemerkte er, dass nicht nur die Hose an dieser Stelle zerrissen war, sondern er in der Tat blutete. Hoffentlich hatte er damit keine Spur auf der Felswand hinterlassen, denn die Quavis kamen hörbar näher.

Ma'harik zog rasch die Beine ein und bewegte sich nun auf allen Vieren vorwärts, tiefer in die kleine Höhle hinein. Diese verlief in zwei Richtungen: einmal in einer Art Tunnel weiter nach oben, zu einem kleinen ‚Ausguck' und einmal ein Stück weit hinab, um dann durch ein Loch direkt in das Höhlensystem Kesharus zu führen. Die Dunkelheit im Inneren des schmalen Ganges machte es schwer, den Durchbruch mit bloßem Auge zu entdecken und so begann Ma'harik, als er meinte, angekommen zu sein, die steinerne Wand abzutasten.

Rundherum nur Felsen. Er hielt inne und schluckte schwer, konnte nicht vermeiden, dass sich sein Puls wieder beschleunigte und seine Gedärme verknoteten. Das konnte doch nicht sein – *durfte* nicht sein! Felsen, Felsen und nochmals Felsen. Einer direkt vor ihm war größer und runder als die anderen, so als gehöre er nicht an diese Stelle. Als hätte man ... Der Quavi! Dem Jungen stockte für einen Augenblick der Atem. Sie hatten von dem Durchgang gewusst! Jemand hatte ihnen davon erzählt, jemand der auch schon einmal hier gewesen war, mit ihm zusammen.

Die Enttäuschung, die ihn überkam, war groß, doch nicht so groß wie die Panik, die zeitgleich in ihm aufwallte. Seine Finger glitten erneut über den Felsen, ertasteten die Ränder, versuchten in die Lücke zwischen dem Gesteinsbrocken und der harten, unebenen Wand zu gelangen, doch da war kein Platz, keine Möglichkeit das Ungetüm zu bewegen.

Ma'harik unterdrückte ein Schluchzen, presste beide Hände gegen den Felsen und drückte, setzte seine ganze Kraft und sein volles Körpergewicht ein, um den Brocken durch den Eingang zu pressen, doch nichts tat sich. Seine Augen flogen panisch zum Eingang hinüber. Wenn die Quavis wussten, dass es diesen Durchgang gab und er eventuell dorthin fliehen würde, würde es gewiss nicht mehr lange dauern, bis sie hierher zurückkehrten. Aber was sollte er tun? Raus aus der Höhle konnte er nicht, denn dann lief er ihnen zwangsläufig in die Arme. Der andere Tunnel führte nur auf den ‚Ausguck' und auch von dort aus gab es kein Entrinnen, denn die Felswände waren so steil, dass es unmöglich war, daran hinunter zu klettern. Dann konnte er sich auch gleich in die Tiefe stürzen. Es gab nur noch eine Möglichkeit – und ganz gleich, wie gefährlich es für ihn war, allein zu zaubern, es war immer noch besser, als zu sterben.

Ma'harik versuchte wieder Ruhe in sein Inneres zu bringen, sich zu entspannen, ruhig und tief zu atmen. Er konnte das, konnte den Felsen vor ihm zu Staub zerfallen lassen. Ganz bestimmt. Er durfte sich nur nicht aufregen, nicht die Kontrolle verlieren. Sein Puls regulierte sich und langsam breitete sich Ruhe in seinem Inneren aus, sodass er es wagte, seinen Geist für die Umwelt zu öffnen, seine Energien fließen zu lassen.

Ein starkes Kribbeln in seinen Schläfen erinnerte ihn daran, dass noch jemand anderes darauf gewartet hatte, dass er sich wieder öffnete. Ihn abzuwehren war nicht mehr möglich und eigentlich wollte er es auch nicht. Es fühlte sich gut an, nicht mehr allein zu sein.

‚Was willst du tun?', war Demeons erste mentale Frage, nachdem der Zauberer spürbar auf die Bilder der letzten Minuten zurückgegriffen hatte.

‚Den Stein zersetzen', gab der Junge wahrheitsgetreu zurück.

‚Nein, nein, das solltest du nicht – das ist ein viel zu großer Zauber', mahnte Demeon ihn. ‚Das schaffst du nicht allein, ohne dich selbst zu gefährden! Wo ist das Amulett?'

Ma'harik blinzelte verwirrt. Wovon sprach der Mann?

‚Als Nefian starb, da hat er dir etwas gegeben', erinnerte der andere ihn. ‚Das konnte ich doch bei unserem letzten Kontakt sehen. Ein Beutel, in dem ein Amulett versteckt ist.'

Die noch so schmerzlichen Erinnerungen kamen zurück, brachten jene Trauer und Verzweiflung mit sich, die Ma'harik bisher tapfer verdrängt hatte. Nefian, der die Hände um die seinen legte ... das Amulett in ihrer Mitte ... die Wärme, die es ausströmte ... Sein mattes Lächeln. Er hatte doch versprochen, dass er ihn nicht verlassen und auf ihn aufpassen würde.

Ma'harik schloss die Augen, presste die Lippen zusammen und rang um seine Beherrschung. Nicht auch noch das! Zu Heulen half ihm ganz bestimmt nicht weiter.

‚Wo hast du es?', drängte Demeon weiter. ‚Du musst es rausholen und um deinen Hals hängen, dann wird alles gut!'

‚Was?' Seine Gedärme zogen sich schon wieder zusammen und zu seinen anderen belastenden Emotionen gesellte sich etwas sehr Unangenehmes, das er noch nicht ganz verstand.

‚Der Stein, den das Amulett einfasst, ist magisch. Er wird dich beschützen – vor deinen eigenen Kräften und deinen Feinden. Vertrau mir!'

Ganz automatisch wanderte Ma'hariks Hand zu seiner Brust, tastete nach dem Beutel, den er unter seinem Hemd verstaut hatte. Da war er, weiter vorn, als er gedacht hatte. Er musste während seiner Kletterei verrutscht sein, aber er konnte ihn jetzt nicht herausholen und sich um den Hals hängen. Dinge am Hals zu haben, wenn man kletterte, war viel zu gefährlich.

‚Warum hat er es dann nicht schon die ganze Zeit getan?', wollte Ma'harik wissen und schob den Beutel wieder tiefer in sein Hemd, nicht gewillt, der Aufforderung seines ehemaligen Lehrmeisters nachzukommen. Er sah wieder ängstlich zum Eingang der Höhle hinüber. Noch war von dort nichts zu hören. Vielleicht hatte er Glück und der Quavi, der den Durchgang versperrt hatte, hatte seinen Kameraden berichtet, dass er nicht hier oben war. Dann hatte er noch etwas Zeit.

‚Weil wahrscheinlich auch der Beutel mit einem Zauber belegt wurde', erklärte Demeon ungeduldig. Seine Energie leuchtete in einem hellen Rot – ein sicheres Zeichen dafür, dass er sehr aufgeregt war. ‚Vermutlich ist er zu einem Hiklet gemacht worden, der jegliche Magie blockiert. Du musst ihn da rausnehmen. Dann wird alles gut.'

‚Das habe ich schon und nichts ist passiert.'

Das Erstaunen des Magiers war für ihn deutlich spürbar. ‚Wann?'

‚Als Nefian ihn mir gegeben hat.'

‚Das sagt noch nichts aus.'

‚Wenn er magische Kräfte hat, warum hat er dann Nefian nicht beschützt?'

‚Weil er nur auf spezielle Menschen reagiert. Nicht jeder kann die Kräfte Cardasols benutzen.'

Ma'harik hielt den Atmen an. ‚Cardasol? Es ist das *Herz der Sonne*?!'

‚Ein kleiner Teil davon', schränkte Demeon seine Aussage ein. ‚Hör zu: Es ist sehr wichtig, dass du diesen Schatz in Sicherheit bringst. Er darf niemand anderem in die Hände fallen. Wenn du eine Verbindung mit dem Amulett eingehst, wird es dir helfen zu entkommen. Mit ihm steht dir eine ganz neue, bessere Zukunft offen.'

Der Junge schüttelte den Kopf und begann instinktiv Demeon erneut aus seinem Geist zu drängen. Das alles war ihm zu unheimlich und die Forderung des Zauberers ... Nefian hatte ihn vor Magiern gewarnt, die nach den Bruchstücken Cardasols suchten, das Herz wieder zusammensetzen wollte. Er hatte sie als machtgierig und gefährlich bezeichnet, als Menschen, die über Leichen gingen, um ihr

Ziel zu erreichen. Demeon durfte keiner von ihnen sein! Er musste aufhören, ihn weiter zu bedrängen, ihn damit in Ruhe lassen.

‚Ma'harik!', dröhnte es in seinem Kopf und die Energie des Zauberers flammte wieder stärker auf, hielt an der Verbindung zu ihm fest. ‚Was soll das?'

‚Ich kann jetzt nicht weiter den Kontakt halten', wehrte sich der Junge gegen den Zugriff. ‚Ich muss jetzt den Durchgang öffnen und brauche all meine Kraft!'

‚Und was willst du danach tun? Dich für immer und ewig im Tal verstecken? Die Quavis werden Wachen vor dem Ausgang stationieren. Du wirst nicht mehr an ihnen vorbei kommen, wenn du erst wieder im Tal bist! Du bist dann dort auf ewig gefangen!'

‚Was soll ich denn sonst tun?!', entfuhr es Ma'harik aufgebracht. ‚Mich von ihnen töten lassen?'

‚Nein!' Echtes Entsetzen flammte in Demeon auf, doch er hatte sich schnell wieder im Griff. ‚Du musst Kesharu verlassen und zu Alentara fliehen, wie ich es dir schon gestern geraten habe! Nefian wollte das so – er hatte bereits Kontakt zu dieser Königin aufgenommen, als er bemerkte, in welcher Gefahr ihr euch befindet. Nur sie kann dir jetzt noch helfen! Sie war einst, soweit ich das verstanden habe, eine gute Freundin deines Lehrmeisters und kann dir den Schutz geben, den du brauchst!'

‚Ich komme aber nicht zu ihr durch!'

‚Weil du den Stein nicht einsetzen willst!'

‚Ich *kann* ihn nicht einsetzen!'

‚Weil du ihn nicht an dich heranlässt! Du blockierst seine Kraft, hast Angst vor ihm und …'

‚Ich habe keine Angst vor ihm!', unterbrach Ma'harik seinen ehemaligen Ziehvater wütend. ‚In meinen Händen ist es nur ein unnützer Stein. Warum willst du das nicht begreifen?!'

‚Es ist die reinste und stärkste Magie, die es in allen Universen gibt, du dummes Kind!', fuhr Demeon ihn an und Hitze schlug ihm aus seiner Richtung entgegen, obgleich er doch so weit entfernt von ihm war. Wie wütend musste er sein, wenn Ma'harik es bis hierher spüren konnte?

‚Du musst sie nur von ihren Ketten befreien und die Vereinigung mit ihr *wollen* – aber du … du nimmst das Amulett ja noch nicht einmal aus dem Ledersäckchen! Tu endlich, was ich dir sage – nur so kannst du überleben!'

‚Das kannst du nicht wissen!', wehrte sich der Junge weiter gegen Demeons Plan und die Befürchtung, von dem Magier hintergangen worden zu sein. ‚Nefian war ein großer Zauberer und wenn er das Amulett nicht benutzen konnte, kann ich es erst recht nicht!'

‚Doch du *kannst* es!', setzte Demeon ihm entgegen und die Erregung, die ihn befallen hatte, ließ seine Energie Funken schlagen. ‚Ich weiß es, weil ich es getestet habe! Es ist verflucht noch mal deine Bestimmung, die Steine zu aktivieren und ihre Kräfte zu nutzen! Und jetzt sei endlich der Mann, zu dem ich dich erzogen habe, und nicht mehr das dumme, ungehorsame Kind, das sich weigert, auszuführen, wozu es geboren und ausgebildet wurde!'

Für einen langen Augenblick konnte Ma'harik weder atmen noch sich bewegen. Die Erkenntnis, die ihn überfallen hatte, war zu schmerzhaft, zu niederschmetternd, um überhaupt noch zu einer Regung fähig zu sein. Dann kam die Wut. Heiße, unbändige Wut, die sich innerhalb von Sekunden in seinem Inneren zusammenballte und dann Demeon mit aller Macht entgegenschlug. Der Ruck mit dem sein Geist von dem Zugriff des Zauberers befreit wurde, war so heftig, dass Ma'harik zurückgeworfen wurde und schmerzhaft mit dem Kopf gegen die Felswand schlug. Mit rasendem Herzschlag und dröhnendem Schädel setzte er sich wieder auf und lauschte dann in sich hinein. Demeons Stimme war verschwunden, genauso wie das Prickeln seiner Energie. Es war still geworden, jedoch nur in seinem Inneren. Vom Eingang des Tunnels her waren wieder Geräusche zu vernehmen: Stimmen, Schritte, das Klappern von Waffen an den dazugehörigen Gürteln.

Der Junge zögerte keine weitere Sekunde. Ohne nachzudenken kletterte er den Weg zurück, hinein in das andere Ende des natürlichen Tunnels. Dort gab es zwar auch kein Entrinnen, aber möglicherweise konnte er sich seitlich am Ausguck an den Felsen klammern und damit außer Sichtweite der Quavis bleiben. Das war seine einzige Chance.

Sein Herz schlug ihm bis zum Hals, als er die große Öffnung der Felsspalte passierte und er kam nicht umhin, rasch einen Blick hinaus zu werfen. Zwar waren die Quavis den Geräuschen nach zu urteilen schon wieder nahe, doch zu seinem Glück noch nicht so dicht an der Felsspalte, dass er sie bereits sehen konnte. Rasch kletterte er weiter, rutschte an einer steil nach unten gehenden Stelle, die er zuvor übersehen hatte, etwas zu schnell über den unebenen Boden und schürfte sich dabei Hände und Knie auf. Dennoch hielt er nicht an, sondern kletterte sofort weiter, über einen größeren Brocken, der sich mit anderen verkeilt hatte, und dann hinauf in den Gang, der zum Ausguck führte.

Es war nicht das Brennen seiner Hände und Knie, das ihn schließlich doch noch innehalten ließ, sondern ein seltsames Gefühl in seiner Brust – ein Ziehen und Drängen, als würde eine mysteriöse Kraft ihn rufen, ihn bitten, nicht weiter zu gehen. Instinktiv fuhr seine Hand an sein Herz, strich über seine Brust. Etwas fehlte … Das Amulett!

Panik ergriff ihn und er wandte sich um, rutschte sofort ein Stück hinunter, während seine Augen eilig über den dunklen Höhlenboden flogen. Da war das Säckchen, dort, wo der Gang steil abgefallen war. Ma'harik handelte, ohne nachzudenken. Obwohl bereits verdächtige Geräusche von draußen zu hören waren, glitt er an der Felswand hinunter, und warf sich nach vorn, um das Amulett mit zitternden Fingern an sich zu nehmen. Dieses Mal zog er sich die Lederschnur über den Kopf und ließ den Beutel erst dann in seinem Hemd verschwinden.

Als er wieder aufsah, schob sich gerade einer der Quavis mit dem Oberkörper in die Felsspalte und sah sich suchend um. Der Junge erstarrte. Die Wahrscheinlichkeit war verschwindend gering, aber vielleicht würde der Mann ihn nicht sehen, wenn er sich nicht bewegte, kein Geräusch von sich gab. Die Augen des Quavi wanderten wahrhaftig über ihn hinweg – kehrten jedoch fast in derselben Sekunde zu ihm zurück, nun vor Freude geweitet.

Ma'harik warf sich herum, kletterte auf allen Vieren wieder den Tunnel hinauf, so schnell wie er konnte. Das Schnaufen und Klappern hinter ihm verriet, dass der Quavi ihm folgte. Von draußen rief jemand etwas und der Mann antwortete, dass er hier war und er ihn jede Sekunde hatte. Die Panik des Jungen wuchs, denn der letzte Abschnitt des Tunnels war derart steil, dass er trotz der Wurzeln, die in den Wänden zu finden waren und ihm etwas Halt gaben, immer wieder abrutschte und auf seinen näher kommenden Verfolger zu schlitterte. Zudem verengte sich der Gang am letzten Ende stark und er stellte mit Entsetzen fest, dass er bei seinem letzten Besuch deutlich kleiner und schmaler gewesen war. Passte er da überhaupt noch durch? Wohl kaum.

Sein eigener Herzschlag hämmerte laut in seinen Schläfen und die Angst drückte seine Brust zusammen, erschwerte ihm das Atmen. Er drehte sich auf die Seite, riss mit vollem Körpereinsatz an einer der Wurzeln und holte damit so viel Geröll und Erde aus der Wand, dass der Tunnel deutlich breiter wurde. Er musste blinzeln und husten, während sein Verfolger in dem Versuch, den ihm entgegenkommenden Gesteins- und Erdbrocken auszuweichen, ein Stück weit den Gang hinabsackte. Ma'harik hielt kurz inne, entdeckte einen weiteren größeren Felsbrocken zu seinen Füßen, glitt ein wenig hinunter und trat dann mit aller Kraft auf ihn ein.

Sein Verfolger stieß einen Fluch aus und kroch rasch wieder auf ihn zu. Den Speer in seiner Hand bemerkte der Junge erst, als er schon viel zu dicht heran war. Der Mann stieß in derselben Sekunde zu, als der Stein sich aus dem Felsen löste. Die scharfe Spitze glitt tief in Ma'hariks Fleisch und er schrie vor Schmerzen auf, verlor seinen Halt und rutschte, wie der durch den Felsbrocken getroffene Quavi, den Gang hinunter. Als der Speer an einer der Wände verkeilte und sich noch tiefer in seinen Oberschenkel bohrte, schwanden ihm für einen Moment die Sinne. Doch sein Überlebenstrieb holte ihn rasch zurück in die schreckliche Wirklichkeit.

Die Verletzung brannte und pochte, in seinen Ohren rauschte das Blut wie ein tosender Fluss und er glaubte, sich jede Sekunde übergeben zu müssen. Trotzdem brachte er es zustande, sich zu orientieren und festzustellen, dass der Speer in seinem Bein ein weiteres Abrutschen verhindert hatte. Er selbst hing nun quer im Gang, eine Hand in eine Wurzel gekrallt, die andere gegen die Felswand gedrückt. Der Quavi war den Tunnel ganz hinab gestürzt und regte sich ebenfalls. Er würde nicht lange brauchen, um wieder bei ihm zu sein.

Es war ein seltsamer Instinkt, der Ma'harik packte und ihm befahl, sich zu konzentrieren, die Verbindung zu dem Element Erde zu suchen – und es gelang ihm erstaunlich schnell. Die Kräfte in seinem Inneren flossen zusammen, verbanden sich mit seinem Umfeld, der Erde, den Steinen, dem ganzen Berg; tasteten nach den Wurzeln der

Pflanzen, die bis in das Erdreich auf dieser Seite des Berges hineinwuchsen. Und dann gab er seine Kraft an sie ab, ließ sie weiter gedeihen und so rasant wachsen, dass das Bergmassiv zu beben begann. Nur ganz leicht, doch es genügte, um Erde und kleinere Steine von den Wänden rieseln und seinen Verfolger erschrocken innehalten zu lassen.

Nur einen Wimpernschlag später, kamen Wurzeln überall um ihn herum aus dem Felsen geschossen, verbanden sich unter seinem Körper zu einem dichten Netz, das Ma'harik nicht nur vor einer weiteren Attacke des Quavis schützte, sondern auch ein weiteres Abstürzen verhinderte, sobald er sich zu bewegen begann.

Atme. Ruhig und langsam, vernahm er die Stimme seiner Mutter aus seinen Erinnerungen, die bald zu der Nefians wurde. *Ziehe dich ganz vorsichtig zurück. Nicht alle Energiestränge auf einmal kappen. Ganz behutsam einen nach dem anderen ...*

Es war schwer, weil er furchtbar aufgewühlt und der Schmerz in seinem Bein unerträglich war. Er würde noch viel Kraft brauchen, um sich von dem Speer zu befreien und dennoch bei Besinnung zu bleiben. Die magische Verbindung zu seiner Umwelt nahm ihm so viel davon, dass er sich am Ende doch noch mit einem kleinen, verzweifelten Ruck aus dem Energiefeld befreite. Peinigende Hitze zog von seiner Brust aus durch seinen ganzen Körper und der Berg zitterte noch einmal, dann war der Spuk vorbei.

Matt und schwer atmend sah Ma'harik hinab auf sein Werk. Es sah stabil aus, doch würde es den Quavis nicht ewig standhalten. Soweit er wusste, waren einige von ihnen mit Äxten bewaffnet. Er konnte nicht hierbleiben und sich ausruhen.

Über ihm war eine weitere stabil aussehende Wurzel aus der Wand getreten, wie er mit einem raschen Rundumblick feststellte und er biss die Zähne fest zusammen und packte zu. Genügend Kraft, um sich emporziehen, besaß er noch, doch der Ruck mit dem die Speerspitze dabei aus seinem Fleisch riss und der mit einhergehende unerträgliche Schmerz ließen ihn laut aufbrüllen und fast den Halt verlieren. Verzweifelt klammerte er sich auch noch mit der anderen Hand an die Wurzel, drückte seine Stirn gegen die kalte Wand des Tunnels und verharrte kurz. Ein paar Tränen rollten über seine Wangen, doch er ignorierte sie genauso wie das Blut, das seine Hose zu durchtränken begann. Unter ihm waren jetzt weitere Stimmen zu vernehmen und er vermutete, dass sich noch zwei andere Quavis in die Felsspalte begeben hatten, um ihren Kameraden zu unterstützen – auch wenn das durch die Enge des Tunnels kaum möglich war.

Ma'harik holte tief Luft, biss die Zähne erneut zusammen und begann den Gang ein weiteres Mal hinaufzuklettern. Sein verletztes Bein war zwar nicht mehr zu gebrauchen und hing nur schlaff hinunter, aber seine anderen Gliedmaßen waren noch kräftig genug, um seinen Körper dem schmalen Ausgang Stück für Stück näher zu bringen. Kurz davor befreite er sich von seinem Gepäck, ließ es hinabfallen, denn *mit* ihm kam er dort sicherlich nicht hinaus.

Nicht aufgeben – nur nicht aufgeben!, hämmerte es in seinem Verstand, während er sich nun endlich schnaufend und vor Schmerz stöhnend durch die engste Stelle des Tunnels zwängte. Frische Luft drang an seine Nase. Das Zwitschern von Vögeln war selbst durch das laute Pochen und Summen in seinen Ohren zu vernehmen. Nur einen Herzschlag später fiel Sonnenlicht in sein Gesicht.

Er schob beide Arme über den Rand der Felsen und hielt keuchend inne. Jetzt konnte er nicht mehr zurückrutschen und zumindest für kurze Zeit ausruhen, versuchen, sich so weit zu erholen, dass er nach einem Ausweg suchen konnte. Er schloss matt die Augen, drängte den brummenden Schmerz zurück und versuchte seine Atmung zu regulieren. Die Dunkelheit, die seine Lider ihm verschafften, war wohltuend, beruhigend, fast einschläfernd. Und er war so müde und erschöpft ...

Es waren erneut Geräusche, die ihn in die Realität zurückholten: Ein lautes Hacken und Knacken. Die Quavis begannen das Wurzelnetz aus dem Weg zu räumen. Sofort flogen seine Lider auf und er sah sich hektisch um. Leider hatte er alles richtig in Erinnerung gehabt. Die Bergwand fiel an dieser Stelle derart steil ab, dass es unmöglich war, an ihr herunterzuklettern – schon gar nicht mit einem verletzten Bein und seinen durch den Blutverlust dahinschwindenden Kräften. Sein ganzes Inneres verkrampfte sich und Verzweiflung breitete sich in ihm aus. Es gab keinen Ausweg – außer dem Tod.

Die Erkenntnis traf ihn hart und Ma'harik konnte nicht mehr an sich halten. Ein verzweifeltes Schluchzen drang über seine Lippen und die Tränen begannen wieder zu laufen. Er war verloren. Niemand konnte ihm mehr helfen – auch nicht seine verfluchten magischen Fähigkeiten, denn er war derart entkräftet, dass er nicht einmal mehr den simpelsten Zauber zustande bringen würde. Ihn konnte nur noch ein Wunder retten. Ein Wunder ...

Cardasol! Demeon hatte fest daran geglaubt, dass der Stein in dem Amulett ein Bruchstück des Herzens war und Ma'harik eine Verbindung zu ihm aufbauen konnte – so fest, dass er ihn wahrscheinlich nur aus diesem Grund nach Falaysia geschickt hatte.

‚*Der Stein, den das Amulett einfasst, ist magisch. Er wird dich beschützen – vor deinen eigenen Kräften und deinen Feinden. Vertrau mir!*‘, hallten Demeons Worte in seinem Verstand wider.

Der Junge schob sich noch ein Stück weiter aus der Felsspalte, sodass er nach dem Beutel greifen und ihn aus seinem Hemd ziehen konnte, während er sich mit der anderen Hand festhielt. Er schluckte schwer, starrte voller Angst in den tiefen Abgrund vor sich. Die Geräusche unter ihm im Tunnel verrieten ihm, dass die Quavis die Barriere durchbrachen. Ihm blieben nur noch wenige Minuten sich zu entscheiden. Er streifte den Beutel, der mit an dem Lederband des Amuletts befestigt war, vorsichtig ab und ergriff es mit spitzen Fingern. Die Einfassung sah aus wie die Pranke eines Unaks, dessen Krallen sich in den roten Stein gruben. Ma'harik betrachtete das Schmuckstück mit großem Misstrauen.

Er konnte nichts Magisches daran finden. Der Stein war zwar warm und in seinem Inneren schien ein Licht zu flackern, aber sonst ... Wenn er jedoch ein Bruchstück Cardasols war und er tatsächlich eine Verbindung zu ihm hatte, würde dieser ihn doch mit Sicherheit retten. Und wenn nicht, war es immer noch besser, durch sein eigenes Tun zu sterben als sich den Grausamkeiten der Quavis auszuliefern. Sie würden ihn nicht auch noch in die Finger kriegen und die Genugtuung haben, ihn so brutal hinzurichten wie Nefian. Nein.

Heftiges Atmen und das Kratzen von Füßen und Kleidung auf Gestein waren aus dem Tunnel hinter Ma'harik zu vernehmen. Er konnte hören und fühlen, wie sie näher kamen, und griff nach einem Felsvorsprung an seiner linken Seite, um sich weiter aus dem Loch zu ziehen. Er ließ erst sein gesundes Bein und dann das verletzte den Hang ein Stück weit hinunterrutschen, presste fest die Lippen zusammen, weil der Schmerz unmenschlich war. Sein Fuß fand Halt und er verharrte noch einmal mit rasendem Herzschlag. In der Dunkelheit des Tunnels bewegte sich eine Gestalt rasch auf ihn zu und als er schließlich in die geweiteten Augen des Quavis blicken konnte, brachte er sogar ein trotziges Lächeln zustande.

„Nicht euer Wille – sondern meiner!", rief er dem Mann zu und ließ los. Da war kein Zweifel mehr in seinem Inneren, keine Reue, keine Angst, während er fiel und nichts und niemand mehr den unvermeidlichen Tod aufhalten konnte. Es gab nur eine klare, kalte Erkenntnis, die seinen Verstand vor dem tödlichen Aufprall ausfüllte: Wunder gab es nicht und die Magie war in den schlimmsten Notfällen keine gute Verbündete. Sie ließ ihn im Stich, wie jeder andere, der mit ihrem Gift infiziert worden war. Sie war sein Tod – so wie es jeder um ihn herum schon immer geahnt hatte.

1

Der Gesang war schön. Ungewöhnlich und fremd auf der einen Seite, jedoch wundervoll melodisch und tiefgehend auf der anderen. Er drang nicht nur in Benjamins Ohren, sondern gleich direkt in sein Herz, füllte es mit Wärme und Euphorie, ließ ihn auflachen und selig lächeln, weil es sich einfach wundervoll anfühlte, zu leben.

Um ihn herum schwirrten hunderte helle Lichtern, kleine Elfenwesen, die ihn durch den wilden Wald begleiteten, ihn weiter auf den grünen, von Bäumen und allerlei anderen Pflanzen bewachsenen Berg zu führten. Über ihm ließ der dunkle Gewitterhimmel ein dröhnendes Donnern vernehmen, doch Benjamin beeindruckte das wenig. Sein Gemüt war viel zu fröhlich und sonnig. Die Natur machte ihm keine Angst, war er doch in völliger Harmonie mit ihr verbunden.

Als ob der Himmel sich von seiner guten Laune anstecken ließ, schoben sich die Wolken plötzlich auseinander und ließen das warme Licht der Sonne in einem breiten Strahl hinab in den Wald fallen – genau dorthin, wo zwei Gestalten am Boden knieten und sich nicht zu regen schienen. Benjamin konnte jetzt auch ihre Stimmen vernehmen. Sie hatten in das Lied der Elfen eingestimmt und hoben ihre Gesichter und Hände andächtig der Sonne entgegen. Sie wandten sich an Ano. Baten ihn um Hilfe und Rat, wie er jetzt verstehen konnte. Er blieb dicht hinter ihnen stehen und wartete, bis sie das Ritual beendet hatten und sich zu ihm umwandeten. Es waren ein Mann und eine Frau, Menschen, die er über alles liebte.

„Hatte ich dir nicht gesagt, dass du in der Nähe bleiben sollst, Choni?", wandte sich die Frau an ihn. In ihre gütigen Augen stand großer Kummer geschrieben.

Benjamin senkte beschämt den Blick, betrachtete seine ausgetretenen Lederschuhe. Kleine Füße. Zu klein, um die seinen zu sein. Aber seine Träume waren ja meist recht wunderlich. Vor allen Dingen in letzter Zeit.

„Was hättest du getan, wenn dich die Zaishomas nicht gefunden hätten?", rügte die Frau ihn weiter. „Dieser Wald ist gefährlich! Hier gibt es wilde Tiere, die dich fressen könnten, und wir wissen nicht, ob uns die Taleron nicht doch bis in den Wald gefolgt sind. Wir haben uns große Sorgen gemacht!"

„Es ... es tut mir leid", stammelte Benjamin mit einer hellen Mädchenstimme. „Der Schmetterling war nur so wunderschön und ..."

„... er hätte dir nicht helfen können, wenn Hemetions Häscher, dich entdeckt hätten!", unterbrach der Mann ihn. Sein Vater. Nicht wirklich seiner ... aber doch der des Mädchens, in dessen Haut er gerade steckte.

Tränen traten in Benjamins Augen. Er presste die Lippen zusammen und nickte einsichtig. Erst dann erhob sich seine Mutter und zog ihn fest in ihre Arme.

„Choni, mein Mädchen, wir wollen doch nur, dass du endlich in Sicherheit bist", flüsterte sie in sein Haar und er fühlte, dass sie ebenfalls zu weinen begonnen hatte. „Niemand darf erfahren, dass wir dich zu den Tjorks bringen. Niemand! Es ist schon schlimm genug, dass sie uns Kjara genommen haben ..."

Ihre letzten Worte gingen in ein Schluchzen über und Benjamin begann nun richtig zu weinen, da half es auch nicht, dass die Zaishomas weiter um sie herum flogen und versuchten, ihnen mit ihrem Gesang Trost zu spenden. Mancher Schmerz saß zu tief, um ihn zu tilgen. Und er vermisste seine Zwillingsschwester schrecklich.

„Sie kommen!", ertönte die Stimme seines Vaters und seine Mutter ließ Benjamin los, um vor ihm in die Hocke zu gehen und ihm fest in die Augen zu sehen.

„Keine Angst", beruhigte sie ihn, weil sie sofort spürte, dass sich sein Puls beschleunigte, die Angst vor der ungewissen Zukunft zurückkam. „Das sind gute Leute. Sie werden an unserer statt auf dich aufpassen, bis wir wieder zurück sind. Und das hier ...", sie legte eine Hand auf das Amulett, das an einem Lederband um seinen Hals hing, „... wird dich schützen. Zeig es nur nicht jedem. Es ist sehr wertvoll."

Sie hob das schwere Schmuckstück mit dem leuchtend roten Stein an und ließ es unter seinem Hemd verschwinden. Dann erhob sie sich, drückte einen sanften Kuss auf seine Stirn und wandte sich den seltsam aussehenden Kriegern zu, die soeben aus dem dichten Wald traten.

Das Bild verschwamm auf einmal, überließ das Feld einer Reihe von grausamen Bilderfetzen und Eindrücken. Kämpfe, Schreie, Energieblitze, das Gefühl übermächtig zu sein und doch zu versagen … eine Wand aus Wasser spülte eine große Gruppe von Kriegern hinfort … ein riesiger Drache neigte vor ihm demütig den Kopf und ließ sich von ihm die Stirn kraulen; er lief durch einen dunklen Tunnel und trat dann in ein altes Kellergewölbe, wo ihn eine Gruppe seltsam gekleideter Menschen empfing; es ging hinaus aus dem Keller auf den Hof eines größeren Anwesens, in dem ein Trupp mittelalterlicher Soldaten auf ihn wartete.

Und dann lief er plötzlich ein weiteres Mal durch einen Wald, bestehend aus Birken, Eichen und anderen Laubbäumen, an einer gruseligen Statue vorbei, die einen Mann in einer langen Robe und tief ins Gesicht gezogener Kapuze darstellte. Sein Weg führte ihn weiter, auf zwei große Bäume mit dicken Stämmen zu, zu deren Linker ein weiteres steinernes Kunstwerk zu finden war, dieses Mal eine mystische Kreatur, die ihre scharfen Zähne bleckte. Er wandte sich um und blickte auf das Landgut, das nun gar nicht mehr bewohnt aussah, sondern gespenstisch leer erschien, teilweise schon zerfallen war, und sah dann wieder nach vorn.

Hinter den beiden mächtigen Bäumen befanden sich, in einem Kreis stehend, Männer in Roben wie die der Statue. Sie hielten ihre Köpfe gesenkt, murmelten Worte in einer fremden Sprache und verschwanden einer nach dem anderen in einem Loch im Boden, bis er schließlich ganz allein zurückblieb. Es war wieder Tag und die Sonne schien warm auf ihn hinab. Er schloss die Augen und atmete tief die frische Luft des Waldes ein, öffnete seine Sinne ganz weit, ließ seine Energien fließen und verspürte auf einmal ein Prickeln und leichtes Ziehen in seinen Schläfen.

„Benny?"

Er zuckte nicht zusammen, als er die Stimme vernahm, zu vertraut war sie ihm – wenngleich es ihn überraschte, sie so unvermittelt zu hören. Vorsichtig hob er die Lider und sah sich kurz um. Da war sie, nicht weit von ihm entfernt – seine Schwester und sie war mit Sicherheit kein Teil des Traumes. Zusammen mit Melina hatte er sie oft genug mental erreicht, um zu wissen, wie sich ein solcher Kontakt anfühlte, wie die Energien anderer Personen, die in die Träume eindrangen, aussahen. Geistererscheinungen hatte er sich immer so vorgestellt, mal stärker, mal weniger transparent, immer umrahmt von einem diffusen Leuchten.

„Wie … wie ist das möglich?", stammelte Jenna fasziniert. „Du bist doch ganz allein! Wie hast du das gemacht?"

„Ich habe den Anhänger von Grandmas Kette gefunden", erklärte er ihr rasch. „Den richtigen! Er ist ein kleines Bruchstück von Cardasol und seit ich ihn bei mir trage, habe ich ganz seltsame Träume. Ich glaube, der hat ein Eigenleben und zeigt mir Dinge, die bereits geschehen sind. Er hat bestimmt auch den Kontakt zu dir hergestellt – denn ich war's nicht. Ehrlich. Zumindest nicht bewusst."

„Grandma war im Besitz eines Bruchstücks von Cardasol?", fragte Jenna verblüfft. „Woher hatte sie das?"

Benjamin zuckte die Schultern. „Keine Ahnung. Ist das wichtig?"

„Vielleicht …" Jenna schien noch einen Augenblick an dieser Überlegung zu hängen, dann schüttelte sie den Kopf und sah Benjamin wieder an, um ein Lächeln bemüht.

„Es fühlt sich gut an, dich zu sehen", sagte sie und musterte ihn genau. „Auch wenn es nicht dein richtiger Körper ist. Geht es dir gut?"

„Ja, einigermaßen …", gab er etwas zögerlich zurück. „Dad ist in letzter Zeit ein bisschen überfürsorglich, aber das bessert sich langsam. Jen …" Er druckste ein bisschen herum. „Hat er dir jemals erzählt, warum er nicht mehr mit Tante Mel spricht?"

Jennas Lächeln verschwand augenblicklich und er fühlte, wie sie trauriger wurde und großes Unbehagen in ihr aufstieg. Die Kraft dieses Bruchstücks Cardasols war enorm. Bei ihren anderen Kontakten waren die Gefühle seiner Schwester nicht derart deutlich für ihn zu spüren gewesen.

„Ja", gestand sie schließlich. „Er sagte, sie hätte versucht, Mum mit Zauberei zu heilen und sie dabei in ihrem geschwächten Zustand derart aufgeregt, dass sie danach keine Kraft mehr hatte, am Leben festzuhalten."

Benjamin nickte nachdrücklich und musste gegen die Wut und Enttäuschung ankämpfen, die er auch schon verspürt hatte, als sein

Vater ihm von Melinas letztem Besuch bei seiner Mutter erzählt hatte.

„Benny, er glaubt nicht an diese Art von Heilung", sprach seine Schwester weiter. „Für ihn *muss* es nach Aberglauben ausgesehen haben, der Mum eher geschadet hat, als ihr zu helfen. Aber ich bin mir sicher, dass …"

„Er hat sie darum gebeten, sie nicht zu besuchen!", unterbrach er Jenna harsch. „Weil er wusste, wie schwach sie war und dass sie keinen aufregenden Besuch verkraftet. Mel wollte sich jedoch nicht daran halten!"

„Sie wollte Mum retten – davon bin ich überzeugt", hielt Jenna dagegen. „Und es hätte ihr eventuell sogar gelingen können, wenn ihre Kräfte stärker gewesen wären und sie Hilfe von einem erfahrenen Zauberer bekommen hätte."

„Aber das hat sie nicht!", entfuhr es Benjamin aufgebracht. „Mum ist tot! Und Melina ist Schuld daran!"

„Nein!", widersprach ihm seine Schwester in einem ungewohnt strengen Tonfall. „Das ist nicht wahr! Und du weißt das! Ihre Krankheit hat sie getötet! Lass dir von niemandem etwas anderes einreden – auch nicht von Dad! Das tut weder ihm noch uns gut!"

Benjamin presste die Lippen fest zusammen und wich ihrem drängenden Blick aus, betrachtete stattdessen die Statue zu seiner Linken. Sie zeigte ein seltsames Fabelwesen, eine Mischung aus Wolf und Affe.

„Wir können die Vergangenheit nicht ändern, Benny", sagte Jenna nun schon sanfter. „Ich vermisse Mum auch, aber sie wird nicht zurückkommen, wenn du Melina die Schuld an ihrem Tod gibst. Dein Zorn macht dich nur einsamer – so wie Dad. Wir *brauchen* andere Menschen, um glücklich zu sein. Wir brauchen unsere Familie. Und Melina ist ein wichtiger Teil davon, gerade weil sie unsere seltene Begabung teilt. Stoße sie nicht schon wieder aus deinem Leben, nur weil Dad ihr nicht vergeben will."

Ihre Worte rüttelten an ihm, schoben die Wut zurück, die in den letzten Tagen seinen Verstand vergiftet hatte. Dennoch konnte er seiner Schwester noch nicht nachgeben, musste die Worte hervorbringen, die bereits seine Zunge kitzelten.

„Sie hat auch Sara auf dem Gewissen, weißt du. Unsere Cousine Sara. Hast du ihr auch das schon verziehen?"

Jenna schien diese Information neu zu sein. Sie machte ein paar Sekunden lang einen vollkommen verwirrten Eindruck, blinzelte perplex und bewegte die Lippen, ohne etwas hervorzubringen. Dann schien sie endlich zu verstehen, denn die Erschütterung über die Bedeutung seiner Worte zeichnete sich nur allzu deutlich in ihrem Gesicht ab.

„Sara war *unsere* Sara?", hauchte sie. „Unsere Cousine?"

Benjamin schluckte schwer. Er bereute seine im Zorn gesprochenen Worte bereits wieder, war ihm doch klar, dass seine Schwester schon mit genügend anderen Problemen zu kämpfen hatte und eine zusätzliche Belastung mit diesem Familiendrama ganz bestimmt nicht gebrauchen konnte.

„Aber es hieß doch, dass sie zusammen mit einem Freund bei einem Autounfall gestorben sei", fiel ihr ein.

Benjamin nickte mit Unbehagen. Es half nichts, er musste das jetzt ausbaden, den Schaden begrenzen, den seine unbedachte Enthüllung möglicherweise verursacht hatte.

„Der Name dieses Freundes war Leon Mathis", ergänzte er.

„Oh mein Gott!", stieß Jenna aus und schloss kurz die Augen. Ihre Aura leuchtete leicht auf und schien zu zittern, dann hatte sie sich wieder besser im Griff und sah ihn erneut an, einen tiefen Atemzug nehmend.

„Melina sagte zu mir, *Demeon* hätte für Saras und Leons Auftauchen hier gesorgt", erwiderte sie nun schon wieder mit etwas festerer Stimme, „und ich glaube ihr. Aus welchem Grund auch immer sie mir diese eine wichtige Information verschwiegen hat – der Rest der Geschichte entspricht sicherlich der Wahrheit. Und das ist alles, was zählt. Unsere Gegenwart und Zukunft sind wichtig, nicht das, was einmal war!"

Benjamin biss die Zähne zusammen, doch schließlich nickte er ein weiteres Mal, wenn auch nur äußerst widerwillig.

„Wie lange hast du schon nicht mehr mit ihr gesprochen?", wollte seine Schwester wissen.

„Drei Tage", gestand er leise.

„Hat sie versucht dich zu erreichen?"

„Ja, ein paar Mal."

Jenna biss sich grübelnd auf die Unterlippe. „Ich hatte gestern kurz mit ihr Kontakt."

Benjamin horchte sofort auf. „Und was hat sie gesagt?"

„Dass ihr beide durch einen Mann namens Peter Norring Unterstützung bekommen habt und er ihr dabei hilft, herauszufinden, was Demeon noch alles geplant hat", erklärte Jenna und sein Ärger über sich selbst wuchs. Wenn er sich nicht von seiner dummen Wut hätte beeinflussen lassen, wäre er bereits über das alles informiert gewesen und würde eventuell sogar wieder mit Norring und seiner Tante zusammenarbeiten. Schließlich war sein Vater längst nicht mehr so streng mit seinen ‚Ausgangszeiten' wie zuvor.

„Kann man diesem Mann trauen?", setzte seine Schwester hinzu und hob fragend die Brauen.

Benjamin nickte, ohne zu zögern. Er hatte ein gutes Gefühl bei Norring – obgleich das kein ausreichender Grund war, jemandem zu vertrauen. Sein Bauchgefühl hatte ihn bisher allerdings nur selten betrogen.

„Er hat uns bereits sehr geholfen und bisher keinen Anlass gegeben, an seiner Aufrichtigkeit uns gegenüber zu zweifeln", ergänzte er seine stumme Antwort. „Ich habe ein gutes Gefühl bei ihm."

„Dann versuche ich das auch zu haben", gab Jenna lächelnd zurück.

„Wie sieht es bei euch drüben aus?", fragte Benjamin und wappnete sich für die nicht unbedingt erfreulichen Nachrichten. „Habt ihr Hilfe gefunden, um euch vor Demeon zu schützen?"

„Wir arbeiten daran", erwiderte Jenna. „Aber auch wir sind schon lange nicht mehr allein. Es finden sich immer mehr Menschen zusammen, die gegen Demeon und Alentara vorgehen wollen, und wenn wir genügend Druck auf die beiden ausüben, geben sie sich möglicherweise bald geschlagen."

„Könnt ihr ihnen nicht aus dem Weg gehen und versuchen das Tor zu öffnen?", schlug Benjamin vor. Ihm gefiel das Gehörte gar nicht.

„Sie haben eines der Bruchstücke an sich bringen können", war die frustrierende Antwort. „Wir brauchen alle größeren Teile Cardasols, um nach Hause zu kommen. Es führt kein Weg daran vorbei, die Konfrontation mit Demeon zu suchen."

Benjamin schluckte schwer und kämpfte gegen die Angst an, die sich in seiner Brust ausbreiten wollte.

„Sorg dich nicht um mich", sagte Jenna sanft. „Ich bin mit dem Amulett, das ich derzeit bei mir trage, gut geschützt – besser als jeder andere. Es ist eher Demeon, der sich fürchten sollte."

„Habt ihr denn schon alle anderen Teile von Cardasol beisammen?", wollte Benjamin wissen, auch um seine eigenen negativen Gefühle zu bekämpfen.

„Ja", bestätigte sie zu seiner großen Erleichterung. „Wir müssen uns nur noch um das von Demeon kümmern und dann kann es mit dem Projekt ‚Heimkehr' losgehen."

„Dann werden wir hier versuchen, euch dabei zu unterstützen", versprach er. „Bei Demeon hat das ja auch geklappt – wenngleich das mit Sicherheit nicht unser Ziel war."

„Gräm dich deswegen nicht", versuchte Jenna ihn zu trösten. „Niemand konnte ahnen, was er vorhatte. Wichtig ist nur, ihn davon abzuhalten, weiteren Schaden anzurichten."

„Nein, wichtig ist, dass *du* nach Hause kommst!", widersprach Benjamin seiner Schwester mit fester Stimme. „Wenn das beinhaltet, Demeon noch mal nahe kommen zu müssen, ist das okay. Aber versprich mir bitte, dass du nicht weiter gegen ihn ankämpfst, wenn das gar nicht mehr nötig ist, um das Tor zu öffnen."

„Benny ..."

„Nein! Versprich es, Jenna! Schwöre es!"

Sie zögerte aus seiner Sicht viel zu lange, doch schließlich kamen ein knappes Nicken und die verlangten Worte – zumindest zum Teil: „Ich verspreche es – schwören kann ich es nicht."

„Aber ..."

„Du kennst mich lange und gut genug, um zu wissen, dass ich mein Leben nicht über das anderer stellen kann, Benny. Ich habe keine Ahnung, was noch alles passieren wird, und aus diesem Grund kann ich keinen Schwur leisten. Wenn jemand in Gefahr gerät, der auf meine Hilfe vertraut, werde ich nicht nur an mich denken können. Ich werde alles daran setzen, mein Versprechen dir gegenüber zu halten, aber wenn es nicht geht ..."

„Schon gut, ich hab's verstanden", schnitt Benjamin ihr das Wort ab. Er war zornig, auch wenn er wusste, dass sie nicht anders handeln konnte. „Wir werden hier trotzdem alles für deine nicht sehr wahrscheinliche Rückkehr vorbereiten."

„Benny ..."

„Nein, schon gut", unterbrach er sie erneut und konnte sie noch nicht einmal mehr dabei ansehen. Er war so frustriert. „Das ganze wird mir jetzt auch zu anstrengend. Lass uns ein anderes Mal weiter darüber sprechen."

„Du bist wütend", hörte er Jenna sagen. Sie war traurig und das fühlte sich nicht gut an.

„Nein", log er schnell und hob nun doch wieder den Blick, bemühte sich um ein Lächeln. „Nein. Ich ... ich bin nur müde und erschöpft. Wir sehen uns."

Die Verbindung zu Jenna zu kappen war erstaunlich leicht. Ein kleiner Ruck und sein Traum löste sich auf. Statt eines dichten, unheimlichen Waldes nahm ihn sein kleines Zimmer in Empfang. Floh lag am Fußende des Bettes und hob erstaunt den Kopf. Ihre Rute klopfte sogleich die Matratze. Sie legte ihre Ohren an, stieß ein leises Winseln aus und robbte zu ihm hinüber, sodass er sich nur kurz nach vorn lehnen musste, um den Hund in seine Arme zu ziehen. Ein paar Tränen kullerten über seine Wangen in ihr dickes Fell, bis die Nähe Flohs die Enttäuschung, Angst und Einsamkeit in seinem Inneren wenigstens zum größten Teil verdrängt hatte.

Seine Sorge um Jenna war zwar berechtigt, aber Wut und Resignation waren Gefühle, die derzeit niemandem halfen. Es war schon dumm und kindisch gewesen, seiner Tante erneut die kalte Schulter zu zeigen, schließlich hatten sie beide immer noch dasselbe Ziel und mit Norring eine sehr kompetente Person in ihrem Team, mit der sie diesem durchaus sehr nahe kommen konnten. Es war an der Zeit, wieder aus der Rolle des schmollenden kleinen Jungen herauszutreten und den Kampf gegen das Böse mit neuer Entschlossenheit aufzunehmen.

Benjamin hob den Kopf und sah hinüber zum Radiowecker auf seinem Nachttisch. Acht Uhr in der Früh an einem Sonntagmorgen. Sein Vater stand am Wochenende meist erst gegen neun auf. Wenn Benjamin jetzt Brot fürs Frühstück holte, bekam dieser gewiss derart gute Laune, dass er ihn auch für längere Zeit rausgehen ließ und dann konnte er ohne Probleme seine Tante aufsuchen.

Gesagt getan. Innerhalb von fünf Minuten war Benjamin angezogen und in derselben Zeit zusammen mit Floh auf dem Weg hinunter in den Hof. Sehr viel weiter kam er jedoch nicht, da er mit einem flüchtigen Blick hinüber zu Melinas Wohnung bemerkte, dass deren Tür offen stand. Sein Herz machte einen kleinen Sprung und schlug dann in einem viel zu schnellen Takt weiter, denn ihn überkam sofort das dumme Gefühl, dass diese nicht von seiner Tante geöffnet worden war. Sie hätte ihn doch mit Sicherheit über ihre Rückkehr informiert – wenigstens per SMS. Oder etwa nicht?

Benjamin löste sich zaghaft aus der Erstarrung, in die ihn seine Entdeckung versetzt hatte, und lief langsam auf die Treppe zu, Floh dicht an seiner Seite. Dort angelangt rief er kurz nach seiner Tante. Keine Antwort. Auch nach weiterem Rufen nicht. Er schluckte schwer.

„Ist da jemand unten?", waren die nächsten Worte, die er zustande brachte, und Floh spitzte angespannt die Ohren. Es blieb still.

‚Geh nicht da runter!', riet ihm seine Vernunft. ‚Ruf lieber deine Tante an und frag nach.'

Benjamin griff in seine Jackentasche, doch die war leer. Verdammt! Er hatte das Handy am Abend zum Nachladen an eine Steckdose angeschlossen und vergessen mitzunehmen. Sein Blick flog hinüber zu der schweren Doppeltür des Hofes. Schlauer war es, wieder nach oben zu gehen und das Gerät zu holen. Dennoch konnte er sich nicht dazu durchringen, bewegte sich stattdessen weiter die Treppe hinunter und stand schließlich vor der geöffneten Tür. Floh sah ihn etwas irritiert an, spähte dann aber so wie er neugierig in den Flur.

Es war dunkel im Inneren. Kein Wunder, denn in den Hof fiel so früh am Morgen erst sehr wenig direktes Sonnenlicht und in der Wohnung hatte niemand das Licht angemacht, was die ganze Sache gleich noch verdächtiger machte. Er konnte allerdings auch keine Lichtkegel von Taschenlampen ausmachen und die würde man doch sicherlich sehen, wenn sich dort ein Einbrecher herumtrieb.

Der Gedanke ließ ihn etwas mutiger werden. Ein Schritt und er stand vorne im Flur. Seine Finger tasteten an der kühlen Wand entlang, bis sie den Lichtschalter erreichten und der Gruselstimmung ein Ende setzten. Benjamin atmete erleichtert auf. Hier sah noch alles genauso aus wie bei seinem letzten Besuch. Vielleicht hatte Norring ja auch nur mit Melinas Einverständnis ein paar wichtige Unterlagen oder Zauberutensilien aus ihrer Wohnung geholt und dann die Tür nicht richtig hinter sich geschlossen. So etwas kam vor. Nichtsdestotrotz lief Benjamin weiter in die Wohnung, um sicherzustellen, dass tatsächlich niemand eingebrochen war. Seine Augen blieben an einem der Bilder hängen und er blieb wieder stehen, vollkommen verblüfft. Der Wald, der Berg, die Menschen im Licht ... das hatte er doch alles gerade erst gesehen – in seinem Traum!

Er trat rasch dichter an das nächste Bild heran. Natürlich! Auch von der Krönungszeremonie hatte er bereits geträumt und sich danach gefragt, warum sie ihm so bekannt vorgekommen war. Nun kannte er die Antwort. Hatte seine Großmutter, von der die Bilder ja stammten, etwa dieselben Träume wie er gehabt? All diese seltsamen Dinge sprachen doch dafür, denn aus ihrem Besitz stammte auch die Kette mit dem Stein. Was hatte das zu bedeuten?

Ein Geräusch im Inneren des Hauses ließ Benjamin heftig zusammenzucken. Es hatte so geklungen, als sei etwas umgefallen, und Floh begann nun auch noch bedrohlich zu knurren.

„Ist da wer?", rief Benjamin mutig, obwohl sein Herz heftig gegen seine Rippen hämmerte.

Die Stille, die seinen Worten folgte, war dieses Mal nicht etwa beruhigend, sondern gruselig. Abhauen oder nachsehen? Er warf einen Blick auf den Hund, der schon wieder dumpf knurrte, das Rückenfell gesträubt, die zitternde Rute in Anspannung erhoben. Floh war mutig und würde ihn mit Sicherheit gegen jeden Eindringling verteidigen. Zögerlich ging er weiter auf den Perlenvorhang zu, der den Flur vom Rest der kleinen Wohnung trennte. Er spähte mit klopfendem Herzen durch die Lücken zwischen den Schnüren, konnte jedoch nichts Verdächtiges im Dämmerlicht erkennen. Allerdings wurde Flohs Knurren noch lauter und sie fletschte die Zähne.

„Ist da wer?", wiederholte Benjamin seine Frage und ärgerte sich, dass seine Stimme dabei hörbar zitterte. Selbstverständlich kam aus der Dunkelheit keine Reaktion. Eventuell hatte auch nur Melinas Katze ihre Chance genutzt und sich hineingeschlichen. Mrs Beddock im Erdgeschoss kümmerte sich zwar schon eine Weile um sie, aber nichts war so schön, wie das eigene Heim, oder?

Benjamin holte tief durch die Nase Luft und trat entschlossen in das Wohnzimmer. Seine Augen glitten über die Möbel und blieben schließlich an der Kommode hängen, in der seine Tante viele ihrer wichtigeren Unterlagen aufbewahrte. Eine der Schubladen stand offen und es sah so aus, als hätte man erst vor kurzem darin herumgewühlt. Vielleicht war doch jemand eingebrochen und hatte sich soeben ver…

Die Bewegung seitlich von ihm kam zu schnell, um noch etwas anderes zu tun, als die Augen weit aufzureißen. Eine dunkle Gestalt warf sich mit solcher Kraft gegen ihn, dass Benjamin das Gleichgewicht verlor, über die Couch neben ihm kippte und nur mit knapper Not einen schmerzhaften Aufprall auf den Couchtisch verhindern konnte, indem er sich geschickt abrollte. Floh, die er immer noch an der Leine hatte, wurde dabei ebenso herumgewirbelt wie er selbst und konnte dem Einbrecher erst nachsetzen, als es schon zu spät war. Der Mann schlug dem Hund wohl direkt vor der Nase die Tür zu, denn nur einen Atemzug später war ihr lautes Bellen im Flur zu vernehmen, mit dem sie ihren Ärger in aller Deutlichkeit kundtat.

Benjamin war mittlerweile wieder auf den Füßen und lief mit weichen Beinen zu ihr. Die Nerven, die gruselige Gestalt zu verfolgen, besaß er nicht mehr.

„Alles gut", versuchte er stattdessen die aufgewühlte Floh zu beruhigen und streichelte ihr sanft über den Kopf. „Hast gut aufgepasst. Und es ist ja nichts passiert. Zumindest nichts Schlimmes."

Er sah hinüber zum Wohnzimmer und schüttelte den Kopf, fassungslos über seine eigene Dummheit. Das hätte alles auch ganz anders ausgehen können. Allein war man nie besonders gut dran und es war an der Zeit, diesen Zustand zu ändern. Melina und Norring mussten von diesem Einbruch erfahren. Möglichst sofort.

2

Die Bücher waren alt, groß und schwer, ihre Seiten vergilbt und die Tinte, mit der die Eintragungen gemacht worden waren, stellenweise derart verwischt und ausgeblichen, dass man ganze Textpassagen nicht mehr entziffern konnte. Dessen ungeachtet schlug Melina Seite um Seite voller Faszination und beinahe andächtig um, strich ab und an ganz zart mit den Fingern über das alte Papier und hatte nichts anderes als Bewunderung für dieses Zeugnis lang vergangener Zeiten übrig. Erst nach einer kleinen Weile war sie dazu fähig aufzusehen und wurde dafür mit einem warmen Lächeln belohnt.

„Woher kommen die?", wisperte sie, als könnten zu laut gesprochene Worte die Seiten der Bücher zerfallen lassen. Und so abwegig war der Gedanke gar nicht, bedachte man deren Zustand.

„Aus dem Besitz einzelner Zirkelmitglieder", antwortete Peter bereitwillig. „Sie wurden über viele Jahrhunderte zusammengetragen und in unserer Bibliothek verwahrt, teilweise in luftdichten Glaskästen, um sie vor weiterem Zerfall zu bewahren."

„Ihr habt eine Bibliothek?", wiederholte Melina beeindruckt und ihr Gegenüber nickte bestätigend.

„Eine recht große, in der alles zu finden ist, was auch nur im Ansatz mit Magie zu tun hat", wurde er genauer. „Über 3000 Werke aus den unterschiedlichsten Epochen der Weltgeschichte."

Sie schürzte anerkennend die Lippen. „Wenn das hier vorbei ist, musst du mich unbedingt mal dorthin mitnehmen", merkte sie an, richtete ihren Blick jedoch rasch wieder auf das Buch in ihrem Schoß. Sein leises „Gerne" entging ihr gleichwohl nicht und ließ ihr Herz freudig flattern. Selbstverständlich nur wegen der Aussicht, solch eine seltene Sammlung besichtigen zu dürfen.

„Und du glaubst, dass wir in den Werken, die du mitgebracht hast, Hinweise darauf finden, wie wir Jenna und Leon zurückholen können?", richtete sie die nächste, sehr viel wichtigere Frage an ihren Komplizen.

Sie hatten sich eigentlich hier in Demeons Haus getroffen, um noch einmal einen Kontakt zu seinem Verbündeten in Falaysia herzustellen. Umso überraschter war Melina gewesen, dass Norring mit derart viel Gepäck aufgetaucht war, hatte er ihr doch nichts von seinem zusätzlichen Plan erzählt. Wahrscheinlich hatte er geahnt, dass sie mit ihrem ersten Vorhaben scheitern würden, denn auf diese Weise waren sie nicht ganz umsonst zusammengekommen.

„Wie wir sie zumindest noch besser unterstützen und die Reise hierher sicherer machen können", verbesserte er sie nun. „Wir wissen aus deinen letzten Kontakten mit Jenna und Leon, dass die Legende um den Zauberer Malin, der den Zirkel in dieser Welt vor Urzeiten gegründet haben soll, einen wahren Kern hat. Wir wissen auch, dass er nicht der einzige Magier war, der das Tor öffnen und eine ganze Armee hindurchgehen lassen konnte. Aus diesem Grund bezweifle ich, dass das Tor nur auf einer Seite stabil war. Diese Menschen haben es auch hier öffnen und stabil genug halten können, um das möglich zu machen. Die Frage ist nur wie."

„Und du meinst, die Antwort darauf findest du in diesen Werken?" Melina ließ ihren Blick nachdenklich über die fünf Bücher unterschiedlicher Größe und Dicke gleiten, die Peter mitgebracht hatte. Drei davon lagen auf dem Tisch vor ihnen, die anderen beiden jeweils in ihren Schößen.

„Das Buch, das du in den Händen hältst, ist das Traumtagebuch eines Zauberlehrlings, der behauptete, eine Reinkarnation Malins zu sein und im Schlaf dessen Leben noch einmal zu durchleben", unterrichtete Peter sie. „Es hat ihm natürlich nie jemand geglaubt, da einige Zauberer im Laufe der Jahrhunderte immer mal wieder behaupteten, Urahnen Malins oder ehemalige Lehrlinge des Zauberers aller Zauberer zu sein und so weiter. Aber weil er seine Behauptung später widerrief und ein begabter Magier wurde, hat man all seine Niederschriften archiviert, um sie für die Nachwelt aufzubewahren."

„Heißt das, du glaubst ihm jetzt?", hakte Melina nach.

„Keine Ahnung", gestand Norring mit einem Achselzucken. „Ich habe noch nicht genauer in die Schriften reingelesen."

Sie runzelte verwirrt die Stirn.

„Ich habe im Verzeichnis lediglich nach den Namen Malin, Hemetion und Falaysia gesucht und bin dabei auf fünf Bücher gestoßen", erklärte Peter. „Ein vertieftes Lesen war mir noch nicht möglich."

„Worum geht es in deinem?", erkundigte sich Melina mit einer knappen Kopfbewegung in seine Richtung.

„Um die magischen Energien, die Stonehenge in seinem Inneren verbirgt."

Sie hob überrascht die Brauen. „Bist du der Meinung, dass es einen Zusammenhang zwischen ihm und dem Erscheinen des Tores gibt?"

„Du nicht?", fragte Peter lächelnd zurück. „Demeon mag euch erzählt haben, dass ihr das Energiefeld dieser alten Stätte nur dazu braucht, um eure Kräfte zu vergrößern und den Kontakt zu Jenna zu erleichtern, aber ich denke nicht, dass dies der einzige Grund war, warum er mit euch dorthin gefahren ist. Stonehenge, kombiniert mit einer günstigen Sternenkonstellation, hat es ihm erst möglich gemacht, unversehrt nach Falaysia zu reisen. Ich glaube sogar, dass die Stätte ursprünglich dazu diente, das Tor in ihrem Inneren zu fixieren und offen zu halten."

„Aber ... Stonehenge ist über 4500 Jahre alt", wandte Melina ein. „Und Malin soll vor ungefähr 1500 Jahren hierhergekommen sein."

„Möglicherweise war er nicht der erste Reisende zwischen den Welten, sondern nur einer von vielen", ließ Peter sie an seinen Überlegungen teilhaben. „Die Wissenschaft ist sich bis heute nicht sicher, was der ursprüngliche Grund für den Bau dieser Stätte war und es ist auch durchaus möglich, dass sie im Laufe der Jahrtausende unterschiedlichsten Zwecken gedient hat. *Was* wir wissen, ist, dass sie ein eigenes Energiefeld besitzt, das wiederum eng mit dem Erdmagnetfeld und der kosmischen Strahlung zusammenhängt."

„Was heißt das für uns? Dass wir dorthin gehen müssen, um das Tor möglichst auch von unserer Seite aus zu öffnen? Das ist unmöglich mit den ganzen Absperrungen und Sicherheitsmaßnahmen. Wir würden sofort bemerkt werden, wenn wir außerhalb der Besuchszeiten hingingen, und während der Besuchszeiten ..." Sie brach ab, weil Peter damit begonnen hatte, den Kopf zu schütteln.

„Ich glaube nicht, dass Hemetions Truppen noch durch Stonehenge nach Falaysia gereist sind", erklärte er rasch. „Verschiebungen des Magnetfeldes sind nicht ungewöhnlich und mit ihnen hat sich wahrscheinlich auch der Zugang zum Tor verschoben. Es gab vor längerer Zeit eine Gruppierung innerhalb des Zirkels, die sich mit den Kräften von Stonehenge beschäftigte und diese für sich besser nutzbar machen wollte. Insbesondere weil eines ihrer Mitglieder in einem alten Buch gelesen hatte, dass dies bereits anderen Magiern im Mittelalter möglich gewesen sei. Diese hatten einen Weg gefunden, über den sie die Energien der alten Stätte zu einem geheimen Ort ihrer Wahl umleiten konnten, und so viel Macht im Zirkel und auch in ihrem sonstigen Umfeld erlangt."

„Sprichst du von *diesem* alten Buch?", fragte Melina beeindruckt und wies auf das Werk in seinem Schoß.

Er nickte und strich sanft mit der flachen Hand über den ledernen Einband. „Den Zirkelmitgliedern ist es damals nicht gelungen, den Ort zu finden, an dem diese Art von Magie betrieben worden war, und sie verloren irgendwann das Interesse daran. Ich hoffe allerdings, dass wir uns geschickter anstellen und fündig werden."

„Weil du vermutest, dass an dem Ort ebenfalls ein ähnliches Tor erbaut wurde wie in Falaysia", riet Melina. „Etwas, das die Energie des Wurmlochs derart gut in Schach hält, dass Hemetions Truppen dort ohne Probleme hindurchgehen konnten."

Peter nickte lächelnd. „Wenn der Zauberer, wie Leon sagte, die Armee aus unserer Welt zur Hilfe nahm, um einen großen Sieg in Falaysia zu erringen, muss er zuvor regelmäßig hier gewesen sein. Er muss Kontakte geknüpft und Versprechungen an mächtige Menschen in dieser Welt gemacht haben – sonst hätten sie ihm nicht ihre Soldaten und Waffen mitgegeben."

„Und um das zu tun, muss der Zugang zu Falaysia immer wieder geöffnet und geschlossen worden sein", fügte sie seinen Überlegungen an. „Er muss außerordentlich stabil gewesen sein."

„Eben ein fester Ort mit einem festen magischen Tor", ergänzte Peter. „Ich glaube, der Fehler der jungen Leute aus dem Zirkel lag darin, dass sie nur mit *einem* Buch, nämlich dem hier arbeiteten. Wenn wir aber über andere Quellen herausfinden, wie Malin und

Hemetion ihre Reisen bewältigten, können wir vielleicht das geheime Tor finden."

„Wenn es denn existiert."

„Das hoffe ich doch sehr."

Melina erschrak, als plötzlich das Handy in ihrer Jackentasche zu vibrieren begann. Sie zog es rasch heraus und konnte sich ein erleichtertes Seufzen nicht verkneifen, als sie feststellte, dass ihr Neffe der ‚Störenfried' war.

„Wo zur Hölle seid ihr denn?", ließ der Junge ihr keine Chance, ihn erst einmal freundlich zu begrüßen. „Ich stehe vor deinem Übergangsapartment und niemand macht auf!"

„Wir sind wieder in Amesbury, in Demeons Haus", ließ sie ihn wissen und ihre Stirn legte sich bereits in tiefe Sorgenfalten. Benjamin klang so aufgewühlt, als sei etwas Schlimmes passiert. „Was ist denn los?"

Sie hörte ihn tief Luft holen. „Jemand ist bei dir eingebrochen."

Melina erstarrte, blinzelte ein paar Mal verwirrt. „Eingebrochen?", wiederholte sie und auch Norring hob alarmiert den Kopf. Sie schaltete sofort auf Lautsprecher.

„Ja, die Tür stand offen und als ich rein bin, hat mich jemand umgeworfen und ist dann abgehauen."

„Großer Gott, Benny – du kannst doch nicht in meine Wohnung gehen, wenn diese gewaltsam geöffnet wurde!", entfuhr es ihr entgeistert.

„Das wusste ich ja nicht!", verteidigte er sich sofort. „Und es ist ja nichts passiert."

„Kann er beschreiben, wie der Einbrecher aussah?", erkundigte sich Peter.

„Nein, es ging alles viel zu schnell", berichtete Benjamin, „und ich glaube auch, dass er eine Maske aufhatte."

Peter dachte kurz nach, griff nach seinem eigenen Handy, das auf dem Tisch lag, stand auf und entfernte sich ein Stück von Melina. Sie wusste, dass er nun das Team anrief, das eigentlich Benjamin und seinen Vater bewachen sollte.

„Ist dein Vater nicht zu Hause?", erkundigte sich Melina, während sie Norring weiter beobachtete. Es sah nicht so aus, als würde er jemanden erreichen, denn er wählte, nun mit deutlicher Sorge in den Augen, die nächste Nummer an.

„Ja, aber ich gehe ganz bestimmt nicht jetzt schon zurück."

„Das verlange ich auch gar nicht von dir. Bleib einfach ..."

„Ich komme zu euch", schnitt ihr Neffe ihr das Wort ab. „Wenn ich jetzt gleich losfahre, bin ich spätestens in 'ner Stunde bei euch. Ich kann euch helfen bei ... was immer ihr auch gerade tut. Dad habe ich gesagt, dass Michael und die anderen mit mir 'ne Radtour machen und er hat mich mit ihnen wegfahren sehen. Sie gehen auf meine Kosten ins Kino, also werden sie dichthalten."

Melina wollte Benjamin eigentlich nicht nachgeben, doch gerade in diesem Augenblick hatte sie leider keine Argumente parat, die ihn umstimmen würden. „O...okay", stammelte sie stattdessen.

Ihr Neffe verabschiedete sich sofort und sie war gezwungen, etwas perplex aufzulegen. Ihr Blick wanderte zurück zu Norring, der nun endlich jemanden erreicht hatte und nach einem knappen Informationsaustausch wieder auflegte.

„Unsere letzte Wache wurde in der Tat ausgeschaltet", berichtete er ihr mit sorgenschwerer Stimme. „Ich muss los und mir das ansehen. Bleib du hier und versuche herauszufinden, ob die Bücher uns wahrlich helfen können. Kommt Benjamin her?"

Sie nickte bedrückt. „Heißt ‚ausgeschaltet', dass die Männer getötet wurden?"

„Einer von ihnen", war die erschreckende Antwort. „Der andere hat überlebt."

„Aber wer tut denn so etwas?", entwischte es ihr entsetzt. „Hatte Demeon noch andere Unterstützer, die uns jetzt angreifen, um zu verhindern, dass wir ihm in die Quere kommen?"

„Ich weiß es nicht", seufzte Peter. „Das alles kommt für mich genauso überraschend wie für dich. Aber wir bekommen das in den Griff." Er schenkte ihr ein Lächeln, das sie vermutlich aufmuntern sollte, doch das Unbehagen in seinen Augen ließ diese Wirkung gar nicht erst eintreten.

„Auf jeden Fall seid ihr beide, du und Benjamin, hier erst einmal sicher", setzte er hinzu, während er sich bereits auf die Haustür zu bewegte. „Hier wird euch sicherlich niemand suchen. Wenn ihr was

Wichtiges rausgefunden habt, ruft mich an. Ich denke, je schneller wir mit unseren Nachforschungen sind, desto besser!"

Damit war er auch schon zur Tür hinaus und ließ Melina mit ihren Ängsten und Sorgen zurück. Mit einem tiefen Seufzen lehnte sie sich zurück in die Polster der Couch und schloss die Augen, um sich zu sammeln. Die neuen Entwicklungen waren zwar erschreckend, dennoch durfte sie sich nicht davon abhalten lassen, zu tun, was zu tun war. Sie richtete sich entschlossen auf und beugte sich über ihre Lektüre. Es lag viel Arbeit vor ihr und die würde sie jetzt mit vollem Einsatz angehen.

„Die waren früher wirklich der Meinung, dass Magie eine Kraft ist, die der Teufel den Hexen und Zauberern eingehaucht hat", riss Benjamin Melina nach mehreren Stunden harter Arbeit aus ihrer Lektüre. Ihr Neffe hatte weniger Zeit gebraucht, um bei ihr einzutreffen, als angekündigt und sich nach einer kurzen Klärung der Lage und der mehrfachen Versicherung, dass es ihm gut ging, sofort über eines der dicken Bücher hergemacht.

„Und ich spreche nicht über die Kirche, sondern über Menschen, die selbst magische Fähigkeiten hatten", wurde er genauer. „Ein Zauberer namens Geoffrey schreibt hier: *Es ist der Schlund der Hölle, der uns unsere Kräfte gibt, jedes Mal wenn er sich öffnet unter den steinernen Zeichen der Dämonen. Dessen bin ich mir nun sicher. Wir sind alle verflucht. Gleichwohl können wir es nicht erkennen, weil der Teufel der größte Verführer von allen ist und selbst Erzengel zu Fall bringen kann. Wehe uns, die immer wieder absichtlich seine Nähe suchen, ja sogar freiwillig durch das Höllentor schreiten, um noch mächtiger, noch verdorbener zu werden.*"

Melina sah ihren Neffen sehr nachdenklich an. „Hat sein Höllentor auch einen Namen?"

„Ja, es soll Shivade heißen", gab er nach einem kurzen Blick in seine Lektüre zurück.

Melinas Herz machte einen kleinen Satz, sie blätterte ein paar Seiten zurück und legte ihr Buch vor Benjamin auf den Tisch.

„Da!", sagte sie und wies auf ein Wort in der Mitte der Seite. Dasselbe, das der Junge soeben genannt hatte. Seine Augen weiteten sich, bevor sie über die Wörter und Zeilen glitt, die beschrieben, wie Malin – oder auch Jasper, der junge Zauberer, der glaubte, in seinen Träumen Malin zu sein – Shivade öffnete, um nach Falaysia zu gelangen.

„Dann ist dieses Höllentor, dasjenige, das die Magier im Mittelalter erbaut haben – das Tor nach Falaysia!", stieß er beeindruckt aus. „Das heißt, es befindet sich irgendwo *unter* Stonehenge!"

„Zumindest in dessen Nähe", verbesserte Melina. „Jasper beschreibt hier eine alte Kirche nebst einem Gehöft, in dem Angehörige des Zirkels lebten. Die Kirche besaß einen Keller, der offenbar einen Geheimgang verbarg, durch den man in eine Höhle gelangte …"

„… in der sich das Tor befand", ergänzte Benjamin aufgeregt. „Von der Höhle wird auch in meinem Buch gesprochen. Sie hatte anscheinend mehrere Zugänge, die alle irgendwann geschlossen wurden – wegen Ketzerei und so."

„Gut", merkte Melina entschlossen an, „wenn wir also Shivade finden wollen, müssen wir herausfinden, wo die Kirche stand."

„Das kann ja nicht so schwer sein, denn sie muss ja, wie wir aus meinem Buch wissen, in der Nähe von Stonehenge gestanden haben", erwiderte Benjamin und öffnete sofort den Laptop, den er hinter dem Rücken seines Vaters aus der Wohnung geschmuggelt hatte. „Eventuell ist sie ja sogar noch erhalten geblieben."

Es dauerte nur ein paar Sekunden, bis der Junge mit Hilfe eines zusätzlichen Sticks eine Internetverbindung hergestellt hatte und alle Kirchen in der Nähe von Stonehenge auf dem Bildschirm auftauchten. Zwei, um genau zu sein. Und die befanden sich in den größeren Städten und waren viel zu weit weg, um in Frage zu kommen.

„Das heißt dann wohl, dass es sie nicht mehr gibt", schloss Benjamin mit einem resignierten Seufzen. „Wäre ja auch zu schön gewesen."

„Also suchen wir nach einer Ruine", überlegte Melina und beugte sich vor, weil ihr Neffe über eine Satellitenaufsicht die Gegend um Stonehenge genauer in Augenschein nahm.

„Da sind noch ein paar andere Hügelgräber, kleine Wäldchen, sonst nur Felder", beschrieb er und schob die Karte ein wenig hin und her.

„Warte! Was ist das da?" Melina wies auf etwas, das wie eine Ansammlung mehrerer Gebäude aussah.

„Ein Bauernhof – aber ein neuer."

„Wie neu?"

„Keine Ahnung. Das steht da nicht. Wieso?"

„Ist es nicht oft so, dass Höfe dort entstehen, wo schon zuvor Gebäude standen, wo es einen Brunnen gab und andere günstige Gegebenheiten?"

„Du meinst, die Ruine der Kirche könnte dort irgendwo versteckt sein?"

„Das wäre doch gut möglich oder? Immerhin ist das der einzige Hof, der nicht allzu weit von Stonehenge entfernt liegt und wenn ein unterirdischer Tunnel noch näher ranführt …"

„Okay, wir können da zumindest mal vorbeifahren und fragen, ob die Leute, die da jetzt wohnen, was wissen", lenkte Benjamin ein. „Wenn wir falsch liegen, können wir ja dann von dort aus weitersuchen. Aber was wir auf jeden Fall zusätzlich machen sollten, ist, noch mehr Informationen zu sammeln. Schließlich haben wir noch drei weitere Bücher und das Internet."

Melina nickte sofort. „Wir sollten uns Notizen zu den wichtigsten Anhaltspunkten machen und die dann vergleichen", schlug sie vor und dieses Mal war es an ihrem Neffen zu nicken. Er stellte den Laptop wieder auf den Tisch vor sich und holte das Buch zurück auf seinen Schoß.

Für eine ganze Weile blieb es still zwischen ihnen. Das Umschlagen der Seiten und das Kratzen von Stiften auf Papier waren die einzigen Geräusche, die noch zu hören waren. Nur aus diesem Grund zuckten sowohl Melina als auch Benjamin heftig zusammen, als ein leises Kratzen an der Haustür zu vernehmen war und kurz darauf das Miauen einer Katze.

Melina runzelte die Stirn. „Satan?", fragte sie in den Raum hinein. An Demeons verrückte Katze hatte sie seit geraumer Zeit nicht mehr gedacht.

„Ich hoffe nicht!", erwiderte Benjamin mit einem Schmunzeln, doch sie war schon auf den Beinen und lief hinüber zur Tür.

Tatsächlich starrte sie in Satans gelbe Augen, nachdem sie diese geöffnet hatte. Der Kater regte sich nicht, saß nur auf dem Fußabtreter und sah von ihr zu Benjamin, der sich nur eine Sekunde später zu ihr gesellt hatte.

„Der sieht fast genauso aus wie deine", merkte ihr Neffe grinsend an. „Ist mir schon beim letzten Mal aufgefallen."

Melina bedachte ihn mit einem irritierten Blick. „Finde ich überhaupt nicht."

„Ja?" Er betrachtete das Tier genauer. „Schwarz ist schwarz, oder?"

„Meine ist getigert", erinnerte sie ihn.

„Ja, die eine, aber die andere ist schwarz", wusste er es besser.

Ihre Verwirrung wandelte sich sehr schnell in Unbehagen und ihr Puls beschleunigte sich, insbesondere als Satan seinen Kopf schräg legte und der starre Blick seiner Augen noch intensiver zu werden schien. Sie schob ihren erstaunten Neffen vorsichtig zurück ins Haus und schloss dann rasch die Tür, bevor die Katze auf die Idee kam, doch noch hereinzukommen.

„Was ist denn los?", wollte Benjamin wissen. Sämtliche Belustigung war aus seinen Zügen gewichen und er sah sie nun forschend an. Melina packte ihn am Arm und brachte ihn dazu, ihr zurück ins Wohnzimmer zu folgen.

„Ich habe nur *eine* Katze, Benny", erklärte sie ihm leise. Ihr Blick flog beunruhigt hinüber zur Tür, bevor er sich wieder auf das Gesicht ihres Neffen richtete. „Pandora ist getigert. Wann hast du die schwarze Katze in der Nähe meiner Wohnung gesehen?"

„Das ist schon ewig her", war die erwartete Antwort. „Noch bevor Jenna verschwunden ist."

„Mehr als einmal, nicht wahr? Sonst würdest du ja nicht davon ausgehen, dass sie ebenfalls zu mir gehört."

Benjamins Brauen bewegten sich in dem Bemühen, alles zu verstehen, aufeinander zu.

„Ja, aber es gibt doch viele schwarze Katzen. Es muss ja nicht unbedingt die von Demeon gewesen sein. Wieso auch? Er kann sie ja schwer als Spion einsetzen …" Er stockte. „Kann er doch nicht, oder?"

„Doch – leider", gestand Melina leise. „Sehr begabte Zauberer können sich auch mit dem Geist von Tieren verbinden und sie für sich arbeiten lassen."

„Inwiefern?"

„Sie können sie dazu veranlassen, bestimmte Orte aufzusuchen, Sachen dorthin zu transportieren, Botschaften zu überbringen – wenn es den Tieren physisch möglich ist – aber sie können auch nur deren Sinne nutzen. Vor allen Dingen ihre Augen."

„Du meinst wie eine Drohne?"

„Ganz genau."

Benjamin schluckte schwer. „Dann hat er uns alle mit Hilfe seiner Katze bereits ausspioniert, lange bevor wir wussten, dass er da ist? Deswegen war er so gut auf Jennas Entführung vorbereitet! Er hatte das alles ganz genau geplant."

Ihr Neffe sah hinüber zur Tür.

„Aber wenn Satan jetzt hier ist und Demeon immer noch in Falaysia ... heißt das dann, er beobachtet uns von dort aus?"

„Nein, das ist nicht möglich. Die Entfernung ist zu groß."

„Aber wer hat ihn dann geschickt?"

„Demeon hat nicht allein gearbeitet", verkündete Melina. Sie war sich jetzt ganz sicher und begann sofort damit, die Bücher zusammenzupacken und in den Rucksack zu stecken, mit dem Norring sie auch schon zuvor transportiert hatte. „Weder in Falaysia noch hier. Seine Komplizen sind bei mir eingebrochen und wenn es nicht er selbst ist, der mit Satans Hilfe nachsehen wollte, ob wir hier sind und was wir tun, dann sind es diese Leute."

Das Erschrecken in Benjamins Gesicht zeigte, dass er sofort begriff, worauf sie hinaus wollte. Keine weitere Frage kam mehr über seine Lippen, bis sie alles zusammengepackt hatten und durch den Hinterausgang des Hauses hinaus in den Garten liefen. Satan saß nicht mehr vor der Eingangstür, sondern kam ihnen entgegen, den Schwanz hoch erhoben und die Augen wieder starr auf sie gerichtet.

„Pass bloß auf", raunte Melina ihrem Neffen zu, als sie an dem Tier vorbeieilten, „die energetische Verbindung zu einem Menschen kann manche Tiere extrem aggressiv machen und dieser Kater ist ohnehin schon gefährlich."

Benjamin nickte nur und machte einen Satz, als Satan mit einer Pfote nach ihm ausholte und laut fauchte. Doch das Tier folgte ihnen nicht, ließ sie aus dem Tor entkommen und in Melinas Auto steigen.

Erst als beide Türen geschlossen waren und sie anfuhren, wagte es Melina, erleichtert auszuatmen.

„Und was jetzt?", keuchte Benjamin.

Sie dachte kurz nach und straffte dann entschlossen die Schultern. „Wir fahren zu dem Gutshof."

„Sofort?"

„Ja, denn wenn uns Demeons Komplizen schon jetzt so zusetzen, haben wir keine Zeit zu verlieren. Wir müssen Shivade so schnell wie möglich finden und zwar, ohne dass uns seine Freunde dabei auf die Schliche kommen!"

„Glaubst du, er hat sie geschickt, um zu verhindern, dass wir Jenna helfen?"

„Wahrscheinlich. Es ist aber auch möglich, dass er sie hat hängen lassen und sie über uns herausfinden wollen, wo er ist. Das würde erklären, warum sie in meiner Wohnung waren. Sie wussten, dass diese bewacht wurde und ich nicht dort bin. Trotzdem sind sie das Risiko eingegangen, erwischt zu werden. Das klingt eher nach Verzweiflung als nach genauer Planung."

„Also doch kein Auftrag von Demeon?"

Melina zuckte hilflos die Schultern. „Ich weiß es ehrlich gesagt nicht. Peter sagte ja, dass es einige Zauberer gibt, die gerne an das Herz der Sonne herankommen wollen. Es ist möglich, dass Demeon sie mit dem Versprechen geködert hat, seine Macht mit ihnen zu teilen, und nun wollen sie dafür sorgen, dass er es hält. Ob nun mit oder ohne sein Zutun sollte uns egal sein. Sie sind auf jeden Fall gefährlich und wir müssen ihnen aus dem Weg gehen und dennoch in aller Eile unsere Pläne vorantreiben."

Sie sah Benjamin nicken und dann die Notizen aus dem Rucksack herausholen. „Na, dann sehen wir mal, was wir alles schon haben", murmelte er.

Ein paar Minuten lang schwiegen sie beide, dann sah der Junge sie plötzlich alarmiert an. „Es gibt eine Statue an einem der Eingänge zu Shivade?"

„Ja, Jasper schrieb davon. Hast du auch etwas darüber in einem der anderen Bücher gelesen?"

„Nein, ich …" Benjamin schien Mühe damit zu haben, seine Gedanken zu sortieren und in Worte zu fassen. Er bewegte sich, schob eine Hand in seine Hosentasche und holte einen sorgsam gefalteten Zettel daraus hervor. „Kannst du mal kurz an den Straßenrand fahren und anhalten?"

Melina runzelte ihre Stirn, tat aber, worum ihr Neffe sie bat, obwohl sich ein seltsam flaues Gefühl in ihrer Magengegend breitmachte. Benjamin hielt den Blick gesenkt und sah sie erst an, als der Motor ausgeschaltet war. Sein schuldbewusster Gesichtsausdruck gefiel ihr gar nicht.

„Als du mich vor ein paar Tagen gefragt hast, was ich aus der Kiste von Grandma entwendet habe, da sagte ich ‚gar nichts'."

Sie nickte, konnte sich noch gut daran erinnern, dass sie ihm nicht geglaubt hatte.

„Ich habe gelogen", war das wenig überraschende Geständnis. „Ich hab Grandmas Kette genommen und ... den Stein, der früher dort eingesetzt war. Er befand sich in einem Geheimfach im Schmuckkästchen."

Melina konnte kaum glauben, was sie da hörte. „Ein Geheimfach? Heißt das ..."

„... dass das hier ...", er griff in seine Jackentasche und holte besagtes Schmuckstück daraus hervor, „... ebenfalls ein kleines Bruchstück Cardasols ist."

In stummem Staunen nahm sie ihrem Neffen die Kette aus der Hand, starrte den dunkelroten Stein, der nun wieder die Mitte des Anhängers schmückte, fassungslos an. Süße aber auch schmerzliche Erinnerungen kamen in ihr auf, die sie schnell wieder verdrängte. Sie war schon aufgewühlt genug.

„Grandma war nicht verrückt", setzte Benjamin leise hinzu. „Sie hatte Visionen, ausgelöst durch das Bruchstück. Sie konnte sehen, was die Träger Cardasols bisher erlebt hatten. Sie war in Falaysia, ohne hinüber in die andere Welt zu gehen. Die Bilder, die sie gemalt hat, entsprangen nicht ihrer Phantasie!"

„Großer Gott!", entfuhr es Melina, weil ihre Handfläche dort, wo der Stein ihre Haut berührte, nun auch noch zu kribbeln begann.

„Ich habe diese Welt auch gesehen, Tante Mel", fuhr ihr Neffe fort. „Und ich habe Zauberer gesehen, die sich in einem unterirdischen Gebäude sammelten. Ich sah ein Landgut und Männer in Kapuzenmänteln und eine Statue und ..."

Melinas Blick richtete sich ruckartig auf sein Gesicht. „Wie sah die aus?"

„Es war ein Mann in einer langen Robe, mit einer Kapuze, die tief in sein Gesicht gezogen war. Er sah genauso aus, wie die echten Menschen, die ich gesehen habe."

„Mit einem Medaillon um den Hals?"

„Ja!"

„In den Skizzen meiner Mutter gab es auch ein solches Bild und vorhin, als ich von der Statue in Jaspers Notizen las, kam mir die Beschreibung gleich bekannt vor. Ich wusste nur nicht woher – bis jetzt."

„Weißt du, was ich glaube?" Benjamins Wangen glühten vor Aufregung. „Ich glaube, dass auch Jasper einmal im Besitz dieser Kette war und dadurch seine Visionen von Malin hatte. Vielleicht sind wir ja mit diesem Jasper verwandt und haben die Kette von ihm geerbt."

Melina schluckte schwer. Das, was ihr kleiner Komplize da behauptete, machte sehr viel Sinn und ihr Mitleid mit ihrer Mutter wuchs, genauso wie das schlechte Gewiss darüber, ihr nie richtig geglaubt zu haben. Mit solchen Visionen musste man ja durchdrehen und wer wusste schon, über welche Dinge sie noch informiert gewesen war?

„Arme Grandma", sprach Benjamin leise aus, was sie selbst dachte. „Und alle haben angenommen, sie sei verrückt …"

Melinas Blick fiel auf den zusammengefalteten Zettel, den ihr Neffe nun gedankenverloren zwischen den Fingern hin und her drehte.

„Ja, das muss hart für sie gewesen sein", sagte sie leise, wies dann aber auf das Stück Papier. „Und was ist das? Hängt das auch mit der Kette zusammen?"

Benjamins schuldbewusster Gesichtsausdruck war sofort zurück. Er holte tief Luft und hielt ihr den Zettel schließlich schweren Herzens hin.

„Der war auch in dem Geheimfach", sagte er leise. „Ich wollte ihn dir eigentlich sofort geben, nachdem ich ihn gefunden hatte, aber dann musste ich ja wieder schmollen …"

Melina zögerte einen Augenblick, schließlich griff sie zu und faltete das Papier auseinander. Sofort erkannte sie die feine Handschrift ihrer Mutter und ihre Kehle verengte sich.

Meine geliebten Töchter,

wenn ihr das hier lest, bin ich wahrscheinlich schon eine Weile nicht mehr bei euch und habe euch mit allerlei Fragen, Sorgen und Wut auf mich allein gelassen. Ich hoffe, dass ich mit diesem Brief einiges wiedergutmachen und erklären kann und möglicherweise versteht ihr dann besser, warum eure Leben so anders verlaufen sind, als die anderer junger Mädchen eures Alters.

Ich war sechs Jahre alt, als ich zum ersten Mal auf meine Gabe aufmerksam wurde. In einem Wutanfall brachte ich den Boden unter meinen Füßen dazu, aufzubrechen – nur ein Stück weit, doch es genügte, um mich zu erschrecken und zum Weinen zu bringen. Mein Vater weihte mich daraufhin in das Geheimnis seiner Familie ein und unterrichtete mich in der Kunst der weißen Magie. Von ihm lernte ich alles, was ich auch an euch und vor allen Dingen an dich, Melina, weitergab. Und ich erhielt an meinem achtzehnten Geburtstag den Kettenanhänger mit dem kleinen roten Stein, den ihr in dieser Schachtel finden konntet. Mein Vater sagte mir damals, dass dies das kostbarste Erbe seiner Familie sei und ich es eines Tages an eines meiner Kinder weitergeben solle, wenn die Zeit dafür gekommen sei. In dem Stein schlummere eine Macht, die sich nur wenige zunutze machen könnten und die unsere Familie schon immer beschützt habe. Ich dürfe sie jedoch niemals für das Böse oder egoistische Ziele einsetzen und müsse sie gleichzeitig vor neugierigen Augen schützen.

Ich nahm die Kette an mich und hütete sie, schützte sie sogar vor euch, als ihr in eurem kindlichen Übermut damit spieltet. Bald schon entdeckte ich, dass der Stein im Inneren des Anhängers die Erinnerungen seiner Träger aufnimmt, denn ich konnte sie in meinen Träumen sehen, in eine fremde Welt und ferne Zeiten reisen und ich bekam Angst. Mir gefiel nicht, was ich erlebte, wenn ich schlief, denn mir wurde bald klar, dass die Macht des Steins das Böse anlockte, diejenigen in Gefahr brachte, die ihn hüteten. Ich beschloss, euch niemals dieser Gefahr auszusetzen und die Kette zu verstecken, denn ich hatte bereits bemerkt, dass wir beobachtet wurden, dass der Zirkel der Magier, von dem mein Vater mir berichtete, um uns herumschlich, als ahnte er, was in unserem Besitz war. Ich versuchte den Stein zu zerstören. Doch es gelang mir nicht. Er schien härter als alles andere zu sein, das es in dieser Welt gibt – sogar härter als ein Diamant.

Damals wurde mir klar, dass ich mich, um euch zu schützen, von euch trennen musste. Ich konnte den Stein nicht verstecken, weil ich Angst hatte, dass er in die falschen Hände geraten könne, aber ich konnte euch, die ihr alle eine Reaktion bei dem Kettenanhänger hervorrieft, verstecken. Melina, dich behielt ich bei mir, weil du noch so klein warst und mir klar war, dass du am besten dafür geeignet sein würdest, die Kette eines Tages an dich zu nehmen und zu schützen. Du warst immer die Stärkste von euch dreien.

Als ich den Stein vor langer Zeit aus dem Anhänger löste und in der Schachtel versteckte, hatte ich einerseits die Hoffnung, dass er nie wieder entdeckt werden würde, andererseits wünschte ich mir jedoch, dass er von dir gefunden werden würde. Ich hoffte, dass du die Kraft besäßest, all seine Geheimnisse zu ergründen und einen Weg zu finden, ihn zu schützen, ohne in Angst leben zu müssen. Ich hoffte, dass der Fluch meiner Familie eventuell nicht mehr als solcher empfunden werden würde, weil du mit deiner natürlichen Wissbegierde und deinem bewundernswerten Mut alles besser verstehen und die richtigen Entscheidungen treffen würdest.

Jessie und Anna, mein Herz schmerzt, wenn ich daran denke, was ich euch antun musste. Bitte zweifelt nicht an meiner Liebe zu euch, denn sie war es, die mich dazu veranlasste, euch nach dem tragischen Tod eures Vaters in Sicherheit zu bringen. Ich glaubte fest daran, euch mit diesem Handeln zu schützen und halte noch heute an diesem Glauben fest. Lebt eure Leben abseits der Magie, liebt und werdet glücklich und vergesst nicht eure kleine Schwester, die euch ab und an gewiss an ihrer Seite braucht.

Melina, was du mit dieser Kette machst, liegt in deinen Händen. Hüte und benutze sie oder verstecke sie wieder, nur lasse sie nicht in die falschen Hände geraten. Mein Vater erzählte mir nur wenig über dieses Erbstück und es gibt darüber keinerlei Aufzeichnungen, aber dies ist auch nicht notwendig. Der Anhänger kann dir selbst alles erzählen, was wichtig ist. Du musst nur lernen, ihm zuzuhören.

Ich umarme euch innig, meine lieben Töchter, und werde euch niemals vergessen! Eure Mama

Melina atmete zitternd ein und wischte sich die Tränen von den Wangen, die sie nicht hatte halten können. Ihr kam es fast so vor, als hätte sie die Stimme ihrer Mutter vernommen, ihre Gegenwart noch einmal gespürt und allein dafür war sie dieser tapferen Frau und auch ihrem Neffen unendlich dankbar.

Sie sah Benjamin an und lächelte sanft, legte eine Hand auf die seine und drückte sie. „Danke!", sprach sie aus, was sie fühlte.

Der Junge blinzelte verwirrt. „Du bist nicht böse, dass ich die Sachen aus der Kiste geholt habe?"

„Nein", war sie ganz ehrlich. „Ich hätte sie doch nie entdeckt und damit nie erfahren, was meine Mutter über all diese Dinge wusste. Du hättest mich gewiss schon etwas früher darüber informieren können, aber du hast mit so vielen anderen Problemen und Emotionen zu kämpfen, dass ich großes Verständnis für dein Handeln habe. Wichtig ist nur, *dass* du mir davon erzählt, mir deinen Fund gezeigt hast. Und möglicherweise kann uns das alles später noch helfen."

„Das wird es!", versprach Benjamin enthusiastisch, beugte sich nach vorn und holte seinen Laptop auf seinen Schoß.

„Was willst du tun?"

„Nach Funden alter Skulpturen in dieser Gegend suchen – vielleicht haben wir ja Glück", erklärte er abgelenkt und Melina betrachtete ihn noch ein paar Sekunden lang voller warmer Gefühle, bevor sie den Motor startete und anfuhr. Es war Zeit, weiterzumachen.

Zu ihrer Überraschung dauerte es nicht lange, bis Benjamin ein atemloses „Das gibt's nicht!" von sich gab.

„Was?" Melina fiel es schon wieder sehr schwer, sich auf das Fahren zu konzentrieren.

Ihr Neffe drehte den Bildschirm des Laptops in ihre Richtung, sodass sie zumindest einen flüchtigen Blick darauf werfen konnte, und ihr Herz machte einen freudigen Sprung. Das Bild war zwar nicht sonderlich scharf, doch man konnte deutlich erkennen, dass Benjamins und auch Jaspers Beschreibung genau auf die Statue zutraf, die dort zu sehen war.

„Das gehört zu einem Artikel einer lokalen Zeitung über eine Ausstellungseröffnung und da steht …", er überflog rasch die Zeilen und Melina konnte spüren, wie seine Freude wuchs, „… vor fünfundzwanzig Jahren fand ein Bauer dieses Kunstwerk auf seinem Grund und Boden. Es wird auf das Jahr 1659 zurückdatiert und hat ihm eine Menge Kohle eingebracht, auch wenn nicht raus ist, wer der Bildhauer war."

„Kannst du herausfinden, wo genau der Fundort war?"

„Hmm … hier steht nur der Name des Finders, aber ich gebe den mal ins Online-Telefonbuch ein. Warte …"

Melina sah zwar auf die Straße, doch sie nahm gleichwohl aus dem Augenwinkel wahr, dass Benjamin kurz neben ihr erstarrte, um dann ein ungläubiges Lachen von sich zu geben.

„Was?", fragte sie ihn angespannt.

„Die Familie Ternic, zu der der Finder zu gehören scheint, ist im Besitz des Hofes, zu dem wir gerade unterwegs sind!"

„Wirklich?" Sie konnte es kaum glauben.

„Nein, ich scherze – ja, *wirklich*!!"

Nun kam auch über ihre Lippen ein erleichtertes Lachen. Das Glück war ihnen ausnahmsweise einmal hold. Hoffentlich hielt das noch eine ganze Weile an.

„Nimm mein Handy und ruf Norring an", wies sie ihren Neffen an, dessen Mund sich zu einem breiten Grinsen verzogen hatte. „Es ist möglich, dass er auch dorthin kommen will." Sie runzelte die Stirn, weil er nicht sofort zum Telefon griff. „Was ist?"

„Gib's zu!"

„Was genau?

„Ohne mich wärt ihr verloren."

Sie konnte nicht anders – auch sie musste zumindest lächeln. „Umso besser, dass du wieder da bist", sagte sie und konnte fühlen, dass es genau das war, was er hören wollte.

3

Es gab auch noch nette Menschen in dieser Welt. Zumindest Benjamins Empfinden nach. Die beiden älteren Leute, denen die Farm gehörte, erzählten ihnen bei einem warmen Tee und selbstgebackenen Keksen, dass der Hof schon seit Generationen im Besitz ihrer Familie war und bereits seit dem siebzehnten Jahrhundert existierte. Es hatte sich wahrhaftig einst eine kleine Kirche auf ihrem Land befunden. Diese war aber bei Bombenangriffen der Deutschen im Zweiten Weltkrieg vollkommen zerstört und, im Gegensatz zu den restlichen Gebäuden des Gutes, nicht wieder aufgebaut worden. Mr Ternic berichtete weiter, dass sein Vater 1988 durch Zufall auf die Statue gestoßen war und dieses ‚hässliche Ding' nur allzu gern an den Staat verkauft hatte. Er habe nicht weiter nach anderen Kunstschätzen oder der Kirche selbst gesucht, weil er gesundheitlich sehr angeschlagen gewesen und bald darauf gestorben war. Die Familie hatte danach das Gut erst einmal verpachtet und später war niemand mehr auf die Idee gekommen, das Grundstück weiter auszukundschaften.

Als Norring nach gut einer Stunde zu ihnen stieß, erklärte Mr Ternic gerade, dass die Kirche in der Tat unterkellert gewesen wäre. Als Kinder hatten er und seine Geschwister gern in der damals noch bestehenden Ruine gespielt und einen Eingang zum Keller gefunden, jedoch schnell festgestellt, dass dieser vollkommen verschüttet war. Es mache also keinen Sinn, ihn zu suchen, weil es auch dem besten Historiker und Restaurateur (als Vertreter dieser Berufsgruppen hatte Melina sich und Peter ausgegeben, während Benjamin als ihr Praktikant vorgestellt worden war) nicht mehr gelingen würde, auch nur etwas halbwegs Erhaltenes aus dem Boden zu bergen. Dennoch erhielten sie die Erlaubnis, sich den Ort, an dem die Kirche gestanden hatte, noch einmal genauer anzusehen und sich ein eigenes Bild über alles zu machen.

Nach einem weiteren Tee und netten Worten des Abschieds (die beiden alten Leutchen hatten glücklicherweise noch andere wichtige Dinge zu erledigen) fanden sie sich schließlich in dem kleinen Wäldchen wieder, das an den Hof angrenzte. Den Ort zu finden, an dem die Kirche einst gestanden hatte, war nicht weiter schwer, denn die Familie hatte genau an dieser Stelle ein steinernes Kreuz nebst einer Gedenktafel für den im Krieg gefallenen Großvater gesetzt. Problematischer war es festzustellen, wo genau sich das Gebäude einst in den Himmel gereckt hatte, denn es waren nicht einmal mehr die Grundrisse zu erkennen. Selbst wenn man zwischen den Bäumen und Büschen umherlief, die eine oder andere Pflanze zur Seite drückte oder auch in die Hocke ging, um den Boden genauer in Augenschein zu nehmen, konnte man nichts entdecken, das einem weiterhalf.

Aus diesem Grund begann Benjamin sich auch weiter von dem Kreuz zu entfernen und noch tiefer in den Wald vorzudringen. Es dauerte nicht lange, bis er das Gefühl hatte, etwas Vertrautes zu sehen – wenngleich er weiterhin nur von Bäumen und Büschen umgeben war. Aber die beiden mächtigen Eichenbäume vor ihm und die Birken zu seiner Linken …

„Benny?!" Die Stimme seiner Tante klang weiter entfernt, als angenommen, und als er sich umwandte, bemerkte er, dass er sie kaum noch durch das Gestrüpp erkennen konnte.

„Hier drüben!", rief er laut und winkte, bis sie ihn entdeckte.

„Was machst du denn da?" Norring und sie bewegten sich, begleitet vom lauten Knacken der Zweige, auf ihn zu.

„Na, in den Büchern stand doch, dass es mehrere Eingänge zur unterirdischen Höhle gab", erklärte er und hielt nun auf die Eichen zu. „Die Kirche und ihren Keller gibt es zwar nicht mehr, aber das heißt ja nicht, dass das auch auf alles andere zutrifft. Au!"

Er war bei seinen letzten Worten mit dem Fuß gegen etwas Hartes gestoßen, stolperte und konnte sich gerade rechtzeitig an dem breiten Stamm eines Baumes festhalten, um einen Sturz zu verhindern. Stirnrunzelnd wandte er sich um und betrachtete den Boden, aus dem eindeutig etwas hervorragte. Etwas Steinernes. Er ging in die Hocke und begann mit beiden Händen Laub, Moos und Erde von der Erhebung abzutragen. Als Melina und Norring bei ihm eintrafen, schlug sein

Herz bereits sehr viel schneller als zuvor und sein Mund war ganz trocken geworden.

„Du meine Güte!", stieß seine Tante aus, weil auch sie sofort erkannte, was sich da vor ihren Augen auftat: Das Gesicht einer Statue, nicht menschlich, eher affenähnlich – bis auf die scharfen Zähne. Benjamin hörte auf zu buddeln, richtete sich auf und wischte die schmutzigen Hände an seiner Jeans ab.

„Genau das habe ich in meinem Traum gesehen!", verkündete er aufgeregt. „Das stand auch in der Nähe eines Einganges."

Sein Blick flog noch einmal über seine Umgebung. Er musste sich konzentrieren, daran erinnern, was er gesehen hatte. Seine Lider schlossen sich und er zog angestrengt die Brauen zusammen, versuchte auszublenden, dass Melina Norring gerade erklärte, wovon Benjamin sprach. Die Statuen, die Eichen … Birken auf der linken Seite … Männer in Roben …

Er riss rasch die Augen auf und bahnte sich einen Weg durch das Gestrüpp zwischen den beiden Eichen hindurch. Überall wuchsen Unkraut, Büsche und kleine Ableger der Eichen, dennoch erkannte Benjamin sofort, dass sich da noch etwas anderes unter dem Dickicht befand. Etwas, das von Menschenhand erschaffen worden war. Seine Finger zitterten, als er begann die Efeuranken von dem Gebilde zu reißen, Moos und Laub zu entfernen. Bald schon waren Melina und Norring an seiner Seite und halfen ihm dabei, ohne Fragen zu stellen.

„Das ist ein alter Brunnen!", fasste Peter in Worte, was auch Benjamin bereits erkannte.

„Nur noch seine Überreste", setzte Melina hinzu und dann hielten sie inne, starrten mit großen Augen die schwere Metallplatte an, die auf dem Loch im Boden ruhte. Keiner von ihnen sagte ein Wort, sie tauschten nur ein paar Blicke aus und packten dann zu.

Benjamin hatte es nicht für möglich gehalten, doch nach ein paar erfolglosen Versuchen bewegte sich die Platte tatsächlich und sie konnten sie gemeinsam zur Seite ins Gebüsch ziehen. Benjamin schob den Gedanken, dass einer seiner Begleiter Magie angewandt hatte, trotz des nachhaltigen Prickelns in seinen Schläfen, beiseite, und befasste sich lieber damit, das dunkle Loch, in das sie jetzt starrten, genauer zu inspizieren. Innerhalb von Sekunden hatte er sein Handy in der Hand und leuchtete hinein. Tief hinunter ging es dort nicht. Der größte Teil des Brunnens war mit Erde zugeschüttet worden und er sah so wenig einsturzgefährdet aus, dass Benjamin kurzerhand hinab sprang.

Melina gab einen Laut des Erschreckens von sich, riss sich dann aber zusammen und fragte stattdessen nur mäßig besorgt: „Alles gut?"

„Ja, alles okay!", rief er zurück, den Lichtstrahl seines Telefons auf die Wand vor ihm gerichtet. „Kommt runter! Das müsst ihr sehen!"

Er wandte sich nicht um, als die beiden seiner Aufforderung nachkamen, sondern ließ seine Hand an dem feuchten Relief entlanggleiten, das eine Art verschnörkelten Torbogen darstellte. Die Mauer in der Mitte bestand aus ganz anderen Steinen als der restliche Brunnen, so als hätte jemand dort erst nachträglich sein Handwerk verrichtet. Um etwas zu verstecken. Und Benjamin wusste auch was.

„Das muss einer der Eingänge zur Höhle sein", erklärte Norring das Offensichtliche. „Jemand hat ihn zugemauert."

Benjamin klopfte auf einen der Steine. Massiv. Die Wand würden sie nicht so leicht einreißen können. Er lehnte seine Schulter dagegen, setzte sein ganzes Gewicht ein, doch sie gab nicht nach. Verdammt!

„Da kommen wir nicht durch", stieß er frustriert aus. „Nicht ohne einen Presslufthammer!"

„Lass mich mal", forderte Norring ihn auf und Benjamin trat mit einem verärgerten Blick zur Seite. Gut, der Mann war ein Erwachsener und stärker als er, aber ganz bestimmt nicht der Hulk. Und den brauchten sie, wenn sie ohne Maschinen durch die Wand brechen wollten.

Peter schien dies jedoch anders zu sehen, denn er betrachtete das Mauerwerk kurz und legte dann beide Hände auf die kühlen Steine. Anstatt kräftig zu drücken, schloss er die Augen und schien sich bewusst zu entspannen. Erst als Benjamins Schläfen erneut zu prickeln begannen, begriff er, dass physische Kräfte nicht immer notwendig waren, um ein Problem zu lösen. Mit großen Augen sah er mit an, wie das Mauerwerk zu zittern begann. Unzählige feine Risse wanderten netzartig durch das Gestein und nur kurz darauf rieselte es in feinsten Kieselchen zu Boden, bis der Eingang in einen dunklen Tunnel freigelegt war. Benjamin gab es nicht gerne zu, aber er war schwer beeindruckt.

„Du musst mir unbedingt mal zeigen, wie das geht", hörte er seine Tante hinter sich voller Bewunderung sagen und nickte zustimmend. An einem solchem Unterricht würde er ebenfalls sehr gerne teilnehmen – obgleich ihm manche Aspekte der Magie immer noch etwas suspekt waren.

Peter lächelte verlegen und sah dann Benjamin auffordernd an. „Der Mann mit der magischen Fackel möge bitte vorgehen", sagte er mit einer galanten Handbewegung.

Benjamin konnte sich ein Grinsen nicht verkneifen, als er der Bitte nachkam. Wahrscheinlich war es nicht sonderlich schlau, weil sie Norring noch nicht lange genug kannten, aber er mochte den Kerl.

Der geheime Gang war nicht provisorisch angelegt worden, sonst wäre er gewiss nicht all die Zeit erhalten geblieben. Er war durch ein Mauerwerk und Pfeiler gestützt worden, die auch jetzt noch sehr stabil aussahen. In regelmäßigen Abständen waren Halterungen für Fackeln angebracht und ab und an befand sich auch ein steinernes Symbol an den Wänden – sich wiederholende Runenzeichen, wie Melina unter dem bestätigenden Nicken Peters erklärte.

Sie befanden sich auf der richtigen Spur, beschritten den Weg, den die Kapuzenmänner in Benjamins Traum unzählige Male zuvor gegangen sein mussten. Erinnerungsfetzen aus anderen Träumen tauchten immer wieder vor seinem inneren Auge auf – Hände, die Tränke mixten, Männer, zwischen denen energetische Blitze hin und her sprangen, Stimmen, die merkwürdig klingende Gesänge anstimmten – und gönnten seinem anhaltend zu schnell schlagendem Herzen keine Pause. Dann waren sie schließlich da, traten in die Höhle, die vor so vielen Jahrhunderten erschaffen worden war und immer noch bestand. Sie war nicht allzu groß, aber auch nicht so klein, wie er gedacht hatte, allerdings erstaunlich hoch. Waren das zwei oder sogar drei Meter? Sie mussten relativ weit bergab gelaufen sein, ohne es zu bemerken.

Benjamin sah sich atemlos um. Unter dem Licht seines Handys taten sich die Überreste eines Tisches und mehrerer Stühle auf ... etwas abseits davon Holzstücke und Bretter, die mal zu Regalen gehört hatten ... eine Feuerstelle, eingelassen in die Wand und nun längst verschüttet durch hinabgestürzte Erde aus dem Abzug … mehrere andere Eingänge zu weiteren verschütteten Tunneln, einige sehr viel breiter, als der, durch den sie gekommen waren … und dort drüben … Benjamin stockte der Atem. Da war es: Das mit seltsamen Zeichen und Schnörkeln verzierte Relief eines Tores. Bestimmt drei Meter hoch und ebenso breit.

Wenige Schritte genügten und er stand davor, Norring und seine Tante an seiner Seite. Er ließ das Licht langsam über den Torbogen gleiten, stoppte an den Punkten, an denen Schriftzeichen und Bilder in den massiven Stein gemeißelt worden waren, und brachte dennoch nichts heraus.

Norring war der erste, der seine Sprache wiederfand.

„Das sind lateinische Worte für die verschiedenen Elemente: Ignis, Aqua, Aer, Terra", erklärte beeindruckt. „Und hier … diese Einkerbungen. Vielleicht hat man dort, ähnlich wie bei dem Tor in Falaysia, die Kleinstbruchstücke Cardasols eingesetzt. Das hier sieht doch aus wie der Abdruck eines Kettenanhängers."

Ja, das tat es und zwar genau wie der, den Benjamin bei sich trug. Er ließ seine Finger in die Hosentasche gleiten und holte den Anhänger heraus, den seine Tante ihm zum Aufbewahren wiedergegeben hatte.

„Oh", kam es leise über Norrings Lippen, als Benjamin das Schmuckstück in die Einkerbung unter dem Wort Terra drückte. Ein leichtes Summen war zu vernehmen und alle drei hielten den Atem an. Doch es geschah nichts weiter. So mächtig war dieser winzige Stein dann doch nicht. Benjamin nahm die Kette wieder an sich und betrachtete dann die anderen Einkerbungen nachdenklich.

„Das da unter dem Ignis könnte der Abdruck eines Ringes sein", ließ er verlauten und Norring stimmte ihm sofort zu.

„Ich wette, dass der von Demeon dort perfekt reinpasst", merkte er an.

„Sagtest du nicht, der Zirkel hätte noch einen Ring und ein Armband gefunden?", fiel Melina ein. „Könnten diese Schmuckstücke in die anderen Einbuchtungen passen?"

„Ich denke schon", sprach Peter aus, was auch Benjamin dachte.

Das machte sehr viel Sinn, aber als er genauer hinsah, stellte er fest, dass nicht nur unter den Namen der Elemente Abdrücke von derlei Schmuckstücken zu finden waren, sondern auch an drei weiteren Punkten des Torbogens.

„Es gibt noch mehr Teilstücke", kam es ihm leise über die Lippen und er leuchtete auf die Stellen. „Und an die werden wir bestimmt nicht auf die Schnelle herankommen."

Ein paar rasche Herzschläge lang betrachteten sie das Tor nachdenklich, bis sich schließlich Melina dazu durchrang, den Optimisten in ihrer kleinen Runde zu geben.

„Eventuell brauchen wir gar nicht alle", überlegte sie. „Es geht ja nicht darum, das Tor von hier aus zu öffnen, sondern nur Jenna dabei zu helfen, es von der anderen Seite aus zu tun und den Durchgang lange genug stabil zu halten, um sie und Leon herzuholen. Vielleicht genügt es dann, die Symbole der Elemente mithilfe der Bruchstücke, die wir bereits haben, zu aktivieren."

Benjamin runzelte nachdenklich die Stirn, auch wenn Peter bereits nickte und damit auf die Seite der Optimisten hüpfte. Ihm selbst fiel das noch schwer, obgleich er gerade keine Lösung für ihr Problem parat hatte.

„Krampfhaft nach den anderen Schmuckstücken zu suchen, macht aus meiner Sicht keinen Sinn, weil wir weder wissen, wo wir anfangen sollen, noch die Zeit dafür haben", gab Norring zu bedenken. „Wir sollten mit dem arbeiten, was wir haben, und uns lieber daran machen, die Bücher zu durchstöbern, um herauszufinden, wie man das Tor aktiviert und vor allem kontrolliert. Es ist noch gar nicht gesagt, dass wir das überhaupt allein schaffen und ich möchte, ganz ehrlich, niemand weiteren in dieses Geheimnis einweihen. Wenn die Außenwelt erfährt, dass es dieses Tor auf unserer Seite gibt, könnten einige Machthungrige sehr dumme Sachen tun, um es nutzen zu können, und großen Schaden anrichten. Wir müssen auf jeden Fall verhindern, dass Demeons Komplizen davon erfahren!"

„Habt ihr schon herausgefunden, um wen es sich genau handelt?", fragte Melina.

Peter schüttelte den Kopf. „Aber ich hege die ein oder andere Vermutung, der ich nachgehen werde, sobald ich in der Zentrale bin. Möglicherweise können wir diese Männer oder auch Frauen dingfest machen und zumindest diese Gefahr erst einmal aus dem Weg räumen."

„Das heißt vermutlich, dass du uns verlässt, sobald wir wieder an der frischen Luft sind", schloss Melina und Benjamin meinte, einen Hauch Enttäuschung aus ihrer Stimme herauszuhören.

„Ja, leider", gestand Peter und der warme Blickaustausch der beiden gefiel Benjamin gar nicht.

„Was sollen wir solange machen?", mischte er sich rasch ein.

„Es reicht wahrscheinlich erst einmal, wenn ihr beide euch darum kümmert, noch mehr über dieses Tor herauszufinden", erwiderte Norring. „Aber nicht hier. Allein an diesem magischen Objekt herumzuexperimentieren ist zu gefährlich. Wir brauchen mehr Informationen, bevor wir uns daran wagen können."

Melina und Benjamin nickten synchron.

„Gut", meinte Peter und warf einen Blick auf seine Armbanduhr. „Wir sollten uns möglichst bald wieder treffen, aber heute wird das nichts mehr werden."

„Heißt das, ich soll jetzt nach Hause gehen, als ob nichts gewesen wär?", fragte Benjamin mit wachsendem Unbehagen. „Obwohl Demeons Komplizen immer noch frei herumlaufen?"

„Ja", war die schlichte und nicht gerade beruhigende Antwort. Peter wandte sich ihm zu und sah ihm fest in die Augen. „Dir wird dort nichts geschehen. Wir haben die Bewachung intensiviert und niemand wird sich mehr in deine Nähe wagen. Das wäre viel zu gefährlich für diese Leute. Und wenn du dich morgen mit deiner Tante treffen solltest, um ihr bei der Recherche zu helfen, wirst du weiterhin unter dem Schutz des Zirkels stehen."

Benjamin suchte den Blick Melinas, die ihm ein zuversichtliches Lächeln schenkte und war dann erst dazu in der Lage, zumindest seine wortlose Zustimmung zu geben.

Auf dem Weg hinaus aus der Höhle und auch auf der Autofahrt nach Hause sprachen sie nur noch wenig miteinander. Jeder schien seinen eigenen Überlegungen nachzuhängen, die er noch nicht mit dem anderen teilen wollte, und Benjamin war das auch ganz recht so. Zusammen mit anderen zu arbeiten, war nur so lange sinnvoll, wie man von diesen nicht behindert wurde, und es gab zumindest *eine* Idee in seinem Kopf, die Melina ganz bestimmt nicht gefallen würde: Er wollte sich noch einmal mit seiner Schwester austauschen und sie darum bitten, in Falaysia die Augen nach Informationen über das

Stonehengetor aufzuhalten. Wenn es hier bei ihnen Dokumente darüber gab, gab es diese gewiss auch dort drüben. Malin und Hemetion waren schließlich aus Falaysia gekommen und auch wieder dorthin zurückgekehrt.

Selbstverständlich wusste Benjamin, dass Jenna sehr beschäftigt war, aber es ging ja nicht darum, ihr noch mehr Arbeit zu machen, sondern sie über den Stand der Dinge hier zu informieren und enger mit ihr zu kooperieren, als das bisher der Fall gewesen war; den Kontakt regelmäßiger zu suchen, ihre Hoffnung zu stärken, dass sie am Ende zurück nach Hause kehren konnte, ihr beizustehen.

In dem Moment, in dem Benjamin aus dem Auto stieg und auf seine Haustür zulief, stand sein Vorhaben fest: Er würde am Abend vor dem Einschlafen wieder die Kette nutzen und dann am nächsten Tag seiner Tante helfen. Er würde jeden Tag so vorgehen, bis sie endlich Erfolg hatten und Jenna wieder bei ihm war. Und ganz gleich, wer sich ihnen noch an die Fersen heftete oder in den Weg stellte, gemeinsam würden sie es schaffen. Gemeinsam waren sie stark genug, um das kleine Wunder zu vollbringen, das sie sich alle schon seit längerer Zeit herbeisehnten.

LOCVANTOS

Dunkle Zeiten

Bumm. Bumm. Bumm. Bumm. Dumpf und tief. Rhythmisch wie das Schlagen einer Kriegstrommel – so hörte sich sein Herzschlag an. Schneller als sonst, aber noch nicht so hektisch wie im Zustand der Panik. Noch gab es keinen Anlass, Opfer dieses Gefühls zu werden. Noch war alles ruhig und friedlich um sie herum und auch in dem Lager, das sie versteckt im Wald auf einem kleinen Hügel mit Hilfe seines Fernrohrs beobachten konnten.

Es war ein erstaunlich großes Lager und ließ darauf schließen, dass Lord Hinras mit seinem Bemühen, die Truppen der Allianz wieder zusammenzuführen, Erfolg gehabt hatte. Großen Erfolg und Leon wusste noch nicht, ob sie sich darüber freuen oder Bedenken haben sollten. Im Angesicht der Tatsache, dass Jennas Kontakt zu Kychona am gestrigen Tage abrupt abgebrochen war, lief es eher auf Letzteres hinaus, dennoch hatte Leon keine Angst. Er glaubte nicht, dass der alten Frau etwas Ernsthaftes zugestoßen war. Hinras war kein wahnsinniger Despot, der alle Menschen hinrichtete, die nicht seiner Meinung waren, und Jenna hatte Leon versichert, dass es sich eher so anfühlte, als würde ihre Verbindung von etwas oder jemandem blockiert werden. Einem anderen Zauberer.

„Und wenn es doch Demeon ist?", flüsterte Leon und senkte das Fernrohr, um sie anzusehen. Sie machte einen deutlich ruhigeren Eindruck als er selbst, was jedoch nicht weiter verwunderlich war, fehlte ihm doch die Sicherheit des Amuletts, das sie bei sich trug. Er wusste zwar, dass es auch ihn schützen würde, doch war es ihr im Gegensatz zu ihm vergönnt, seine Kraft direkt zu spüren.

„Das halte ich für ausgeschlossen", antwortete sie mit fester Überzeugung. „Er wird sich in dieser kritischen Situation nicht in eine solche Gefahr bringen, weil er weiß, dass ich zwei der Amulette habe und ihre Kräfte nutzen kann und mit Marek an meiner Seite ..."

„... der gerade aber nun mal nicht an deiner Seite *ist* ..."

„Das weiß der Mann doch nicht!", erinnerte sie ihn nun schon etwas strenger. Pessimismus schien sie gerade gar nicht gebrauchen zu können. „Wenn er schlau ist, stellt er sich auf das schlimmste Szenario ein und dann geht er ganz bestimmt nicht selbst in ein Lager, in dem die Stimmung schnell von neutral auf feindlich kippen kann."

„Genau das haben wir doch aber auch vor."

„Ja, aber wir sind ja auch ein bisschen irre." Sie bedachte ihn mit einem Grinsen, das er nicht erwidern konnte, und legte dann sanft eine Hand auf seinen Unterarm. „Komm schon, Leon, wir haben das *Herz der Sonne* auf unserer Seite. Niemand wird uns großen Schaden zufügen können, selbst wenn uns Hinras und seine Soldaten plötzlich als Feinde ansehen."

„Ich hoffe, du hast damit recht", murmelte Leon, während er erneut das Fernrohr nutzte, um das Lager nach möglichen Gefahrenquellen abzusuchen.

„Ist der Lord schon wieder aus dem Hauptzelt herausgekommen?", erkundigte sich Jenna, ohne weiter auf seine Bemerkung einzugehen.

Er deutete ein Kopfschütteln an. „Weder er noch die anderen aus der Gruppe ..." Er stutzte und drehte an einem der Rädchen des Fernrohrs, um es auf eine Person unter den geschäftigen Soldaten im Lager scharf zu stellen, die ihm vertraut vorkam. Sie sah so anders aus. Groß, imposant ... unheimlich.

„Was ist?", fragte Jenna alarmiert.

Leon antwortete ihr nicht sofort, stattdessen folgte mit dem Fernrohr weiter dem Mann mit dem kahlgeschorenen Schädel und dem langen Spitzbart.

„Leon!" Da war deutlicher Ärger in ihrer Stimme und schließlich erbarmte er sich ihrer und sah sie an.

„Wenn ich mich nicht täusche, ist das Roanar", ließ er sie wissen und reichte ihr das Fernrohr. „Der Mann mit dem langen, dunklen Umhang und der Glatze, der gerade auf das Hauptzelt zugeht."

Sie fand ihn schnell. „Hat er magische Kräfte?", fragte sie besorgt.

„Keine Ahnung", gestand Leon. „Ich weiß nur, dass er zum Zirkel gehört und Shezas Mentor war."

„Vermutlich hat er meine Verbindung zu Kychona blockiert", überlegte Jenna.

„Und warum?" Er sah sie stirnrunzelnd an. „Warum befindet er sich überhaupt im Lager? Lord Hinras paktiert doch mit Alentara, während er und der Zirkel sie eindeutig bekämpfen wollen."

„Möglicherweise waren Roanar und die anderen Zirkelmitglieder mit ihrer Rekrutierung erfolgreicher, als zu erwarten war."

„Du meinst, sie haben Hinras und sein Heer auf *ihre* Seite ziehen können? So schnell?"

„Nun, auch Kychona hat gewiss nicht für eine Allianz mit Alentara gesprochen."

Leon schloss resigniert die Augen. „Dann haben wir dem Zirkel direkt in die Hände gespielt."

„Aber er vielleicht auch uns", brachte sie rasch an, vermutlich um ihn davon abzuhalten, in seinen gewohnten Pessimismus zu verfallen. „Du weißt ja: Des Feindes Feind ist dein Freund."

„Also, willst du immer noch da rein gehen?", hakte er zweifelnd nach. „Auch wenn Roanar ebenfalls seine Finger im Spiel hat?"

„Wir brauchen dieses Heer, Leon!", erinnerte sie ihn. „Und wir brauchen Kychona! Selbst wenn wir Lord Hinras nicht davon überzeugen können, auf unsere Seite zu wechseln, müssen wir wenigstens *sie* da rausholen."

Leon dachte kurz über ihre Worte nach und nickte dann widerwillig. „Gut. Dann lass uns keine weitere Zeit mehr verschwenden", sagte er und bewegte sich auf allen Vieren den Hügel hinunter.

Jenna tat es ihm nach und erst als beide sicher waren, nicht mehr vom Lager aus gesehen werden zu können, standen sie auf und klopften sich Blätter und Erde von der Kleidung. Ihr Plan beinhaltete, vorsichtig und mit erhobenen Händen auf den Wachposten zuzugehen und sich von diesem ins Lager führen zu lassen, ohne die Soldaten darauf aufmerksam zu machen, dass sie von einem magischen Objekt beschützt wurden. Daran hatte auch ihre neue Entdeckung nichts geändert und aus diesem Grund bewegten sie sich beide recht zügig durch den Wald auf ihr Ziel zu. Wo der Wachposten war, hatten sie kurz zuvor und ebenfalls mit dem Fernrohr herausgefunden. Umso erschreckender war es für sie festzustellen, dass das Holzplateau im Baum nicht mehr besetzt war, als sie dort ankamen. Kein gutes Zeichen.

Es war ein vertrautes Zischen, das Leon innehalten und sein Herz einen Sprung machen ließ. Nur den Bruchteil einer Sekunde später prallte ein Pfeil einen halben Meter vor Jenna entfernt von der unsichtbaren Wand ab, die das Amulett im selben Augenblick um sie herum errichtet hatte. Leon stockte der Atem, hatte das gefährliche Geschoss doch eindeutig auf ihren Kopf zugehalten. Und es war nicht allein. Ihm folgte mindestens ein Dutzend weiterer Pfeile, die eindeutig auch auf Leon zielten. Doch er war dicht genug bei Jenna, um ebenfalls den Schutz des Amuletts zu genießen, und die Attacke blieb erfolglos. Sie endete so schnell, wie sie begonnen hatte, und schließlich traten mehrere verwirrte Bogenschützen aus den umliegenden Gebüschen hervor. Nur einige von ihnen waren als Soldaten der Allianz zu erkennen, darunter auch ein Mann höheren Ranges, der nun sehr zögerlich auf sie zukam.

„Wer seid ihr?", stieß er unfreundlich aus, wagte sich aber nur auf ein paar Meter an sie heran und musterte Jenna auffällig.

„Mein Name ist Leon Hibata und das ist Jenna Peterson", kam Leon Jenna zuvor, kaum dazu fähig, seine Wut über den Hinterhalt aus seiner Stimme zu halten. „Wir sind in friedlicher Absicht hergekommen und wollen mit Lord Hinras sprechen, aber anscheinend kennt man hier keine Ehre mehr und schießt, bevor man Fragen stellt!"

„Uns wurde gesagt, dass sich zwei Meuchelmörder in der Nähe aufhalten, die einen Anschlag auf den Lord verüben wollen", verteidigte sich der Offizier sofort und seine Hand legte sich in einer drohenden Geste auf den Knauf seines Schwertes, das an seiner Seite hing. „Die klare Anweisung war, die beiden zu eliminieren. Wir hatten nicht vor, Fragen zu stellen."

„Wer hat euch vor den Attentätern gewarnt?", hakte Jenna nach, doch der Mann kniff verbissen die Lippen zusammen und musterte sie ein weiteres Mal äußerst argwöhnisch.

„Man sagte uns auch, dass einer der beiden mit Urexo im Bunde stehe und auf dunkle Mächte zurückgreifen könne, vor denen wir uns in Acht nehmen sollten", umging der Soldat ihre Frage.

Jenna sah kurz Leon an, der dasselbe dachte wie sie, und seufzte dann tief. „Magie gab es in dieser Welt schon immer. Ob sie dunkel oder hell ist, darüber lässt sich streiten. Wir jedoch haben ganz bestimmt nichts Übles im Sinn und unsere Namen sind zudem Lord Hinras wohl bekannt. Sendet jemanden zu ihm und er wird es uns mit Sicherheit gestatten, ins Lager zu kommen. Solltet ihr euch dagegen entscheiden, werden wir es trotzdem betreten. Niemand wird uns daran hindern können."

„Warum geht ihr dann nicht einfach zu ihm?", brummte der Offizier verärgert.

Jenna setzte ein provokantes Lächeln auf. „Weil *wir* noch Anstand haben und niemanden mit unserem Auftauchen überrumpeln wollen."

Der Soldat verstand ihre Anspielung ganz richtig, denn seine Miene verfinsterte sich deutlich und er brauchte ein paar Sekunden, um sich zu sammeln. Letztendlich wandte er sich aber zu seinen Kameraden um und forderte einen davon auf, Lord Hinras über den Besuch zu informieren.

Eine weitere gründliche Musterung der beiden ‚Eindringlinge' folgte dieser Handlung. Erst dann brachte der Mann es über sich, erneut das Wort an sie zu richten.

„Wenn ihr wahrlich in Frieden kommt, macht es euch ja sicherlich nichts aus, eure Waffen abzugeben", forderte er sie mit einem verkrampften Lächeln heraus.

Jenna schien zu spüren, wie sich Leon neben ihr sofort anspannte, denn sie legte in einer beschwichtigenden Geste eine Hand auf seinen Unterarm. Ihr knappes Kopfschütteln und ein eindringlicher Blick genügten, um ihn dazu zu bewegen, schweren Herzens sein Schwert zu ziehen und es dem Offizier zu reichen. Der Mann war von diesem Gehorsam derart überrascht, dass er nicht sofort reagierte, sondern die Waffe mit deutlicher Verzögerung an sich nahm.

„Auch die Dolche", brachte er dennoch mutig heraus und dieses Mal kostete es auch Jenna sichtbare Überwindung, ihre Waffe abzugeben. Auch wenn sie durch das Amulett weiterhin geschützt waren, fühlte es sich nicht gut an, sich so wehrlos zu machen. Die Soldaten regten sich jedoch nicht und blieben, anstatt erneut den Versuch zu starten, sie zu überrumpeln, lieber an ihren sicheren Plätzen.

„Der Mann, der euch von den vermeintlichen Attentätern erzählt hat – war das Roanar?", konnte sich Leon nicht verkneifen zu fragen, als bereits einige Minuten des stillen Wartens vergangen waren.

Der Offizier presste nur wieder die Lippen aufeinander, doch das leichte Erschrecken in seinen Augen sprach Bände. Roanar war ein gefährlicher, hinterhältiger Mann, doch wunderte es Leon, dass er versucht hatte, sie zu töten, musste er doch damit rechnen, dass sie beide unter dem Schutz Cardasols stand. Was hatte er also mit dieser Aktion in Wahrheit bewirken wollen?

„Was ist mit Kychona?", bohrte Leon weiter. „Habt ihr sie gefangen genommen, obwohl sie ebenfalls in Frieden zu euch kam? Kennt die Allianz keine Ehre mehr?"

Die Mundwinkel des Offiziers verzogen sich nach unten und zwischen seinen Brauen entstand eine ärgerliche Falte.

„Sprich nicht so über unser Heer!", stieß er erbost aus. „Du hast keine Ahnung, was momentan vor sich geht!"

„Vielleicht weiß ich das sogar besser als ihr", gab Leon zurück und Jenna ergriff nun doch wieder seinen Arm, um ihn zur Raison zu bringen. Leon gab ihr nach, trat sogar ein kleines Stück zurück. Es mochte sein, dass viele Menschen in Wut eher wichtige Dinge verrieten, als wenn sie ruhig blieben, doch der Mann vor ihnen schien ein kleines Pulverfass zu sein. Es war besser, ihn nicht noch weiter zu reizen.

„Bist du auch einer von denen, die uns weismachen wollen, dass Bakitarer und die Allianz zusammen gegen Alentara vorgehen sollten?!", regte sich der Soldat weiter auf. „Dass wir ohne sie dem Tod geweiht sind? Diese Wilden werden niemals nach unseren Regeln spielen. Ihnen kann man nicht trauen. Eine Allianz mit ihnen ist unmöglich!"

„Aber eine Allianz mit dem Zirkel der Magier siehst du als stabiler und besser an?!", entfuhr es Leon nun doch wieder, trotz Jennas beständigem Ziehen an seinem Ärmel.

„Die Hexe, die ihr geschickt habt, hat doch behauptet, dass wir nicht nur die Bakitarer an unserer Seite brauchen, sondern auch mächtige Zauberer", brummte der Offizier zurück. „Das haben wir jetzt! Und sie selbst kann mit den Verrätern, die sie herbrachten, morgen zur Hölle fahren!"

„Was?!", stieß Jenna entsetzt aus und machte einen Schritt auf den Mann zu, der sofort vor ihr zurückwich. Seine Kameraden hoben die Bögen und zielten auf sie, doch das schien sie wenig zu beeindrucken. „Ihr wollt sie töten?!"

„Es wird noch darüber verhandelt, aber viele von uns sind dafür, die Hexe und ihre Freunde hinzurichten", stellte der Offizier klar und griff schon wieder nach seinem Schwert. Er rechnete vermutlich damit, dass sie aufgrund dieser Aussage die Fassung verloren und wenn Leon ehrlich war, lag er damit gar nicht so falsch. Doch er hatte sich noch im Griff, genauso wie Jenna, die ein paar Mal tief ein und wieder ausatmen musste, um sich zu beherrschen.

„Dann werden wir unsere Hoffnungen in diese Verhandlungen fließen lassen und an dem Glauben festhalten, dass es in diesem Krieg, dieser Notsituation immer noch ein paar Menschen gibt, die ihren Verstand noch nicht verloren haben", erwiderte sie mit einer Ruhe in der Stimme, die Leon beeindruckte.

Ihre Worte ließen die Wut in den Augen ihres Gegenübers noch weiter wachsen. Der Mann verkniff sich aber eine weitere Bemerkung, wahrscheinlich auch weil der zuvor ausgesandte Bote zurückkehrte, und er ihm ein paar Schritte entgegenlief.

Leons Puls beschleunigte sich und er gab sich große Mühe, zu verstehen, was die beiden Männer miteinander besprachen. Sie redeten zwar nur sehr leise miteinander, doch er konnte zumindest einen Teil des Gesprächs abhören. Lord Hinras hatte in der Tat angewiesen, sie und Leon zu entwaffnen, doch wollte er sie unbedingt sofort sehen, was den Offizier zu einem grimmigen Schnaufen veranlasste, dem gleich ein weiteres folgte, weil auch Roanar an einem Austausch interessiert war. Ein paar Herzschläge lang stand der Soldat noch bewegungslos vor seinem Kameraden und sah missbilligend zu ihnen hinüber, dann machte er einen Schritt auf sie zu und gab ihnen den Wink, ihm zu folgen.

Ein aufgeregtes Flattern machte sich in Leons Bauchgegend bemerkbar, als er der Aufforderung nachkam, Jenna dicht an seiner Seite, und er versuchte dieses zu bekämpfen, indem er sich auf seine Atmung konzentrierte. Etwas kribbelte in seinen Schläfen und tastete behutsam nach seinem Geist und er öffnete sich Jenna sofort. Diese Art der Kontaktaufnahme hatten sie in den letzten Tagen fortwährend geübt, um eine andere Möglichkeit zu haben, sich auszutauschen, ohne dass Außenstehende es mitbekamen. Den Kontakt zu einem Menschen ohne magische Fähigkeiten herzustellen war laut Jenna sehr viel anstrengender, aber da Leon äußerst willig war, sich mit ihr auszutauschen, war zumindest keine Barriere zu überwinden.

‚Wir müssen versuchen, möglichst ruhig zu bleiben', sandte sie ihm zu. ‚Starke Emotionen bieten einem geübten Zauberer einen viel zu leichten Zugang zu deinem Geist. Du musst dich davor schützen und am besten alle äußeren Einflüsse blockieren. Auch meine.'

‚Was ist mit Kychona?', fragte er aufgeregt nach.

‚Ich werde nicht zulassen, dass ihr und den Soldaten, die ihr halfen, etwas passiert', beruhigte sie ihn. ‚Und dass sie gefangen genommen wurde, ist eigentlich keine Überraschung. Wir hatten ja schon eine Ahnung, dass die Stimmung gekippt ist, nachdem sie uns bei unserem letzten Kontakt von der Uneinigkeit in der Führungsspitze der Allianz und dem großen Misstrauen ihr gegenüber erzählt hat. Wir sollten uns von dieser Tatsache nicht erschüttern lassen und uns lieber auf das besinnen, was wir uns vorgenommen haben.'

‚Ich weiß nur nicht, ob es wahrhaftig möglich ist, Hinras an unsere langjährige Freundschaft zu erinnern', ließ Leon sie an seinen Bedenken teilhaben. ‚Er scheint nicht mehr ganz bei Trost zu sein, wenn er ernsthaft überlegt, Kychona hinzurichten!'

‚Das wissen wir noch nicht', griff sie sofort ein, um zu verhindern, dass Leons Sorgen noch weiter wuchsen. ‚Lass uns mit der Annahme in die Besprechung gehen, dass noch nichts feststeht und ganz bestimmt noch nichts verloren ist.'

Mehr konnte sie ihm nicht zukommen lassen, denn ihr kleiner Tross hatte nun das Lager erreicht. Sie musste sich aus Leons Geist zurückziehen, um dieses, so wie er, genauer in Augenschein zu nehmen. Der Aufbau und die Anordnung der Zelte unterschieden sich nicht sonderlich von der in den Kriegslagern, in denen sich Leon bisher aufgehalten hatte: An den Rändern befanden sich die Behelfskoppeln mit den Pferden, daran reihten sich die kleineren Zelte der Soldaten niedrigen Ranges an, danach die der wichtigeren Offiziere sowie Waffenlager und Vorräte und schließlich in der Mitte das große Hauptzelt der Kommandanten, in der alle wichtigen Besprechungen abgehalten wurden. Wappen und Stickereien sowie Aufmachungen der Unterkünfte verrieten, wie wichtig der jeweilige Bewohner war und vor einigen Eingängen standen sogar Wachposten.

Leon ging davon aus, dass eine dieser Wohneinheiten derzeit als Gefängnis herhalten musste, konnte jedoch nicht ausmachen welche.

„Ich kann sie immer noch nicht fühlen", raunte Jenna ihm zu und er wusste sofort, von wem seine Freundin sprach.

Vielleicht hatte Roanar ja das gesamte Zelt mit einem zeitweiligen Blockadezauber belegt, dann brauchte er sich nicht sonderlich anstrengen, um diesen aufrechtzuerhalten. Den Blicken der Soldaten nach zu urteilen, die ihnen auf dem Weg zum Hauptzelt begegneten, war die Angst der Menschen vor Hexen groß. Niemanden hier würde es stören, wenn man diese wegsperrte oder gar tötete. Wahrscheinlich würden die Männer darüber sogar eher erleichtert sein. Nur würde Roanar mit Jenna kein leichtes Spiel haben, war sie doch äußerst wachsam und gab ihrem Amulett sicherlich immer wieder von Neuem den Auftrag, alle Gefahren abzuwehren und auf der Hut zu sein.

Um sich ganz sicher zu sein, suchte Leon verstärkt den mentalen Kontakt zu Jenna und verkniff sich ein erleichtertes Aufatmen, als auch er das warme Glühen des Zaubersteins fühlte. Lange konnte er sich jedoch nicht daran erfreuen. Da war auf einmal eine andere Energie, die sich seinem Geist näherte, als sie direkt auf den Eingang des Hauptzeltes zuhielten. Sie war stark, suchte geschickt und schnell nach einer Schwäche in seiner Abwehr, doch Jenna war auf der Hut. Sie ließ ihre Kraft rasch zusammenfließen und schlug zu, gezielt und hart. Roanars Energie – zumindest vermutete Leon, dass es sich um die seine handelte – wurde derart heftig abgeschmettert, dass sie für einen Augenblick vollkommen verschwand, als wäre er soeben aus dem Leben geschieden.

Stattdessen vernahmen sie nun aufgebrachte Rufe aus dem Inneren des Zeltes, die einen der Wachposten dazu veranlassten, hinein zu gehen und nach dem Rechten zu sehen. Dann nahm Leon ein energetisches Zucken am Rande seines Bewusstseins wahr und konnte sich ein Schmunzeln nicht mehr verkneifen. Es war gut, wenn der Mann gleich zu Anfang lernte, dass er Jenna mit Respekt und sogar ein bisschen Furcht zu begegnen hatte.

Die Männer, die sie ins Lager eskortiert hatten, drehten nun ab. Lediglich ihr Anführer blieb mit Jenna und Leon vor dem Eingang stehen, gab ihnen mit einem strengen Blick zu verstehen, dass sie warten sollten und betrat dann selbst das Zelt. Jennas Blick wanderte zu Leon, der ihr kurz zunickte und ein aufmunterndes Lächeln schenkte, dann war der Offizier auch schon zurück und ließ sie wissen, dass der Lord sie erwartete.

Es fiel Leon schwer, seinen Puls weiter im Griff zu behalten, insbesondere, als er feststellte, dass sich neben Roanar noch vier weitere wichtige Männer im Zelt befanden – unter anderem Kommandant Drigo und Lord Gerot – die sie alles andere als freundlich betrachteten. Ihre Blicke waren von Misstrauen, Verärgerung und Missbilligung geprägt, konnten allerdings nicht darüber hinwegtäuschen, dass unter diesen Emotionen große Angst und immense Sorgen verborgen lagen.

Roanar befand sich in der Mitte der Männer, auf einem Stuhl hängend, als hätte er nicht genügend Kraft, um auch nur ein bisschen Körperspannung aufzubauen. War er durch Jennas mentalen Schlag wirklich für einen Moment ohnmächtig gewesen oder spielte er dies nur den anderen vor, um Jenna in ein schlechtes Licht zu rücken? Die Hände einiger seiner Freunde, die auf seinen Schultern und Armen ruhten, sprachen eher gegen ein Schauspiel. Genauso wie sein entsetztes Gesicht, als er den Kopf hob und ihr direkt in die Augen sah. Doch dieser Ausdruck verflog gleich wieder, musste einer kühlen Maske weichen, der ein sofortiges Aufrichten seines Körpers folgte, um seinen Verbündeten eine Stärke vorzugaukeln, die er nicht besaß.

Lord Hinras war der einzige der kleinen Schar, der es wagte, auf die Neuankömmlinge zu zu gehen, und in seinem Gesicht lag sogar ein Hauch von Freundlichkeit.

„Was dort draußen geschehen ist, tut mir außerordentlich leid", empfing er sie mit echter Reue in der Stimme. „Ich hatte eigentlich nur den Befehl gegeben, jeden, der sich dem Lager nähert, zu entwaffnen und unverzüglich zu mir zu bringen, aber da hier noch nicht ganz klar ist, wer die oberste Befehlsgewalt besitzt, sind offenbar einige der Soldaten sehr verwirrt worden."

Der kurze Blick auf Roanar und den Mann an seiner linken Seite genügte, um zu verraten, von wem er sprach. Es überraschte Leon kaum, vergrößerte jedoch auch seine Hoffnung darauf, hier noch etwas bewirken und doch noch einige Verbündete finden zu können.

Gewalt resultierte oft aus Unsicherheit und Angst – beides konnte man bekanntlich ganz gut nutzen, um die Betroffenen auf seine Seite zu ziehen. Man musste dabei nur mit Bedacht vorgehen.

„Dürften wir erst einmal wissen, wer die beiden sind?", wandte sich der Mann neben Roanar an Lord Hinras. Er war mit Sicherheit kein erfahrener Kriegsherr, denn die Aufregung trieb rote Flecken auf seine Pausbacken und auch seine ‚stattliche' Figur sprach dafür, dass er meist sitzenden Tätigkeiten nachging und dies hier für ihn eine unangenehme Ausnahmesituation war. Er machte einen ausgesprochen nervösen Eindruck, zupfte anhaltend an seinem mit goldenen Stickereien verzierten Wams und konnte nicht verhindern, dass sein Blick immer wieder beunruhigt zu Jenna wanderte, so als wüsste er, dass von ihr die größte Gefahr ausging.

„Ja, natürlich, Antrus", gab Hinras dem Mann mit einem gezwungenen Lächeln nach und Leon hob überrascht die Brauen, während der Lord Jenna und ihn den anderen vorstellte. König Antrus? Leon hatte den Möchtegernkönig nie selbst gesehen, weil dieser sich, nachdem er Allgrizia an die Bakitarer verloren hatte, verkrochen und sein Heer bisher immer nur aus der Ferne befehligt oder besser gesagt, in die Hände König Renons gegeben hatte. Alentara hatte furchtbar schlecht über den Mann geredet und ihn des Mordes an seinem eigenen Cousin, König Urlor von Allgrizia, beschuldigt. Jetzt, da er ihn leibhaftig vor sich sah, kamen ihm diese Beschuldigungen gar nicht mehr so abwegig vor.

Er war wenig beeindruckend – und das war noch eine nette Beschreibung. Jung sah er aus, wie jemand, der noch nie in seinem Leben arbeiten oder gar für etwas hatte kämpfen müssen. Kein Wunder, dass er sich von jemandem wie Roanar um den Finger wickeln ließ. Er und der Zirkel der Magier versprachen eine gewisse scheinheilige Sicherheit, die derzeit kaum jemand anderes gewährleisten konnte.

„Dann gehört ihr zu dem Verbund, von dem die Hexe berichtet hat!", stieß der kleine, dicke Ex-König plötzlich mit schriller Stimme aus und machte einen Schritt zurück, brachte sich hinter dem Stuhl, auf dem Roanar immer noch saß, in Sicherheit. „Ihr paktiert mit den Bakitarern! Ihr seid Verräter!"

Auch in den Augen einiger anderer flammten nun Skepsis und Furcht auf und Jenna schien sich gezwungen zu fühlen, sofort auf diese Anschuldigung zu reagieren, bevor Leons rasant wachsende Wut ihn dazu brachte, etwas Dummes zu tun, das die Verhandlungen noch weiter erschweren würde. Ganz falsch lag sie mit diesem Gefühl nicht.

„Für einen König, der die Verantwortung für ein ganzes Land trägt und dementsprechend weise und besonnen handeln sollte, seid Ihr mit Eurem Urteil erstaunlich schnell", merkte sie lächelnd an. „Soweit ich mich erinnern kann, kam Kychona in friedlicher Absicht hierher, um der Allianz das Angebot zu machen, gemeinsam gegen Alentara und Dalon zu kämpfen. Sie wurde allerdings für dieses lobenswerte Bemühen weggesperrt und soll eventuell sogar hingerichtet werden, während *ihr* alle frei seid und euch von *unserer* Seite her bisher keinerlei Leid zugefügt wurde."

Antrus schnappte nach Luft, doch Lord Gerot legte ihm beruhigend eine Hand auf den Oberarm und wandte sich dann an seiner statt an Jenna.

„Ihr müsst schon zugeben, dass es äußerst seltsam anmutet, von unseren erbittertsten Feinden auf einmal den Vorschlag zu hören, mit ihnen zusammenzuarbeiten", sagte er ruhig und seine braunen Augen konnten den Blickkontakt dabei sogar aufrechterhalten. Er schien weniger Angst als seine Freunde zu haben. „Nach all den harten und verlustreichen Kämpfen und unserer letzten Niederlage ..."

„Sollte dich nicht gerade dieser Fakt davon überzeugen, dass wir euch nicht in einen Hinterhalt locken wollen, Gerot?", gelang es Leon nun doch noch, sich in das Gespräch einzumischen, glücklicherweise mit weniger Wut, als ihn anfangs befallen hatte. „Die Bakitarer müssen solche Wege nicht gehen, um einen Kampf zu gewinnen. Sie haben – abgesehen von Trachonien – derzeit das stärkste Heer. Wenn sie euch immer noch schaden wollten, hätten sie sich nach ihrem militärischen Erfolg nicht zurückgezogen, sondern würden euch stattdessen weiterhin attackieren."

„Wahrscheinlich warten sie auch nur darauf, dass Alentara diese Arbeit für sie erledigt", setzte sein Gegenüber ihm entgegen.

„So wie *ihr* euch wünscht, dass sie dasselbe mit den Bakitarern tut?", fragte Leon zurück und brachte ihn damit erst einmal zum Schweigen.

„Genau über diese Dinge diskutieren wir gerade", gestand Lord Hinras, nachdem ein paar Sekunden des Schweigens und des sich angespannten Anstarrens vergangen waren. „Es ist derzeit schwer, sich einen guten Überblick über diese ganze konfuse Situation zu verschaffen und zu einer gerechten Beurteilung zu kommen. Ich selbst habe Alentara noch vor ein paar Tagen für eine gute Verbündete gehalten und mich allem Anschein nach noch nie in meinem Leben so sehr geirrt wie mit dieser Annahme."

„Wir wissen doch noch gar nicht, ob sie uns tatsächlich hintergehen will", versuchte Kommandant Drigo, der das Heer König Losdals führte, ihn zu trösten.

„Nun, da möchte ich widersprechen", mischte sich Roanar ein. „All die Dinge, die in den letzten Tagen hier vorgebracht wurden, sprechen eindeutig gegen die Königin und ich bin froh darüber, dass wir ihren Plan noch rechtzeitig durchschaut haben."

„Habt ihr das?", fragte Leon kritisch und brachte die Männer erneut dazu, ihn mit einer Mischung aus Verwirrung und Verärgerung anzusehen

„Alentara hat euch in der Tat verraten", fügte Jenna rasch hinzu. „Das tut sie aber schon seit geraumer Zeit, indem sie den Konflikt zwischen den Bakitarern und eurer Allianz immer wieder anheizt – auch jetzt noch. Ihr habt nur nie davon Notiz genommen, konntet nicht sehen, wer der eigentliche Feind ist, und seid auch deswegen nicht dazu bereit gewesen, euch mit den Bakitarern in Ruhe auszutauschen."

„Renon hat sehr wohl das Gespräch mit Nadir gesucht!", widersprach Antrus ihr aufgebracht, dennoch entging es Leon nicht, dass sich vor allem auf Roanars Stirn ein paar nachdenkliche Falten zeigten. War das ein schlechtes oder ein gutes Zeichen?

„Und es hat uns nichts gebracht!"

„Es mag sein, dass er das getan hat, als er noch nicht krank war", entgegnete Leon und gewann mehr und mehr seiner Beherrschung zurück, „und wenn du dich recht erinnerst, hatten wir in dieser Zeit einen anhaltenden Frieden mit den Bakitarern. Wir konnten uns erholen, sogar unsere Truppen wieder aufstocken. Sie haben uns weitestgehend in Ruhe gelassen, weil wir das auch in Bezug auf sie taten. Manche Länder haben sich unter der Besatzung der Bakitarer wirtschaftlich sogar so stark erholt, dass sie auch jetzt noch Nadir und seine Verbündete eher als Segen denn als Belastung oder gar Feinde ansehen."

„Aber wie lange hat dieser Frieden gehalten, Leon?", forderte Drigo ihn heraus. „Fünf Jahre ist kein allzu großer Zeitraum, bedenkt man, dass es immer mal wieder zu Zwischenfällen kam, die nur knapp an einem neuen Krieg vorbei geschrammt sind."

„Ja, aber es brach keiner aus, eben *weil* Renon dazu bereit war, mit Nadir zu reden!", setzte Leon ihm mit Nachdruck entgegen. „Ich weiß, dass nur wenige darüber Bescheid wussten, aber er *hat* es getan – bis er dann krank wurde. Dass wir letztendlich doch wieder in eine kriegerische Auseinandersetzung mit Nadir geraten sind, ist hauptsächlich Alentaras Bemühungen zu schulden. Sie hat ihre Leute in der Verkleidung unserer Soldaten und der der Bakitarer Angriffe auf beide Lager verüben lassen, bis wir irgendwann selbst wieder aufeinander losgegangen sind!"

„Das hat uns Kychona auch schon erzählt, aber wo sind die Beweise dafür?!", brachte sich Antrus wieder aus dem Hintergrund ein. „Niemand weiß, ob nicht jetzt die Bakitarer alle Schuld auf Alentara abwälzen, um vor der Bevölkerung als unschuldig dazustehen und uns zusätzlich in die Falle zu locken! Und selbst wenn sie das nicht vorhaben sollten, ist es immerhin auch möglich, dass sie uns nur ausnutzen wollen, weil sie allein nicht die Stärke haben, Alentara zu besiegen. Es gibt keine Garantie dafür, dass sie danach den Frieden mit uns halten und uns in unsere Länder zurücklassen, uns die Macht zurückgeben, die uns zusteht!"

„Ist es das, worum es dir in Wahrheit geht, Antrus?!", fuhr Leon den Mann ungehalten an. „Dein Königreich zurückzuholen? Ist das der Grund, warum du dich jetzt mit dem Zirkel zusammentust? Glaubst du, die Zauberer können dir garantieren, dass du wieder zum Herrscher aufsteigst?!"

Der kleine Mann kochte vor Wut und machte mit bebenden Nasenflügeln einen Schritt auf Leon zu. „Wie kannst du es wagen, so mit mir zu sprechen?! Ich bin ein König!!"

Lord Hinras trat rasch zwischen die beiden und hob beschwichtigend die Hände. „Beruhigt euch wieder! Das führt doch zu nichts!

Wir sind derzeit alle auf einer Ebene und sollten auch auf Augenhöhe miteinander reden. Und Leon hat recht, Antrus!"

Er wandte sich zu dem selbsternannten König um. „Es geht gerade nicht darum, Macht und Länder zurückzugewinnen, sondern darum zu überleben und Frieden für alle zu ermöglichen!"

„Es wird keine verschiedenen Länder mehr geben, wenn wir Alentara keinen Einhalt gebieten", setzte zu Jennas Überraschung Roanar hinzu und erhob sich, um allen Anwesenden in die Gesichter blicken zu können. „Falaysia wird zu *einem* Reich unter trachonischer Herrschaft werden mit *einer* Königin als Regentin, deren Launen alle Völker dieser Welt ausgesetzt sein werden."

„Stellst du dich jetzt auf deren Seite?!", entfuhr es Antrus mit einem Fingerzeig auf Leon und Jenna. „Sie wollen eine Allianz mit den Bakitarern! Das hast du doch noch vor wenigen Minuten kategorisch abgelehnt! *Du* wolltest, dass wir Kychona und die Soldaten, die sie hergebracht haben, einsperren! *Du* hast die Überlegung angebracht, sie eventuell sogar hinzurichten!"

„Weil ich ihnen nicht glauben konnte!", verteidigte sich Roanar. „Aber die Ereignisse der letzten Stunden haben ihre Behauptungen unterstrichen. Deshalb sitzen wir alle jetzt doch wieder in diesem Zelt, weil wir uns endlich darüber einigen müssen, wie wir gegen Alentara vorgehen. Und so wie ich es sehe, können wir jeden Verbündeten brauchen."

„Was genau *hat* sich den in den letzten Stunden ereignet?", kam es mit Bangen über Jennas Lippen, der, so wie Leon, die seltsame Formulierung nicht entgangen war.

Auf einigen Gesichtern zeigte sich Überraschung und Antrus' Mundwinkel zuckten sogar ein wenig hämisch nach oben.

„Ihr wisst es noch nicht?", erkundigte sich Hinras. „Alentaras Truppen sammeln sich vor dem Nordpass des Latangebirges und der Hafenstad Tielhiev, um von dort aus in Piladoma einzudringen. Wir denken, ihr Ziel ist Vaylacia, weil dies die größte Handelsstadt in Falaysia ist und ihre Eroberung uns allen einen herben Schlag versetzen würde."

„Sie geht militärisch gegen die Allianz vor?!", entfuhr es Leon verblüfft. „Aber wieso? Soweit wir informiert sind, will sie euch doch am Ende wieder auf ihrer Seite haben."

Hinras senkte kurz den Blick und schien sich erst sammeln zu müssen, um seine Frage beantworten zu können. Als er ihn ansah, war ein Hauch von Reue aus seinen Augen zu lesen.

„Ich sollte vor drei Tagen in ihrem Palast vorsprechen, um ihr zu berichten, inwieweit die Allianz wiederhergestellt ist", gestand er. „Dann wollte sie entscheiden, wie unsere Truppen für ihren Kampf einzusetzen sind und unser Bündnis endlich bestätigen."

Der Rest der Geschichte fügte sich rasch in Leons Kopf zusammen. „Sie sieht euren Rückzug als Kampfansage", ließ er die anderen an seinen Überlegungen teilhaben. „Und damit die Allianz ihr nicht zuvorkommen kann, schlägt sie zuerst zu."

„Ganz genau", stimmte Hinras ihm zu. „Vaylacia ist ungefähr einen Tagesritt von hier entfernt. Wenn wir heute noch losreiten, können wir rechtzeitig da sein, um die Stadt zu verteidigen. Aber unsere Truppen sind noch nicht vollständig und wir haben keine Ahnung, wie groß das Heer sein wird, das Vaylacia angreift."

Das waren furchtbare Nachrichten und Leons Gedanken überschlugen sich. Die vier Tage, um neue Verbündete zu finden, waren um. Möglicherweise war auch Marek morgen schon zurück und brachte Verstärkung mit. Dann konnten sie die Stadt noch retten.

„Mit den Bakitarern könnt ihr sie schlagen!", sprach er aus, was er dachte. „Alentara will euch Angst einjagen. Sie wird nicht ihr gesamtes Heer schicken und das wäre auch mit der geschlossenen Ilvas-Schlucht zu aufwändig. Sie müsste *alle* Truppen mit Schiffen herholen."

„Ihr wisst das mit der Ilvas-Schlucht?", fragte Lord Gerot überrascht.

„Die Quavis haben sich uns angeschlossen und lassen Alentaras Truppen nicht mehr durch das Gebirge", erklärte Leon stolz. „Auch wenn sie sich ebenfalls dort sammeln und hoffen, irgendwie durchzukommen – sie werden keine Chance haben."

„Ihr habt die Quavis auf eure Seite gezogen?!" Gerot schüttelte fassungslos den Kopf und Leon hatte das Gefühl, dass sein Bild von ihnen zu wanken begann. „Wie war das möglich?"

„Mit diplomatischem Verhandlungsgeschick und der Unterstützung der Bakitarer", erklärte Leon bereitwillig, „aber vor allem durch Jennas Überzeugungskraft."

„Überzeugungskraft oder auch andere Kräfte?", hakte Drigo nach und sah sie dabei mit hochgezogenen Brauen an.

„Alentara hat einen mächtigen Zauberer an ihrer Seite", erinnerte sie ihn freundlich, „ihr solltet euch nicht davor fürchten, denselben Weg zu gehen, zumal mein Ruf ein weitaus besserer ist als der Dalons. Man kann viel mit Magie bewirken. In Hinblick auf die Quavis war es allerdings nicht nötig, etwas Derartiges einzusetzen. Sie haben die Bedrohung ihres Volkes durch Alentara erkannt und eingesehen, dass nun die Zeit des Handelns gekommen ist."

„Können wir uns darauf verlassen, dass die Quavis die Stellungen in den Bergen halten können?", fragte Drigo weiter und auch er schien endlich in die richtige Richtung zu denken.

Jenna nickte und Leon tat es ihr nach, ohne weiter darüber nachzudenken. Sicher war in diesen Zeiten gar nichts.

„Und die Bakitarer sind wirklich gewillt, sich mit uns zusammenzuschließen?", hakte Lord Gerot zweifelnd nach.

„Zumindest der Teil der Stämme, der noch hinter Marek und Nadir steht", grenzte Jenna ihre Aussage etwas ein.

„Also ist es wahr", merkte Roanar an. „Das Heer der Bakitarer hat sich aufgelöst."

„Nicht komplett", nahm sie seinen Worten rasch die Schärfe. „Sie sind derzeit genauso verunsichert wie ihr und versuchen den Weg zu finden, mit dem sie endlich den Frieden herbeiholen können, den sich jeder wünscht."

Antrus stieß ein abfälliges Lachen aus. „Die Bakitarer wünschen sich doch keinen Frieden! Diese Wilden *leben* für den Krieg!"

„So heißt es", stimmte ihm Jenna zu. „Aber wer von euch hat sich jemals die Mühe gemacht, sie richtig kennenzulernen, ihre Kultur und ihre Art zu leben zu verstehen? Dieses Volk musste immer um sein Überleben kämpfen und seine erste Reaktion bei einer Bedrohung ist deswegen selbstverständlich zur Waffe zu greifen. Aber das heißt nicht, dass sie nicht auch anders handeln können, dass sie nicht auch in Frieden leben wollen! Sprecht endlich mit ihnen! Das wird euch die Augen öffnen!"

Ihre Worte schienen den König leider eher zu verärgern als zum Nachdenken zu bringen. Mit einem unangenehmen Lächeln musterte er sie von oben bis unten.

„Du hast mit Marek ganz bestimmt nicht nur *gesprochen*", brachte er geringschätzig heraus. „Wer lernt die Männer besser kennen als ihre Huren?"

Leon war nicht der Einzige, der bei diesen Worten empört nach Luft schnappte. Allerdings war nur er es, der auf Antrus losging, ihn am Kragen packte und doch nichts weiter ausrichten konnte, weil Lord Hinras eingriff und die beiden rasch voneinander trennte. Der König stolperte merklich blasser aus Leons Reichweite, eine Hand entsetzt gegen seinen Hals gepresst, und Jenna ergriff Leons Arm, weil er noch immer gegen Hinras' Schlichtungsbemühungen ankämpfte. Er kochte vor Wut.

„Lass gut sein", sagte sie zu ihm und erst dann zog sich Leon vollständig zurück, stellte sich neben sie und richtete sich die Kleidung, den finsteren Blick weiterhin auf Antrus gerichtet. Irgendwann … wenn der Mann allein war …

„Entschuldige bitte Antrus' Verhalten", nahm nun auch Gerot Stellung zu dem Vorfall. „Wir denken nicht alle so wie er und haben verstanden, was du uns sagen wolltest. In dunklen Zeiten wie diesen kann man mit seinen Verbündeten nicht wählerisch sein. Mit wie vielen Kriegern können wir rechnen, wenn wir uns dazu entschließen, die Bakitarer als Mitstreiter anzunehmen? Und vor allen Dingen: Wann werden sie hier sein?"

„Die Anzahl können wir nicht genau festlegen", half Leon ihr, weil er ihr Zögern und die damit zusammenhängende Ratlosigkeit sofort wahrgenommen hatte. „Aber es war geplant, dass wir uns morgen bei Anbruch der Dämmerung in der Manduray-Ebene treffen – mit allen Verbündeten, die wir bis dahin gefunden haben."

Hinras, Gerot und Drigo sahen sich kurz an. „Die Manduray-Ebene ist ungefähr einen Acht-Stunden-Ritt von Vaylacia entfernt", überlegte der Lord und sein Kamerad nickte sofort.

„Sollten die Bakitarer morgen wahrlich in der Ebene erscheinen, müssten wir uns noch mit ihnen über unser Vorgehen absprechen", setzte er hinzu, „aber wenn wir uns beeilen, sollten wir dennoch spätestens in der Nacht in Vaylacia sein. Das könnte genügen. Alentaras Truppen sollten nicht vor übermorgen dort auftauchen."

Leons Herz hatte einen viel zu schnellen Rhythmus angenommen, doch er konnte nicht an sich halten. Der kleine Optimist in ihm, der sonst eher selten in Erscheinung trat, begann freudig auf und ab zu hüpfen und Saltos zu schlagen, als die Machthaber der Allianz zusammentraten und sich kurz berieten. Sein Blick flog zu Jenna hinüber, die genauso überrascht und erfreut wie er aussah. Unauffällig ergriff er ihre Hand und als sie ihn ansah und er diese kurz drückte, konnte er sein Lächeln kaum noch zurückhalten.

Die Männer waren anscheinend zu einem Entschluss gekommen, denn Lord Hinras wandte sich nun zu ihnen um und nickte ihnen zu.

„Wir werden uns anhören, was die Bakitarer anzubieten haben, und einen Zusammenschluss mit ihnen in Erwägung ziehen", verkündete er und Leon konnte sich nur mit Mühe davon abhalten, seine Augen zu schließen und einen tiefen Seufzer der Erleichterung auszustoßen. Stattdessen drückte er noch einmal Jennas Hand und räusperte sich.

„Heißt das, das Misstrauen gegenüber Kychona und den Soldaten, die sie herbrachten, ist damit ebenfalls ausgeräumt?", fragte er freundlich, aber bestimmt.

„Natürlich", gab Hinras ihm sofort nach. „Ihr könnt jetzt gerne zu ihnen, wenn ihr wollt." Er wartete erst gar nicht auf Leons Bestätigung, sondern sah sofort Roanar auffordernd an. „Würdest du sie zu dem Zelt bringen?"

Leider nickte der Zauberer und sie waren gezwungen, ausgerechnet der Person aus dem Kreis ihrer neuen Verbündeten zu folgen, der sie am wenigsten trauten.

Roanar schien zu spüren, was sie beide dachten, denn schon als sie das Hauptzelt verlassen hatten und nur wenige Schritte gegangen waren, sprach er sie von allein auf ihr Problem an.

„Es hat mich erstaunt, dass du dich in Bezug auf mich so zurückgehalten hast, Leon", wandte er sich an ihn. „Deine Wut auf mich muss, seit unserem letzten Zusammentreffen, groß sein und deine Bereitschaft, mir zu vertrauen, dagegen verschwindend gering."

„In der Tat", gab dieser ohne Umschweife zu. „Ich hatte jedoch gehofft, mit dir allein sprechen zu können, und wollte dann erst abwägen, was ich meinen Freunden aus der Allianz über dich erzählen soll. Ich möchte mich nämlich nicht als jemand darstellen, der einen Keil zwischen schon bestehende Allianzen treiben will. Aber sage mir, wie will der Zirkel in *dieser* Situation helfen? So mächtig seid ihr Zauberer doch noch gar nicht."

„Sehr wahr gesprochen", erwiderte Roanar zu seiner Überraschung. „Und der Zirkel würde sich auch *nie* mit Nadir und den Bakitarern verbünden. Er hat mich allerdings, wie ich meinen Kameraden bereits bei meinem Eintreffen klar gemacht habe, auch nicht in dieses Lager geschickt. Ich bin aufgrund meiner schon seit langer Zeit anhaltenden Zusammenarbeit mit Lord Onar Hinras hier."

Jenna runzelte verwirrt die Stirn. „Das verstehe ich nicht", gab sie ehrlich zu und sprach damit Leon vollkommen aus der Seele. Er hatte bisher eher den Eindruck gehabt, dass sich Onar bezüglich der Zusammenarbeit mit dem Zirkel immer sehr zurückgehalten hatte und alles andere als davon überzeugt gewesen war, dass diese Leute die richtigen Verbündeten waren. Und Roanar war sogar einer ihrer Anführer!

„Der Zirkel und ich sind in vielen Punkten nicht derselben Meinung", wurde der Zauberer genauer, „und ich hätte ihn wahrscheinlich längst verlassen, wenn mein lieber Freund Onar mich nicht darum gebeten hätte, für ihn Mitglied zu bleiben."

„Wie?" Jenna schüttelte verblüfft den Kopf. „Du hast für ihn den Zirkel ausspioniert?"

Roanar nickte und auch Leon konnte kaum fassen, was er da hörte. Noch eine Intrige, die Verwirrung stiftete. Als ob sie davon nicht schon genug hatten. Diese Unehrlichkeit zwischen und innerhalb der verschiedenen Parteien hing ihm langsam zum Halse heraus. Wann hörte das endlich auf?!

„Und die Sache mit den Büchern Hemetions?", hakte er nach, noch nicht bereit, dem Mann diese Geschichte zu glauben.

„Das war ein Auftrag des Zirkels, den ich ausführen *musste*", erklärte Roanar. „Und wenn ich ehrlich bin, finde ich, dass diese dort immer noch besser aufgehoben wären als in Alentaras Händen – wie es jetzt leider der Fall ist. Ich hatte mit ihrem Einschreiten nicht gerechnet."

„Also haben ihre Soldaten ihren Auftrag doch noch erfolgreich ausgeführt", schloss Leon und der Zauberer nickte betrübt.

„Was geschehen ist, tut mir leid", setzte Roanar hinzu und Leon konnte kein Anzeichen von Unehrlichkeit in seinen Augen erkennen.

Dennoch glaubte er ihm nicht ganz. „Wenn ich anders hätte handeln können, hätte ich es getan. Aber der Schein muss bewahrt werden. Der Zirkel darf nicht merken, auf wessen Seite ich in Wahrheit stehe."

„Und welche wäre das?", fragte Leon nach.

„Die aller Völker Falaysias", tat Roanar mit Inbrunst kund und genau diese Leidenschaft nahm Leon ihm nicht ab. Es fehlte das Leuchten in den Augen, die Emotionalität, die mit solchen Worten normalerweise einherging.

„Wir müssen endlich wieder richtig leben können", unterstrich er weiter, „brauchen den Frieden und die Sicherheit, dass die Menschen, die uns leiten, wahrhaftig das Beste für uns alle wollen und nicht nur für sich! Ich denke, dass die Allianz dafür sorgen kann und deswegen stelle ich mich hinter sie und jeden, der sie unterstützt."

„Auch hinter die Bakitarer?", hakte Leon spitzfindig nach.

„Ja – *wenn* sie für das richtige Ziel kämpfen."

„Das werden sie", versprach Jenna mit fester Stimme. „Mit Sicherheit."

Roanar bedachte sie mit einem milden Lächeln und wies dann nach vorn auf das Zelt, auf das sie sich zu bewegten.

„Eure Freunde sind dort drinnen", gab er bekannt. „Sobald sie das Zelt verlassen, wird auch Kychonas Zauberkraft nicht mehr blockiert werden."

Jenna und Leon nickten synchron und da Roanar keine Anstalten machte, sie noch weiter zu begleiten, liefen sie an ihm vorbei auf den Eingang zu. Leons Bedürfnis, sich mit Kychona und Jenna in Ruhe über alles Geschehene auszutauschen, war groß und je schneller sie alle ungewollten Zuhörer loswurden, desto besser.

Lichtblick

Es war Kychonas vertrautes Gesicht, das Jenna das erste Mal seit Tagen erleichtert ausatmen und ihre Anspannung abebben ließ. Die alte Magierin erhob sich bei ihrem Eintreten sofort von dem Holzstuhl, auf dem sie eben noch gesessen hatte, und kam auf sie zu, um sie dann wortlos in die Arme zu schließen.

Jenna drückte sie an sich und betrachtete über ihren Kopf hinweg die Gesichter der Soldaten, die man mit ihr zusammen hier eingesperrt hatte. Deren Emotionen schwankten zwischen Überraschung, Verwirrung und Erleichterung und nur zwei von ihnen bewegten sich ebenfalls auf Leon und sie zu: Wesla und Uryo.

„Den Göttern sei Dank!", stieß Wesla aus und umarmte ihren Freund ebenso herzlich, wie Kychona das mit ihr getan hatte.

Die alte Frau war wieder von ihr abgerückt und musterte sie kurz. „Geht es dir gut?"

Jenna nickte rasch, obwohl das nicht ganz der Wahrheit entsprach. Der Erfolg bei den Anführern der Allianz hatte ihre Stimmung zwar deutlich gehoben und ihre Hoffnungen auf einen guten Ausgang der Geschichte erheblich wachsen lassen, doch tief in ihrem Inneren verspürte sie ein Brennen und Bohren, verursacht von den großen Sorgen, die sie sich um Marek machte.

„Habt ihr mit Lord Hinras und den anderen gesprochen?", erkundigte sich gerade Uryo bei Leon und Jenna nickte synchron mit ihm.

„Es scheint so, als würden sie uns nun endlich glauben und darüber nachdenken, sich unserem Widerstand gegen Alentara anzuschließen", informierte ihr Freund alle anderen.

Wesla schloss die Augen und atmete hörbar auf, während Uryo nur nickte. Doch auch ihm und den übrigen war anzusehen, dass ihnen eine große Last von den Schultern genommen worden war.

„Wie ist euch das gelungen?", fragte Pjet, der sich ebenfalls unter den ‚Verrätern' befand, und Leon begann rasch zu berichten, was in der letzten Stunde passiert war.

Jenna bekam das nur am Rande mit, denn Kychona ergriff ihren Arm und zog sie in eine stillere Ecke des geräumigen Zeltes.

„Roanar ... hat er dich in irgendeiner Weise angegriffen?", fragte sie mit sorgenvollen Augen.

„Mich nicht, aber Leon", antwortete Jenna der Wahrheit entsprechend. „Es hat sich angefühlt, als würde er versuchen, sich in seinen und über ihn auch in meinen Geist zu drängen."

„Das war das Erste, was er auch bei mir getan hat", ließ die Zauberin sie wissen. „Ich konnte ihn mit Mühe abblocken. Er ist sehr stark und geschickt."

„Nicht stärker als Cardasol", gab Jenna mit einem kleinen, triumphierenden Lächeln zurück und Kychonas buschige, weiße Brauen, wanderten ein Stück in die Höhe. „Ich habe ihn mit der Kraft des Amuletts so abschmettern können, dass er offenbar für ein paar Sekunden besinnungslos war."

Die Alte stieß ein überraschtes Lachen aus. „Das freut mich zu hören! Wahrscheinlich sind eure Verhandlungen mit der Allianz deswegen so gut verlaufen. War er auf eurer Seite?"

„Sofort."

„Diese Schlange!" Kychona schüttelte schmunzelnd den Kopf, sah sie dann jedoch wieder sehr ernst an. „Du darfst ihm auf keinen Fall trauen. Er hat seine ganz eigenen Ziele und Beweggründe, die hauptsächlich auf das Wohl des Zirkels ausgerichtet sind."

„Das glaube ich noch nicht einmal", widersprach Jenna der alten Frau, sah sich kurz nach den anderen um und sprach dann mit gesenkter Stimme weiter. „Meine Tante hat mich davor gewarnt, dass Demeon einen weiteren Verbündeten in Falaysia hat. Er soll eine Tätowierung in Form des Runenzeichen Uruz über seinem rechten Daumen haben."

„Uruz steht für das Element Erde", überlegte Kychona. „Es soll erden und kräftigen, die Konzentration fördern. Hast du es bei Roanar gesehen?"

„Nein", gestand Jenna, „aber er kann sie es auch abgedeckt oder durch einen Zauber für andere unsichtbar gemacht haben."

„Wieso bist du dir so sicher, dass er es ist?", hakte Kychona weiter nach.

Jenna zuckte die Schultern. „Es ist nur so ein Gefühl. Und mein Bauch irrt sich selten."

„Wenn der Mann, der für Dalon arbeitet, dieses Runenzeichen auf seiner Hand trägt, würde es bedeuten, dass er ein Skiar ist", brachte die Alte an. „Roanars Energie fühlt sich jedoch eher wie die eines Farear an."

Jenna horchte auf. „Farear nutzen das Element Feuer, nicht wahr?"

Kychona machte einen etwas irritierten Eindruck, nickte jedoch.

„Dann *ist* er unser Mann!", raunte Jenna ihr aufgeregt zu. „Melina sagte mir, dass der Verbündete, auf das Feuer zugreifen kann."

„Warum trägt er dann das Erdenzeichen auf seiner Hand?" Kychona bedachte sie mit einem zweifelnden Stirnrunzeln und Jenna blieb nichts anderes übrig, als die Schultern zu heben.

„Vielleicht hat er ebenfalls zweierlei Begabungen?", schlug sie vor und die Miene der Alten verfinsterte sich sofort.

„Das wäre nicht gut, aber auch nicht auszuschließen", brummte sie. „Es ist dem Zirkel nie gelungen, die Kontrolle über alle magisch Begabten zu behalten. Und mehrfache Begabungen können sich auch noch in die zweite und dritte Generation vererben."

„Dann glaubst du mir, dass er es ist?", fragte Jenna.

Kychona schürzte nachdenklich die Lippen. „Wir sollten damit sehr vorsichtig sein. Wenn wir uns zu sehr auf diesen Mann konzentrieren und er es nicht ist, könnte uns der wahre ‚Feind' entkommen oder, was noch schlimmer wäre, uns in eine Falle locken."

„Gut, aber wir sollten ihn trotzdem beobachten und herausfinden, was er plant", schlug Jenna vor und dieses Mal erhielt sie wieder ein Nicken.

„Wenn er Dalons Komplize ist, würde das bedeuten, dass er sich der Allianz nur angeschlossen hat, um sie für ihn und Alentara auszuspionieren", überlegte Kychona.

„*Wenn* er noch für Dalon arbeitet", schränkte Jenna ihre Aussage ein und verwirrte die alte Frau damit ein weiteres Mal.

„Aber du sagtest doch gerade, er sei wahrscheinlich sein Verbündeter."

„Ja, offiziell, aber meine Tante und ihre Helfer glauben, er könnte längst die Seiten gewechselt oder auch eigene Ziele und Machtfantasien entwickelt haben."

„Weil es für *jeden* Zauberer verlockend ist, die Macht Cardasols an sich zu reißen", fügte Kychona mit einem nachdenklichen Nicken hinzu. „Wenn er erfahren hat, dass du die Bruchstücke aktivieren und nutzen kannst, könnte es ihn durchaus dazu verleitet haben, eigene Pläne zu entwerfen und die anderen Parteien dazu zu benutzen, selbst am Ende der mächtigste Mensch in Falaysia zu werden."

„Ein solches Doppelspiel ist zwar gefährlich, könnte sich aber letztendlich für ihn lohnen", knüpfte Jenna an ihre Überlegung an.

Kychona seufzte leise. „Das macht die ganze Sache für uns nicht unbedingt leichter", merkte sie an. „Vor allem wenn er offiziell nun zu unseren Verbündeten gehört. Es wird schwer werden, ihm keine Informationen zukommen zu lassen, die er später gegen uns verwenden könnte."

„Wir müssen einfach sehr, sehr vorsichtig sein", erwiderte Jenna. „Das Ganze wird ohnehin noch problematisch werden, wenn erst Marek mit seinen Bakitarern zu uns stößt. Ich weiß nicht, ob er ein Mitglied des Zirkels in den Reihen unserer Verbündeten akzeptiert."

Die Falten auf Kychonas Stirn vertieften sich noch weiter und sie kniff die Augen zusammen. „Hm … eventuell ist seine Abneigung sogar ein gutes Mittel, um Roanars Mitwirken in diesem Krieg zu begrenzen. Wenn der Mann den Schein bewahren will, sollte er sich nicht dagegen verweigern, bei strategischen Besprechungen ausgeschlossen zu werden. Immerhin ist er kein Krieger und Mareks Zweifel an seiner Ehrlichkeit sind durchaus begründet."

„Heißt das, du *willst* sogar, dass Marek seine Feindseligkeit ihm gegenüber offen zeigt?"

„Begrenzt. Halte ihn ein wenig zurück und wir bekommen möglicherweise, was wir wollen."

Jenna schloss die Augen und holte tief Luft, um den Knoten in ihren Gedärmen zu lockern. Doch es war nicht so leicht mit all den Sorgen, die sich in den letzten Tagen in ihrem Inneren eingenistet hatten. Sie konnte tapfer sein und schlechte Gefühle bis zu einer bestimmten Grenze verdrängen, doch allmählich war der Punkt erreicht, an dem das nicht mehr ging. Ihre Angst um Marek und die unerträgliche Sehnsucht nach ihm zerfraß sie innerlich.

„Weißt du etwas darüber, wie es ihm bisher ergangen ist?", erkundigte sich Kychona nach einer kleinen Weile.

Jenna schüttelte zögernd den Kopf. „Er trägt vermutlich die meiste Zeit über das Hiklet. Einmal hat er es abgenommen, als eine Situation besonders heikel wurde und alles, was ich sehen und fühlen konnte …" Sie musste tief ein- und wieder ausatmen, weil sich ihre Brust sofort zusammenschnürte und ihre Sorge um Marek übermächtig zu werden drohte. Sie sah erneut das wütende Gesicht des Bakitarers, sah den Dolch in seiner Hand aufblitzen …

Kychona ergriff sanft ihre Hand und drückte sie, die Augen voller Mitgefühl. „Was ist passiert?"

„Er wurde attackiert und auch verletzt", brachte Jenna nur sehr leise heraus. „Ich … ich konnte es spüren und sehen und dann wurde mein Geist plötzlich weggestoßen. Seitdem habe ich kein Kontakt mehr gehabt."

„Er lebt gewiss noch", versuchte die Alte sie zu trösten. „Selbst wenn seine Magie versagt, ist er immer noch ein gefürchteter Krieger. Ihm wird nichts Schlimmes passiert sein."

„Ich weiß", erwiderte Jenna. Ganz am Rande ihres Bewusstseins fühlte sie Marek noch, auch wenn sie augenblicklich nicht sagen konnte, wie es ihm ging und was er tat. „Ich habe nur Angst, dass er morgen nicht erscheinen wird und deswegen die Allianz, die wir anstreben und brauchen, um Alentara zu besiegen, nicht zustande kommt."

„Ist es denn sicher, dass die Bakitarer morgen zu uns aufschließen werden?", kamen gerade auch die anderen zu dem Thema, das sie mit Kychona begonnen hatte. Pjet, der Sprecher, sah jedoch Leon an, sodass Jenna davon ausging, dass niemand sie belauscht hatte. Sie nickte Kychona kurz zu und die beiden traten wieder näher an die Soldaten heran.

„Ich gehe davon aus", erwiderte Leon mit erstaunlicher Ruhe in der Stimme. Immerhin hatten sie beide sich schon über das ausgetauscht, was sie in Bezug auf Marek gespürt hatte, und er hatte ganz ähnliche Bedenken wie sie geäußert.

„Wie viele Krieger werden es sein?", fragte Wesla weiter.

„Das kann ich nicht genau sagen", gestand ihr Freund. „Kaamo Leraz sprach bei unserem letzten Kontakt von dreihundertfünfzig bis vierhundert Mann, die *er* mitbringt – abhängig davon, ob Siaran Deshunto Erfolg damit hatte, noch weitere Stämme zusammenzubringen, die mit uns kämpfen wollen. Er wollte sich gestern mit ihm treffen. Wir wissen aber noch nicht, was aus diesem Vorhaben geworden ist."

Leons Worte erinnerten Jenna daran, dass sie sich vorgenommen hatte, Kaamo heute noch einmal zu kontaktieren. Sie sah hinüber zum Zelteingang. Am besten tat sie das nicht vor den anderen.

„Und wie viele Männer kommen mit Marek?", wurde weiter gefragt, als Jenna sich bereits auf den Ausgang zubewegte.

„Das weiß ich nicht", musste Leon zugeben. „Aber wir hoffen, dass es noch einmal so viele sein werden."

Ja, sie *hofften* eine ganze Menge, aber Kriege waren noch nie mit Hoffnung allein gewonnen worden. Zudem hatten sie mit Alentaras geplantem Angriff auf Vaylacia einen noch größeren zeitlichen Druck, der Jennas Herz immer wieder flattern ließ, sobald ihr Geist diesen Gedanken auch nur streifte.

Sie sog tief die frische Luft des Abends in ihre Lunge, als sie draußen vor dem Zelt stand, und versuchte sich etwas besser zu entspannen, doch das Öffnen des Zeltvorhanges hinter ihr, machte diesen Versuch sofort zunichte. Es war jedoch nur Kychona, die ihr einen fragenden Blick schenkte.

„Ich muss Kontakt zu Kaamo aufnehmen", ließ Jenna sie wissen und die Alte bedachte sie mit einem erstaunten Stirnrunzeln.

„Das ist möglich?"

„Ja, Marek hat mir diesen Zugang zu ihm verschafft", log Jenna. Kychona musste noch nicht wissen, was es mit Kaamo, Marek, Jarej und Nadir auf sich hatte. Vielleicht fand sich später ein besserer Zeitpunkt, um das alles zu erklären. „Sie sind sehr enge Freunde und haben sich schon oft auf diese Weise ausgetauscht."

Das Gesicht der alten Magierin erhellte sich. „Dann halte ich das für eine gute Idee. Aber du solltest es nicht ohne meinen Schutz machen, solange Roanar sich noch in der Nähe aufhält."

Daran hatte sie gar nicht gedacht. Dumm. Das zeigte wieder einmal, wie wichtig es war, in Stresssituationen Freunde an seiner Seite zu haben.

„Kannst du das? Mich schützen?", erkundigte sie sich hoffnungsvoll. Das klang so wundervoll.

Kychona schenkte ihr ein mildes Lächeln. „Selbstverständlich. Er wird zwar merken, was ich tue, aber nichts dagegen unternehmen können."

„Gut, dann …" Jenna sah sich kurz um und nickte dann in Richtung des Waldrandes.

Gemeinsam liefen sie an ein paar Zelten vorbei hinein ins Dickicht, schweigend und jede in ihre eigenen Überlegungen verstrickt. Jennas Vertrauen zu Kychona war zwar groß, doch Mareks warnende Worte hatten sich in ihr Gedächtnis gebrannt und verhinderten, dass sie sich vollkommen sicher mit der alten Magierin fühlte.

„Versprichst du mir eines? Sollte sie dir vorschlagen, dass ihr eure Energien ebenfalls miteinander verbindet – lehne es ab! Lass es nicht zu, dass sie einen Zugang zu dir bekommt, den sie ohne dein Mittun aktivieren kann!", hatte er gesagt.

Bisher hatte die Alte nichts Derartiges vorgeschlagen, sie waren allerdings auch für eine Weile getrennt gewesen und die Situation, in der sie sich gerade befanden … ebnete diese nicht nahezu den Weg dorthin?

Nicht weit vom Lager entfernt fanden sie ein paar umgestürzte Baumstämme und da es Jenna leichter fiel, im Sitzen den Kontakt zu anderen Menschen herzustellen, ließ sie sich auf einem von diesen nieder und sah Kychona erwartungsvoll an.

„Muss ich etwas zu dem Blockadezauber beitragen?", fragte sie vorsichtig.

Zu ihrer großen Erleichterung schüttelte Kychona den Kopf. „Du tust nur, was du immer tust. Ich lasse deine Energie hinaus und blockiere die anderer Zauberer, falls diese einen Angriff auf dich starten."

„Gut", erwiderte Jenna, holte tief Luft, schloss die Augen und entspannte sich. Zu niemandem hatte sie bisher derart schnell einen Kontakt herstellen können wie zu Kaamo. Sie war zwar mittlerweile darin besser trainiert als jemals zuvor, doch vermutete sie, dass diese Leichtigkeit vor allem an den besonderen magischen Fähigkeiten Kaamos festzumachen war. Er konnte die Verbindung zu ihr stabilisieren wie niemand anderer und ermöglichte einen nahezu störungsfreien Austausch. Zweimal hatte sie ihn schon kontaktiert und jedes Mal hatte es ihr dabei geholfen, sich zu beruhigen und neue Kraft für die zukünftigen Kämpfe zu schöpfen – insbesondere nachdem dieser Vorfall mit Marek sie beinahe aus der Bahn geworfen hatte.

Auch dieses Mal dauerte es nicht lange, bis sie die Energie des Hünen fand, und zu ihrer großen Freude fühlte sie, dass er längst nicht mehr so weit von ihr entfernt war wie noch am gestrigen Tage. Er schlief nicht – aus diesem Grund bestand sein Körper auch nur aus Lichtreflexen, bunten Farben, die sich zu einem Ganzen vereinten und nur annähernd an einen Menschen erinnerten.

‚Ich hatte schon Sorge, dass es heute nicht mehr klappt', sandte er ihr zu, ohne sie überschwänglich zu begrüßen. ‚Geht es dir gut?'

‚Ja, wir haben Kychona und die anderen gefunden', informierte sie ihn. ‚Lord Hinras und einige der anderen Anführer der Allianz sind bereit, mit uns gegen Alentara zu kämpfen, aber nur wenn ihr ihnen helft, Vaylacia vor dem Angriff trachonischer Truppen zu schützen.'

Kaamos Energie flammte hellrot auf – ein Zeichen dafür, dass er wütend wurde. ‚Also sind die Gerüchte wahr. Dieses Biest weiß, was wir vorhaben, und schlägt jetzt einfach zu, mit der Annahme, dass wir uns noch nicht einigen konnten.'

‚Wir müssen das unbedingt verhindern!', versetzte Jenna mit Nachdruck. ‚Wie weit bist du von Vaylacia entfernt?'

‚Einen Tagesritt maximal', war die erfreuliche Nachricht. ‚Wir waren ja schon auf dem Weg zur Manduray-Ebene. Die befindet sich nicht weit entfernt von der Stadt.'

‚Und wie viele Krieger sind bei dir?'

‚Vierhundert. Faresh kommt noch mit Hundertfünfzig nach, aber mehr werden es nicht werden. Wie ich dir schon sagte: Einige haben keine Lust mehr zu kämpfen, solange sie nicht wissen, worum es geht und ob man den neuen Verbündeten trauen kann.'

‚Meinst du, du kannst deine Krieger dazu bringen, schon morgen in eine Schlacht zu reiten – an der Seite ihrer ehemaligen Feinde?'

‚An der Seite – ja. Nicht unter ihrem Befehl.'

‚Dafür werden wir uns einsetzen', versprach Jenna und hoffte inständig, dass es keine Rangelei um die Führung geben würde – auch wenn sie wusste, wie naiv das von ihr war.

‚Was ist mit Marek?', sprach Jenna die Frage aus, vor der sie sich am meisten fürchtete. ‚Hast du etwas von ihm gehört?'

Kaamos Farbe änderte sich noch einmal, bekam einen leichten Graustich. ‚Nein', gestand er ihr. ‚Aber er ist weder schwer verletzt noch tot. Das würden wir beide fühlen. Gehen wir einfach davon aus, dass auch er morgen in der Ebene erscheinen wird.'

‚Und wenn nicht? Sind wir dann überhaupt stark genug, um gegen Alentaras Truppen zu kämpfen?'

‚Ich vermute es.'

Jenna seufzte resigniert. Das war nicht die Antwort, die sie sich gewünscht hatte. Manchmal war Ehrlichkeit nur schwer zu ertragen.

‚Hast du was von Sheza gehört?', fragte Kaamo weiter.

Leider musste sie die Frage ebenfalls verneinen. ‚Ich habe zu ihr keinen geistigen Kontakt und ich denke, sie würde so etwas auch gar nicht zulassen. Was hatte sie vor?'

‚Sie wollte versuchen, die Tikos ebenfalls auf unsere Seite zu bringen, da die noch eine Rechnung mit Alentara offen haben. Ich bete zu den Göttern, dass sie diesen Versuch überlebt.'

Jennas Magen zog sich bei diesen Worten unangenehm zusammen. Sie hatte bisher zwar noch nicht sonderlich viel Kontakt mit der Kriegerin gehabt, aber sie war ihr dennoch immer sympathischer geworden und sie brauchten jeden fähigen Kämpfer an ihrer Seite, den sie kriegen konnten.

‚Sie ist eine gefährliche und intelligente Kriegerin', erinnerte sie Kaamo und auch sich selbst. ‚Sie wird dabei nicht sterben und wenn ich ehrlich bin, wünsche ich mir, dass sie Erfolg hat.'

‚Die Tikos sind Wegelagerer, Verbrecher, Mörder – willst du diese Leute wirklich an unserer Seite haben?', äußerte ihr Freund seine Zweifel.

Sie dachte kurz darüber nach. ‚Ja, jeden einzelnen, der Alentara hasst und mit einem Schwert umzugehen weiß. Die Königin soll uns nicht nur ernst nehmen, sondern fürchten – nur dann können wir mit ihr verhandeln.'

Sie konnte fühlen, dass ihm ihre Worte gefielen. ‚Du klingst langsam wie Marek', amüsierte er sich. ‚Er scheint auf dich abzufärben. Mach weiter so und die Bakitarer wählen demnächst dich zu ihrer neuen Anführerin.'

Jenna musste lachen und hoffte, dass sie das tatsächlich nur innerlich tat. ‚Wir sehen uns morgen', sagte sie, dann zog sie sich zurück.

Es war dieser Moment, in dem sie sie fühlte, die andere Energie, die nach ihr griff, versuchte, einen Zugang zu ihr zu finden. Eine vertraute Energie – kein Feind. Doch sie war nicht schnell genug, um Kychona zu warnen, ihr zukommen zu lassen, dass sie diese nicht abblocken sollte. Es gab eine heftige Erschütterung in ihrem Umfeld, die nicht nur den vermeintlichen ‚Angreifer' zurückwarf, sondern auch Jenna. Nur Sekunden später riss sie nach Luft schnappend die Augen auf. Blätter und Äste um sie herum. Laub und Gras unter ihr. Über ihr der Nachthimmel. Sie war von dem Baumstamm gerutscht.

„Herrje, das tut mir so leid!", vernahm sie Kychonas heisere Stimme und dann beugte sich die Greisin auch schon über sie, die Augen voller Sorge.

Jenna schüttelte den Kopf und wehrte die Hände ab, die nach ihr greifen wollten, um ihr aufzuhelfen.

„Das war kein Feind!", stieß sie aus und konnte ihre Wut kaum zügeln. „Das war jemand, den ich kannte, eventuell sogar Marek!"

Sie stand nun wieder, fuhr sich mit fahrigen Bewegungen durch das Haar und versuchte ihre verrücktspielenden Emotionen in den Griff zu bekommen. Doch die Sorge um den Krieger, die sie die ganze Zeit mit sich herumschleppte, gab ihrer Verärgerung über Kychonas Handeln genügend Nahrung, um sich nicht so schnell wieder zu beruhigen. Die alte Magierin schien das zu spüren, denn sie startete keinen weiteren Versuch, sich ihr zu nähern.

„Vielleicht braucht er meine Hilfe!", setzte Jenna hinzu und ihre Stimme brach, weil sie genau wusste, dass derjenige, der den Kontakt zu ihr gesucht hatte, es nicht sofort wieder wagen würde. „Und selbst wenn nicht – er hätte uns zumindest sagen können, wie es ihm geht und ob er noch weitere Krieger dazu bringen konnte, ihm zu folgen!"

„Ich glaube nicht, dass er es war", erwiderte Kychona ruhig.

„Das kannst du nicht wissen!", fuhr Jenna sie an und wischte sich verärgert ein paar Tränen von den Wangen. Warum zur Hölle mussten diese dummen Dinger sich immerzu selbstständig machen?!

„Ihn hätte ich nicht so leicht blocken können", widersprach die Alte ihr. „Außerdem erkenne ich seine Energie."

„Und ich nicht?!" Jenna funkelte sie böse an und schämte sich gleichzeitig dafür. Sie benahm sich albern, wenn nicht sogar hysterisch und konnte doch nichts dagegen tun.

„Doch und deswegen weißt du, dass er es nicht war."

Jenna presste die Lippen zusammen und wandte sich von der Zauberin ab. „Ich danke dir für deine Hilfe", brummte sie ein paar Atemzüge später, „aber ich brauche dich jetzt nicht mehr."

„Jederzeit", hörte sie Kychona hinter sich sagen und nur kurz darauf vernahm sie, wie sich die Magierin auf den Rückweg durch den Wald machte.

Jenna bewegte sich erst wieder, als sie nichts mehr aus ihrer Richtung vernahm, und ließ sich mit einem leisen Seufzen auf ihrem Baumstamm nieder. Sie erwog für einen Augenblick noch einmal nach der vertrauten Energie im Äther zu tasten, verwarf den Gedanken dann aber gleich wieder. Mit Roanar in der Nähe war das zu gefährlich und tief in ihrem Herzen wusste sie, dass Kychona mit ihrer Behauptung richtig gelegen hatte. Es war nicht Marek gewesen. Die Wahrscheinlichkeit, dass Benjamin oder ihre Tante versucht hatten, zu ihr Kontakt aufzunehmen, war sehr viel höher. Und eigentlich war das nicht weiter dramatisch. Sie würden es mit Sicherheit noch einmal versuchen. Wahrscheinlich nicht heute, aber möglicherweise schon morgen.

Jenna hob ihren Blick in den Sternenhimmel und sandte, wie schon an den letzten Abenden, ihren innigsten Wunsch ans Universum: Bitte lass Marek heil und gesund morgen erscheinen und möglichst mit einer großen Armee in seinem Rücken. Bitte gib ihn mir unversehrt zurück.

War das zu viel verlangt nach all dem Leid, all den Ängsten und Sorgen, die sie schon hatte durchstehen müssen? Doch wohl kaum. Weder sie noch Marek hatten es verdient, noch weiter zu leiden, und das würden sie, wenn sie nicht bald wieder zueinander fanden.

Jennas Hand wanderte zu der Lederschnur um ihren Hals und sie holte das Amulett aus ihrem Ausschnitt hervor, hielt es in das Licht des Mondes. Wie wunderschön die Energie in dem roten Stein pulsierte ... Warum nur war sie die Einzige, die davon einen Nutzen hatte, seinen Schutz genießen konnte? Gut, sie konnte diesen Schutz zumindest auf die Menschen in ihrer unmittelbaren Nähe ausweiten, aber sonst? Sie hatte so gehofft, Marek helfen zu können, war sich fast sicher gewesen, dass es funktionierte. Und dann ... hatte ihr Zauber versagt. Auf ganzer Linie. Nur ... wieso?

Jenna hatte eine Weile über das Geschehene nachgedacht und war schließlich zu dem Schluss gekommen, dass es die Energie von Mareks Amulett gewesen war, die ihr entgegen geschmettert worden war. Sie war in dem Versuch, Marek zu schützen, freigesetzt worden, und dorthin zurückgekehrt, wo sie einst hergekommen war: zu ihr. Und zwar mit Schwung. Das Amulett, das sie selbst trug, hatte so hell aufgeleuchtet, dass es selbst für Leon durch ihr Hemd sichtbar geworden war. Dann war sie vom Pferd gekippt, hatte sich mit summenden Ohren und rasendem Puls auf dem Waldboden wiedergefunden, vollkommen verwirrt und erschüttert.

Jenna runzelte die Stirn. Jetzt, wo sie noch einmal darüber nachdachte, kam es ihr gar nicht mehr so vor, als hätte ihr Zauber versagt. Er war nur abgewehrt worden, so wie die Energie, die gerade versucht hatte, zu ihr Kontakt aufzunehmen. Jemand hatte Cardasol blockiert! Auch wenn das kaum möglich war und derjenige unglaublich starke Kräfte haben musste.

Ihr stockte der Atem und ihr Herz machte ein paar viel zu rasche Sprünge. Die Erinnerungen kehrten mit aller Macht zurück. Sie sah Marek bei ihrem Abschied vor sich und das Amulett, wie es hell aufleuchtete, als es gegen seine Brust prallte. Und sie hörte Jarejs gebrochene Stimme kurz bevor er starb: *„Es ruft ... nach dir ... Immer noch ... du musst nur ... zuhören."*

Der Gedanke, der ihr kam, war irrsinnig, jedoch so logisch, dass sie ihn nicht abwehren konnte, nicht *einen* Zweifel an seiner Richtigkeit hatte. Sie erhob sich wie in Trance, nahm ein paar lange Atemzüge und lief dann entschlossen los. Sie musste noch einmal mit Kychona sprechen, brauchte alle Informationen, die sie über Cardasol hatte, und wenn sie recht hatte, dann … dann hatten sie einen Trumpf gegen Demeon in der Hand, mit dem er ganz bestimmt nicht mehr rechnete.

 Zweifel

Die Anspannung verschwand nicht, als Leon mit seinen Freunden und den Truppen der Allianz am Nachmittag des nächsten Tages in das Tal ritt, in dem sie sich mit den Bakitarern treffen wollten. Wenn er ehrlich war, wuchs sie beim Anblick der wachsenden Anzahl von Soldaten noch an und das hing nicht nur damit zusammen, dass sie noch nicht wussten, ob, wann und wie viele Krieger der Bakitarer hier erscheinen würden. Nein, es waren vielmehr die Erinnerungen an seine letzte Schlacht als Soldat Renons, die ihm zu schaffen machten. Erinnerungen an Sara, an ihren Tod, an all die Grausamkeiten, die er gesehen hatte, all die Schmerzen, die er gefühlt und selbst verursacht hatte. Nie wieder hatte er sich damit beschäftigen, nie wieder hatte er an so etwas teilnehmen wollen. Und nun stand er hier, inmitten eines neu aufgebauten Kriegslagers und probierte die Rüstungen aus, die man ihm anbot, suchte nach Waffen, mit denen er seine Freunde und sich effektiv verteidigen konnte.

„*Eine Armbrust würde dir gut stehen*", hörte er Sara aus der Vergangenheit in sein Ohr flüstern. „*Obwohl du mir als schwertschwingender Krieger auch sehr zusagst.*" Sie drückte ihre Lippen auf seine Wange und lachte, hell und unbeschwert.

Leons Finger berührten seine Haut, die prickelte, als wäre es gerade erst geschehen und sein Herz wurde ganz schwer.

„Alles in Ordnung?" Jennas Stimme holte ihn zurück in die Gegenwart und es tat unglaublich gut, in ihre blauen, mitfühlenden Augen zu blicken.

Er nickte knapp und schluckte den dicken Kloß in seinem Hals tapfer hinunter, verdrängte die Erinnerungen an eine Liebe, die er immer missen, aber niemals wieder zurückgewinnen würde. Seine

Freundin versuchte immer noch Herrin über die vielen Schnallen des Lederharnischs zu werden, den sie gerade anprobierte und er trat dichter zu ihr heran, murmelte „Warte – ich helfe dir" und setzte seine Ankündigung sogleich in die Tat um.

Er musste sich endlich zusammenreißen, denn es würde nicht mehr lange dauern, bis der Krieg seine hässliche Fratze zeigte und bis dahin musste er sich dringend wieder im Griff haben, durfte nicht mehr an der Vergangenheit festhängen.

„Bist du nicht stolz auf mich?", fragte Jenna, als sie sich ihm schließlich mit einer kleinen Drehung präsentierte. „Ich nehme eure Warnungen ernst und schütze mich trotz des Amuletts mit einer Rüstung."

„Das wurde aber auch Zeit", erwiderte er und zog auch die letzten Riemen seiner Rüstung fest. Endlich eine, die ordentlich saß. Warum nur waren die meisten Soldaten solche Kraftpakete, dass ihr Kreuz mit der Breite eines Eichenstamms konkurrieren konnte?

„Mir wäre es allerdings lieber, wenn du gar nicht erst mit an die Front reitest", setzte er seinen Worten hinzu, auch wenn er genau wusste, dass seine Bemerkung nichts erreichen würde.

Jennas Lächeln verschwand. „Haben wir das nicht schon ausreichend diskutiert?"

Er zuckte die Schultern und sie trat an ihn heran, packte ihn an den Oberarmen und sah ihm fest in die Augen. „Wenn ich in deiner Nähe bin, kann ich verhindern, dass du verletzt wirst. Ich kann uns vor Pfeilen und Speeren schützen und mir wird mit Sicherheit nichts passieren, weil ich so angespannt sein werde, dass das Amulett in ständiger Alarmbereitschaft sein wird."

Leon stieß resigniert Luft durch die Nase aus. „Ich sehe dich nur nicht gern auf dem Schlachtfeld. Und ich bin mit Sicherheit nicht der Einzige, dem es so geht."

Jenna verdrehte die Augen, wandte sich von ihm ab und sah sich die Waffen an, die vor ihr auf einem Tisch lagen.

„Auch *er* wird mit meiner Entscheidung klarkommen müssen", brummte sie und nahm einen Dolch in die Hände, um ihn genauer zu inspizieren. „Wenn er überhaupt hier auftaucht."

Leon trat an sie heran. Die Sorge in ihrer Stimme war nicht zu überhören und er verspürte das Bedürfnis, ihr Trost zuzusprechen, die

Hoffnung aufrechtzuerhalten, an die auch er sich die ganze Zeit klammerte. Sie *alle* brauchten Marek, wenn sie den Kampf gegen Alentara und Demeon gewinnen wollten, aber Jenna ... Jenna fehlte ohne ihn die Kraft, an ihrem Glauben und ihren Zielen festzuhalten. Er war zu ihrem Anker geworden, ihrem Lot, das sie brauchte, um nicht durchzudrehen. Und wahrscheinlich war es auch umgekehrt der Fall. Nach Rians Entführung und Jarejs Tod hatte sich Marek verändert – das war selbst für Leon spürbar gewesen – und er betete, dass dies nicht noch während ihres Feldzuges gegen die Trachonier zu einem Problem werden würde.

„Er kommt ganz bestimmt hierher", sagte er leise, ohne sich seine Sorgen anmerken zu lassen.

Sie wandte ihm ihr Gesicht zu, in dem sich ihre großen Ängste nur allzu deutlich zeigten.

„Noch rechtzeitig?", fragte sie ihn mit hörbarem Zweifel in der Stimme und leider konnte er ihr diesen nicht nehmen.

Jeder im Lager stellte sich diese Frage. Am Morgen hatten sie erfahren, dass nicht alle Truppen Alentaras mit ihren Schiffen nach Piladoma übersetzen würden. Einem Teil ihres Heeres war es gelungen, sich trotz der harten Gegenwehr der Quavis die Ilvas-Schlucht freizukämpfen (Leon war sich sicher, dass Demeon diese zuvor mit magischen Kräften wieder einigermaßen begehbar gemacht hatte), über die sie nun ins Landesinnere kamen. Sie sammelten sich zwar immer noch am Fuße des Gebirges, doch würde es sicherlich nicht mehr lange dauern, bis sie weiter vorrückten und Vaylacia in Bedrängnis brachten.

„Ich hoffe", erwiderte er nun und Jenna seufzte leise.

„Das tue ich auch." Sie nahm entschlossen den Dolch und den dazugehörigen Ledergürtel an sich. „Lord Hinras sagte, dass wir spätestens in zwei Stunden losreiten. Wir sollen bis dahin mit allen Vorbereitungen fertig sein."

Leon wollte ihr gerade zustimmen, doch stattdessen hielt er inne und wandte sich um. Draußen waren plötzlich laute Rufe zu hören, die auf Jenna dieselbe Wirkung hatten wie auf ihn. Sie erstarrte und lauschte angespannt. Wenn sich Leon nicht irrte, war da keine Angst in den Stimmen, sondern eher Freude, die sich in unglaublicher

Schnelligkeit im ganzen Lager verbreitete, genauso wie ein Wort, das Leons Herz schneller schlagen ließ: Bakitarer! Sie kamen!

Jenna blieb nicht länger neben ihm stehen. Sie rannte los, bahnte sich in Schlangenlinien einen Weg durch die aufgewühlte Menge der Soldaten, die alle zum Rand des Lagers liefen, und es fiel Leon erstaunlich schwer, mit ihr mitzuhalten. Er reckte im Laufen seinen Hals, spähte über die Köpfe der anderen hinweg, hinüber zu den sanften Hügeln, die ihr Lager umgaben. Und dann sah er sie, die ersten Krieger, die über einen der Kämme ritten, die Köpfe stolz erhoben und mit einer Ruhe und Gelassenheit, die Leon fast verärgerte. Als würden sie nur einen kleinen Ausflug ins Nachbarland machen.

Er blieb sehr viel schneller atmend neben Jenna stehen, deren Augen starr auf die Männer gerichtet waren, die in ungeordneten Reihen über die Anhöhe kamen. Die große Frage war jetzt: Gehörten sie zu Kaamo oder zu Marek?

Nur eine halbe Sekunde später bewegte sich die Antwort dazu im Trab den Hang hinunter. Ein bärtiger, rotblonder Hüne in bakitarischer Rüstung, Pferd und Gesicht mit roter Farbe gezeichnet – die Kriegsbemalung der Bakitarer, wie sie auch bei allen anderen Kriegern zu finden war. Ein Anblick, der noch einmal die schlimmsten Erinnerungen in Leon wachrief, an den Tag, an dem er Kämpfern in diesem Aufzug zum ersten und letzten Mal gegenübergestanden hatte. Er konnte beinahe wieder ihr röhrendes Gebrüll vernehmen, das ihn bis auf die Knochen erschüttert hatte; konnte das Klirren von Schwertern, das Schreien von Verletzten hören; sah Kameraden rechts und links von sich zu Boden gehen. Doch er hatte sich im Griff, sah rasch Jenna an, um sich abzulenken.

Seine Freundin bekam von dem Debakel in seinem Inneren nichts mit. Ihr stand die Enttäuschung nur allzu deutlich ins Gesicht geschrieben, doch auch sie gab sich große Mühe, sich nicht anmerken zu lassen, was sie fühlte, presste die Lippen fest aufeinander und sah ihren Verbündeten entschlossen entgegen.

„Das sind zu wenige", vernahm Leon zu seiner anderen Seite eine vertraute Stimme und blickte erstaunt in Lord Hinras' Gesicht. Er hatte nicht gemerkt, dass sein alter Freund neben ihn getreten war. Leon folgte seinem Blick und musste feststellen, dass der Strom der Reiter viel zu schnell abbrach.

„So können wir Alentara nicht einschüchtern", setzte Onar besorgt hinzu.

„Wir sollten über jeden zusätzlichen Kämpfer dankbar sein", mahnte Jenna ihn und der Mann nickte sofort.

„Natürlich", gab er ihr nach und schien ebenfalls seine Bedenken erst einmal wegzuschieben. „Möchtet ihr mich begleiten, um sie zu begrüßen?"

„Gerne", antworteten Leon und sie synchron und zauberten damit ein kleines Lächeln auf die Lippen des Lords.

Sie hatten kaum zehn Schritte hinter sich gebracht, als Leon eine weitere Gestalt auf dem Hügelkamm auftauchen sah. In der Hand einen Speer, an dem die Flagge der vereinten bakitarischen Stämme dramatisch im Wind flatterte, sah der Krieger zu ihnen hinunter, während sein wildes, dunkles Pferd nervös auf der Stelle tänzelte. Dann riss er den Speer in die Luft, rief etwas mit dröhnender Stimme und bekam eine mehrstimmige Antwort von den Kriegern, die das Tal bereits erreicht hatten *und* von denen, die sich eindeutig noch hinter dem Hügel befanden.

Das Pferd stieg, was seinen Reiter wenig zu beeindrucken schien, und dann erschienen sie, die ersten langen Reihen einer Reiterschar, die Leons Atem stocken und sein Herz einen Sprung machen ließ. Dunkel, gefährlich, kampfbereit bedeckten sie fast den gesamten Hügelkamm, der sich auf bis zu dreihundert Metern erstreckte. Erst auf ein weiteres Kommando ihres Anführers hin begannen sie den Hang hinunterzutraben und der Boden erbebte unter den Hufen ihrer wilden Pferde.

Es war ein Schauspiel, das Leon zutiefst beeindruckte und die Stille im Lager hinter ihm verriet ihm, dass er nicht der einzige war, dem es so ging. Reihe um Reihe bewegten sich die Krieger auf sie zu, ihr Fürst in ihrer Mitte, und Leon entwischte ein ungläubiges und gleichzeitig erleichtertes Lachen. Wenn Alentara das nur sehen könnte – sie würde sich sofort in ihrem Schloss verbarrikadieren und nie mehr herauskommen.

Leon nahm neben sich eine Bewegung wahr und reagierte noch schnell genug, um Jenna am Arm zu packen und davon abzuhalten, Marek entgegenzulaufen.

„Lass *ihn* zu *dir* kommen", wisperte er mit einem kleinen Schmunzeln.

Sie warf ihm einen teils irritierten, teils verärgerten Blick zu und er sah sie ernster an, schüttelte nachdrücklich den Kopf. Vor allen Anwesenden zu zeigen, wie sehr sie den Kriegerfürsten liebte, war keine gute Idee. Ihre Liebe machte sie erpressbar und nur die wenigsten hier wussten von ihrer Beziehung zu Marek.

Jenna brauchte nicht lange, um in Leons Augen zu lesen, worum es ihm ging und ihre Gegenwehr erstarb. Sie legte eine Hand auf die seine und drückte sie kurz und erst dann wagte er es, sie loszulassen.

„Manche Wunder sind nur schwer zu glauben", stieß Onar, der ebenfalls wie angewurzelt stehen geblieben war, fassungslos aus, doch auch in seinen Mundwinkeln verbarg sich ein Lächeln und seine Augen glänzten vor Freude. „Das ist mindestens die Hälfte des alten bakitarischen Heeres!"

Leon musste dem Lord zustimmen. Es waren unglaublich viele Krieger und mit den Soldaten der Allianz konnten sie Alentaras Truppen vor Vaylacia durchaus schlagen. Mit so vielen Männern hatte die Königin sicherlich nicht gerechnet.

In Lord Hinras kam wieder Bewegung, als Kaamo mit seinen Männern direkt auf sie zu hielt und dann mit einer erstaunlichen Eleganz für einen Mann seiner Größe von seinem Pferd sprang.

„Kaamo Leraz, es freut mich sehr, dich und deine Männer in unserem Lager begrüßen zu können", empfing Onar ihn und das Lächeln auf seinen Lippen war aufrichtig.

Der große Krieger nickte ihm zu und gab dann seinen Männern den Befehl ebenfalls abzusitzen.

„Wir werden unsere Sachen hier deponieren und uns sofort für den Kampf rüsten", erklärte er. „Alentaras Truppen sollen bereits auf dem Weg nach Vaylacia sein. Die Zeit drängt."

„Wie wahr", stimmte der Lord ihm zu. „Dennoch wäre es wichtig, dass wir uns kurz darüber austauschen, wie wir gemeinsam vorgehen wollen."

Kaamo reagierte nicht mehr auf seine Bemerkung, denn hinter ihm öffneten sich die Reihen der Bakitarer und er wandte sich dem Mann zu, der eindeutig wieder das Sagen unter den Kriegern hatte und im langsamen Trab auf sie zu ritt. Er war in eine Rüstung gekleidet, die so schwarz war wie sein Haar, und wie bei den anderen Kriegern schmückten mit roter und schwarzer Farbe gemalte Zeichen sein Gesicht sowie das dunkle Fell seines Pferdes. Doch der lange, blutverkrustete Schnitt an seiner linken Wange gehörte mit Sicherheit nicht zu dieser Kriegsbemalung und verriet, dass sein Kampf um die Fürstenrolle im Bakitarerheer noch blutiger vonstattengegangen war, als sie bisher angenommen hatten. Hatte Jenna nicht etwas von einer Verletzung am Oberarm erzählt?

Leon sah seine Freundin an, deren Augen jedoch Mareks Gesicht fixierten. Sie schien nicht dazu fähig zu sein, etwas anderes wahrzunehmen als ihn. Ihr ganzer Körper stand unter extremer Anspannung, die sich vermutlich erst wieder geben würde, wenn sie mit dem Krieger allein war, und das würde ganz bestimmt nicht so schnell passieren.

„Marek Sangarshin", begrüßte Onar den Fürsten der Bakitarer, als dieser sein Pferd vor ihnen gezügelt, den Speer mit der Flagge an einen seiner Krieger weitergegeben hatte und in einer fließenden Bewegung absprang. „Ich heiße auch Euch mit großer Freude in unserem Lager willkommen!"

Der Angesprochene nickte nur wie sein Freund zuvor und seine Augen leuchten warm auf, als sein Blick Jenna streifte. Dann war er auch schon wieder der kalte Kriegerfürst, um den sich nach und nach die Bakitarer sammelten. Leon trat ganz automatisch einen Schritt zurück und ärgerte sich sofort über dieses Verhalten. Ganz gleich wie bedrohlich die Krieger wirkten, die teilweise noch über ihnen auf ihren Pferden thronten – sie waren jetzt ihre Verbündeten und es gab keinen Grund, sich vor ihnen zu fürchten.

„Wir sollten nicht mehr allzu viel Zeit mit Begrüßungen und langem Gerede verschwenden", merkte Marek an und sah hinüber zum Lager. „Wo ist das Besprechungszelt?"

„Ich führe euch hin", verkündete Onar.

Marek gab seinen Männern ein paar knappe Anweisungen, dann folgte er dem Lord zusammen mit Kaamo, flankiert von Leon und Jenna.

„Ich hätte nicht damit gerechnet, dass ihr so viele Krieger mitbringen werdet", ergriff Jenna das Wort und ihr Bemühen, möglichst sachlich zu klingen, ließ Leons Lippen zucken. Ihr strömte die Aufregung aus jeder Pore ihres Körpers.

„Ich auch nicht", gab Kaamo mit einem leisen Lachen zu. „Marek und Siaran sind uns erst kurz vor Erreichen des Lagers begegnet und die Freude war dementsprechend groß."

Dann war der dramatische Auftritt also geplant gewesen. Interessant. Die Bakitarer waren wahre Profis darin, großen Eindruck auf andere zu machen. Hoffentlich gelang ihnen das auch bei Alentara.

„Es hätten noch mehr sein können", dämpfte Marek ihrer aller Euphorie. „Corik wollte sich uns nicht anschließen, sondern erst einmal abwarten, was wir mit der Allianz aushandeln. Er hat zwar eingesehen, dass sein aggressives Vorgehen den Stämmen eher geschadet hat, als ihnen zu helfen und auch die Kopfgelder zurückgezogen, doch er traut weiterhin niemandem über den Weg."

„Kannst du ihm das verübeln?", vernahm Leon eine tiefe Stimme hinter sich und sah, als er sich kurz umwandte, dass ihnen noch vier weitere Bakitarer folgten.

Der Mann, der gerade gesprochen hatte, war kleiner als er, hatte aber mit Sicherheit mehr Jahre auf dem Buckel und einiges an Kampferfahrung. Seine linke Schläfe zierte eine lange Narbe, die in seinem kurzen, blonden Haar verschwand und auch hinunter in seinen dichten Bart reichte. Eine weitere zog sich quer über seinen Hals.

„Das hatten wir doch schon, Halon", gab Marek mit einem mahnenden Blick zurück.

„Er wird kommen, wenn er einen Beweis dafür hat, dass wir den *richtigen* Bund für unser Volk eingehen", merkte ein anderer der Männer an. Dunkelhaarig, mit langer Nase über dem gestutzten Kinn- und Oberlippenbart. Mehrfach gebrochene Nase. Noch so ein wilder Geselle.

„Ich denke mit der Allianz sind wir auf jeden Fall besser dran, als mit unserer ersten Wahl, Briad", erwiderte ein großer rothaariger Kerl ohne Bart, aber langen, teilweise eingeflochtenen Haaren und krönte seine Worte mit einem breiten, erstaunlich sympathischen Grinsen. Mit Sicherheit war das Lotga, der andere Anführer, der auf Alentara reingefallen war. Marek hatte die beiden also noch rechtzeitig gefunden und vor ihrem grausamen Schicksal bewahrt. Dass diese beiden nun loyal zu ihrem Fürsten standen, war anzunehmen.

„Hat Corik viele andere Stämme auf seine Seite ziehen können?", erkundigte sich Jenna wieder bei Marek.

„Als ich das Gespräch mit ihm suchte, hatte er noch viele Unterstützer", berichtete der Angesprochene bereitwillig. „Das hat sich aber bald geändert. Die meisten sind mit mir gekommen. Bakitarer verstecken sich normalerweise nicht vor einem Kampf."

„Das tut Corik auch nicht!", verteidigte Halon seinen Freund, wagte es jedoch nicht, allzu laut dabei zu werden. Der sichtbare Respekt vor seinem Fürsten verhinderte dies. „Er *wird* kommen, wenn sich die Allianz als guter Verbündeter erweist."

„Das wird sie!", versprach Lord Hinras, der allem Anschein nach, obgleich er ihnen voraus ging, dem ganzen Gespräch mit großer Aufmerksamkeit gefolgt war. Er nickte allen noch einmal freundlich zu und öffnete dann den Eingang zum großen Hauptzelt des Lagers.

Marek und die anderen Fürsten sahen sich kurz an, dann trat der Krieger entschlossen durch den Eingang. Leon und Jenna folgten ihm noch vor den anderen und waren nicht überrascht, bereits alle anderen Führer der Allianz dort vorzufinden. Lediglich Roanars kahler Kopf war nicht zu sichten. Wahrscheinlich hatte er Angst, dass Marek seine allzu offensichtliche Garong-Tätowierung im Nacken entdeckte und er dadurch in große Schwierigkeiten geriet oder vielleicht sogar sofort angegriffen wurde. Ein Szenario, das durchaus möglich war. Davon abgesehen war er ein Zauberer und die waren in Schlachtbesprechungen nicht gern gesehen. Aus diesem Grund hatte sich auch Kychona dafür entschieden, bis zu ihrem gemeinsamen Aufbruch an keiner Besprechung teilzunehmen. Es genügte, dass Jenna von allen akzeptiert wurde.

Die Bakitarer füllten nach und nach das Zelt und die Vertreter beider Parteien musterten sich gründlich und mit sichtbar gemischten Gefühlen. Echtes Vertrauen war noch nicht zu spüren und dagegen musste dringend etwas unternommen werden. Lord Hinras schien dies auch so zu sehen, denn er forderte alle auf, mit ihm an den einzigen Tisch im Zelt zu treten, auf dem eine Landkarte ausgerollt worden war. Leon spähte an Halons Schulter vorbei und erkannte, dass Vaylacia in der Mitte zu sehen war. Jemand hatte bereits ein paar Fähnchen in die Karte gesteckt, hauptsächlich rote, die offensichtlich den Feind darstellen sollten, denn sie befanden sich am Rand des Gebirges und im Meer.

„Dann ist es also kein Gerücht, dass Alentaras Truppen das Gebirge passieren konnten", stellte Marek hörbar besorgt fest und wies auf die kleinen Flaggen nahe der Stadt. „Wisst ihr, wie viele es geschafft haben?"

„Mir wurde zugetragen, dass es achthundert Mann sind", berichtete Onar. „Über die Schiffe könnten sie noch einmal dieselbe Anzahl nach Piladoma transportieren. Und wenn sie diese mehrfach benutzen…"

„Das tun sie nicht", unterbrach Marek den Lord. „Das hier", er machte eine lockere Handbewegung über die Fähnchen hinweg, „ist lediglich eine Demonstration von Macht und Überlegenheit. Ein Einschüchterungsversuch. Wenn man das oft genug selbst gemacht hat, erkennt man das schnell – allein schon daran, dass sie ihr militärisches Vorgehen derart offen zeigt. Alentaras großer Feldzug gegen die anderen Länder wird damit nicht gestartet. Sie setzt darauf, euch mit dem Angriff auf Vaylacia zur Besinnung und dazu zu bringen, wieder mit ihr zu paktieren."

„Aber das kann sie doch nur, wenn sie mit einer großen Armee aufwartet", wandte Kommandant Drigo ein.

„Sie rechnet nicht damit, dass ihr Hilfe bekommen könntet", erklärte der Bakitarerfürst mit einem leichten Kopfschütteln. „Sie kann sich noch nicht vorstellen, dass sich zwei ehemalige Feinde vereinen könnten, um sie zu bekämpfen – schon gar nicht, weil sie sich in den letzten Jahren solche Mühe gegeben hat, uns gegeneinander aufzuhetzen. Die Armee der Allianz ist nicht mehr sonderlich groß und schlecht ausgerüstet. Sie kann ihrer Meinung nach schon mit bis zu achthundert Soldaten in die Knie gezwungen werden. Und sie wird nicht sofort angreifen, sondern nur ihre Soldaten vor der Stadt Stellung beziehen lassen. Sie vermutet, dass Einschüchterung genügt, um euch zur Kapitulation zu bewegen."

„Das kannst du nicht wissen", entfuhr es Antrus beinahe verärgert und Onar warf ihm einen scharfen Blick zu, der den Mann sofort verstummen ließ.

„Wann wurden die Trachonier an der Grenze gesichtet?", erkundigte sich Marek gelassen.

„Heute Morgen", ließ Onar ihn wissen.

„Und was haben sie getan?"

„Ein Basislager aufgeschlagen."

Mareks Mundwinkel zuckte ein wenig und er hob nachdrücklich die Brauen.

„Sie wollen in der Tat nicht sofort angreifen", schloss Onar und schien selbst verblüfft über seine Aussage zu sein. „Sie warten auf eine Reaktion, ein Zeichen der Angst und Einsicht von unserer Seite aus."

„Heißt das, sie nehmen an, dass wir mit ihnen verhandeln werden?", sprach Jenna aus, was auch Leon dachte.

„*Wir* nicht – *er*." Marek wies auf Onar, der sofort zustimmte.

„Ja, weil ich lange mit Alentara zusammengearbeitet habe", mutmaßte er. „Ich selbst habe in ihrem Auftrag Vaylacia wehrlos gemacht, weil ich die dort stationierten Truppen abgezogen habe, um sie mit dem Rest der übrig gebliebenen Armee zu vereinen. Sie denkt, dass sie noch genügend Einfluss auf mich hat und auch mein schlechtes Gewissen ihr dabei hilft, mich wieder umzustimmen und sie damit auch den Rest der Allianz auf ihre Seite holen kann."

„Da irrt sie sich aber gewaltig!", knurrte Drigo kampfbereit und ballte seine Hände zu Fäusten. „Ich sage, wir greifen ihre Truppen am Gebirge an und fügen ihr einen schmerzhaften Verlust zu!"

„Dann ist Vaylacia schutzlos den Truppen von der See ausgeliefert", hielt Marek sofort dagegen. „Es ist ein Achtzehnstundenritt vom Gebirge hinunter zur Stadt. Für eine trachonische Armee reicht das, um die Mauern zu überwinden und die Stadtwache, die momentan die einzige Abwehr ist, auszuschalten – und genau das werden sie sofort versuchen, sobald sie von unserem Angriff hören."

„Wir könnten sie wieder befreien und …", begann Antrus, wurde jedoch von Marek harsch unterbrochen.

„Sie würden in der Stadt wüten und sich an der Bevölkerung für unser Handeln rächen – willst du das in Kauf nehmen?!"

„Natürlich nicht!", antwortete Onar für den Möchtegernkönig. „Der Schutz der Stadt hat absolute Priorität!"

Er betrachtete die Karte nachdenklich, bevor sich seine Augen wieder auf Mareks Gesicht richteten. „Was schlägst du vor?"

Leon hörte, wie sowohl Antrus als auch Gerot und Drigo etwas schärfer einatmeten, doch sie hielten sich zurück, schluckten ihren verletzten Stolz noch rechtzeitig hinunter.

„Die Reiterscharen vorzuschicken, sodass sie Stellung vor der Stadtmauer beziehen können", antwortete der Kriegerfürst. „Alle zusammen dürften großen Eindruck auf die bald eintreffenden Trachonier machen und sie dazu bringen, ihr Vorgehen zu überdenken. Insbesondere wenn die Stadt eure *und* unsere Flagge hisst. Das sollte ein deutliches Signal für Alentara sein."

„Eure Flagge?!", entfuhr es Antrus nun doch empört. „Das sieht ja dann so aus, als hättet *ihr* die Stadt eingenommen!"

Marek zog die Brauen zusammen und musterte den König mit einem halben Schmunzeln, das seine Verachtung für den Mann nur allzu deutlich zeigte. „Ach was? Nun das mag daran liegen, dass es tatsächlich so geschehen *ist!"*

Antrus schnappte nach Luft und auch Drigo regte sich, machte einen bedrohlichen Schritt auf Marek zu, was einige der anderen Bakitarer dazu verleitete, zu ihren Schwertern zu greifen. Der Fürst hob jedoch streng eine Hand und die Männer verharrten sofort.

Onar hatte sich vor Drigo gestellt und schob ihn zurück, seine Hände ähnlich beschwichtigend zur Seite ausgestreckt wie Mareks.

„Bitte bewahrt Ruhe!", stieß er angespannt aus und sah insbesondere seine eigenen Leute mahnend an. „Vaylacia *liegt* im Hoheitsgebiet Nadirs und seiner Bakitarer. Die Stadt mag sich selbst verwalten und sich neutral gegenüber allen Parteien verhalten, aber sie wurde definitiv einst von den Bakitarern besetzt und bisher nicht wieder freigegeben – auch wenn vielerorts etwas anderes erzählt wird."

„Und warum scheren wir uns dann noch um sie?", stieß Gerot verärgert aus.

„Weil sie eine der wichtigsten Handelsstädte in ganz Falaysia ist!", knurrte Drigo und funkelte dabei Marek weiterhin böse an. „Wir *brauchen* diese Stadt. Sie an den Feind zu verlieren, hieße uns von unserem wichtigsten Versorgungspunkt abzuschneiden. Wir würden das nicht überleben. Zudem ist der Stadtverwalter ein guter Freund und hat sich nie gegen uns gestellt. Wir sind ihm diese Hilfe schuldig."

Leon konnte nicht anders, er musste auch endlich etwas dazu sagen, sonst würde er noch platzen.

„Vaylacia mag einer der Gründe sein, warum wir sofort handeln müssen, aber die Stadt ist doch nicht der Anlass für unseren Zusammenschluss", erinnerte er die anderen. Leider konnte er seinen Unmut über dieses bisher nicht sehr schöne Gespräch nicht aus seiner Stimme heraushalten und fing sich sofort einen bösen Blick aus Antrus' Richtung ein, der ihn allerdings nicht am Weitersprechen hinderte.

„Alentara und Dalon wollen sich *ganz* Falaysia gefügig machen – sie wollen zu mächtigen Alleinherrschern über eine Welt werden, in der es unter Garantie keinen Platz für andere Könige und Fürsten mehr gibt. *Das* wollen wir verhindern. Die Rettung Vaylacias ist nur der erste Schritt auf dem Weg zu unserem eigentlichen Ziel. Und wir … wir streiten uns hier über das Hissen von ein paar Fahnen?!"

Er schüttelte fassungslos den Kopf.

„Wer garantiert uns, dass die Bakitarer nicht dasselbe Ziel wie Alentara haben?", hakte Antrus spitzfindig nach. „Unsere erste Allianz hat sich doch genau aus diesem Grund gebildet – um Nadir davon abzuhalten, sich ganz Falaysia zu unterwerfen und …"

„Das war nie sein Ziel!", unterbrach Marek den Mann ruppig. „Unterwerfung und Tyrannei liegt sowohl ihm als auch uns fern."

„Ach ja?" Antrus lachte unecht. „Er hat die Länder, in die er einfiel, dann wohl *nicht* besetzt?"

„Doch, aber nur solange bis alle machtgierigen Könige und Fürsten aus dem jeweiligen Gebiet getötet oder vertrieben waren und eine eigenständige Verwaltung gewählt werden konnte", hielt der Kriegerfürst seiner Anschuldigung stand. „Nur dort, wo das nicht funktioniert hat, sind wir geblieben."

„Dann hat das offenbar in *ganz* Allgrizia nicht funktioniert", spöttelte Antrus boshaft. „Denn dort seid ihr nie abgezogen. Stattdessen habt ihr euch dort breit gemacht wie eine Plage."

„Allgrizia ist unser Heimatland – und den Regionen, die wir besiedeln, geht es ausgesprochen gut!", entfuhr es Briad wütend und er bewegte sich dabei so bedrohlich auf den König zu, dass dieser sofort hinter Onar Deckung suchte.

Mareks Arm prallte gegen die Brust des Bakitarers und stoppte ihn erfolgreich. Der scharfe Blick aus den hellen Augen seines Fürsten genügte, um ihn auch den Mund schließen und wieder ein Stück zurückweichen zu lassen.

„Wollt ihr euch im Ernst *jetzt* schon mit Gebietsansprüchen auseinandersetzen?!", fragte Leon entgeistert in die Runde. „Jede Minute, die wir hier verschwenden, schadet uns und unserem gemeinsamen Anliegen!"

„Die Frage ist doch aber, ob es überhaupt ein gemeinsames Anliegen gibt", erwiderte Gerot zu seinem großen Ärgernis und erntete dafür sogar mehrfach zustimmendes Gemurmel. „Vielleicht sind wir und unsere Ziele zu verschieden, um eine Zusammenarbeit möglich zu machen. Wir kommen aus einer ganz anderen Kultur, haben wahrscheinlich völlig unterschiedliche Vorstellung von einem Leben nach dem Krieg."

„Und genau *das* ist der Fehler in unser aller Denken und Handeln!", entfuhr es Jenna laut und alle Blicke richteten sich sofort auf sie. Für sie anscheinend kein angenehmes Gefühl, denn sie schluckte schwer und musste erst tief Luft holen, um weitersprechen zu können.

„Wir sind nicht so verschieden, wie wir alle denken", mahnte sie die anderen. „Jeder hier handelt aus Angst und Sorge um *sein* Volk – das Volk, aus dem er stammt, dem er sich zugehörig fühlt. Aber bei der Sorge um unsere Leute, um unsere Familien und Freunde vergessen wir leider allzu gern, dass jedes einzelne Volk hier in Falaysia denselben Ursprung hat – nämlich die Urbevölkerung, die diese Welt einst besiedelte, die verschiedenen Stämme, die sich untereinander und schließlich auch mit Menschen aus einer anderen Welt mischten."

Sie sah sich in der Runde um, suchte vor allen Dingen den Blickkontakt zu Drigo und Gerot.

„Wir gehören *alle* zusammen!", fuhr sie fort und ihre Stimme zitterte dabei vor Aufregung. „Und im Kampf gegen Alentara sollte nicht zählen, woher wir kommen und was wir früher getan haben, sondern wofür wir *jetzt* kämpfen, in *diesem* Augenblick! Wichtig ist nur, was wir für die unmittelbare Zukunft wollen. Und ist das nicht bei jedem von uns dasselbe? Freiheit und Frieden für die, die wir lieben, für die wir uns verantwortlich fühlen? Wir können dieses Ziel nur erreichen, wenn wir endlich aufhören, auf unserer Unterschiedlichkeit und unserer Vergangenheit herumzuhacken, und stattdessen anfangen, unsere Gemeinsamkeiten zu erkennen. Wir könnten *so* stark sein, wenn wir das täten – stärker als jeder Feind, der sich uns entgegenstellt."

Sie sah jetzt jeden einzelnen der Anwesenden eindringlich an und Leon konnte sehen, wie ihre Worte in ihnen arbeiteten, sie zum Nachdenken brachten.

„Aber wenn es uns *nicht* gelingt, unsere Differenzen beiseitezuschieben und unseren Mitstreitern zu vertrauen, sie als den Freund an unserer Seite zu erkennen, den wir dringend brauchen, sind wir dem Untergang geweiht. Dann werden wir *alle* sterben oder als Sklaven Alentaras enden, denn niemand hier, so klug und mächtig er auch sein mag, wird *allein* der wachsenden Gefahr aus Trachonien standhalten können. *Niemand*!"

Stille legte sich über das Zelt. Eine gute Stille, denn man konnte fast hören, wie die Gedanken in den Köpfen der anderen rasten, wie Vernunft und Einsicht die Oberhand über all ihre anderen Emotionen gewannen.

„Es ist Zeit, endlich wieder zu siegen", fügte Jenna etwas leiser und mit einem kleinen Lächeln hinzu. „Es ist Zeit, den eigenen Ängsten und Zweifeln die Stirn zu bieten und die einzig richtige Entscheidung zu fällen – für eine Welt, in der das Leben für *alle* wieder lebenswert wird."

Onar war der erste, der auf diese Aussage reagierte – mit einem Nicken und einem entschiedenen „Ganz genau!". Er wandte sich zu seinen Mitstreitern um, die nach und nach seine Geste kopierten.

„Kämpfen wir zusammen! Kämpfen wir für die Freiheit Falaysias!", rief er in die Runde.

„Für die Freiheit aller Völker!", schloss Marek sich ihm laut an und nicht nur die Bakitarer wiederholten seine und die Worte Onars, sondern auch die Führer der Allianz, zeigten damit ihre Bereitschaft, sich auf den Bund einzulassen.

„Worauf warten wir dann noch?", schloss sich Leon der Aufbruchsstimmung an und wies auffordernd auf den Ausgang.

„Ja, worauf warten wir noch?", wiederholte Lord Hinras lächelnd, schob sich an Drigo vorbei und ergriff einen Schild, der neben dem Tisch stand.

Leons Herz zog sich zusammen, als er erkannte, dass es der Schild König Renons war, und er nickte seinem alten Freund bewegt zu, als dieser an ihm vorbei auf den Zelteingang zulief, gefolgt von den anderen Führern der Allianz und den Bakitarern. Er selbst musste erst einmal durchatmen, bevor er sich dem Pulk anschließen konnte und zuckte zusammen, als sich eine Hand in die seine schob und sie kurz drückte. Er blickte in Jennas warme Augen und erwiderte das aufmunternde Lächeln, das sie ihm schenkte, nur allzu gerne – genauso wie den motivierenden Händedruck. Sie konnten froh sein, dass sie diese engagierte, kluge Frau in ihrer Mitte hatten, sonst wäre die Besprechung garantiert ganz anders ausgegangen.

Draußen schloss Jenna rasch zu Marek und Kaamo auf und Leon tat es ihr nach, nun mit dem unguten Gefühl, dass Jennas vernünftige Seite leider ihrer emotionalen Platz machte, wie immer wenn es um den Mann ging, den sie liebte.

„Wir sollten Halt bei den Versorgungszelten machen", schlug sie vor, als Marek sie ansah. „Ihr habt auf eurem Ritt zu diesem Lager sicherlich kaum etwas zu euch genommen. Und ganz ehrlich – du solltest die Wunde an deiner Wange ordentlich versorgen lassen, bevor du dich in die nächste Schlacht wirfst! Das sieht übel aus!"

Kaamo verzog deutlich das Gesicht und hatte es auf einmal sehr eilig, Marek und Jenna weit hinter sich zu lassen und Leon wusste bald warum. Der Blick, den sein Fürst der jungen Frau zukommen ließ, war derart verärgert, dass Leon die darauf folgenden Worte beinahe erwartet hatte.

„Was soll das?", fuhr er sie an. „Bist du jetzt zu meiner Mutter geworden?"

Jenna blinzelte verwirrt und begann dann lang und breit zu erklären, was sie zu ihren Worten verleitet hatte und wie wichtig es war, insbesondere in stressigen Phasen für sich selbst zu sorgen, während Leon sich fragte, woher Mareks großer Ärger *eigentlich* kam, denn ihre Fürsorge konnte es kaum gewesen sein.

Der Krieger schien ihr gar nicht richtig zuzuhören. Seine Augen waren auf die Hinterköpfe der Männer vor ihm gerichtet und zwischen seinen Brauen war eine tiefe Falte entstanden, die seinen grimmigen Gesichtsausdruck noch unterstrich. Leon war etwas verwundert, als Marek Jenna plötzlich am Arm festhielt und sie damit zum Stehenbleiben zwang. Erst als alle anderen an ihnen vorbei waren und sich einige Meter von ihnen entfernt hatten, wandte er sich ihr vollständig zu.

„Was soll der Aufzug?", fragte er mit einem demonstrativen Blick auf ihren Lederharnisch, damit das Geheimnis um seine Wut lüftend. „Du ziehst doch nicht ernsthaft in Erwägung, mit in die Schlacht zu reiten?"

Leon presste die Lippen zusammen, um keinen Kommentar dazu abzugeben, während Jenna einen entrüsteten Laut von sich gab.

„Natürlich komme ich mit!", setzte sie Marek entgegen und zog die Brauen ebenso energisch zusammen wie er. „Ich lasse euch doch nicht allein gegen Alentaras Soldaten kämpfen! Außerdem war das doch ohnehin der Plan."

„Für die große Schlacht in Trachonien, aber doch nicht diese!"

„Ich kann auch bei *beiden* dabei sein!"

„Du kannst noch nicht einmal ein Schwert führen!", entfuhr es Marek ungehalten. „Jemand wie du hat nichts in einer Schlacht zu suchen!"

Leon verstärkte den Biss auf seine Unterlippe. *Nicht einmischen! Bloß nicht einmischen!*

„Jemand wie ich?!", fuhr Jenna auf und gab sich dennoch die größte Mühe, nicht allzu laut zu werden. „Ich bin eine Magierin – ich brauche keine Waffen, um meine Gegner zu besiegen! Und euch kann ich zusätzlich beschützen! Als wir uns das letzte Mal gesehen haben, warst du noch davon überzeugt, dass ihr mich braucht."

„In diesem Kampf brauche ich deinen Schutz ganz bestimmt nicht!", knurrte Marek und warf einen prüfenden Blick auf die anderen Bakitarer, die jedoch unbekümmert weiterliefen. „Spare deine Kräfte für später! Ich komme augenblicklich sehr gut ohne Magie klar!"

„Das sieht man ja!", zischte Jenna zurück und wies auf seine verletzte Wange, die bei genauerem Hinsehen wirklich schlimm aussah. Es war allem Anschein nach keine Zeit für eine ordentliche medizinische Versorgung gewesen und die Wunde hatte sich entzündet.

„Du kommst nicht mit, Jenna!", blieb der Krieger stur.

„Das hast *du* nicht zu entscheiden!", hielt auch sie weiter dagegen. „Wir befinden uns in einer Koalition, in der nicht nur du das Sagen hast!"

Marek biss sichtbar die Zähne aufeinander, um seine Wut unter Kontrolle zu behalten, doch das Aufblähen seiner Nasenflügel und die geballten Fäuste verrieten ihn.

„Ich werde mich mit ihr in der hintersten Reihe aufhalten", entwischte es Leon nun doch und gleich zwei Köpfe flogen zu ihm herum. Begeisterung über seinen Vorschlag konnte er in keinem Gesicht entdecken. Schade.

Jenna war die erste, die wieder das Wort ergriff. „Das ist nicht dein Ern…"

„Jenna, sei vernünftig!", unterbrach er sie rasch und hörte sie sofort scharf einatmen. Das hielt ihn jedoch nicht davon ab, schnell weiterzusprechen. „Deine Kräfte sind nicht unermesslich. Du kannst nicht alle Menschen, die auf unserer Seite sind, ständig beschützen. Das würde dich alle Kraft kosten, die du besitzt und eventuell noch mehr. Und sag mir nicht, dass du es nicht versuchen würdest – denn das *würdest* du."

Jenna öffnete die Lippen, schloss sie dann jedoch gleich wieder und ihr Gesicht glättete sich.

„Wir brauchen deine kompletten Kräfte für später, für den Kampf mit Demeon", fuhr er fort. „Das ist es, was ich dir schon die ganze Zeit sagen wollte. Du hast mich nur nicht ausreden lassen."

Sie senkte den Blick und schloss die Augen. Das Kopfschütteln, das dieser Geste folgte, war nur noch ein Zeichen ihres Restwiderstandes, der wahrscheinlich erhalten bleiben würde, bis die Schlacht vorüber war, aber immerhin kam sie ihnen nun ein Stück entgegen. Unwillig, doch sie tat es.

Auch Marek schien einzusehen, dass er nicht mehr von ihr verlangen konnte, denn er nickte mit zusammengekniffenen Lippen und holte tief Luft.

„Gut, die hinterste Reihe", gab er nach und sah nicht Jenna, sondern Leon an, den Zeigefinger streng auf ihn gerichtet. „Wenn das schief geht, mache ich dich dafür verantwortlich!"

„Marek!", mahnte Jenna ihn, doch der Krieger tat, als hätte er sie nicht gehört, wandte sich ab und lief zügigen Schrittes auf seine

Männer zu, die derweil ihre Pferde erreicht hatten und teilweise schon wieder in den Sätteln saßen.

Jenna wollte ihm sofort folgen, doch Leon packte sie rasch am Arm und hielt sie fest.

„Ich weiß, wie groß deine Sorge um ihn ist und dass du es hasst, in die Rolle des Zuschauers gedrängt zu werden", raunte er ihr ins Ohr, „aber Marek hat gerade erst wieder seine Position als oberster Heeresführer zurückerobert. Wenn die anderen den Eindruck gewinnen, dass er unter deinem Einfluss steht, könnte das nicht nur sein Leben, sondern unsere ganze Koalition gefährden. Die anderen haben Respekt vor ihm und dir als Einzelpersonen. Sie vertrauen euch. Ich weiß nicht, ob das so bleibt, wenn sie euch beide als ein ähnliches Paar wie Alentara und Demeon erleben."

Jennas Widerstand erstarb bei seinen letzten Worten vollständig und sie sah ihn endlich an, mit leichtem Erschrecken in den Augen. Seine Freundin war eine kluge Frau, doch sie vergaß manchmal, dass man ihre Sorge um die, die sie liebte, missinterpretieren konnte. Selbstlosigkeit und Hilfsbereitschaft waren den meisten Menschen hier fremd und konnten durchaus für Misstrauen sorgen.

„Du hast recht", gab sie schließlich zu. „Es gab schon einmal deswegen Probleme mit anderen Bakitarern." Sie seufzte resigniert. „Das heißt dann wahrscheinlich auch, dass ich mich von ihm fernhalten muss, solange wir uns in einem Militärlager befinden."

Leon tat seine Zustimmung mit einem Nicken kund, obwohl sie das sicherlich nicht brauchte. „Ihr habt ja trotzdem noch Kontakt zueinander ... in den Meetings und auch wenn wir privat etwas mit ihm zu besprechen haben."

„... aber wir sollten nicht zu deutlich zeigen, dass wir uns lieben", fügte sie an. „Ich habe das schon verstanden." Sie straffte die Schultern und bemühte sich um ein tapferes Lächeln. „Komm – holen wir unsere Pferde und ..."

Sie hielt inne, denn nicht weit von ihnen entfernt war ein kleiner Tumult ausgebrochen. Einige Soldaten der Allianz rannten auf einen Reiter zu, der sich ihnen in schnellem Tempo näherte und auch Onar und die anderen Anführer wirkten plötzlich ganz aufgeregt. Der Grund dafür wurde Leon schnell klar: Der Reiter trug die Uniform eines Spähers der Allianz und er kam gewiss mit neuen Informationen über Alentaras Truppen.

Jenna und Leon benötigten nur einen kurzen Blickwechsel, dann bewegten sie sich auch schon eiligst auf den Pulk von Leuten zu, der sich um den Späher gesammelt hatte. Worte wie „Rückzug", „Angst" und „Sieg" machten die Runde, aber erst als Onar sich mit einem breiten Grinsen und vor Freude funkelnden Augen zu ihnen allen umdrehte und laut verkündete, dass Alentaras Truppen ihr Lager abbauten und die Schiffe beigedreht hatten, begriff Leon, was sie bedeuteten. Daran glauben konnte er allerdings nicht so schnell.

„Wie ... die Trachonier ziehen sich zurück?", stammelte er vor sich hin und sah Jenna entgeistert an, die einen ähnlichen perplexen Eindruck machte wie er. „Jetzt schon?"

„Ja, sie haben von unserer Truppenstärke erfahren und den Schwanz eingezogen!", antwortete Drigo freudestrahlend, packte ihn an den Oberarmen und drückte ihn kurz an sich.

„Aber ... aber woher?" Leon kam das alles sehr seltsam vor. „Die Bakitarer sind doch gerade erst eingetroffen!"

„Alentaras Spionagenetz funktioniert ausgezeichnet", erreichte ihn Onars Stimme, bevor der Mann direkt vor ihm stand, ein wenig hin und her wankend, weil die Soldaten einander in ihrer Freude umarmten und dabei nur wenig Rücksicht aufeinander nahmen.

„Sie werden die Truppenbewegungen der Bakitarer in unsere Richtung bemerkt und ihre Königin sofort gewarnt haben", vermutete er. „So etwas hatte ich mir ehrlich gesagt erhofft."

„Und was heißt das jetzt für uns?", hakte Jenna nach, während Leon nachdenklich Marek beobachtete, der sich mit den anderen Bakitarerfürsten etwas abgesondert hatte, jedoch ein seltsam wissendes, beinahe selbstgefälliges Lächeln auf den Lippen trug.

„Wir werden dennoch vor die Stadt ziehen und dort ein Lager aufschlagen, um ganz sicher zu gehen, dass Alentara es sich nicht noch anders überlegt", ließ Onar sie wissen. „Aber wir können uns jetzt sehr viel mehr Zeit damit lassen und all unsere Sachen mitnehmen."

Leon bekam die Worte des Lords nur am Rande mit, denn Mareks Blick hatte den seinen gekreuzt und das Grinsen des Kriegers wurde noch breiter. Wenn Leon nicht unter einer Sinnestäuschung litt, zwinkerte er ihm sogar kurz zu und mit einem Mal war sich Leon sicher, dass der Mann eine ganze Menge mit dem panischen Rückzug von Alentaras Truppen zu tun hatte. Was er *nicht* genau wusste, war, ob er dafür dankbar oder eher verärgert sein sollte.

arben

Der Bund zwischen Bakitarern und den Soldaten der Allianz war noch nicht fest. Das konnte man schon allein daran erkennen, dass es in ihrem gemeinsam aufgeschlagenen Lager vor der Stadtmauer von Vaylacia zwei deutlich getrennte Bereiche gab, in denen die Kämpfer übernachteten. Es wurde nur zusammen mit den alten Kameraden gegessen, gesprochen und gelacht. Keiner wollte einen richtigen Kontakt zu der anderen Seite, obgleich man noch vor wenigen Stunden bereit gewesen war, Seite an Seite zu kämpfen und zu sterben, und auf dem langen Ritt zur Stadt viel Zeit miteinander verbracht hatte.

Immerhin hatten sich beide Führungsspitzen darauf geeinigt, ihre Truppen vereint zu lassen und am nächsten Tag das gemeinsame Vorgehen im weiteren Kampf gegen Alentara zu besprechen. Ein Vorhaben, dem Jenna mit leichtem Bangen entgegensah, war doch das letzte Zusammentreffen äußerst nervenaufreibend verlaufen. Dabei war der Druck, sich schnell zu einigen, sehr viel höher gewesen, und hätte solcherlei Querelen gar nicht erlauben dürfen. Wie sollte die morgige Versammlung besser verlaufen, jetzt da sich Alentara zurückgezogen und in jedem die Hoffnung erweckt hatte, sie schon allein mit dem Versuch einen Bund gegen sie zu schließen, gehörig eingeschüchtert zu haben? Jenna selbst kam nicht umhin, sich zu wünschen, keine große Schlacht mehr schlagen zu müssen und den Konflikt am Ende doch noch mit diplomatischen Gesprächen zu beenden. Alentara war eine kluge Frau. Es war möglich, dass sie tatsächlich noch mit sich verhandeln ließ.

Der Gedanke war verlockend, dennoch wagte Jenna es nicht, sich an ihm festzuklammern, als sie den Teil des Lagers betrat, der den

Bakitarern gehörte. Niemand wusste genau, in welcher Situation sie sich morgen befanden. Selbst in der Nacht konnte noch etwas Schlimmes geschehen und es war besser, sich auf einen Kampf vorzubereiten, als von ihm derart überrascht zu werden, dass man keine Zeit mehr hatte, sich zur Wehr zu setzen.

Die Bakitarer schienen das ähnlich zu sehen, denn jeder einzelne der Krieger, der jetzt noch auf den Beinen war, tat etwas, das mit der Vorbereitung für einen Kampf zu tun hatte: Waffen schleifen, Pfeile herstellen, Rüstungen reparieren, Kampftechniken erproben. Im Gegensatz zum anderen Teil des Lagers herrschte hier noch reges Treiben und Jenna verstand mit einem Mal wieder, warum diese Männer und Frauen (mittlerweile war sie besser darin geworden, die weiblichen von den männlichen Kriegern zu unterscheiden) für kriegerisch und gefährlich gehalten wurden. Sie strahlten ständige Kampfbereitschaft aus, hatten immer eine Waffe in ihrer Nähe und wenn das nur ein unter den Schlaffellen versteckter Dolch war, wie sie ihn auch schon bei Marek gefunden hatte.

Was den meisten Menschen jedoch entging, war die Angst, die unter dieser Art das Leben zu bestreiten versteckt lag. Eine tief sitzende Angst, geboren aus den furchtbaren Erfahrungen eines Volkes, das ständig drangsaliert, vertrieben und abgeschlachtet worden war. Die Bakitarer hatten einen Weg gefunden, wie sie die Rolle des Opfers, des ständig Ausgenutzten und Weggestoßenen, abstreifen konnten. Sie waren selbst zu Monstern geworden, vor denen sich jeder fürchtete. Nun waren es die anderen, die davonliefen, es kaum mehr wagten, sie anzugreifen. Kein Wunder, dass sich Marek unter ihnen so wohl fühlte, denn sie dachten und handelten ganz genauso wie er.

Dies hieß jedoch nicht, dass sie sich ständig nach dem Krieg sehnten, so wie viele Menschen annahmen. Wenn sie entspannt an ihren Lagerfeuern saßen, miteinander aßen und sprachen, dann konnte man es sehen: Die Kriegsmüdigkeit, das Bedürfnis nach Ruhe, Frieden und Ordnung. Es zeigte sich in ihren Gesichtern, ihren Augen, in denen oftmals so viel Lebensfreude und Vergnügtheit zu erkennen war, dass es manchmal schwerfiel, die verbissenen, gefährlichen Krieger in ihnen wiederzuerkennen. Am Ende waren sie alle nur Menschen, die einfach endlich wieder glücklich und zufrieden leben wollten. Und genau das wollte Jenna ihnen gerne geben. Nur war der Weg zu diesem Ziel noch weit und uneben und man wusste nicht, an welcher Biegung sich die nächste Gefahr auftat.

Jenna unterdrückte ein Seufzen, als sie sich, die größeren Feuer umgehend, weiter durch das Lager bewegte, durch das Amulett, das sie bei sich trug, weitestgehend unentdeckt. Kychona und sie hatten diese Art von Zauberei seit ihrem Wiedersehen immer mal wieder in einer freien Minute geübt und sie war nun gut genug darin, um zumindest von den meisten gewöhnlichen Menschen nicht mehr richtig wahrgenommen zu werden. Einen vollkommenen Schutz bot der Zauber nie, denn ein aufmerksamer Mensch, der damit rechnete, auf diese Weise hereingelegt zu werden, konnte sie durchaus sehen. Da die Krieger hier allerdings mit allerlei anderen wichtigen Dingen beschäftigt waren, entgingen ihnen ihre Anwesenheit und der Fakt, dass sie direkt auf das Zelt ihres Fürsten zulief.

Leon hatte ihr nun schon bereits mehrfach davon abgeraten, Marek aufzusuchen. Auch er hatte dessen große Anspannung bemerkt und da beide Parteien des Bündnisses den Hexen in ihrer Mitte noch immer nicht das Vertrauen schenkten, das sie verdienten, war es ein guter Rat gewesen, dem sie bisher auch gewissenhaft nachgekommen war. Doch dann war ihr wieder Mareks Verletzung eingefallen, um die er sich unter Garantie nicht ausreichend kümmerte, und das hatte genügt, um ihrer Sehnsucht nach einem Kontakt und Austausch mit ihm unter vier Augen letztendlich doch noch nachzugeben.

Ihr Puls war deutlich erhöht, als sie, weiterhin unbemerkt, durch den Eingang des Zeltes schlüpfte, und wurde sogar noch schneller, als ihre Augen den Krieger sofort fanden. Er saß – leider halbnackt – auf einem Hocker nahe seiner Schlafstätte, ein Stück nach vorn gebeugt, um in einen am Boden liegenden Spiegel zu sehen und befreite gerade sein Kinn mit einem kleinen, scharfen Dolch von dem letzten Rest Barthaaren, die dieses noch besaß. Jenna blieb stehen, wo sie war, auch als er sich etwas aufrichtete und sie ansah.

Ungewohnt war das erste Wort, das ihr in den Kopf schoss, als sie in sein Gesicht blickte, in dem sich deutlich sein Erstaunen über ihr Auftauchen zeigte. *Jung* war das nächste. Der Bart hatte ihn immer älter und härter aussehen lassen, genauso wie die längeren Haare, die jetzt kaum mehr über den Nacken reichten. Nun war deutlich zu erkennen, dass er erst Anfang dreißig war – wenn sie ehrlich war, hätte sie ihn jetzt sogar eher auf ihr eigenes Alter geschätzt.

„Was machst du hier?", riss seine tiefe Stimme sie aus ihren Überlegungen und zeigte ihr sofort, dass ihr Auftauchen nicht unbedingt Begeisterungsstürme bei ihm auslöste.

„Ganz ruhig – niemand hat mich bemerkt", erklärte sie und ging entschlossen auf ihn zu. Er sollte gar nicht erst das Gefühl bekommen, sie sofort wieder loswerden zu können. „Ich mache mir Sorgen um deine Verletzung."

Marek erhob sich und schüttelte den Kopf. „Das ist unnötig. Es kommt gleich jemand, der sich darum kümmert."

Ihr Blick fiel auf die Fläschchen und Beutel, die sich neben dem Spiegel befanden und sie hob die Brauen. „Ach ja? Ich denke, dieser jemand ist schon da und wird wieder nicht genug tun, um die Infektion einzudämmen."

Er seufzte resigniert, verschränkte die Arme vor der Brust und sah sie missbilligend an. Der personifizierte Starrsinn. Wundervoll.

„Kann ich es mir wenigstens ansehen?", fragte sie.

Sein knappes Nicken genügte, um den Abstand zwischen ihnen gänzlich zunichte zu machen. Er war zu ihrer Überraschung sogar bereit, den Kopf zur Seite zu drehen, damit sie eine bessere Sicht auf die Wunde hatte. Jenna hätte beinahe nach Luft geschnappt, denn mittlerweile war seine ganze Wange um den tiefen Schnitt herum feuerrot. Die Entzündung zog sich weit hinunter bis zu seinem Kiefer. Kein Wunder, dass er den Bart komplett abgenommen hatte, anders hätte man das Ausmaß kaum erkennen können.

„Grundgütiger!", stieß sie entsetzt aus. „Das musst du sofort behandeln!"

„Das hatte ich gerade vor", ließ er sie wissen und wies auf die Heilmittel zu seinen Füßen.

„Ich helfe dir", sagte sie entschlossen.

„Jenna ..."

Sie sah ihn nur scharf an und er ersparte sich den Rest seines Satzes. Mittlerweile wusste er ganz genau, wann es Sinn machte, mit ihr zu streiten, und wann nicht. Nicht nur er konnte unglaublich stur sein.

„Setz dich!", kommandierte sie und er kam ihrer Aufforderung nach kurzem Zögern nach, ließ sich wieder auf dem Hocker nieder, während sie sich vor ihn kniete.

Ihre Augen verengten sich, als sie die Wunde genauer betrachtete. „Hast du sie noch mal geöffnet?"

„Ja, es fing an zu eitern", kam die Antwort, die sie beinahe erwartet hatte. Dennoch zog sich ihr Magen unangenehm zusammen. Sie wandte ihren Blick ab, ließ ihn hinüber zu Mareks kleiner Apotheke gleiten. Zwischen den Sachen befand sich eine kleine Holzschale, in der er bereits eine Art Salbe zusammengemixt hatte.

„Wolltest du das draufmachen?", fragte sie und er nickte. Sie griff beherzt danach, doch er hielt ihren Arm fest und wies mit dem Kinn auf ein Fläschchen neben der Schale.

„Alkohol."

„Oh, ja." Sie schüttelte über sich selbst den Kopf, goss sich etwas von der intensiv riechenden Flüssigkeit in die Hände und desinfizierte ihre Finger. Erst danach begann sie behutsam die Salbe auf die Wunde aufzutragen. Mareks Gesicht zuckte anfangs ein wenig, doch bald schon hatte er sich im Griff und ließ die Prozedur stumm und regungslos über sich ergehen.

„Wie ist das passiert?", fragte sie nach ein paar Minuten, ohne ihm dabei in die Augen zu sehen.

„Ein paar der Männer in Briads Lager dachten offenbar, sie könnten das Kopfgeld für mich einstreichen und griffen mich an", erzählte er ihr bereitwillig. „Einer kam mir mit seinem Dolch etwas zu nahe."

„Warum hast du nicht vorher das Hiklet abgelegt?", kam es ihr etwas unbeherrscht über die Lippen. Wenn der Dolch ihn weiter unten erwischt hätte und tiefer gegangen wäre ... allein die Vorstellung schnürte ihr die Kehle zu und ließ ihr Herz verkrampfen.

„Das hätte mir auch nichts gebracht", erwiderte er schroff. „Die Idee, mich mit dem Amulett zu schützen, war schön, aber es hat nicht funktioniert. Du hast es sicherlich auch gefühlt."

„Das war aber ein anderer Angriff."

„Macht das einen Unterschied? Wenn der Schutz einmal versagt, hätte er es auch ein weiteres Mal getan."

Sie reagierte nicht auf diese Aussage. Es war nicht der richtige Zeitpunkt, um dieses Thema zu diskutieren, und keiner von ihnen war in geeigneter Verfassung. Deswegen presste sie lieber die Lippen zusammen und trug eine weitere Schicht Salbe auf, sodass nun die ganze rote Fläche abgedeckt war. Vorzuschlagen, die Wunde auf andere Weise zu heilen, wagte sie nicht. Marek schien nicht in der Stimmung zu sein, magische Kräfte einzusetzen und vielleicht war das auch richtig so. Je weniger Demeon ihn fühlte, desto besser. Seinen Hautzellen einen kleinen Schub zur Heilung zu geben, konnte sie sich dennoch nicht verkneifen und erntete dafür sogleich einen mahnenden Blick.

„Was?", erwiderte sie gespielt erstaunt und blinzelte ihn unschuldig an.

Einer seiner Mundwinkel zuckte verräterisch, wenngleich er sich darum bemühte, möglichst verärgert auszusehen. Die tiefe Falte zwischen den Brauen war eine alte und gern gesehene Bekannte, insbesondere, da der untere Bereich seines Gesichtes nun so neu für sie war – bis auf die Lippen, deren weicher Schwung trotz des Bartes schon immer zu erkennen gewesen war. Sie beleckte sich instinktiv die ihren, riss sich dann aber gerade noch rechtzeitig zusammen und sah stattdessen in seine Augen, die bereits amüsiert funkelten.

„Und ich soll dir glauben, dass du *nur* aus Sorge um mich hergekommen bist?", hakte er nach, seine Stimme so tief, dass Jennas ganzer Körper wohlig erschauerte.

„Bezweifelst du das?", fragte sie zurück, ergriff seinen Unterarm und zog ihn nach vorn, sodass sie sich auch seine andere Verletzung genauer ansehen konnte. Der Verband dort wies zu ihrer Erleichterung zumindest kein frisches Blut auf. Dessen ungeachtet begann sie diesen unter Mareks eindringlichem Blick abzuwickeln.

„Ein wenig", sagte er.

Sie zuckte beinahe zusammen, weil seine Hand plötzlich an ihrer Wange war, von dort aus über ihr Ohr und in ihr Haar glitt. Sein Daumen strich sanft über die zarte Haut unter ihrem Ohrläppchen und ließ gleich eine ganze Reihe von Schauern ihren Rücken hinunterrieseln. Nur mit Mühe konnte sie sich davon abhalten, genießerisch die Augen zu schließen. Wie hatte sie diesen physischen Kontakt vermisst ...

Sein Gesicht kam ihrem ganz nahe. Nun folgte seine Nase dem Pfad, den seine Finger zuvor gegangen waren und sein heißer Atem blies verlockend über ihren Hals. Jenna schloss nun doch die Augen, öffnete sie jedoch sogleich wieder und warf zumindest einen kurzen Blick auf den nun vollständig freigelegten Schnitt in seinem Oberarm. Da war er und sah nicht einmal besonders furchterregend aus. Allem Anschein nach hatte er sich darum etwas besser gekümmert als um die andere Verletzung. Es würde gewiss nur eine kleine Narbe zurückbleiben, neben den beiden anderen, die sie nicht weit davon entfernt finden konnte. Ihre Fingerspitzen berührten eine dieser Spuren lang vergangener Kämpfe.

„Pfeil", raunte er ihr zu und seine Zähne gruben sich sanft in ihr Ohrläppchen.

Sie unterdrückte ein Stöhnen, ließ ihre Finger über die harte Wölbung seines Bizepses gleiten, hinüber zu einer anderen, etwas breiteren hellen Linie.

„Streitaxt", brummte er dumpf gegen ihren Hals.

Ihre Lider senkten sich und ihren Lippen entkam nun doch ein leises Seufzen, weil sein Mund sich auf ihre Haut gepresst hatte und diese auf sehr angenehme Weise malträtierte.

„Es ist erstaunlich, dass du überhaupt dein dreißigstes Lebensjahr erreicht hast", stieß sie heiser aus und hob die Lider, als sie spürte, wie er den Kopf hob und sie ansah. Ein jungenhaftes Schmunzeln erhellte sein Gesicht.

„Du denkst, ich bin dreißig?"

„Eigentlich noch älter, wenn ich richtig gerechnet habe." Sie hob eine Hand an seine gesunde Wange und fuhr fasziniert über die vom Bart befreite Haut, hinunter zu dem Grübchen in seinem Kinn, das ihr zuvor nie aufgefallen war. *Attraktiv*. Das war geblieben. *Wunderschön*. Das traf es auch noch. Zumindest aus ihrem rein subjektiven Empfinden heraus. *Sinnlich*. Für sie das treffendste Wort, um den Schwung seiner vollen Lippen zu beschreiben.

„Aber ich werde dich trotzdem verführen", erwiderte sie lasziv lächelnd und presste ihre Lippen auf die seinen. Zu kurz, als dass er die Chance hatte, den Kuss zu erwidern.

Ein tiefes, heiseres Lachen drang aus seiner Kehle. „Wirst du das?"

„Ja, auch wenn der Zeitpunkt nicht gerade sehr günstig ist und wir eigentlich viel wichtigere Dinge zu erledigen haben …" Sie legte die

Arme um seinen Nacken und küsste ihn noch einmal. Dieses Mal entkam sie ihm allerdings nur knapp. „Aber wer weiß schon, welche Waffe dich als nächstes erwischt und dann muss ich ewig warten, bis du wieder gesund genug bist, um mir ein bisschen Freude zu bereiten."

„Ein bisschen?", wiederholte er und hob eine Augenbraue.

„Wenn es nach mir ginge, ganz viel, aber …" Sie kam nicht dazu ihren Satz zu beenden, denn plötzlich befand sich sein Mund auf ihrem und verstrickte sie in einen tiefen, hitzigen Kuss.

Weich. Warm. Wundervoll. Sie musste zugeben, dass der Mangel an kratzenden Barthaaren durchaus etwas für sich hatte und Marek war trotz seiner äußeren Wandlung immer noch ein heißblütiger Liebhaber, der ihr Blut in Wallung brachte und sie sehr schnell sehr kurzatmig werden ließ. Es war eindeutig, dass auch er keine Lust hatte, vernünftig zu sein, denn nur eine halbe Sekunde später hatte er die Arme um ihre Körpermitte geschlungen, sie an sich gezogen und war zusammen mit ihr aufgestanden. Ein paar taumelige Schritte brachten sie hinüber zu seinem Schlaflager. Dann lag sie auch schon unter ihm, drängte sich an ihn und verkreuzte die Beine über seinen. Das Gewicht und die Wärme seines Körpers brachten sie dazu, ein weiteres glückliches Seufzen von sich zu geben, das von seinem Mund gierig geschluckt wurde. Ihre Finger glitten in seine kurzen, seidigen Locken, kratzten über seine Kopfhaut und entlockten ihm nicht nur ein tiefes Knurren, sondern animierten ihn auch noch dazu, sein Becken aufreizend gegen ihren Schoß zu pressen.

Jenna hob sich ihm entgegen, sorgte dafür, dass seine Härte sie wundervoll stimulierte und stöhnte laut auf.

„Sch-sch", hauchte er gegen ihre Wange und seine Finger legten sich auf ihre Lippen. „Wir müssen … leise sein."

Sie nickte und fing seine Lippen mit den ihren ein, ließ ihre Zungen kollidieren und bewegte ihre Hüften erneut gegen seinen Schritt, sodass es dieses Mal er war, der tief in ihren Mund stöhnte. Zumindest war der Laut dadurch etwas gedämpfter und eventuell war das genau die richtige Methode, um ihre Lustgeräusche zu ersticken. Nicht die schlechteste Idee. Denn aufhören konnte sie auf keinen Fall mehr. Ihre Hände hatten sich längst selbstständig gemacht und erfolgreich Mareks Hose von seinen Hüften geschoben. Nur wenig später landete sie auf dem Boden. Ihr eigenes Hemd war bereits auf dem Weg nach oben und sie begann mit flinken Fingern ihre Hose aufzuknöpfen, wurde aber vollkommen aus dem Takt gebracht, als Mareks Hand und Mund sich ihren entblößten Brüsten widmeten.

Die Zähne in ihre Unterlippe gegraben und die Augen fest geschlossen, warf sie ihren Kopf zurück und hob ihm ihren Oberkörper entgegen, genoss die drängenden Liebkosungen seiner Zunge, Lippen und Finger, das Lecken, Saugen und Reiben. Doch er hielt die Tortur nicht lange aufrecht, bewegte sich küssender- und saugenderweise ihren Körper hinunter und streifte dann ihre Hose über ihre Hüften. Es dauerte nicht lange, bis sie von ihrer restlichen Kleidung befreit war und sich sein Kopf mit einem Mal zwischen ihren Schenkeln befand. Jenna presste ihre Hand vor den Mund, als seine Zunge sie dort zu stimulieren begann und sie packte ihn an seinem gesunden Arm, suchte beinahe verzweifelt seinen Blick.

„Marek!", stieß sie aus und dämpfte das tiefe Stöhnen, das der reibende Druck seiner Zunge auf ihren empfindlichsten Punkt hervorrief, erneut mit ihrer Hand. Mit der anderen griff sie in sein Haar, zog an ihm.

„Das … ist Folter!", keuchte sie, als er sie endlich ansah, ein breites Grinsen auf dem Gesicht. Doch er schien endlich einzusehen, dass sie unmöglich leise bleiben konnte, wenn er Derartiges tat und bewegte sich wieder an ihrem Körper hinauf.

Sie griff nach seinen Schultern, ließ ihre Hände seinen breiten Rücken hinuntergleiten und kam ihm entgegen, um ihn innig zu küssen.

„Die Hälfte deiner Heilsalbe befindet sich jetzt an meinem Schenkel", flüsterte sie schmunzelnd, als er ihre Lippen kurz freigab.

„Ist gut für die Haut", murmelte er und sog an ihrer Unterlippe. „Das macht sie noch seidiger."

Sie musste lachen und verschlang dann seine Lippen nahezu, tauchte ihre Zunge in seinen Mund und hob ihm ihr Becken auffordernd entgegen. Mehr brauchte es nicht, um ihn dazu zu bringen, sich endlich mit ihr zu vereinen. Er drang tief in sie, schluckte ihr Stöhnen so wie sie das seinige und stützte sich dann neben ihren Schultern ab, um sich in einem beinahe trägen, aber ausgesprochen aufreizenden Rhythmus in ihr zu bewegen. Jennas Hände glitten über seine Brust, griffen nach seinen Hüften, um etwas Halt zu finden und krallten sich dort in sein Fleisch. Sie hob ihre Beine etwas höher, kreuzte die Unterschenkel über seinem Hintern und drückte ihn bei jedem Stoß fester in sich hinein. Ihre Zähne hatten längst wieder ihre Unterlippe gepackt und trotzdem war es unglaublich schwierig, nicht laut zu werden.

Marek schien es genauso zu gehen. Er hatte die Lippen fest zusammengekniffen und seine Wangenmuskeln zuckten unentwegt, in dem Bemühen, die Kontrolle zu behalten. Doch die Stöße, mit denen er sie nahm, wurden rasch schneller und heftiger, fast unrhythmisch. Dennoch war es genau das, was Jenna brauchte, was ihren Körper in Ekstase versetzte, ihn zucken und überhitzen ließ. Die Spannung in ihrem Unterleib wuchs rasant, das Pochen und Ziehen dort wurde bald unerträglich und Jenna presste rasch eine Hand auf ihren Mund, als sie ihren Höhepunkt herannahen fühlte. Keine Sekunde zu früh, denn das laute Aufstöhnen ließ sich nicht zurückhalten, genauso wenig wie ihr Aufbäumen, das auch Marek den letzten Rest Kontrolle entriss. Sein Gesicht verzog sich und Jenna fuhr geistesgegenwärtig hoch, küsste ihn tief, sodass auch sein Stöhnen restlos erstickt wurde und für die Außenwelt bestimmt nicht zu vernehmen war. Ihre Hüften bewegten sich noch ein paar Mal synchron, dann flutete eine Welle der Entspannung ihre Körper und jegliche Bewegung erstarb.

Marek war schwer atmend auf sie niedergesunken und Jennas Lippen hoben sich ganz automatisch zu einem seligen Lächeln. Sie liebte es, ihn und seine Erschöpfung nach dem Akt derart innig zu spüren, ihm ins Gesicht sehen zu können und gleichzeitig so viel von seinem Körper zu fühlen, wie nur möglich war. Ihre Hände glitten in sanft kreisenden Bewegungen über seinen Rücken und sie presste ihre Lippen gegen seine Schulter, schloss die Augen und konzentrierte sich auf das Schlagen seines Herzens ganz dicht an ihrem. Sein Mund war an ihrem Hals, glitt langsam zu ihrem Ohr und blies seinen nur wenig langsameren Atem hinein.

„Wir werden das nie in den Griff bekommen, oder?", brachte er etwas heiser heraus.

Sie drehte ihren Kopf in seine Richtung und er hob den seinen, um sie anzusehen, stützte sich sogleich auch etwas mehr auf seine Arme, sodass sie wieder besser zu Atem kam.

„Du meinst, dass wir Sex haben, obwohl wir uns lieber auf andere, viel wichtigere Dinge konzentrieren sollten?", fragte sie und hatte wie schon viele Male zuvor das Gefühl, in seinen wunderschönen Augen versinken zu können.

Er lächelte sanft, verlagerte sein Gewicht auf einen Arm und ließ seine Hand über ihre Stirn und Wange gleiten, um ihr dann einen zarten Kuss zu stehlen. „Ganz genau."

„Nein", gab sie offen zu. Der Gedanke, dass dies der Wahrheit entsprach, beunruhigte sie nicht im Mindesten. Es war ja nicht so, dass sie sich mitten in einem Kampf ansprangen, sondern meist nur, wenn ihnen doch etwas mehr Zeit gegeben war.

„Hast du dir ernsthaft Sorgen um mich gemacht?", stieg er in das nächste Thema ein.

Sie nickte. „Aber es war viel schlimmer, als du noch weg warst und das letzte, was ich gespürt hatte, der Angriff auf dich war. Ich wusste zwar, dass du nicht tot bist, aber sonst war ich völlig ratlos."

Ihr Puls beschleunigte sich deutlich, weil so viele beunruhigende, aber auch aufregende Überlegungen mit diesem Geschehnis zusammenhingen. Überlegungen, die sie möglichst bald mit ihm teilen musste, wenngleich sie sich davor fürchtete.

„Das tut mir leid", sagte er ehrlich. „Es wäre besser gewesen, dich kurz zu kontaktieren. Ich bin das nur nicht mehr gewöhnt ..."

Sie hob fragend die Brauen und er wich ihrem Blick aus, sah stattdessen seinen Fingern dabei zu, wie sie sanft über ihr Schlüsselbein glitten.

„... dass mein ... Wohlergehen auch das eines anderen Menschen beeinflussen kann", setzte er sehr viel leiser hinzu.

Sie legte eine Hand auf die seine und sah ihm tief in die Augen. „Das tut es aber", erwiderte sie leise. „Ich könnte es nicht ertragen, wenn dir etwas Schlimmes zustößt. Und ich ..."

Sie hielt inne, suchte nach den richtigen Worten, um auf möglichst sanfte Art und Weise anzusprechen, womit sie sich in der Zeit seiner Abwesenheit immer und immer wieder beschäftigt hatte. Es hatte während ihrer gemeinsamen Reise mit Leon zu viele Gesprächspausen gegeben, um ihren Verstand *nicht* um Kychonas letzte Warnung bezüglich Mareks ursprünglichen Zielen kreisen zu lassen.

„Was, Jenna?", versuchte er ihr zu helfen. Der Ausdruck seiner Augen war warm, offen, zugänglich. Vielleicht konnte sie es doch schon ansprechen.

„Was wird geschehen, wenn wir Alentara und Demeon besiegt haben?"

Trauer und Unbehagen glommen in seinen Augen auf, kurz bevor er versuchte seine wahren Gefühle mit einem sanften Lächeln zu maskieren. „Wir bringen dich nach Hause."

„Was geschieht mit *dir*?", wurde sie genauer.

Seine Brauen bewegten sich aufeinander zu, so als verstünde er nicht, worauf sie hinaus wollte, doch sie durchschaute ihn, fühlte, dass er etwas vor ihr zu verbergen versuchte.

„Was hast *du* geplant?", bohrte sie gnadenlos weiter.

Verärgerung. Ja, das war ein vertrauter Ausdruck, den er fast nie zu verstecken versuchte. Lange sah er sie jedoch nicht mehr an, entzog sich ihr stattdessen, indem er sich von ihr herunterrollte und an den Rand seiner Schlafstätte setzte, um sich anzuziehen.

„Marek?", hakte sie nach und setzte sich ebenfalls auf, um ihm sacht eine Hand auf die Schulter zu legen.

Er warf ihr einen flüchtigen Blick zu, hielt aber nicht für sie inne. „Ich bleibe hier zurück. Ich kann nicht mit in deine Welt kommen."

Seine Antwort tat weh, obgleich sie in der Tat keine Neuigkeiten beinhaltete. „Wieso nicht?"

Er ließ die Schultern sinken und seufzte entnervt. „Das weißt du doch."

„Weil du deinen alten Plan ausführen willst, wenn ich weg bin?"

Sein Kopf flog zu ihr herum und Jenna hielt kurz die Luft an. Es war nicht der Zorn in seinen Augen, der sie verstörte, sondern eher das Erschrecken, das darunter verborgen lag. Kychona hatte recht gehabt!

„Wie kommst du darauf?", knurrte er und stand auf, um sich die Hose zuzubinden und in sein Hemd zu schlüpfen.

„Du bestreitest es also?"

Er wich ihrem Blick aus und gab einen missbilligenden Laut von sich.

„Marek – hast du immer noch vor, Cardasol zu vernichten?", blieb sie hartnäckig.

„Das kann niemand", wich er ihr weiter aus und bewegte sich nun sogar von ihr weg, tat so, als würde er etwas in seinem Zelt suchen.

„Laut der Bücher Hemetions geht das schon", brachte Jenna an und erhob sich ebenfalls, um ihre Kleider aufzusammeln und sich anzuziehen, ließ Marek dabei jedoch nicht aus den Augen.

„Ah – hat die alte Hexe dir das also alles eingeredet?", erwiderte der Krieger mit einem verärgerten Lachen. „Ich habe dich doch davor gewarnt, dich zu sehr mit ihr anzufreunden!"

„Wenn du mir sagst, dass du nicht geplant hattest, Cardasol mit deinem eigenen Tod bei dessen Aktivierung zu vernichten, höre ich sofort mit dem Thema auf", versprach sie und hielt erwartungsvoll den Atem an, als er sich zu ihr umwandte.

Marek öffnete die Lippen, schloss sie doch sofort wieder und das genügte Jenna, um zu wissen, dass er ihrer Bitte nicht nachkommen würde.

„Das kann ich nicht", bestätigte er ihre Annahme resigniert. „Was soll's, die Dinge sind ohnehin nicht so gelaufen, wie ich es mir gewünscht hatte. Alles hat sich geändert und meine alten Pläne spielen keine Rolle mehr."

„Wenn sie noch weiter in deinem Hinterkopf herumspuken, schon", widersprach sie ihm und schnürte ihre Hose etwas zu ruckartig zu. Au. Das tat weh. „Tun sie das?"

Er presste die Lippen zusammen und wich ihrem Blick erneut aus, betrachtete ausgiebig den Boden.

„Marek, *tun* sie das?", drängte sie ihn und ihr Herz schlug sofort schneller. Sie wusste nicht genau, welches Gefühl augenblicklich das dominantere war – Wut oder Angst?

„Cardasol ist gefährlich, Jenna", kam es schließlich leise über seine Lippen, obwohl er sie weiterhin nicht ansehen konnte. „Die Steine *müssen* vernichtet werden."

Sie schluckte schwer. „Also hatte Kychona recht."

Er hob den Kopf und der Kummer in seinen Augen rüttelte an ihrer Selbstbeherrschung, ließ ihren Zorn versiegen. „Ich sagte dir vor längerer Zeit einmal, dass ich alle Zauberer vernichten will – auch Nadir."

„Heißt das, deine Pläne haben schon immer deinen *Selbstmord* eingeschlossen?", stieß sie fassungslos aus. „*So* sollte deine Geschichte ausgehen?"

„Mich sollte es gar nicht geben, Jenna!", erinnerte er sie. „Ich bin eine Abnormität ... eine Gefahr für jeden Menschen, der in meiner Nähe ist, eine Bedrohung für jeden machtgierigen Zauberer in dieser *und* in deiner Welt. *Alle* wissen das und sie werden mich weiter verfolgen, mir drohen, versuchen, mich unter Druck zu setzen, um mich zu kontrollieren, diejenigen töten, die mir etwas bedeuten, bis mein Leben zu einem Ende kommt. Aber ich werde nicht zulassen, dass sie für mich entscheiden, *wann* das passiert. Ich gehe, wann *ich* es will und werde dabei auch noch etwas Gutes tun."

„Etwas Gutes tun?!" Jennas Stimme überschlug sich fast und sie blinzelte heftig, weil Tränen der Verzweiflung in ihren Augen brannten. „Cardasol zu zerstören ist nicht die Lösung aller Probleme hier in Falaysia! Diese Welt braucht dich!"

Jetzt schüttelte dieser sture Mann auch noch den Kopf!

„Sie braucht Frieden und Ruhe ...", stellte er klar.

„... die *du* ihr bringen kannst!", betonte sie.

„Das können auch andere."

Jenna suchte fieberhaft nach Gründen, die ihn umstimmen konnten. „Und was ... was ist mit den Bakitarern – willst du sie wieder im Stich lassen?"

„Sie kommen auch ohne mich klar."

„Du gehörst doch aber zu ihnen, bist bei ihnen groß geworden!", erinnerte sie ihn. „Sie sind dein Volk, deine Familie! Du hast Kaamo und andere Freunde ... du ... du hast mich. Reicht dir das nicht aus, um am Leben bleiben zu wollen?"

„Darum geht es nicht."

„Doch genau *darum* geht es! Einen Grund zu haben, weiter zu kämpfen, weiter zu leben."

„Du verstehst das nicht."

Jenna drückte mit Mühe ihre Wut zurück. „Ich weiß, was du durchgemacht hast, wie oft dein Leben sich radikal verändert hat", versuchte sie auf andere Art zu ihm durchzudringen und bemerkte sofort, wie er sich anspannte, auch seine Emotionen Überhand zu nehmen schienen. Dennoch sprach sie beherzt weiter. „Ich weiß, wie viele Menschen du schon verloren hast, die dir viel bedeutet haben. Aber so wird es nicht immer sein."

„Doch, Jenna!", platzte es aus Marek heraus und er machte einen großen Schritt auf sie zu. „So *wird* es immer sein! In meinem Leben hat nichts lange Bestand! Jeder, den ich an mich heran lasse, verlässt mich – ob er nun stirbt oder einfach nur geht, das spielt keine Rolle! Irgendwann sind sie nicht mehr da!"

Trauer, Verzweiflung und Wut glühten in Mareks Augen, brodelten in seinen Adern. Doch da war noch ein drittes Gefühl, das es ihm sichtbar schwer machte, die Kontrolle zu behalten, seinen Atem beschleunigte und ihn innerlich zittern ließ: Angst. Angst vor schwerwiegenden Veränderungen, davor, schon wieder allein gelassen zu werden, den letzten Halt in seinem außer Kontrolle geratenen Leben zu verlieren.

Jenna überwand den geringen Abstand zu ihm mit einem Schritt nach vorn und hielt dabei seinen Blick, versuchte ihm zu geben, was er so dringend brauchte. Zuversicht, Hoffnung, das Versprechen, ihn nicht im Stich zu lassen, komme, was wolle. Sie legte eine Hand auf seine Brust, direkt über seinem rasant schlagenden Herzen.

„Ich bin aber noch da", sagte sie mit fester Stimme.

„*Noch*", betonte er, „doch auch du bist nur eine kurze Episode in meiner Lebensgeschichte. Für mich gibt es kein glückliches Ende." Seine Mundwinkel hoben sich zu einem traurigen Lächeln. „Ich wünschte, es wäre anders."

„Es *ist* anders!", behauptete Jenna und reckte ihm entschlossen ihr Kinn entgegen.

„Jenna …", begann er sanft, doch sie ließ ihn nicht ausreden.

„Du musst nicht sterben, um dich davor zu schützen, wieder allein gelassen und verfolgt zu werden. Und du musst auch diese Welt nicht allein retten, indem du das Herz der Sonne durch deinen Tod zerstörst. Wir retten sie *gemeinsam* auf eine andere Weise!"

Marek schloss resigniert die Augen und schüttelte den Kopf. „Du wirst nicht hier bleiben, Jenna!"

Sie wartete, bis er sie wieder ansah, blickte ihm unbeirrt ins Gesicht. „Und *du* wirst mich nicht davon abhalten!", gab sie streng zurück, wandte sich um und verließ kurzerhand sein Zelt.

Mit ihm weiter darüber zu diskutieren, machte gerade keinen Sinn. Sie musste sich erst auf ein derartiges Gespräch vorbereiten, Argumente sammeln, ihre Position und vor allem ihren eigenen Willen, bei dieser Entscheidung zu bleiben, stärken. Denn es tat schon jetzt weh, sich vorzustellen, für immer in dieser Welt zu bleiben und ihre Familie nie wieder zu sehen. Nichts und niemand in diesem Universum war es wert, Marek sterben zu lassen.

„Es ist schon seltsam, wie sich die Dinge manchmal ändern."

Leon, der gerade noch gedankenverloren in das Feuer vor ihm gestarrt hatte, sah hinauf in Uryos lächelndes Gesicht. Er hatte nicht bemerkt, dass sein Freund sich ihm genähert hatte und wusste im ersten Moment nicht, wie er auf ihn reagieren sollte. Doch das hielt den Mann nicht davon ab, sich neben ihn auf den Holzstamm zu setzen, den er mit ein paar Soldaten vor ein paar Stunden an das Feuer herangetragen hatte. Die Männer hatten Leon zu einem Becher Suppe eingeladen und er hatte sich ihnen gerne angeschlossen. Manchmal tat es gut, unter Fremden zu sein, die nichts über einen wussten – einfach nur um abzuschalten, seine Sorgen für eine kleine Weile zu vergessen. Mittlerweile waren sie alle in ihre Zelte verschwunden. Er selbst hatte sich noch nicht aufraffen können, auch wenn ihm ein paar Stunden Schlaf mit Sicherheit sehr gut tun würden.

Uryo *war* kein Fremder und Leon wusste bei seinem Auftauchen sofort, dass die Zeit der Entspannung vorüber war, insbesondere da es auch in Bezug auf seinen Freund noch ein paar Dinge zu klären gab. Dinge, die Leon schon eine Weile beschäftigten.

„Vielleicht haben sie sich gar nicht so sehr geändert", brachte Leon schließlich doch noch heraus. „Vielleicht haben wir alle nur einen anderen Blickwinkel eingenommen und erkennen jetzt Zusammenhänge und Parallelen, die wir vorher gar nicht wahrgenommen haben."

Uryo, der sich eben noch etwas vorgebeugt und die Hände zum Feuer ausgestreckt hatte, um sie daran zu wärmen, ließ diese nun in seinen Schoß sinken und sah Leon nachdenklich an.

„Du meinst, dass wir alle im Grunde für dasselbe kämpfen?", fragte er und Leon begann nun selbst zu lächeln.

„Unter anderem", gab er ausweichend zurück, vergewisserte sich rasch, dass sie allein waren, und beugte sich dann zu Uryo vor. „Wie lange bist du schon Mareks Spion?", fragte er mit gedämpfter Stimme.

Wenn Uryo diese Aussage schockierte, überspielte er das gut. Lediglich seine Augenbrauen wanderten ein Stück in die Höhe.

„Was?"

„Als wir uns im Wald wiedertrafen, nach dem Kampf ... Irgendetwas ist da zwischen dir und Marek abgelaufen", wurde Leon genauer. „Eine stumme Absprache oder so."

Uryo setzte einen erstaunten Gesichtsausdruck auf und hob die Schultern. „Ich kann mich nicht daran erinnern."

Leon stützte eine Hand in sein Kinn und musterte sein Gegenüber gründlich, doch der Mann blieb gelassen, runzelte lediglich die Stirn. Gute Spione waren sehr talentiert, wenn es darum ging, unschuldig auszusehen, und Leon gewann immer mehr den Eindruck, dass er nicht nur einen guten, sondern einen *exzellenten* Schauspieler vor sich hatte. Er hatte jeden, einschließlich seines Freundes Wesla, wunderbar an der Nase herumgeführt.

„Ich hatte schon immer das Gefühl, dass du gescheiter bist, als du zu erkennen gibst", fuhr Leon fort, obgleich das nicht ganz der Wahrheit entsprach. Er hatte sowohl Wesla als auch Uryo anfangs für ausgemachte Deppen gehalten.

„Hattest du?", tat Uryo weiter erstaunt.

„Ja. Du warst immer der Kopf im Gespann mit Wesla, hattest die Ideen und warst sehr viel aufmerksamer als er. Und einige Dinge, die passiert sind, lassen sich sehr gut damit erklären, dass du für Marek spioniert hast."

„Inwiefern?", hakte sein Freund nach.

„Nun ... da ist zum einen die Tatsache, dass du als gewöhnlicher Mann, der nie in politische Dinge verwickelt war, die Tätowierungen des Zirkels erkennen konntest und mich darauf aufmerksam machtest

– aus welchem Grund auch immer", begann Leon aufzuzählen. „Dann warst du mit dem Schwert so geschickt, dass man dich in das Heer König Renons aufnahm, noch vor Wesla *und* du hast dafür gesorgt, dass man dich zu der Verhandlung mit Marek mitnahm. Du hast auch von allein angeboten, ins Lager zu reiten, um Jenna zu holen. Damit hattest du vor Lord Hinras einen Grund, warum du dich freiwillig ins feindliche Lager begibst – er wusste ja von unserer Freundschaft und meiner Sorge um Jenna. Wahrscheinlich hat er sogar gesehen, wie ich mit dir gesprochen habe, und niemand konnte Verdacht schöpfen, dass du in Wahrheit Marek eine Botschaft zukommen lassen wolltest."

„Und was soll ich ihm mitgeteilt haben?"

„Wo sich die Burg befindet."

Uryo bedachte ihn mit einem zweifelnden Blick. „Wie denn? Ich hab ihm nur Hinras' Botschaft ausgerichtet. Frag Jenna."

„Man kann auch eine wichtige Nachricht in einer anderen verstecken. Es kommt nur auf die Worte an, die man benutzt."

Uryo stieß einen belustigten Laut aus und sah ins Feuer. „Du scheinst lange über all diese Dinge nachgedacht zu haben."

„Ich hatte ein bisschen Zeit, während meiner Reise zu eurem Lager."

Sein Freund wandte ihm wieder das Gesicht zu, musterte ihn nun seinerseits. „Wenn du so sicher bist, dass ich ein Verräter bin, warum hast du mich nicht längst auffliegen lassen?"

„Wie du schon sagtest: Die Dinge haben sich geändert", erwiderte Leon ruhig. „Stehen wir jetzt nicht alle auf derselben Seite?"

„Glaubst du das wirklich?" Uryo sah ihn prüfend an.

Leon hielt seinem eindringlichen Blick stand und deutete dann ein Kopfschütteln an. „Aber es sind nicht die Bakitarer, denen ich misstraue."

Ein Lächeln schob sich auf Uryos Lippen. „Ich verstehe."

„Ja?" Leon studierte sein Gesicht.

„Es ist auch nicht Lord Hinras oder Kommandant Drigo, die dir Sorgen machen", bewies sein Freund, dass sie wahrlich in dieselbe Richtung dachten, „sondern Roanar und sein Einfluss auf Antrus und Gerot."

Leon stimmte ihm mit einem Nicken zu.

„Roanar ist zwar mit dem Auftauchen der Bakitarer verschwunden und noch nicht zurückgekehrt, aber ich bin der festen Überzeugung, dass er uns folgt", ließ er Uryo wissen, „dass auch er Spione unter den Soldaten hat und enge Verbündete, die ihn über alles, was wir tun, informieren."

„Du willst dass ich für *dich* arbeite und herausfinde, wer diese Leute sind", schloss sein Gesprächspartner ganz richtig.

„Nicht nur das", gab Leon zu, „ich will, dass du ihr Vertrauen gewinnst und in Erfahrung bringst, was *sie* planen."

„Und wenn du dich irrst und ich solcherlei Spionagearbeiten noch nie gemacht habe?", warf Uryo ein. „Wie soll ich das dann schaffen?"

„Ich irre mich nicht. Ich glaube sogar, dass du bereits einen ganz ähnlichen Auftrag von jemand anderem bekommen hast."

„Dafür müsste Marek aber wissen, dass Roanar vor Kurzem noch zum Bund gehörte."

„Das weiß er ja."

Uryo stutzte. „Wie denn? Er ist doch heute erst angekommen."

„Aber *du* warst die ganze Zeit im Lager", erwiderte Leon schmunzelnd.

„Ah ja." Auch Uryos Mundwinkel zuckten, doch ein richtiges Grinsen wollte sich noch nicht auf seinen Gesicht zeigen. „Natürlich habe ich ihm schon alles erzählt."

„Natürlich", stimmte Leon ihm zu.

„Und du willst dennoch, dass ich auch für dich spioniere." Es war keine Frage, sondern eher eine Feststellung.

„Alles, was du tun sollst, ist, nicht nur Marek über das zu informieren, was du erfährst, sondern auch mich", klärte ihn Leon auf.

Uryo neigte den Kopf zur Seite und seine Augen verengten sich. „Nehmen wir mal an, du hast mit deinen Behauptungen recht und ich weigere mich, deiner Bitte nachzukommen – was passiert dann? Wirst du den anderen Anführern der Allianz davon erzählen? Deine Theorie beruht doch nur auf vagen Vermutungen."

„Du missverstehst mich, Uryo", erwiderte Leon ernst. „Ich will dir nicht drohen oder gar dein Leben in Gefahr bringen, denn ich bin der festen Überzeugung, dass du kein bösartiger Mensch bist, sondern nur getan hast, was du für richtig hieltest. Und ich hege auch keinen

Groll gegen dich, weil Ezieran angegriffen und zerstört wurde, denn nur dadurch konnten wir Jenna retten."

Ein Hauch von Erleichterung huschte über Uryos Züge und er schien sich zu entspannen, doch er sagte nichts dazu, sah ihn nur weiterhin aufmerksam an.

„Marek ist mit Sicherheit nicht mein Freund", fuhr Leon beherzt fort, „allerdings ein wichtiger Verbündeter. Und ich traue ihm augenblicklich mehr als König Antrus und seinem Gefolge. Das gilt auch für alle, die für ihn arbeiten, und ich denke, er sieht das in Bezug auf mich ähnlich. Er ist nur nicht daran gewöhnt, seine Pläne mit anderen zusammen zu entwickeln – wenngleich das für uns besser wäre. Ich bin der festen Überzeugung, dass es hilfreich wäre, wenn Jenna und ich dieselben Informationen über Roanar und Antrus erhalten wie er und zwar möglichst auch zur selben Zeit. Nur dann können wir Gefahren besser einschätzen und mitplanen, wie wir mit ihnen umgehen. Ein Mann allein kann weder diese Welt retten, noch diesen Krieg gewinnen. Das müssen wir alle gemeinsam tun."

Uryo kniff die Lippen zusammen und sah wieder ins Feuer. Ein paar Minuten lang blieb es still zwischen ihnen, dann nickte er verhalten. „Ich stimme dir in dieser Hinsicht zu. Informationen über mögliche Gefahren sollten euch genauso erreichen wie Marek."

Leons Herz machte einen erfreuten Sprung und ihm schien seine Erleichterung über diese Aussage so sehr anzumerken zu sein, dass Uryo sofort abwehrend die Hände hob.

„Damit gebe ich aber nicht zu, dass ich Mareks Spion war oder gar noch bin", schränkte er seine Aussage sofort ein. „Ich rede nur davon, als Soldat des neuen Bündnisses die Augen aufzuhalten und pflichtbewusst alle ungewöhnlichen Vorkommnisse bei den Leuten zu melden, die aus meiner Sicht die wahren Anführer dieser Allianz sind."

„Selbstverständlich!", bestätigte Leon nachdrücklich und es gelang ihm sogar, dabei nicht zu grinsen. Das war auch besser so, denn fast in derselben Sekunde nahm er eine Bewegung neben einem der Zelte in ihrer Nähe wahr. Wesla kam auf sie zu, einen Krug in der Hand, der garantiert nicht mit Wasser gefüllt war, so unkoordiniert wie er sich bewegte.

„Da bist du ja, Uryo!", rief er erfreut. „Und du hast Leon gefunden! Wie schön!"

Uryos Augen richteten sich auf Leon und der Ausdruck in ihnen war unmissverständlich. Er bat ihn darum, Wesla nichts zu erzählen und Leon nickte sofort. Er hatte nicht vor, dem Mann zu schaden, wusste er doch, wie sehr die beiden einander liebten. Sie stritten oft und heftig über unwichtige Dinge, aber wenn es darauf ankam, standen sie einander zur Seite und waren willens ihr Leben für das des anderen zu riskieren. Solche Freundschaften gab es nur selten und er hatte nicht vor, etwas derart Kostbares zu zerstören.

„Worüber sprecht ihr?", fragte Wesla leider, sobald er sich neben Uryo gesetzt und ihm den Krug gereicht hatte. Alkohol. Der Geruch war eindeutig. Recht hochprozentig, wenn Leon sich nicht irrte.

„Oh, über dies und das", antwortete er ausweichend. „Die Zukunft, die Vergangenheit …"

„Vergangenheit ja …" Wesla lachte. „Eins übergezogen ham wir dir damals. Da in dem Dorf … Tschin … Tschun …"

„Tschamborg", half Uryo seinem Freund, seufzte leise und nahm einen großen Schlug Ale – oder was auch immer in dem Krug war.

Leon zog grüblerisch die Brauen zusammen. „Warum wart ihr eigentlich damals dort?", fragte er und Uryo sah ihn sofort mahnend an, doch er konnte jetzt nicht zurück, musste es wissen.

„Uryo hatte da was zu erledigen, nich wahr?" Wesla buffte seinen Freund mit dem Ellenbogen in die Seite, ein breites Grinsen auf dem Gesicht. „Es ging um irgendein Mädchen, nach dem er sehn wollte. Ich sag dir, der kennt fast überall Leude."

„Wesla!", brummte der Angesprochene, doch das hielt diesen nicht davon ab, weiterzusprechen.

„In jeem Dorf 'ne andere", fuhr sein Freund kopfschüttelnd fort. „Und dann sagt er, er tutas für'n Freund. Nach dem Mädchen sehn, mein ich. Dabei weiß ich ganz genau, worum's geht. Ts, ts. Is' ein echter Schwerenöter, der Mann hier."

Wesla legte Uryo einen Arm um die Schultern und drückte ihn lachend an sich, nicht ahnend, wie falsch er mit seiner Vermutung lag. Gleichwohl war sich Leon sicher, dass Uryo in der Tat nach einem Mädchen hatte sehen sollen. Einem sehr kleinen Mädchen.

„Du has ihm allerdings einen Strich durch die Rechnung gemacht", grinste Wesla ihn an. „Hat er doch sofort erkannt, dass'u ein Spion bist. Dabei wars'u gar keiner. Aber wir sollden ja die Augen aufhalten, nach verdächtigen Personen."

„Wer hat euch den Auftrag gegeben?", hakte Leon zu Uryos sichtbarem Unbehagen nach.

Wesla stutzte und zuckte dann die Schultern – noch eine Bestätigung für Leons Theorie über Uryo.

„Weis ich gar nicht mehr." Wesla sah seinen Freund fragend an. „War das Foralt gewesen?"

„Ja", gab der knapp zurück.

„Bis'u sicher?"

„Wesla, du bist betrunken", versuchte Uryo ihn erneut abzuwürgen. „Geh lieber schlafen."

„Och nö!" Sein Freund schob schmollend seine Unterlippe vor. „Richtich bedrunken bin ich doch gar nicht."

„Oh doch."

„Daran is' nur die ganze Aufregung von heude Schul. Erst heises, wir reiten in die Schlacht und dann – Puff! – plötzlich nich mehr!"

„Sei doch froh darüber", ließ sich nun auch Leon milde lächelnd auf das weniger brisante Thema ein. „Wir werden noch früh genug unsere Leben riskieren müssen."

Weslas Gesicht zeigte, wie wenig glücklich er darüber war. Auch er schien bereits gelernt zu haben, dass der Krieg alles andere als ein glorreiches, aufregendes Erlebnis war. Es musste viel in der Zeit passiert sein, in der sie sich nicht gesehen hatten.

„Glaubs'u wirglich, dass'as alles funktioniert?", wandte sich Wesla schließlich wieder an ihn. „Die Koalition un so?"

„Ich versuche es", gab Leon zu. „Derzeit sehe ich für uns alle keine andere Möglichkeit Alentara zu besiegen. Keines der beiden Heere kann das allein schaffen und ich hoffe – nein, ich *bete*, dass all unsere Anführer weise genug sind, das ebenfalls zu erkennen."

„Antrus und weise?" Weslas hob zweifelnd die Brauen. „Na, ich weis nich."

„Er ist auch *mein* Sorgenkind", gab Leon zu. „Ihn müssen wir unbedingt im Auge behalten, vor allem da er und Gerot so sehr vom

Zirkel beeinflusst werden. Gerot macht allerdings einen vernünftigeren Eindruck – als hätte er sich besonnen."

„Kann Jenna da nich was machen?", wollte sein Freund wissen. „Oder Kychona? Dieser Roanar kann'och gar nich so mächtig sein, dass man ihn nich irgendwie beseitigen kann. Unauffällig natürlich."

„Und dann?", fragte Leon. „Glaubst du, der Zirkel lässt seinen Tod ungesühnt? Soweit ich gehört habe, gehört er zu den Palbei, der Führungsspitze des Zirkels, und die sollten wir uns nicht zusätzlich zum Feind machen."

„Er hat sich ohnehin verzogen", wandte Uryo ein. „Wir sollten uns erst wieder um ihn scheren, wenn er zurückkommt."

„Abwarden kling aus meiner Sich nich schlech", gestand Wesla und gähnte herzhaft. „In jeda Hinsich. Treffen sich die Anführer morgen zu diesem großen Gespräch?"

Leon nickte. Er war darüber erst vor einer Stunde informiert worden und überrascht gewesen, dass man ihn offiziell dazu einlud. Er hatte eigentlich fest damit gerechnet, sich jede Teilnahme an zukünftigen Treffen der Führungsspitze erkämpfen zu müssen. Schließlich war er weder ein Fürst noch ein Magier. Doch insbesondere Lord Hinras schien auf seine Anwesenheit großen Wert zu legen und das freute ihn außerordentlich.

„Was, glaubs'u, werden sie beschließen?", fragte Wesla mit großem Bangen.

„Ich hab keine Ahnung", erwiderte Leon, erntete dafür jedoch skeptische Blicke von beiden Männern.

„Komm schon – 'ne Vermutung hast du doch", bohrte Uryo nach.

Leon ging kurz in sich und holte dann Luft. „Es wird für alle schwirig werden, einen gemeinsamen Beschluss zu fassen, aber am Ende werden sie einsehen, dass ihnen nicht viele Handlungsmöglichkeiten bleiben. Allein das Übertreten der Grenze von Alentaras Truppen ist schon ein Affront und könnte als Kriegserklärung interpretiert werden und dann die Drohung Vaylacia anzugreifen …"

Er sprach nicht weiter, weil er seine Freunde bereits nicken sah.

„Wir werden in Trachonien einmarschieren", schloss Uryo mit düsterer Stimme.

„Das heiß, wir ziehen tatsächlich innen Krieg", fügte Wesla voller Sorge an.

„Nicht unbedingt", lenkte Leon ein. „Der Entschluss steht ja noch nicht und es ist nur meine Vermutung …"

„… die sehr stichhaltig ist …"

„… aber selbst wenn das geschieht, hat Alentara immer noch die Chance den Krieg abzuwenden, indem sie anbietet, mit uns zu verhandeln."

„Glaubst du wirklich, dass sie das tut?" Uryo bedachte Leon mit einem zweifelnden Blick.

„Ich weiß nicht." Leon hob unschlüssig die Schultern. „Der Frau ist alles zuzutrauen."

Wesla gab einen frustrierten Laut von sich, nahm Uryo seinen Krug aus der Hand und trank einen großen Schluck.

„Also, ich geh jetzt schlafen, solange der Ale noch genügen Wirkung hat, um meinen Verstand auszuschalten", verkündete er, wischte sich mit dem Ärmel über den Mund und erhob sich wankend.

„Tu das", riet Leon ihm schmunzelnd. „Aber lass den guten Stoff hier. Du bist nicht der einzige, der sich zu viele Gedanken über alles macht."

Er streckte die Hand auffordernd aus und nach einem kurzen Moment des Zögerns reichte Wesla ihm den Krug. Sein Freund salutierte kurz, und machte sich dann torkelnd auf den Weg zurück zu seinem Zelt.

„Wolltest du ihn jetzt nur davon abhalten, sich tot zu saufen, oder bist du ernsthaft daran interessiert, dich zu betäuben?", fragte Uryo schmunzelnd, als Wesla außer Hörweite war.

Leon hob den Krug grinsend zum Prosit an und trank dann ebenfalls vom Ale. ‚Verstand ausschalten' war eine gute Idee. Zumindest für diesen Abend und Uryos leises Lachen verriet ihm, dass er dasselbe dachte.

Nachtspiel

Roanar blieb verschollen. Auch bei der Versammlung am nächsten Morgen glänzte er durch Abwesenheit und Leon wusste nicht genau, wie er das finden sollte. Einerseits war er ganz froh darüber, dem Stress zu entgehen, der mit Gewissheit bei einer Begegnung der Bakitarer mit dem Mann entstehen würde. Andererseits fühlte es sich nicht gut an, nicht zu wissen, wo er war und was er gerade tat, denn im Intrigenspinnen waren der Zirkel der Magier – und damit auch seine Anführer – schon immer grandios gewesen.

Nach einer Weile entschied sich Leon jedoch dafür, sein Verschwinden als etwas Positives einzuordnen, denn die Spannungen zwischen den Bakitarern und den Führern der Allianz waren trotz ihres Bemühens, sich zusammenzuraufen, immer noch spürbar und hätten eine Einmischung des Zirkel gewiss nicht schadlos ertragen.

„Ich halte es für keine gute Idee, die Grenze nach Trachonien jetzt schon zu überqueren", äußerte sich Drigo gerade zu Mareks Vorschlag, Stärke mit ihrer Präsenz im Land des Feindes zu demonstrieren. „Unsere Armee ist zwar groß, aber groß genug, um Alentara einzuschüchtern? Ich weiß nicht."

„Das ist doch schon geschehen", erinnerte Kaamo ihn knurrig. Die Bakitarer waren nicht gerade für ihre Geduld mit anderen bekannt. „Die Trachonier haben von unserer Koalition erfahren und sind davongerannt wie Feiglinge. Sie wissen jetzt, dass wir bereit sind, unsere Länder zusammen zu verteidigen. Was sie noch lernen müssen, ist, dass wir auch dazu in der Lage sind, zusammen *anzugreifen* – und zwar noch bevor sie sich von ihrem Schock erholt haben."

„Aber sollten wir nicht erst einmal Ordnung in unser Heer bringen?", wandte sich Onar direkt an Marek. „Die Truppen müssen sich sortieren, neue Brigaden entstehen. Wir müssen uns kennenlernen und ..."

„Dafür haben wir keine Zeit", unterbrach der Fürst ihn wie gewohnt. „Ich muss Kaamo zustimmen: Wir können Alentara und Dalon nicht erlauben, sich von ihrem Schrecken zu erholen und auf unser Handeln militärisch zu reagieren. Sie rechnen damit, dass wir uns erst organisieren müssen und daher eher in Verteidigungs- als in Angriffshaltung gehen. Genau *des*wegen müssen wir sie angreifen, sie erneut derart überraschen, dass sie sich zurückziehen. Nur dann wird Alentara versuchen, mit uns richtig zu verhandeln."

„Und wie willst du eine so große Kavallerie wie die unsere ohne größere Verluste durch das Latan-Gebirge bringen?", erkundigte sich Drigo mit hörbarem Zweifel in der Stimme. „Die Ilvas-Schlucht ist doch immer noch zum Teil verschüttet. Selbst Alentara konnte keine Reiter schicken, sondern nur Fußsoldaten."

„Die Schlucht wurde durch Magie unbrauchbar gemacht", erklärte Marek, „meinst du nicht, dass man sie auch durch dieselben Kräfte wieder freilegen kann?"

„Heißt das, Nadir wird demnächst zu uns stoßen?", fragte der Kommandant mit sichtbarem Unbehagen.

„Nein, er ist augenblicklich zu krank für eine weite Reise", log der Bakitarerfürst überzeugend. „Aber wozu haben wir zwei andere außerordentlich begabte Magier in unserer Mitte?"

Aufgeregtes Gemurmel folgte seinen Worten und die Blicke der Anwesenden ruhten für einen langen Moment auf Jenna, die sichtbar nervös wurde.

„Ich ... ja, ich denke ..." Sie suchte verunsichert den Blickkontakt zu Marek, der ihr sofort beruhigend zunickte. „Ich denke, Kychona und ich könnten das durchaus schaffen."

„Und was ist mit den Quavis?", merkte nun Antrus an. „Die werden sich das doch nicht gefallen lassen!"

„Auch die Quavis gehören zu unseren Verbündeten", erinnerte Leon ihn rasch, um gar nicht erst weitere Zweifel an diesem Plan aufkommen zu lassen.

„Ein paar meiner Männer und ich werden zusammen mit Kychona und Jenna vorreiten, um die Quavis über unser Vorhaben zu informieren", erklärte Marek. „Die Schlucht wird wieder frei sein, wenn unsere Truppen dort eintreffen, und wir werden ohne Probleme die trachonische Grenze überschreiten können."

„Aber ... aber wir sind doch noch gar nicht vollständig", stammelte Antrus. „Meine komplette Infanterie befindet sich noch auf dem Weg nach Vaylacia. Dasselbe gilt für zwei von Guntas Truppenverbänden und ..."

„Dann müssen sie nachkommen", wurde auch dem König das Wort abgeschnitten. „Wir werden hier ...", Marek wies auf einen Punkt der Karte, um die sie alle herum standen, „... Halt machen und ein Basislager aufschlagen, von dem aus wir alle militärischen Aktionen starten können."

„In der Todessteppe?!", platzte es entgeistert aus Drigo heraus. „Das kann nicht dein Ernst sein!"

Marek zog verärgert die Brauen zusammen und musterte den Mann knapp, so als könne er nicht glauben, dass er einen tapferen Soldaten vor sich hatte. „Dir ist schon klar, dass die Legenden, die diese Gegend umranken, fast gänzlich der Fantasie ein paar Verrückter entspringen, oder?", fragte er ihn.

Drigo holte Luft, ließ sie dann aber wieder ungenutzt entweichen. Was sollte er auch dazu sagen, ohne sich bloßzustellen?

„Abgesehen davon, werden wir das Lager oberhalb der Steppe aufbauen – nicht direkt *in* ihr", wurde der Kriegerfürst genauer, „sodass wir auf einer Seite durch das Gebirge geschützt sind."

„Werden wir das, ja?", fragte Antrus verärgert. „Bist es jetzt du, der die Entscheidung für alle trifft?"

Marek hob den Blick und sah ihn ganz ruhig an. Nicht verärgert oder gar verächtlich, sondern einfach nur ... ruhig.

„Ich bin hier, weil ich glaube, dass wir alle zusammen sehr viel mehr erreichen können als allein", erklärte er für seine Verhältnisse bewundernswert geduldig, „aber das heißt nicht, dass ich nicht auch allein versuchen würde, Alentara die Stirn zu bieten. *Ich* habe keine Angst vor ihr. Und ich *werde* in ihr Land einmarschieren, um den Druck auf sie zu erhöhen. Ob ihr euch meinen Truppen anschließen wollt, bleibt euch überlassen."

„Unterscheiden wir jetzt plötzlich wieder zwischen deinen und unseren Truppen?", empörte sich jetzt auch noch Lord Gerot. „Ich dachte, wir handeln in *einem* Verbund, als *eine* Einheit!"

„Das tun wir ja auch", ging Jenna dazwischen, bevor Leon es konnte, und bedachte Marek kurz mit einem mahnenden Blick, der ihn verärgert die Brauen zusammenziehen ließ. Doch zumindest widersprach er ihr nicht.

„Ich muss mich allerdings Mareks Meinung anschließen: Wir müssen *sofort* handeln, denn Alentara wird sicherlich schon dabei sein, sich auf die neuen Gegebenheiten einzustellen. Wenn sie das getan hat, wird sie zurückschlagen. *Sie* zögert bestimmt nicht, denn sie weiß, dass sie unseren Bund unbedingt zerschlagen muss."

Jennas eindringlicher Blick ruhte ein paar Herzschläge lang auf Gerots Gesicht, der daraufhin nervös an seinem Kragen zupfte, dann wanderte er zu Lord Hinras.

„Den ersten Schlag auszuführen, insbesondere wenn der Gegner nicht damit rechnet, ist immer von Vorteil", reagierte Onar auf ihre unausgesprochene Bitte, sie zu unterstützen. „Wir sollten auf Alentaras Kriegserklärung reagieren. Mit Härte und Schnelligkeit."

„Heißt das, du willst dich den Bakitarern in ihrem Kriegszug anschließen?!", stieß Antrus erregt aus. „Obwohl *er* gerade klargemacht hat, dass er glaubt, unser aller Heerführer zu sein?"

Er wies mit dem Zeigefinger auf Marek, der für einen Augenblick den Eindruck machte, als wolle er ihm diesen gleich abbeißen.

„Er hat einen Plan für unser Vorgehen entwickelt", mischte sich Leon erneut ein. „Es ist ein Vorschlag – mehr nicht. Wo ist deiner?"

Antrus stieß einen empörten Laut aus, doch sein Gesicht zuckte nervös und er brachte nichts Sinnvolles heraus.

„Uns nur an die Grenze zu stellen und abzuwarten, was Alentara tut, ist jedenfalls keine Option", merkte Onar an und sah sich in der Runde um. „Gibt es denn noch andere Ideen, wie wir Alentara zeigen können, dass sie es mit ebenbürtigen, wenn nicht sogar überlegenen Gegnern zu tun hat?"

Er wartete ein paar Minuten, sah dabei vor allen Dingen die Führer der alten Allianz an. Doch die senkten nur die Blicke oder hoben die Schultern.

„Gut", sagte der Lord schließlich entschlossen und wandte sich wieder Marek und seinen Bakitarern zu. „Dann werden wir heute noch aufbrechen und uns auf den Weg nach Trachonien machen."

Antrus lachte verärgert auf. „Heißt das, meine Truppen unterstehen in Zukunft den Bakitarern?"

„Nein, das heißt es nicht!", gab Onar scharf zurück und seine Augen funkelten erbost. Auch die Geduld eines bedachten Mannes hatte Grenzen „Sie unterstehen immer noch deinem Befehl. Wir arbeiten Hand in Hand, sprechen alles gemeinsam ab, aber du bist immer noch für deine Männer verantwortlich und wirst auch für ihr Fehlverhalten zur Rechenschaft gezogen werden, so wie es auch immer schon in unserer alten Allianz gehandhabt wurde. Es gibt keinen Unterschied."

Der König sagte nichts dazu, doch der Blick, den er auf die Bakitarer warf, sprach Bände.

„Ist es mir denn erlaubt, noch hier auf den Rest meiner Truppen zu warten?", fragte er mit falscher Freundlichkeit. „Ich würde mich gern in voller Stärke in den Kampf werfen und meinen Soldaten das Gefühl geben, dass ich jeden von ihnen schätze und auf keinen verzichten kann."

‚Als ob', wollte Leon gern hinzufügen, doch er hielt sich zurück, obgleich die Vorstellung, dass Antrus sich selbst schwertschwingend in den Kampf warf, vollkommen absurd war. Dieser Mann hatte sich bisher wie die anderen Könige (ausgenommen Renon) *immer* im Hintergrund gehalten und alle anderen die harte Arbeit verrichten lassen. Er hatte mit Sicherheit noch nicht einen einzigen Kampf auf dem Schlachtfeld ausgestanden.

„Ich halte das für keine gute ...", begann Jenna, wurde jedoch von Onar unterbrochen.

„Wenn du das für notwendig hältst, bleib hier und warte auf sie", gestattete er dem jämmerlichen Adelsspross. „Du wirst uns schon finden. Und wenn wir Glück haben, lenkt Alentara schon früher ein und wir müssen gar keine harten Schlachten führen, um an unser Ziel zu kommen."

Er sah zu Marek hinüber, der das ganze Szenario mit kritischem Gesichtsausdruck verfolgt hatte, und schließlich nickte der Bakitarerfürst. „Wie ich schon sagte: Die fehlenden Truppen können später zu uns aufschließen. Auch wir warten noch auf ein paar Freunde."

Antrus' Anspannung verflog sichtbar und Leon konnte innerlich nur den Kopf über diesen Mann schütteln. *Feigling* war noch die netteste Bezeichnung, die ihm durch den Kopf ging, als die Anwesenden die letzten Worte zur Organisation ihres militärischen Schachzuges wechselten und sich dann verabschiedeten, um sich sofort an die Arbeit zu machen. Wenn er ehrlich war, bereitete ihm der Mann Kopfzerbrechen. Sie brauchten ihn zwar nicht als Person, aber seine Soldaten und wenn er selbst hier blieb, war es durchaus möglich, dass die Männer gar nicht nachkamen. Leon fiel nur nicht ein, wie sie das verhindern sollten, denn sie konnten keinen Verbündeten zwingen, das zu tun, was sinnvoll war. Zumindest nicht, ohne dadurch die anderen skeptisch werden und ihr Misstrauen wachsen zu lassen.

„Meinst du, Antrus kommt überhaupt nach?", sprach Jenna ihn leise an, als sie hinter Marek und seinen Männern durch das Lager auf ihre Zelte zuliefen, und bewies damit, dass sie den Jammerlappen ähnlich einschätzte wie er.

„Keine Ahnung", gestand er ebenso leise. „Auf der einen Seite will er es sich bestimmt nicht mit den anderen Anführern der Allianz verscherzen, aber auf der anderen ist er einfach nur ein feiges Stück Sch…" Er brach ab. Jenna verstand ihn auch so.

„Schaffen wir es denn ohne ihn? Haben wir genügend Leute?", fragte sie weiter.

„Nun, wenn noch Bakitarer kommen – ja", antwortete er. „Aber das wissen wir ja nicht mit Sicherheit."

Marek nickte gerade Kaamo und den anderen zu und die Männer bogen in eine andere Richtung ab, während er stehenblieb.

„Was passiert, wenn wir zu wenige sind?", sprach Jenna die Frage aus, die Leon abends immer nur sehr schwer einschlafen ließ. Glücklicherweise musste er nicht darauf antworten.

„Dann wird Alentara *uns* unter Druck setzen", kam Marek ihm zuvor. „Aus diesem Grund müssen wir für unser Lager einen Ort wählen, an dem man uns nicht von allen Seiten gleichzeitig angreifen kann."

„Deswegen die Taikrunja – die Todessteppe", fiel Leon ein. „Wie du schon sagtest, würde uns das Gebirge dort von einer Seite aus Deckung bieten."

Marek nickte ihm zu, wandte sich dann aber an Jenna. „Kannst du Kychona holen und zu meinem Zelt bringen? Wir müssen uns dringend im kleineren Kreis absprechen, wenn wir alles zu einem guten Ende bringen wollen."

Jenna stellte keine Fragen und machte sich stattdessen sofort auf den Weg. Auch Marek lief weiter, davon ausgehend, dass Leon ihm folgte, doch der blieb nur unschlüssig stehen. Der Krieger warf ihm über seine Schulter einen auffordernden Blick zu, ohne stehenzubleiben.

„Kleiner Kreis? Jenna, Kychona, du und ich? Brauchst du eine schriftliche Einladung?"

Leon setzte sich in Bewegung konnte sich aber nicht verkneifen „*Kannst* du denn schreiben?" zu fragen.

„Die Zeit für Witze haben wir also noch?", konterte Marek, als er zu ihm aufgeschlossen hatte, mit einem belustigten Zug um die Lippen.

„Selbstverständlich", bestätigte Leon. „Lachend zu sterben ist doch viel schöner als mit einem Miesepetergesicht."

„Hast du denn vor zu sterben?"

„Eigentlich nicht, aber wenn ich mir so deinen Plan ansehe …"

„*Unseren.*"

„*Deinen*, den wir – zugegebenermaßen – einstimmig angenommen haben. Aber es ist *deiner*."

„Ich verstehe. Wenn er nicht funktioniert, bin ich daran schuld."

Leon nickte. „Es *darf* nichts schiefgehen", setzte er sehr viel ernster hinzu.

„Ich weiß", gab Marek ebenso ernst zurück und schlug die Eingangsplane seines Zeltes zurück, um einzutreten.

Er wies auf einen Hocker nahe seinem Schlafplatz und Leon schüttelte den Kopf. Das war es an Interaktion zwischen ihnen. Für einen kleinen Moment wusste keiner, was er noch sagen sollte. Stattdessen begann der Bakitarer seine Sachen zusammenzupacken, die gewiss bald größtenteils von den Chevis – Soldaten niederen Ranges, die für den Auf- und Abbau der Zelte ihrer Anführer verantwortlich waren – abgeholt wurden.

Leon sah sich unschlüssig um. Es war seltsam mit Marek allein zu sein, ohne etwas Wichtiges zu tun zu haben und ohne diesen Hass zu fühlen, der ihn sein halbes Leben begleitet hatte. Der Kriegerfürst war immer noch kein Freund, aber er war auch nicht mehr sein Feind, hatte mittlerweile etwas an sich, das ihm vertraut und keinesfalls unangenehm war. Der große, grausame Unbekannte, der Schuld an Leons unendlichem Leid gewesen war, war zu einem Menschen geworden, einem normalen Sterblichen, der mit seinem Schicksal ebenso zu kämpfen hatte wie er selbst. Und seine neuesten äußerlichen Veränderungen verstärkten dieses Bild noch einmal.

„Hat das kurze Haar und die Bartlosigkeit eigentlich einen Grund?", fragte Leon aus Mangel an anderen brauchbaren Gesprächsthemen – schließlich war es sinnvoll, die wichtigen Dinge erst zu besprechen, wenn auch Jenna und Kychona bei ihnen waren. Alles doppelt zu erzählen, war zu anstrengend.

Marek sah ihn stirnrunzelnd an. „Ist dir nie aufgefallen, dass viele Bakitarer im Krieg ihre Haare kürzen?"

Leon schüttelte den Kopf. So genau hatte er sich seine Feinde nie angesehen. „Hat das was mit den Rüstungen zu tun? Wegen der Schnallen an den Harnischen und der Helme?"

„Du bist wohl doch einer von den schnelleren Denkern", erwiderte Marek mit einem kleinen Schmunzeln. „Ist nicht so angenehm, ständig irgendwo hängenzubleiben. Manche stört das nicht sonderlich, aber die meisten denken ähnlich wie ich, wenn wir glauben, der Kriegszustand hält länger an."

Leon zuckte die Schultern. „Du könntest dir ja auch Zöpfchen flechten oder die Haare zu einem schicken Dutt hochstecken …"

Mareks Augen verengten sich und er gab sich große Mühe, verärgert auszusehen. Leon nahm es ihm trotzdem nicht ab und grinste ihn daher breit an. „Kommt jetzt die Todesdrohung?"

„Nein, ich überlege nur gerade, ob *dir* nicht eine Glatze außerordentlich gut stehen würde", gab der Krieger zurück und legte eine Hand auf den Dolch an seiner Seite.

Leon versuchte zu lachen, doch dieses Mal gelang ihm dies nicht sonderlich gut. Dem Mann war *alles* zuzutrauen. Aus diesem Grund war er auch wahrhaft erleichtert, als sich der Zelteingang öffnete und Jenna eintrat, gefolgt von einer etwas atemlosen Kychona. Die junge Frau betrachtete ihre Freunde mit einem Stirnrunzeln, während Kychona sofort auf den Hocker im Zelt zulief und sich mit einem „Darf ich?" darauf niederließ, ohne eine Antwort abzuwarten.

„Das ganze Herumgehetze wird mir langsam ein bisschen zu viel", entschuldigte sie ihr Verhalten und sah dann von Leon zu Marek. „Wir werden Alentara also wirklich angreifen?"

Marek nickte. „Aber das ist noch nicht alles, was wir besprechen müssen", fügte er an und ließ sich im Schneidersitz neben der Alten nieder. Leon tat es ihm sofort nach und auch Jenna gesellte sich rasch zu ihnen.

„Geht es um die Bakitarer, auf die du wartest?", wollte Leon wissen. Ein knappes Nicken folgte seinen Worten.

„Sie werden nicht kommen, oder?"

„Ich bin mir nicht sicher. Ich habe Corik eine Nachricht zukommen lassen, aber er hat sich noch nicht zurückgemeldet. Es ist durchaus möglich, dass er der Allianz weiterhin misstraut und die anderen so stark beeinflusst, dass *niemand* mehr nachkommt."

„Was ist mit Nadir?", fragte Kychona besorgt. „Hast du mit ihm sprechen können? Wird er herkommen und uns unterstützen? Vielleicht kann er ja noch etwas bei Corik bewirken."

Leon versuchte ein möglichst neutrales Gesicht zu machen, aber es fiel ihm verdammt schwer. Es war nicht gut, dass Kychona noch nicht über die wahre Natur des berüchtigten Zauberers Bescheid wusste, denn wenn sie vor den anderen Anführern nach ihm fragte, würde seine Teilnahme am Krieg wieder zum Thema werden und möglicherweise Diskussionen nach sich ziehen, die sie nicht gebrauchen konnten.

„Er ist sehr krank geworden", log Marek ein weiteres Mal, verstummte aber, als Jenna ihm eine Hand auf den Unterarm legte und ihn vielsagend ansah.

„Sie sollte es wissen", sagte sie sanft und sprach damit Leon vollkommen aus der Seele.

Der Krieger verspannte sich sofort und biss sichtbar die Zähne zusammen, um seinen Ärger zu unterdrücken. Allein mit dieser Bemerkung hatte er schon kaum mehr eine andere Wahl, als Kychona in alles einzuweihen. Dennoch brachte er es nicht über sich, selbst die Worte auszusprechen.

Kychonas wacher Blick ruhte für ein paar Sekunden auf seinem Gesicht. Schließlich begann sie zu lächeln. „Er existiert nicht, nicht wahr? Du hast ihn erfunden, um deine eigenen magischen Kräfte zu verdecken."

Wieder antwortete Marek nicht. Es war Jenna, die knapp nickte, dann aber wieder den Kopf schüttelte. Kychona runzelte die Stirn.

„Es ist ein bisschen komplizierter", gestand die junge Frau. „Alle Zauberei, die Nadir je ausgeführt hat, kam nicht direkt von Marek. Er wollte diese nie wieder aktiv benutzen."

Die Brauen der alten Magierin hoben sich. „Jarej", kam es ihr leise über die spröden Lippen. „*Er* war der aktive Part."

„Nicht nur", grenzte Jenna die Aussage etwas ein.

„Kaamo?", schloss Kychona sofort. „Ich wusste doch, dass etwas an deiner Geschichte über die Kontaktaufnahme mit ihm nicht stimmt! Ihr ward also zu dritt?"

„Ja", brummte Marek verstimmt. Zu einer genaueren Erklärung ließ er sich immer noch nicht hinreißen. Doch das war auch gar nicht notwendig.

„Aber du hast Nadir erschaffen", spekulierte die Alte weiter, „hast den Tod des anderen Lehrlings genutzt, um ihm eine stimmige Hintergrundgeschichte zu geben."

Marek abfälliges Lächeln ließ Kychona erstaunt innehalten. Schließlich erhellte sich ihr Gesicht und sie gab ein leises Lachen von sich.

„Oh, Nefian, du listiger Fuchs", kam es leise und mit einem verhaltenen Kopfschütteln über ihre Lippen. „Hast uns alle an der Nase herumgeführt mit deiner Geschichte über deine beiden Lehrlinge."

Sie sah Marek wieder an und ihr Blick wurde mit einem Mal ganz warm und zugeneigt. „Ich dachte immer, er hätte einen Liebling, weil er von einem der Lehrlinge so schwärmte und die Kräfte des anderen ihm solche Angst machten. Aber das warst *beides* du."

Marek, der eben noch zu Boden gesehen hatte, hob den Blick. Seine Züge hatten sich etwas entspannt und auch die Kälte in seinen Augen schwand dahin. Manchmal tat es gut, Geheimnissen, die man schon lange Zeit mit sich herumtrug, ihre bedrückende Kraft zu nehmen.

„Bevor Nefian starb, trafen wir uns noch einmal", gestand die Alte. „Wir hatten davon gehört, dass alte Zirkelmitglieder danach strebten, diesen wiederzubeleben, und versucht, einen Plan zu entwickeln, wie wir diesen Bemühungen entgegenwirken können. Uns war allerdings klar, dass unsere Handlungsmöglichkeiten begrenzt waren und die machtgierigen Zauberer uns gewiss aus dem Weg räumen wollten, sobald sie erfuhren, dass wir noch lebten und nicht mit ihnen sympathisierten. Ich machte mir große Sorgen um die Zukunft Falaysias, aber Nefian …"

Kychonas Lächeln war zurück, zeigte ihnen allen ganz deutlich, wie gern sie den Zauberer gehabt hatte.

„Er blieb ganz ruhig und sagte mir, dass ich mir keine Sorgen machen solle, weil es jemanden gäbe, der eines Tages alles zum Guten wenden würde, ganz gleich welch schlimme Dinge noch passierten. Ich wusste, dass er von seinem Lieblingsschüler sprach und fragte ihn, warum er sich so sicher sei, dass dieser sich gegen die Verführungskunst des Zirkels wehren könne. Er lächelte wie ein Vater, der über seinen Sohn spricht, und sagte zu mir: Weil das Herz, das in seiner Brust schlägt, immer dasselbe bleiben wird, unabhängig davon, was ihm noch in diesem Leben widerfährt. Es wird immer danach streben, Gutes zu tun. Es wird immer wissen, was richtig und was falsch ist, und am Ende wird es uns den Frieden bringen, den diese Welt so dringend braucht. Es ist seine Bestimmung."

Kychona beugte sich vor und legte Marek eine Hand auf die Schulter. Der Krieger schreckte nicht zurück, war durch ihre Worte viel zu aufgewühlt, um in *irgendeiner* Weise zu reagieren.

„Wenn ich eines weiß, dann dass Nefian unglaublich gut darin war, Menschen zu durchschauen, zu erkennen, was in ihnen vorgeht. Deswegen war er ein solch harter Gegner für seine Feinde, aber auch ein wundervoller Freund und Verbündeter. Er hat sich nur sehr selten geirrt."

Marek senkte den Blick und schluckte schwer. „In diesem Fall *hat* er sich aber geirrt", gab er etwas heiser zurück, ohne aufzusehen. „Ich bin mit Sicherheit nicht der Heilsbringer, den er in mir sah. Er kannte meine dunkle Seite und hätte es besser wissen müssen."

„Jeder Mensch besitzt eine dunkle Seite", sagte Kychona sanft. „Unsere Aufgabe ist es, diese nur in Erscheinung treten zu lassen, wenn es absolut notwendig ist, und sonst die Kontrolle darüber zu behalten."

Marek hob den Kopf, sah der Alten nun fest in die Augen. „Und genau das konnte ich nie! Nefian wusste das!"

„Und trotzdem hat er dir Cardasol anvertraut."

„Weil er starb!"

„Nein, weil er sich sicher war, dass du lernen würdest, dich zu kontrollieren."

Marek schnaufte verärgert. „Und genau darin hat er sich geirrt."

„Das sehe ich anders", hielt sie weiter dagegen. „Du lebst immer noch – was bei Kräften wie deinen ein Wunder ist. Also *kannst* du sie kontrollieren. Und was deine bisherigen Taten angeht ... die kann ich nicht beurteilen, solange ich die Umstände und Gründe nicht kenne. *Was* ich allerdings sehe, ist, was du jetzt tust, welchen Weg du für deine Zukunft eingeschlagen hast, von wem du dich beeinflussen lässt – und das sagt mir, dass Nefian die richtige Entscheidung traf, als er dir sein Amulett anvertraute. Du bist dafür bestimmt, die Macht Cardasols in deinen Händen zu halten."

„Das tue ich doch gar nicht", wehrte sich Marek weiter gegen ihre Behauptungen. „Jenna ist die einzige, die die Kraft der Steine nutzen kann."

„Ja, aber sie kann dich mit ihr verbinden", erinnerte die Greisin ihn mit leuchtenden Augen. „Das wissen wir doch nun!"

„Nefian konnte das doch nicht wissen!"

„Darauf will ich ja auch nicht hinaus."

„Worauf dann?", knurrte der Krieger.

„Ich will, dass du erkennst, welcher Weg für dich bestimmt ist, unabhängig von den Plänen, die du früher hattest und die wir jetzt noch machen", erwiderte Kychona sanft. „Aber wahrscheinlich bin ich zu ungeduldig. Niemand kann dich zwingen, die Augen zu öffnen und zu sehen, wer du in Wahrheit bist. Das musst du allein tun."

Marek gab einen verärgerten Laut von sich und schüttelte den Kopf, doch er sagte nichts mehr dazu. Das war auch gut so, denn Leon schwirrte bereits der Kopf von all den verwirrenden Gedanken, die diese Diskussion mit sich gebracht hatte.

„Können wir auf das zurückkommen, was in naher Zukunft auf uns zukommt?", meldete er sich zu Wort und sah dann ebenfalls Marek an. „Ich habe Talem und Maro noch nicht unter deinen Leuten gesehen. Gehe ich recht in der Annahme, dass sie noch bei den Quavis sind?"

Der Kriegerfürst brauchte einen Augenblick, um sich auf diese Frage einzulassen, nickte dann aber. „Sie führen einen Trupp von zwanzig Mann an, der die Quavis in ihrem Kampf gegen mögliche

Eindringlinge aus Trachonien unterstützt. Dass die trachonischen Soldaten dennoch das Gebirge überwinden konnten, ist kein gutes Zeichen. Ich hoffe, sie leben noch. Das können wir allerdings nur feststellen, wenn wir dort sind."

„Aber ist es nicht riskant, durch die Schlucht zu reiten, wenn wir nicht wissen, wer die Oberhand im Gebirge hat und ob die Quavis weiterhin auf unserer Seite stehen?", brachte Leon an.

„Deswegen bilden wir die Vorhut", erklärte Marek. „Nur Cardasol kann uns vor Hinterhalten ausreichend schützen."

„Einen anderen Weg gibt es nicht?", fragte Jenna besorgt.

Marek schüttelte den Kopf. „Ich hatte überlegt, unsere Armee durch das Tal der Pferde zu führen. Aber das würde uns sehr viel Zeit kosten, die wir nicht haben. Außerdem soll Alentara nicht wissen, dass wir diesen Weg kennen, weil sie ihn uns sonst verstellen würde, sollten wir gezwungen sein, den Rückzug anzutreten."

„Was ist mit den Bataillonen, von denen uns Karom bei seinem Verhör im Dorf der Quavis erzählt hatte?", fiel Jenna ein. „Meinst du, sie hat diese ebenfalls abgezogen?"

„Sie waren mit Sicherheit Teil der Armee, die über den Pass kam", erwiderte Marek. „Wenn diese jetzt vor der Schlucht ihr Lager aufgeschlagen hat, um mögliche Angriffe abzuwehren, werden wir es von den Quavis erfahren und dann müssen wir uns ohnehin einen neuen Plan einfallen lassen."

„Und du glaubst wirklich, dass wir die Schlucht wieder freilegen können?", fragte Jenna weiter.

„Ganz bestimmt", antwortete Leon für den Krieger mit fester Überzeugung und alle anderen sahen ihn erstaunt an. „Was denn? Ich habe gesehen, wie Nadir die Burgmauern Ezierans gesprengt hat. Da sollten ein paar Felsen doch kein Problem sein – zumal Cardasol eure Kräfte ja noch verstärkt."

Jennas Blick wanderte zu Marek, der sofort die Schultern hob. „Wo er recht hat …."

„Ich dachte, ich soll meine Kräfte für die große Schlacht gegen Alentara aufsparen", merkte sie etwas verstimmt an.

„… und für Dinge wie diese", setzte der Kriegerfürst hinzu.

„Was ist mit Sheza?", erkundigte sich Leon, bevor die beiden in Streit geraten konnten. „Stimmt es, dass sie versucht die Tikos für unsere Sache zu gewinnen?"

„Das war zumindest die letzte Meldung, die wir von ihr bekommen haben", bestätigte Marek. „Ich bin mir nicht sicher, ob ihr das gelingt."

„*Wollen* wir diese Leute denn überhaupt in unseren Reihen haben?", fragte Leon zweifelnd. „Wegelagerer und Mörder?"

Während Jenna seltsamerweise zu schmunzeln begann, gab Marek ein resigniert klingendes Seufzen von sich.

„Wann hörst du endlich mit diesen Verallgemeinerungen auf? Die Tikos setzen sich zwar aus Ausgestoßenen zusammen und sind für Raubmorde und Überfälle allerlei Art bekannt, aber sie sind nicht alle von Grund auf schlechte Menschen. Viele von ihnen waren mal Soldaten, die sich dafür entschieden haben, ihren eigenen Weg zu gehen, anstatt blind den Befehlen ihrer Fürsten und Könige zu folgen. Sie verloren dadurch alles: Besitz, Land, ihre Ehre, wurden vertrieben und verfolgt. Sie mögen heimatlos und wild sein, aber ich denke, gerade *sie* fühlen sich dazu berufen, gegen eine Königin zu kämpfen, die ständig versucht hat, sie aus dem Weg zu räumen. Sheza liegt richtig, wenn sie annimmt, dass die Tikos gute Verbündete sein könnten. Und wir brauchen für unsere Schlacht gegen Alentara *jeden* willigen Mitstreiter."

„Ist ja gut!" Leon hob beschwichtigend die Hände. „Weiß Sheza denn, wohin sie kommen soll?"

„Noch nicht", gab Marek zu. „Aber wenn wir die Quavis ausfindig machen können, werden diese ihr mit Rauchzeichen zu verstehen geben, wo sie uns finden kann. Mehr können wir nicht tun, solange wir nicht wissen, wo sie sich aufhält."

„Was ist mit den Chratna?", wandte sich Jenna an Kychona. „Meinst du nicht, du könnest sie dazu überreden, uns ebenfalls zu unterstützen?"

Kychona verzog das Gesicht. „Ich kann ihnen eine Nachricht zukommen lassen, aber ich bezweifle stark, dass sie es wagen, die Wälder Piladomas zu verlassen. Im Unterholz dieser Wildnis sind sie gefährliche Krieger, aber ich weiß nicht, wie sie sich auf einem richtigen Schlachtfeld schlagen würden."

„Einen Versuch ist es auf jeden Fall wert", schloss sich Marek Jenna an. „Wenn wir am Ende mehr Soldaten haben, als wir brauchen, kann das nicht schaden."

„Das bezweifle ich", murmelte Leon und alle sahen in an. „Na ja, wir sollten uns lieber darauf einstellen, dass wir weniger sind als angenommen. Antrus' Bemerkungen fand ich sehr aussagekräftig und wenn man bedenkt, dass er auch noch unter dem Einfluss Roanars steht …"

„Dann war er also tatsächlich im Lager, bevor ich eintraf." Marek sah von einem zum anderen und erhielt ein einstimmiges, wenn auch zögerliches Nicken.

„Du hast davon gehört?", fragte Leon, als hätte er keine Ahnung, mit wem er sich ausgetauscht hatte.

„Ich weiß nicht genau, was der Zirkel plant", überging Marek seine Frage, „aber dass Roanar sich derart einmischt und dann plötzlich verschwindet, ist sicherlich kein gutes Zeichen."

„Er sagte, er würde nicht im Auftrag des Zirkels hier sein, sondern weil er sich verpflichtet fühle, der Bevölkerung Falaysias den Frieden zurückzubringen", unterrichtete Jenna ihn.

Marek zog kritisch die Brauen zusammen. „Und das glaubt ihr?"

„Nur zum Teil", erwiderte die junge Frau.

„Wie meinst du das?"

„Ich glaube, dass Roanar nur sich selber dient und alle betroffenen Seiten soweit nutzt, wie er sie braucht, um seine eigenen Ziele zu erreichen."

„Wie kommst du darauf?"

„Jennas Tante ließ ihr zukommen, dass Demeon noch einen weiteren Komplizen hier in Falaysia hat", erklärte Leon an ihrer statt. „Jemanden, der ihm ebenfalls dabei half, alles für seine Rückkehr vorzubereiten. Er soll eine Tätowierung in Form eines Runenzeichens über dem Daumen der rechten Hand haben und ein Farear sein."

„Melina vermutet jedoch, dass dieser Komplize abtrünnig geworden ist und selbst versucht, an Cardasol heranzukommen", setzte Jenna hinzu.

„Es wäre zumindest nicht das erste Mal, dass so etwas passiert", setzte Kychona nachdenklich, aber auch sichtbar besorgt hinzu. „Der Zirkel selbst zerbrach schon mehrere Male durch Streitigkeiten über die Macht der Steine, was mit einer der Gründe ist, aus denen wir die Amulette später so gut versteckten."

„Dann ist es umso wichtiger herauszufinden, wo er sich herumtreibt und was er plant", sagte Marek. „Ich werde jemanden darauf ansetzen. Mehr können wir in Bezug auf ihn nicht unternehmen."

„Du solltest auf jeden Fall weiter das Hiklet tragen", riet Kychona dem Krieger und dieser nickte sofort. „Hat Demeon noch einmal versucht, dich zu erreichen?"

Marek schüttelte den Kopf. „Entweder funktioniert es immer noch sehr gut oder er versucht es gar nicht richtig. Mich zu kontaktieren, wäre auch für ihn gefährlich, weil ich ebenfalls Zugriff auf seinen Geist erhalten könnte. Ich denke, er wird erst einmal sehr bedächtig sein, solange er nicht genau einschätzen kann, wie stark Jenna und ich zusammen sind."

„Das könnte sein", stimmte Kychona ihm zu und sah sich dann in ihrer kleinen Runde um. Sie hatte wohl auch die zunehmende Unruhe im Lager draußen wahrgenommen. „Gibt es sonst noch etwas, das wir unbedingt *vor* unserer Abreise besprechen müssen?"

Sie alle tauschten kurz ein paar Blicke aus und schüttelten dann die Köpfe.

„Na dann – auf die Pferde", forderte Marek die drei anderen auf und erhob sich. Kychona dabei ein gemeines Grinsen zukommen zu lassen, konnte er sich jedoch nicht verkneifen. Sie ignorierte ihn und lief straffen Schrittes auf den Zeltausgang zu, gefolgt von der kopfschüttelnden Jenna und einem vor sich hin schmunzelnden Leon. Kleine Gemeinheiten würden allem Anschein nach ein ständiger Begleiter von Marek bleiben – selbst wenn man sich mit ihm arrangierte.

Aus tiefstem Herzen

Das Latan-Gebirge blieb immer eindrucksvoll – so oft Jenna es auch durchkreuzte, seine massiven Felswände und schneebedeckten Bergspitzen raubten ihr jedes Mal den Atem. Sie waren derart eindrucksvoll, dass sie sie bis hinein in ihre Träume verfolgten und eine wunderschöne Kulisse für die Kontaktaufnahme mit Melina boten. Jenna hatte das drängende Rufen ihrer Tante bereits gespürt, als sie noch auf ihrem Pferd gesessen hatte und zusammen mit Leon, Kaamo, Marek und Kychona durch die Schlucht geritten war. Doch Marek hatte sie ermahnt, ihren Geist nicht für sie zu öffnen, sondern darauf zu warten, bis sie die Quavis gefunden und Zeit für eine Rast hatten. Sie musste konzentriert und wach bleiben, solange unklar war, wie das Bergvolk augenblicklich zu ihnen stand, damit Cardasol jeden Angriff blockte.

Auch wenn es schwer gewesen war, hatte sich Jenna an seine Anweisung gehalten. Der erste Späher der Quavis war erst am Abend aufgetaucht und hatte Marek dazu aufgefordert, ihn zu seinem Häuptling zu begleiten – allein. Jenna hatte protestiert und erst nachgegeben, als Marek sein Hiklet abgenommen hatte, um zur Not auf seine magischen Kräfte zurückgreifen zu können. Damit wohlgefühlt hatte sie sich allerdings nicht und aus diesem Grund war es ihr außerordentlich schwer gefallen, einzuschlafen. Im Endeffekt war es aber eine gute Idee gewesen, denn Melina hatte sie sofort erreicht und ihr ein paar sehr wichtige und durchaus erfreuliche Dinge mitgeteilt: Es gab ein Tor in ihrer Welt, durch das früher ganze Truppen nach Falaysia reisen hatten können! Hemetions Truppen!

„Wenn das Tor von eurer Seite aus zu öffnen ist, heißt das dann, dass der Übergang stabil genug ist, um auch zwischen den Welten hin und her wechseln zu können?", fragte sie ihre Tante, als sie die Informationen einigermaßen verarbeitet hatte.

Melinas Scheingestalt runzelte die Stirn. „Das kann ich dir nicht sagen. Ich weiß nur, dass Malin mehrere Truppen hindurchschickte und Hemetion dasselbe tat. Wie oft sie das Tor dafür öffnen und wieder schließen mussten und wie stabil es war, weiß ich nicht."

„Sind diese Zauberer nicht auch mehrmals hin und her gereist?", überlegte Jenna. „Das mussten sie doch, um alles zu organisieren."

Melinas Augen verengten sich. „Jenna ... Deine Überlegungen machen mich etwas nervös. Was ist da los bei euch? Ihr wollt doch nicht etwa mehrere Menschen von dort drüben hierher schicken. Das wäre Wahn..."

„Nein, natürlich nicht!", schnitt Jenna ihr rasch das Wort ab und versuchte, ihre wahren Beweggründe für diese Überlegungen vorsichtig vor Melina abzuschirmen.

„Planst du, nicht nur Leon, sondern auch Marek mit in diese Welt zurückzunehmen?", fragte ihre Tante und die Sorgen, die ihre Augen dabei erfüllten, gefielen Jenna gar nicht.

„Wäre das ein Problem?", fragte sie geradeheraus.

Melina sah sie lange an, bevor sie antwortete. „Marek lebt seit über zwanzig Jahren in einer mittelalterlichen Welt. Es könnte für ihn sehr schwierig werden, sich in der Moderne zurechtzufinden. Das solltest du bei deinen Überlegungen nicht außer Acht lassen. *Will* er denn hierher zurückkehren?"

Jenna presste die Lippen zusammen und schüttelte den Kopf. ‚Noch nicht', wollte sie gern sagen, doch sie konnte es nicht.

„Überlegt euch das gut, Jenna", forderte ihre Tante sie auf. „Und lasst euch dabei nicht nur von euren Gefühlen leiten. Schaltet euren Verstand ein."

„Gibt es sonst noch etwas, das du mit mir besprechen wolltest?", lenkte Jenna rasch von dem für sie so schmerzhaften Thema ab.

Zu ihrer Erleichterung ließ sich Melina sofort darauf ein. „Ja, könntest du für uns in den Büchern Hemetions nach Informationen über die Aktivierung unseres Tores suchen? Wir haben hier zwar auch Notizen darüber, aber ich weiß nicht, ob das ausreicht."

„Die Bücher sind zwar gerade nicht in greifbarer Nähe, aber sollten sie das sein, werde ich mich darum kümmern. Versprochen."

Das war noch nicht mal eine Lüge, denn auch Jenna wollte so viel wie möglich über dieses andere Tor erfahren.

„Informiere mich bitte, wenn dir das gelungen ist", setzte Melina hinzu. Ihr Blick ruhte länger als gewöhnlich auf ihrem Gesicht und Jenna wusste, dass ihr noch etwas anderes auf dem Herzen lag.

„Benjamin vermisst dich sehr", sagte sie schließlich leise. „Es war er, der vor einer Weile versucht hat, dich zu erreichen und abgeblockt wurde."

„Das dachte ich mir schon", erwiderte Jenna und kämpfte mit aller Macht gegen ihre eigene Sehnsucht nach ihrer Familie an. Es tat weh, an sie erinnert zu werden.

„Er braucht dich", setzte Melina hinzu. „Mehr als jeder andere."

„Ich weiß", brachte Jenna nur sehr leise heraus und wandte sich rasch von ihrer Tante ab. „Ich melde mich", murmelte sie noch, bevor sie den Kontakt zu ihr abbrach und sich selbst dazu zwang, aufzuwachen.

Sie atmete etwas zittrig die klare Nachtluft ein, setzte sich auf und fühlte, wie eine einsame Träne ihre Wange hinunterlief. Verärgert wischte sie diese hinfort und sah sich rasch in ihrem kleinen Lager um. Kychona lag auf ihrem Platz und schien tief zu schlafen, genauso wie Leon. Lediglich Kaamo saß aufrecht vor ihrem Feuer und sah besorgt zu ihr hinüber.

„Das war doch jemand, den du kanntest, oder?", fragte er leise.

Sie nickte rasch. „Meine Tante. Kannst du sowas fühlen?"

„Nun, der Ruf nach dir war recht penetrant", erwiderte er schmunzelnd. „Nicht jede Kontaktaufnahme ist so deutlich für andere magisch begabte Menschen zu fühlen."

„Ich sage ihr nächstes Mal, dass sie vorsichtiger sein soll", versprach Jenna und ließ ihren Blick ein weiteres Mal über ihre nähere Umgebung wandern. „Ist er immer noch nicht zurück?"

„Doch", überraschte sie Kaamos Antwort, „aber du kennst ja seine Ruhelosigkeit. In Zeiten wie diesen hat er sie noch schlechter im Griff als sonst."

Jenna erhob sich entschlossen. Schlafen konnte sie jetzt ohnehin nicht mehr. „In welche Richtung ist er gegangen?"

Kaamo wies mit einer Hand an ihr vorbei und sie folgte seiner Anweisung, kletterte in die Felsen hinein, die glücklicherweise durch das helle Licht des Vollmondes über ihr angestrahlt wurden. Bald schon wurde sie von ihrem eigenen Gespür geführt und nach ein paar Minuten des anstrengenden Kletterns entdeckte sie Marek am Rand eines steilen Abgrundes. Er hatte sich mit dem Rücken an einen Felsen gelehnt, die Arme vor der Brust verkreuzt und sah gedankenverloren in den sternklaren Himmel. Der größte Teil seiner Anspannung, die ihn auf ihrer bisherigen Reise begleitet hatte, war von ihm abgefallen und kehrte auch nicht zurück, als sie ihn endlich erreicht hatte und sich neben ihm niederließ. Er sah sie nicht an, schien aber auch nichts gegen ihre Gesellschaft zu haben, denn er lehnte sich sogar in ihre Richtung, sodass sich zumindest ihre Schultern berührten.

„Siehst du die vier hellen Sterne dort?", vernahm sie seine Stimme nach ein paar Minuten einvernehmlichen Schweigens. „Das ist der Teil von Anos' Sternenbild, der seine Brust darstellen soll. Cardasol soll von dort aus in diese Welt gefallen sein."

„Ein kleiner Meteorit ...", merkte sie verträumt an.

Die Andeutung eines Lachens kam über seine Lippen. „Möglicherweise. Oder doch das Geschenk eines Gottes, der nicht wusste, welchen Schaden er damit anrichten würde."

Sie sah ihn von der Seite an, doch sein Blick war weiterhin in den Himmel gerichtet. „Hat er das denn?"

„Hat er nicht? Die Menschen hier kämpfen seit Jahrhunderten um das Herz der Sonne und schlachten sich gegenseitig ab, um seine Macht für sich zu gewinnen."

„Hätten sie das ohne den Stein denn nicht getan?"

Mareks Gesicht wandte sich ihr nun doch zu und ein paar Atemzüge später hob sich zumindest einer seiner Mundwinkel. „Gutes Argument", gab er zu und sah dann wieder hinauf in die dunkle Nacht.

Jenna rückte ein Stück näher, lehnte ihren Kopf gegen seine Schulter und seufzte leise. „Irgendwann hat dieses ganze Elend ein Ende", brachte sie leise heraus. „Dann herrscht hier endlich wieder Frieden und alle können zur Ruhe kommen."

Marek sagte nichts dazu und Jenna lehnte ihren Kopf etwas zurück, um ihn besser ansehen zu können. „Was haben die Quavis gesagt? Stehen sie noch auf unserer Seite."

„Ja", war die erfreuliche Antwort. „Sie haben zwar durch Alentaras Soldaten einige Verluste erlitten, aber sie bleiben unsere Verbündeten. Ihre einzige Bedingung war, dass Maro, Talem und die anderen sie weiterhin beschützen und unterstützen."

„Können wir denn auf die Männer verzichten?", fragte Jenna mit Bangen.

„Auf die zwanzig Mann kommt es jetzt auch nicht mehr an", erwiderte Marek. „Und wir können es uns nicht leisten, die Quavis auch noch zum Feind zu haben. Wenn wir den Kampf gegen Alentara verlieren und in die Berge fliehen müssen, sollten wir mit diesen Menschen auf gutem Fuß stehen."

„Wir verlieren nicht", behauptete Jenna mit fester Stimme und glaubte es fast selbst. „Und wenn ich Alentara dafür eigenhändig an ihren Haaren von ihrem Thron zerren muss, tue ich das!"

Marek wandte ihr erneut das Gesicht zu und hob die Brauen, kaum dazu in der Lage, das Zucken seiner Lippen zu unterbinden. „Das ist ein Szenario, dass ich nur allzu gern sehen würde."

„Kann ich mir vorstellen", grinste sie zurück.

Er lachte, schob einen Arm um sie herum und zog sie an seine Brust, drückte sie fest an sich. Jenna schlang ganz automatisch ihre Arme um seine Körpermitte und kuschelte sich an ihn. Er presste seine Lippen in ihr Haar und sein warmer Atem hinterließ dort ein angenehmes Kribbeln. Für eine weitere kleine Weile saßen sie nur so da und genossen die Nähe des anderen, ohne etwas zu sagen. Leider hielt dieser Zustand der Entspannung nicht lange an, denn auch Marek schien eine Menge emotionalen Ballast mit sich herumzuschleppen, der sich manchmal einfach nicht wegschieben ließ. Sie fühlte, wie sich in seinem Körper zusehends mehr Spannung aufbaute und ahnte, was jetzt kommen würde.

„Meintest du das vorgestern Nacht im Zelt ernst ... dass du hierbleiben wirst?", fragte er leise.

Sie nickte, ohne den Blickkontakt mit ihm zu suchen, wollte sich nicht aus seiner Umarmung lösen. „Ich kann nicht zulassen, dass du dein Leben beendest, um Cardasol zu zerstören."

„Und wenn ich dir verspreche, dass ich es nicht tun werde?", überraschte er sie. „Wenn ich die Teilstücke stattdessen wieder verstecke?"

Sie schloss kurz die Augen, holte tief Luft und richtete sich auf, um ihm nun doch ins Gesicht zu sehen. Offen und ehrlich. So viel Zuneigung und ... Schmerz.

„*Willst* du nicht, dass ich bei dir bleibe?", brachte sie kaum hörbar hervor, obwohl sie in seinem Gesicht lesen konnte, dass dies nicht der Fall war.

„Du würdest hier nicht glücklich werden, Jenna", gab er zurück, hob dabei eine Hand und strich ihr sanft das Haar aus der Stirn. „Diese Welt ist nicht deine Heimat."

„Das kann sie aber werden", erwiderte sie, wenngleich sie selbst daran zweifelte. „Ich weiß, dass du mich nicht für sonderlich mutig und widerstandsfähig hältst, aber ich kann es werden. Ich kann das Leben hier aushalten und ..."

„Jenna, du bist eine der kühnsten und tapfersten Personen, die ich je in meinem Leben kennengelernt habe", unterbrach er sie fast empört. „Darum geht es nicht!"

Sie blinzelte erstaunt. „Du hältst mich für mutig?"

Er lachte leise und schüttelte verständnislos den Kopf.

„Mut hat nichts damit zu tun, dass man bereit ist, sein Schwert zu ziehen und sich brüllend in einen Kampf zu werfen", erwiderte er ruhig. „Mut ist vielmehr die Fähigkeit, bewusst andere Wege zu gehen, auf die sich noch niemand zuvor gewagt hat, sie neu zu erschaffen, sich dabei allen Widrigkeiten entgegenzustellen und allen anderen zu zeigen, warum dieser Weg der beste ist. Und darin bist du eine Meisterin! Deine Art, die Welt zu sehen und anderen Menschen zu begegnen, ist in der Tat ganz anders als die meine, aber du irrst dich gewaltig, wenn du glaubst, dass ich jemals deswegen auf dich herabgesehen hätte. Das hätte ich vielleicht, wenn du wankelmütig gewesen wärst und nicht hinter deinem Handeln gestanden hättest. Aber es gab nie einen Zweifel daran, dass du *bist*, was du tust und sagst. Und ich ..."

Er senkte kurz den Blick und als er sie wieder ansah, lag ein Lächeln auf seinen Lippen und in seinen Augen eine Wärme, die er sonst nur selten so offen zeigte.

„... ich bewundere dich dafür. Für deine Friedfertigkeit, deinen unerschütterlichen Glauben an das Gute in jedem Menschen, dein Verständnis für das Verhalten anderer, deinen Kampfgeist, deine

Liebe zu allen, die an deiner Seite stehen. Nur weil du nicht mit Waffen kämpfst, die jeder sehen kann, heißt das noch lange nicht, dass du keine Kriegerin bist. Und dein Mut übertrifft den vieler großer Kämpfer, die mir in meinem Leben begegnet sind. Ich halte dich weder für nicht ängstlich noch für schwach. Glaube niemals, dass das der Grund ist, warum ich nicht will, dass du hier bei mir bleibst."

„Was ist es dann?", wollte sie wissen.

Er wich ihrem Blick aus, betrachtete stattdessen das Amulett, das sie ständig bei sich trug. Nefians Erbe. Mit einem Mal waren sie wieder da, die Erinnerungen an seinen alten Lehrmeister, flackerten auch in Jennas Geist auf. Sie sah sein gütiges Gesicht, sein Lächeln, vernahm seine Stimme, aus der seine große Zuneigung für Marek herauszuhören war.

„Ein weiser Zauberer braucht seine Kräfte nicht zu fürchten, Noema", sagte der alte Magier sanft. *„Sie werden niemals das Leben anderer bedrohen, weil sie sich im Einklang mit seinem Herzen befinden. Es ist das Herz, das einen guten Menschen leitet, nicht sein Verstand. Und dein Herz ist etwas ganz besonderes. Es besitzt die Kraft eines Drachen und die tiefe Liebe zu allem, was dich umgibt. Vergiss das nie. Kämpfe nie gegen diesen Kern deines Seins an. Nur dann wirst du deine Bestimmung erkennen."*

Die Erinnerung löste sich auf, brachte Jenna zurück in die Realität. Nun waren es Mareks helle, traurige Augen, in die sie blickte.

„Sie haben alle an mich geglaubt", kam es bekümmert über seine Lippen. „Meine Mutter, Demeon, Nefian … Sie dachten, dass ich stark genug bin, um die Tragödien in meinem Leben zu verkraften, mein Inneres vor der dunklen Seite des Lebens zu schützen und meinen inneren Dämonen zu trotzen. Ich hab es versucht, immer wieder. Aber irgendwann …"

Er atmete hörbar ein und hob den Blick. „Manchmal muss man einen Teil seiner Seele opfern, um zu überleben. Und diese Welt … sie fordert das immer wieder ein, bis nichts mehr von der Person übrig ist, die du einmal warst. Ich will nicht, dass dir das auch passiert, Jenna."

„Das wird es nicht", versprach sie zuversichtlich.

„Du bist erst ein paar Monate hier", erinnerte er sie. „Und dennoch hattest du schon einen heftigen Zusammenbruch."

„Und du hast mich da wieder rausgeholt."

„Das wird mir nicht jedes Mal gelingen."

„Marek!" Sie packte sein Gesicht und sah ihm fest in die Augen. „Das Leben ist keine Einbahnstraße! Man kann *immer* umdrehen und wieder zu sich zurückfinden, um dann einen neuen Weg einzuschlagen. Du bist doch das beste Beispiel dafür."

Er zog die Brauen zusammen, wollte den Kopf schütteln, doch sie hielt ihn so fest, dass er es nicht konnte.

„Sieh mir in die Augen und sag mir, dass du noch derselbe Mensch bist, der du warst, als wir uns zum ersten Mal trafen!"

„Wer ich jetzt bin, spielt keine Rolle", behauptete er. „Ich habe damals eine Grenze nach der anderen übertreten, Jenna, angefangen Dinge zu tun, die selbst mich noch vor ein paar Jahren schockiert hätten. Ich hatte keine richtige Kontrolle mehr über mein Handeln, sobald mich diese irrsinnige Wut erfasst hat, diese Kälte in mir. Das weißt du. Du bist doch selbst davon betroffen gewesen!"

„Ja, aber es ist dir gelungen, rechtzeitig zu stoppen!"

„*Du* hast mich gestoppt."

„Nein." Sie schüttelte den Kopf, um ihre Aussage noch zu verstärken. „So etwas ist nicht möglich. Du *wolltest*, dass dich jemand aufhält, daran erinnert, wer du wirklich bist. Nur deswegen ist es geschehen."

Seine Lippen öffneten sich, schlossen sich jedoch gleich wieder. Sie konnte sehen, wie ihre Worte in seinem Kopf arbeiteten, wie er versuchte etwas zu finden, das sie widerlegte.

„In einer Hinsicht hast du allerdings recht: Wir können einander beeinflussen und helfen", fuhr sie fort. „Es mag sein, dass man sich an manchen Punkten in seinem Leben in eine Abwärtsspirale bewegt, aber das heißt nicht, dass man dort nicht wieder herausfinden kann; das heißt nicht, dass man den Zugang zu seinem innersten Kern verloren hat. Und selbst wenn das passiert, bedeutet das nicht, dass man ihn nicht wiederherstellen kann."

„Doch manchmal heißt es das", widersprach Marek ihr, löste ihre Hände von seinem Gesicht und lehnte sich mit einem schweren Atemzug zurück. Er griff in sein Hemd und holte das Amulett heraus, das sie ihm zu seinem Schutz mitgegeben hatte. Seine Finger schlossen sich um den Anhänger und hoben ihn ihr entgegen, um sich dann wieder zu öffnen. Der Stein in seinem Inneren war dunkel. Stumpf und vollkommen leblos.

„Cardasol bezeugt genau das. Nefian und Demeon glaubten beide, dass ich das Herz benutzen kann. Warum taten sie das?"

„Wahrscheinlich weil sie es getestet haben, aber …"

„Ganz genau. Es muss irgendwann auf mich reagiert haben. Aber das tut es nicht mehr. Ich habe so viele schreckliche Dinge in meinem Leben getan, dass mir das nie wieder verziehen werden kann. Der Stein hier spiegelt das, was aus mir geworden ist. Und ich will nicht, dass diese Welt dir dasselbe antut."

Er ergriff ihre Hand und legte sie auf das Amulett, das sofort hell aufleuchtete. „Ich will nicht, dass dieses Licht erlischt."

Jenna blinzelte verärgert die Tränen weg, die ihr wieder einmal in die Augen stiegen und entzog sich seinem Griff.

„Das … das ist doch Blödsinn", brachte sie mit kratziger Stimme hervor. „Deine Seele ist nicht für immer geschädigt und Cardasol … Es ist nicht der Stein, der nicht auf dich reagiert, sondern umgekehrt."

Jetzt war es heraus und vielleicht war es sogar der richtige Moment, um Marek ihre Theorie zu offenbaren. Er bedachte sie mit einem irritierten Blick und ließ das Amulett aus seinen Fingern gleiten. Es schlug gegen seine Brust und ganz kurz leuchtete ein Licht in seinem Inneren auf.

Jennas Herz machte einen kleinen Hopser. Sie lag richtig mit ihrer Annahme!

„*Du* blockierst die Steine", behauptete sie mutig und sofort bildete sich diese störrische Falte zwischen seinen Brauen.

„Was?!"

„Du blockierst sie, weil du nicht mehr an dich glaubst und weil du Angst davor hast, in deinem Negativbild von dir selbst bestätigt zu werden, falls du den Kontakt tatsächlich nicht herstellen kannst. Du fürchtest dich vor der Wahrheit."

„Das ist nicht wahr!", hielt Marek sofort dagegen, doch sie sah genau das Gefühl in seinen Augen aufblitzen, von dem sie sprach: Angst. „Niemand kann die Kraft Cardasols blockieren!"

„Du schon, weil deine Kräfte einmalig sind", blieb auch sie hartnäckig.

Er wich ihrem Blick aus, presste die Lippen zusammen und brummte: „So ein Blödsinn!".

„Ich bin nicht allein mit dieser Theorie", versuchte sie ihren Worten mehr Nachdruck zu verleihen.

Marek verzog verächtlich das Gesicht. „Mir ist es egal, was Kychona über mich denkt und ..."

„Er sagte, dass es nach dir ruft", unterbrach sie ihn mit dem Wissen, wie schmerzhaft ihre Worte für ihn sein würden. Aber sie musste sie aussprechen, ihm klar machen, wie falsch sein Bild über sich selbst war. „Jarej ... er wollte, dass du es weißt und begreifst, dass es an *dir* liegt, die Kraft Cardasols mit der deinen zu verbinden."

Der Krieger schluckte schwer und für einen Augenblick sah er so verletzlich und gebrochen aus, dass es ihr schon fast leidtat, ihm derart gnadenlos die Wahrheit zu offenbaren. Er lehnte sich nach vorn, stützte die Ellenbogen auf seine Knie und ließ mit geschlossenen Augen den Kopf hängen, schüttelte ihn ganz leicht.

„Das ... das meinte er nicht", stammelte er in dem Bemühen, seine Selbstbeherrschung wiederzufinden, abzuwehren, was sie ihm klarmachen wollte.

„Doch, Marek", widersprach sie ihm. „Was soll er sonst damit gemeint haben? Er sagte, du müssest nur zuhören. Dann könnest du sein Rufen vernehmen."

„Nein." Er biss die Zähne zusammen und schüttelte erneut den Kopf und leider schien er mit seiner Verdrängungstaktik Erfolg zu haben. Sein Gesichtsausdruck verhärtete sich.

Doch so schnell gab Jenna nicht auf. Das hier war viel zu wichtig. Sie legte ihm sanft eine Hand auf den Unterarm und brachte ihn dazu, sie wieder anzusehen.

„Sag mir, hast du seit Nefians Tod irgendwann ernsthaft versucht, einen Kontakt mit deinem Amulett herzustellen?", fragte sie. „Hast du?"

„Es hätte nichts gebracht!", knurrte er. „Cardasol reagiert nur auf diejenigen, die ein reines, gutes Herz haben und zu dieser Art von Menschen gehöre ich nicht."

„So heißt es, ja, aber das sind nur Legenden", setzte Jenna ihm entgegen. „Und niemand hat jemals behauptet, dass man sich perfekt verhalten muss und keine Fehler machen darf, um die Kräfte Cardasols benutzen zu können."

„Jenna, ich habe Menschen gefoltert und abgeschlachtet!", erinnerte er sie barsch und wandte sich ihr wieder ganz zu. „Ich habe Kriege geführt und meine Feinde gnadenlos niedergemetzelt. Ich habe mich blutig an den Mördern Nefians gerächt und keine Gnade mit ihnen gekannt. Das sind keine kleinen Fehlerchen, sondern Taten, die unverzeihlich sind!"

„Aber nicht für das Herz der Sonne", hielt sie weiter tapfer dagegen. „Ich habe auch gemordet und du hast nie daran gezweifelt, dass ich die Macht der Steine weiterhin nutzen kann. Und so war es ja auch."

Er gab ein kurzes, nicht sehr echtes Lachen von sich. „Du hast *einen* Menschen getötet – bei mir waren es weitaus mehr! Ganz Falaysia fürchtet sich vor mir aufgrund meiner Gräueltaten!"

„Es geht nicht darum, was man getan hat, sondern ob man immer noch weiß, was richtig und was falsch ist", beharrte sie auf ihrem Standpunkt, „ob man dazu in der Lage ist, seine Fehler zu sehen und zu bereuen. Manchmal *muss* man schlimme Dinge tun, um zu überleben. Du selbst sagst zwar, dass deine Taten unverzeihlich sind – was mit Verlaub zeigt, *dass* du sie bereust – aber Cardasol kann solche Dinge verzeihen. Das weiß ich jetzt. Es erkennt den innersten Kern eines Menschen, erkennt deine wahren Gefühle. Da spielt es keine Rolle, welche Vergehen du mit dir herumträgst."

Marek fuhr sich mit der Hand über das Gesicht und stieß einen frustrierten Laut aus. „Ich bin kein guter Mensch, Jenna! Ich brauche Cardasol nicht zu blockieren, weil es niemals zulassen wird, dass eine schwarze Seele wie meine auf es zugreift."

Nun war es an Jenna, den Kopf zu schütteln. Ihre Lippen hoben sich zu einem traurigen Lächeln. „Wenn du doch nur sehen könntest, was *ich* in dir sehe."

Er ließ die Schultern sinken, atmete erschöpft aus. „Und was soll das sein?"

„Einen Menschen, der den Glauben an sich selbst vor langer Zeit verloren hat und trotz allem mit seiner ganzen Kraft für die Freiheit einer Welt kämpft, die nur aus Not zu seiner Heimat geworden ist. Einen Menschen, der trotz seiner traumatischen Erfahrungen nie blind für das Leid anderer war, der nie aufgeben hat, für die Dinge zu kämpfen, für die es sich zu leben lohnt: Freundschaft, Frieden, Freiheit, Gerechtigkeit. Deine Methoden waren nicht immer die besten, aber deine Absichten waren es. Du hast nie für dich gekämpft, sondern immer für andere. Du hast getan, was dein Herz dir befohlen hat – auch wenn du es nie bemerkt hast."

Mareks Atmung hatte sich beschleunigt und seine Abwehr brach erneut zusammen, wurde von ihren Worten und seinen eigenen Emotionen niedergerissen.

„Und genau das ist es, was ich sehe, wenn ich in deine Augen blicke", fuhr sie mit belegter Stimme fort. „Dein Herz. Es schlägt voller Leidenschaft für die Unterdrückten, die Schwachen und Armen und es kann so selbstlos und innig lieben wie kaum ein anderes. Wenn du … wenn du nur wüsstest, wie wunderschön dein Innerstes ist …"

Sie atmete stockend ein, wischte sich eine Träne von der Wange und berührte dann ganz zart die seine. Auch Mareks Augen glänzten verdächtig und er rang sichtbar mit seiner Selbstbeherrschung.

„Glaubst du, ich könnte dich so sehr lieben, wenn es nicht so wäre?", wisperte sie und riss damit auch seine letzte Barriere ein.

Sie konnte fühlen, wie er sich ihr öffnete, sah es in seinen Augen. Seine Hände fanden ihre Wangen, seine Lippen ihren Mund und für einen langen Augenblick bestand alles, was sie durchflutete und umgab, nur noch aus tiefer, unerschütterlicher Liebe. Marek küsste sie nicht nur, sondern verband sich mit ihrem Geist und ihrem Herzen, öffnete sich ihr so weit wie noch niemals zuvor und ließ alle Ängste und Hemmungen weit hinter sich. Ihre Körper begannen zu kribbeln und zu vibrieren und Jenna glaubte schon, dass sie wahrhaftig miteinander verschmolzen, bis sich Mareks Lippen wieder von den ihren lösten. Sein Blick ruhte auf ihrem Gesicht, seine Liebe für sie noch immer offenbarend, und ein sanftes Lächeln umspielte seinen Mund.

Sie konnte nicht damit aufhören, sein Gesicht zu streicheln und in dem Gefühl zu baden, innig geliebt zu werden, dennoch nahm sie das Leuchten am Rande ihres Bewusstseins wahr. Hell, silbern und so intensiv, dass weder sie noch Marek es weiterhin ignorieren konnte. Der Krieger bewegte sich ein Stück zurück und streckte ganz langsam die Arme zur Seite aus. Mit geöffnetem Mund und großen Augen folgte er dem glitzernden Licht, dass bereits seinen ganzen Oberkörper eingehüllt hatte und nun weiter über seine Schultern und seinen Hals hinauf wanderte, bis es ihm ganz umgab.

Jennas Augen fanden seinen Ursprung zur selben Zeit wie Mareks und füllten sich unaufhaltsam mit Tränen, während sie zur gleichen Zeit ein heiseres Lachen ausstieß. Das Amulett, das er trug, leuchtete hell wie ein Stern, doch das Licht in seiner Mitte glühte in einem vertrauten Rot und pulsierte im Rhythmus eines Herzens, das nicht das ihre war. Ihr Umfeld knisterte und sie konnte fühlen, wie auch ihr Amulett den Kontakt zu Marek suchte, sich mit ihm verband und aufleuchte, so als hätte es endlich zurück nach Hause gefunden.

Ihr Blick fand den des Kriegers und sie stieß ein weiteres überwältigtes Lachen aus, weil sie in seinen glänzenden Augen lesen konnte, dass er endlich begriff, was sie ihm hatte sagen wollen, akzeptierte, was er war – *mit* seinen besonderen Kräften.

„Ja-le hian gar. So-lan mear vatar", wisperte sie und musste sich Tränen von den Wangen wischen, die so gar nicht zu der Euphorie in ihrem Inneren passten.

Es dauerte einen kleinen Augenblick, doch dann verzogen sich Mareks Lippen zu einem Lächeln, das ihr Herz flattern und die Wärme in ihrem Inneren noch weiter anwachsen ließ. Und das nächste befreite Lachen drang nicht nur aus ihrer Kehle, sondern auch aus der seinen.

Dunkle Bedrohung

Das restliche Geröll, das den Weg durch die Schlucht versperrte, aus dem Weg zu schaffen, war beinahe ein Kinderspiel. Demeon hatte gute Vorarbeit geleistet und die Verbindung von gleich vier Zauberern zu Cardasol gab den Amuletten derart viel Kraft, dass es eher schwierig war, diese zu drosseln und für fremde Magier unkenntlich zu machen, als sie hervorzurufen. Aus diesem Grund war Jenna auch sehr glücklich mit Kychona und Kaamo gleich zwei magisch Begabte an der Seite zu haben, die darin erfahren waren, die Kräfte anderer einzuschränken und ins Lot zu bringen und zu verbergen.

Massive Felsen zerfielen zusammen mit allen anderen Steinen innerhalb von wenigen Minuten zu feinem Sand und für einen nicht unerheblichen Zeitraum machte ein dichter Vorhang aus Staub es beinahe unmöglich, auch nur die Hand vor Augen zu erkennen. Jenna und die anderen nutzten die Zeit, in der sich der Staub legte, um sich weiter oben zwischen ein paar Felsen von den Strapazen ihrer bisherigen Reise und der kräftezehrenden Zauberei zu erholen, und brachen erst wieder auf, als der Nebel fast vollständig verschwunden war.

Die weitere Reise ins Land der Drachen verlief ereignislos. Die Quavis hatten Marek berichtet, dass Alentaras Truppen sich relativ weit ins Landesinnere zurückgezogen hatten und sie die Schlucht hinter sich lassen konnten, ohne befürchten zu müssen, sofort von den Trachoniern attackiert zu werden. So war es dann auch und Jenna musste sich ab und an selbst daran erinnern, dass sie sich weiterhin in einem Krisenzustand befanden und wahrscheinlich bald in heftige Kämpfe auf Leben und Tod verstrickt sein würden. Alles um sie herum war wundervoll friedlich und machte es ihr viel zu leicht, sich zu entspannen und einen großen Teil ihrer Wachsamkeit zu verlieren.

Auch Marek ermahnte sie ein paar Mal, immer dann, wenn ihr Gemütszustand sich mit einem herzhaften Gähnen nur allzu deutlich bemerkbar machte, doch es half nicht wirklich. Erst als der Kriegerfürst Kychona dazu aufforderte, Jenna weiter in der Zauberei zu trainieren, wurde sie wieder wacher und aufmerksamer.

Sie verbrachten insgesamt noch zwei Tage auf den Rücken ihrer Pferde, bis sie ihr Ziel erreicht hatten und die beiden Zelte aufschlagen konnten, die sie mit einem Packpferd transportiert hatten. Am frühen Morgen tauchte dann die Vorhut ihres geeinten Heeres auf und innerhalb weniger Stunden stampfte diese ein eindrucksvolles Basislager aus dem Boden. Nachdem Jenna wie die anderen hier und da geholfen hatte, zog sie sich zusammen mit Kychona auf einen seichten Hügel zurück, der direkt an das Lager angrenzte und trainierte weiter ihren Umgang mit der eigenen und der Magie Cardasols. Es war zwar hübsch anzusehen, wie um sie herum Blumen und Gräser aus dem Boden schossen oder sich die Erde unter ihrem Einwirken hob und senkte, doch ganz bei der Sache war sie nicht. Immer wieder wurde ihr Blick von eintreffenden Truppenverbänden oder anderen Geschehnissen im Lager gefangen genommen und irgendwann gab Kychona mit einem kleinen Lächeln auf und zog sich in ihr Zelt zurück, um sich für die kommenden Ereignisse auszuruhen.

Jenna blieb auf ihrem Platz sitzen. Nachdenklich und sehr viel angespannter als auf ihrer Reise zu diesem Ort. Woher das kam, wusste sie nicht genau. Vielleicht waren es die vielen Soldaten, die sich nun mit ihr im Feindesland befanden, oder die Tatsache, dass sie in Alentaras Reich einmarschiert waren. Vielleicht war es aber auch das Wissen, dass alles bisher zu gut verlaufen war, das an ihr nagte. Genau festlegen konnte sie sich nicht, aber die Euphorie, die sie gepackt hatte, als Marek endlich den Zugang zu Cardasol gefunden hatte, wollte sich nicht wieder einstellen. Dabei konnte doch gar nichts mehr schief gehen, wenn sie nun beide die Macht der Steine nutzen konnten – vor allem da Demeon und Alentara nichts davon ahnten. So hoffte sie zumindest, denn Marek war in dem Moment seiner Vereinigung mit Cardasol nicht von seinem Hiklet geschützt gewesen.

Allerdings hatten wohl weder Kychona noch Kaamo etwas davon gemerkt, denn keiner der beiden hatte sie darauf angesprochen oder den Eindruck gemacht, als wüsste er Bescheid – was die Wahrscheinlichkeit, dass Demeon etwas bemerkt hatte, minimierte.

Der Gedanke machte Jenna gleichwohl noch nervöser als zuvor und sie versuchte sich davon abzulenken, indem sie das Geschehen im Lager genauer beobachtete. Ihre Augen flogen über ein paar Soldaten, die hinter den Zelten gerade eine provisorische Koppel für ihre Pferde errichteten und blieben dann an dem eindrucksvollen Krieger hängen, der aus derselben Richtung auf sie zukam. Eindrucksvoll und unwiderstehlich attraktiv. Sie wollte Marek ein strahlendes Lächeln schenken, scheiterte aber an seiner ernsten, beinahe besorgten Miene. Bevor er sie erreicht hatte, war sie auf den Beinen und lief ihm die letzten Meter entgegen.

„Stimmt etwas nicht?", wandte sie sich an ihn und konnte nicht verhindern, dass ihr Puls sich sofort beschleunigte.

Er warf einen knappen Blick über die Schulter, zurück ins Lager, ergriff dann ihren Ellenbogen und führte sie hinüber zu einer Gruppe schief gewachsener, nicht sonderlich hoher Bäumchen, die sie zumindest größtenteils vor den Blicken neugieriger Menschen verbargen.

„Ich habe dir doch mal gesagt, dass ich ein Gespür dafür habe, wenn eine Schlacht auf uns zukommt", sagte er mit gedämpfter Stimme.

Sie nickte nach kurzem Zögern, wenngleich sie sich nicht an die konkrete Situation erinnern konnte.

„Genau dieses Gespür sagt mir jetzt, dass es früher der Fall sein wird, als ich befürchtet habe", fügte er an und Jennas Herz stolperte.

„Wie viel früher?", fragte sie beklommen.

Er kniff die Lippen zusammen und schüttelte den Kopf, damit seine eigene Unsicherheit preisgebend. „Bald?" Er senkte den Blick, holte tief Luft und sah sie dann wieder an. „Wenn mein Gefühl mich nicht täuscht, dann bedeutet das, dass jemand Alentara gewarnt hat."

„Was?" Jenna runzelte verwirrt die Stirn. „Heißt das, du glaubst, ihre Truppen sind bereits wieder auf dem Weg hierher?"

„Wahrscheinlicher ist sogar, dass sie ihren Rückzug nur angetäuscht und sich versteckt haben, um das Heer mit neuen Truppen aus der Hauptstadt aufzustocken", ließ er sie an seinen Überlegungen teilhaben. "Sie werden es dann nicht weit bis zu unserem Lager haben."

Sie schluckte schwer, weil ihre Kehle sich unweigerlich zuschnürte. "Aber ... wir sind noch nicht einmal mit dem Aufbau richtig fertig und uns fehlen noch einige Truppenverbände!"

"Deswegen muss ich unbedingt wissen, ob ich mit meiner Vermutung recht habe", erklärte er. "Und ich brauche dazu deine Hilfe."

"Was willst du tun?"

Er nahm das Hiklet ab, das er seit ihrer letzten gemeinsamen Zauberei wieder angelegt hatte und ließ es in dem Beutelchen verschwinden, das dessen Zauber brach. Dann sah er an ihr vorbei, hinauf zu dem Felsmassiv des Gebirges, in dessen zerklüfteten Steilwänden eine Schar Raben nistete. Sie fühlte das vertraute Prickeln seiner magischen Kräfte kaum, so geringfügig war deren Einsatz und dennoch tat sich sofort etwas. Vollkommen fasziniert beobachtete Jenna, wie sich einer der Raben in die Luft erhob und auf sie zu flog, so als seien die beiden Menschen auf dem Hügel alte Vertraute. Marek streckte seinen Arm aus und das Tier landete dort elegant und sah sie an, den Schnabel geöffnet und den Kopf schräg haltend, so als wartete es auf einen Befehl. Einen ganz ähnlichen Eindruck hatte der Falke damals in Jala Manera gemacht.

Zu Jennas Erstaunen ließ Marek sich auf dem Boden nieder und nickte ihr auffordernd zu, während der Rabe von seinem Oberarm auf seine Schulter hüpfte.

"Kannst du dich daran erinnern, wie wir den Drachen, der am Strand lag, dazu brachten wegzufliegen?", wandte sich Marek an sie, als sie sich neben ihn gesetzt hatte.

"Ja, natürlich", gab sie sofort zurück.

"Ich möchte, dass du eine ähnliche Verbindung zu unserem neuen Freund hier aufnimmst und ihn dazu bringst, unsere Augen und Ohren zu sein", erklärte Marek ihr sein Vorhaben. "Ich würde es ja selbst tun, aber wir sind nicht allzu weit von Tichuan entfernt und Demeon könnte es spüren, wenn ich stärker magisch tätig werde."

Jenna schluckte schwer. "Ich soll das allein machen?"

„Nein, nur den Anfang", beruhigte er sie. „Sobald der Kontakt da ist, kann ich übernehmen, da es Demeon dann schwerfallen würde, mich von dir zu unterscheiden."

Jenna holte tief Atem und nickte dann. „Okay."

„Dann los!", forderte Marek sie auf, obgleich das gar nicht mehr nötig war.

Sie lockerte ihre Schultern und schloss die Augen, um sich besser entspannen zu können. Leicht war das mit Mareks Befürchtung im Hinterkopf nicht, trotzdem gelang es ihr recht schnell, ihre eigene Energie mit der ihrer Umwelt zu synchronisieren. Übung machte offenbar tatsächlich den Meister. Die Aura des Raben zu finden, war leicht und sein Geist war durch den Kontakt mit Marek derart weit geöffnet, dass sie sich mit ihm innerhalb eines Herzschlages verbinden konnte. Sie stellte sich vor, die Flügel zu öffnen und sich zu erheben, und fühlte sofort, dass das Tier ihren Gedanken ausführte. Ganz vorsichtig öffnete sie die Augen, die nicht länger ihre waren. Blauer Himmel, Wolken, das warme Licht der Sonne. Sie senkte den Kopf und sah hinab auf sich selbst und Marek, wie sie mit geschlossenen Augen unter ihr saßen.

‚Sieh nach vorn!', vernahm sie seine Stimme und tat, was er wollte. Diese Freiheit! Die Luft unter den Flügeln, der Wind in ihrem Gesicht, die Grenzenlosigkeit des Himmels. Es war schwer, sich nicht darin zu verlieren und wahrscheinlich nur Mareks mentaler Anwesenheit zu schulden, dass sie es nicht tat. Er schien ihre Freude zu spüren, denn er machte keine Anstalten, ihr die Führung, wie vorher angekündigt, abzunehmen und sie war ihm sehr dankbar dafür.

‚Flieg etwas tiefer!', wies er sie an und sie gab ihm nach, konzentrierte sich mehr auf die Landschaft unter ihr, die an ihr vorbeiflog. Verkrüppelte Bäume, stachelige Sträucher, trockenes Gras. Ein Fluss tat sich vor ihr auf, schlängelte sich durch die Ebene und ließ alle Pflanzen um ihn herum grüner werden, prächtiger gedeihen. Doch es war nicht *sein* Anblick, der ihr Herz schon wieder stolpern ließ, sondern das, was sich nicht weit von ihr entfernt, vor ihren Augen auftat.

‚Konzentrier dich!', mahnte Marek sie und übernahm nun doch für kurze Zeit die Führung, brachte den Raben dazu, den nächsten Berg zu ihrer Linken anzufliegen und sich auf einem Felsvorsprung niederzulassen. Und das war auch gut so, denn so sehr sie sich auch bemühte, Jenna bekam ihre Emotionen für den Augenblick nicht in den Griff.

Ein Zittern erschütterte ihren Körper und sie konnte nicht mehr richtig atmen. Die Bedrohung unter ihr, so weit entfernt sie auch war, hatte ihre eisige Klaue ausgestreckt und drückte ihre Brust zusammen. Gekleidet in dunkle Rüstungen, dicht an dicht, bewegten sich die trachonischen Soldaten im Gleichschritt durch die Ebene. Vorne die Reiterscharen, dahinter Infanterie und Bogenschützen. Reihe um Reihe, ihre Anzahl kaum mit einem Blick zu erfassen. Und dennoch erschienen sie aus der Ferne wie *eine* Einheit, ein einziges schwarzes Ungetüm, das kaum einen Anfang oder ein Ende hatte, unförmig über den Boden waberte, ihn erschütterte und alles verschlang, was sich ihm in den Weg stellte. Ein gepanzertes Monster mit Speeren als Stacheln und scharfen Schwertern als Zähnen. Es kam nicht leise auf sie zu, kündigte sich durch das dumpfe Dröhnen von Kriegstrommeln und einem bedrohlichen Sprechgesang an, dessen Botschaft für jeden zu verstehen war, selbst wenn man die Worte noch nie zuvor vernommen hatte: *Wir sind der Tod. Wir sind euer Untergang. Wir kommen euch zu holen. Ihr werdet fallen und nie wieder aufstehen.*

Am Flussufer stießen sie auf Männer, die ihnen vermutlich vorausgeritten waren und bereits damit begonnen hatten, ein provisorisches Lager aufzubauen. Sie zogen nicht an ihnen vorbei, sondern hielten dort an, schienen zumindest eine Pause einlegen zu wollen.

Jenna atmete stockend aus und hatte große Mühe, im Geist des Raben haften zu bleiben. Höchstwahrscheinlich tat sie das nur, weil Marek sie festhielt. Das alles war einfach nur schrecklich. Ihr wäre es lieber gewesen, wenn der Krieger mit seinem Bauchgefühl falsch gelegen hätte.

‚Wir müssen näher ran', hörte sie Marek in ihrem Kopf und der Rabe erhob sich auch ohne ihr Zutun, flog auf die dunkle Armee Alentaras zu und landete schließlich in einem Baum dicht neben einem der größeren Zelte. Ein Mann und eine Frau standen davor, beide gekleidet in Rüstungen, die sie von den anderen Soldaten deutlich unterschieden, jedoch unverkennbar das Wappen Alentaras auf den Brustpanzern zeigten. Sie unterhielten sich gedämpft – doch nicht leise genug, um sie *nicht* zu verstehen.

„Das haben zumindest die Späher berichtet, die wir ins Gebirge geschickt haben", sagte die Frau gerade. „Noch sind es nur an die Achthundert, aber es werden immer mehr. Wenn wir in den nächsten Stunden angreifen, können wir sie vernichtend schlagen!"

„Wir haben unsere Befehle, Mirai", gab der Mann mahnend zurück. „Und die lauten, dass wir die Truppen nur bis hierher bringen und dann unseren Boten in das feindliche Lager schicken sollen."

Die Angesprochene verzog missgestimmt das Gesicht. „Ich weiß ehrlich gesagt nicht, was das soll, aber sie muss wissen, was sie tut."

„Das wird sie", behauptete der Mann. „Und glaub mir, wir werden noch früh genug unseren Kampf haben. Die Bakitarer sind sture Hunde und werden auch unter diesem Druck nicht so schnell nachgeben – selbst wenn ihre Lage bald aussichtslos sein wird."

„Wie viele Bataillone erwarten wir noch?", fragte Mirai mit einem kurzen Rundumblick.

„Sechs mit jeweils rund zweihundert Mann", tat der Mann stolz kund. „Glücklicherweise waren die Truppen noch nicht allzu weit von diesem Standort entfernt, als uns die Nachricht erreichte, dass die Bakitarer in unser Land einrücken. Und wenn unsere Verbündeten auch noch zu uns aufschließen, werden wir ein derart großes Heer haben, dass selbst Marek vor Angst erblassen wird."

„Ich hoffe, dass du damit recht hast", erwiderte Mirai lächelnd. „Nun ... ich werde mal sehen, was meine Reiter machen. Sie waren von der Idee, sich erst einmal hier niederzulassen nicht gerade begeistert."

Ihr Gesprächspartner grinste breit, nickte ihr zum Abschied kurz zu und verschwand dann im Zelt, während Mirai auf die Reiterschar nicht weit von ihr entfernt zulief.

‚Sollen wir ihr folgen?', sandte Jenna Marek zu.

‚Die Zeit haben wir nicht mehr', ließ er sie wissen. ‚Wir müssen die anderen warnen und uns rasch einen Plan überlegen, wie wir aus dieser Situation herauskommen, ohne große Verluste hinnehmen zu müssen. Zieh dich langsam zurück.'

Jenna wollte gern seiner Aufforderung nachkommen, doch sie war innerlich so aufgewühlt, dass sie ganz automatisch einfach nur losließ. Der Rabe kreischte auf, ein scharfer Schmerz zog durch ihre Schläfen und sie hatte das Gefühl, als würde sie jemand von hinten grob packen und zurückreißen. Doch in der nächsten Sekunde setzte eine andere Kraft ein, umhüllte sie kurz und bremste ihren Flug zurück in ihren Körper, sodass sie nicht so hart auf den Boden aufschlug, wie sie zunächst angenommen hatte. Für einen langen Moment drehte sich die Welt um sie und die Schmerzen in ihrem Schädel sorgten für eine fast unerträgliche Übelkeit. Sie kniff die Augen fest zusammen und versuchte, tief und ruhig zu atmen. Warme Finger strichen ihr das Haar aus dem Gesicht, berührten ihre Schulter, ihren Rücken. Dann erst vernahm sie auch Mareks Stimme wie aus weiter Ferne.

„Jenna, hörst du mich? Jen?"

Sie nickte und konzentrierte sich mehr auf ihre Umwelt: den harten, kühlen Boden, das Gras unter ihren Fingern, den Duft der frischen Luft um sie herum und Marek, dessen Hände an ihr zogen, ihr dabei halfen, sich aufzusetzen. Der Schmerz und auch der Schwindel ließen endlich nach und sie seufzte erleichtert, sah in Mareks besorgtes Gesicht, in dem sich nun auch ein wenig Ärger zeigte.

„Ich sagte doch ,langsam'!", rügte er sie. „Du setzt deine Kräfte jetzt schon lange genug ein, um zu wissen, dass man den Kontakt mit seiner Umwelt nicht so ruckartig löst. Der Rabe ist vor Schreck wahrscheinlich tot vom Baum gefallen."

Sie machte ein entsetztes Gesicht und Marek schüttelte verständnislos den Kopf. „Das muss natürlich nicht sein", fügte er hinzu und Jenna klammerte sich an diese Aussage, während sie sich zusammen mit ihm erhob. Das arme Tier! Sie hatte ihm bestimmt nicht wehtun wollen.

„Was genau plant Alentara?", fragte sie den Krieger auf dem Weg hinunter zum Lager. „Meinst du, sie will ernsthaft mit uns verhandeln?"

„Sie will uns ein Ultimatum setzen", ließ er sie an seinen Überlegungen teilhaben. „Das ist etwas anderes, weil nur sie dann eine Forderung stellt, auf die wir uns einlassen müssen, um nicht zu sterben."

„Ist sie uns denn wirklich so überlegen?"

„Zumindest denkt sie das und ich kann verstehen, warum. Ihr Heer ist riesig – auch ohne mögliche Verbündete – und wenn Antrus nicht kommt, um uns zu unterstützen, wird es schwer werden, sie zu besiegen. Deswegen sollten wir auf keinen Fall sofort militärisch auf ihre Drohung reagieren, sondern abwarten, was sie uns zu sagen hat."

„Sie will, dass wir ihr die Bruchstücke von Cardasol bringen", fasste Jenna ihre schlimmste Befürchtung in Worte.

„Möglicherweise ist das nicht alles", fügte er an und ihr Magen verdrehte sich schon wieder.

„Können wir nicht noch einen Raben oder einen anderen Vogel nutzen und direkt zu ihr ins Schloss fliegen lassen, um herauszufinden, was sie plant?", schlug sie vor.

„Allzu weit kann man sich bei diesem Zauber nicht von seinem Körper entfernen", klärte Marek sie zu ihrem Leidwesen auf. „Das, was wir gerade getan haben, war schon das Maximum und auch nur möglich, weil wir auf unsere beiden Kräfte zurückgegriffen haben. Tichuan ist zu weit weg."

„Was können wir sonst noch tun, um uns aus dieser Drucksituation zu bringen?", erkundigte sie sich aufgewühlt.

Marek reagierte jedoch nicht auf sie. Sein Blick war in die Ferne gerichtet und er drosselte sein Tempo, zog die dunkeln Brauen zusammen. Es dauerte nicht lange, bis Jenna entdeckte, was ihn derart ablenkte: Eine Gruppe Reiter, fast in der Größe eines kleinen Heeres, hielt auf ihr Lager zu. Jennas Augen verengten sich. Waren das an der Spitze des Trosses zwei Frauen? Ja! Eine davon war Sheza! Freudige Aufregung machte sich in ihr breit und sie sah hinauf zu Marek, in dessen Gesicht sich ebenfalls zumindest ein Hauch Erleichterung zeigte. Sheza hatte tatsächlich die Tikos auf ihre Seite geholt!

Freude und Sorge über das Auftauchen einer Person, die man sehr gern hatte, unter einen Hut zu bringen, kam manchmal einem wahren Kunststück gleich – insbesondere wenn man unter enormem Stress stand. Leon hatte gehofft, dass Sheza zu ihnen stoßen würde, bevor sie zum ersten Mal auf Alentaras Armee trafen, jedoch hatte er nicht damit gerechnet, zur selben Zeit auch wieder mit Cilai und ihren Brüdern vereint zu werden. Ihr Auftauchen verschlug ihm die Sprache und für einen viel zu langen Augenblick blieb er wie erstarrt stehen und betrachtete die junge Frau, als wäre sie das wunderlichste Wesen, das er je gesehen hatte.

Cilai hatte sich über die kurze Zeit, die sie sich nicht gesehen hatten, verändert. Sie hatte ihr schlichtes Gewand gegen die Kleider und die Lederrüstung einer Kriegerin ausgetauscht, trug Pfeilköcher und Bogen sowie ein leichtes Schwert bei sich und machte durchaus den Eindruck, beide Waffen gekonnt nutzen zu können. Anscheinend hatte Gero dem Drängen seiner Schwester, ihre Kunst im Umgang mit dem Schwert aufzufrischen und weiter zu trainieren, doch noch nachgegeben und sie auch nicht davon abhalten können, mit ihren Brüdern in die Schlacht zu ziehen. Das erklärte auch den resignierten Blick, den Gero ihm zuwarf, als sie von den Pferden stiegen.

Cilais Lächeln traf direkt in Leons Herz, sorgte für ein verräterisches Flattern in seinem Bauch und ein paar Sekunden der Atempause. Er ignorierte sein brennendes Bedürfnis, ihr entgegen zu eilen und sie fest in die Arme zu schließen, und nickte ihr stattdessen nur kurz zu, bevor er seinen Blick über all die Männer und Frauen gleiten ließ, die sich ihrem Verbund offenbar anschließen wollten. Die meisten davon waren Tikos, erkennbar an den bunt gemischten Rüstungen verschiedener Völker, ihren in seltsamen Mustern geschorenen Köpfen und ihrer Wappenlosigkeit. Zwischen ihnen befanden sich allerdings auch Krieger aus dem Stamm der Tjorks – oder Chratna, wie sie sich selbst nannten. Einer dieser Männer lief mit einem fröhlichen Ausruf auf Kychona zu, die soeben mit großen Augen ihr Zelt verließ. Azumpka – ja, das war sein Name.

„Wenn du deinen Mund nicht bald schließt, glauben noch alle, du hättest einmal zu oft einen harten Schlag auf den Kopf bekommen", vernahm Leon Shezas raue Stimme und er wandte sich rasch der Kriegerin zu, die nun gemeinsam mit Cilai auf ihn zukam. Die beiden Frauen tauschten ein breites Grinsen aus und er runzelte irritiert die Stirn. Vielleicht hatte er sich auch geirrt und Gero war gar nicht schuld daran, dass aus Cilai plötzlich eine Kriegerin geworden war.

Leon tat schnell, was sie von ihm verlangte, und kam den beiden, denen bereits Cilais Brüder folgten, auf dem letzten Meter entgegen. „Schön, euch zu sehen", sagte er und streckte Sheza seine Hand zur Begrüßung entgegen.

Die Kriegerin ergriff sie lachend und zog ihn zu seiner großen Überraschung in ihre Arme, um ihm in ihrer raubeinigen Art den Rücken zu klopfen.

„Tut mir leid, aber ich bin *wirklich* froh, dass du bisher am Leben geblieben bist – trotz deiner Allianz mit dem wahnsinnigsten aller Kriegerfürsten", erklärte sie ihr Verhalten amüsiert, als sie ihn wieder losgelassen hatte, und es wunderte Leon kaum, dass sie an ihm vorbei sah, hatte ihre Beleidigung doch nur einen Sinn, wenn der ‚wahnsinnigste aller Kriegerfürsten' sie auch hören konnte.

„Das liegt nur daran, dass er sich immer hinter mir versteckt, wenn es gefährlich wird", hörte er Marek hinter sich sagen und nur einen Herzschlag später tauchten er und Jenna neben ihm auf. Leon bedachte seinen ehemaligen Erzfeind mit einem abschätzigen Hochziehen einer seiner Augenbrauen, während Sheza erneut heiser lachte und Cilai sich zumindest ein verstecktes Schmunzeln nicht verkneifen konnte.

„Wie habt ihr euch gefunden?", fragte Marek und wies mit dem Kinn in Richtung der bunt gemischten Truppe, während Gero, Dako und Genwick Leon ebenfalls mit einer Umarmung begrüßten.

„Wir hatten dieselbe Idee, wie man am schnellsten nach Trachonien gelangt", erklärte Sheza.

„Durch das Tal der Pferde", wusste Marek und die Kriegerin nickte.

„Wir sind vorgestern dort aufeinander getroffen und waren besonnen genug, uns nicht sofort gegenseitig niederzumetzeln, sondern erst einmal miteinander zu reden", berichtete sie weiter. „So konnten wir feststellen, dass wir Verbündete sind, die einander nur noch nicht kennengelernt haben."

Ein Mann aus der übrigen Gruppe, den Leon schon ein paar Mal hatte Befehle bellen hören, näherte sich ihnen. Er war groß, dunkelhäutig und schlank und trug eine auffällige Tätowierung im Gesicht – ein Schriftzeichen, das Leon nicht bekannt war.

„Das ist Enario, vom Clan der Zitah-Tikos", stellte Sheza den grimmig aussehenden Mann mit den hellen Augen vor, „jenem Stamm, dem Alentara damals den Mord an den Quavis zuschob. Er sinnt seitdem nach Vergeltung, genauso wie seine Brüder und Schwestern und schließt sich sehr gerne unserer Sache an. Einige der anderen Tiko-Clans sind seinem Aufruf zum Kampf gefolgt. Leider nicht alle, weil viele bezweifeln, dass wir Alentara besiegen können, und ihre Rache fürchten."

„Der Mut, sein Leben für die Gerechtigkeit zu geben, liegt nicht jedem von uns im Blut", setzte Enario hinzu. Seine Stimme war tief und heiser, aber es war keinerlei Verachtung in ihr zu finden. „Die Zitah sind die Härtesten unter den Tikos. Wir werden niemals vor einem Kampf davonlaufen. Ganz gleich, wie schlecht die Chancen sind, ihn zu gewinnen. Talja en vidje …"

„… urle-a en morta", beendete Marek seinen Satz und Leon hatte auf einmal das Gefühl, als würde allein durch diesen Wortwechsel ein Band zwischen den beiden sich noch fremden Männern hergestellt werden.

„Was heißt das?", äußerte Jenna die Frage, deren Antwort auch Leon brennend interessierte.

„Kämpfe und lebe – Versteck dich und stirb", übersetzte zu seiner Überraschung Kychona, die ebenfalls zusammen mit Azumpka an sie herangetreten war. „Das ist ein altes Mantra der M'atay."

Enario hob respektvoll die Brauen und seine Lippen verzogen sich zu einem Lächeln, das ihn gleich sehr viel freundlicher aussehen ließ.

„Es scheint so, als hätten wir uns den richtigen Menschen angeschlossen", merkte er an und wandte sich dann zu seinen Männern um. Er blaffte ein paar weitere Befehle und die Schar geriet in Bewegung, begann damit, ihre Pferde, die sie zuvor vom Gepäck befreit hatten, zum Rand des Lagers zu führen.

„Wo sind die Anführer der Allianz?", wollte Gero wissen, der schon ein paar Mal zuvor suchend seinen Blick hatte schweifen lassen.

„Hier!", ertönte eine Stimme und Lord Hinras schob sich durch die Menge der schaulustigen Soldaten. „Zumindest einer", setzte er mit einem kleinen Lachen hinzu und begrüßte Gero mit einer herzlichen Umarmung, bevor er ihn wieder auf Armlänge von sich wegschob, um ihn genauer zu betrachten.

„Ich bin froh, euch bei uns zu sehen!", verkündete er und sah dann auch die anderen dankbar an. „Euch alle!"

„Wir sollten alle Führer der verschiedenen Parteien zu einer Besprechung im Hauptzelt zusammenholen", schlug Kychona vor.

Leon und Marek nickten synchron und während Onar sich an einen der umstehenden Soldaten wandte, gab der Kriegerfürst einem in der Nähe stehenden Bakitarer eine knappe Anordnung. Beide Männer eilten sofort los, um ihre Aufträge auszuführen.

„Das wäre ohnehin vonnöten gewesen", wandte Marek sich kurz dem Lord zu. „Es gibt einige wichtige Dinge zu besprechen. Kommt mit."

Der kleine Pulk setzte sich sofort in Bewegung. Doch Cilai packte Leon am Arm, bevor er mit den anderen verschwinden konnte, und sah ihn eindringlich an.

„Wir müssen dringend reden", sagte sie. „Allein!" Ihr sorgenbeladener Blick ließ das leichte Flattern in seinem Bauch, das ihre Berührung auslöste, sofort verschwinden.

„O...okay", stammelte er und ließ sich von ihr mitziehen, hinter eines der Zelte, in deren Nähe sie sich aufhielten.

Nachdem sie sich noch ein paar Mal umgesehen hatte, trat Cilai ganz dicht an ihn heran, eindeutig in der Absicht von niemand anderem gehört zu werden.

„Die Bücher von Hemetion, die wir retten konnten ... Ich habe mir darin noch einmal ein paar Textpassagen angesehen", flüsterte sie. „Und ich glaube, ich weiß jetzt, was Demeon plant."

Leon hob überrascht die Brauen und sein Puls beschleunigte sich. „Solltest du das nicht auch die anderen wissen lassen?"

„Nein." Sie schüttelte nachdrücklich den Kopf. „Ich bin mir ja nicht vollkommen sicher und ganz ehrlich – legst du deine Hand dafür ins Feuer, dass wir Kychona vertrauen können? Sie war einst das oberste Mitglied des Zirkels."

„Ich vertraue ihr – aber erzähl du mir erst einmal, welche Theorie du hast."

Cilai holte tief Luft. „Cardasol verbindet sich mit dem Geist und den magischen Kräften bestimmter Menschen, richtig?"

Er nickte.

„Die Verbindung, die dabei entsteht, sorgt dafür, dass die Energien des Trägers ins Innere des Steins gesogen werden – deswegen leuchtet er hell auf und pulsiert im Rhythmus des Herzschlages der jeweiligen Person", teilte Cilai ihr neues und in der Tat sehr aufregendes Wissen mit ihm. „Die Energie wird dann aber wieder zurückgeleitet. Es entsteht ein Nehmen und Geben, das die Kräfte des Magiers dabei extrem steigert; ein Kreislauf, in den man, wenn man geübt ist, auch andere Zauberer integrieren kann. Und je mehr Steine aktiviert werden, desto mehr Personen können in diesen Austauschprozess eingebunden werden. Die Kräfte, die dabei freigesetzt werden, sind enorm und nur durch sie lässt sich Locvantos öffnen und stabil halten. Folgst du mir?"

„Ja, so weit auf jeden Fall."

Cilai holte ein weiteres Mal tief durch die Nase Luft.

„Es ist möglich, dass man, wenn man sich geschickt anstellt, in einer solchen Verbindung, das Nehmen verstärken kann. Cardasol wird dann versuchen, das Ungleichgewicht dadurch auszugleichen, dass es die Kräfte der jeweiligen anderen Zauberer stärker in sich aufnimmt und auf den Nehmenden überträgt."

„Du meinst, die Kräfte des einen Zauberers werden auf den anderen übergehen?"

„Ja. Zumindest für einen kurzen Zeitraum. Aber das würde genügen, wenn man den anderen Magier genau dann aus der Verbindung herausstößt und damit tötet."

Leon stockte der Atem und seine Augen weiteten sich. „Du meinst Demeon will Jennas Kraft an sich reißen?"

„Nicht Jennas", verbesserte Cilai ihn. „Sie hat nur *eine* Begabung und er braucht mehr, wenn er Cardasol ganz allein kontrollieren will."

„Mareks!", stieß Leon entgeistert aus.

„Das befürchte ich zumindest."

„Bei den Göttern!" Er strich sich mit einer Hand durch das Haar, sah hinüber zum Besprechungszelt, dessen Spitze auch von ihrem Standpunkt aus sehr deutlich zu erkennen war. „Bist du deswegen mit hierhergekommen? Um uns davor zu warnen?"

„Nicht nur", erwiderte sie zu seinem Bedauern. „Ich will euch auch unterstützen und niemand wird mich davon abhalten."

Er sah ihr in die Augen und schließlich nickte er. Die Entschlossenheit, die dort zu finden war, ließ sich mit Sicherheit nicht mit bloßen Worten vertreiben. Schon gar nicht in der knappen Zeit, die ihnen gegeben war.

„Die anderen müssen dringend über all das Bescheid wissen", fand er zurück zu ihrem eigentlichen und sehr viel wichtigeren Thema. „Wenn deine Theorie stimmt, dürfen wir Demeon nicht zu dicht an uns heranlassen. Ich weiß nicht, ob es möglich ist, eine Verbindung zu erzwingen, aber ich will das auch nicht testen."

„Aber wir können das unmöglich vor den Anführern der Allianz ansprechen", wandte Cilai ein. „Sie können uns mit diesem Problem nicht helfen und würden es nur noch mehr mit der Angst zu tun bekommen."

„Dann treffen wir uns mit Marek und Jenna nach der großen Besprechung", beschloss Leon, „irgendwo, wo uns niemand stören kann. Hast du die Bücher mitgebracht?"

„Ja, weil ich denke, dass sie uns auch dabei helfen können, Demeon zu besiegen", war die freudige Nachricht.

„Gut, dann bring sie nachher mit. Ich höre mir jetzt an, was die anderen zu berichten haben, und finde dich dann."

Sie nickte, doch als er sich von ihr abwenden wollte, packte sie ihn ein weiteres Mal am Arm. „Sag meinen Brüdern nichts davon, ja? Nur Jenna und Marek."

Leon runzelte die Stirn, nickte jedoch. Sie schenkte ihm ein kleines Lächeln und drückte ihm mit dem nächsten Atemzug einen Kuss auf die Wange. Dann erst ließ sie ihn gehen und Leon versuchte, dem Prickeln seiner Haut keine weitere Beachtung zu schenken, auch wenn das sehr schwer war.

Die Stimmung im Besprechungszelt war äußerst angespannt und Leon brauchte nur wenige Worte zu hören, um zu wissen, dass die Dinge nicht nach Plan verliefen. Der Überraschungsfeldzug war keiner mehr, denn Alentara hatte zu früh davon erfahren, und ihre Truppen nicht weit von ihnen entfernt zusammenziehen lassen. Es war ein großes Heer, das sich ihnen in den Weg stellte. Eines, das sie unmöglich besiegen konnten, wenn nicht bald Antrus mit seinen Truppen auftauchte.

„Als wir nach Trachonien aufbrachen, hieß es, dass die restlichen Truppenverbände kaum mehr einen Tagesmarsch von Vaylacia entfernt seien", brachte Drigo die erste erfreuliche Nachricht in ihre

Runde ein. „Antrus versprach sofort nachzukommen und ich denke, er wird im Morgengrauen bei uns eintreffen."

„In diesem Fall hätten wir auf jeden Fall genügend Mann zusammen, um uns Alentaras Heer zu stellen", fügte Hinras dem hinzu. „Die Königin wird sich nicht in einen Kampf wagen, wenn auch sie hohe Verluste hinnehmen muss."

„Sie wird versuchen mit uns zu verhandeln, wie wir es wollten", stimmte auch Kaamo in diese optimistische Haltung mit ein.

„Möglicherweise", erwiderte Marek deutlich zurückhaltender. „Mir gefällt nicht, dass sie sich überhaupt zu einer solchen Drohgebärde hinreißen lässt. Sie kennt eure ungefähre Truppenstärke und die unsrige und müsste errechnen können, dass unser Heer sehr groß sein wird, selbst wenn nur die Hälfte unserer Männer bei dieser Allianz gegen sie mitmachen."

„Sie versucht uns halt erneut einzuschüchtern", gab Lord Gerot mit einem Schulterzucken zurück, „in der Hoffnung, dass es dieses Mal besser funktioniert."

„Alentara benutzt keine Vorgehensweise doppelt", schaltete sich Sheza ein. „Sie muss einen Trumpf in der Hand haben, den noch keiner von uns erkennen kann, der uns aber einen erheblichen Schaden zufügen könnte. Sie *glaubt* daran, dass sie damit stärker ist als wir und wahrscheinlich wird es dann auch so sein."

„Und was genau wird sie gegen uns in die Waagschale werfen?", wandte sich Drigo etwas verärgert an die Kriegerin. Er wollte ihr wohl nicht so recht glauben.

„Das kann ich dir nicht genau sagen, aber immerhin hat sie jetzt einen mächtigen Zauberer an ihrer Seite. Vielleicht kann Dalon mehr bewirken, als wir bisher angenommen haben."

„Soll er doch kommen – wir haben gleich *zwei* Magier an unserer Seite", stieß Gerot wütend aus und Leon konnte regelrecht spüren, wie unwohl sich Jenna sofort in ihrer Haut fühlte.

„Das weiß sie aber nicht", erwiderte Sheza. „Sie rechnet wahrscheinlich nur mit Jenna und nimmt an, dass sie zu unerfahren ist, um Dalon etwas entgegensetzen zu können."

„Ist das denn so?", fragte Drigo besorgt.

„Mit meiner Unterstützung wird sie mit Dalon klarkommen", versprach Kychona und legte Jenna beruhigend eine Hand auf den Unterarm.

„Also ist das doch kein Problem", schloss Gerot, der nicht durchschaute, dass die alte Frau, sie alle nur beruhigen wollte.

Sheza lächelte ihn an, etwas mitleidig fand Leon. „Ich hoffe. Aber ich sagte ja auch nicht, dass Alentara die Situation *richtig* einschätzt. Ich gab nur eine Begründung dafür, warum sie so siegesgewiss ist und wagt, uns zu drohen."

„Wir sollten ihr zeigen, dass das nicht funktioniert", schlug jetzt Briad vor und die anderen Bakitarerfürsten, bis auf Marek, brummten sofort ihre Zustimmung.

Lord Hinras hob fragend die Brauen. „Und wie?"

Briad sah seinen Fürsten an, der nach einem Moment des Nachdenkens doch noch nickte.

„Indem wir ihr einen Boten mit *unseren* Forderungen schicken – und zwar bevor sie ihren aussendet", erklärte Marek den anderen.

„Aber unsere Verstärkung ist doch noch gar nicht da", wandte Drigo ein.

„Es geht nur darum, Stärke und Entschlossenheit zu zeigen", erklärte Sheza, der diese Idee gut zu gefallen schien. Ihre Augen leuchteten begeistert. „Aber ich würde keinen gewöhnlichen Boten hinschicken, sondern jemanden, der wirklich etwas zu sagen hat. Das würde den Eindruck, dass man keine Angst hat, noch verstärken. *Ich* könnte das machen, dann sehen sie gleich, dass sich Menschen unterschiedlichster Herkunft zusammengeschlossen haben, um sich der trachonischen Herrschaft zu widersetzen."

„Ich begleite dich", verkündete Marek und Jenna versteifte sich sofort, sah ihn entsetzt an. Verständlich, bedachte man, dass Demeon und Alentara vor allen Dingen an ihn herankommen wollten.

„Dann komme ich auch mit", schloss sich Kychona den beiden an und nun ging ein leises Raunen durch die Gruppe, die sich zur Besprechung versammelt hatte.

„Was ist?", reagierte die alte Frau erstaunt. „Ich habe schon Verhandlungen mit gefährlichen Herrschern geführt, als ihr noch in euren Windeln lagt. Ach was, bevor ihr überhaupt gezeugt wurdet! Und langsam gewöhne ich mich auch wieder ans Reiten."

„Ich halte das für eine gute Idee", mischte sich Jenna ein und Leon fragte sich, warum sie nicht längst vorgeschlagen hatte, ebenfalls mitzugehen. „Kychona gilt nicht nur als weise, sondern auch als gefährlich und selbst einfachen Soldaten ist ihr Name bekannt. Das gewährleistet einen gewissen Schutz."

Leon hob die Brauen und studierte das Gesicht seiner Freundin genauer. Sie kämpfte mit sich. Eindeutig. Dennoch kamen ihr die Worte, die er erwartet hatte, nicht über die Lippen. Stattdessen sah sie sich aufgewühlt in ihrer Gruppe um und schien erst wieder etwas Kontrolle über ihre Gefühle zu gewinnen, als einige der Männer nickten.

„Dann soll es so sein", sagte schließlich auch Onar. „Beten wir zu den Göttern, dass Alentara so reagiert, wie wir es uns wünschen, und sich auf ernsthafte Verhandlungen einlässt, anstatt sich in einen heftigen Kampf zu wagen."

„Und hoffen wir, dass Antrus mit seinen Truppen rechtzeitig zu uns stößt", setze Drigo hinzu.

Leon konnte ihm nur zustimmen. Ihr ganzes Vorgehen kam augenblicklich einem Tanz auf dem Drahtseil gleich, bei dem sie sich keinen Fehltritt leisten konnten, und als Jennas und sein Blick sich kreuzten, wusste er, dass sie dasselbe dachte.

Während sich die Versammlung auflöste, trat er näher an sie heran, ergriff schnell ihre Hand und drückte sie, um ihr ein wenig mehr Zuversicht zu geben. Das war zwar im Angesicht dessen, was er ihr und Marek bald zu berichten hatte, etwas verlogen, doch gerade jetzt brauchte sie dieses Gefühl. Ihr Gespräch mussten sie ohnehin verschieben. Er konnte den Kriegerfürsten jetzt nicht mit derartigen Neuigkeiten belasten, schließlich musste er sich auf seinen Auftrag konzentrieren und Kychona würde ihn schon vor einem möglichen mentalen Angriff Demeons beschützen.

Und Jenna ... er brauchte sie nur anzusehen, um zu wissen, dass sie gerade keine weiteren schlechten Nachrichten vertrug. Umarmungen, Trost und Unterstützung, das war alles, was sie von ihm bekommen würde – zumindest bis Marek wieder zurück war.

ptionen

Die Nachricht sprach sich in Windeseile herum: Antrus' Truppen kamen tatsächlich. Wie sie es vermutet hatten im Morgengrauen, im Schutz der Dunkelheit. Die Quavis hatten sie als erste ausgemacht und ihre Entdeckung über Rauchzeichen weitergegeben. Große Freude hatte sich zunächst im Lager breit gemacht. Freude, die sehr rasch von Angst und Entsetzen niedergerungen wurde. Denn die nächste Nachricht über diese Truppen hatte jeden einzelnen im Lager vollkommen überrascht und verstört.

Nun vielleicht doch nicht *jeden*, denn es hatte vermutlich einen Grund gegeben, aus dem Marek, der zusammen mit Sheza und Kychona nur wenige Stunden zuvor von seiner Unterredung mit dem Anführer des trachonischen Heeres zurückgekehrt war, ein paar seiner fähigsten Späher in die Berge geschickt hatte. Seiner eigenen Aussage nach, um sich ein genaueres Bild von der Armee zu machen, die sich ihnen näherte. Seine Männer waren es gewesen, die über die neuen Flaggen der Truppen berichtet hatten. Flaggen, die Antrus' Soldaten erst kurz vor Verlassen der Schlucht gewechselt hatten und die nun das Wappen Alentaras trugen. Jeder wusste sofort, was das für sie hieß: Antrus, neben dem man auch wieder Roanar gesichtet hatte, hatte sie verraten und nahm ihre Armee nun gemeinsam mit der Königin in die Zange. Er war der Verbündete, von dem die Trachonier gesprochen hatten.

Als Leon zusammen mit Jenna in das Zelt der Führungsspitze stürmte, waren zumindest schon Hinras, Drigo, Marek und Kaamo anwesend und diskutierten hitzig.

„Das ist das einzig Vernünftige, das wir tun können!", rief Drigo gerade aus. „Sich in den Kampf zu werfen, wäre reiner Selbstmord! Wir können nicht an zwei Fronten zugleich kämpfen! Antrus wird unsere Flanke zerschmettern!"

„Das wird er nicht!", stellte sich ihm Marek entgegen. „Wir haben zwei Zauberer und die Macht Cardasols auf unserer Seite, um das Problem in den Griff zu bekommen und die Stärke zu zeigen, die wir brauchen, um Alentara einzuschüchtern!"

„Sie hat vier- bis fünfhundert Mann mehr als wir!", entfuhr es dem Kommandanten in einer bedenklich schrägen Tonlage. Er war nicht nur wütend, sondern kurz davor, in Panik auszubrechen. So hatte Leon den Mann noch nie zuvor erlebt. „Sie wird uns zermalmen, wenn wir hier bleiben! Und zwar bald!"

„Drigo hat recht", stimmte nun auch noch Hinras zu, der ebenfalls recht blass um die Nase herum geworden war. Antrus' Verrat hatte die beiden Anführer der Allianz so schwer erschüttert, dass sie kaum noch sie selbst waren. „Wir sollten über einen Rückzug zumindest nachdenken."

Marek stieß einen Laut aus, der zwischen Resignation und Wut schwankte, und machte einen Schritt auf die beiden Männer zu, die sofort zurückwichen. Drigo griff sogar nach dem Knauf seines Schwertes, zog es jedoch nicht.

„Alentara wird in den nächsten Stunden *nicht* angreifen!", gab er kund und die Betonung jedes einzelnen Wortes ließ darauf schließen, dass er diesen Satz nicht zum ersten Mal aussprach.

„Das wäre äußerst dumm von ihr", gab Onar zaghaft zurück.

„Sie wird es trotzdem nicht tun", bekam Marek Unterstützung vom Zelteingang her, durch den Sheza soeben trat. Mit wenigen Schritten war die stolze Kriegerin bei ihnen, gefolgt von Enario und Kychona, die hinter ihrem Rücken verborgen gewesen war.

„Wir haben mit Ferelnir gesprochen, dem obersten Kommandanten ihres Heeres und haben das Lager mit eigenen Augen gesehen", wurde sie genauer. „Sie bereiten sich zwar auf einen Kampf vor, aber sie waren nicht in Aufbruchsstimmung. Ich kenne Ferelnir sehr gut, weil er für lange Zeit meine rechte Hand war. Er hat zwar versucht, es vor uns zu verdecken, aber er hat den Befehl, zu warten, den Druck auf uns nur so weit aufzubauen, dass wir uns auf Alentaras Angebot einlassen. Ich glaube sogar, dass sie selbst für die Verhandlungen herkommen wird – und das würde sie nicht, wenn es ihr Ziel ist, uns niederzumetzeln."

Onar runzelte nachdenklich die Stirn und suchte dann Leons Blick. „Wie sieht es bei Antrus' Truppen aus? Rücken sie auf uns zu?"

Er schüttelte den Kopf. „Die Späher berichteten, dass sie den Eindruck machen, als würden sie uns eher belagern wollen."

„Genau davon rede ich die ganze Zeit!", knurrte Marek. Geduld war noch nie seine Stärke gewesen. „Roanar ist nicht ohne Grund an seiner Seite. Er will verhindern, dass Antrus eigene, vollkommen hirnlose Entscheidungen fällt und uns angreift, bevor der Befehl dazu gegeben wurde."

„Wieso steht der Zirkel jetzt plötzlich auf Alentaras Seite?", erkundigte sich Enario verwirrt.

„Weil die Zauberer immer mit denen zusammenarbeiten, die aus ihrer Sicht siegreich aus einem Konflikt hervorgehen werden", erläuterte Kaamo. „Das heißt nicht, dass sie auf ihrer Seite *bleiben*."

„Der Zirkel ist gerade unser geringstes Problem", mahnte Marek die beiden und Drigo schien das genauso zu sehen.

„Wir halten keiner Belagerung auf Dauer stand", warf er aufgeregt ein. „Unsere Lebensmittel sind begrenzt. Also, was willst du tun?" Er sah den Bakitarerfürsten eindringlich an „Selbst angreifen?"

„Wenn es nötig ist", gab Marek mit harter Miene zurück.

Drigo schüttelte fassungslos den Kopf und holte Luft, doch Kaamo kam ihm zuvor. „Wir werden unsere Flanken absichern, sodass wir nur an *einer* Front kämpfen müssen, wenn es dazu kommen sollte."

„Und wie?" Drigos Zweifel an allem, was er hörte, waren kaum zu übersehen. Sein Gesichtsausdruck sprach Bände.

Kaamos Blick wanderte zu Jenna und die hob sofort erstaunt die Brauen.

„Indem unsere Magier einen Graben um uns herum erschaffen, den niemand überwinden kann", verkündete er und sorgte damit für einen kurzen Moment der Sprachlosigkeit unter allen Anwesenden.

„Ist das möglich?", erkundigte sich Hinras stirnrunzelnd, als er diese Aussage verarbeitet hatte.

„Ja", antwortete Kychona mit fester Stimme und trat mutig in die Mitte der aufgeregten Heerführer. Sie log nicht, stand zu ihrem Wort, das war ganz klar aus dem entschlossenen Ausdruck ihres Gesichtes zu lesen. „Jennas Element ist die Erde und ich kann sie dabei unterstützen, ihre Kräfte wirken zu lassen. Es wird funktionieren."

„Aber dann sitzen wir doch in der Falle!", entfuhr es Drigo erregt und veranlasste Enario dazu, die Augen zu verdrehen und ein entnervtes Seufzen von sich zu geben, das Sheza mit einem kleinen Schmunzeln quittierte.

„Nicht wenn wir den Weg ins Tal der Pferde offen lassen", erwiderte Marek, bevor der Anführer der Tikos seine Verärgerung auch noch verbal kundtun konnte.

Der Kommandant der Allianz schüttelte verständnislos den Kopf. „Ich verstehe nicht, warum wir nicht sofort verschwinden."

„Weil wir keine Feiglinge sind?", schlug Enario mit einem Lächeln vor, das etwas latent Aggressives an sich hatte. Sheza hob beschwichtigend eine Hand und der große, dunkelhäutige Mann sparte sich weitere provokante Bemerkungen.

„Glaubst du im Ernst, dass Alentara uns einfach so ziehen lassen wird?", wandte sich Marek nun doch wieder etwas ungehalten an Drigo. „Wir sind eine Gefahr für sie und wenn wir jetzt fliehen, tun wir nichts anderes, als den Krieg in unsere Länder zu verlagern. Sie will etwas von uns! Wir sollten uns anhören, was das ist, bevor wir uns wie Feiglinge verkriechen oder wie Krieger in die Schlacht ziehen. Vergesst nicht: Wir befinden uns bereits in einem Krieg! Wir werden nicht darum herumkommen, zu kämpfen."

Drigo öffnete den Mund, schien jedoch keine Argumente mehr zu haben, denn nur Sekunden später schloss er ihn wieder frustriert.

„Mein Reden", merkte stattdessen Enario an und auch Kaamo und Sheza machten den Eindruck, als spräche Marek ihnen ganz aus der Seele.

Lord Hinras hingegen hielt den Blick noch ein paar Herzschläge lang gesenkt und dachte angestrengt nach, bevor er sich dazu durchringen konnte, zu nicken.

„Wir wussten, dass es schwierig werden wird, gegen Alentara vorzugehen", sagte er schließlich, nun sehr gefasst. „Ein Rückzug wäre nicht nur ein Verrat an denjenigen, die wir beschützen wollen, sondern auch an unseren Idealen und Werten. Er kommt nicht in Frage." Seine Augen suchten Mareks. „Welche Vorgehensweise schlägst du vor?"

„Unsere Truppen sollen sich zum Kampf bereit machen und auf unsere Befehle warten. Eine kleine Gruppe wird Jenna und Kychona zur Westseite unseres Lagers begleiten, um sie dort während der Ausübung des Zaubers zu beschützen. Wenn der Graben entstanden ist, stellen wir dort zwei Einheiten Bogenschützen auf und lassen den Rest unserer Truppen Stellung an der Nordseite beziehen, um Alentara zu zeigen, dass wir zum Kampf bereit sind. Dann können wir …"

Marek kam nicht mehr dazu, seine Ausführung zu beenden, denn im nächsten Moment stürmte Dako, Cilais ältester Bruder, ins Zelt. „Entschuldigung, aber draußen ist ein trachonischer Bote!", stieß er etwas atemlos aus. „Und er möchte mit Marek sprechen."

„Das ging aber schnell!", entfuhr es Lord Hinras verblüfft und er ging auf den Zelteingang zu.

„*Nur* Marek", stoppte Dako den Mann mit einem entschuldigenden Gesichtsausdruck und in Leons Magenregion machte sich prompt ein flaues Gefühl breit. Er konnte sich schon vorstellen, was es mit dieser Anweisung auf sich hatte und damit war er nicht der einzige.

Marek tauschte einen kurzen, undefinierbaren Blick mit Jenna aus und lief schließlich los, aus dem Zelt hinaus, während die anderen etwas ratlos zurückblieben.

„Was soll das denn jetzt?", brummte Drigo verärgert.

„Alentara und Marek haben noch eine persönliche Rechnung offen", brachte Lord Hinras zu ihrer aller Verwunderung an. „Als sie mit mir verhandelte, machte sie es zu einer der Bedingungen unseres Zusammenschlusses, ihn ausgeliefert zu bekommen. Es ist durchaus möglich, dass sie das auch jetzt wieder einfordert. Wahrscheinlich will sie persönlich mit ihm abrechnen."

Leon sagte nichts dazu, sah stattdessen Jenna an, die vermutlich dasselbe dachte wie er: Alentara wollte Marek in ihre Finger bekommen, aber nicht um ihn eigenhändig zu töten.

„Er wird sich doch darauf nicht einlassen", stieß Drigo in Kaamos Richtung aus.

Der Hüne sah besorgt aus und allein dass er nicht sofort antwortete, war ein Zeichen dafür, wie unsicher er hinsichtlich dieser Aussage war. „Wahrscheinlich nicht."

„*Wahrscheinlich?*", wiederholte Drigo aufgewühlt. „Das wäre Wahnsinn! Wir brauchen ihn für unseren Widerstand! Alentara wird sich doch niemals an Abmachungen halten. Jeder weiß, dass man ihr nicht trauen kann."

„Das ist nicht wahr", widersprach Sheza ihm verärgert. „Wenn sie einen Handel mit uns macht, *wird* sie sich daran halten. Die Frage ist nur, wie dieser Handel aussieht. Zu viel wird sie uns nicht zugestehen, selbst wenn sie Marek dafür bekommt."

„Sie bekommt ihn auf keinen Fall!", entfuhr es Drigo ungehalten und das überraschte Leon. Es sah ganz so aus, als schätzte der Mann den Kriegerfürsten mehr, als es bisher den Anschein gehabt hatte. Seine nächsten Worte bestätigten diese Vermutung.

„Sein strategisches Geschick ist für uns unentbehrlich."

„Lasst uns doch erst einmal abwarten, was Alentara vorschlägt", versuchte Onar ihn zu besänftigen. „Vielleicht ist die Auslieferung Mareks ja gar keine ihrer Bedingungen und sie hält ihn lediglich für die Person, die hier das Sagen hat."

Drigo gab einen missbilligenden Laut von sich und Leon konnte es ihm kaum verdenken. Dass der Bote *nur* Marek hatte sprechen wollen, sprach Bände. Er seufzte leise und wandte sich dann Jenna zu. Zumindest wollte er es, doch seine Freundin stand nicht mehr an seiner Seite. Er sah sich rasch um. Sie befand sich noch nicht einmal mehr im Zelt und er brauchte nicht lange zu überlegen, um zu wissen, wohin sie sich klammheimlich begeben hatte. Es war wohl an der Zeit, sich einmal im Stillen mit ihr zu unterhalten, bevor sie etwas Dummes tat.

Jennas Herz schlug ihr wieder einmal bis zum Hals, als sie sich eiligen Schrittes durch das in Unruhe geratene Lager bewegte. Sie wusste zwar, dass es nicht gerade sehr vernünftig war, sich Mareks Zelt zu nähern, obwohl der Bote ausschließlich ihn hatte sprechen wollen, doch sie konnte sich nicht zurückhalten. Nicht nachdem sie schon einmal dazu gezwungen worden war, sich zurückzunehmen und Marek allein in das Lager ihrer Feinde reiten zu lassen. Er hatte ihr mental zu verstehen gegeben, dass wenigstens *ein* Magier im Lager ihrer vereinten Truppen bleiben musste, um sie vor eventuellen Angriffen zu schützen, und dem hinzugefügt, dass er sein Hiklet abnehmen würde, wenn sie in Gefahr gerieten. Nur deswegen hatte Jenna sich zurückgehalten und ihn trotz ihrer großen Sorgen ziehen lassen. Jetzt konnte sie das nicht mehr. Marek würde nicht allein über sein und damit auch ihr aller Schicksal entscheiden und je früher sie von den Plänen Alentaras erfuhr, desto besser.

Kurz bevor sie das Zelt des Kriegerfürsten erreichte, öffnete sich dessen Eingang und kleiner Mann mit dem Wappen Alentaras auf der Brust und einer weißen Binde um den Arm, die ihn als Boten auswies, trat hinaus. Sie blieb so lange stehen, bis er an ihr vorbei gelaufen war, flankiert von zwei Bakitarern, die vor dem Zelt auf ihn gewartet hatten, und setzte dann rasch ihren Weg fort.

Das Bild, das sich ihr bot, als sie das Zelt betrat, bestätigte ihre üblen Vermutungen. Marek musste im Zelt nervös auf und ab gelaufen sein, denn bei ihrem Erscheinen hielt er gerade in der Bewegung inne, nicht überrascht sie zu sehen, jedoch auch nicht darüber erfreut. Seine Gesichtszüge waren genauso verspannt wie auch der Rest seines Körpers und in seinen Augen kämpften Wut und Sorge um Dominanz.

„Sie will *dich*, nicht wahr?", fragte Jenna geradeheraus und er brauchte noch nicht einmal zu nicken, um ihre Vermutung zu bestätigen. Sie sah es in seinen Augen. „Ist das ihre einzige Bedingung?"

„Ja", war die furchtbare Antwort.

Jenna schüttelte ungläubig den Kopf, versuchte ihre Sorgen nicht zu echten Ängsten anwachsen zu lassen. Hinter ihr flog der Eingangsvorhang auf und Leon betrat in Begleitung von Kaamo und Kychona das Zelt. Alle machten einen ähnlich aufgewühlten Eindruck wie sie.

„Sie besteht selbstverständlich auf einen Rückzug der Truppen aus ihrem Land", fügte Marek an, ohne den anderen zu erklären, worum es ging. „Aber immerhin will sie alle verschonen, die ihren Wünschen nachkommen und erklärt sich dazu bereit, die Waffen vorerst ruhen zu lassen, bis es zu neuen Friedensverhandlungen kommt."

„Sie kann doch nicht glauben, dass wir uns darauf einlassen!", entfuhr es Jenna aufgebracht. „Wir werden dich niemandem ausliefern, dem man generell nicht trauen kann!"

„Sheza sagt, sie wird sich an die Vereinbarungen halten, die man mit ihr ausmacht", musste sich Leon leider einmischen und Jenna sah ihn scharf an.

„Du ziehst doch nicht etwa in Erwägung, auf ihren Vorschlag einzugehen, oder?", zischte sie und ihre Hände ballten sich ganz automatisch zu Fäusten.

„Wenn wir eine andere Wahl haben, natürlich nicht", erwiderte er und obwohl sein Tonfall beschwichtigend war, seine Worte waren es nicht.

„Die haben wir nicht", ließ Marek ihr keine Zeit, darauf zu reagieren. „Sie hat uns ein Ultimatum gestellt. Wenn ich bis zum Morgengrauen nicht im trachonischen Lager auftauche, werden die Truppen angreifen und keine Gnade kennen. Sie haben die Anweisung, uns auszulöschen."

„Das heißt, keine Überlebenden", übersetzte Kaamo. „Auch die Verwundeten werden getötet."

Jennas Brust schnürte sich zusammen. Wo war der verdammte Ausweg?!

„Das können wir nicht zulassen", musste nun auch noch Kychona sagen und Mareks Nicken ließ Jennas Herz rasen und ihre Hände schwitzig werden. Sie konnte nicht glauben, was hier passierte.

„Nein! Wir opfern hier niemanden für das höhere Wohl!", kam es ihr atemlos über die Lippen und sie stellte sich schützend vor Marek, schüttelte nachdrücklich den Kopf, auch wenn sie ganz genau wusste, wie egoistisch und unvernünftig das war.

„Jenna", vernahm sie seine Stimme und er packte sie an den Schultern und drehte sie zu sich herum. „Von ‚opfern' spricht doch niemand. Das alles kann uns auch in die Hände spielen. Alentara nachzugeben heißt nicht, aufzugeben. Wir müssen nur einen guten Plan entwickeln, wie wir das zu unseren Gunsten nutzen können."

Sie schluckte schwer und nickte schließlich äußerst widerwillig.

„Hat sie nach den Bruchstücken Cardasols verlangt?", erkundigte sich Kychona grübelnd.

„Nein, noch nicht", verriet Marek. „Ich denke, das wird ihr nächster Schritt sein, wenn sie mich erst einmal in Gewahrsam hat. Sie ist nicht so dumm, zu viel auf einmal zu fordern, und wenn ihre Feinde erst einmal das Land verlassen haben, hat sie Zeit, ihr Vorgehen genauer zu planen."

„Das macht Sinn", überlegte Kaamo, „mit deiner Gefangennahme schaltet sie nicht nur einen der wichtigsten Anführer und besten Strategen des neuen Verbundes aus, sondern auch einen der Magier, die sich Dalon in den Weg stellen könnten."

„Und was tun wir jetzt, um ihre Pläne zu durchkreuzen?", fragte Jenna ungeduldig. Ihr war es gleich, was Alentara weiter plante. Sie wollte nur verhindern, dass Marek etwas zustieß.

„Sheza kennt doch die geheimen Zugänge zum Schloss", brachte sich Leon ein. „Vielleicht kann sie mich und ein paar andere Soldaten dort hinein bringen."

„Und dann?", fragte Marek. „Tichuan wird sicherlich streng bewacht – *insbesondere* die Geheimgänge. Ihr hättet keine Chance zu mir durchzukommen."

„Aber *ich* hätte die", mischte sich Jenna ein, die sich diesen Gedanken auch schon ein paar Mal durch den Kopf hatte gehen lassen. „Cardasol beschützt mich und ich könnte ..."

„Nein, Jenna!", widersprach der Krieger ihr vehement. „Das ist doch genau das, was sie will. Wenn du mir folgst, kommt alles, was sie haben will, direkt in ihr Haus, ohne dass sie etwas dazu tun muss. Wir geben ihr nur das Nötigste!"

„Aber solange ich eines der Amulette bei mir trage ..."

„... bist du auch nicht gegen alles geschützt!", beendete er ihren Satz so gar nicht in ihrem Sinne. „Begreif das doch endlich! Jedes einzelne Teilstück hat nur eine begrenzte Reichweite und Alentara kennt deine Schwachstellen. Sie weiß, wie sie dich unter solchen Druck setzen kann, dass du ihr das Amulett freiwillig aushändigst. Du darfst das Schloss auf keinen Fall betreten!"

Jenna holte tief Luft, um ihm zu widersprechen, obgleich das kaum möglich war, doch Kychona kam ihr zuvor.

„Wir können Leon und Sheza unsichtbar machen", fiel ihr ein und sah den Angesprochenen an. „Hast du noch den Talisman, den du mir gezeigt hast? Den deiner Freundin?"

Ihr Freund nickte. „Irgendwo in meinen Sachen."

„Es ist durchaus möglich, den Zauber, der einst darauf lag, aufzufrischen", erklärte die Greisin. „Dann kommt ihr an den Wachen vorbei – zumindest wenn ihr sehr vorsichtig und leise seid." Sie wandte sich Marek zu. „Wie gut war der Zauber damals?"

Der Blick des Kriegers flog kurz zu Leon, dann fand er zu ihrem Gesicht zurück. „Sehr gut. Das Mädchen kam mir gefährlich nahe."

„Dann wird er auf jeden Fall ausreichen, um ein paar gewöhnliche Soldaten auszutricksen", behauptete sie.

„Werden Demeon und Alentara nicht mit so etwas rechnen?", fragte Kaamo besorgt.

„Alte Zauber sind schwerer aufzuspüren als ganz neue", klärte Kychona sie alle auf. „Das Auffrischen macht sie nicht neu und Demeon wird wahrscheinlich nach Jennas magischer Ausstrahlung tasten – nicht nach der eines alten Magiers, der vermutlich schon vor Jahren gestorben ist. Es könnte auch Roanar gewesen sein, der Sara damals auf Marek hetzte – das würde eure Deckung noch besser machen, weil seine magische Energie Demeon vertraut vorkommen und daher als ungefährlich eingeschätzt werden würde. Wie dem auch sei – ich bin mir relativ sicher, dass es funktioniert."

„Relativ?", wiederholte Jenna.

„Eine andere Möglichkeit haben wir leider nicht, mein Kind", erwiderte Kychona voller Mitgefühl. „Oder willst du, dass unser Kampf zu Ende ist, bevor er richtig begonnen hat? Die richtigen Entscheidungen zu treffen, ist manchmal hart."

Jenna biss sich auf die Unterlippe und versuchte ruhig zu bleiben. Die Sache war entschieden. Sie mussten jetzt das Beste daraus machen.

„Was machen wir, wenn wir drinnen sind?", stellte Leon die nächste wichtige Frage. „Das Gefängnis nach dir durchsuchen?"

„Nein, ich glaube nicht, dass sie mich dorthin bringen werden", sagte Marek überzeugt. „Und selbst wenn sie das tun, wäre es besser, wenn ihr versucht, Rian und ihre Zieheltern zu finden. Bringt sie aus dem Schloss heraus. Wenn sie aus dem Weg sind, hat Alentara kein Druckmittel mehr und ich kann mich allein um sie und Demeon kümmern."

„Die beiden sind doch nicht die einzigen, die sich im Schloss aufhalten!", entfuhr es Jenna aufgebracht. „Sie hat eine persönliche Garde und gewiss befinden sich dort noch eine ganze Menge anderer Soldaten. Du wirst sie nicht alle allein niederstrecken können! Und du weißt nicht, was sie vorher mit dir machen. Sie könnten dich fesseln und betäuben oder ebenfalls mit einem Hiklet daran hindern, deine Kräfte zu benutzen."

„Das mag alles sein, aber sie können das nicht für lange Zeit machen", erwiderte Marek aus ihrer Sicht viel zu gefasst. „Schließlich sind es genau meine Kräfte, an die sie heran wollen – in Verbindung mit deinen und Cardasol. Sie glauben, wenn sie mich haben, werden sie auch dich bekommen und dass ich ihnen allein nicht schaden kann. Demeon weiß im Grunde doch gar nicht, wie es um meine Kräfte steht. Er wird davon ausgehen, dass ich sie nicht nutze und völlig untrainiert bin. Das ist ein enormer Vorteil. Denn in dem Augenblick, in dem er sich auf etwas anderes konzentriert, kann ich ihn überwältigen und eventuell sogar das letzte Bruchstück Cardasols an mich bringen."

Jenna schüttelte den Kopf, obgleich ihr Verstand ihm bereits begeistert zustimmte, ihr befahl, sich zu beruhigen und wieder rational zu denken und zu handeln.

„Jenna." Marek packte sie an den Oberarmen und sah ihr fest in die Augen. „Die Dinge haben immer zwei Seiten. Eine positive und eine negative. Das weißt du doch. Wir sollten Alentaras Forderung als eine Chance ansehen, diesen Konflikt schneller zu beenden, als wir gedacht haben – und vor allen Dingen ohne großes Blutvergießen."

Sie schloss die Augen und atmete tief durch die Nase ein und durch den Mund wieder aus. Dann nickte sie, wenngleich ihre Gedärme sich noch weiter verkrampften und sie immer noch das Bedürfnis verspürte laut zu schreien, all ihre Verzweiflung und Angst nach draußen zu transportieren, sodass sie ihr nicht mehr so zusetzen konnten. Marek hielt sie noch ein paar Atemzüge lang fest, als würde auch er Probleme damit haben, sich schon wieder von ihr zu trennen, und wandte sich schließlich wieder den anderen zu.

Leon räusperte sich. „Wie finden wir Rian, Gideon und Tala?"

„Ich denke, Sheza wird das besser als jeder andere wissen", überlegte Marek. „Das Schloss war mal ihr Zuhause und sie wird fast jeden versteckten Winkel kennen. Zudem hat sie auch noch Freunde dort, die ihr mehr vertrauen als Alentara und euch helfen könnten."

„Ich suche sie und erzähle ihr von all dem", gab Leon knapp zurück und machte sich sofort auf den Weg, während Marek sich an Kaamo wandte.

„Würdest du die anderen Kommandeure unseres Verbundes über das Ultimatum Alentaras und meine Entscheidung informieren und mit ihnen den Rückzug der Truppen organisieren?"

Der Hüne nickte entschlossen und war der nächste, der eiligen Schrittes das Zelt verließ. Kychona blieb als einzige noch bei ihnen und machte mit einem Mal einen ähnlich zweifelnden Eindruck wie Jenna.

„Ich hoffe, du weißt, was du tust", sagte sie ernst und verriet sogleich, welcher Teil des Plans ihr nicht richtig zusagte. „Dalon war schon früher ein sehr mächtiger Zauberer und ist dazu auch noch sehr intelligent. Er wird sich nicht so leicht überlisten lassen. Und wir wissen auch nicht, inwieweit Roanar in die ganze Sache verwickelt ist. Er scheint zwar gerade mit Antrus zu paktieren, aber es ist nicht vorauszusehen, wie lange er an dessen Seite bleibt. Es besteht durchaus die Möglichkeit, dass er bald nach Tichuan unterwegs ist und unsere bisherigen Pläne an Alentara verrät – wenn er das nicht schon längst getan hat. Sollte er sich im Schloss aufhalten, wenn du dort eintriffst, musst du nicht nur gegen Dalon, sondern zusätzlich gegen ihn antreten – und das mit Kräften, die du noch nicht ausreichend trainiert hast."

„Hast du einen besseren Vorschlag?", erwiderte Marek und es war noch nicht einmal ein Hauch von Spott in seiner Stimme zu finden.

Die Greisin seufzte leise. „Leider nein. Aber Jenna und ich werden unsere Sinne offen halten und sofort einen Kontakt mit dir herstellen, sollte Demeon deinen Geist irgendwann nicht mehr blockieren. Mit unseren geeinten Kräften können wir gewiss mehr gegen diesen Zauberer und seinen Verbündeten ausrichten, als wenn du dich ganz allein gegen die beiden stellst."

„Möglicherweise komme ich ja auch über dich an die Kraft des Amuletts heran, das Demeon hat", überlegte Jenna und diese Vorstellung gab ihr etwas mehr Kraft und Zuversicht. „Die Teilstücke sind doch alle auf eine spezielle Weise miteinander verknüpft und wenn ich eines von ihnen trage und eine intensive Verbindung mit dir herstelle, ist es vielleicht nicht weiter schwer, über dich einen Kontakt zu dem gestohlenen herzustellen."

„Das sollten wir auf jeden Fall versuchen", stimmte er ihr zu, „aber versprecht mir bitte, dass ihr dazu nicht hier bleibt. Versteckt euch wenigstens im Gebirge bei den Quavis."

„Aber die größere Entfernung wird es schwerer machen, den Kontakt zu dir herzustellen", stemmte sie sich sofort gegen diesen Vorschlag.

„Alentara will auch dich in ihre Gewalt bekommen, Jenna", mahnte der Krieger sie erneut. „Sie wird nach dir Ausschau halten lassen und obgleich sie durch den Schutz des Amuletts nicht an dich herankommt, kann sie versuchen, dich auszutricksen oder unter Druck zu setzen, sodass du ihr nachgibst. Je länger sie und ihre Leute dich nicht zu Gesicht bekommen, desto besser."

„Er hat recht", mischte sich Kychona ein, ehe Jenna etwas dazu sagen konnte. „Wir sollten die Frau nicht in Versuchung führen und sie stattdessen ihren Teilerfolg genießen lassen, bis wir effektiv zurückschlagen können."

Jenna wusste nichts darauf zu erwidern, also schwieg sie lieber. Kychona betrachtete sie für kurze Zeit voller Sorge, dann merkte sie an, dass sie ihre Sachen zusammenpacken würde und verließ ebenfalls Mareks Zelt. Allein. Endlich.

„Du weißt, dass unser Plan nichts daran ändert, dass du dich in große Gefahr begibst?", wandte Jenna sich sofort an den Kriegerfürsten und hatte dabei große Mühe, ihre Emotionen weiter unter Kontrolle zu halten. Ihre Nase prickelte bereits verdächtig und sie musste deutlich öfter blinzeln als zuvor. Sie würde nicht weinen. Sie konnte stark sein. Auch in einer solch kritischen Situation.

Marek ließ die Schultern sinken und atmete schwerfällig aus. Jetzt, da die anderen verschwunden waren, konnte sie viel deutlicher erkennen, wie besorgt auch er war.

„Was soll ich sonst tun?", fragte er mit beängstigender Hilflosigkeit in der Stimme. „Das Ultimatum ablaufen lassen und beten, dass wir nicht alle im Kampf mit den Trachoniern sterben? Hunderte Menschenleben opfern, damit *meines* verschont wird? Auf diese Weise habe ich noch nie Krieg geführt. Das kann ich nicht. Meine Möglichkeiten sind begrenzt – wie auch deine."

„Ist es denn wirklich ausgeschlossen, dass wir den Kampf gewinnen könnten?", hakte sie wider besseres Wissen nach. „Wenn wir den Graben erschaffen, hätten wir doch nur *eine* Front, wie du sagtest, und wir Zauberer könnten versuchen, zumindest einen größeren Teil des Heeres zu schützen."

„Willst du die Verbindung zu Cardasol behalten?" Marek sah sie ernst an und sie runzelte verwirrt die Stirn.

„Natürlich."

„Der Tod vieler Menschen, während die Kraft Cardasols genutzt wird, könnte die Steine deaktivieren, wenn nicht sogar zerstören", erinnerte er sie an einen Fakt, den sie in ihrer Aufregung vollkommen aus den Augen verloren hatte. „Willst du das riskieren?"

Sie schüttelte resigniert den Kopf und der Druck in ihrer Brust wuchs weiter an.

„Um diese Schlacht zu gewinnen, bräuchten wir ein Wunder", fügte Marek leise an. „Kampf ist ausnahmsweise nicht das richtige Mittel, um aus unserem Dilemma herauszukommen. Glaub mir, ich hab bereits alle Möglichkeiten durchdacht und Alentara vorerst ein Stück weit nachzugeben, ist die beste davon."

Jenna schluckte schwer und presste die Lippen aufeinander, um weiter die Kontrolle zu behalten, obwohl sich ihr ganzes Inneres schmerzhaft verkrampfte.

„Sie wissen nicht, dass ich nun ebenfalls auf die Kräfte Cardasols zugreifen kann, Jenna", erinnerte Marek sie mit einem kleinen Lächeln, das, auch wenn es sie trösten sollte, ein bisschen verkrampft geriet. „Es mag sein, dass sie mich anfangs blockieren, aber irgendwann werden sie das nicht mehr tun und sobald ich einen Kontakt zu dem Amulett aufgebaut habe, bin ich vor ihren Zugriffen geschützt. Niemand wird mir dann etwas antun können."

Jenna blinzelte ihre Tränen weg und holte stockend Atem. Daran hatte sie noch gar nicht gedacht, weil diese positive Entwicklung noch zu neu und in dem Chaos um sie herum völlig untergegangen war. Sie war nicht mehr die Einzige, die die Macht Cardasols nutzen konnte. Und jedes einzelne Amulett versprach Schutz. Auch das, das Alentara an sich gebracht hatte.

„Du musst es nur erst finden", mahnte sie ihn dennoch.

„Das werde ich", versprach er. „Ich weiß ja jetzt, dass die Bruchstücke nach mir rufen."

Es gelang ihr nun sogar, sein verhaltenes Lächeln zu erwidern. „Und ich kann dich dann kontaktieren und dir helfen", setzte sie hinzu und der Knoten in ihrem Magen löste sich ein wenig. Ihre Hoffnung war zurück, machte sich in rasender Schnelligkeit in ihr breit und verdrängte ihre Ängste und Sorgen zumindest so weit, dass sie wieder freier atmen konnte.

„Ganz genau", stimmte Marek ihr zu und sein Lächeln geriet nun schon etwas besser, zeigte die Zuversicht, die auch sie allmählich spürte. Er hob eine Hand an ihre Wange und streichelte sie sanft mit dem Daumen. „Ich werde nicht allein mit Demeon und Alentara sein – zumindest nicht für lange Zeit."

Sie nickte nachdrücklich und berührte seine Hand, schob ihre Finger zwischen die seinen. „Ich komme in gewisser Weise mit dir und werde trotzdem in Sicherheit sein."

„Wir schaffen das zusammen", bemühte er sich, ihre Zuversicht zu verstärken.

„Zusammen", bestätigte sie.

Sie sahen sich lange in die Augen und Jenna wusste, dass dies ihr Abschied war. Er bat sie stumm darum, ihn vor seiner Abreise nicht noch einmal aufzusuchen, und für diesen Augenblick konnte sie ihm diesen Wunsch gewähren, war sie optimistisch genug, um ihre Gefühle unter Kontrolle zu behalten.

Wie nicht anders zu erwarten, hielt dieser Zustand nicht lange an. Der Anblick des sich im Aufbruch befindenden Lagers holte ihre Ängste ruckartig zurück, konnte sie doch in jedem einzelnen Gesicht erkennen, wie groß die Furcht vor dem übermächtigen Feind war und wie wenig die Soldaten Alentaras Versprechungen vertrauten. Und was war, wenn sie recht hatten? Wenn Alentara weder Marek noch alle anderen am Leben lassen wollte? Wenn sie und Demeon glaubten, dass sie ihn nicht mehr brauchten, weil *Jenna* ja die Macht über Cardasol hatte und nicht *er*? Was war, wenn sie die Blockade über ihn *nie* aufhoben und ihm wehtaten, nur damit sie ebenfalls zum Schloss kam, und ihn dann dennoch töteten?

Jenna bekam keine Luft mehr, doch sie lief nicht zurück zu Mareks Zelt, sondern hinaus aus dem Lager, den Hügel hinauf, zu dem gemütlichen Plätzchen zwischen den Bäumen, wo sie mit Kychona noch vor Kurzem ihre magischen Fähigkeiten trainiert hatte. Dort ging sie in die Knie und ließ ihren Tränen freien Lauf, gab sich ihrer Verzweiflung hin. Sie würde Marek nicht von seinem Vorhaben abbringen können. Es gab kein Zurück mehr. Es sei denn … es sei denn, ein Wunder geschah … es sei denn, das Universum hatte Erbarmen mit ihr und half ihr, den Mann zu retten, den sie liebte.

Sie schloss die Augen und faltete ihre Hände zusammen, schob ihre Finger ineinander und hielt sich an sich selbst fest. Ganz automatisch öffnete sich ihr Geist und verknüpfte sich mit ihrer Umwelt. Energie floss aus ihr hinaus und in sie zurück. Sie griff ganz weit hinein in die Welt mit ihren bunten Farben und Formen, den zuckenden Lichtblitzen, die alles Leben verbanden, und sandte eine Nachricht hinaus in den Äther: Bitte helft … helft mir … helft mir … Immer wieder drängte dieser Ruf aus ihr hinaus und sie fühlte, wie das Amulett an ihrer Brust zu glühen anfing, und nun selbst Energie in die Welt schickte, ihren Hilferuf verstärkte.

Ganz am Rande ihres Bewusstseins, übertönt von ihrem hämmernden Herzen und dem eigenen schweren Atmen, vernahm sie eine Antwort. Dann ließen ihre Kräfte nach und es wurde für einen Moment dunkel um sie herum. Als sie wieder zu Sinnen kam, musste sie feststellen, dass sie auf dem Boden lag, zusammengekrümmt, die Hände immer noch ineinandergeschoben. Ihre Muskeln schmerzten und die Finger kribbelten, also musste sie länger so dagelegen haben. Etwas ermattet setzte sie sich auf und sah hinunter ins Lager. Viele der Zelte waren schon abgebaut und die Menschen liefen geschäftig hin und her. Das Wunder, auf das sie gehofft hatte, war nicht eingetreten und sie mussten ihren Plan jetzt in die Tat umsetzen.

Mit einem tiefen Atemzug stand Jenna auf. Es war Zeit, ihre Sachen zusammenzupacken und die Seite von ihr selbst zu aktivieren, die sie jetzt dringender brauchte als jede andere: Die Kämpferin, die nicht so schnell aufgab und diejenigen, die sie liebte, mit voller Kraft verteidigte.

under

Einen Plan zu haben, hieß nicht, sich dadurch besser zu fühlen oder seine Angst um den Menschen, den man liebte, in den Griff zu bekommen. Schon gar nicht, wenn dieser Plan auf furchtbar wackeligen Beinen stand und sehr leicht in sich zusammenfallen konnte, sobald nur eine kleine Sache schief ging. Mareks Hals steckte immer noch in der Schlinge, die Alentara ihm umgelegt hatte, und sie alle hatten weiterhin wenig Spielraum, um ihn da herauszuholen. Jennas Hilferuf an das Universum und alle in ihm steckenden Kräfte hatten ihr zwar dabei geholfen, ihre Panik in den Griff zu bekommen, doch die innere Unruhe und großen Sorgen um den Krieger waren, nachdem sie ihre wenigen Habseligkeiten zusammengepackt hatte, schnell zurückgekommen. Sie brachten sie dazu, trotz ihrer anders lautenden nonverbalen Absprache, zum Rand des Lagers zu laufen, an dem die Pferde untergebracht waren, und nach Marek Ausschau zu halten. Sie *musste* ihn noch einmal sehen, ganz gleich, was er davon hielt.

Sie entdeckte ihn zwischen ein paar Bäumen neben seinem bereits gesattelten Hengst und atmete zutiefst erleichtert auf, bevor sie sich ihm weiter näherte. Der Druck in ihrer Brust kehrte leider schnell zurück, genauso wie das Gefühl, sich an ihm festklammern zu müssen, um ihn daran zu hindern, sich für sie alle in Lebensgefahr zu begeben.

Marek, der eben noch seine Taschen am Sattel befestigt hatte, warf einen Blick über die Schulter und hielt kurz inne, bevor er den Kopf schüttelte und sich wieder Bashin widmete. Jenna trat stumm neben ihn, sah ihn noch nicht einmal an, sondern strich stattdessen dem Hengst, der sich ihr neugierig zugewandt hatte, über die weichen Nüstern.

„Dadurch wird es nicht leichter", vernahm sie schließlich Mareks tiefe Stimme. Auch er suchte nicht den Blickkontakt zu ihr, schob sich an ihr vorbei und begann seinem Pferd das Zaumzeug anzulegen.

„Ich weiß", erwiderte sie leise und tätschelte Bashin sanft den Hals, kämpfte dabei tapfer gegen ihr wachsendes Bedürfnis an, Marek nicht gehen zu lassen oder wenigstens mitzukommen – auch wenn alle dagegen gewesen waren.

„Aber ich konnte dich nicht einfach so verschwinden lassen. Ich musste herkommen ... weil ich ... ich ... vielleicht sehen wir ..." Sie brach ab, presste die Lippen zusammen und versuchte, die Tränen nicht in ihre Augen treten zu lassen.

Marek, der gerade noch dabei gewesen war, einen der Riemen des Zaumzeugs zu schließen, hielt erneut inne, schloss die Augen und stieß hörbar schwerfällig seinen Atem aus. Und erst in diesem Augenblick begriff Jenna, dass es ihm nicht anders ging als ihr, dass ihn ihre Trennung und das ungewisse Schicksal, auf das er sich zubewegte, mindestens genauso belasteten wie sie. Bewegt griff sie nach seinem Arm und seine Lider flogen wieder auf, enthüllten ihr alle Emotionen, die er bisher brillant hatte verstecken können. Es überraschte sie kaum, als er einen Schritt auf sie zumachte, ihr Gesicht mit beiden Händen umfasste und sie küsste, so verzweifelt und hingebungsvoll, dass sie ein leises Schluchzen von sich gab und nicht anders konnte, als sich doch noch an ihn zu klammern, als wolle sie ihn nie wieder loslassen.

„Sie werden mich nicht töten", wisperte er schließlich, die Stirn an ihre gelehnt, die Hände immer noch an ihren Wangen. „Ganz gleich, was sie planen, sie brauchen mich *und* dich, um Cardasol zu kontrollieren."

Sie deutete ein Nicken an, ließ ihre Finger sanft durch sein lockiges Haar gleiten und küsste ihn wieder, verhaltener als er zuvor, aber doch mit aller Liebe, die sie für ihn empfand.

„Ich habe nur Angst, dass Sheza wieder die Seiten wechseln und unseren Plan verraten könnte", gestand sie. „Dann wird alles schief gehen."

Mareks Daumen streichelten beruhigend ihre Wangen. „Das tut sie nicht", sagte er überzeugt. „Sie ist eine Kriegerin des alten Schlages. Begriffe wie Ehre und Loyalität sind für sie keine leeren Worthülsen. Sie steht zu ihrem Wort."

Jenna hob den Kopf und zwang ihn dazu, dasselbe zu tun. Ihre Augen suchten in den seinen nach der Sicherheit, die sie brauchte, um ihn gehen zu lassen. „Selbst wenn das heißt, ihre große Liebe zu betrügen, sie aufzugeben?"

Er nickte und eine ihrer Hände wanderte nun ebenfalls zu seiner Wange, strich zärtlich über die kurzen Barthaare, die seine Mund- und Kinnpartie schon wieder dunkler färbten.

„Ich könnte das nicht", flüsterte sie mit prickelnder Nase und brennenden Augen und diesem Schmerz in ihrer Brust, der kaum zu ertragen war.

Seine Brauen bewegten sich ein paar Millimeter nach oben. „Du würdest meinetwegen auf die dunkle Seite wechseln?", fragte er spitzbübisch, doch sie konnte ihm ansehen, dass ihn ihre Worte rührten.

Ihre Antwort war ein weiterer inniger Kuss, den er hingebungsvoll erwiderte, während er seine Arme um ihre Taille schlang und sie fest an seinen Körper drückte. Ihre Lippen lösten sich zwar kurz darauf wieder voneinander, doch sie ließen sich nicht los. Jenna drückte ihr Gesicht gegen seine Brust und schloss die Augen. Sie fühlte Mareks Wange an ihrem Ohr, seine Lippen an ihrer Schulter und seinen warmen Atem, den er in ihren Nacken blies. Sein Geruch und die Wärme seines Körpers gaben ihr das Gefühl, Zuhause zu sein, in Sicherheit und Geborgenheit, und in diesem Augenblick wünschte sie sich nichts sehnlicher, als für immer so zu verharren, die Außenwelt nicht mehr an sich heranzulassen.

„Jenna ...", hörte sie ihn nach einer kleinen Weile flüstern und das leichte Erstaunen in seiner Stimme, brachte sie dazu, die Lider zu öffnen und den Kopf zu heben.

Ihre Augen weiteten sich und ihre Lippen formten ein stummes ‚Oh'. Um sie herum hatte sich ein Kokon aus knisternder Energie gebildet, der sie von ihrer Umwelt abschirmte, wie sie es sich gewünscht hatte. Goldene und silberne Funken hielten Kontakt zueinander, sprangen dabei hin und her, ließen sich aber nie ganz los. Es war wunderschön mit anzusehen – aber es musste unbedingt verschwinden, bevor andere darauf aufmerksam wurden.

Schweren Herzens ließ sie Marek los und schob die Kraft des hell glühenden Amuletts an ihrer Brust sanft zurück. Der Kokon löste sich mit einem letzten Knistern auf und der Stein bekam wieder seine normale rote Färbung. Marek gab einen belustigten Laut von sich. Seine Hand fand sich auf ihrer Schläfe wieder, strich ihr zärtlich eine Haarsträhne hinter das Ohr, bevor er sich endgültig von ihr abwandte und Bashin entschlossen am Zügel packte.

„Leon und Sheza sollen nicht zu früh aufbrechen", wies er an, als sie sich gemeinsam von den anderen Pferden weg bewegten. „Alentara wird sichergehen wollen, dass mir niemand folgt, und der Talisman, den sie mitnehmen, bietet nur begrenzt Schutz vor den suchenden Augen anderer Menschen. Wenn sie zu laut und unbedacht sind, wird man sie entdecken. Weil Sara das damals nicht bewusst war, ist sie tot."

„Sie wissen das und werden bestimmt nichts riskieren", bemühte auch Jenna sich darum, ihm und sich selbst Mut zu machen. „Sheza kennt jeden Weg, der zum und in das Schloss führt. Sie brauchen dich nicht einzuholen, um hineinzukommen."

Marek nickte knapp. „Ich habe mein Amulett an Kychona weitergegeben", berichtete er ihr. „Hole es dir, sobald ich weg bin. Es könnte dir dabei helfen, den Kontakt zu mir zu verstärken."

„Das tue ich", versprach sie ihm.

„Wenn ich mich mit dem Amulett in Tichuan verbunden habe, wirst du es spüren", sagte er. „Dann weißt du …"

Er hielt inne und blieb ruckartig stehen. Jenna hatte es auch gespürt, das Echo in der Ferne. Keines, das man mit dem Gehör wahrnehmen konnte, sondern nur mit seinem Geist. Etwas Machtvolles näherte sich ihnen, nicht rasend schnell, aber schnell genug, um sie zu beunruhigen – zumal sie noch nicht einordnen konnte, was es war. Und dann zeigten sich auch plötzlich Regungen in ihrem direkten Umfeld – hörbar für alle.

Zunächst war es nur ein Schrei, der aus der Richtung der Wachposten zu ihnen hinüber hallte. Gellend. Panisch. Dann schien er sich zu multiplizieren und aus allen Richtungen zu kommen. Menschen fingen an zu rennen und nach Waffen zu suchen und allgemeine Panik machte sich breit. Sie prallte an Jenna jedoch ab. Ihr Herz donnerte zwar gegen ihre Brust, doch aus einem anderen Grund. Da war mit einem Mal so ein Summen in ihrem Kopf, nein in ihrem ganzen Körper, das jeden Muskel vibrieren und ihre Haut prickeln ließ. Und das Amulett an ihrer Brust glühte hell und warm, antwortete zusammen mit ihrem Geist auf die Rufe, die ihr zugetragen wurden – weiterhin nicht akustisch, sondern mental. Sie verstand auf einmal, was sie waren: Eine Antwort auf ihr Flehen nach Hilfe. Eine Antwort, die ihre Hoffnung in rasender Schnelligkeit zu einer wundervollen Gewissheit werden ließ.

Sie packte Marek am Arm, doch das war gar nicht nötig, denn er schien dasselbe zu fühlen wie sie. Sein Blick war auf den Hügelkamm nicht weit von ihnen entfernt gerichtet, die Augen groß, die Lippen in ungläubigem Staunen halb geöffnet. Das Rufen wurde stärker und sie beide lösten sich aus ihrer Starre, ließen Bashin stehen und eilten auf den Hügel zu, von dem in heller Panik einer der Wachleute auf sie zu gerannt kam.

„Drachen!", rief er ihnen zu und seine Stimme überschlug sich dabei fast. „Drachen!"

Jennas Herz machte einen Sprung und sie wich dem Mann aus, eilte an ihm vorbei den Hang hinauf, während sie hörte, wie Marek in Richtung des Lagers den knappen Befehl erteilte, nichts zu tun und die Tiere auf keinen Fall anzugreifen. Ihre Beine waren weich und ihre Hände zitterten, als sie den Kamm des Hügels erreicht hatte. Die Augen auf den im Sonnenuntergang purpurn leuchtenden Himmel gerichtet, erfasste sie endlich, woran sie bis jetzt nicht hatte glauben können. Dunkel hoben sie sich vom Farbenspiel der sinkenden Sonne ab, riesig, bedrohlich, mit Schwingen, die kleine Häuser umspannen konnten, die langen Hälse nach vorne gereckt, die gefährlichen Pranken an ihre schweren, muskulösen Körper gezogen. Merkwürdige langgezogene, fast sehnsuchtsvolle Schreie hallten durch das Tal und ließen Jenna erschauern. Doch sie hatte keine Angst. Ganz im Gegenteil. Sie stieß ein ungläubiges Lachen aus und Tränen sammelten sich in ihre Augen.

„Was ... was hast du getan?", hörte sie Marek neben sich atemlos ausstoßen.

Sie sah ihn nicht an, wusste, dass auch sein Blick auf den Himmel gerichtet blieb. „Ich habe um Hilfe gefleht", gab sie mit belegter Stimme zurück.

Ihre Augen hatten sich auf den größten der Drachen geheftet, der bereits in den Sinkflug ging und so nah heran war, dass man tiefe Narben an seinen Beinen erkennen konnte. Narben von Ketten, die ihn jahrelang in qualvoller Gefangenschaft gehalten hatten.

Aus Mareks Richtung kam ein ähnlich fassungsloses Lachen, wie das, welches sie kurz zuvor von sich gegeben hatte.

„Na, *die* hast du jetzt", verkündete er leise und mit hörbarer Bewunderung in der Stimme.

Jenna stockte der Atem, als Alentaras ehemaliger Kampfdrache nur wenige Meter von ihr entfernt auf dem Boden aufsetzte und den Grund unter ihren Füßen erschütterte. Ihre Augen suchten die seinen, gelb und eindringlich, und ein seltsam warmes Gefühl durchströmte sie. Es erschien ihr fast wie eine Berührung, als würde er sie zur Begrüßung in die Arme schließen. Das monströse Tier machte einen Schritt auf sie zu. Dann öffnete es seine Flügel, streckte den Hals vor und senkte seinen Kopf so tief zu Boden, dass er beinahe Jennas Füße berührte.

Sie verstand diese Geste, fühlte, was sie bedeutete, und konnte nicht mehr verhindern, dass ihre Tränen zu laufen begannen. Dass der Boden unter ihren Füßen immer wieder erbebte, bekam sie nur am Rande mit, zu sehr war sie auf ‚ihren' Drachen fixiert, musste die Hand ausstrecken und diese bewegt auf seine geschuppte Stirn direkt unter seinen eindrucksvollen Hörnern legen. Ein weiterer Stoß Wärme und knisternder Energie schoss durch ihren Arm, hinein in ihr Herz und sie fühlte, wie sich der Geist des Tieres fester mit ihrem verknüpfte, fühlte neben ihm mit einem Mal auch die Energien der anderen Tiere.

Unzählige starke Auren leuchteten vor ihr und über ihr auf, verknüpften sich mit der des Drachens vor ihr und akzeptierten den kleinen Menschen vor ihnen als ihre Anführerin, teilweise ehe sie den Boden erreichten. Jenna hob den Blick, sah an dem Drachen vorbei und ihr Herz jubilierte bei dem Anblick, der sich ihr bot. Es waren *so* viele! Mindestens zwanzig dieser faszinierenden Tiere waren bereits gelandet und beugten wie ihr Anführer die Köpfe vor Jenna und im Himmel über ihnen näherte sich wahrscheinlich noch einmal dieselbe Anzahl.

Sie nahm eine Bewegung neben sich wahr und sah hinüber zu Marek, der ein paar Schritte auf eine der geflügelten Echsen zu machte, dann jedoch innehielt, weil das Tier selbst auf ihn zulief, ein vertrautes Brummen von sich gebend. K'uaray! Jenna blinzelte den Tränenschleier vor ihren Augen weg und kniff fest die Lippen zusammen, um das gerührte Schluchzen zurückzudrängen, das unbedingt gehört werden wollte. Stattdessen schniefte sie nur und beobachtete voller Anteilnahme, wie sich die beiden alten Freunde auf ihre spezielle Art begrüßten.

Ein Lächeln schob sich auf Jennas Lippen, als Marek sich wieder erhob und so wie sie eher widerwillig seine Hand von der Stirn des Drachens nahm, um sich ihr zuzuwenden. Sein Blick zeigte denselben Optimismus, dieselbe Freude, die auch sie empfand.

„Das ändert *alles*", sagte er mit fester Stimme und Jenna konnte ihm nur zustimmen. Alentara und Demeon würden in den frühen Morgenstunden lernen, welche Konsequenzen es mit sich brachte, seinen Gegner maßlos zu unterschätzen.

Jennas Ängste und Sorgen kamen zurück, als der Morgen anbrach und sich das ganze Lager in Aufbruchsstimmung befand – zwar nicht so stark und niederdrückend wie zuvor, aber sie machten sich bemerkbar. Viel geschlafen hatte sie nicht und so hatte die leichte Panik, unter der sie litt, zumindest *eine* positive Auswirkung: Sie machte sie wach.

„Hey, das wird funktionieren", erinnerte Mareks tiefe Stimme sie daran, dass sie nicht allein war, und sie riss ihren Blick von den Drachen los, die sich in der Nacht oben auf dem Hügel, auf dem sie jetzt wieder standen, zur Ruhe gebettet hatten. Einige von ihnen hoben bereits die Köpfe und sahen zu ihr und dem Kriegerfürsten hinüber, doch mehr taten sie nicht. Sie warteten geduldig auf ihren Einsatz, auf die Befehle ihrer Anführerin und sahen die Unruhe im Lager der Menschen nicht als Bedrohung an.

„Keine Armee der Welt wird sich in einen Kampf mit einem Drachenheer wagen", fuhr Marek fort. „Sie alle kennen die Legende der Taikrunja und wollen bestimmt nicht, dass sich dieses Blutbad wiederholt."

„Und wenn sie selbst auch Kampfdrachen dabei haben?", gab sie zu bedenken.

„Hast du welche gesehen, als wir das Lager in Augenschein genommen haben?", fragte er zurück, anstatt ihre Frage zu beantworten.

„Nein, aber seitdem ist schon einige Zeit vergangen und Drachen fliegen schnell."

„Mit Ketten an den Füßen?"

Hm – das war ein gutes Argument, jedoch leider keines, das ihre Angst vollkommen verdrängen konnte.

„Selbst wenn nicht – Demeon könnte bei ihnen sein und seine Magie gegen unsere Drachen einsetzen", sprach sie weiter über ihre Befürchtungen. „Wir wissen nicht, wie stark er ist. Nachher gelingt es ihm noch, die Drachen zu beeinflussen und dazu zu bringen, *uns* anzugreifen. Vielleicht …"

„Jenna!" Marek packte sie an den Schultern, beugte sich vor und sah ihr tief in die Augen. „Die Macht Cardasols ist stärker als die Zauberkunst aller magisch begabter Menschen, die es noch in Falaysia gibt. Und *du* beherrschst sie. Glaub an dich! Glaub daran, dass du diese Schlacht für uns gewinnen wirst!"

Sie brachte ein klägliches Lächeln zustande. „Ich versuche es."

„Du bist ja nicht allein", hallte eine andere Stimme zu ihnen hinüber. Kychona kämpfte sich den Hügel hinauf und blieb schließlich schwer atmend vor ihnen stehen.

Marek hatte Jenna bereits wieder losgelassen und musterte die alte Frau amüsiert. „Reiten … Bergsteigen … Langsam wirst du ja richtig fit", merkte er boshaft an und Kychona schenkte ihm, wie gewohnt, einen finsteren Blick, bevor sie sich an Jenna wandte.

„Du bist mittlerweile genügend trainiert, um diese Art von Magie ohne Probleme auszuüben", versuchte auch sie ihr Mut zu machen. „Die Verbindung zu den Drachen zu halten und das Leittier zu lenken mag zwar kraftraubend sein, aber ich werde dich wie versprochen stützen. Wir schaffen das!"

„Erinnere dich daran, wie wir den Raben gelenkt haben", forderte Marek sie auf und sie straffte schließlich die Schultern und nickte entschlossen. Ihr Blick wanderte hinunter zum Lager, vor dem sich die Truppen sammelten, mit denen Marek die Trachonier ‚angreifen' wollte. Bakitarer, Tikos, Soldaten der Allianz. Die besten aller Reiter innerhalb der Truppen ihres Verbundes.

„Du willst wirklich nur die Kavallerie mitnehmen?", hakte sie noch einmal nach, bevor er sich von ihr abwenden und zu seinen Leuten gehen konnte.

„Wir brauchen die Fußsoldaten und Bogenschützen, um die andere Front zu schützen", erinnerte er sie daran, dass sie das Vorhaben mit dem Graben nicht hatten in die Tat umsetzen können. Sie alle waren bei ihrer letzten großen Besprechung mitten in der Nacht darin übereingekommen, dass Jenna ihre Kräfte brauchte, um das Drachenheer zu leiten, und Antrus mit Sicherheit nicht allein in die Schlacht zog, wenn Alentaras Soldaten Hals über Kopf flohen.

„Vertrau mir – wenn wir die Drachen an unserer Seite haben, brauchen wir kein allzu großes Heer."

„Sei trotzdem vorsichtig", sagte sie leise, stellte sich auf die Zehenspitzen und küsste ihn kurz.

Er lächelte sie warm an und eilte dann los, hinunter zu den Reitern, die bereits auf ihn warteten. Auch wenn sich ihre Situation ungemein verbessert hatte, tat es immer noch weh, ihn in eine Schlacht ziehen zu sehen, deren Verlauf sie nicht besonders gut einschätzen konnte. Ihr Plan musste unbedingt funktionieren!

„Komm, Kind", sprach Kychona sie sanft an und ergriff ihren Arm. „Wir setzen uns dort drüben hin und stabilisieren den Kontakt zu den Drachen."

Jenna folgte ihrer Anweisung widerstandslos und musste zugeben, dass sie sich sofort besser fühlte, sobald sie saß. Die Last ihrer schwierigen Aufgabe ließ sich auf diese Weise besser tragen. Sie versuchte eine bequeme Haltung zu finden, schloss die Augen und entspannte ihre Muskulatur, öffnete sich ihrem energetischen Umfeld.

Die Auren der Drachen waren noch genauso präsent wie am Abend zuvor und es war fast ein Kinderspiel, den Zugang zu ihnen zu finden, sich mit dem Geist ihres Kampfdrachens und damit auch mit allen anderen zu vereinen. Bald schon atmete sie durch seine Nüstern den Duft des Morgens ein, fühlte den langsamen Herzschlag, der das Blut durch seinen mächtigen Körper pumpte und veranlasste ihn dazu, sich zu strecken und zu erheben. Es fühlte sich fast so an, als wären es *ihre* Pranken, die sich in den harten Boden drückten, *ihre* Flügel, die sich öffneten und zur Seite ausstreckten. Nein, nicht fast – es *war* so. Sie selbst war auf einmal ein riesiger, mächtiger Drache, dem nichts und niemand etwas entgegenzusetzen hatte. Sie war frei und ungebunden, konnte davon fliegen und alle Sorgen hinter sich lassen…

‚Jenna, verliere nicht die Verbindung zu deinem eigenen Körper!", hörte sie Kychona in ihrem Kopf und verspürte ein leichtes Ziehen an ihrem Geist. ‚Ohne dich sind Marek und alle anderen Krieger verloren. Von dir hängt das Gelingen unseres Plans ab. Sei stark. Lass dich nicht ablenken.'

Es half. Jenna blickte zwar immer noch durch die Augen des Drachen in die Welt hinaus, aber sie fühlte auch wieder den Kontakt zu ihrem Körper und ihre niemals versiegende Verbindung zu Marek. Er war aufgeregt, aber nicht in Panik und bewegte sich eindeutig von ihr weg – was bedeutete, dass die Krieger aufgebrochen waren. Die Absprache war, dass sie mit ihren Drachen erst losflog, wenn Marek mit der Reiterschar nur noch einen halben Kilometer von dem Lager der Trachonier entfernt war. Niemand sollte die Ungetüme schon vorher zu Gesicht bekommen, damit diese den größtmöglichen Schockeffekt bei ihren Gegnern erzielten. Nur so konnten sie laut Sheza die als rau und unerschrocken geltenden Trachonier dazu bewegen, die Flucht zu ergreifen.

Der auf die Schnelle neu entwickelte Plan hatte nicht alle Anführer der Koalition glücklich gemacht. Vor allem die Lords und Drigo waren vom Anblick der Drachen derart schockiert gewesen, dass sie Jenna anfangs darum angefleht hatten, sie wieder verschwinden zu lassen. Jeder wusste, wie gefährlich ein einzelnes dieser Tiere werden konnte, und keiner wollte sich ausmalen, welchen Schaden vierzig davon anrichten konnten. Dass Jenna tatsächlich die Kontrolle über diese Monster hatte, hatten die Männer erst geglaubt, als sie drei davon, unter Anweisung Lord Hinras', eine kleine Formation am Himmel hatte fliegen lassen. Richtiges Vertrauen in ihren Plan hatten sie dennoch bis zum Schluss nicht gewinnen können. Da es aber keine ansprechende Alternative gab, hatten sie sich dem Mehrheitsbeschluss gefügt und dafür gesorgt, dass der Großteil ihrer Reiter mit in die Schein-Schlacht gegen die Trachonier ging.

Jenna ließ ihren Drachen aufstehen und lief eine kleine Runde, um die anderen Tiere herum. Es waren nicht nur große dabei, sondern auch ein paar Trachjen, von denen einer ein paar dünne Narben auf seinen Flügeln und seiner Haut aufwies. Das Tier sah sie an, legte den Kopf schräg und gab schließlich einen eigenartigen Gurrlaut von sich, der in ihrem Geist vibrierte und ihr Herz einen kleinen, erfreuten Hüpfer machen ließ. Noch ein Freund, der sie wiedererkannt hatte! Sie ließ ihren Drachen mit einem zugeneigten Brummen antworten und der Trachje wackelte mit dem Kopf, als würde er sich freuen.

Plötzlich leuchtete etwas vor ihrem inneren Auge auf. Sie verstand sofort, dass dies das Signal zum Aufbruch war und gab es an alle Drachen weiter, während sie sich hinauf in die Luft schwang. Mit kräftigen Schlägen ihrer ledernen Flügel bewegte sie sich vorwärts, höher hinauf und weiter in die karge Landschaft hinein, folgte dem leuchtenden Ruf Mareks ohne große Mühe. Bald schon sah sie ihn und die vielen anderen Reiter, wie sie auf ihren Pferden über eine leichte Anhöhe hinunter zum Fluss galoppierten, die Schwerter erhoben und laut brüllend, um ihre Gegner einzuschüchtern. Und als sie über den Hügelkamm flog, konnte sie auch diese sehen: Das dunkle Heer, das ihr zuvor solch große Angst eingejagt hatte.

Die trachonische Kavallerie jagte auf Marek und die anderen Krieger zu, während Bogenschützen und Infanterie Stellung am Flussufer bezogen hatten. So viele Männer und doch nicht genug, um sie jetzt noch aufzuhalten, denn sie sah bereits, wie die ersten Soldaten beim Anblick der Himmelsmonster, die auf sie zuflogen, ihre Pferde zügelten, sie teilweise bereits herumrissen, um in die entgegengesetzte Richtung davonzujagen.

Das Maul ihres Drachen öffnete sich von ganz allein und der markerschütternde Schrei, der seine Kehle verließ, schien die Erde unter ihr zum Erbeben zu bringen, fand er doch ein Echo in unzähligen anderen Echsenkehlen. Jenna ging in den Sinkflug und Chaos brach in Alentaras Heer aus: Pferde stiegen, stolperten, rasten davon, ohne dass ihre Reiter etwas dagegen unternehmen konnten; Männer stürzten zu Boden; die ganze Kavallerie und Infanterie stob auseinander, in den Fluss hinein oder an ihm entlang und überall waren Entsetzensschreie zu hören. Die wenigen Pfeile, die in ihre Richtung abgeschossen wurden, verfehlten ihr Ziel oder prallten von der verhornten Haut der fliegenden Untiere ab und innerhalb weniger Minuten war von der einst so geordneten und gefährlichen trachonischen Armee nichts mehr übrig als Menschen und Tiere, die in wilder Panik davonliefen.

Jenna ließ ihre Drachen noch einmal dicht über den Köpfen ihrer Feinde einen weiten Kreis fliegen und drehte dann ab. Auch Mareks Reiterschar befand sich wieder auf dem Rückzug, hatten doch auch diese ein paar Probleme, ihre vor den Drachen scheuenden Pferde unter Kontrolle zu behalten. Soweit Jenna es jedoch beurteilen konnte, lachten die Männer und johlten über ihren Sieg, der nicht ein einziges Menschenleben gekostet hatte.

Auch Jenna hätte nicht glücklicher sein können. Sie ließ ihren Drachen ein weiteres Mal laut schreien und stieg hinauf in den Himmel, genoss die Sonnenstrahlen auf ihrem Körper und den Wind unter ihren Flügeln, die grenzenlose Freiheit und Leichtigkeit, die ihr am Boden verwehrt war.

‚Jenna – es ist Zeit', vernahm sie Kychona in ihrem Geist und da war wieder das behutsame, aber deutlich auffordernde Zupfen, das sie daran erinnerte, wohin sie gehörte.

Es war nicht leicht, sich aus ihrer Euphorie zu befreien und sich der Realität zu stellen, doch schließlich gelang es ihr. Sie gab ihrem Drachen den Befehl, zurück zum Hügel zu fliegen, und löste sich mit Kychonas Hilfe langsam und mit Bedacht aus dem Geist des Untiers. Der Sog ihres Körpers war kräftig, doch dieses Mal wurde sie nicht mit Schwung zurück in ihn hinein geworfen, sondern musste nur heftig einatmen, weil sich ihr Brustkorb für einen kleinen Moment anfühlte, als würde er vollkommen in sich zusammenfallen. Etwas Schwindel und der schnelle Puls waren offenbar für derartige magische Aktionen normal, denn den verspürte sie auch dieses Mal. Dennoch versuchte sie sofort auf die Beine zu kommen, schließlich mussten alle von ihrem Sieg erfahren.

„Jenna, ganz ruhig", hörte sie Kychona neben sich sagen. Die Alte bemühte sich darum, sie zu stützen und gleichzeitig festzuhalten und so wie Jenna wankte, hatte sie auch allen Grund dazu. Gleichwohl lachte sie ihr ins Gesicht.

„Wir haben es geschafft!", verkündete sie, obwohl Kychona es wissen musste. „Alentara muss sich etwas Neues einfallen lassen, wenn sie uns bedrohen will – und ich bezweifle, dass sie das kann."

Sie sprach aus, was sie dachte, und glaubte daran. Auch wenn sie aus Erfahrung wusste, wie schnell sich alles ändern und Euphorie in Angst umschlagen konnte. Doch in diesem Augenblick hatte sie keine Lust, weiter darüber nachzudenken. Sie musste jetzt ihre Freunde sehen und dann endlich wieder Marek in ihre Arme schließen.

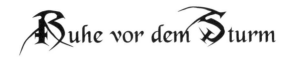
Ruhe vor dem Sturm

Die Entscheidung war nach ihrem Sieg und der Flucht der trachonischen Truppen und ihrer Verbündeten – auch Antrus' Truppen hatten wohl die Drachen über ihrem Lager aufsteigen sehen – schnell gefallen. Es gab keinen besseren Zeitpunkt als diesen, um Alentara endgültig in ihre Schranken zu weisen und dazu zu zwingen, als Königin von Trachonien abzutreten. Sie hatte eine herbe Niederlage einstecken müssen, von der sie sich nicht erholen durfte, und genau aus diesem Grund bauten die Truppen des Verbundes ihr Lager gar nicht erst wieder auf, sondern zogen weiter, hielten auf Tichuan zu. Mit ihrem Drachenheer im Schlepptau konnten sie einen derart mutigen Schritt wagen und mussten nicht befürchten, bereits auf ihrem Weg zum Schloss heftig attackiert zu werden.

Marek war sich absolut sicher gewesen, dass Alentara sämtliche Truppen zu sich holte, um das Schloss und sich selbst bis zum letzten Mann zu verteidigen und wie es aussah, hatte er sich nicht geirrt. Niemand stellte sich ihnen in den Weg und auch die Späher, die sie immer wieder vorausschickten, konnten nichts anderes berichten, als dass ihr Weg frei und nicht ein einziger trachonischer Soldat mehr auszumachen war.

Gleichwohl waren sie sich alle bewusst, dass es noch zu einer heftigen Schlacht kommen würde. Alentaras Armee war riesig und nun wussten sie von den Drachen und würden sich ohne jeden Zweifel darauf vorbereiten, sie effektiv zu bekämpfen. Die mächtigen Tiere waren nicht unsterblich und wenn man versuchte, ihre empfindlichsten Körperteile wie die Flügel und den Hals zu treffen, konnte man auch einen Drachen niederringen und töten. Es war notwendig, sich eine gute Strategie zu überlegen, um das Schloss, das wie Ezieran als uneinnehmbar galt, in ihre Gewalt zu bringen – oder zumindest so viel Druck auf die Königin auszuüben, dass sie sich ihnen ergab. An diesem Plan arbeiteten sie alle voller Eifer, aber vor allen Dingen Marek, Sheza und Lord Hinras, die schnell festgestellt hatten, dass sie die besten Strategen in ihrem geeinten Heer waren. Am Ende des ersten Tagesritts stand ihr Vorhaben bereits auf einigermaßen stabilen Füßen und am zweiten gefiel er auch dem letzten Zweifler.

Es war der Abend des zweiten Tages, der ihnen endlich einmal die Gelegenheit gab, sich in kleiner Gruppe etwas abseits vom Lager auszutauschen. Cilai und Leon hatten zunächst mit deren Brüdern zusammengesessen und sich über die Dinge ausgetauscht, die seit ihrer Trennung in den Wäldern Piladomas geschehen waren – Leon erfuhr unter anderem, dass Hilja unter der liebevollen Pflege der Chratnas wieder zu sich und neue Hoffnung gefunden hatte und es in der Tat Sheza gewesen war, die Cilais Kampfkünste aufgefrischt hatte – und waren schließlich von diesen allein gelassen worden.

Da es Leon noch nie schwergefallen war, sich mit der jungen Frau zu unterhalten, hatte es keine angespannte Gesprächspause zwischen ihnen gegeben, obgleich er selbst die ganze Zeit mit seinem Bedürfnis zu kämpfen hatte, seiner langjährigen Freundin näher zu kommen. Woher dieser Drang kam, wusste er nicht genau. Oder er wusste es, konnte es sich aber immer noch nicht richtig eingestehen, weil es alles nur noch weiter verkomplizieren würde. Mit Cilai zusammen zu sein, fühlte sich so gut an. Sie war wichtig für ihn, wichtiger, als er bisher angenommen hatte.

„Sie ist der Typ Mensch, der hart und kalt nach außen hin wirkt, aber innen ganz weich ist", erklärte die junge Frau gerade, warum sie Sheza so mochte. „Wie Marek. Ich hätte nie gedacht, dass ich das mal sage – aber in seinem Kern ist er ein guter Mensch."

Wie hübsch sie war. Wie ihre Augen funkelten, wenn sie mit Begeisterung von etwas erzählte.

Cilai sah hinüber zu einem der Feuer nicht weit von ihnen entfernt, an dem sich einige der Tikos versammelt hatten und Sheza allem Anschein nach gerade eine lustige Geschichte zum Besten gab, denn nur einen Atemzug später schallte das laute Lachen der Männer und Frauen zu ihnen hinüber. Enario nahm die Kriegerin sogar kurz in den Arm und drückte sie herzlich.

„Meinst du, da ist mehr zwischen den beiden als nur Kameradschaft?", fragte Cilai und sah ihn aufmerksam an.

„Nein", kam es Leon, ohne zu zögern, über die Lippen und die Enttäuschung, die kurz in Cilais Augen aufflammte, verwirrte ihn.

„Du magst sie, nicht wahr?" Nun war sogar ein Hauch von seelischem Schmerz in ihren Zügen zu finden und Leon runzelte die Stirn.

„Ja ...", antwortete er zögernd, „aber nicht so, wie du denkst?"

Es klang wie eine Frage und das war sie ja eigentlich auch, denn er war sich nicht sicher, ob sie dachte, was er meinte, das sie dachte. Gott, war das verwirrend!

„Nicht?" Die Hoffnung in ihrer Stimme bestätigte allerdings seine Vermutung und sein Sehnen nach ihrer Nähe wuchs erheblich an. Verdammt!

„Nein, sie ... sie ist nicht mein Typ", lächelte er und ihr Gesicht erhellte sich sichtbar. „Ganz davon abgesehen, liebt sie Alentara."

„Oh!" Cilai schien wahrlich überrascht und er gab ein leises Lachen von sich.

„Hast du das nicht bemerkt?"

„Sie hat in meinem Beisein nicht viel über sie gesprochen."

„Nicht viel – aber sie hat, oder?"

„Jetzt, wo du es sagst ..." Cilai schüttelte über sich selbst den Kopf, schlang die Arme um ihre Körpermitte und lehnte sich etwas nach vorn, vermutlich um dem Feuer näher zu kommen. „Manchmal bin auch ich mit Blindheit geschlagen."

„Das passiert jedem mal", gab Leon zurück und betrachtete die schöne junge Frau neben sich voller Wärme. Wie blind war er über all die Jahre gewesen, die Cilai ihm schon zur Seite gestanden hatte, ihn mit ihrer Loyalität und Liebe beschenkt hatte, ohne etwas als Gegenleistung dafür zu verlangen.

„Sogar den Besten", erwiderte sie mit einem bezaubernd verschämten Lächeln, das einen Schwarm Schmetterlinge in seinem Bauch zum Leben erweckte.

Er wandte rasch seinen Blick von ihr ab und räusperte sich. „Was ... ähm ... hat sie denn so von Alentara erzählt?"

„Dass wir ihr eine Chance geben sollen, ihre Fehler wiedergutzumachen, sollte sie sich uns ergeben", berichtete seine Freundin. „Sie sei kein schlechter Mensch, nur verwirrt und voller Angst, ein leichtes Opfer für die Manipulationen Dalons."

Leon nickte, obgleich er nur mit halbem Ohr hinhörte. Er hatte bemerkt, dass ein leichtes Zittern durch Cilais Körper gelaufen war und überlegte, ob sie fror. Wenn das der Fall war …

„Sie sagte auch, dass sie die Anführer der Koalition darum bitten würde, *sie* mit Alentara sprechen zu lassen, sollte sich die Königin auf neue Verhandlungen einlassen", fuhr die junge Frau fort. „Sie könne sie zur Vernunft bringen."

„Glaubt sie wirklich, dass sie immer noch einen so großen Einfluss auf diese Frau hat?", erkundigte sich Leon, erhob sich auf die Knie und nahm die zusammengefaltete Decke, die er als Sitzkissen benutzt hatte, vom Boden auf.

„Vielleicht hat sie ja recht", ergriff Cilai Partei und blinzelte verwirrt, weil Leon auf den Knien an sie heranrutschte, sich neben sie setzte und dann die Decke um seine Schultern schlang, nur um dann gleich wieder die Arme für sie einladend zu öffnen.

„Na, komm – du frierst doch", erklärte er sein Verhalten und Cilai brauchte nur Sekunden, um sich von ihrer Verblüffung zu erholen und mit einem strahlenden Lächeln in seine Arme zu rutschen.

Es fühlte sich gut an, wie sie sich an ihn kuschelte, ihren Kopf gegen seine Schulter lehnte und ihre Arme um seine Körpermitte schlang. Viel zu gut. Alles an ihr war weich und warm und ließ ihn vergessen, wo sie waren, welche Gefahren noch vor ihnen lagen und wie ungewiss ihre Zukunft war. Zumindest für eine halbe Minute. Es war allerdings nicht er, der ihre Gedanken zurück zu einem ihrer vielen Probleme führte.

„Wenn das hier alles vorbei ist – der Krieg, die Kämpfe …", begann Cilai mit leiser Stimme. „Wirst du mit ihr gehen? Mit Jenna? Zurück nach Hause?"

Leon konnte nicht sofort auf ihre Frage antworten, musste erst einmal darüber nachdenken. Noch vor ein paar Monaten hätte er wahrscheinlich genau gewusst, was er wollte. Aber jetzt …

„Wenn ich wüsste, wo das ist …", seufzte er und sie hob den Kopf, sah ihn an mit dieser Hoffnung, die ihm fast das Herz zerriss.

„Ich bin jetzt schon seit fünfzehn Jahren hier und mein Leben davor besteht nur noch aus verwaschenen Erinnerungen", erklärte er.

„Dennoch habe ich über all die Jahre immer diese brennende Sehnsucht verspürt, zurück in meine Welt zu kehren. Der Schmerz, den ich fühlte, hing nicht nur mit Saras Tod zusammen, sondern auch mit diesem verlorenen Leben."

„Ich weiß", gab sie gefasst zurück. „Das habe ich immer gewusst. Hast du dort noch Familie?"

„Nein – zumindest keine, zu der ich gerne zurückkehren würde", gestand er und ihm wurde erst jetzt bewusst, dass er noch nie mit jemandem darüber gesprochen hatte. Noch nicht einmal mit Sara.

„Das kann ich mir jetzt endlich eingestehen", setzte er hinzu. „Meine Mutter verließ meinen Vater und mich, bevor ich nach Falaysia kam, weil sie es nicht mehr mit ihrem Mann aushielt. Verständlicherweise. Er und ich hatten ebenfalls nie ein besonders gutes Verhältnis. Er fragte mich immer wieder, ob ich nicht bei einem dieser Programme mitmachen wolle, bei denen Teenager, die unter achtzehn sind, in eine betreute Jugend-WG ziehen. Er sprach von meiner beachtlichen Reife und seinen Problemen, Arbeitsleben und die Rolle als Vater in den Griff zu bekommen. Er war ein ausgemachter Egoist und hat sich bestimmt gefreut, als ich verschwand."

„Das tut mir leid", erwiderte Cilai voller Mitgefühl und hob eine Hand an seine Wange, streichelte sie sanft. Auch das fühlte sich viel zu gut an, ließ ein angenehmes Prickeln auf seiner Haut zurück.

„Sara war das einzig Gute an meinem Leben dort", setzte er hinzu. „Als sie verschwand, *musste* ich ihr folgen. Mir war es gleich, wohin mich das führte."

„Und dann starb sie", wisperte Cilai betroffen.

„Ja", seufzte er. „Und auf einmal war mein Bedürfnis zurückzukehren sehr viel größer als zuvor – genauso wie meine Wut auf die Personen, die meiner Meinung nach für mein Unglück verantwortlich waren. Das Leben in der heimatlichen Welt war plötzlich wieder sehr viel reizvoller und schöner. Ich konnte mir sogar erfolgreich einreden, dass ich meine Mutter sicherlich wiederfinden würde, wenn ich nur nach ihr suchte, dass es eine Familie *gab*, zu der ich zurückkehren konnte. Heute weiß ich, wie illusorisch das war und dass ich sehr ungerecht zu Melina war."

„Das alles war sehr traumatisch für dich", versuchte seine Freundin ihn vor seinen eigenen Schuldgefühlen zu schützen. „Jeder versucht auf seine eigene Art mit solchen Dingen klarzukommen. Wichtig ist doch nur, dass es dir jetzt besser geht, du wieder zu dir gefunden hast."

„Ich habe ja auch lange genug dafür gebraucht", schmunzelte er. „Und ich hab tolle Freunde an meiner Seite gehabt, ohne die mir das nie gelungen wäre."

„Du bist stärker und weiser als du denkst", widersprach Cilai ihm.

„Ist das so?", erwiderte er und sah ihr dabei tief in die Augen.

„Ja." Sie lächelte und auch an ihrem Blick veränderte sich etwas. „Sonst würde ich nicht so für dich empfinden, wie ich das tue."

Ihre Augen richteten sich kurz auf seine Lippen, bevor sie wieder zurück zu seinen fanden und Leons Herzschlag beschleunigte sich. Die Schmetterlinge in seinem Bauch waren zurück und sein Kopf senkte sich, kam ihrem langsam näher. Ihr heißer Atem, der auf seine Lippen traf, war unglaublich verführerisch, doch gerade, als er diese auf ihren Mund pressen wollte, wich sie ihm aus und richtete sich etwas mehr in seinen Armen auf. Ihr verschreckter Blick hatte sich auf etwas anderes gerichtet – oder besser gesagt *jemand* anderen: Marek.

Der Bakitarerfürst näherte sich ihrem Feuer, wie nicht anders zu erwarten war, begleitet von Jenna. Beide waren so in ihr Gespräch vertieft, dass sie nicht bemerkten, welchen kostbaren Moment sie gerade mit ihrem Auftauchen zerstört hatten.

„Ohne Verluste werden wir nicht aus dieser Sache herauskommen", konnte Leon Marek sagen hören, während Cilai ein Stück von ihm abrückte. Ganz aus seinen Armen entkommen ließ er sie jedoch nicht und sie war sichtbar froh darüber, belohnte ihn mit einem zugeneigten Lächeln.

„Aber die Drachen sind freiwillig zu uns gekommen", erwiderte Jenna, „sie wissen nicht, was ihnen bevorsteht, wenn sie das Schloss angreifen. Ich würde ihr Vertrauen missbrauchen."

„Wir brauchen sie aber", gab Marek nun schon etwas strenger zurück. „Und du bist bei ihnen, kannst ihnen helfen, Gefahren rechtzeitig zu erkennen und ihnen zu entgehen."

Jenna stieß ein frustriertes Seufzen aus und ließ sich, ohne zu fragen, ob ihre Anwesenheit störte, neben Leon nieder. Tja, Feinempfinden war nicht *immer* ihre Sache.

„Warum muss immer alles so kompliziert und schrecklich unfair sein?", beschwerte sie sich halbherzig, während Marek sich neben sie setzte und Leon und Cilai ganz offen musterte. Sein halbseitiges Lächeln bewies, dass er sofort registrierte, was eben noch zwischen den beiden vorgegangen war. Dies schien ihn aber nicht dazu zu bringen, wieder zu verschwinden.

„Wär doch sonst langweilig", reagierte er etwas verspätet und mit fehlendem Ernst auf Jennas Frage.

„Ich kann mir nicht vorstellen, dass hier so etwas wie Langeweile existiert", brummte Jenna und sah nun Leon an. Ihre Brauen bewegten sich aufeinander zu, als sie langsam begriff, dass er Cilai im Arm hielt und ihre Augen wurden gleich viel größer.

„Doch die gibt es hier auch", erwiderte diese mit einem beschwichtigenden Lächeln. „Nur nicht in letzter Zeit."

Sie sah Leon an und die Intensität ihres Blickes irritierte ihn ein wenig – bis er verstand, was sie von ihm wollte. Natürlich! Es gab ja noch etwas, das sie ganz dringend mit den beiden zu besprechen hatten!

„Denkt ihr Demeon wird sich mit der neuen Entwicklung weiterhin so zurückhalten wie bisher?", versuchte er behutsam das bisher noch nicht sehr rege Gespräch in die richtige Richtung zu lenken und rückte dabei noch weiter von Cilai ab.

„Nicht mit Sicherheit", erwiderte Marek und griff nach einem der aufgeschichteten Äste in seiner Nähe. Funken stoben in den Himmel, als er ihn in das Feuer legte. „Wir müssen uns darauf gefasst machen, dass auch er bald versuchen wird, den Kampf mit Zauberei zu beeinflussen."

„Meinst du, er kann uns unsere Drachen abjagen?", fragte Jenna besorgt.

Der Krieger schüttelte den Kopf. „Du hast durch Cardasol ein besonders starkes Band zu ihnen. Ich denke nicht, dass er das durchbrechen kann."

Cilai räusperte sich und strich sich nervös eine Haarsträhne hinter das Ohr, bevor sie es wagte, Marek anzusehen. Der Bakitarerfürst hatte immer noch eine einschüchternde Wirkung auf sie. Wer konnte es ihr verdenken? Die meisten Menschen fühlten sich in seiner Gegenwart nicht besonders wohl.

„Was Cardasol angeht ...", gelang es ihr schließlich hervorzubringen, „ich habe die Bücher Hemetions, die wir gerettet haben, studieren können und es gibt da eine Passage, die mir große Sorgen bereitet."

Die junge Frau berichtete rasch, worüber sie auch schon mit Leon gesprochen hatte, und er konnte in Mareks Augen und den Bewegungen seiner Brauen lesen, dass ihm diese Dinge wahrhaft neu waren. Und nicht nur das – ihm bereiteten die Neuigkeiten die gleichen Bauchschmerzen wie Leon und Cilai.

„Du willst damit sagen, dass sie nicht Marek an sich wollen, sondern nur seine Kräfte?", stieß Jenna fassungslos aus, nachdem Cilai ihren Bericht beendet hatte.

„Es könnte darauf hinauslaufen – ja." Es war dem Mädchen anzusehen, dass sie ihrer Freundin diese schlechte Nachricht nicht gerne beibrachte, aber sie hatte keine andere Wahl.

Mareks Wangenmuskeln zuckten sichtbar unter der Haut. „Das macht Sinn", äußerte er sich erstaunlich gefasst. „Wenn er und Alentara alle Elemente nutzen können, hat er auch Cardasol in seiner Hand."

„Aber er hat doch gar keinen Zugang dazu", wandte Jenna aufgebracht ein. „Er wird das Herz nicht aktivieren können."

„Wissen wir das mit Sicherheit?", hakte Cilai nach.

Für einen kurzen Zeitraum schwiegen alle in ihrer Runde, bis Jenna ihre Sprache wiederfand.

„Hätte er sonst Marek nach Falaysia gebracht, um die Steine zu suchen? Hätte Alentara mich sonst mit ihrem Amulett gehen lassen? Sie haben beide keinen Zugriff darauf und spekuliert, dass wir uns von ihnen wie Marionetten benutzen lassen."

„Demeon und Alentara lieben einander tief und innig, Jenna", erinnerte Marek sie.

Die junge Frau runzelte nur verständnislos die Stirn und Leon musste zugeben, dass auch ihm noch der Zusammenhang entging.

„Was erweckt die Macht der Steine?", wurde der Krieger genauer.

„Liebe – egal in welcher Form", hauchte Cilai und Entsetzen stand ihr ins Gesicht geschrieben. „So berichten es die Legenden."

„Vielleicht hoffen sie darauf, zusammen, durch ihre Liebe zueinander, den Kontakt herstellen zu können", überlegte Leon. „Oder meint ihr, es ist ihnen schon gelungen?"

Marek sah Jenna an. „Hast du in den letzten Tagen eines der fehlenden Teilstücke gefühlt? Denn das müsstest du, wenn es von jemand anderem aktiviert wurde. So ist es schon immer gewesen."

Jenna dachte angestrengt nach und schüttelte schließlich den Kopf. „Da war nichts. Ich bin mir ganz sicher."

„Dann wird es ihnen auch nicht gelungen sein", schloss der Kriegerfürst daraus und seine Augen wanderten zu Cilai, „was nicht heißt, dass du mit deiner Theorie nicht richtig liegst. Ganz im Gegenteil, ich halte das Szenario für relativ wahrscheinlich. Die Frage ist jetzt, was wir mit dieser Einsicht machen."

„Wir dürfen dich auf keinen Fall in ihre Nähe lassen!", stieß Jenna aus und hielt dann inne. Ihre Stirn legte sich in tiefe Falten und dann flog ihr entsetzter Blick zu Leon hinüber, der sofort schuldbewusst den Kopf senkte. „War dir das alles schon bekannt, *bevor* die Drachen kamen?"

Er stieß einen resignierten Laut aus. „Ich konnte es dir nicht sagen", entschied er sich für die Wahrheit, obwohl er wusste, dass diese seine Freundin furchtbar aufregen würde. „Du hättest Marek niemals gehen lassen, wenn du über Demeons möglichen Plan Bescheid gewusst hättest. Und das war in der damaligen Situation einfach notwendig."

„Einfach notwendig?", wiederholte Jenna erschüttert. „Du ... du hättest ihn geopfert, um alle anderen zu retten?"

Leon atmete tief durch die Nase ein und wappnete sich für den unausweichlichen Wutausbruch. „Ja."

Jenna reagierte nicht so, wie er vermutet hatte. Sie explodierte nicht, sondern sah ihn nur an, mit einer Enttäuschung in den Augen, die tiefer in sein Herz schnitt, als jedes harsche Wort das hätte tun können.

„Jenna", wandte sich ausgerechnet Marek besänftigend an die junge Frau und ergriff ihre Hand, sodass sie gezwungen war, ihn anzusehen. „Ich hätte genauso entschieden wie er und selbst *mit* den neuen Informationen hätte ich Alentaras Forderungen nachgegeben. Es gab keine andere sinnvolle Möglichkeit, ein Massaker an unseren geeinten Truppen zu verhindern. Das weißt du doch. Uns jetzt gegenseitig im Nachhinein Vorhaltungen zu machen, macht keinen Sinn."

Jenna schloss die Lider, atmete einmal tief durch und war dann erst dazu in der Lage, Leon wieder anzusehen. Er konnte fühlen, dass sie ihm noch nicht vergeben hatte, aber sie verstand zumindest, dass sie sich weiter um ihrer aller Zukunft kümmern mussten.

„Denkt ihr, Alentara und Demeon haben diesen Plan jetzt erst einmal zurückgestellt, um sich der Aufgabe zu widmen, das Schloss zu verteidigen?", fragte Cilai vorsichtig in die Runde.

„Sie werden eher versuchen, beides miteinander zu verbinden", mutmaßte Marek.

„Wie meinst du das?", hakte Jenna beunruhigt nach.

„Sie müssen wieder Druck auf uns aufbauen und da sie das gerade nicht mit ihrer Armee tun können, werden sie versuchen, auf andere Mittel zurückzugreifen."

Leon runzelte die Stirn. „Welche anderen Mittel?"

Marek blieb ihm eine Antwort schuldig, denn am Rande des Lagers, nicht weit von ihnen entfernt, war mit einem Mal ein kleiner Tumult ausgebrochen. Menschen scharrten sich um eine Person, die von einem der Wachposten gestützt wurde und kaum noch die Kraft zu haben schien, auf ihren eigenen Beinen zu stehen. Niemand hatte bemerkt, wie sich die beiden den Zelten genähert hatten. Nun war der Aufruhr umso größer. Immer wieder hallte ein Name durch die Nacht und Leons Puls beschleunigte sich, während er sich erhob. Jemand rief nach *ihm*.

„Wer ist das?", vernahm er Jennas Stimme, reagierte jedoch nicht auf sie, sondern lief los, auf die Menschenmenge zu, versuchte dabei mehr von dem Neuankömmling zu erkennen. Graues Haar, die ausgezehrten Züge, eines vertrauten Gesichts. Das konnte doch nicht sein! Wie war das möglich?

Leon schob ein paar Soldaten aus dem Weg, drängte sich an anderen vorbei und griff nach der Schulter des alten Mannes, sodass dieser sich zu ihm umdrehte.

„Gideon!", keuchte Leon fassungslos.

Überraschung, gefolgt von großer Erleichterung leuchtete in den müden Augen seines alten Freundes auf. Doch auch diese konnte nicht über den großen Kummer hinwegtäuschen, der ihn zu belasten schien.

„Ano sei Dank!", stieß Gideon aus und packte seinen Oberarm, klammerte sich an ihn, als sei er das rettende Ufer eines tosenden Flusses, das er endlich erreicht hatte. „Ich dachte schon, ich würde dich hier nicht finden!"

Der Wachmann, der seinen Freund ins Lager gebracht hatte, ließ ihn endlich los und nickte Leon kurz zu, bevor er aus dem Pulk verschwand.

„Alles in Ordnung", versicherte Leon den anderen Soldaten. „wir sind alte Freunde. Ihr habt nichts von ihm zu befürchten."

„Das kann ich bestätigen", hörte Leon eine vertraute Stimme und entdeckte jetzt erst Uryo und Wesla in der Menge. „Er ist ein enger Freund und sicherlich hierhergekommen, um uns zu unterstützen, nicht wahr?"

Uryo sah Gideon auffordernd an und der alte Mann nickte sofort. „Ich konnte meine Freunde doch nicht allein in den Krieg marschieren lassen", bestätigte er die Lüge. „Und auch wenn ich nicht mit in die Schlacht ziehen kann, so kann ich euch zumindest moralisch unterstützen."

Er bemühte sich um ein Lächeln, doch seine Erschöpfung ließ nur ein kurzes Zucken seiner Mundwinkel zu.

„Und ich muss unbedingt Jenna sehen", wandte er sich an Leon und die Dringlichkeit dieser Bitte war nur allzu offenkundig. „Ich hab mir Sorgen um sie gemacht."

„Ich bin hier!" Leons Freundin schob sich, wie er zuvor, durch die Soldaten und mit wenigen Schritten war sie bei Gideon und schloss ihn in die Arme, drückte ihn ganz fest.

Leon wusste nicht genau, ob es diese Intimität oder Mareks Erscheinen war, das die anderen Soldaten dazu veranlasste, endlich zu ihren vorherigen Tätigkeiten zurückzukehren. Er war nur froh, *dass* sie es taten, denn Gideons Auftauchen war aus seiner Sicht alles andere als positiv zu werten. Alentara ließ ihre Gefangenen nicht aus Mitgefühl oder simpler Nettigkeit frei.

„Komm, setz dich zu uns ans Feuer", forderte Jenna den alten Mann sanft auf und Leon griff rasch zu, als Gideon bereits bei seinem ersten Schritt zur Seite wankte, schlang sich einen seiner Arme um die Schultern, um ihn zu stützen. Marek war ebenso schnell an dessen anderer Seite und nur aus diesem Grund versuchte Leon über den Fakt hinwegzusehen, dass der Mann Uryo mit nur *einem* Blick dazu bewegte, auch Wesla aus ihrer Reichweite zu führen.

„Die brauchen ein bisschen Ruhe und Zeit für sich", konnte Leon ihn murmeln hören.

Cilai, die als einzige beim Feuer geblieben war, legte Gideon sofort eine ihrer Decken um die Schultern, als dieser sich mit Leons und Mareks Hilfe schwerfällig niedergelassen hatte, und reichte ihm dann einen Becher mit Wasser, den er gierig hinunterstürzte.

„Wie geht es Tala ... und Rian?", fragte Cilai sanft und voller Sorge.

„Gut", beruhigte der Alte ihrer aller Gemüter. „Alentara lässt es uns an nichts fehlen – auch nicht nachdem wir versucht haben zu fliehen. Sie hegt keinerlei Groll gegen uns. Aber ich weiß, dass das nicht ewig anhalten wird. Sie braucht uns als Sicherheit. Ich bin allerdings nicht hier, um euch zu beruhigen."

Er benötigte einige Zeit, um sich soweit zu erholen, dass er aussprechen konnte, was ihn belastete.

„Ich soll euch eine Botschaft überbringen", brachte er nur mit schwacher Stimme hervor und Leon wappnete sich für das Schlimmste. „Alentara ... sie will sich mit dir treffen, Jenna."

Der jungen Frau stockte der Atem. „Mit mir?"

„Mit dir und Marek", bestätigte Gideon. „Sie sagte, es müsse doch einen friedlichen Weg geben, um diesen Konflikt zu lösen."

„Friedlich?", wiederholte Marek skeptisch.

„Immerhin versucht sie nicht sofort, uns unter Druck zu setzen", versuchte Jenna optimistisch zu bleiben.

Der Krieger hob die Brauen. „Du meinst, Gideon mitzunehmen und zu uns zu schicken, ist nicht der Versuch, ein Treffen mit dir zu *erzwingen*? Sie weiß, dass du eine enge Beziehung zu ihm aufgebaut hast."

Sie senkte den Blick und seufzte schwer. „Du vermutest also, sie wird uns drohen, ihn zu töten, wenn wir ihrem Wunsch nicht nachkommen?", fragte sie hörbar resigniert.

„Wozu hat sie ihn sonst mitgenommen und zu uns geschickt? Ein jüngerer Mann wäre schneller bei uns gewesen."

„Er wäre aber als offizieller Bote auch nicht sofort zu uns durchgekommen und die Soldaten hätten später Fragen gestellt – was sie mit Sicherheit vermeiden wollte. Schließlich will sie nur uns sprechen."

Marek hob die Schultern. „Wenn *du* glauben willst, dass wir eine Wahl haben – nur zu."

„Wir können dich nicht in ihre Nähe lassen", mahnte Jenna ihn und da war wieder die Angst in ihren Augen, die Leon schon bei der letzten schweren Entscheidung nicht entgangen war. Ein Gefühl, dass sie in Bezug auf Marek in letzter Zeit nicht mehr rational denken und handeln ließ. „Nicht nach allem, was wir gerade eben erfahren haben. Demeon könnte an ihrer Seite sein!"

„Und was soll er tun? Mich angreifen? Das geht nicht, solange du bei mir bist und eines der Amulette trägst. Wenn Alentara will, dass du mitkommst, geht es tatsächlich nur darum, mit uns zu reden. Vorerst. Wir sollten uns anhören, was sie zu sagen hat. Vielleicht lässt sich dann besser voraussehen, was sie plant."

Leon wandte sich Gideon zu. „Konntest du auf deiner Reise hierher etwas über ihren Plan in Erfahrung bringen?"

„Nein, ich ... ich habe die meiste Zeit geschlafen", gestand Gideon. „Das kam wahrscheinlich von dem Trank, den sie mir vorher eingeflößt haben. Ich erwachte erst vor ein paar Stunden mitten im Nirgendwo und sie sagte mir, was ich euch eben ausgerichtet habe."

„Waren Soldaten bei ihr?", fragte Marek mit kritisch zusammengezogenen Brauen.

Gideon schüttelte den Kopf. „Wir waren ganz allein und sie sagte mir, in welche Richtung ich laufen und dass ich nur *mit* euch zurück zu dieser Stelle kehren soll."

„Ganz allein?", wiederholte Leon zweifelnd. Das war doch mehr als seltsam.

„Bis auf die Kutsche, in der ich lag", bestätigte Gideon.

„Wirst du den Ort, an dem sie auf uns wartet, denn wiederfinden?", erkundigte sich Jenna skeptisch.

„Ich habe in Renons Armee nicht nur als Soldat, sondern auch als Fährtenleser gedient", tat Gideon nicht ohne Stolz kund. „Ich finde *jeden* Ort wieder."

„Wie lange brauchst du, um dich zu erholen?", wandte sich Marek an ihn und Jenna sah den Krieger entsetzt an.

„Du willst doch nicht los, ohne einen Plan zu entwickeln, wie wir uns schützen können!", entfuhr es ihr.

„Wir haben die Amulette – das reicht", behauptete Marek, ohne sie anzusehen. Sein fragender Blick war weiter auf Gideon gerichtet.

„Wenn ich noch etwas essen und trinken darf, bin ich für den Rückweg bereit", antwortete der alte Mann.

„Bist du sicher?", fragte Leon voller Sorge, denn Gideon sah immer noch nicht sonderlich gut aus.

Doch sein Freund nickte bestätigend und somit gab es auch aus Leons Sicht kaum noch etwas, das er Mareks Aufbruchsstimmung entgegensetzen konnte – wenngleich er Jenna gern geholfen hätte, um die Wogen zwischen ihnen wieder zu glätten.

„Wie hast du nur derart viele Schlachten gewinnen können?", stieß seine Freundin fassungslos aus. „Ohne Vorbereitung und ... was weiß ich."

„Jenna, ich *bin* vorbereitet", brummte der Krieger zurück. „Auf ein Gespräch mit Alentara, an dessen Ende sie wahrscheinlich versuchen wird, uns große Angst zu machen. Sie wird uns jedoch nichts tun können, weil du die Amulette tragen wirst und angespannt genug bist, um den Schutz Cardasols die ganze Zeit aufrechtzuerhalten. Selbst wenn Demeon auftaucht oder sie eine ganze Armee aus dem Ärmel schüttelt, wird sie uns nichts anhaben können und das weiß sie. Sie wird nichts versuchen, weil es sie selbst mehr in Gefahr bringen würde als uns."

„Und wenn sie uns nur weglocken will, um das Lager hinter unserem Rücken anzugreifen?", sprach Jenna aus, woran Leon noch nicht gedacht hatte.

„Niemand greift ein Lager an, das von über vierzig Drachen bewacht wird", setzte Marek gekonnt auch dieses Argument schachmatt. „Und wenn du ganz sichergehen willst, gib den Drachen vorher den Befehl dazu, aufzupassen. Selbst eine ganze Armee hätte gegen diese Tiere ohne den Schutz einer Burg keine Chance."

Jenna holte schwerfällig Atem, fuhr sich mit einer Hand nervös über den Nacken und nickte schließlich widerwillig. „Gut, dann machen wir es so", gab sie endlich ihre Zustimmung.

„Aber ihr beide", sie sah Leon und Cilai streng an, „begebt euch bitte ins Lager und tut nichts Dummes. Sagt niemandem ein Wort davon – auch nicht Kychona. Ich will nicht, dass sie sich unnötig in Gefahr begibt, und es ist gut, wenn wenigstens *eine* erfahrene Magierin bei den Soldaten bleibt."

Leon dachte kurz über ihre Worte nach und stimmte nur ein kleines bisschen später als Cilai zu. Auch wenn es sich für ihn nicht gut anfühlte, Jenna und Marek allein zu der gefährlichen Königin zu schicken – sich einzumischen, würde die ganze Sache unnötig verkomplizieren. Und er musste dem Bakitarerfürsten innerlich zustimmen. Solange Jenna zumindest eines der Amulette bei sich trug, waren sie und alle Menschen, die in ihrer Nähe blieben, gegen jeglichen Zugriff Alentaras geschützt. Sogar Gideon. Und das war ein sehr beruhigender Gedanke.

Schlangenblut

Manchmal war es alles andere als angenehm, einen Menschen an seiner Seite zu haben, der einem oft schon ein paar Schritte voraus war, während man selbst noch dabei war, bereits geschehene Dinge zu verarbeiten und daraus Schlüsse für die Zukunft zu ziehen, Pläne zu machen.

Jenna versuchte sich von ihrem Ärger über Mareks Opferbereitschaft abzulenken, indem sie Gideon nach seinem und damit auch Talas und Rians Aufenthaltsort im Schloss befragte. Der Krieger wies sie jedoch gleich wieder darauf hin, dass Alentara mit Sicherheit dafür sorgen würde, dass ihre drei Geiseln bei ihrer Rückkehr ein neues Zimmer zugewiesen bekamen und diese Informationen deswegen unbrauchbar und das Einholen dieser reine Zeitverschwendung waren.

„Ich höre es mir trotzdem an", hatte Jenna verärgert erwidert und genau das getan. Mittlerweile tat ihr dieses Verhalten wieder leid, denn immer wenn der Name Rian fiel, konnte sie sehen und fühlen, wie Marek sich verspannte. Obgleich der Krieger schon mehrfach hatte verlauten lassen, dass die Rolle des fürsorglichen Vaters nichts für ihn sei, liebte er sein Kind tief in seinem Herzen und konnte es kaum ertragen, sie in den Händen seiner Feinde zu wissen.

Jenna wusste, dass seine Tochter der einzige Grund war, aus dem er sich derart schnell auf die Unterredung mit der Königin eingelassen hatte. Er ahnte, wie sie, dass Alentara diesen Trumpf bald ausspielen würde. Die Frage war nicht ob, sondern wann sie es tat.

„Sie ist so tapfer", berichtete Gideon gerade von dem Mädchen, „versucht immer das beste aus der Situation zu machen, in der sie sich gerade befindet und schafft es tagein, tagaus unsere Stimmung mit ihrem Lachen zu heben."

„Das wird ihr auch noch vergehen", brummte Marek, ohne seine Begleiter dabei anzusehen. Sein Blick wanderte, wie schon viele Male zuvor, misstrauisch über die Landschaft, durch die sie sich bewegten.

Jenna schüttelte auf Gideons entsetzen Blick hin den Kopf und gab ihm einen Wink, dass Marek nicht meinte, was er sagte, und versuchte dann das Thema zu wechseln.

„Hattest du auch schon Kontakt mit Demeon oder Dalon, wie er sich vielleicht wieder nennt?"

Die Falten auf Gideons Stirn vertieften sich. „Ist das der Zauberer an Alentaras Seite?"

„Ja."

„Er kam ein paar Mal zu uns, um sich mit uns zu unterhalten, sagte wir sollen keine Angst haben. Niemand wolle uns etwas antun. Er war sehr freundlich – auch zu Rian. Hat ihr ein paar Spielsachen mitgebracht."

Heiße Wut schwappte aus Mareks Richtung zu ihr hinüber, ließ ihren ganzen Körper vibrieren und sie kurz nach Luft schnappen, sodass Gideon besorgt eine Hand auf ihre Schultern legte. Doch sie selbst wandte sich rasch Marek zu, der stehengeblieben war und mit geschlossenen Augen und in die Hüften gestützten Händen versuchte, den Zorn in seinem Inneren wieder unter Kontrolle zu bringen.

Jenna trat vor ihn und legte in einer beruhigenden Geste eine Hand auf seine Brust, fühlte sofort den hämmernden Schlag seines Herzens.

„Demeon wird keinen Einfluss auf deine Tochter gewinnen", versprach sie ihm. „Ihr wird nicht dasselbe passieren wie dir!"

Er hob die Lider, blickte ihr in die Augen, verunsichert und aufgewühlt.

„Das lassen wir nicht zu!", setzte sie mit fester Stimme hinzu.

„Sie hat Angst vor ihm", schaltete sich auch Gideon wieder ein, der endlich zu verstehen schien, worum es ging. „Hat sich immer vor ihm versteckt. Sie wird ihm niemals vertrauen."

Der Krieger presste die Lippen zusammen und nickte schließlich. Und das genügte, um den Weg gemeinsam fortsetzen zu können.

Jenna suchte nicht weiter das Gespräch mit Gideon, sondern konzentrierte sich lieber auf ihre Umgebung, gab permanent das Signal an ihr Amulett, die beiden Männer an ihrer Seite und sie selbst zu beschützen. Sie hatten sich dafür entschieden, die Strecke zu Fuß zurückzulegen, um niemanden darauf aufmerksam zu machen, dass sie das Lager verließen, und Jenna bereute ihre Entscheidung nicht. Sich zu bewegen tat gut. Auf diese Weise wurde sie zumindest etwas Nervosität los und war genügend abgelenkt, um ihre Gedanken nicht ständig um ihre Befürchtungen kreisen zu lassen.

Nach ein paar weiteren Minuten erreichten sie schließlich einen kleinen Tannenhain, durchwachsen und umgeben von großen und kleineren Felsen. Das Gras war hier etwas grüner und höher und als sie sich in den Hain hineinbewegten, konnten sie bald den Grund für das fruchtbare Stück Erde ausmachen – ein Bach, der seinen Ursprung in einer nahe gelegenen Felsformation zu haben schien.

Die Kutsche, von der Gideon berichtet hatte, stand an seinem steinigen Ufer und das Pferd, das sie hierhergebracht hatte, war noch angespannt. Es schaute kurz zu ihnen hinüber und graste dann zufrieden weiter. Nirgendwo war ein Mensch zu entdecken, der sie gefahren haben konnte. Alles war friedlich, fast idyllisch und gerade das machte die ganze Situation etwas bizarr.

Jenna sah Gideon unschlüssig an. Der zuckte etwas verunsichert die Schultern und sie hob den Blick zu Marek. Der Krieger war jetzt noch angespannter als zuvor. Seine Augen tasteten die Umgebung ab und sie konnte fast fühlen, wie er all seine Sinne auf mögliche Gefahren ausrichtete. Sein Blick blieb plötzlich starr auf einen Felsen, der etwas weiter von ihnen entfernt war, gerichtet und Jenna wunderte sich nicht, als eine Gestalt dahinter hervorkam. Die Kapuze ihres langen Mantels war so tief hinuntergezogen, dass das Gesicht der Person im Schatten blieb, doch ihre grazilen Bewegungen kamen Jenna vertraut vor. Das konnte nur Alentara selbst sein.

Ihr Herz stolperte, denn nur wenig später erschien eine weitere in einen Kapuzenmantel gehüllte Person hinter der Königin. Sie war *nicht* allein gekommen, wie versprochen, sondern hatte genau den Menschen mitgebracht, vor dem sie sich alle am meisten fürchteten. Jennas brauchte nicht sein Gesicht zu sehen, um zu wissen, dass es Demeon war. Sie fühlte seine magische Aura, seine bedrohliche

Kraft, die sofort einen eiskalten Schauer ihren Rücken hinunterlaufen ließ.

Mareks Hand legte sich auf den Knauf seines Schwertes, während er die andere in Jennas Richtung ausstreckte und einen Schritt zur Seite machte, sodass sein Körper sie vor jeglicher Attacke schützte. Doch Jennas eigene Sorge um den Mann, den sie liebte, ließ sie sogleich wieder an seine Seite treten, kurz bevor Alentara aus dem Schatten der Bäume trat und ihre Kapuze zurück strich.

„Keine Sorge – niemand hier bedroht euch", versuchte die dunkelhaarige Schönheit sie beide zu beschwichtigen. „Wir möchten nur ungestört mit euch sprechen."

„Wir?", wiederholte Jenna, sah allerdings nicht die Königin an, sondern ihren Begleiter, der nun ebenfalls nach dem Rand seiner Kapuze griff und enthüllte, was sie bereits erraten hatte: Ein scharf geschnittenes Gesicht, braune, erstaunlich kühle Augen, volle Lippen, umrahmt von einem gepflegten Spitzbart, der ebenso dunkel war wie sein kurzes Haar.

Jenna hatte Demeon nur einmal zuvor gesehen, doch seine Erscheinung hatte sich derart in ihr Gedächtnis gebrannt, dass sie ihn innerhalb eines Wimpernschlags erkannte. Und seine Ausstrahlung war noch genauso unheimlich wie bei ihrer ersten Begegnung.

„Das würde ich an deiner Stelle lieber lassen", mahnte Alentara Marek und erst in diesem Moment fiel Jenna auf, dass der Krieger gerade sein Schwert zog. „Meine Leibwache hat die klare Anweisung, deine Tochter zu töten, sollte mir oder Dalon etwas zustoßen."

Jenna legte rasch ihre Hand auf Mareks Arm und erst diese Berührung veranlasste ihn dazu, das Schwert zurück in die Scheide zu schieben. Loslassen konnte sie ihn dennoch nicht. Die Kraftanstrengung, mit der er sich zurückhielt, war deutlich aus seiner Körperhaltung und Mimik zu lesen. Jeder Muskel seines Körpers schien unter Spannung zu stehen, sein Kiefer mahlte unentwegt und seine Brust hob und senkte sich viel zu rasch unter den heftigen Atemzügen, die er nahm. Er sah nicht Alentara an, wie Jenna zuerst gedacht hatte. Sein glühender Blick ruhte auf Demeons Gesicht, der es trotzdem zustande brachte, milde zu lächeln.

„Ich habe schon einiges von dir zu hören bekommen", brachte der Zauberer mit seidenweicher Stimme hervor und sprach damit eindeutig Marek an, „aber dich *endlich* mit eigenen Augen zu sehen, nach all den Jahren ..."

Er trat jetzt direkt neben Alentara und Marek schien neben Jenna noch weiter zu wachsen, nahm eine äußerst bedrohliche Haltung ein, die sie dazu veranlasste, seinen Arm auch noch mit der anderen Hand zu umfassen. Sie hatte damit gerechnet, dass die erste Begegnung mit Demeon schwierig sein würde, doch das hier war ein einziger Drahtseilakt – ohne Auffangnetz wohlgemerkt.

„Es ist schade, dass man Vergangenes nicht rückgängig machen kann", wagte der Zauberer es trotz Mareks offensichtlich kochender Wut, weiter mit ihm zu sprechen. „Ich würde viele Dinge gern ungeschehen machen, Ma'harik, aber ..."

„Nenn mich nicht so!", zischte der Krieger und hinderte damit seinen ehemaligen Ziehvater daran, seinen Satz zu beenden.

Demeon zog die Brauen zusammen und legte den Kopf schräg. Zu Jennas großer Erleichterung sparte er sich dieses Mal ein Lächeln. Seine stoische Ruhe war schon ausreichend, um Mareks Zorn zu erhalten, wenn nicht sogar noch weiter anzuheizen.

„Ist Marek besser?"

Der Krieger antwortete nicht und Jenna entschied einzugreifen – obwohl sie ihn gewiss nicht bevormunden wollte.

„Ihr wolltet mit uns sprechen", erinnerte sie Alentara und ihren Begleiter an den Grund für ihr Zusammentreffen. „Ich vermute, es ging nicht nur darum, Geschichten aus der Vergangenheit auszugraben, um vorzutäuschen, dass ihr gar nicht unsere Feinde seid, sondern sogar zu unseren Freunden werden könntet."

Alentara setzte einen überraschten Gesichtsausdruck auf. „Ich bin etwas erstaunt, solche Worte aus deinem Mund zu hören, Jenna. Habe ich dir jemals etwas angetan, das dich zu dem Schluss führen könnte, dein Feind zu sein? Seit wann glaubst du daran, dass es klare Grenzen zwischen Gut und Böse gibt?"

„Das tue ich nicht", gab Jenna ruhig zurück. „Aber manchmal muss man sich in einem Konflikt für eine Seite entscheiden. Und das habe ich getan."

Alentara hob die Brauen, musterte sie kurz. „Und du bist ganz sicher, dass du auf der *richtigen* Seite stehst?"

„Ja", bestätigte sie, ohne zu zögern.

„Offenbar tut sie das auch", setzte Demeon hinzu. „Sie ist dort, wo sie schon immer hingehört hat." Sein Blick wanderte mit gespieltem Wohlwollen von ihr zu Marek und wieder zurück. „Sie versteht nur nicht, dass *er* noch nicht den Platz gefunden hat, der ihm schon immer zugedacht gewesen ist."

Der Krieger gab ein missbilligendes Schnaufen von sich. „Den Platz an *deiner* Seite?", spuckte er verächtlich aus. „Als dein gehorsamer Diener?"

„Du bist dazu geboren worden, anzuführen – nicht zu dienen, Marek", widersprach Demeon ihm sofort und seine Stimme war so sanft, dass Jenna nicht sicher war, ob er log oder wahrlich sagte, was er dachte. „Das wusste ich schon immer und mein Plan für dich hat nie etwas anderes vorgesehen. Als ich dich nach Falaysia brachte, wollte ich dich schützen. Du magst mir das nicht mehr glauben, aber das ist und war stets meine Intention. Natürlich wollte ich eines Tages ebenfalls nach Falaysia zurückkehren, meine Priorität war es allerdings nicht."

„Ja, natürlich." Marek stieß ein unechtes Lachen aus. „Wahrscheinlich wolltest du mich zum Herrscher über diese Welt erheben und dich dann demütig mit deiner Königin in eine kleine Holzhütte in den Wäldern Piladomas zurückziehen."

„Auch wenn du es nicht glaubst – ich war schon immer davon überzeugt, dass du ein guter Herrscher wärst, unabhängig von der Größe deines Reiches", erwiderte Demeon gelassen. „Und ich selbst wäre mit einer Hütte im Wald in der Tat ganz zufrieden."

Alentara bedachte den Mann an ihrer Seite mit einem leichten Stirnrunzeln, hatte sich dann aber schnell wieder im Griff. „Was Dalon sagen will, ist, dass es uns fern liegt, euch beiden mit unserem Handeln zu schaden. Wir haben den Bakitarern und dem Zirkel der Magier den Krieg erklärt – nicht euch."

„Ich bin der oberste Heerführer der Bakitarer", knurrte Marek. „Es gestaltet sich schwierig, diese Kriegserklärung nicht persönlich zu nehmen."

„Das ist es eben, was ich damit meinte, als ich sagte, dass du noch nicht den Platz gefunden hast, der dir schon immer zugedacht wurde", ging Demeon immer noch erstaunlich sanft auf ihn ein. „Man kann dir das nicht verübeln. Das Leben hier hat es dir äußerst schwer gemacht, den richtigen Weg zu erkennen, und dich immer wieder in die Irre geführt hat. Es mag sein, dass die Bakitarer dich gerettet und in ihren Stamm aufgenommen haben, aber ihr Fürst zu werden, war falsch."

„Ach, war es das?" Jetzt war es Marek, der lächelte, so kalt und falsch wie in alten Tagen und Jennas Finger krallten sich wieder fester in den Ärmel seines Hemdes.

Demeon wagte es dennoch, zu nicken, und trat noch einen Schritt näher an sie heran. „Du hättest nach deiner Genesung tun sollen, was ich dir bei unserem letzten Kontakt riet. Alentara hätte dich aufgenommen und dir dabei geholfen, zu verstehen, was zu tun ist; zu begreifen, dass unser Plan nichts Bösartiges in sich trägt. Mit ihrer Hilfe hättest du zu dir selbst zurück und damit auch den Zugang zu Cardasol finden können."

Marek stieß ein unechtes Lachen aus. „Ich kann die Steine nicht nutzen. Ich habe keinen Zugang zu ihren Kräften. Du und Nefian, ihr habt euch geirrt."

Er sah so ernst und verbittert aus, dass Jenna ihm fast selbst geglaubt hätte.

„Du verleugnest dich selbst – dich und deine Fähigkeiten", sagte Demeon jetzt schon etwas strenger. „Was trägst du da bei dir, um zu verbergen, wer du bist? Ein Hiklet? Jemand, der die Magie so zu hassen gelernt hat wie du, wird *niemals* auf ein magisches Objekt zugreifen können, weil er dessen Kräfte ständig blockiert. Das ist es, was damals geschah, als du von dem Felsen in die Tiefe sprangst."

Marek atmete scharf ein und Jenna konnte es sich nur mit Mühe verkneifen, ihn entsetzt anzusehen. Er war freiwillig gesprungen? Wie verzweifelt musste er gewesen sein, um so etwas zu tun?

„Ja, ich habe es mitangesehen, habe es fühlen können, obwohl du mich zuvor weggestoßen hattest", bestätigte Demeon, ohne danach gefragt worden zu sein. „Und weißt du wieso? Weil das Amulett auf dich reagierte und unsere Verbindung kurzfristig wiederherstellte. Es versuchte, dich zu schützen – mit allen Mitteln, obwohl du nicht an seine Kraft glaubtest, obwohl du es blockiertest."

„Das ist nicht wahr!", stieß Marek erregt aus.

„Ach nein?" Demeon sah ihn eindringlich an. „Wie sonst hättest du einen Sprung aus dieser Höhe überleben können?"

„Ich *war* so gut wie tot!", wehrte sich der Kriegerfürst weiter gegen diese Behauptung.

„Nein", widersprach der Magier ihm, „denn sonst hätten die Bakitarer dich mit ihrer primitiven Medizin nicht retten können."

„Das waren meine Kräfte!"

„Die auch. Aber du trugst das Amulett. Und wenn du deine Erinnerungen endlich an dich heranlässt, dann weißt du, dass Cardasol dir geholfen hat – bei dem Sturz *und* bei der Heilung deiner schweren Verletzungen. Das Herz der Sonne und du – ihr seid füreinander bestimmt! Genauso wie Jenna an deine Seite gehört, um dir dabei zu helfen, eure geeinte Kraft unter Kontrolle zu behalten, wie es deine Mutter immer getan hat."

„Sprich nicht über meine Mutter!" Marek machte einen drohenden Schritt auf den Zauberer zu, der sofort die Hände hob. Ein merkwürdiges Summen war zu vernehmen und Jenna hielt den Atem an, als die Kraft Demeons auf den Schutzwall ihres Amuletts stieß. Silbrig bläuliche Lichtblitze, zuckten und knisterten vor ihr in der Luft, dann war der Spuk auch schon wieder vorbei, ließ einen atemlosen, jedoch sichtlich faszinierten Demeon und eine schockierte Alentara zurück.

„Das ist … bemerkenswert", kommentierte der Zauberer das eben Gesehene beeindruckt. „Diese Kraft!" Er lachte erfreut. „Versteht ihr nicht, was ihr bewegen könntet, wenn ihr euch beide mit Cardasol vereint? Ihr wärt die mächtigsten Zauberer, die unsere Welten je gesehen haben!"

„Ich dachte, es geht dir nicht um Macht", brachte Jenna schnell an und hob nachdrücklich die Brauen.

Demeons Augen flogen zu ihr und er musterte sie mit einem Ausdruck, der zwischen Feindseligkeit und Bewunderung zu schwanken schien, bevor er sich wieder im Griff und seine Maske der falschen Freundlichkeit zurückgewonnen hatte.

„Manchmal braucht man sie, um einer Welt Frieden und Wohlstand zu bringen", mischte sich nun auch wieder Alentara ein. Sie hatte ja keine Ahnung, wie abgenutzt diese Worte bereits in Jennas Ohren klangen. „Man muss sie nur für die richtige Sache einsetzen."

„Und das zu entscheiden ist leicht?", fragte Jenna herausfordernd.

Alentaras Lippen formten sich zu einem wunderschönen Lächeln, das Jenna als reine Fassade durchschaute. Da war so ein verärgertes Funkeln in ihren Augen. „In diesem Falle schon."

„Ach so?" Marek kreuzte die Arme vor der Brust und setzte einen ähnlich provokant-erwartungsvollen Blick auf wie Jenna. Er schien sich langsam wieder zu fangen.

„Ja", lächelte die Königin weiter. „Alle Kriege, die Falaysia jemals erschüttert haben, sind von zwei Parteien angestachelt worden: Dem *Zirkel der Magier* und den Bakitarern. Und diese beiden Parteien gilt es zu vernichten."

„Die Bakitarer existieren als Volk erst seit rund hundert Jahren, seit Bakita einige der verfolgten Nomadenstämme dieser Welt vereint und ihnen die Kraft gegeben hat, sich endlich erfolgreich gegen Unterdrückung und Versklavung zur Wehr zu setzen", entfuhr es Marek inbrünstig. „Sie hat es ihnen erst ermöglicht, eine Heimat in Allgrizia zu finden, aus der sie später dann wieder von machtgierigen Königen vertrieben wurden. Erzähle mir nichts über dieses Volk, dass du nur aus Legenden und Märchen kennst, die die Königshäuser haben verbreiten lassen! Die Bakitarer haben ihren schlechten Ruf nicht verdient!"

„Bakita gehörte einst zum Zirkel der Magier und wollte nur mit diesen Leuten und den von ihnen betreuten Königen abrechnen, weil sie ihr Kind töteten!", widersprach Alentara ihm ähnlich aufgewühlt und Jenna musste ein paar Mal blinzeln, weil einige der Informationen ihr vollkommen neu und nicht leicht zu verarbeiten waren. „Sie hat die Nomadenstämme für ihre eigenen Zwecke missbraucht!"

„Sie hatte magische Kräfte, das ist wahr, aber sie gehörte nie zum Zirkel!", entgegnete der Krieger. „Das weiß ich jetzt mit Sicherheit! Die Zirkelmitglieder töteten ihr Kind – auch das entspricht der Wahrheit – aber sie hat niemals mit diesen Teufeln gemeinsame Sache gemacht!"

„Lassen wir die Vergangenheit ruhen", schlug Demeon rasch vor, bevor der Streit noch weiter eskalieren konnte und Jenna war ihm fast dankbar dafür, weil Mareks Augen schon wieder bedrohlich funkelten. Nur leider waren seine nächsten Worte ebenfalls nicht besonders klug gewählt.

„Viel wichtiger ist es, sich gemeinsam um die Gefahren der Gegenwart zu kümmern", fuhr er fort. „Wenn du weiterhin die Kontrolle über die Bakitarer behältst, Marek, brauchen wir sie nicht als eine solche einzuschätzen. Unser Augenmerk sollte auf dem Zirkel liegen, der seine Finger viel stärker in diesem Spiel hat, als die meisten bemerken."

„*Wir*? *Unser*?", wiederholte Marek mit einem fassungslosen Lachen. „Wir stehen uns als Feinde gegenüber!"

„Und genau *so* muss es *nicht* sein!", kam der Zauberer ihm sofort entgegen. Er gab sich wahrhaft große Mühe, ihnen den missverstandenen Freund vorzuspielen – das musste man ihm lassen. „Wir sollten zusammen gegen den Zirkel vorgehen, der bereits viele Anhänger hat und von mächtigen Zauberern geleitet wird. Roanar hat großen Einfluss auf die Menschen in Falaysia – vor allen Dingen die Machtgierigen."

Der Name des anderen Zauberers ließ kurz Jennas Atem stocken, dann hatte sie sich wieder im Griff, auch wenn sie kaum glauben konnte, dass Demeon seinen eigenen Verbündeten derart verriet, nur um sich selbst in ein besseres Licht zu rücken."

„Er geht Bündnisse ein, die er dann eigenhändig wieder zerstört, und betrügt jeden, der dumm genug ist, ihm zu glauben", hetzte der Magier weiter gegen seinen Kameraden. „In seinen Adern fließt das Blut einer Schlange."

Oh, Jenna wusste ganz genau, wer hier die Schlange war.

„Gegen ihn und seine Anhänger gilt es zu kämpfen. Keiner von uns kann diese Vereinigung allein besiegen. Wir brauchen einander, um das zu tun."

„*Ihr* braucht vielleicht *uns*", verbesserte Marek ihn, „aber wir sind die ganze Zeit schon sehr gut ohne euch klargekommen!"

„Weil der Zirkel sich bisher zurückgehalten hat", unterstützte Alentara ihren Partner, „aber das wird er nicht mehr, wenn unser Krieg vorbei ist und eine oder beide Parteien zerschmettert am Boden liegen."

Mit dieser Vermutung mochten die beiden nicht falsch liegen, aber *sie* waren derzeit das größere Problem, obwohl sie dies selbstverständlich nicht einsahen.

„Ich dachte, Jenna und ich sind mit Cardasol die mächtigsten Zauberer, die es jemals gab", wiederholte Marek Demeons Aussage von kurz zuvor. „Wie soll uns der Zirkel da etwas anhaben können?"

Alentara zog erbost die Brauen zusammen und holte Luft, doch Demeon kam ihr zuvor. „Ich sagte, ihr seid mächtig, aber nicht *all*mächtig. Jeder Mensch ist zu Fall zu bringen, wenn man nur seine Schwächen kennt."

Die Drohung, die in diesen Worten lag, war nur allzu offenkundig und brachte Mareks Anspannung innerhalb von Sekunden zurück.

„Und ich dachte schon, ihr würdet ewig um den wahren Grund für dieses Treffen herumreden", stieß er verächtlich aus.

„Der wahre Grund unseres Treffen ist, euch dazu zu bewegen, an unserer Seite zu kämpfen, wie es schon immer vorgesehen war, und nicht *gegen* uns", stellte der Magier klar. „Wir hatten gehofft, euch mit guten Argumenten zur Einsicht zu bewegen, aber anscheinend lassen sich Jahre der Missverständnisse und einseitigen Verdrängung nicht so leicht ausmerzen."

„Ich lasse mich von dir nur nicht mehr so leicht *manipulieren*, Demeon!", knurrte Marek. „Ich bin kein dummes Kind mehr, das deine Märchen glaubt. Und ich bin auch als Erwachsener nicht so naiv wie meine Eltern."

„Deine Eltern waren nicht naiv!", gab Demeon nun auch schon etwas ungehalten zurück. „Sie haben mir getraut, weil sie gespürt haben, dass ich am besten weiß, was gut für dich ist."

„Nur schade, dass sie nicht mehr leben, um diese Lüge als solche zu enttarnen!", zischte der Krieger.

Demeons nächste Reaktion verstörte Jenna. Er hielt inne, musterte Marek kurz und verzog die Lippen darauf zu einem beinahe diabolischen Lächeln. „Deine Mutter mag gestorben sein, das gilt jedoch nicht für deinen Vater. Er hat mir geholfen, dich nach Falaysia zu bringen und dich dann aufgegeben, weil er Angst vor dir hatte. Manchmal ist Liebe eben nicht genug."

Der Seitenblick auf Jenna hätte nicht auch noch sein müssen. Trotz des Hiklets konnte sie den Schmerz fühlen, der Marek durchbohrte, als wäre es ihr eigener, so heftig war er. Er drückte sein Herz zusammen, entriss ihm den letzten Rest seiner Beherrschung. Mit einem gequälten Schrei, warf er sich auf Demeon, riss ihn zu Boden und schlug mit einer Kraft zu, die dem Mann mit Sicherheit den Kiefer zertrümmert hätte, wenn dieser nicht rechtzeitig einen Arm vor sein Gesicht geworfen hätte. Ein weiterer Schlag traf seine Schläfe, dann wurde Marek durch eine magische Druckwelle zurückgeworfen. Er rollte sich gekonnt ab und kam sofort wieder auf die Beine, doch vor ihm schossen auf einmal Stichflammen aus den Boden, mannshoch und undurchdringlich, zumindest wenn man sich nicht schwer verletzen wollte.

Marek griff nach seinem Hiklet, doch Jenna war rechtzeitig bei ihm, um seine Hände festzuhalten und nachdrücklich den Kopf zu schütteln. „Das *willst* du nicht tun!", raunte sie ihm zu und sah ihm fest in die Augen. „Es schützt dich vor seinem Zugriff!"

Der Krieger hielt ihren Blick, hielt sich an ihr fest und gewann ganz langsam seine Kontrolle zurück.

‚Tief einatmen', sagte sie mit ihren Augen und er tat es, wiederholte es ein paar Mal, bis er ruhig genug war, um sich wieder Demeon und Alentara zuzuwenden.

Die Flammen waren verschwunden und die Königin besah sich gerade die blutige Schramme, die Mareks Faust auf der Schläfe ihres Geliebten zurückgelassen hatte. Ihr Blick war finster, als sich beide zu ihnen umdrehten. Das restliche Gespräch würde mit Sicherheit keinerlei Freundlichkeit mehr aufweisen.

„Es ist so", begann Alentara mit kühler Stimme und trat mutig wieder dichter an sie heran, „wir brauchen euch, um den Zirkel auszulöschen, und wenn ihr nicht freiwillig mit uns zusammenarbeitet und zu mir ins Schloss kommt, müssen wir euch dazu zwingen."

„Tara …", begann Demeon, als würde sie ihm mit ihrem Verhalten nicht aus der Seele sprechen, doch die Königin ließ ihn nicht ausreden.

„Ich habe dein Kind, Marek, und ich werde nicht zögern, es zu töten, wenn du nicht innerhalb der nächsten zwölf Stunden zu mir ins Schloss kommst – und zwar *ohne* Jenna und *mit* dem Hiklet um deinen Hals."

Sie sah nun Jenna an, deren Innereien sich schmerzhaft verdrehten, obwohl sie längst mit dieser Drohung gerechnet hatte.

„Dein Freund Leon wird ihn an deiner Stelle begleiten und die fehlenden Amulette mit sich führen. Erst wenn diese von mir sicher verwahrt wurden, ist es dir erlaubt, ebenfalls mein Schloss zu betreten. Und dann werden wir unser weiteres, gemeinsames Vorgehen und die Bedingungen für eine Kapitulation eurer Truppen ganz genau besprechen! Eine Forderung habe ich jedoch auch schon bezüglich eurer kleinen Rebellion."

Ein honigsüßes Lächeln erschien auf ihrem schönen Gesicht. „Die Drachen, die du wahrhaft eindrucksvoll zur Hilfe geholt hast – sie sollten bis zu Morgengrauen verschwunden sein. Dann werden wir ja sehen, wie groß eure Chancen sind, gegen meine Armee zu bestehen."

Marek machte schon wieder einen zornigen Schritt auf die Königin zu und diese hob sofort mahnend eine Hand. „Sei vorsichtig, wenn du nicht willst, dass dein Kind für dein Handeln bestraft wird! So etwas wie gerade eben lass ich nicht noch einmal durchgehen!"

„Wer ist jetzt wohl das Schlangenblut hier?", zischte der Krieger.

Alentara zuckte die Schultern. „Ich nutze nur alle Optionen, die ich habe."

„Glaubst du ernsthaft, dass wir uns auf *diesen* Handel einlassen?", stieß Marek unbeherrscht aus.

Alentara brachte trotz ihrer eigenen Anspannung ein weiteres falsches Lächeln zustande. „Ja, das tue ich, denn ich weiß mittlerweile, dass du sehr wohl dazu fähig bist, zu lieben, *Ma'harik*." Sie sah nachdrücklich Jenna an, bevor sie sich ihm wieder zuwandte. „Und deine Tochter ist dir mit Sicherheit nicht egal."

Der Krieger sagte nicht sofort etwas dazu, sondern starrte die schöne Frau nur voller Hass und Verachtung an.

„Dein Irrtum wird dich am Ende alles kosten, was du liebst", kam es ihm schließlich leise über die Lippen und auch sein falsches Lächeln war zurück, ließ das ihrige ersterben. Verunsicherung zeigte sich für den Bruchteil einer Sekunde in ihren großen Augen, dann hatte sie sich wieder unter Kontrolle.

„*Wer* sich irrt und am Ende leiden wird, werden wir ja bald sehen", konterte sie, wandte sich um und lief mit wehendem Umhang auf den Felsen zu, hinter dem sie zuvor hervorgekommen war. Vermutlich stand dort noch ein weiteres Pferd, mit dem sie her geritten war.

„Gideon", wandte sich Demeon an den alten Mann, der die ganze Zeit nur still und furchtbar aufgewühlt neben ihnen gestanden hatte und nun zusammenzuckte, als hätte man ihn geschlagen. „Wir fahren zurück!"

Jenna hielt ihren alten Freund am Arm fest, doch der schüttelte sofort den Kopf und machte sich von ihr frei.

„Ich muss tun, was er sagt", stieß er leise aus und das genügte, um zu verstehen, womit das Paar ihn unter Druck setzte. Allmählich ballte sich auch in Jenna unbändiger Zorn zusammen.

„Ich wünschte, wir hätten uns friedlich geeinigt", sagte Demeon wehmütig, bevor auch er sich von ihnen abwandte, um zu Gideon auf den Kutschbock zu steigen.

„Als ob das möglich wäre", brummte Marek und ihm war anzumerken, wie schwer es ihm fiel, den Zauberer gehen zu lassen, doch sie hatten keine andere Wahl.

Jenna griff nach seiner zur Faust geballten Hand und brachte ihn dazu diese zu öffnen, schob ihre Finger zwischen die seinen und drückte sie sanft. Er sah sie an, nun nicht mehr mit Wut und Hass in seinen Augen, sondern Sorge und seelischer Pein.

„Wir finden einen Weg, deine Tochter zu retten und Alentara und Demeon zu besiegen", versprach sie ihm leise, obgleich sie nicht wusste, woher ihre Zuversicht kam.

Er nickte und Entschlossenheit zeigte sich in seinen Zügen. „Das werden wir", sagte er und schien es zu glauben.

Mit List und Tücke

„*Ich* soll mitgehen? Das hat sie gesagt?" Leon fiel es schwer, seine Stimme gedämpft zu halten. Sie hatten sich nach Mareks und Jennas Rückkehr erneut in dessen Zelt versammelt, um sich zu beraten und jeder von ihnen schien mit den neusten Entwicklungen etwas überfordert zu sein – auch wenn sie fast dieselbe Situation schon einmal durchgemacht hatten.

„Sie kennt dich und denkt, dass sie dich mit Leichtigkeit manipulieren kann", erklärte Sheza, die sie bewusst zusammen mit Kychona zu ihrer kleinen Versammlung dazu geholt hatten. „Du wärst auch *meine* erste Wahl in dieser Situation."

„Dankeschön!", erwiderte Leon etwas eingeschnappt und Shezas Mundwinkel zuckten kurz nach oben. „Ich *werde* mich aber nicht von ihr manipulieren *lassen*."

„Heißt das, du willst es tun?", fragte Cilai, ihre Sorge um ihn nur allzu deutlich in ihren Augen sichtbar.

„Haben wir eine andere Wahl?", fragte er zurück und sah dann in die Runde. „Wir führen den Plan aus, den wir schon beim letzten Erpressungsversuch hatten – mit ein paar kleinen Änderungen."

„Das Problem ist jetzt aber, dass dein Auftauchen erwartet wird, Leon", erinnerte Jenna ihn. „Du kannst also nicht nach Rian, Tala und Gideon suchen gehen, weil du dann ebenfalls ihr Gefangener bist."

„Dann tue ich das allein", schlug Sheza vor. „Ich brauche Leons Hilfe nicht, um die drei zu finden."

„Sie haben aber dieses Mal auch nach den Amuletten verlangt", warf Kychona ein. „Das verkompliziert alles erheblich. Wir dürfen Cardasol nicht in die Hände dieses Paares fallen lassen – selbst wenn sie beide die Steine nicht benutzen können. Vielleicht finden sie irgendwann eine Möglichkeit, die bisher niemand wahrgenommen hat. Und sie haben ein paar der Bücher Hemetions. Auch das müssen wir bedenken."

„Was schlägst du vor zu tun?", wandte sich Marek an die alte Magierin und für einen langen Augenblick ruhten sämtliche Blicke erwartungsvoll auf ihr.

Kychona dachte angestrengt nach. Die Falte zwischen ihren buschigen weißen Brauen wurde noch tiefer und ihre Lippen bildeten nur noch eine feine, kaum sichtbare Linie.

„Eure Stärke liegt in eurer Verbindung zueinander", teilte sie ihnen schließlich mit und sah von Marek zu Jenna. „Ihr könnt die beiden nur zusammen bezwingen. Das weiß leider auch Demeon und er wird sich darauf konzentrieren, eure Verbindung mit allen Mitteln zu blockieren. Ein Zeichen dafür ist schon die Forderung nach dem Hiklet. Was Zauberer aber selten bedenken, ist, dass auch gewöhnliche Menschen für sie gefährlich werden können."

„*Ich* soll Demeon angreifen?", entfuhr es Leon entsetzt.

„Nein, das wäre Selbstmord", kam ihm Kychona sofort entgegen. „Aber auch du besitzt eine besondere Fähigkeit, mein Junge. Eine, die Demeon eventuell nicht bekannt ist. Und selbst wenn – er wird sie nicht als gefährlich einschätzen."

„Ich weiß, ich bin der ideale Ladror und ..."

„Du saugst magische Energie auf und behältst sie in dir, bis dich jemand davon befreit", unterbrach die Alte ihn sofort. „Wenn das aber niemand tut, bleibst du ihr Träger, was andere Magier dazu befähigt, sehr viel leichter eine Verbindung mit dir aufzunehmen als mit einem gewöhnlichen Menschen. Je größer der Anteil magischer Energie in dir ist, desto besser können Zauberer dich mental nutzen."

„Mich *nutzen*?", wiederholte Leon etwas echauffiert. „Inwiefern?"

„Wenn Jenna einen kleinen Teil ihrer Energie zu dem dazu gibt, was du von Narian bei seinem Ableben erhalten hast, könnt ihr eine starke magische Verbindung zueinander aufbauen, die dennoch nicht von Dalon wahrgenommen werden wird."

„Warum sollte er das nicht merken?", hakte Jenna zweifelnd nach.

„Weil Leon keine magische Energie nach außen ausstrahlt", war die simple Erklärung. „Er ist nur Empfänger – zumindest solange du dich nicht dazu entscheidest, durch ihn aktiv zu werden."

„Ich kann durch ihn aktiv werden?", sprach Jenna erstaunt aus, was auch Leon durch den Kopf ging.

„Ja", bestätigte die Greisin. „Du könntest über ihn auf die Amulette zugreifen und sie nutzen, als wärst du selbst dort. Es ist ein ähnlicher Vorgang wie mit den Drachen, mit dem kleinen Unterschied, dass die Verknüpfung sehr viel enger und dadurch sicherer ist."

Kychonas Worte sorgten für einen Augenblick der Sprachlosigkeit zwischen ihnen allen.

„Das ist genial!", kam es schließlich Leon über die Lippen und seine eigene Begeisterung darüber, wie eine Marionette benutzt zu werden, schockierte ihn beinahe. „Ich bin unser trojanisches Pferd! Alentara und Dalon denken, dass sie mit ihren Vorbereitungen alles ausgeschaltet haben, was ihnen auf magische Weise gefährlich werden könnte, und werden sich in absoluter Sicherheit wiegen, sobald wir uns im Schloss befinden. Wir müssen dann nur noch auf den richtigen Moment warten, um zuzuschlagen. Dann kann Cardasol alle schützen, die zu uns gehören, und Alentara und Dalon kommen weder an uns noch an die Amulette heran. Wir können das Schloss einfach wieder verlassen, ohne dass uns jemand aufhält."

Jenna stimmte seiner Aussage mit mehrfachem begeistertem Nicken zu. „Sheza, wenn du Rian, Tala und Gideon gefunden hast, bringst du sie in Leons Sichtweite. Das genügt meist, um sie in den Schutz der Amulette einzuschließen."

„Was ist mit Marek?", fragte die Kriegerin, anstatt zu nicken und ließ die Euphorie, die Leon gepackt hatte, gleich wieder verschwinden. „Er trägt doch das Hiklet, das jeden Zauber abblockt. Wie soll Cardasol ihn dann beschützen?"

Oh. Das war etwas, das sie tatsächlich nicht bedacht hatten. Er sah etwas ratlos in die Runde.

„Ich könnte den Zauber abändern", überlegte Kychona und sah den Kriegerfürsten an. „Wir könnten das zusammen hinkriegen und zwar so, dass kein anderer Zauberer das Schlupfloch im Schutz erkennt, wenn er nicht weiß, wo es ist."

„Das wäre eine Möglichkeit", gab Marek zu, sah jedoch nicht sonderlich überzeugt aus – oder er hatte noch mit anderen Sorgen zu kämpfen.

„Wir brauchen aber auch das Amulett, das Alentara an sich gebracht hat", wandte sich Kychona wieder an alle „Es darf nicht im Schloss verbleiben."

„Und das ist noch nicht alles", sprach Marek aus, was ihn zusätzlich bedrückte. „Dalon und Alentara haben ein Ziel, das sie niemals aus den Augen verlieren und für dessen Erreichen sie alles tun würden. Selbst wenn wir sie auf diese Weise überlisten können, werden wir sie damit noch lange nicht los. Alentara bleibt eine gefährliche Königin mit einem großen Heer, die sich mit ihrem Zauberer in ihrem Schloss verbarrikadiert. Und unsere Verbündeten werden dieses weiterhin angreifen, weil sie keine Ahnung von den letzten Entwicklungen haben. Wir sind in diesen Krieg verstrickt und unser Handeln in Bezug auf unsere persönlichen Probleme wird uns nicht von der Verantwortung befreien, die wir auf uns genommen haben, als wir Alentara den Krieg erklärten. Und glaubt mir, nach der letzten Demütigung wird sie so hart zurückschlagen, wie es nur geht."

„Du willst, dass wir angreifen, wenn ihr im Schloss seid", schloss Jenna aus seinen Worten und das war es auch, was Leon dachte. „Du willst dort alles zu einem Ende bringen."

„Ich werde es zumindest versuchen", erwiderte Marek fest entschlossen.

„Aber wie soll dir das gelingen?", fragte Sheza und Leon war sich nicht ganz sicher, wem die Sorge in ihrer Stimme galt. „Alentara wird ihre Leibwache an ihrer Seite haben und auch Dalon wird mit Sicherheit nicht zulassen, dass du ihr etwas antust."

„Wenn du dich um sie kümmerst, wird sie nicht mein Ziel sein", klärte er sie auf und es war eindeutig, dass es ihr freistand, wie sie das Wort ‚kümmern' interpretierte. „Ohne Demeon ist sie nur ein gewöhnlicher Mensch, der kaum eine Gefahr für darstellt."

„Du willst, dass wir *Demeon* angreifen?", stieß Jenna aus und die Furcht in ihren Augen zeigte, dass sie bei ihrer letzten Begegnung offenbar schon einen Teil seiner Macht kennengelernt hatte.

„*Ich* werde ihn angreifen", verbesserte der Krieger sie. „Du schützt die anderen, bis es vorbei ist."

„Er wird versuchen, dich zu töten!", mahnte Jenna ihn.

„Das habe auch ich vor."

„Das darfst du nicht!" Alle sahen Kychona an, die mit ihren Worten dicht an Marek herangetreten war. Sie war ganz blass geworden und machte einen noch besorgteren Eindruck als zuvor.

„Wenn Jenna dich in ihren Schutzzauber involviert und dabei jemand den Tod findet, wird Cardasol zerstört werden", erklärte sie sich. „Wir wissen nicht, was für Auswirkungen das auf euer Umfeld hat. Die Energie, die dabei freigesetzt werden könnte ..."

Ihr schienen die Worte zu fehlen, um zu beschreiben, wovor sie sich so fürchtete.

„Das ganze Schloss könnte dabei zerstört werden, mit allen Personen, die sich zu diesem Augenblick in ihm befinden", gelang es ihr schließlich doch noch zu sagen. „Möglicherweise würde es sogar die Armeen *vor* dem Schloss vernichten, all unsere Freunde und Verbündeten umbringen. Solch ein Risiko können wir nicht eingehen."

„Du verlangst von mir, dass ich eine solche Chance, Demeon zu töten, ungenutzt an mir vorbeiziehen lasse?", stieß Marek trotz ihrer niederschmetternden Argumente ungehalten aus.

„Der Tod ist nicht immer das richtige Mittel, um Männer wie ihn zu stoppen", konterte Kychona mit eindringlichem Blick. „Wir müssen uns etwas anderes einfallen lassen."

„Und wenn wir das tun, was Demeon mit *dir* vorhatte, Marek?", meldete sich Cilai zu Wort und wurde damit sofort zum Mittelpunkt ihres Gesprächs.

„Wovon redest du?", fragte Kychona stirnrunzelnd.

„Davon, Demeon seine magischen Kräfte zu rauben", antwortete Leon für sie, während seine Gedanken Purzelbäume schlugen. Die Idee war verrückt, aber sie gefiel ihm.

Auf Kychonas zerfurchtem Gesicht zeigte sich Erkenntnis, gemischt mit großem Erstaunen. „Wie habt ihr davon erfahren, dass so etwas möglich ist? Es ist ein gut geschütztes Geheimnis."

„Durch Hemetions Bücher", verriet Cilai.

Kychona öffnete den Mund in stummem Staunen, bis sich ein kleines Lächeln auf ihrem von Falten zerfurchten Gesicht einfand. „Ja, natürlich."

Sie kratzte sich hinter dem rechten Ohr und ihre Augen verengten sich, bevor sie nickte. „Ich habe von solchen Versuchen gehört und nur einmal einem beigewohnt und er ist ... nun, wie soll ich sagen ...

alles andere als gut ausgegangen. Allerdings wurde er auch nicht von einer Fala-Skiar ausgeübt, die dafür geschaffen ist, Energien anderer Lebewesen anzuzapfen."

„Heißt das, Jenna müsste es tun?", fragte Marek angespannt und auf Kychonas nonverbale Bestätigung hin schüttelte er sofort den Kopf. „Auf keinen Fall! Sie ist viel zu unerfahren. Wenn Demeon bemerkt, was sie vorhat, wird er es seinerseits versuchen und sie töten."

„Das mag sein, aber du kannst es verhindern", behauptete die Alte, nicht willens, von dieser Idee abzurücken. „Ihr beide seid zusammen stärker als er und habt zudem die Kraft Cardasols auf eurer Seite. Es wird euch gelingen. Ihr dürft nur nicht selbst Dalons Kraft in euch aufnehmen, weil dieses Übermaß an Energie euch töten könnte. Ihr müsst sie an Leon weiterleiten."

Leons Magen verkrampfte sich und Cilai ergriff sofort seine Hand und drückte sie sanft. Es half ein wenig und er verschränkte die Finger mit ihren, brauchte diesen Kontakt zu dringend, um sie wieder loslassen zu können.

„So kann es durchaus gelingen", fuhr Kychona begeistert fort. „Der Fehler aller anderen, die das versucht haben, lag immer darin, dass sie allein waren. Aber ihr seid eine Gruppe, die zusammengewachsen ist, in der sich die Menschen vertrauen und um ihre Abhängigkeit voneinander wissen. Zusammen werdet ihr Erfolg haben."

„Wir brauchen aber einen Zugang zu Demeon", warf Marek ein, dem die Idee immer noch nicht richtig zu gefallen schien. „Und den wird er uns nicht gewähren."

„Deine Verbindung zu ihm ist nicht vollkommen erloschen", erinnerte Kychona ihn. „Deswegen trägst du ja das Hiklet. Wenn du es ablegst und dich für ihn öffnest, wird er zugreifen, insbesondere, wenn es zuvor ohnehin sein Plan war, deine Kräfte durch denselben Zauber an sich zu reißen. Und wenn *er dich* packen kann, kannst auch *du ihn* packen. Ihr müsst nur schneller sein als er."

„Und wenn wir das nicht sind?", hakte Jenna mit dünner Stimme nach.

Kychona sah sie ernst an. „Dann musst du Mareks Kräfte festhalten und versuchen zusammen mit Cardasol den Zauber umzukehren, ihn für unser Vorhaben zu nutzen. Dalon darf auf *keinen Fall* Erfolg haben!"

„Wie soll sie das schaffen, wenn sie so etwas noch nie gemacht hat?", wollte Marek wissen. Seine Besorgnis war verständlich, aber auch Leon sah momentan keine bessere Lösung als diese.

„Ich werde es vorher vorsichtig mit ihr üben", versuchte die Magierin ihn zu beruhigen. „Viel Zeit haben wir zwar nicht, aber es könnte genügen. Und zur Not kann ich auch noch mit eingreifen."

Jenna wandte sich Marek zu und ergriff seine Hand. „Wir haben Cardasol. Es wird uns schützen. Ich vertraue darauf."

Der Kriegerfürst sah ihr in die Augen und erst nach einer ganzen Weile war er dazu bereit, zu nicken. Überzeugt schien er immer noch nicht zu sein und Leons Unbehagen bezüglich ihrer Aktion wuchs. Wenn der Mann etwas anderes tat, als abgesprochen war … nein, darüber wollte er lieber nicht nachdenken.

„Was sagen wir unseren Verbündeten?", brachte Marek die nächste wichtige Frage auf. „Sie werden sich verraten fühlen, wenn wir den Angriff auf das Schloss abbrechen."

„War das denn ebenfalls eine der Bedingungen Alentaras?", erkundigte sich Sheza.

„Nein", gab Jenna bekannt. „Sie *will* sogar, dass sie angreifen – ohne die Drachen."

Sheza verzog das Gesicht. „Oh – das ist nicht gut", sprach sie aus, was sie alle dachten. „Dann haben sie keine Chance."

„Ein Rückzug kommt aber auch nicht in Frage", wandte Leon besorgt ein. „Wie sollen wir den vor den anderen rechtfertigen, ohne sie in alles einzuweihen?"

„Das könnt ihr nicht", gab Sheza schlicht zurück und Leon runzelte irritiert die Stirn. „Also solltet ihr es auch nicht tun."

„Schlägst du vor, dass wir Tichuan angreifen, als ob es das Gespräch nie gegeben hätte?", erkundigte sich Marek und einer seiner Mundwinkel hob sich. „*Mit* der Drachenarmee?"

„Und tust du ernsthaft so, als wär das nicht auch *dein* erster Gedanke gewesen?", fragte Sheza schmunzelnd zurück.

„Das ist nicht euer Ernst, oder?", entfuhr es Leon entsetzt und er suchte in ihren Gesichtern nach Anzeichen dafür, dass sie nur scherzten. Doch da waren keine.

„Etwas zu tun, womit der Feind nicht rechnet, ist immer gut, um ein bisschen Chaos und Angst in den Reihen der Gegner zu erzeugen", erklärte Marek rasch, weil auch Jenna und Kychona keinen allzu begeisterten Eindruck machten. „Alentara hofft, uns im Griff zu haben, und ich zerstöre diese Hoffnung nur allzu gern."

„Aber was ist mit Rian?", brachte Jenna besorgt an.

„Sie wird ihr nichts antun, solange sie mich nicht unter den Soldaten sieht", behauptete der Kriegerfürst und sah in der Tat so aus, als würde er daran glauben, „weil dann die Möglichkeit besteht, dass die anderen gegen meinen Willen gehandelt haben. Das Ganze wird sie lediglich sehr nervös werden lassen, weil sie merkt, dass sie nicht alles unter Kontrolle hat, und das ist gut für uns. Ihr werden dann eher Fehler unterlaufen."

„Weihen wir unsere Verbündeten trotzdem in unseren anderen Plan ein?", fragte Leon stirnrunzelnd.

Marek dachte kurz nach. „Nicht im Detail. Wir sagen ihnen, dass wir mit Shezas Hilfe versuchen, unbemerkt ins Schloss zu kommen, um die Königin und ihren Zauberer gefangen zu nehmen oder zu töten, und sie für eine möglichst große Ablenkung vor den Toren sorgen sollen."

„Und wer lenkt die Drachenarmee, wenn Jenna mental bei uns im Schloss ist?", wollte Leon wissen. „Sie kann ja nicht beides machen."

„Kaamo", antwortete Marek schlicht und Leon verstand mit einem Mal, warum der Kriegerfürst seinen besten Freund nicht zu dieser Besprechung dazu geholt hatte. Wenn der Hüne sich auf den Kampf *vor* Tichuan konzentrieren sollte, war es besser, ihn nicht in ihr heikles Unterfangen einzuweihen.

„Ist das denn möglich?", wollte Jenna wissen und sowohl Marek als auch Kychona nickten sofort.

„Wenn du den Drachen den Auftrag erteilst, auf Kaamo zu hören und ihm dabei hilfst, eine Verbindung mit ihrem Anführer aufzunehmen, wird es funktionieren", bestätigte die Alte nun auch verbal. „Ich kann dir auch dabei helfen."

Für einen kurzen Moment schien sich ein jeder von ihnen noch einmal den ganzen Plan durch den Kopf gehen zu lassen und nichts mehr hinzusetzen zu wollen. Er war nicht sehr viel besser, als der, den sie vor ein paar Tagen entwickelt hatten, aber immerhin sah er nach einem Ausweg aus – dem einzigen, den es augenblicklich gab, ohne in noch viel größere Schwierigkeiten zu geraten. Es war ihnen immer klar gewesen, dass sie sich eines Tages Demeon stellen mussten – sie *alle*, denn Jenna im Stich zu lassen, war für Leon niemals eine Option gewesen. Sie mussten halt jetzt schon alles auf eine Karte setzen.

Leon straffte die Schultern. „Die Zeit rennt uns davon", erinnerte er seine Verbündeten an Alantaras Ultimatum. „Wir sollten organisieren, wer wen über was informiert."

Der Plan stand. Es war Zeit ihn umzusetzen. Seine Freunde schienen das ähnlich zu sehen. In kürzester Zeit stand fest, wer mit welchem der anderen Anführer sprach, um ihn in die wichtigsten Dinge einzuweihen und sie verließen alle der Reihe nach das Zelt.

Leon war froh, Cilai an seiner Seite zu haben, während er mit Lord Hinras, Lord Gerot und Drigo sprach. Ihre Ruhe und Entschlossenheit färbte nicht nur auf ihn, sondern auch auf die drei anderen Männer ab, die bald schon verständnisvoll nickten und sie für ihr schnell entwickeltes, jedoch sehr sinnvolles Konzept überschwänglich lobten. Sie erfuhren dabei, dass König Antrus sich zusammen mit Roanar und seiner kompletten Armee aus Trachonien zurückgezogen hatte und nun auf Alentaras schwarzer Liste stand, was Leon ein gewisses Gefühl der Schadenfreude bescherte. Lord Gerot kündigte an, sich vollkommen vom Zirkel der Magier zurückzuziehen, weil er gehört hatte, dass Roanar Antrus zu seinem Verrat an der Allianz angestiftet hatte, und auch den anderen Königen und Lords raten würde, den Kontakt mit dem Zirkel abzubrechen.

Obgleich Leon immer noch mit Angst und Unbehagen in die nahe Zukunft sah, kam er nicht umhin, sich nach diesem aufschlussreichen Gespräch deutlich besser zu fühlen, sodass er, während er zusammen mit Cilai zurück zu ihren Zelten lief, nicht anders konnte, als sie jedes Mal anzulächeln, sobald sich ihre Blicke trafen.

„Was ist?", fragte sie nach einer kleinen Weile und er musste lachen.

„Ich weiß auch nicht", erwiderte er. „Ich werde mich demnächst in die Höhle des Löwen begeben, aus der ich vielleicht gar nicht mehr herauskomme und dennoch kann ich an nichts anderes denken, als dass ich froh bin, dass du weder auf mich noch auf deine Brüder gehört hast. Es ist schön, dich hier bei mir zu haben."

„Bei dir?", wiederholte sie schmunzelnd und ihr nächster Schritt brachte sie so dicht an ihn heran, dass sich ihre Schultern berührten. Ihre Augen leuchteten und ihre Wangen hatten eine rosige Farbe angenommen. So hübsch. Ein verdächtigtes Flattern machte sich in Leons Innerem breit und sein Blick richtete sich, wie schon viele Male zuvor, auf ihre Lippen, bevor sie zurück zu ihren Augen fanden.

„Ja, bei mir", bestätigte er mit etwas heiserer Stimme und stellte fest, dass auch sie kurz auf seinen Mund starrte.

„Ich konnte nicht bei meiner Mutter bleiben, ohne zu wissen, was mit euch passiert", gestand sie. „Das letzte Mal, als ich das getan habe, kam meine beste Freundin nicht ..." Sie sprach nicht weiter, senkte stattdessen beschämt den Blick. „Entschuldige. Das hätte ich nicht sagen dürfen."

„Cilai." Leon hielt sie am Arm fest und blieb stehen, wartete, dass sie ihn wieder ansah. Als das nicht geschah, hob er sacht ihr Kinn mit einem Finger an und brachte sie so dazu, ihm in die Augen zu sehen. „Du hast damals auch jemanden verloren, der dir sehr nahe stand, und solltest es dir von niemandem nehmen lassen, darüber zu sprechen. Auch nicht von mir."

„Ich will dir nur nicht wehtun", hauchte sie mit Tränen in den Augen. „Ich weiß, wie sehr du Sara vermisst."

„Das tue ich", sagte er und sein Daumen strich sanft über ihr Kinn. „Aber ich weiß jetzt, dass es keinen Sinn macht, in der Vergangenheit zu verhaften. Ich kann sie nicht zurückholen und das will ich auch nicht. Aus mir ist ein ganz anderer Mensch geworden, als ich noch vor ein paar Jahren war, weil ich endlich begriffen habe, wie wichtig es ist, sich wieder für die Welt und die Menschen, die in ihr leben, zu öffnen. Menschen, die mir stets treu zur Seite gestanden haben, obwohl ich sie mit meinem Verhalten immer wieder zutiefst verletzt habe. Und das tut mir unendlich leid, Cilai."

Die Tränen liefen jetzt, doch sie widersprachen vollkommen Cilais glücklichem Gesichtsausdruck, dem leisen Lachen, das aus ihrer Kehle drang und ihn dazu bewegte, sie warm anzulächeln, ihr Gesicht ganz sanft in seine Hände zu nehmen und ... Ja, was zur Hölle wollte er da schon wieder tun?!

Er kam nicht mehr dazu, weiter darüber nachzudenken, denn in der nächsten Sekunde pressten sich auch schon Cilais Lippen auf seinen Mund, weich und warm, bewegten sich so aufreizend gegen die seinen, dass er gar nicht anders konnte, als den Kuss innig zu erwidern. Wärme durchflutete seine Brust, wanderte sehr schnell in tiefer liegende Regionen seines Körpers und sein Herz hämmerte heftig gegen seine Rippen. Sie zu küssen fühlte sich so richtig, so wundervoll an. Er wollte mehr davon, *brauchte* mehr davon. Doch leider befreite sich Cilai viel zu schnell wieder von dem Druck seiner Lippen und trat deutlich schneller atmend einen Schritt zurück.

Für einen viel zu langen Zeitraum wusste Leon nicht, was er tun oder sagen sollte. Er sah sie nur an, so wie sie ihn, sprachlos und vollkommen überrascht von der Heftigkeit seiner Gefühle für die junge Frau vor ihm. So schnell konnte aus guten Freunden etwas ... Undefinierbares werden. Zumindest solange keiner den nächsten Schritt gehen wollte.

„Ich ...", begann Cilai, kam aber nicht weiter. Ihre Finger berührten ihre Lippen, als könne sie nicht richtig glauben, was gerade eben passiert war.

„Ja." Sehr geistreich. Gab es wirklich gerade keine anderen, *besseren* Worte in seinem Verstand? Das anhaltende Kribbeln in seinem Bauch und das Bedürfnis, sie zurück in seine Arme zu holen und erneut zu küssen, machten die ganze Sache nicht leichter.

Aus dem Augenwinkel nahm er wahr, dass zwei Personen auf sie zukamen und hob kurz den Kopf. Marek und Kychona, die derart in ihr ernstes Gespräch vertieft waren, dass sie Leon und Cilai noch nicht bemerkt hatten. Umso besser ... Leon ergriff Cilais Hand und führte sie rasch zwischen ein paar Zelten hindurch an den Rand des Lagers. Zuschauer oder eine Ablenkung konnte er jetzt überhaupt nicht gebrauchen. Das hier war zu wichtig.

Cilais Stirn hatte sich in Falten gelegt und ihre Augen suchten in den seinen nach einer Antwort auf ihre unausgesprochenen Fragen. Sie war verunsichert und aufgewühlt – ganz genauso wie er. Schließlich atmete sie hörbar aus und schloss kurz die Lider, bevor sie erneut seinen Blick suchte.

„Ich liebe dich", kam es leise über ihre Lippen. „Schon seit vielen Jahren. Wahrscheinlich ist es feige, dir das jetzt zu sagen, weil wir beide nicht wissen, ob du zurückkommst. Ich hoffe es. Ich wünsche es mir so sehr, aber ich weiß es eben nicht. Und deswegen ...", sie holte erneut Luft, „... deswegen muss ich es dir jetzt sagen, weil ich will, dass du es weißt. Du wirst aus tiefstem Herzen geliebt, so sehr wie man einen Menschen nur lieben kann und diese Liebe wird niemals erlöschen. Ganz gleich, was du tust und was noch passiert und ob du dieses Gefühl erwiderst oder nicht. Ich liebe dich. Immer schon und *für* immer."

Leon konnte nichts darauf entgegnen. Seine Kehle hatte sich zugeschnürt und seine Augen brannten, und so war alles, was er tun konnte, den Abstand zwischen ihnen zu vernichten und sie doch noch in seine Arme zu ziehen. Sie schmiegte sich sofort an ihn, umklammerte ihn, als wolle sie ihn nie wieder loslassen und presste ihr Gesicht in die Kuhle zwischen seinem Hals und seiner Schulter. Er fühlte ihre Lippen an seinem Schlüsselbein und erschauerte, drückte seine Nase in ihr Haar und atmete ihren Duft ein. Liebe war ein großes Wort und doch war ihm bewusst, dass es das richtige war, um seine Beziehung zu Cilai zu beschreiben.

Sie hatte sich früh in sein Herz geschlichen, bereits als Sara noch gelebt hatte, nur hatte er sie damals lediglich als allerbeste Freundin wahrgenommen und sich über die vergangenen Jahre erfolgreich eingeredet, dass sich seine Gefühle für sie nie verändert hatten. Und jetzt ... jetzt war alles plötzlich glasklar. Freunde küssten sich nicht. Nicht so. Sie empfanden nicht auf diese Art füreinander.

„Ich liebe dich auch", flüsterte Leon in Cilais Haar. „Ich habe es nur nie gemerkt."

Cilai rückte ein Stück von ihm ab und sah ihn an, mit Augen, in denen schon wieder Tränen glitzerten. „Ich schon", schniefte sie. „Sonst hätte ich schon viel früher aufgegeben."

Er strich ihr mit einer Hand behutsam das Haar aus dem Gesicht. „Und was machen wir jetzt?", fragte er lächelnd.

„Was wir tun *müssen*", gab sie wehmütig zurück. „Retten wir zusammen mit den anderen die Welt."

Er nickte immer noch lächelnd und senkte seine Lippen wieder auf ihren Mund, küsste sie sehnsüchtig und versuchte, das Gefühl in seinem Inneren aufzubewahren, um von ihm zu zehren, falls die Welt wieder zu einer einzigen Hölle für ihn wurde. Angst hatte er nicht mehr. Nein, er war wild entschlossen, zu tun, was immer auch von ihm verlangt wurde, denn nun gab es einen Grund mehr, für den es sich zu kämpfen lohnte.

Krieger

Der Drache senkte seinen mächtigen Schädel und gab ein friedfertiges Brummen von sich, als Kaamo ganz sanft seine Hand auf dessen Stirn legte. Jenna spürte, wie sich der Geist des Tieres für den Krieger öffnete und dieser ganz behutsam den seinen mit ihm verband. Es gab kein Zögern, keine Angst, die diesen wichtigen Vorgang störten, und das war äußerst beruhigend, für sie alle. Kaamo war erfahren genug, um die Drachen mental zu lenken und zur selben Zeit in den Kampf zu reiten. Nicht nur Marek, sondern auch Kychona und Kaamo selbst hatten das bestätigt und damit zumindest eine von Jennas vielen Sorgen im Keim erstickt.

Kaamo und Alentaras ehemaligen Kampfdrachen zu einer Einheit werden zu sehen, war ein gutes Gefühl und ließ Jennas Hoffnung auf einen positiven Ausgang der ganzen Geschichte weiter wachsen. Es war schwer, in einer Situation wie der ihrigen ein Optimist zu bleiben, aber sie gab sich die größte Mühe.

Kaamos Hand glitt von der Stirn des Drachen und das riesige Tier hob wieder den Kopf, wandte sich um, und lief zurück zu den anderen geschuppten Ungetümen. Der Grund unter ihren Füßen erbebte dabei, doch auch diese Demonstration immenser Kraft konnte nicht das verzückte Lächeln aus dem Gesicht des Bakitarers fegen.

„Von so etwas habe ich immer geträumt", gestand der Hüne neben ihr beglückt, den Blick immer noch voller Faszination auf die Drachen gerichtet. „Seit ich ein kleines Kind war und von der Legende über meinen Vorfahren gehört habe."

Jenna schenkte ihm ein sanftes Lächeln. „Wahrscheinlich ist das der Grund, warum mein Drache so schnell Vertrauen zu dir gefasst hat. Er hat bestimmt deine Zuneigung gespürt."

Der große Mann wandte sich ihr nun endlich wieder zu und erwiderte ihr Lächeln. „*Dein* Drache?"

„Na ja, er hat ja keinen Namen", redete sie sich heraus und fühlte wie ihre Wangen sofort etwas wärmer wurden.

„Dann gib ihm doch einen", schlug der Bakitarer ihr vor.

„Ich weiß nicht." Sie zuckte die Schultern. „Was wäre denn für einen Drachen würdig?"

Kaamo sah nachdenklich hinüber zu dem mächtigen Tier. „Der Urvater aller Drachen soll Jarangej geheißen haben – der Unbesiegbare."

Jenna nickte sofort. „Dann nennen wir ihn so", beschloss sie. „Wir können jemand Unbesiegbaren an unserer Seite gebrauchen."

Kaamo suchte ihren Blick und das Mitgefühl in seinen Augen war offenkundig. „Wir werden das zusammen schaffen", versprach er ihr und legte sanft eine Hand auf ihre Schulter. „Sie sind nur zur zweit – und wir sind so viele. Wir lassen nicht zu, dass einer von uns stirbt."

Wen er mit ‚einer von uns' meinte, war ganz klar und Jennas Druck in der Brust war prompt zurück. Auch wenn Kaamo es gut meinte, es war alles andere als förderlich, sie zurück zu ihren Sorgen zu führen.

„Ich weiß", sagte sie deswegen rasch, legte ihre Hand auf die seine und drückte sie kurz. „Wir schaffen das."

Sie bemühte sich um ein Lächeln und versuchte mit aller Macht an ihre Worte zu glauben, doch ein Rest Zweifel blieb bestehen. Ein großer Rest, der sich gegenüber jedem Versuch, sich selbst zu beruhigen, resistent zeigte.

Kaamo nickte ihr aufmunternd zu und wandte sich dann dem Lager zu, in dem sich trotz der späten Stunde noch keine rechte Ruhe einstellen wollte. Es sah eher danach aus, als hätten viele der Soldaten bereits damit begonnen, sich auf den letzten Etappenritt nach Tichuan vorzubereiten. Jenna konnte die Männer und Frauen verstehen, denn auch sie konnte sich kaum noch vorstellen, soweit zur Ruhe zu kommen, um schlafen zu können. Vielleicht dachte sie anders, wenn sie erst einmal wieder in Mareks Armen lag.

„Wollen wir?", fragte Kaamo und hob auffordernd die buschigen Brauen. „Ich denke nicht, dass Kychona noch kommt – und wenn doch, sollten wir dem alten Mädchen den anstrengenden Weg hierher ersparen. Wir sind doch ganz gut ohne sie zurechtgekommen."

Jenna stimmte ihm zu und lief los. Sie hatten sich vor nicht allzu langer Zeit von der Magierin und Marek getrennt, weil diese bei einigen der Bakitarerfürsten noch etwas Überzeugungsarbeit hatten leisten müssen und sie keine Zeit zu verlieren hatten. Doch entgegen ihrer Behauptung war die alte Frau nicht nachgekommen und Jenna hoffte sehr, dass dies kein schlechtes Omen war und Kychona sich nur umentschieden hatte. Schließlich musste sie ja zusammen mit Marek noch den Zauber von dessen Hiklet verändern.

Was auch immer geschehen war, sie würde es gewiss gleich erfahren, wenn sie Mareks Zelt betrat. Es gab keinen Grund, ihren vielen Sorgen noch eine weitere hinzuzufügen.

Kaamo und sie hatten bereits die Hälfte ihres Weges zurück zum Lager hinter sich gebracht, als Jennas Blick von etwas abgelenkt wurde, das sich zu ihrer rechten Seite befand. Etwas? Nein, *jemand,* wie sie bei genauerem Hinsehen erkannte. Sie hielt inne, kniff die Augen zusammen, obwohl das in der Dunkelheit kaum etwas brachte. Da kniete jemand zwischen ein paar Bäumen, den Kopf gesenkt, sich mit einer Hand auf etwas stützend, das wie ein in den Boden gerammtes Schwert aussah. Diese Silhouette …

„Alles in Ordnung?", vernahm sie Kaamos Bariton neben sich und sah ihn flüchtig an.

„Ja, alles gut", sagte sie schnell. „Geh ruhig weiter. Ich … ich muss noch mit jemandem sprechen."

Sie wies in die Richtung der Gestalt und Kaamo verengte die Augen und betrachtete die Person gründlich, bevor er nickte. Auch er hatte sie allem Anschein nach erkannt und keine Bedenken, dass Jenna sich ihr allein näherte.

Sie trennten sich ohne weitere Worte zu verlieren und Jenna holte tief Luft, bevor sie derart dicht an die Kriegerin herantrat, dass diese sie wahrnehmen *musste*. Dennoch sah sie nicht auf, verblieb in ihrer kauernden Haltung, halbwegs auf das Schwert gestützt und wiegte sich langsam vor und zurück. Dass sie dabei leise vor sich hin murmelte, registrierte Jenna erst in diesem Augenblick.

Jenna regte sich nicht mehr. Sie wollte das Ritual, wofür auch immer es diente, nicht stören und bereute es schon fast, hergekommen zu sein – bis die Kriegerin vor ihr schließlich innehielt, sich etwas mehr aufrichtete und sie ansah. Der gestresste, angespannte Zug um Shezas Lippen, der sonst ihr ständiger Begleiter war, war verschwunden. Sie sah weicher und offener aus als jemals zuvor und Jenna deutete dies großzügig als Zeichen dafür, dass sie sich von ihr nicht gestört fühlte. Zumindest *noch* nicht.

„Für manche Dinge braucht man die Götter auch heute noch", offenbarte Sheza ihr und richtete ihren Blick in den sternenklaren Himmel. „Früher haben viele Krieger vor dem Kampf die Götter angerufen und sie um Vergebung für das folgende Töten und den Schutz derer, die sie liebten, gebeten."

Auch Jennas Augen richteten sich auf das weite Himmelszelt und sie fühlte sich mit einem Mal ganz winzig klein und unwichtig.

„Haben die Götter sie erhört?", fragte sie ohne jeden Spott in der Stimme.

„Manchmal … Ich hoffe sehr, dass sie es heute tun."

Jennas Blick fand zurück zu Shezas Gesicht. Ihre Sorge und Trauer waren nur allzu offensichtlich und Jenna hatte keinen Zweifel daran, dass sie wusste, um wen es der Kriegerin ging.

„Niemand ist verloren, solange er noch atmet, lebt, denken und handeln kann", sprach sie aus, was ihr durch den Kopf ging. „Davon bin ich überzeugt."

„Auch wenn er unter dem Einfluss eines mächtigen Zauberers steht?" Sheza sah sie mit zweifelnd erhobenen Brauen an. „Eines Zauberers, der ihr einst die ganze Welt bedeutete?"

Jenna strich sich nachdenklich das Haar aus dem Gesicht und ließ sich dann neben der anderen Frau nieder. Sie zog die Knie an die Brust, umschlag ihre Beine mit den Armen und betrachtete dann wieder den sternenübersäten Himmel.

„Wenn ich eines in meiner Zeit hier gelernt habe, dann ist das niemals an der eigenen Kraft und Wirkung auf andere zu zweifeln", bekannte sie. „Ich glaube, dass wir alle einen inneren Kompass besitzen, der uns sagt, in welche Richtung wir gehen müssen, was falsch und richtig ist, wofür es sich lohnt zu kämpfen. Wir hören nicht immer auf ihn, aber er ist da und wird uns helfen, wenn wir uns an seine Existenz erinnern."

„Und was sagt dein Kompass dir jetzt?", fragte Sheza, ohne jeglichen Spott in der Stimme.

„Dass es richtig ist, sich Alentara und Demeon zu stellen", antwortete Jenna überzeugt. „Der Weg in den Frieden führt über sie. Was sagt dir deiner?"

Die Kriegerin gab ein leises, unglückliches Lachen von sich. „Dass ich auf der richtigen Seite stehe, obgleich ich die Verräterin bin, für die mich alle halten."

Sie zog ihr Schwert aus der Erde und legte es vor sich ab. Das Licht des Mondes brach sich in der Klinge und gab ihm einen fast magischen Schein.

„Mit dieser Waffe habe ich über lange Jahre nichts anderes getan, als meine Königin zu verteidigen, die Liebe meines Lebens zu beschützen", offenbarte sie mit schwerer Stimme. „Und nun richte ich sie gegen sie – sie und alle anderen, die bisher an meiner Seite gekämpft haben."

„Weil du weißt, dass dies augenblicklich der einzige Weg in den Frieden ist", versuchte Jenna gegen das schlechte Gewissen der Kriegerin anzukämpfen. Sie durfte nicht an ihrem Handeln zweifeln, war ein zu wichtiges Puzzleteil ihres Plans.

„Es ist trotzdem Verrat", gab Sheza bitter zurück. „Ich tue etwas, das ich mir selbst nie zugetraut hätte. Noch als ich zusammen mit Jarej nach Thieliev ritt, war ich davon überzeugt, Alentara auf meine Seite zurückholen und sie dazu bewegen zu können, das Kind und die beiden alten Leute freizugeben. Sie war dort, musst du wissen, aber ich kam noch nicht einmal an sie heran. Sie hatte alle Soldaten ihrer Leibgarde, zu denen ich einen guten Kontakt hatte, austauschen lassen und den Befehl gegeben, mich in Gewahrsam zu nehmen, sobald ich auch nur in ihre Nähe komme. Ohne Jarejs besondere Fähigkeiten wäre es uns nie gelungen, das Kind und seine Zieheltern zu befreien."

Die Trachonierin schüttelte zutiefst enttäuscht den Kopf.

„Sie hat mich als Verräterin eingestuft, bevor ich überhaupt dazu geworden bin", fuhr sie fort. „Einfach nur, weil Dalon ihr diesen Gedanken in den Kopf gesetzt hat – der Mann, der versuchte, mich zu töten, ohne auch nur ein Wort mit mir zu wechseln. Sein Einfluss ist so groß, dass sie mich sogar hingerichtet hätte, ohne mir zuzuhören. Sie hat mich selbst zu einer Verräterin gemacht und weiß es noch nicht einmal. Und vielleicht zwingt sie mich auch dazu, zu ihrer Mörderin zu werden."

Sheza sah sie an und in ihrem Blick lag ein Schmerz, den Jenna nur allzu gut verstand. Liebe war manchmal nur schwer zu ertragen – insbesondere, wenn sie akuten Bedrohungen ausgesetzt war.

„Was ist, wenn ich sie nicht töten *kann* – selbst wenn es keine Hoffnung mehr für uns gibt und es meinen eigenen Tod bedeutet?", brachte die Kriegerin schwerfällig über ihre Lippen und jedes einzelne Wort schien ihre Pein noch zu vergrößern.

Jenna hielt ihren Blick, versuchte ihr die Zuversicht zu geben, die sie jetzt brauchte. „Glaub an deinen Einfluss, an deine Kraft!", forderte sie. „Demeon mag heute ein mächtiger Zauberer sein, der nach Macht und Rache strebt, doch diese Veränderungen in seiner Seele werden Alentara nicht entgehen. Er ist gewiss nicht mehr derselbe, der er war, als sie getrennt wurden – genauso wenig wie Alentara noch die junge Frau ist, die alles für ihn und ihre Liebe tun würde. Du hast vermutlich mehr Zeit mit ihr verbracht als er und du kennst ihr jetziges Ich besser. Das ist ein großer Vorteil."

„Ist es das?" Sheza sah verunsichert aus, jedoch auch längst nicht mehr so verzweifelt wie zuvor.

„Ja", bestätigte Jenna inbrünstig. „Ihr habt euch lieben gelernt und Liebe verändert die Menschen, die durch sie verbunden werden. Die Liebe zu dir ist in Alentaras Innerem noch präsent, auch wenn Demeon zurückgekehrt ist. Sein Auftauchen mag sie aufgewühlt und in alte Verhaltensweisen zurückgeführt haben, aber es hat mit Sicherheit nicht die Gefühle für dich ausgelöscht. Wenn du sie an das erinnern kannst, was euch verbindet, ist sie nicht verloren und muss auch nicht den Tod finden."

„Und wenn ich sie nicht daran erinnern kann?"

„Wird sie auch nicht sterben."

Sheza runzelte die Stirn, betrachtete Jenna kritisch. „Wie kannst du so etwas versprechen?"

„Ich werde es nicht zulassen", verkündete Jenna, obwohl sie genau wusste, dass dies eine sehr gewagte Aussage war. Doch sie entsprach ihrem Empfinden und Sheza schien dies aus ihrem Gesicht zu lesen. Ihre Züge glätteten sich wieder und sie bedachte sie mit einem angedeuteten Lächeln.

„Danke", sagte sie leise und Jenna nickte ihr wohlwollend zu.

Beide Frauen richteten ihre Augen wieder auf den Sternenhimmel und saßen für eine Weile nur stumm nebeneinander, in ihren eigenen Gedanken gefangen. Nach ein paar Minuten begann Jenna zu lächeln.

„Weißt du was?", ergriff sie das Wort. „So unähnlich sind wir beide uns gar nicht – also abgesehen von deinen Muskeln und Schwertkünsten und so weiter."

Sie nahm wahr, dass Sheza sie von der Seite ansah – mit Sicherheit voller Zweifel – wandte sich ihr jedoch nicht vollständig zu.

„Wir beide verlieren nie den Glauben an das Gute in den Menschen, die wir lieben", brachte sie vor.

„Ja, wie dumm von uns", brachte Sheza resigniert an, doch Jenna schüttelte sofort den Kopf.

„Nein, ganz und gar nicht", widersprach sie ihr und suchte nun doch wieder ihren Blick, „denn das Wundervolle daran ist, dass diese Menschen deswegen anfangen, selbst daran zu glauben."

Shezas Augen verengten sich und sie betrachtete Jenna sehr kritisch, bevor sie lächelnd den Kopf schüttelte.

„Wir sind uns nicht ähnlich", sagte sie, doch ihre Stimme war ganz sanft. „Du bist eine ausgemachte Träumerin und ich zu alt, um wieder dazu zu werden. Aber ...", sie legte ihr eine Hand auf die Schulter, „bleib so, wie du bist. Es ist für jeden von uns gut, jemanden wie dich an der Seite zu haben."

Jenna war ihr nicht böse für diese Worte. Nein, sie gab sogar ein leises Lachen von sich, denn sie wusste es besser, hatte zumindest in dieser Hinsicht mehr Erfahrung als die harte Kriegerin und konnte ihr ihren Pessimismus nicht übel nehmen. Sheza würde auf ihrer Seite bleiben – das wusste sie jetzt mit Sicherheit und für den Moment genügte ihr diese Gewissheit.

„Das Gebet, das du vorhin gesprochen hast", wandte sich Jenna noch einmal an die Kriegerin, als sie erneut zusammen in den dunklen Himmel starrten, „kann das auch jemand wie ich nutzen – oder verärgere ich die Götter, weil ich keine Kriegerin bin?"

Sheza musterte sie äußerst wohlwollend und erneut ließ ein Lächeln ihre harten Züge weicher werden.

„Du *bist* eine Kriegerin", sagte sie mit fester Stimme. „Im Herzen und mit deiner ganzen Seele."

Jenna strahlte sie an und zuckte nicht einmal zusammen, als Sheza ihr Schwert ergriff und vor ihr in den Boden rammte.

„Lehne deine Stirn gegen den Knauf und sprich mir nach", forderte sie Jenna auf und die folgte ihrer Anweisung sofort.

„Melandiole, le dare cardaxo vias blatar …"

Schütze die, die meinem Herzen die Kraft geben zu kämpfen …

An den Kampf

Es kam Jenna wie eine halbe Ewigkeit vor, dass sie das letzte Mal das Schloss Alentaras aus der Ferne gesehen hatte. Wie eine Erinnerung aus einem vergangenen Leben, das nun wieder zur Wirklichkeit für sie wurde. So viel war in den letzten Monaten passiert; so viel hatte sich geändert. Zum Guten und zum Schlechten.

Trotz der dicken Mauern, die es umgaben, blieb Tichuan mit seiner hellen Farbe und den vielen Türmen eines dieser Schlösser, die aus einem Märchenfilm stammen könnten, und der Kontrast, den es zu den steilen Felswänden hinter ihm bildete, verstärkte diesen Eindruck noch. An sich wunderschön. Dennoch blieb seine Ausstrahlung bedrohlich, wusste Jenna doch, wer sich hinter den Mauern verschanzte und nach dem Leben des Mannes trachtete, den sie mittlerweile mehr liebte, als sie sich das jemals hätte vorstellen können.

Eine weitere Bedrohung hatte sich *vor* den Mauern des Schlosses angesammelt: Alentaras riesige Armee, die mit jeder Stunde, die verstrich, noch weiter anzuwachsen schien. Als die ersten Späher zu ihnen zurückgekehrt waren, hatte es noch geheißen, dass es rund viertausend Soldaten waren, die ihre Zelte vor Tichuan aufgeschlagen hatten. Diese Nachricht hatten Marek und die anderen Anführer der Koalition noch relativ gelassen hingenommen. Ihnen war immer bewusst gewesen, dass Alentaras Armee groß war und sie jeden Mann und jede Frau, die den Dienst an der Waffe gewöhnt waren, zum Schloss beorderte, um sich selbst zu schützen. Als es dann nach einer Stunde geheißen hatte, die feindlichen Truppen seien auf rund fünftausend Mann angewachsen, hatte sie bereits die ersten Funken von Angst in einigen Augen aufblitzen gesehen. Zu diesem Zeitpunkt hatte sich die Armee des Verbundes Tichuan soweit genähert, dass sie bereits die Dächer der Türme hinter den Hügeln in der Ferne hatten erkennen können.

Marek hatte allen noch einmal mit einer flammenden Rede, die ganz bewusst auch die Erwähnung der Drachen beinhaltete, Mut gemacht und war dann zusammen mit Leon aufgebrochen, um auf einem geheimen, zuvor von Sheza beschriebenen Weg in das Schloss zu gelangen. Die Kriegerin selbst war ihnen erst nach einer halben Stunde gefolgt.

„Wir sind nicht die einzigen, die Angst haben", riss Kychonas heisere Stimme Jenna aus ihren Gedanken, konnte sie aber nicht dazu bewegen, das Fernrohr, das Leon ihr überlassen hatte, abzusetzen. „Niemand zieht ohne Furcht in den Krieg."

„Die Drachen werden sie dieses Mal nicht in die Flucht schlagen", sprach Jenna eine ihrer großen Sorgen an. „Sie können nirgendwo anders hin."

Sie ließ ihre Hände mit dem Fernrohr nun doch in ihren Schoß sinken und schüttelte den Kopf. „Wenn die Armeen aufeinander losgehen, wird es unzählige Verluste geben, auf beiden Seiten."

„Eben das wollen wir ja verhindern", erinnerte Kychona sie. „Momentan geht es nur darum aufzuzeigen, dass man keine Angst hat und bereit ist, zu kämpfen. Einschüchterung war schon immer ein hervorragendes Mittel, um Machthaber dazu zu bewegen, nachzugeben, sich auf Kompromisse einzulassen. Wir alle stellen unsere Truppen nur erst einmal in Position und dann wird darauf gewartet, wer den ersten Schritt macht – in Richtung Diplomatie oder Kampf."

Jenna steckte das Fernrohr in die Tasche, die sie bei sich hatte, kam auf Knie und Hände und bewegte sich vorsichtig den Felsvorsprung hinunter, auf den sie beide sich begeben hatten, um sich ein genaues Bild von der Situation vor der Burg zu machen. Sie befanden sich in einem hügeligen, von Felsen zerklüfteten Wäldchen, nicht weit vom Schloss entfernt, in das sie gegangen waren, um ihre Ruhe vor dem Kriegsgeschehen zu haben. Nichts durfte sie von ihrer schwierigen Aufgabe ablenken, wenn ihr Plan gelingen sollte.

„Du musst Vertrauen in dich haben und unbedingt Ruhe behalten", hatte Marek ihr noch in der Nacht gesagt, in der kurzen Zeit, die sie gehabt hatten, um sich voneinander so zu verabschieden, wie sie es brauchten. „Was der Rest der Welt macht, darf dich nicht scheren, ganz gleich wie viele Menschen in deiner Nähe sterben und leiden. Du darfst das nicht an dich heranlassen, hörst du?"

Sie hatte tapfer genickt und sich rasch die Träne aus dem Augenwinkel gewischt, die ihr hatte entkommen wollen.

„Konzentrier dich nur auf das, was Leon wahrnimmt und was du mit deiner Begabung fühlen kannst, und wenn Demeon nach dir anstatt nach mir greifen sollte, lass ihn nicht zu tief in deinen Verstand vordringen, nur so weit, dass du ihn packen kannst. Wir werden dir alle helfen, aber du musst ihn festhalten und seine Energie in Leons Körper ziehen."

Sie hatte erneut genickt und Marek hatte sie in seine Arme gezogen und fest an sich gedrückt, ihr damit die Kraft gegeben, ihn Stunden später gehen zu lassen und sich selbst mutig ihrem Schicksal zu stellen. In gewisser Weise fühlte es sich so an, als ob er noch bei ihr war, sie immer noch hielt und ihr Mut zusprach und das tat ausgesprochen gut.

Jenna begab sich zu dem Platz, den sie sich für ihre geistige Reise ins Schloss ausgesucht hatten: Eine mit Moos bewachsene Stelle zwischen einem Felsen und mehreren Büschen, auf der sie sich nun im Schneidersitz niederließ.

„Hast du Kontakt?", fragte Kychona etwas aufgeregt, als sie zu ihr aufgeschlossen hatte.

„Noch nicht", gab Jenna zurück. „Ich dachte nur, dass es leichter ist, wenn ich schon mal sitze."

„Oh – ja." Die alte Frau sah enttäuscht aus. Auch die für sie typische Gelassenheit schwand angesichts ihres waghalsigen Vorhabens allmählich dahin. Sie gab sich zwar große Mühe, es vor Jenna zu verbergen, doch erfolgreich war sie damit nicht. Vielleicht lag es auch daran, dass Jenna bereits zweimal geübt hatte, der alten Frau einen Teil ihrer Energie zu stehlen und es ihr zumindest einmal gelungen war. Vielleicht baute sich damit ganz automatisch eine Verbindung zu dem ‚Bestohlenen' auf – auch wenn Jenna der Magierin ihre Kräfte zurückgegeben hatte.

„Wenn es Leon nicht bald schafft, dir das Signal zur Kontaktaufnahme zu geben, musst du sie initiieren", riet Kychona ihr nun. „Möglicherweise ist er mit der ganzen Sache überfordert, schließlich begibt er sich freiwillig in Gefangenschaft. Da kann man es schon mal mit der Angst zu tun bekommen."

„Leon schafft das", erwiderte Jenna voller Zuversicht. „Er hat schon Schlimmeres ausgehalten."

Ihr stockte der Atem, als über ihr der laute Schrei eines Drachens zu vernehmen war, und nur eine halbe Sekunde später warf das erste dieser monströsen Tiere seinen Schatten auf sie, gefolgt von den anderen. Es dauerte nicht lange, bis auch die ersten Entsetzensschreie von den Mauern Tichuans zu ihnen hinüber schallten und Jennas Puls beschleunigte sich erheblich.

„Er hat sich meinen Ratschlag zu Herzen genommen", merkte Kychona lächelnd an und Jenna zog verwirrt die Brauen zusammen.

„Du hast Kaamo gesagt, dass er mit den Drachen frühzeitig angreifen soll?", stieß sie mit leichter Verärgerung aus.

„Nicht angreifen", verbesserte die Greisin sie und strich sich ihr buschiges, weißes Haar aus dem Gesicht, bevor sie sich ihr gegenüber niederließ. „Er sollte sie den Soldaten und Alentara nur noch einmal vorher zeigen, um unsere Stärke zu demonstrieren. Und das tut er wohl gerade."

Jenna war sich nicht ganz sicher, ob sie das für eine gute oder schlechte Idee hielt, entschied sich dann aber dazu, nicht weiter darüber nachzudenken, weil sie an diesem Vorgehen ohnehin nichts mehr ändern konnte.

„Zumindest haben wir jetzt den Beweis, dass Kaamo die Drachen sehr gut kontrollieren kann", merkte sie an und schloss endlich die Augen. Es war Zeit, dafür zu sorgen, dass auch der andere Teil ihres gefährlichen Plans aufging.

Von allen Dingen, die geschehen waren, allen Worten, die in den letzten Stunden gesprochen worden waren, war es ausgerechnet Jennas letzte Bitte, die Leon während des Ritts zu Alentaras Schloss immer wieder durch den Kopf ging.

„Versprich mir, dass du für ihn genauso einstehst wie für mich", hatte sie gesagt und ihn dabei flehentlich angesehen. „Versprich mir, dass du ihn nicht opferst, wenn du das Gefühl hast, es ist nötig, um alle anderen zu retten. Denn es gibt *immer* einen anderen, einen besseren Weg. Versprich es mir – bitte!"

Er hatte es getan und geglaubt, dahinter zu stehen. Er war sogar ein wenig verärgert gewesen, dass Jenna ihm unterstellte, Marek zu verraten, sobald sich eine geeignete Situation bot. Doch dann war ihm wieder eingefallen, welche Vergangenheit hinter ihnen lag und dass er sofort voll und ganz auf Mareks Seite gewesen war, als dieser zum ersten Mal entschieden hatte, sich Alentara auszuliefern, um die Leben aller anderen Menschen um sich herum zu retten. Es war auch aus Leons Sicht die sinnvollste Entscheidung gewesen und doch musste sie Jenna schockiert und sehr verletzt haben. Sie dachte offenbar immer noch, dass er Marek hasste und über jede Möglichkeit, ihn loszuwerden, froh war. Aber so war es nicht mehr.

Vor ein paar Monaten hatte Leon noch gedacht, dass es für ihn nichts Schöneres geben könnte, als Marek mit eigenen Augen sterben zu sehen – oder ihn gar selbst grausam zu ermorden. Und nun? Nun war er ein unverzichtbarer Verbündeter, der ihn immer wieder mit seiner Selbstlosigkeit überraschte – gerade weil er spürte, dass diese Seite des Kriegerfürsten nicht erst existierte, seit er Jenna in sein Herz gelassen hatte. Leon begann langsam zu erkennen, was seine Freundin in dem Mann sah, der so lange Zeit sein Erzfeind gewesen war. Und gerade aus diesem Grund war es unvorstellbar, ihm in den Rücken zu fallen und für das Wohl aller anderen zu opfern, sollte es überhaupt zu einer solchen Entscheidungssituation kommen.

Gleichwohl gab es auch in Leons Verstand einen Hauch Zweifel, ob er selbst nicht doch plötzlich umschwenkte, wenn es zu einer scheinbar ausweglosen Situation kam. Konnte er sich selbst trauen, wenn Panik und Zweifel ihn packten? Wenn magische Energie durch seinen Körper schoss und er benutzt wurde wie ein Puppe?

Leon schüttelte sich bei diesem Gedanken und versuchte ihn mit aller Macht zu verdrängen. Derartige Überlegungen waren in einer Situation wie dieser alles andere als hilfreich.

„Kalt?", missinterpretierte sein Mitstreiter sein Verhalten und Leon strengte sich an, ihn möglichst offen anzusehen.

„Geht schon", gab er zurück. „Wir sind ja bald im schönen, warmen Schloss bei lieben Bekannten."

„Oh ja, ich freu mich auch schon ungemein", gab Marek schmunzelnd zurück. Noch etwas, das Leon an ihm zu schätzen gelernt hatte: Seinen oft recht schwarzen Humor, der ihn auch in stressigen Situationen nicht verließ. Darin waren sie sich beide sogar ähnlich.

Der Krieger zügelte jetzt sein Pferd, den Blick auf einen Baum gerichtet, den ein Sturm einst entwurzelt und gegen den Felsen dahinter hatte kippen lassen. Moos hüllte Stamm und Äste fast vollständig ein und Efeu hatte sich bis hinauf in die blätterlose Krone gerankt. Genau so hatte Sheza ihnen den Eingang zu einem der Geheimgänge beschrieben.

Marek sah zu Leon hinüber. Ein kurzer Blickaustausch genügte und sie stiegen fast synchron von den Pferden. Leon band sein Pferd an einem der noch lebenden Bäume fest, während Marek das seine allein dadurch zum Stehenbleiben zu bewegen schien, dass er ihm einen leisen Befehl gab. Leon tastete noch einmal seine Brust ab, bevor er Marek folgte. Ja, beide Amulette waren noch da, sicher versteckt unter seinem Lederwams. Niemand würde sehen, wenn Jenna sie aktivierte. Niemand würde sie finden, bevor Alentara danach verlangte. An diesen Gedanken klammerte er sich, als er mit Marek vor dem Baum stehen blieb. Einen Eingang konnte er dort nicht erkennen.

„Verschlossen?", kam es Leon leise über die Lippen.

„Wär schon sinnvoll, wenn ihn niemand entdecken soll", erwiderte der andere und duckte sich, um unter den Stamm des Baumes sehen zu können. Er griff nach einem der Äste und zog daran. Es knackte kurz, dann hatte er ihn in der Hand.

Leon verkniff sich einen Kommentar und das dazugehörige Lachen und half Marek lieber bei der Suche nach dem richtigen ‚Hebel'. Er fühlte sofort, dass er ihn erwischt hatte, sobald sich seine Hand um den ‚Ast' schloss. Er war kalt und aus Metall. Leon zog und das mechanische Geräusch, das danach ertönte, ließ ihn triumphierend grinsen, sobald Marek sich ihm zuwandte.

„Reine Glückssache", kommentierte der Krieger.

Leon schüttelte den Kopf. „Reines Können", verbesserte er ihn und hob provokant die Brauen, während sich der Zugang zum Geheimgang langsam aufschob.

Obwohl Marek sich schnell abwandte und den Gang betrat, entging ihm dessen Schmunzeln nicht und irgendwie verschwanden damit Leons anfängliche Zweifel an sich selbst. Sie standen das zusammen durch und würden das Schloss auch wieder zusammen verlassen.

Im Inneren des Tunnels war es dunkel und da es dieses Mal keinen Zaubertrick gab, um dem abzuhelfen, bewegten sie sich nicht allzu schnell fort. Der Gang war jedoch eben und relativ schmal – Leon konnte noch nicht einmal seine Arme voll ausstrecken – sodass sie nicht befürchten mussten, zu stürzen, und aus diesem Grund wurden sie nach einer kleinen Weile doch wieder etwas schneller.

„Da vorn ist Licht", verkündete Marek schließlich und Leon konnte es sich nur mit Mühe verkneifen, erleichtert aufzuatmen. Nasse, dunkle Gänge waren so gar nicht sein Ding.

Leider handelte es sich bei der Lichtquelle nicht um das Ende des Tunnels, sondern nur um einen schmalen Einlass auf Augenhöhe, durch den Tageslicht fiel. Nein, es war nicht nur einer, sondern gleich mehrere, die man in größerem Abständen voneinander in den Gang eingelassen hatte. Leon blieb stehen und trat näher an eine der Spalten heran, um hinauszusehen. Er musste die Augen zusammenkneifen, weil das Licht so blendete und zuckte sofort wieder zurück. Stiefel – oder eher Füße eines Soldaten. Er stand vor ihnen, ohne zu bemerken, dass er beobachtet wurde.

„Leon!", zischte Marek ihm zu und er schloss rasch zu dem Krieger auf.

„Wir befinden uns direkt unter ihrer Armee", wisperte er und sein Begleiter nickte knapp. Also hatte auch er hinausgesehen.

„Und diese hat ihr Lager vor der Mauer aufgeschlagen", fügte der Bakitarer an.

„Dann sind wir gleich da." Leon wollte erneut nach den Amuletten tasten, doch Marek hielt seine Hand fest.

„Du musst damit aufhören", sagte er und sah ihn drängend an. „Sonst merken sie sofort, dass wir etwas mit Cardasol vorhaben."

Leon entzog sich seinem Griff – Händchenhalten mit dem ehemaligen Hassfeind war dann doch etwas zu viel des Guten – nickte aber sofort einsichtig. „Ich krieg das hin", versprach er und straffte die Schultern.

„Ich weiß", gab Marek zu seiner Überraschung mit keinerlei Spott in der Stimme zurück und wandte sich von ihm ab, setzte den Weg durch den Tunnel fort.

Leon benötigte nur einen kurzen Moment der Sammlung, dann lief auch er wieder los. Weit gehen musste er nicht. Vor ihnen fand der Tunnel ein jähes Ende. Wieder genügte nur ein kurzer Blickaustausch, um abzustimmen, auf welcher Seite sie beide nach dem Schalter zur Öffnung der Tür suchten, und dieses Mal war es Marek, der fündig wurde. Verdammt!

Der Mechanismus setzte sich lautstark in Gang und nur einen Wimpernschlag später schob sich die Wand vor ihnen auf, gab den Blick in einen mit Fackeln erleuchteten Kellerraum frei. Unzählige Kisten und Fässer füllten den Raum und ließen darauf schließen, dass sie sich in einer der vielen Vorratskammern des Schlosses befanden.

„Nach dir", forderte Leon seinen Begleiter mit einer dazu passenden Handbewegung auf und der ließ sich nicht lange bitten. Mit wenigen Schritten durchquerte er die Kammer und blieb dann mit etwas Abstand vor der nächsten Tür stehen, schien seine Sinne auf den Flur auszurichten, der dahinter liegen musste. Leon tat es ihm nach, sobald er neben ihm stand, und sah Marek fragend an. Er selbst hatte kein verdächtiges Geräusch hören können, doch das hieß nichts. Die tiefe Falte zwischen den Brauen des Kriegers gefiel ihm gar nicht.

„Was ist?", flüsterte er.

„Wir sind nicht allein", gab Marek ebenso leise zurück, die Augen weiterhin auf die Tür gerichtet.

„Sicher?" Warum er das fragte, war Leon nicht ganz klar, denn eigentlich waren sie bereits vor ihrer Abreise davon ausgegangen, ab einem bestimmten Punkt von Alentaras Soldaten abgefangen zu werden. Dass dies erst *im* Schloss geschah, war schon eine Überraschung und hatte in Leon leider die Hoffnung geweckt, eventuell vollkommen unbemerkt hineinzugelangen und die Situation noch ein klein wenig mehr zu ihrem Vorteil auszunutzen.

Marek antwortete nicht auf seine Frage, sondern ergriff kurzerhand die Klinke und öffnete die Tür. Drei Schwerter, eine Armbrust und zwei Speere richteten sich ruckartig auf sie und Leon machte einen Schritt zurück, konnte nur mit Mühe den Drang unterdrücken, seine eigene Waffe zu ziehen und hob stattdessen vorsichtig die Hände. Sechs Soldaten hatte Alentara vor diesem Geheimgang aufstellen lassen. Sechs Männer, denen große Angst in die blassen Gesichter geschrieben stand. Was hatte die Königin ihnen wohl über den erwarteten Besuch erzählt?

Marek stieß ihn unauffällig mit dem Ellenbogen an. „Es ist an der Zeit", raunte er ihm zu.

Leon schloss rasch die Augen und erweckte das Bild in seinem Inneren, das er zuvor mit Jenna entwickelt hatte: Eine blaue Rose, die sich langsam öffnete. Hoffentlich funktionierte es.

Da war es! Das Zeichen! Die Rose wuchs plötzlich vor ihr aus dem Boden, ohne wahrhaft da zu sein und Jenna griff reflexartig danach, schloss die Augen und ließ sich von ihr durch Raum und Zeit transportieren, hinein in Leons leuchtendes Energiefeld, die zuckenden Lichtblitze seines Geistes. Er öffnete sich ihr, ohne zu zögern, und innerhalb von Sekunden verknüpfte sie sich mit ihm, konnte bald schon seinen schnellen Herzschlag vernehmen, sein Atmen hören, sein Blut durch die Adern rauschen fühlen. Dann kamen die ersten Bilder. Ein Strauß von Waffen, der ihm entgegen gestreckt wurde. Gesichter von ängstlichen Soldaten. Marek. Die Bilder verbanden sich, wurden zu Abfolgen und schließlich sah sie alles wie mit ihren eigenen Augen, hörte auch, was gesprochen wurde.

„Alentara erwartet uns", sagte Marek gerade, wie Leon die Hände erhoben und darum bemüht, möglichst keinen bedrohlichen Eindruck zu machen. „Wir sind ihre Gäste."

„Gäste kommen durch das Tor!", widersprach ihm einer der Männer. „Ihr seid Eindringlinge!"

„Wir werden dennoch erwartet", klärte Leon den Mann auf. Sie konnte ihn lächeln fühlen und tat ganz automatisch dasselbe.

,Ganz ruhig weiter atmen', vernahm sie Kychona in ihrem Kopf. ,Deine Verbindung zu ihm ist wundervoll stabil. Du darfst aber auf keinen Fall schon jetzt den Kontakt zu Cardasol herstellen – erst wenn es absolut notwendig ist.'

„Gebt uns eure Waffen!", forderte der Soldat jetzt und streckte auffordernd eine Hand in ihre Richtung aus.

Leon zögerte nicht. Er zog langsam sein Schwert, was die übrigen Soldaten ein Stück zurückweichen ließ, und händigte es dann an den Anführer der Gruppe aus – fast zur selben Zeit wie Marek. Das schien die Männer schon sehr viel gnädiger zu stimmen, denn die Speere zogen sich zurück und zwei der Schwerter wurden weggesteckt.

„Hände auf die Rücken!", befahl der Sprecher der Gruppe und wieder gehorchten Marek und Leon ohne Widerworte, ließen sich bereitwillig mit ein paar Lederriemen fesseln.

Jennas Anspannung wuchs mit Leons und sie fühlte wie Kychona einen Schub Ruhe in ihre Richtung aussandte, die zitternde Verbindung zu Leon wieder stabilisierte.

,Alles gut. Wir haben das vorausgesehen. Es ist nur wichtig, dass niemand deine Anwesenheit bemerkt.'

Ihre Freunde liefen jetzt einen langen Flur entlang, eskortiert von den mittlerweile sehr viel selbstbewusster wirkenden Soldaten Alentaras. Es ging eine steile Wendeltreppe hinauf, dann einen weiteren Flur entlang … Ja, diesen Bereich des Schlosses kannte sie. Hier waren Leon und sie untergebracht worden, als sie für drei Wochen die hochgeschätzten Gäste der Königin gewesen waren. Jetzt liefen sie sogar direkt an ihrem Zimmer vorbei, ließen einen Hauch Wehmut in ihr aufwallen. Damals war noch alles so einfach gewesen, eine Zeit der Erholung und Entspannung.

Jenna konzentrierte sich wieder auf ihre Umwelt. Wenn sie sich nicht irrte, brachten die Männer sie zu Alentaras Besprechungsraum … oh, nein, doch nicht. Sie hielten auf den Thronsaal zu. Leons Herzschlag beschleunigte sich und Jennas tat dasselbe.

‚Nein, nein, nicht aufregen', drängte Kychona sanft und sie fühlte wie sie ihren Geist behutsam streichelte, warme Energie prickelnd in ihr Herz strömte und dessen Schlagen verlangsamte.

Die großen Türen des Thronsaales öffneten sich vor ihr und sie traten ein. Auch dieses Mal verfehlten die verzierten Wandteppiche und schweren Vorhänge ihre Wirkung nicht, genauso wenig wie die goldverzierten Kerzenhalter und Bilderrahmen um die Porträts der großen Könige Trachoniens. Leon fühlte sich klein und unwichtig angesichts dieses Prunks, so wie es auch ihr immer beim Betreten des Saales ergangen war. Nur Marek schien vollkommen unbeeindruckt. Sein Blick ruhte auf der einzigen Person, die sich neben ihnen und den Soldaten noch in dem riesigen Raum aufhielt: Alentara.

Gekleidet in ein blutrotes, seidig schimmerndes Kleid, das Haar kunstvoll hochgesteckt, stand sie an einem der großen Fenster des Saales und sah hinaus, vermutlich auf ihre Armee. Sie hatte ihre ‚Gäste' mit Sicherheit bemerkt, tat aber so, als seien diese ihr so unwichtig wie ihre Bediensteten. Sie strahlte pure Gelassenheit aus und in gewisser Weise bewunderte Jenna sie dafür, wusste sie doch ganz genau, dass dem nicht so sein konnte. Nicht im Angesicht eines Krieges und der Anwesenheit eines der gefährlichsten Männer ganz Falaysias.

„Soll ich das jetzt als Kooperation oder den Versuch werten, mich zu hintergehen?", hallte ihre helle Stimme schließlich durch den Saal, ohne dass die Königin ihre Haltung auch nur einen Deut verändert hatte.

„Das liegt ganz bei dir", erwiderte Marek, ihr weiterhin bewusst die respektvolle Anrede einer Königin verweigernd.

Alentara sah ihn über ihre Schulter hinweg an, ein reizendes Lächeln auf den Lippen tragend. „Du kannst nicht ernsthaft geglaubt haben, dass ich die Geheimgänge meines Schlosses in dieser Situation unbewacht lassen würde. Deswegen nehme ich an, dass dies deine Art ist, meiner Forderung nachzugeben."

Sie wandte sich nun ganz um und kam ein Stück weit auf sie zu, um dann langsam in einem großen Bogen um sie herumzuschreiten. Ihre Augen musterten sie in einer sehr abfälligen Art und Weise, als könne sie jetzt mit ihnen machen, was sie wolle.

„Deine Verbündeten scheinen allerdings nicht zu ahnen, dass du mit mir kooperieren wirst", fuhr sie mit einem kleinen, sehr unechten Seufzen fort, „sonst hätten sie wohl kaum ihre Truppen so nahe an mein Schloss herangeführt. Vor etwa einer Stunde kam sogar ein Bote, der mir ausrichtete, dass man meine Kapitulation und den Rücktritt von der Regentschaft verlange. Wie findest du das?"

„Ich halte es für eine gerechte Forderung", erwiderte Marek mit derselben bewundernswerten Ruhe in der Stimme. „Du bist eine grauenvolle Königin."

Alentara lachte glockenhell auf, doch in ihren Augen leuchtete der erste Funken von Wut auf. „Ist das der auch der Grund, aus dem deine liebe Freundin, ganz gegen unsere Absprache, die Drachen hat über meinem Schloss kreisen lassen?"

Jennas Herz verkrampfte sich schon wieder. Sie hatte gewusst, dass das ein Fehler gewesen war!

„Du irrst dich, wenn du glaubst, dass Jenna dahinter steckt", ließ Marek sie wissen.

„Wer soll es sonst gewesen sein?"

„Nadir?", schlug er vor.

„Oh bitte!" Dieses Mal klang Alentaras Lachen eher empört als belustigt. „Wenn es ihn jemals gab, ist er jetzt tot! Wie war doch gleich sein richtiger Name? Jarej? Armer Tor."

Hass flammte in Mareks Augen auf und er biss die Zähne derart fest zusammen, dass man ein leises Knirschen hören konnte.

„Aber ich werde dir in meiner Großmütigkeit glauben, dass es noch jemanden unter euren Verbündeten gibt, der magische Fähigkeiten hat, und nicht Jenna hinter diesem Verstoß steckt", setzte die Königin hinzu. „Andernfalls müsste ich jemanden dafür büßen lassen und das würde unserer zukünftigen Beziehung eher schaden als nützen."

Sie musterte Marek auffällig und ließ ihren Blick dann auch zu Leon wandern. „Allerdings scheint Hass nicht ausreichend zu sein, um Freundschaften unmöglich zu machen."

„Wir sind keine Freunde", brummte Marek. „Ich habe ihn gezwungen mit mir zu kommen."

„Natürlich", stimmte Alentara ihm lächelnd zu. „Du hasst ihn noch genauso wie mich."

„Ich hasse dich nicht", widersprach ihr der Kriegerfürst. „Ich verachte dich."

Das Lächeln der Königin zerbröckelte, machte einem bitteren Zug um die Lippen platz. „Umso härter wird es dann für dich werden, dich mir zu unterwerfen. Denn das wirst du tun *müssen*, um dein Kind und deine Freunde zu retten."

Sie blieb jetzt stehen und sah hinüber zu einer dunklen Ecke des Thronsaales, aus der nun Demeon hervortrat. Jennas Herz begann sofort schneller zu schlagen und sie fühlte wie auch Leon sich erst einmal von diesem Schrecken erholen musste. Zumindest er hatte nicht bemerkt, dass sich der gefährliche Mann bereits mit ihnen im selben Raum befand.

„Trägt er das Hiklet?", fragte Alentara den Zauberer.

„Ja", bestätigte Demeon und kam ein Stück näher, blieb dann jedoch in einem respektvollen Abstand zu seinen Gästen stehen. „Ich kann weder sein Energiefeld fühlen noch das eines anderen Zauberers. Von ihm geht keine Gefahr aus."

‚Siehst du – es ist alles gut', merkte Kychona an. ‚Niemand nimmt dich wahr.'

„Was sagst du, Roanar?", rief Demeon in den Saal.

Jennas Herz blieb stehen und Leon erstarrte. Eine weitere Person trat aus dem Schatten der Ecke, glatzköpfig und gehüllt in einen dunklen Mantel. Sie hatten recht gehabt – Roanar *war* Demeons zweiter Helfer und seine Anwesenheit brachte sie alle ins Schwitzen. Zwei Zauberer waren sehr viel schwerer unter Kontrolle zu bringen als einer.

Unter Druck

Sich angesichts einer derart schrecklichen Überraschung daran zu erinnern, wie man atmete, war keine leichte Sache. Dennoch gelang es Leon nach ein paar Sekunden und er musste nur noch dafür sorgen, dass niemandem auffiel, wie dringend er den Sauerstoff brauchte, den er tief in seine Lunge sog.

Glücklicherweise ruhte auch Roanars Aufmerksamkeit hauptsächlich auf Marek, der ihm mit einer Verachtung entgegensah, die ihresgleichen erst suchen musste.

„Sieh an, sieh an", lächelte Roanar. „Der wilde, unbeugsame Krieger fügt sich dem Willen einer Königin, die er zutiefst verabscheut."

Der Mann gab sich große Mühe, aber seine Arroganz konnte nicht über den Fakt hinwegtäuschen, dass auch er gehörigen Respekt vor Marek hatte, denn er blieb genau neben Demeon und Alentara stehen, wagte sich nicht einen Schritt näher an den Kriegerfürsten heran.

„Du bist nicht der einzige, der überrascht ist, Roanar", erwiderte Marek immer noch sehr gelassen. „Deine Klüngelei mit eben dieser Königin kann ja wohl kaum im Interesse des Zirkels liegen."

„Es gibt wichtigere Dinge, als den Zirkel wieder zurück an die Macht zu führen", behauptete der Zauberer.

„Willst du mir jetzt auch noch erzählen, wie sehr es dir am Herzen liegt, dieser Welt den Frieden zu bringen, den sie schon so lange verdient?", erkundigte sich Marek mit skeptisch erhobenen Brauen und lachte dann über die verärgerten Blicke der drei Verbündeten. „Wen glaubt ihr, habt ihr vor euch? Zwei unterbelichtete Kinder, die alles glauben, was man ihnen auftischt?"

„Sei vorsichtig, Shuzma!", stieß Roanar zornig aus. „*Du* bist hier der Gefangene, der von unserer Gnade abhängig ist und nicht umgekehrt und ich werde …"

„Roanar!", unterbrach Demeon ihn streng. „Wenn wir Verständnis für unser Handeln wollen, sollten wir nicht sofort auf Drohungen zurückgreifen."

Leon runzelte die Stirn. Verständnis?

„Wir sollten stattdessen unser Entgegenkommen zeigen." Er sah hinüber zu einem der Soldaten, die noch neben Leon und Marek standen. „Würdest du bitte unsere Gäste herholen?"

Leons Gedärme verkrampften sich. Herholen? Das war nicht gut. Hoffentlich war Sheza noch nicht bei ihren Freunden. Er sah Marek an, doch der regte sich nicht, hatte eine starre Maske aufgesetzt.

‚Es ist gar nicht schlecht, wenn Rian und die anderen zu euch kommen', vernahm er Jenna in seinem Kopf. ‚Das wollten wir doch ohnehin und Sheza kann sich dann darauf konzentrieren, das fehlende Amulett zu finden. Wenn alle anderen bei euch sind, können wir endlich zum Angriff übergehen.'

Ihre Worte brachten wieder etwas mehr Ruhe in Leons Inneres, die sich auch nicht verflüchtigte, als Demeons Blick ihn kurz streifte, bevor der Zauberer näher kam.

„Ich denke, dass wir für die Bösen gehalten werden, hat einen ganz simplen Grund", fuhr er fort und lief nun ebenfalls um sie herum, mit dem Unterschied, dass sein Kreis einen etwas kleineren Radius hatte als der Alentaras zuvor. „Ihr könnt noch nicht erkennen, dass unser Weg der richtige ist – für alle."

„Ist er das?" Mareks Zweifel waren nur allzu offensichtlich. „Ihr wollt Cardasol an euch reißen, um euch zu den Herrschern dieser Welt aufzuschwingen. Ich kann nichts daran finden, das uns *allen* zugutekommen könnte."

„Verstehst du denn nicht?" Demeon sah den Krieger mit einer Begeisterung an, die eindeutig nicht gespielt war. „Wir können die Bruchstücke Cardasols wieder zusammenführen. Wir könnten das Herz der Sonne wieder einen. Und wenn das geschieht …"

„… zieht Liebe und Frieden in jedes Herz ein und die Welt, in der wir leben, wird zu einem Paradies", führte Marek seinen Satz emotionslos zu Ende. „Das ist eine Legende, Demeon. So etwas wirst *du* doch nicht glauben!"

„Warum nicht?", fragte der Magier zurück und Leon wusste nicht, was ihn mehr irritierte: Die Frage selbst oder die Ernsthaftigkeit in seiner Stimme und seinem Gesichtsausdruck. „Bisher ist es niemandem gelungen, also wissen wir nicht, was passiert, wenn wir die Steine zusammenführen."

„Ich weiß auf jeden Fall, was passiert, wenn *du* alle Teile des Herzens in deine Finger bekommst und auch noch die Möglichkeit hast, sie zu aktivieren", erwiderte Marek. „Diese Welt zu retten, wird das Letzte sein, woran du denkst."

Das Leuchten verschwand aus den Augen des Zauberers und machte einer eisigen Kälte Platz. „Das ist es also, was du von mir denkst?"

Seine Vermutung wurde von Marek weder bestätigte, noch verneint. Das Gesicht des Kriegers blieb regungslos.

Demeons Lippen hingegen verzogen sich zu einem traurigen Lächeln.

„Wir drei teilen dasselbe Schicksal, Ma'harik", sagte er leise. „Wir wurden alle zum Opfer des Zirkels der Magier. Jeder von uns auf eine andere Art – das gebe ich zu – aber das Resultat war dasselbe. Diese Leute ruinierten unsere Leben, machten uns zu Ausgestoßenen und blieben dabei auch noch die Gewinner. Alle Könige, die jemals Länder dieser Welt regiert haben, standen über Jahrhunderte unter ihrem Einfluss und verschafften ihnen uneingeschränkte Macht. Sie wirtschafteten die Länder zugrunde und ermordeten und versklavten ganze Völker."

„Dafür mussten sie bezahlen", erwiderte Marek. „Damals wie heute."

„Damals?" Demeon lachte unecht. „Sprichst du von der offiziellen Auflösung des Zirkels unter Kychona? Das ist doch niemals geschehen. Und weißt du, woher ich das weiß? Ich war ein Teil von ihm, als dieser nicht mehr existierte. Ich habe an Besprechungen teilgenommen, Könige beraten, Justiz ausgeübt. Die Macht des Zirkels war ungebrochen, als ich durch ihn verraten und aus dieser Welt verbannt wurde."

„Du hast einen König ermordet", warf Marek ihm unbeeindruckt vor.

Erneut lachte Demeon laut auf. „Das war kein König! Warias war ein Verbrecher. Ein Gewalttäter und Sadist."

Sein Blick flog zu Alentara, die sich von ihm abwandte und die Augen schloss. Sie war blass geworden und ihre feinen Züge waren vollkommen verspannt. Von ihr konnte der Zauberer keine Unterstützung erwarten. Auch nach all den Jahren war sie nicht fähig, über das zu reden, was ihr von ihrem Ehemann zugefügt worden war.

„Er hatte den Tod verdient!", spuckte Demeon voller Hass aus. „Der Zirkel wollte ihn ohnehin aus dem Weg räumen. Nur deswegen waren Dorean und ich an seinem Hof, um einen Grund zu finden, ihn endlich abzusetzen. Alentara und ich haben ihnen doch mit dem Mord einen Gefallen getan. Und wie haben sie es uns gedankt? Sie haben versucht, unsere Liebe zu zerstören, haben mich verbannt und Alentara erpresst, sodass sie weiter die Kontrolle über alle Länder behalten, jedermanns Schicksal bestimmen konnten. Sie haben niemals für all das Unrecht, das sie über diese und die andere Welt brachten, bezahlen müssen. Auch nicht durch dich, Ma'harik."

Leon sah dem Kriegerfürsten an, dass er Demeons lange Rede kaum noch ertrug, doch er hielt sich zurück, wartete zweifellos darauf, dass die Wache endlich mit Alentaras Geiseln zurückkam und sie zuschlagen konnten.

„Ich hatte gehofft, dass es dir gelingt, den Zirkel aus der Welt zu schaffen, bis ich zurück nach Hause komme", fuhr Demeon fort. „Dein Wunsch war auch der meine und nach Nefians Tod wusste ich sofort, dass diese Gruppierung wieder aktiv wird – dass sie eben nicht für immer verschwunden ist. Durch Roanar erfuhr ich, dass es dir nicht gelang, du meine Hilfe dafür brauchst. Und jetzt, da ich hier bin, willst du sie nicht, glaubst, dass ich aller Welt Feind bin."

Er schüttelte enttäuscht den Kopf.

„Wir zusammen wären die besseren Herrscher, Ma'harik", versuchte er ein weiteres Mal, den Kriegerfürsten auf seine Seite zu ziehen. „Wir könnten den Zirkel und alle Königshäuser vernichten und die Bakitarer in ihre Schranken weisen. Meinetwegen kannst du ihnen auch Allgrizia schenken. Das ist mir gleich. Der Rest der Welt würde unter unserer gemeinsamen Herrschaft aufblühen – glaub mir das doch endlich! Es würde dann ein besseres Zeitalter anbrechen!"

„Würde es das?" Marek hob kritisch eine Braue. „Ich finde, die Bevölkerung Falaysias sollte selbst entscheiden dürfen, wie sie in Zukunft leben will."

Demeon gab einen missbilligenden Laut von sich. „Die meisten Menschen sind zu dumm, um ihre eigenen Leben in den Griff zu bekommen. Glaubst du, ich überlasse es ihnen, zu entscheiden, wer sie führen soll?"

Er bekam keine Antwort auf seine Frage, zumindest von keinem der Anwesenden. Durch die Fenster des Thronsaales hallten die Kriegsfanfaren der Koalition und nur wenig später konnte man die lauten Schreie der Drachen vernehmen. Ihre Freunde starteten ihre erste Angriffswelle.

Leons Herz begann sehr viel schneller als zuvor zu schlagen, denn die Blicke, die Demeon und Alentara austauschten, verhießen nichts Gutes. Die Zeit der freundlichen Überredungsversuche war mit Sicherheit vorbei.

„Ihr habt also längst den kriegerischen Weg gewählt, ohne euch anhören zu wollen, was wir zu sagen haben", stellte der Zauberer kühl fest und blieb neben Alentara stehen, die mittlerweile große Mühe hatte, ihre Wut nicht allzu deutlich zu zeigen. „Wenn ihr Druck wollt, bekommt ihr ihn. Habt ihr die Amulette dabei?"

Er sah Leon an, der nach einem kurzen Moment des Zögerns nickte. Mehr tat er erst einmal nicht.

Alentara runzelte verärgert die Stirn. „Wo sind sie?"

„Wir wollen erst Rian sehen", sprach Leon aus, was Jenna ihm geistig zuflüsterte. „Wir müssen sicher sein, dass sie noch lebt."

Das Lächeln, das die Königin ihm zukommen ließ, war äußerst falsch. „Du weißt, dass ich meinen Soldaten auch den Befehl geben könnte, dich durchsuchen zu lassen, oder?"

„Ja, aber du willst, dass wir zumindest halbwegs mit dir kooperieren", erwiderte er mutig, „denn mit Zwang lässt sich zwar viel, aber nicht *alles* erreichen. Jenna wird es nicht mögen, wenn du uns hintergehst."

Alentara sah aus, als wollte sie noch etwas dazu sagen, doch die sich öffnende Tür des Saales hielt sie davon ab. Der Soldat war endlich zurück und im Gefolge hatte er Rian, Gideon und Tala. Die beiden alten Leute hielten das Mädchen zwischen sich an den Händen und sahen furchtbar angespannt und verängstigt aus.

„Kommt her!", befahl die Königin und die kleine Gruppe folgte ihrer Anweisung sofort.

Rians Augen tasteten kurz Leon ab, dann flogen sie zu Marek und sie erstarrte. Die Erkenntnis kam schnell, ließ ihre Augen ganz groß werden und ihren Mund aufklappen, bevor ihr ganzes Gesicht von einem inneren Leuchten ergriffen zu werden schien. Leon sah noch rechtzeitig zu Marek hinüber, um den Sturm unterschiedlichster Gefühle in dessen Augen zu registrieren. Dann hatte der Krieger sich wieder unter Kontrolle, war der harte Zug um seine Lippen, die Kälte in seinem Blick zurück.

Rian sträubte sich weiterzugehen, versuchte ihre Hände aus dem Griff ihrer Zieheltern zu befreien, doch die hielten sie eisern fest, redeten beruhigend auf sie ein, bis sie sich schließlich fügte und zusammen mit ihnen ihren Platz zwischen Roanar und Alentara einnahm. Jetzt fehlte nur noch Sheza mit dem Amulett.

„Wie ihr seht, geht es dem Kind ausgesprochen gut", sagte die Königin und Leon musste ihr zustimmen. Es sah gesund aus, trug ein schlichtes, sauberes Kleid, das mit einem hübschen, silbernen Gürtel verziert war und machte alles andere als einen ängstlichen Eindruck. Schlimm konnte es ihr in Alentaras Schloss nicht ergangen sein.

„Wo sind die Amulette?", wiederholte sie ihre kurz zuvor gestellte Frage nun schon etwas ungeduldiger.

‚Zeig sie ihr!', forderte Jenna ihn auf. ‚Vielleicht können wir nicht auf Sheza warten.'

Leon holte tief Atem, befahl sich selbst, ruhig zu bleiben und griff unter seinen Wams, um die Schmuckstücke an ihren Lederbändern herauszuziehen.

Alentara machte sofort ein paar Schritte auf ihn zu, hielt dann aber rasch wieder inne. „Das sind nur zwei!"

„Wir *haben* nur zwei", erklärte Marek, doch sie schüttelte sofort den Kopf, sah ihn böse an.

„Das kann nicht sein", widersprach sie ihm. „Ihr müsst mittlerweile drei haben."

„Hatten wir mal, aber eines davon hast *du* an dich gebracht", erinnerte er sie.

„Davon spreche ich nicht!", fuhr sie ihn an. „Kychona hatte ebenfalls eins und sie hat es euch gegeben!"

„Ist das so?"

„Ja!"

„Kychona? Sie hat nie etwas davon gesagt", log Leon und tat ganz überrascht.

„Das hätte sie auch nicht müssen", mischte sich nun auch Demeon wieder ein. „Jenna hätte es mit Sicherheit gespürt."

„Ja, *hätte* sie vielleicht, wenn Kychona tatsächlich eines der Amulette besitzt", wandte Marek ein. „Aber so scheint es nicht zu sein."

„Es sei denn, sie bewahrt es in einem Hiklet auf", fiel es Roanar ein, dessen Augen Leons Amulette schon die ganze Zeit etwas seltsam fixierten. Er schien sich kaum von ihrem Anblick losreißen zu können – auch jetzt noch nicht. Vermutlich war er noch nie in seinem Leben einem dieser kostbaren Objekte so nahe gekommen.

Alentara sah Demeon, der seine Brauen nachdenklich zusammengezogen hatte und sich mit einer Hand über den gepflegten Spitzbart strich, aufgewühlt an.

„Das wäre möglich", gestand er schließlich ein und die Königin verdrehte genervt die Augen. Draußen trafen die Armeen jetzt aufeinander, denn der Lärm schwoll eindeutig an.

„Na wunderbar!", stieß sie frustriert aus. Ihr Blick flog besorgt zu den Fenstern und dann wieder zurück zu ihrem Geliebten. „Und wie sollen wir jetzt noch an das Amulett herankommen und die Schlacht dort draußen stoppen?"

Der Zauberer legte ihr beschwichtigend eine Hand auf die Schulter. „Jenna wird es für uns holen", tröstete er sie. „Wenn sie erst hier war und mit uns gesprochen hat, wird sie es tun."

„Das kostet zu viel Zeit!", gab sie erregt zurück. „Meine Soldaten sterben dort draußen!"

„Dafür sind sie da", entgegnete er etwas kühler. „Was wir hier tun, ist viel wichtiger." Er ließ sie los und wandte sich wieder Marek zu, sodass ihm die Erschütterung in den Augen der Königin vollkommen entging.

„Sie wird doch herkommen, nicht wahr?", erkundigte er sich. „Schließlich war das ebenfalls ein Teil unserer Abmachung. Und dann wird auch das Morden dort draußen aufhören. Sie kann das stoppen."

„Sie kommt ins Schloss, wenn Rian es verlassen hat", sagte Marek mit fester Stimme und Leon hob überrascht die Brauen. Ihr Plan hatte anders ausgesehen.

Demeons Augen verengten sich, doch er wurde nicht wütend. „Das hatten wir so nicht abgesprochen", merkte er ruhig an.

„Ich weiß", gab Marek ebenso ruhig zurück. „Aber man kann nicht immer nur nehmen. Ab und an muss man auch geben, um zu bekommen, was man will. Meine Tochter hat nichts mit all dem hier zu tun. Sie ist noch ein kleines Kind und sollte nicht in solche Geschichten verwickelt werden. Lasst sie gehen."

‚Rian ganz aus der Schusslinien zu bringen ist keine schlechte Idee', meldete sich Jenna in Leons Kopf zu Wort. ‚Dann ist wenigstens sie in Sicherheit, sollte etwas schiefgehen.'

„*Nur* sie?", fragte Alentara lauernd.

„Sie und ihre Zieheltern. Allein kann sie nicht reisen."

Oh, das war noch besser! Jenna sah das auch so.

Alentara und Demeon tauschten einen langen Blick aus.

„Sie und Tala", verkündete die Königin schließlich. „Gideon bleibt hier, bis Jenna im Schloss ist."

Leon wollte gern protestieren, doch er wusste, dass sie augenblicklich nicht mehr fordern konnten. Es war schon ein kleines Wunder, dass die beiden Mareks Forderung überhaupt zum großen Teil erfüllen wollten. Man durfte sie jetzt nicht provozieren. Marek schien das genauso zu sehen, denn er nickte nach kurzem Nachdenken, wenn auch grimmig.

Ein lautes Rumpeln vor der Tür ließ sie alle zusammenzucken. Nur wenig später wurde diese aufgerissen und vier Soldaten transportierten eine um sich schlagende und mit ihnen ringende Kriegerin in den Saal. Leons Augen weiteten sich. Sie hatten Sheza erwischt!

Jenna war von Anfang an klar gewesen, dass durchaus ein paar Dinge bei der Ausführung ihres Planes schief gehen konnten. Dennoch schnappte sie erschrocken nach Luft, als sie durch Leons Augen in Shezas wütendes Gesicht starrte. Nichts an der Haltung der Kriegerin verriet, ob sie Erfolg damit gehabt hatte, das fehlende Amulett in Alentaras Schloss zu finden. Sie sah nur verärgert aus – nicht einmal ängstlich.

„Lasst sie los!", kam der strenge Befehl aus Alentaras Richtung und die beiden Männer, die Sheza festhielten, kamen der Aufforderung sofort nach.

Die Soldatin schüttelte die letzte Hand, die sie noch berührte, angewidert ab und richtete dann ihre Rüstung. Doch ihre Augen blieben dabei an ihrer Königin haften. Die ging ein paar Schritte auf ihre ehemalige Vertraute zu und hielt dann inne, schwer atmend und sichtlich aufgewühlt. Jenna war überrascht, in ihrem Blick so etwas wie Sorge zu entdecken, hatte sie doch angenommen, dass die Königin nur mit den Gefühlen der Kriegerin gespielt hatte, um sich ihre Loyalität zu sichern. Sie hatte sich offenbar geirrt, denn es fiel Alentara äußerst schwer, ihrem Gesicht die Kälte und Strenge zurückzugeben, die es die meiste Zeit zuvor getragen hatte. Enttäuschung war dort eher vorzufinden und ein Hauch von seelischer Pein. Emotionen, die sich in Shezas markantem Gesicht spiegelten.

„Also warst es wahrlich du, die dabei half, das Mädchen und die beiden alten Leute zu befreien", sagte die Königin leise. „Du hast mich verraten."

Sheza hielt ihren Blick, blieb ihr jedoch eine Antwort schuldig.

‚Die Fesseln, Jenna!', drang Kychona in ihren Geist. ‚Befreie Leon – schnell! Sie werden es nicht merken, solange sie mit Sheza beschäftigt sind.'

Jenna bemühte sich, ganz behutsam die Energie eines der Amulette anzuzapfen und in Leons Hände laufen zu lassen, während sie sich gleichzeitig vorstellte, wie sich die Fasern der Fesseln auflösten. Es funktionierte und die anderen Zauberer waren in der Tat zu abgelenkt, um etwas davon zu bemerken.

„Wir fanden sie in ihrem alten Zimmer", berichtete einer der Soldaten und das Erschrecken, das sich sofort in Alentaras Gesicht zeigte, ließ Jenna stutzen. Die Augen der Königin wanderten über Shezas Körper, so als suchten sie dort etwas und blieben schließlich an ihrer rechten Hand hängen. Aus Jennas Sicht war dort nichts Außergewöhnliches zu entdecken, doch Alentara ergriff Shezas Handgelenk und hob es auf Augenhöhe, um in den Ärmel zu sehen.

Die Kriegerin war unglaublich schnell. Ihre andere Hand schoss vor und stieß mit solcher Wucht gegen Alentaras Brust, dass diese das Gleichgewicht verlor und auf dem Boden landete. Fast im selben Atemzug ließ sie etwas aus ihrem Ärmel in ihre Hand rutschen und warf es zu Leon hinüber. Instinktiv fing ihr Freund das Objekt auf und Jennas Herz machte einen Satz. Das fehlende Amulett!

‚Jetzt!', ertönte Kychonas Stimme in ihrem Geist und Jennas Energien flossen blitzschnell zusammen, schossen über ihre Verbindung mit Leon hinein in seinen Körper und von dort aus in die Steine. Diese glühten hell auf und Jenna fühlte, wie sie sofort einen Schutzwall um ihre Freunde herum errichteten. Allerdings war gleich aus zwei Richtungen ein seltsames Knistern zu vernehmen, ein Gegendruck, den nur ein Hiklet verursachen konnte. Anscheinend hatte es nicht funktioniert, den Zauber des magischen Talismans auf die Kraft der Amulette umzustellen. Und was noch schlimmer war – irgendwer in diesem Raum trug ein weiteres Hiklet.

„Ich habe es dir gesagt, Dalon!", stieß Alentara etwas atemlos aus, während sie mit dessen Hilfe rasch wieder auf die Beine kam. Ihre Augen fixierten Leon und sie sah verängstigt aus. „Narian hat seine Energie an ihn abgegeben und dadurch ist er zu einem perfekten Übermittler geworden."

„Und *ich* habe dir gesagt, dass du dir deswegen keine Sorgen machen musst", antwortet Demeon mit einem seltsamen Lächeln und jetzt erst bemerkte Jenna, dass Roanar Gideon und Tala zur Seite geschoben und Rian grob am Arm gepackt hatte, um sie vor sich zu bringen.

Marek machte entsetzt ein paar Schritte auf sie zu, genauso wie Leon und Sheza, doch in der nächsten Sekunde befand sich ein Dolch an der Kehle des Mädchens und alle erstarrten.

„Ganz ruhig!", befahl Demeon und Jenna keuchte entsetzt, konnte nicht glauben, dass so etwas geschah. „Dann wird der Kleinen nichts passieren."

Das zweite Hiklet! Es musste sich irgendwo an Rians Körper befinden! Jenna konnte allerdings keinerlei Schmuck an dem vor Angst erstarrten Kind entdecken.

‚Es muss nicht immer Schmuck sein', vernahm sie Kychonas besorgte Stimme. ‚Vielleicht liegt der Zauber auf einem Teil ihrer Kleidung. Solange wir nicht wissen auf welchem, können wir nichts tun.'

„Du!" Demeon sah einen der Soldaten an. „Hilf ihm!"

Der Mann setzte sich in Bewegung, blieb jedoch vor Shezas ausgestrecktem Arm stehen.

„Sheza, bitte", wandte sich Alentara erstaunlich sanft an ihre Kriegerin. „Das macht doch keinen Sinn und gefährdet nur unnütz das Leben des Mädchens."

„Rian", erwiderte Sheza und bedachte ihre Königin mit einem eindringlichen Blick. „Das Kind, das du entführt hast, um diesem Verbrecher dabei zu helfen, seine machtgierigen Pläne in die Tat umzusetzen und dem trachonischen Volk in den Rücken zu fallen, hat einen Namen."

Etwas regte sich in Alentaras Gesicht, doch sie blieb hart. „Lass ihn gehen, oder das Kind stirbt", sagte sie fest.

Bittere Enttäuschung zeigte sich in Shezas Zügen. Sie schüttelte den Kopf, trat dann jedoch widerwillig zur Seite, sodass der Soldat hinüber zu Roanar laufen konnte. Der Zauberer schob ihm das verängstigte Mädchen in die Arme und übergab ihm den Dolch, mit der Anweisung es zu töten, wenn er den Befehl dazu gab. Dann trat er zurück an Demeons und Alentaras Seite, jetzt sehr viel selbstsicherer als zuvor, denn für ihn schien alles ganz nach Plan zu verlaufen.

Jennas Herz raste und ihr Magen verdrehte sich, als sich Demeons Blick auf Marek richtete. Es war eine beängstigende Mischung aus Wut, Enttäuschung und Mitleid, die in seinen Augen aufglühte, bevor er zu sprechen begann.

„Warum nur musst du so nachtragend sein, mein Junge?", brachte er gespielt traurig hervor. „Ich habe mich so bemüht, dir klarzumachen, dass ich nur das Beste für dich und diese Welt wollte. Aber du konntest mir nicht glauben. Deine Kräfte sind einmalig und doch willst du sie nicht nutzen, lässt sie verkümmern und verachtest sie. Was für ein großer Zauberer hätte aus dir werden können. Der größte, den es je gegeben hat."

Er seufzte theatralisch und der Druck in Jennas Brust, die Angst, die ihren Körper zu lähmen drohte, wuchs ins Unermessliche.

„Und nun zwingst du mich, diese Rolle selbst einzunehmen."

‚Wir müssen etwas tun!', sandte Jenna panisch an Kychona und Leon, während Demeon sich langsam auf Marek zubewegte. ‚Irgendetwas!'

‚Aber was?!', kam es ebenso panisch von Leon zurück.

„Jenna liebt dich", fuhr der Zauberer traurig fort. „Das konnte ich sehen und fühlen, als ich euch zusammen sah. Sie würde alles für dich tun. Einfach alles."

Demeon blieb dicht vor Marek stehen. „Das Tragische an der Sache ist, dass dasselbe auch auf dich zutrifft. Du würdest dein Leben für diejenigen geben, die du liebst."

Er sah hinüber zu der bereits weinenden Rian. „Deswegen bin ich dieses Mal hier vollkommen sicher. Du wirst mir nichts tun – ganz gleich, was passiert."

Er betrachtete stirnrunzelnd Mareks angespanntes Gesicht. „Das sieht übel aus", kommentierte er dessen Verletzung und griff nach dem Hiklet, umschloss es mit seiner Hand.

Etwas geschah. Jenna fühlte ein Knacken und Knistern im Energiefeld und sie war sich sicher, dass der Mann die Wirkung des Hiklets ausschaltete. Die Steine reagierten, flackerten, doch sie konnten immer noch nicht ihren Schutz auf den Krieger übertragen. Jemand blockierte sie. Wahrscheinlich Roanar, denn der Mann hatte die Augen geschlossen und sie konnte fühlen, dass auch er magisch tätig geworden war, Demeon bei seinem teuflischen Vorhaben half.

Mareks gefesselte Hände ballten sich hinter seinem Rücken zu Fäusten und er presste die Zähne aufeinander, während er Demeons brennendem Blick standhielt. Jenna stockte der Atem und ihr wurde schlecht, denn unter Leons entsetzten Augen brach die Wunde an Mareks Wange langsam wieder auf. Blut quoll aus ihr hervor, floss über seinen Kieferknochen und Hals, tropfte auf seinen Harnisch.

„Aufhören! Aufhören!", stieß Jenna verzweifelt mit Leons Stimme aus und Demeon drehte den Kopf, sah sie an. *Sie*!

„Hallo Jenna", begrüßte er sie lächelnd. „Bist du *jetzt* bereit, richtig mit mir zu verhandeln?"

„Nein! Tu das nicht!", stieß Marek aus, ging aber im selben Moment mit einem unterdrückten Schmerzenslaut in die Knie. An seinem Oberschenkel trat dunkles Blut durch den Stoff seiner Hose.

„Manche Narben verheilen nie, nicht wahr?", brachte Demeon hasserfüllt hervor und sein wahnsinnig anmutender Blick flog hinüber zu Leon, bohrte sich in Jennas verkrampftes Herz. „Ich kann jede einzelne von ihnen finden und öffnen. Und dann werde ich das Hiklet einfach wieder loslassen. Keine Kraft der Welt kann ihn dann davor bewahren, hier zu verbluten."

„Was ... was willst du?", stieß Jenna aus und sie ignorierte Kychonas Ziehen an ihrer Energie, ihr Flehen, dem Mann nicht nachzugeben.

„Dass du dich mir öffnest, dich mit mir verbindest."

‚Das darfst du nicht tun!', rief Kychona aufgebracht. ‚Er wird dir deine Kraft rauben und über dich auch an Mareks herankommen. Du bist mit Cardasol verbunden! Er wird so auch eine Bindung mit den Steinen eingehen!'

„Tu das nicht!", keuchte Marek und schrie in der nächsten Sekunde gepeinigt auf, wankte zur Seite. Sie wollte gar nicht wissen, welche Wunde Demeon jetzt geöffnet hatte. Alles in ihr schmerzte.

‚Es gibt noch eine andere Lösung!', dröhnte Kychonas Stimme in ihrem Kopf und Marek krümmte sich zusammen.

Jenna ertrug das alles nicht mehr, stieß die alte Frau zurück und griff mental nach Demeon. Sie fühlte, wie seine Energie beglückt aufleuchtete, wie er zupackte, mit solcher Kraft an ihr zog und gleichzeitig in sie drang, dass sie keine Luft mehr bekam und Leon keuchend nach vorn taumelte.

„Hör auf damit!", rief jemand aufgewühlt und Sheza bewegte sich auf Demeon zu. Hitze breitete sich rasend schnell in Jenna aus und sie fühlte, wie die Steine zu leuchten begannen, sich ihr energetischer Fluss unter Demeons Einwirken veränderte und die Kriegerin schrie auf. Wie aus weiter Ferne nahm Jenna wahr, dass aus Shezas Rüstung plötzlich Flammen schossen. Sie wollte zugreifen, ihr helfen sie zu löschen, doch sie hatte keine Kraft mehr. All ihre Energie wanderte in Demeons Körper und sie selbst ... sie löste sich langsam auf.

Sheza brüllte vor Schmerzen, Alentara schrie Demeon an, warf sich auf die Kriegerin, versuchte die Flammen mit ihrem Kleid und ihrem eigenen Körper zu löschen und Entsetzen ergriff von Demeon Besitz, ließ ihn innehalten. Der Sog setzte aus. Jenna holte keuchend Luft und irgendwo neben ihr leuchtete auf einmal ein grelles Licht auf. Ein Licht, das aus Mareks Brust zu kommen schien, das Hiklet und seine Fesseln zu Staub zerfallen ließ und mit einem solch heftigen energetischen Stoß in die drei Amulette fuhr, dass Jennas Kraft nicht nur zurück in ihren Körper schoss, sondern sie auch noch aus der Verbindung mit Leon riss. Sie fiel auf ihren Rücken, nicht mehr fähig zu atmen und auch ihr Herz setzte aus. Alles um sie herum wurde dunkel.

Sog der Magie

Leon lag am Boden. Das war das erste, was er wahrnahm. Wie genau er dort gelandet war, wusste er nicht. Es war auch nicht weiter wichtig, denn was er sah, als er den Blick hob, raubte ihm für einen Augenblick die Fähigkeit, klar zu denken.

Groß und dunkel hob sich Mareks Gestalt gegen das Licht der Kerzen und Fackeln im Thronsaal ab. Wer diese entzündet hatte und wann es so dunkel geworden war, dass man deren Licht brauchte, wusste Leon nicht. Marek atmete schwer, hatte den Kopf gesenkt, sah jedoch nach oben. Seine Augen glühten weiß und ein sardonisches Lächeln umspielte seine Lippen. Vor ihm in der Luft schwebten die drei Amulette, drehten sich umeinander und schienen einander mit knisternden Lichtblitzen und Energiefäden festzuhalten. Sie waren verbunden, aber noch nicht vereint.

Alentara war an eine der Wände des Saales herangekrochen und hielt dort die schwer verwundete Sheza in den Armen, während sie mit weit aufgerissenen Augen den Kriegerfürsten anstarrte. Todesangst stand ihr ins Gesicht geschrieben. Angst war auch in Roanars Zügen zu finden, der ebenfalls am Boden war und rückwärts auf allen Vieren vor Marek zurückwich. Nur Demeon schien noch nicht gänzlich von diesem Gefühl gepackt worden zu sein. Er sah hochkonzentriert und wachsam aus, doch in seinem Blick war auch so etwas wie Faszination zu finden. Er bewegte sich nicht, stand in geduckter Haltung vor Marek und hatte die Hände nach vorn ausgestreckt, als könnte er ihn damit stoppen.

Von der anderen Seite des Saales her war ein leises Wimmern zu hören und ein Hauch Erleichterung überkam Leon, als er erkannte, dass sich dort Tala, Gideon und Rian aneinander drängten. Der Soldat, der das Leben der Kleinen bedroht hatte, lag reglos am Boden, der Dolch nicht weit von ihm entfernt. Nun bewegte sich das Messer, drehte sich kurz und stieg in die Luft, nur um in der nächsten Sekunde auf Demeon zuzuschießen. Die Hand des Zauberers fuhr durch die Luft und die Waffe fiel scheppernd zu Boden.

Mareks Lächeln wurde breiter. Seine Augen fixierten den anderen Magier, der es nun wahrhaftig wagte, seine Stimme zu erheben.

„Ich wusste es!", stieß er etwas atemlos aus. „Ich wusste immer, dass es dir eines Tages gelingen würde. Du kannst das Herz vereinen, Ma'harik. Füge es zusammen und wir können *jede* Welt beherrschen, die wir betreten, müssen nie wieder fürchten, die Opfer bösartiger Menschen zu werden."

„*Du* wirst niemanden mehr beherrschen!", grollte Marek und das Knistern zwischen den Steinen wurde lauter. Kleine Lichtblitze fuhren aus ihnen hinaus und ein leichtes Beben ging durch den Boden.

Leon stand rasch auf. Sein Puls raste und seine Gedanken überschlugen sich. Was sollte er tun? Die Magier gingen jeden Augenblick aufeinander los, um sich gegenseitig zu töten oder die Kräfte zu entreißen – oder beides und niemand wusste, welche Auswirkungen das haben würde, zumal das Herz der Sonne dabei aktiv war. Jenna war nicht mehr zu spüren und Sheza nicht einmal mehr ansprechbar. Es gab niemanden, der ihm helfen konnte, diese prekäre Situation in den Griff zu bekommen.

‚Hol Rian und die anderen!', dröhnte plötzlich Mareks Stimme in seinem Kopf und er verzog das Gesicht, weil er das Gefühl hatte, seine Schläfen würden platzen. ‚Bring sie so weit von hier weg wie möglich! Ich lenke ihn solange ab.'

Leon bewegte sich, ohne nachzudenken, taumelte auf seine Freunde zu. Demeon schien das nicht zu gefallen, denn er regte sich ebenfalls, machte Anstalten, auf die anderen zuzulaufen. Der Kerzenständer neben ihm ging in einer Stichflamme auf, die ihn sofort zurückweichen ließ, und Leon sprintete den Rest seines Weges, ging in die Knie und schlitterte darauf fast in die drei verängstigten Menschen hinein. Rian weinte herzerweichend, dennoch ließ sie sich von ihm auf den Arm nehmen und klammerte sich an ihm fest, als er mit ihr aufstand und hinter Marek durch den Raum eilte, gefolgt von Tala und Gideon. Doch die Tür, auf die er zulief, entflammte nun ebenfalls und sie wichen keuchend zurück.

Ein seltsames Flimmern und energetischen Brummen waberte durch den Raum, kurz bevor Marek einen festen Schritt auf Demeon und Roanar zumachte, und der Boden vor seinem Fuß brach krachend auf. Das Beben, das mit diesem Zauber einherging, ließ Leon zur Seite taumeln und schmerzhaft gegen einen Tisch stoßen. Tala fiel und auch Gideon stolperte und fing sich nur, weil Leon ihn rechtzeitig am Arm packte und auf den Beinen hielt. Die beiden Zauberer waren rechtzeitig zur Seite gesprungen, um nicht ins untere Stockwerk zu stürzen, und während Roanar verängstigt zur brennenden Tür stolperte, schlug Demeon zurück. Die Flammen der Kerzen im Raum flogen auf ihn zu wie kleine Kometen, bündelten sich über seinen geöffneten Händen innerhalb von Sekunden zu einem Ball, der sofort auf Marek zuschoss. Doch der Schutz Cardasols versagte dieses Mal nicht. Der Ball prallte nicht nur von Marek ab, er wuchs auf seine dreifache Größe an, veränderte sich und flog in der Form eines Drachenkopfes zurück auf Demeon zu. Das weit aufgerissene Maul des Flammenmonsters schnappte jedoch nur in die Luft, weil der Magier sich geschickt zur Seite bewegt hatte, und mit einer weiteren raschen Handbewegung erlosch das Feuer.

Der Spuk hatte allerdings noch lange kein Ende gefunden. Leon stieß ein entsetztes Keuchen aus, weil sich sämtliche Tische und Stühle im Saal plötzlich hoch in die Luft erhoben. Er zog Gideon, der glücklicherweise auch Tala wieder am Arm gepackt hatte, geistesgegenwärtig mit sich mit und suchte mit ihnen an der nächsten Wand Schutz, während die schweren Möbel auf Marek hinabstürzten, um ihn unter sich zu begraben. Zumindest sah es im ersten Moment danach aus, doch sie änderten ruckartig ihren Kurs und schlugen auf der brennenden Tür auf, rissen diese in Stücke. Holzsplitter, Nägel und andere Teile flogen durch die Luft, wurden mit magischer Hand gestoppt und schossen auf Roanar zu.

Der Zauberer reagierte nicht schnell genug. Nur ein Teil der Geschosse verfehlte ihr Ziel und sein Schreien, als diese gegen seinen Körper prallten, teilweise in sein Fleisch drangen, ging Leon durch Mark und Bein. Er drehte sich so, dass die zitternde und schluchzende Rian zumindest nichts von all dem sehen konnte, und sandte ein Stoßgebet an das Universum, diesen Wahnsinn zu beenden, ein Wunder zu schicken, dass sie möglichst *alle* rettete.

‚Verschwindet! Jetzt!', ließ Marek ihm zukommen, als die nächsten Energiewellen der Zauberer aufeinander trafen und dieses Mal das ganze Schloss zum Beben zu bringen schienen. Die Schockwellen der Entladungen pressten Leon gegen die Wand, nahmen ihm kurzweilig die Luft zum Atmen. Dabei hatte er sogar das Gefühl, dass der Kriegerfürst sich zurückhielt, noch längst nicht zeigte, welche Kräfte er mit Cardasol tatsächlich entfesseln konnte. Demeon würde keine Chance mehr haben, wenn Rian und die anderen erst in Sicherheit waren und gerade dieser Gedanke ließ Leon zögern. Kychona hatte es selbst gesagt: Niemand wusste, was passierte, wenn Cardasol zerstört wurde. Und das würde es, wenn Demeon mit der Hilfe dieser magischen Quelle starb.

‚Los!', drängte Marek weiter und Leon gehorchte, stolperte vorwärts, auf die Tür zu.

Demeon wurde mit der nächsten Handbewegung von den Füßen gerissen und gegen die Wand hinter sich geschmettert. Der Zauberer kam jedoch gleich wieder auf die Beine und sandte einen energetischen Stoß durch den Raum, der es in sich hatte und nicht etwas Marek, sondern Leon von den Füßen holte. Er schlug hart mit dem Rücken auf den Boden auf und Rians zusätzliches Gewicht ließ seine Rippen knacken. Das Weinen und Schluchzen des Kindes wurde lauter, doch er hielt es eisern fest, rappelte sich auf und versuchte verbissen den Türbogen zu erreichen. Tala und Gideon waren an seiner Seite, als er mit der nächsten Erschütterung des Saales durch den Ausgang stürzte, hinein in den Flur. Dieser war nicht etwa leer, sondern gepflastert mit den Überresten einer größeren Truppe Soldaten. Einige davon waren noch am Leben, kamen gerade auf die Beine oder wanden sich stöhnend am Boden. Aus einem anderen Bereich des Schlosses stürmte eine weitere Abteilung heran, die Waffen erhoben. Wie hätte dieser Krawall den Soldaten auch entgehen können?

Leon blieb nicht stehen. Er versuchte seine Flucht in die andere Richtung fortzusetzen, bahnte sich einen Weg durch die Trümmer der Tür und die leblosen Körper am Boden. Jemand packte sein Bein und er hielt an, trat gnadenlos zu und kam wieder frei. Weiter. Weg hier. Raus aus dieser Hölle.

„Stehen bleiben!", schrie jemand hinter ihm und in der nächsten Sekunde schoss dicht an seinem Kopf der Pfeil einer Armbrust vorbei. Leon erstarrte, schloss kurz die Augen und wandte sich dann ganz langsam um. Drei der Soldaten des neuen Trupps hatten Armbrüste in ihren Händen und diese auf ihn und seine beiden Begleiter angelegt. Nicht einmal das Wimmern des Kindes in seinen Armen konnte sie dazu bewegen, Gnade zu zeigen.

„Wo ist die Königin?", stieß einer der Männer angespannt aus.

Es krachte laut und fast alle mussten einen Schritt zur Seite machen um ihre Balance mit dem nächsten Beben zu halten. Leon öffnete die Lippen, doch es war nicht seine Kehle, aus der die nächsten Worte kamen.

„Senkt die Waffen!" Alentara wankte aus dem Thronsaal und wies auf einen der Männer. „Du! Komm mit mir! Und ihr anderen: Evakuiert das Schloss! Sofort!"

„Aber was ist mit …", begann einer der Soldaten, wurde jedoch sofort von seiner Königin abgewürgt.

„Lasst sie gehen! Wir müssen hier alle so schnell wie möglich raus!" Sie sah kurz zu Leon hinüber und nickte ihm versöhnlich zu, dann verschwand sie wieder im Schlund der Hölle, mit dem armen Kerl an ihren Fersen, der ihr helfen sollte.

„Komm!", keuchte Gideon und legte eine Hand auf Leons Schulter, um ihn vorwärts zu schieben. Doch er konnte nur ein paar wenige Schritte machen, bis der Boden unter seinen Füßen erneut wackelte und Putz von den Wänden rieselte. Die Knoten in seinen Gedärmen wurden immer härter und fester und er warf einen langen Blick zurück zum Thronsaal, aus dem die gruseligsten Geräusche in den Flur hallten, immer wieder begleitet von Erschütterungen, die mit Sicherheit bald das ganze Schloss auseinanderfallen lassen würden.

„Leon!" Gideon hatte seinen Ellenbogen gepackt und zog daran. „Wir müssen hier weg! Das wird nicht viel länger gut gehen. Niemand kann sich in einen Kampf einmischen, in dem derartige Kräfte freigesetzt werden. Wir müssen an Rian und uns selbst denken!"

„Das ist es, was ich an dir liebe: Dass du immer zuerst an die anderen denkst – selbst wenn du dir fest vorgenommen hast, endlich einmal egoistisch zu sein", hallte Cilais warme Stimme aus seinen Erinnerungen an ihren Abschied nach und die Knoten in seinem Bauch lockerten sich sofort. *„Du wirst einen Freund niemals im Stich lassen."*

Er schüttelte den Kopf, löste vorsichtig Rians Arme von seinem Nacken und hob sie Gideon entgegen, dessen Augen sich sofort weiteten. Dennoch nahm er das Kind an sich.

„Tu das nicht!", stieß er mit belegter Stimme aus. „Du kannst ihm nicht helfen!"

„Und wenn doch?", gab er zurück und blieb bei der nächsten Erschütterung zumindest auf demselben Fleck stehen.

Tala entfuhr ein Schluchzen, doch sie berührte ihren Mann, nickte ihm mit tränennassem Gesicht zu und erst dann war Gideon dazu fähig, sich von Leon zu trennen, loszueilen und sich und die beiden anderen endlich in Sicherheit zu bringen. Leons Herz schlug ihm bis zum Hals, während er sich im Slalom durch den Flur an den menschlichen und nicht menschlichen Hindernissen vorbeibewegte. Das üble Gefühl in seinem Bauch verflog zwar, wich seiner eigenen Entschlossenheit, doch auch seine Angst kam zurück. Es war das richtige. Er *musste* das tun.

Vor ihm taumelten Alentara und der Soldat aus dem Saal, in ihrer Mitte Sheza, die sich kaum auf den eigenen Beinen halten konnte. Leon drängte die Sorge um sie zurück. Die Königin würde sich um sie kümmern, sie versorgen und beschützen. Er zuckte zurück, als noch eine weitere Gestalt aus dem Saal wankte, Gesicht und Hände blutverschmiert, die Kleider zerrissen. Roanar. Für einen Augenblick fühlte Leon sich versucht, den Mann niederzustrecken, doch das nächste gefährliche Krachen ließ den Boden unter ihm aufreißen und warf ihn gegen die Wand. Roanar stürzte auf einen der Gefallenen, rappelte sich jedoch sofort wieder auf und stolperte weiter. Er floh wie der Feigling, der er war, und Leon hatte nur noch ein verächtliches Lächeln für ihn übrig.

Er machte einen großen Schritt über eine Leiche und trat in den Türbogen. Der Thronsaal war nicht mehr wiederzuerkennen. Alles, was brennbar war, stand in Flammen. Der Thron lag in Trümmern am Boden und tiefe, breite Risse zogen sich über Boden und Wände, die teilweise schon durchbrochen waren. Überall rieselten Steine und Putz von den Wänden und die Luft war so heiß und voller Rauch, dass Leon kaum richtig atmen konnte, sobald er die ersten vorsichtigen Schritte in das Chaos gemacht hatte.

Demeon, der eben noch am Boden gelegen hatte, kam mühsam auf die Beine. Sein Gesicht war von blutenden Schnitten und anderen Wunden übersät und er konnte sein rechtes Bein kaum belasten. Doch er brachte es immer noch zustande, zu lächeln.

„Du willst mich doch gar nicht töten!", rief er Marek zu, der in der Mitte des Raumes stand, vor ihm die grell leuchtenden Amulette in der Luft und bis auf die Wunden, die Demeon ihm vor seinem Ausbruch zugefügt hatte, unversehrt. Gleichwohl hatte sich auch an ihm etwas verändert. Es waren nicht mehr nur seine Augen, die weiß glühten, sondern von seinem ganzen Körper schien ein silbriges Leuchten auszugehen. Knisternde Energie wie die, die auch die Bruchstücke Cardasols zu verbinden schien.

„Wir sind eins, Ma'harik", fuhr Demeon fort. „Das hat nie aufgehört. Du wolltest es nur nicht einsehen, nicht zugeben, dass unsere Verbindung besonders ist. Du warst wie ein Sohn für mich und wenn du ehrlich bist, war ich dir eine Zeit lang auch der Vater, den du dringend brauchtest."

Marek, der gerade die Hand erhoben hatte, um zu einem weiteren Schlag auszuholen, ließ diese wieder sinken. Leon erstarrte in seiner Bewegung auf den Krieger zu, runzelte verwirrt die Stirn. Was zur Hölle geschah hier?

„Ich habe deiner Mutter geschworen, auf dich achtzugeben, dich zu beschützen", erinnerte Demeon den Krieger nun schon sehr viel sanfter. „Du musst mir glauben, dass es genau das ist, was ich immer getan habe, immer tun werde. Das hier sind nicht wir. Das ist, was alle anderen aus uns machen wollen. Die Bösen. Feinde, die wir nicht füreinander sind, nie waren. Wir haben nur noch uns, Ma'harik."

Das Licht um den Krieger herum wurde schwächer und die Kälte in seinem Gesicht zog sich zurück. Leon lief los, öffnete den Mund und … ein scharfer Schmerz fuhr in seinen Kopf, ließ ihn sofort in die Knie gehen, lautlos, weil irgendetwas seine Stimmbänder lähmte. Ganz unauffällig hatte Demeon die Hand an seiner Seite minimal in seine Richtung ausgestreckt. Doch das genügte, um ihn vollkommen zu lähmen.

„Jenna", kam es wie ein Hauch über Mareks Lippen.

Demeon setzte einen zutiefst betroffenen Gesichtsausdruck auf. „Sie wird nicht mehr aufwachen, wenn du nicht zu dir kommst und ihr hilfst. Die Kraft der Steine hat sie niedergestreckt und nur sie wird sie aufwecken können. Das fühlst du doch. Wir *beide* können sie retten. Wir beide können zusammen so viel Gutes bewirken."

Leon bekam keine Luft mehr. Demeons magischer Würgegriff drückte ihm nun auch noch die Luftröhre zusammen. Er griff nach seinem Hals, doch da waren keine echten Hände, die er packen und wegreißen konnte. In seinen Ohren begann es zu summen und sein Blickfeld schwärzte sich. Nicht. Das durfte ... nicht ... passieren ... nicht jetzt ... Jenna ... Blaue Rose ...

Der Schrei war laut, dröhnte in ihrem Kopf, kribbelte in ihren Schläfen und zog hinein bis in ihre Brust. Jenna riss gewaltsam ihre Augen auf, schnappte nach Luft, als wäre sie minutenlang unter Wasser gewesen. Kychona war direkt vor ihr. Die alte Frau packte sie an den Schultern und hielt sie fest, während sie sich hektisch umsah, erst langsam begriff, wo sie war und was ...

Kychonas erleichtertes „Endlich!" ging in Jennas entsetztem „Oh mein Gott!" unter. Sie machte sich panisch von ihren Händen frei, schloss die Augen und tastete nach Leon. Doch da war nichts. Die Verbindung zu ihm war tot wie die zu Marek.

„Kind, beruhige dich!", forderte Kychona und packte nun ihre Unterarme, zwang sie dazu, sie wieder anzusehen. „Atme!"

„Was ... was ist passiert?!", stieß Jenna aus, drehte sich und sah hinüber zum Schloss, über dem sich auf einmal dunkle Wolken zusammenzogen.

„Unser Plan hat nicht funktioniert", erklärte Kychona das Offensichtliche.

„Marek!", entfuhr es Jenna mit zittriger Stimme und sie versuchte auf die Beine zu kommen. Leon! Rian! Sie alle waren noch in dem Schloss. Demeon würde sie alle töten!

„Jenna!", rief Kychona nun schon etwas lauter. „Du musst dich beruhigen! Demeon wird das nicht überleben und du wirst deine Freunde wiedersehen! Vertrau mir!"

Jennas Kopf flog zu ihr herum und sie starrte die Alte vollkommen entgeistert an. „Wovon sprichst du?"

„In eine solch gefährliche Situation begibt man sich nicht, ohne einen zweiten Plan in der Tasche zu haben", ließ Kychona sie wissen. „Wir *mussten* das tun und es scheint so, als hätte es funktioniert, auch wenn ich nicht damit gerechnet habe, dass wir beide dadurch aus dem Geschehen herauskatapultiert werden."

„Herauskata ..." Jenna stockte, kniff kurz die Augen zusammen, um das Chaos in ihrem Kopf in den Griff zu bekommen. „Wir? Meinst du damit Marek und dich?"

Sie hatte die beiden zusammen gesehen, noch in der gestrigen Nacht, war davon ausgegangen, dass sie sich nur zusammengesetzt hatten, um das Hiklet für den Zugriff Cardasols zu öffnen.

Kychona nickte. „In den Bergen, nachdem Marek mit den Quavis sprach ... Ich habe nicht so fest geschlafen, dass ich es nicht hätte fühlen können. Immerhin trage ich selbst ständig einen Teil Cardasols ständig mit mir herum. Es hat sich zum ersten Mal seit langer, langer Zeit wieder geregt, geleuchtet. Ich wusste, dass es nicht du warst, die die Steine aktiviert hat, sondern *er*, dass es ihm durch dich endlich gelungen ist, einen Zugang zum Herzen zu finden und seine Bestimmung zu akzeptieren."

„Kychona!" Jenna hatte keine Geduld mehr. „Was willst du mir damit sagen?!"

„Es sind nicht nur drei Teile Cardasols im Schloss, sondern alle."

Jenna regte sich nicht mehr. Ihr Mund stand offen und ihre Augen fixierten ungläubig Kychonas Gesicht.

„Du hast ihm dein Amulett mitgegeben", hauchte sie und benötigte noch nicht einmal das Nicken der Alten, um zu wissen, dass ihre Worte der Wahrheit entsprachen.

„Es war die einzige Möglichkeit, uns zusätzlich abzusichern", erklärte Kychona ihr Verhalten. „Ich hatte die Hoffnung, dass seine Kräfte groß genug sind, trotz des Hiklets die Magie des Steins zu aktivieren und sich zu befreien. Ich hatte die Hoffnung, dass er dazu in der Lage ist, Cardasol zu kontrollieren und gegen Demeon einzusetzen."

„Gegen Demeon einzusetzen?", entfuhr es Jenna fassungslos. „Er wird versuchen, ihn zu töten!"

Kychonas Gesichtsausdruck veränderte sich, wurde traurig, fast schuldbewusst. „Das weiß ich."

Jenna holte stockend Atem, sah aufgewühlt hinüber zum Schloss, aus dessen Richtung lautes Krachen ertönte.

„Er wird Cardasol zerstören, wie er es immer vorgehabt hat", kam es mit erstickter Stimme über ihre Lippen und die Panik kehrte zurück, wurde von einem schmerzhaften Ziehen in ihrer Brust begleitet. „Er wird sterben."

Sie wandte sich wieder Kychona zu. „Sie werden *alle* sterben, wenn wir nichts tun!"

Das verdächtige Glitzern in den Augen der Alten verstärkte ihre Angst und Pein noch weiter, obwohl diese den Kopf schüttelte.

„Was immer auch passiert – wir *können* nichts mehr tun", brachte die Magierin mit dünner Stimme hervor. „Nur beten, dass Leon und Sheza mit den anderen rechtzeitig aus dem Schloss herauskommen."

Jenna holte tief Luft, straffte die Schultern und ließ sich unter Kychonas entsetztem Blick wieder auf dem Boden nieder.

„Doch das können wir!", widersprach sie ihr mit aller Deutlichkeit und schloss die Augen. „Sag Kaamo, dass die Allianz ihre Truppen zurückziehen und aus der Gefahrenzone bringen soll, falls ich keinen Erfolg haben sollte."

„Nein! Jenna!" Sie fühlte die Hände der Alten auf ihren Schultern, wie sie an ihr rüttelten. „Es ist zu spät! Wenn es dir gelingt, den Kontakt mit Cardasol und Marek wieder herzustellen und er Demeon tötet, wirst du mit ihm sterben – ganz gleich wie weit du körperlich von ihm entfernt bist!"

Jenna hörte nicht auf sie, schlug ihre Energie mit aller Macht zurück, als diese versuchte, sie zusätzlich zu erreichen und konzentrierte sich stattdessen auf das energetische Chaos, das sich in der Ferne zusammenballte. Es war groß, unkontrolliert und grell. Ihre ganze Umgebung schien von diesem Kraftfeld beeinflusst zu werden, Energie dorthin abzugeben, aber auch von dort aufzunehmen. Alles kribbelte, prickelte und zuckte um sie herum und trotzdem kam Jenna nicht näher an den Kern heran. Es fühlte sich an, als würde eine unsichtbare Wand die flackernden Lichtblitze und das grelle Spektakel von allem anderen abschirmen. Sie selbst fühlte sich wie ein Magnet, der von einem anderen abgestoßen wurde, konnte sich abmühen, wie sie wollte, und kam doch kein Stück näher an ihr Ziel heran.

Ihre Verzweiflung wuchs und sie griff nach einem Lichtblitz, der in ihre Richtung ausschlug. Ein scharfer Schmerz durchzuckte sie und sie ließ gleich wieder los, fühlte, wie ihr Körper nach vorne sank, von Kychona aufgefangen wurde.

„Jenna! Bitte!", vernahm sie aus weiter Entfernung die Stimme der alten Frau. „Er würde nicht wollen, dass du dein Leben in Gefahr bringst, um ihn zu retten!"

Das war ihr herzlich egal. Sie würde ihn nicht allein lassen, würde nicht zulassen, dass er starb. Sie brauchte ihn, in ihrem Leben, ihrem Herzen, ihrer Seele. Ihr ganzes Inneres krampfte sich zusammen und sie warf sich nach vorn, versuchte ein weiteres Mal die Mauer zu durchdringen. Es tat weh, furchtbar weh. Das Knistern wurde lauter, drang in ihren Kopf, erschütterte ihren Geist. Irgendwo zwischen den energetischen Explosionen und leuchtenden Verästelungen blitzte plötzlich etwas Blaues auf ... eine Blume ... Sie vernahm ihren Namen, fühlte große Not und griff geistesgegenwärtig zu. Der Sog war so stark, dass sie überrascht keuchte und die Augen weit aufriss. Ein paar rasende Herzschläge lang bestand alles nur noch aus bunten, verwischten Farben, dann sah sie das grellrote Licht und schlug zu. Sie wusste nicht wieso, hatte nur das Gefühl, dass es gefährlich war, sie es abwehren musste, und es half.

Jemand holte tief Luft, hustete, holte wieder Luft. Sie fühlte, wie eine Mischung aus Sauerstoff und giftigem Rauch eine Lunge fühlte, die nicht ihre war, fühlte sich auf einmal nicht mehr allein, sondern verbunden mit ... Leon!

‚Dem Himmel sei Dank!', konnte sie ihn hören, während sie erst einmal verarbeiten musste, was sie erblickte. Der Thronsaal sah wie der Vorhof zur Hölle aus. Überall brannte es, und alles schien langsam, aber sicher in sich zusammenzufallen. Die Wände waren mit großen und kleinen Löchern gespickt und der Boden hatte sich an manchen Stellen so weit gespalten, dass man hinab ins untere Geschoss blicken konnte. Doch der Kampf, der all diese Schäden verursacht hatte, war erstorben. Marek stand reglos im Raum, nicht weit von ihr entfernt und fixierte Demeon, der sich von ihrem Auftauchen und raschem Handeln viel zu schnell erholt hatte und seine energetischen Fäden zu Mareks Aura weiter spann, ihn darin einzuwickeln schien.

„Du wirst nie wieder allein sein", versprach der Zauberer mit seidig weicher Stimme. „Ich verspreche dir, dich nie wieder zu verlassen, diese Bindung für immer aufrechtzuerhalten. Wir waren doch ein unschlagbares Team, wir zwei. Eine Familie. Wir können es wieder sein. Lass uns zusammen Rian und alle anderen Menschen, die dir am Herzen liegen, beschützen."

Entsetzen packte Jenna, denn sie konnte sehen, dass Marek sich öffnete, Demeon in sich dringen ließ. Sie streckte sich, versuchte selbst, ihn zu erreichen, zu ertasten, doch der Zauberer schlug sofort zu, blockierte sie mit einem Großteil seiner Kraft. Dass er sich dazu wieder ein Stück weit aus Marek zurückziehen musste, schien er dafür in Kauf zu nehmen. Er konnte dennoch nach Cardasol tasten.

Jennas Panik wuchs. Das durfte nicht passieren! Wenn er die Magie der Steine anzapfen konnte, würde er nicht zögern, Mareks Kräfte an sich zu reißen. Doch sie selbst konnte nichts tun, kam nicht an Cardasol heran, weil Leon keinen direkten Kontakt zu einem der Amulette hatte und ...

Ihr Freund bewegte sich plötzlich. Er stürzte los, ohne nachzudenken los, sprang über einen breiten Spalt im Boden und warf sich gegen das Kraftfeld, das Demeon sofort um Marek herum entstehen ließ. Leon schrie vor Schmerzen und Jenna tat es ihm gleich, denn die Energie schnitt wie tausend Messer in seinen Körper, durchdrang ihn vollkommen. Trotzdem griff Leon zu, packte Mareks Arm und hielt ihn so eisern fest, wie es ihm noch möglich war. Glühende Hitze schoss durch seinen Arm direkt in sein Herz und seinen Geist, ließ sein Schreien noch schriller werden und Jenna griff schnell selbst zu, verband sich innerhalb von Sekunden mit Mareks vertrauter Energie, nahm ihm die Last Cardasols ab und schloss ihn in sich ein.

Für einen kleinen Augenblick schien die Zeit stehen zu bleiben und sie konnte alles fühlen, was er fühlte, Überraschung, tiefe Erleichterung, unbändige Freude, Liebe. Seine Kraft kam zurück, sein Verstand klärte sich und Cardasol sandte eine Welle heller, heilender Energie in den Raum, die sich kreisförmig um sie herum ausbreitete und jedes Feuer erlöschen ließ.

Demeon ging keuchend in die Knie, doch er hielt sich noch an Marek fest, versuchte sogar weiter in seinen Geist zu dringen. Jenna packte seine Energiefäden und zog. Fast zur selben Zeit bewegte sich Mareks Geist auf Demeon zu. Der Zauberer zuckte zurück, erkannte allem Anschein nach, was sie vorhatten, kam jedoch nicht mehr von Jenna frei. Ihm fehlte die Kraft sich zu schützen, den Angriff abzuwehren. Die Tür zu seinem innersten Kern stand zu weit offen und ließ sich nicht mehr schließen. Dieses Mal war es Marek, der in ihn drang und sich an der Quelle seiner Kräfte festhielt. Jenna zog sich zurück, so weit, dass sie wieder Leons Körper wie den ihren fühlen konnte und aktivierte im selben Moment die Macht der Steine. Die Energien begannen zu fließen, ihre, Mareks, Demeons, hinein in die Steine und wieder hinaus. Es war jedoch nur die Demeons, die sie weiterleitete, hinein in Leons Aura, die sie aufsog wie ein Schwamm.

Demeon begann zu schreien, nicht nur innerlich, sondern auch in der realen Welt. Er fasste sich an die Brust, krallte die Finger in seinen Mantel, riss an ihm, als könne er seine Zauberkraft auf diese Weise festhalten, doch es half ihm nicht. Schreiend sank er auf die Knie, hatte keine Kraft mehr, aufrecht zu stehen und Jennas Mitleid mit ihm wuchs. Dennoch konnte sie nicht aufhören, zog mit Marek gnadenlos all die Energie aus ihm heraus, die besonders war, die ihn zu dem mächtigen Zauberer machte, der er war. Es war anstrengend, und sie atmete selbst schwer und stockend, doch immer wenn sie glaubte, nicht weitermachen zu können, kam ein Schub frischer Energie von außen – nicht nur von Kychona. Nein, von noch weiter weg, von Menschen, die sie liebten, die versprochen hatten, ihr zu helfen, wenn es nötig war. Jetzt waren sie da, Kaamo, Melina, Benjamin und noch jemand, dessen Aura ihr nicht vertraut war. Nur sie machten möglich, das Unmögliche zu tun.

Demeon brach zusammen und Jenna ließ seinen Geist los. Marek tat es ihr sofort nach und die Verbindung erstarb. Alles in ihr und um sie herum brummte und vibrierte, aber das bedrohliche Knistern verstummte ganz langsam. Die Lichtblitze von Cardasol wurden weniger und veranlassten sie dazu, sich sacht zurückzuziehen, sich auch von Marek zu lösen und stattdessen ihre Energie sanft durch Leons erschöpften und mitgenommenen Körper wandern zu lassen. Sie brachte ihm Ruhe und Entspannung und er sank in die Knie, setzte sich schwerfällig auf den Boden, ließ es zu, dass Cardasol seine schlimmsten Verletzungen heilte.

Sie sah mit Leons Augen hinüber zu Marek, der sich neben ihm fallen ließ, die Beine nach vorn ausstreckte und mit einem tiefen Seufzen den Kopf nach vorn sinken ließ. Er sah furchtbar aus, aber er lebte. Seine Wunden würden heilen und seine Kräfte zurückkehren und das war alles, worauf es ankam.

Ihr Blick wanderte zu Demeons regloser Gestalt. Ihn hatte es am schlimmsten erwischt und er besaß nun nicht mal mehr die Kräfte, sich selbst zu heilen. Doch er lebte. Sie konnte deutlich das Heben und Senken seiner Brust erkennen und das beruhigte sie ungemein.

„Jenna!" Die Stimme war weit weg, gleichwohl wusste sie sofort, wem sie gehörte. „Bitte! Komm zurück! Sag doch etwas!"

Ihr Blick fand den Mareks und sein warmes Lächeln und kurzes Nicken genügten, um sich endlich zurückziehen zu können. Sie würden sich wiedersehen. Gleich.

Nachwehen

Eigenartig. Das war das Wort, das Leons Gemütszustand am besten beschrieb. ‚Schräg' traf es sogar noch ein bisschen besser. Immerhin bewegte er sich Arm in Arm mit seinem ehemaligen Erzfeind den Flur hinunter, der sie zur großen Empfangshalle des Schlosses führte. Gut, ‚Arm und Arm' war eine weniger treffende Formulierung. Marek war durch den Kampf mit Demeon derart geschwächt, dass er, wenn er allein lief, alle zwei Meter eine Pause einlegen musste und da Leon keine Geduld und schon gar keine Nerven für so etwas hatte, hatte er sich dazu entschieden, den Krieger auf ihrem Weg zu den anderen zu stützen.

Seine Idee war nicht sofort auf Gegenliebe gestoßen, aber Marek war zu schwach, um sich effektiv gegen Leons eisernen Griff zu wehren, und nach ein paar Minuten hatte er es aufgegeben, gegen ihn anzukämpfen, und sich lieber auf das Vorwärtshumpeln konzentriert, das gerade seine einzige Fortbewegungsmöglichkeit war. Besonders schnell waren sie nicht. Sicherlich sahen sie für Außenstehende aus wie zwei Achtzigjährige, die heute mal einen Ausflug ohne ihre Rollstühle machten. Und wenn Leon ehrlich war, fühlte er sich auch genauso. Jeder einzelne Muskel seines Körpers schmerzte, seine Beine waren bleischwer und er schwitzte wie nach einem Dauerlauf.

Dass es Marek noch schlechter ging, war nicht schwer zu erraten. Wahrscheinlich hielten ihn nur noch sein Stolz und der bewundernswerte Wille, niemals aufzugeben, aufrecht. Seine Verletzungen sahen übel aus und seine Wangenmuskeln zuckten unentwegt. Leon wollte gar nicht wissen, welchen Schmerzen der Mann ausgesetzt war. Mit ihm die Treppen hinunterzulaufen, war das Schlimmste gewesen und Leon war froh, das hinter sich zu haben. Bis sie in der Eingangshalle waren, hatten Jenna und die anderen gewiss schon das Schloss erreicht und dann würde alles endlich besser werden. Eventuell war es bis dahin aber auch schon nachts und alle schliefen, wenn sie ankamen.

Ein kleiner Trupp Soldaten kam ihnen entgegen, drehte aber sofort wieder ab, als die Männer sie erkannten. So ging das schon die ganze Zeit. Jeder, der ihren Weg kreuzte, nahm schnellstmöglich Reißaus und Leon vermutete, dass dies nicht nur auf ihr desolates Äußeres zurückzuführen war. Es hatte sich in Windeseile herumgesprochen, was oben im Thronsaal geschehen war und wer diesen derart auseinandergenommen hatte. Zauberer wie Marek waren einmalig und niemand war so verrückt, sich in deren Nähe zu wagen.

Möglicherweise hatte aber auch Alentara zusätzlich den Befehl gegeben, die beiden Männer in Ruhe zu lassen. Die Königin hatte nicht, wie Leon zunächst angenommen hatte, die Flucht ergriffen, sondern war in Tichuan geblieben. Sie war, kurz nachdem Jenna sich zurückgezogen hatte, mit einem kleinen Trupp verängstigter Soldaten im Thronsaal aufgetaucht. Aber anstatt anzuordnen, Leon und Marek gefangen zu nehmen, hatte sie sehr behutsam gefragt, was sie jetzt tun solle.

„Für Ordnung und Ruhe sorgen", war Mareks knappe Antwort gewesen und dann hatte er sie darum gebeten, Demeon einzusperren. Ein Arzt sollte sich zwar um ihn kümmern, aber er sollte sicher untergebracht werden.

Die Königin hatte jede einzelne Anweisung sofort in die Tat umgesetzt und dann den einzigen Wunsch geäußert, dass Jenna sich um Sheza kümmern solle, sobald sie das Schloss erreichte. Von da an war Leon klar gewesen, dass sie Alentara in der Hand hatten, solange Sheza noch lebte. Die Kriegerin hatte sich nicht geirrt: Auch Alentara besaß ein Herz, das sie nach Dalons Verschwinden Sheza geschenkt hatte. Ihre Liebe zu dem Zauberer hatte den Jahren der Trennung jedoch nicht standgehalten, konnte sich nicht mehr mit den Gefühlen für Sheza messen.

„Dabei hab ich noch nicht mal ‚Buh' gemacht", kommentierte Marek das Wegrennen der Soldaten müde.

„Ja …." Leon sah den Männern stirnrunzelnd nach. „Ich auch nicht."

Der Krieger sah ihn an und bedachte ihn mit einem schiefen Lächeln. „Musst du auch nicht", schnaufte er, während sie sich mühsam weiter vorwärts schleppten. „Dein Gesicht schreit das förmlich in die Welt hinaus."

„Du hast auch schon länger keinen Spiegel mehr gesehen, oder?", brummte Leon zurück. „Sagt dir der Begriff ‚Zombie' was?"

Marek zog die Brauen zusammen und dachte angestrengt nach. „Dunkel."

„Lebende Leiche – das bist du", erklärte Leon. „Das mit dem edlen, starken Kriegerfürsten wird heut' nichts mehr."

„Das werden wir ja noch sehen", gab Marek zurück, machte eine etwas ungeschickte Bewegung und holte sofort zischend Luft, das Gesicht schmerzhaft verzogen. „Warte mal."

Leon hielt an und der Krieger kniff die Augen zusammen und atmete einige Male tief ein und wieder aus, bevor er ihm mit einem Zunicken zu verstehen gab, dass sie weiterlaufen konnten.

„Die Amulette hast du?", fragte der Marek nur wenig später.

„Ja, immer noch", antwortet Leon geduldig und betastete wie jedes Mal nach dieser Frage seine Brust. Da waren sie, die drei Amulette, die Marek ihm vorläufig zur Aufbewahrung anvertraut hatte. Es fühlte sich gut an, sie bei sich zu haben, zumal er jemanden an seiner Seite hatte, der diese kostbaren magischen Objekte äußerst effektiv einsetzen konnte. Gut, vielleicht nicht gerade jetzt, in diesem Zustand, aber normalerweise.

„Leon!" Die Stimme ließ seinen Kopf hochschnellen und sein Herz einen erfreuten Sprung machen. Sie hatten das Ende des Flurs beinahe erreicht und dort stand sie – Cilai – etwas aufgelöst, aber gesund und munter. Nur einen Atemzug später war sie auch schon bei ihnen, konnte es sich trotz Mareks Anwesenheit nicht verkneifen, Leon schnell einen sanften Kuss auf die Lippen zu drücken, bevor sie sich besorgt dem Krieger zuwandte. Er musste eindeutig schlimmer aussehen.

„Das muss sofort versorgt werden", mahnte sie und wollte nach Mareks anderen Arm greifen, um ihn ebenfalls zu stützen, doch er entzog sich ihr sofort.

„Alles gut", gab er einsilbig zurück und sie nahm das für den Augenblick so hin, jedoch nicht ohne verständnislos den Kopf zu schütteln.

„Jenna sucht nach euch", berichtete sie, als sie gemeinsam in die Vorhalle traten.

Leon blieb stehen, musste erst einmal verarbeiten, was er dort sah, bevor er ihr antworten konnte. Soldaten verschiedenster Zugehörigkeit liefen in dem großen Raum durcheinander oder standen in Gruppen herum und tauschten sich allem Anschein nach über die letzten Geschehnisse aus. An den Wänden waren Liegeplätze für die Verletzten aufgebaut worden und die Dienerschaft ging mit Wasserfässern herum, um den Durst der Leute zu stillen. Alentaras Wille, mit ihren Feinden zu kooperieren, war erstaunlich groß, denn die Tore ihres Schlosses für diese zu öffnen, barg ein großes Risiko. Dennoch hatte sie es getan und Leon konnte nicht anders, als ihren Mut zu bewundern.

Unter den Anwesenden waren viele vertraute Gesichter zu finden und Erleichterung durchfuhr ihn, als er Kaamo auf sich zueilen sah. Der Hüne hatte keine Probleme zu ihnen zu gelangen, da ihm jeder sofort aus dem Weg trat, und die Besorgnis für seinen Fürsten und Freund war schon von Weitem in seinem Gesicht zu erkennen.

„Das war das Dümmste, was du jemals in deinem Leben getan hast!", brummte er gleich zur Begrüßung, schlang sich, ohne zu fragen, Mareks anderen Arm um die Schultern und nahm Leon zu seiner immensen Freude den Großteil von dessen Gewicht ab.

Der Krieger sträubte sich nicht und schien sich auch nicht über Kaamos Worte zu ärgern. Wahrscheinlich fehlte ihm selbst dafür die Kraft. Er verzog nur wieder unter Schmerzen das Gesicht.

„Wenn du meinst", gab er schließlich unter schweren Lidern zurück. „Ich fand die Sache mit dem Saruga schlimmer."

Kaamo schüttelte ungläubig den Kopf und dirigierte seinen Freund zu einer freien Liege hinüber, auf der sich dieser nur allzu gern niederließ. „Der Saruga hat dich nicht im Ansatz so zugerichtet wie Demeon."

Auf Mareks Lippen erschien ein müdes Lächeln, während er bis zur Wand rutschte und sich dann mit Kopf und Rücken dagegen lehnte. „Er wollte aber auch nicht die Weltherrschaft an sich reißen, deswegen konnte ich ihn gehen lassen."

„Gehen lassen?" Kaamos Kehle entkam ein missbilligendes Grunzen und er gab einem der ‚Sanitäter' in der Nähe einen Wink. „Wir haben acht Stunden auf einem Baum gehockt, bis er sich entschieden hat, dass es irgendwo sicherlich Beute gibt, die leichter zu fangen ist als wir."

Leons Augen verengten sich und er sah Marek prüfend an. „*Das* war dein mutiger Kampf mit dem Saruga, mit dem du damals im Sumpf geprahlt hast?"

Der Kriegerfürst grinste nur, dieses Mal mit geschlossenen Augen.

„Sagtest du nicht, du hättest ihn getötet?", hakte Leon weiter nach.

Marek schlug die Augen wieder auf und hob erstaunt die Brauen. „Hast du mir das geglaubt?"

„Ja!"

„Selbst schuld."

Leon wollte sich ärgern, aber er konnte es nicht. Stattdessen gab er sogar einen amüsierten Laut von sich, schüttelte den Kopf und sah sich dann noch einmal um. Jenna war nirgendwo zu entdecken und auch wenn er selbst furchtbar müde war, konnte er den Gedanken nicht ertragen, dass sie aufgelöst irgendwo im Schloss herumrannte und nach ihnen suchte.

„Ich gehe Jenna holen", verkündete er, als der Sanitäter endlich bei ihnen war und damit begann sich um Mareks Wunden zu kümmern.

Der Krieger nickte knapp und Leon machte sich auf den Weg. Dass Cilai ihn begleitete, war selbstverständlich – dafür brauchte er sie noch nicht einmal anzusehen.

„Sie ist dort drüben in den Gang gelaufen, weil sie meinte, über den Turm dort schneller zum Thronsaal zu kommen", klärte sie ihn auf und sie beide hielten sofort darauf zu.

Bis zum Turm kamen sie allerdings nicht, denn gleich vor der ersten Tür des Flures konnten sie Jennas Stimme vernehmen. Sie kam eindeutig aus dem Zimmer dahinter und Leon zögerte nicht eine Sekunde. Er betrat den Raum, ohne anzuklopfen und war nicht erstaunt, dort neben seiner Freundin Alentara und im Bett Sheza vorzufinden.

Jenna und die Königin fuhren zu ihnen herum und erstere stieß einen erleichterten Seufzer aus, bevor sie sich von dem Hocker an Shezas Bett erhob und in Leons Arme warf. Sie drückte ihn fest an sich und atmete tief durch, bevor sie ihn losließ und besorgt sein mit Schrammen übersätes Gesicht betrachtete. Allerdings galt ihre erste Frage nicht seinem Gesundheitszustand.

„Wo ist Marek?"

Er brachte ein mildes Lächeln zustande. „In der Vorhalle. Jemand kümmert sich bereits um seine Verletzungen. Keine Sorge, es geht ihm gut."

Jenna sah noch nicht überzeugt aus und ihr war anzumerken, dass sie am liebsten sofort losgerannt wäre, um selbst nach dem Kriegerfürsten zu sehen. Doch sie konnte sich beherrschen.

„Sheza geht es nicht gut", erklärte sie mit einem besorgten Blick auf die Kriegerin. „Und ich bin am hin- und herüberlegen, wie ich ihr am effektivsten helfen kann."

Leon ging an ihr vorbei auf Sheza zu und während Jenna wieder ihren Platz an der Seite der Schwerverletzten einnahm, trat Cilai mit einem mitfühlenden Gesichtsausdruck an das Fußende des Bettes heran. Es war für sie alle schwer auszuhalten, die sonst so starke, kraftstrotzende Frau in einem derart kritischen Zustand zu sehen. Man hatte sie ausgezogen und ihre Verbrennungen, die sich auf der rechten Seite bis hoch zu ihrer Stirn zogen, dick mit einer kühlenden Salbe eingeschmiert. Sie atmete schwer und ihr Gesicht zuckte vor Schmerzen, wenngleich sie eindeutig nicht bei Besinnung war.

„Ich habe schon versucht, ihre Wunden mit meinen eigenen Kräften zu heilen", ließ Jenna sie wissen und Leon griff sofort in sein Hemd, „aber ich bin darin noch nicht so gut, weil ich bisher immer mit den …"

Er streckte ihr wortlos eines der Amulette entgegen und brachte sie damit zum Schweigen. Ihre Augen leuchteten erfreut auf.

„Er hat es dir gegeben!", hauchte Alentara fassungslos, während Jenna das Amulett rasch an sich nahm und es allein durch ihre Berührung hell aufleuchten ließ. „Wieso?"

„Wieso nicht?", fragte Leon verständnislos zurück.

Die Königin musterte ihn, als wäre er ein Alien, das gerade erst in dieser Welt gelandet war und keine Ahnung von allem hatte.

„Marek hat heute gezeigt, dass er Cardasol allein aktivieren und die Kräfte der Steine miteinander verbinden kann", erklärte sie mit gezwungener Geduld. „Er kann auf alle Elemente zugreifen und könnte das Herz wieder zusammenfügen. Die Kräfte, die dadurch entfesselt werden würden, würden ihn zu einem Übermenschen machen, dessen Macht sich niemand mehr entgegenstellen kann. Er könnte jede Welt einnehmen, die er betritt, uns alle zu seinen Sklaven machen. Stattdessen gibt er dir eines der Amulette und trennt die Steine wieder voneinander."

„Und?"

„Das ist Irrsinn."

„Nein", widersprach Jenna mit Vehemenz und sah der Königin fest in die Augen. „Das ist Liebe. Das Gefühl, das *dich* dazu gebracht hat, Sheza zu schützen und zu retten, anstatt weiter Dalons Streben nach Macht zu unterstützen. Marek liebt diese Welt mit all ihren Monstern und Menschen zu sehr, als dass er sie sich Untertan machen würde. Er liebt ihre Freiheit und Wildheit und würde sie niemals irgendwelchen Machtgelüsten opfern. Nicht einmal seinen eigenen."

Alentara sah sie lange an, dann wanderte ihr Blick zurück zu Sheza, wurde wärmer und weicher. „Es ist seltsam, auf welche Weise uns manche Begegnungen verändern, ganz unauffällig und still. Man merkt es erst, wenn es zu spät ist."

„Vielleicht wecken sie ja nur etwas in einem, was schon immer da gewesen ist", gab Jenna zurück und hob den Stein über Shezas Brust. Er begann zu glühen, warf sein warmes rotes Licht auf den Körper der Kriegerin. „Etwas, dass wir zuvor versteckt und unterdrückt haben, weil wir immer Angst hatten, dass es zerstört werden könnte, wenn es entdeckt wird."

Alentara presste die Lippen zusammen, um das Zittern ihres Kinns zu unterdrücken, und Tränen traten in ihre Augen. Sie hob eine Hand, strich Sheza liebevoll das Haar aus der Stirn.

„Ich weiß nicht, was ich tun soll, wenn sie stirbt", hauchte sie. „Sie an den Feind zu verlieren, war schon schlimm, aber sie gar nicht mehr in dieser Welt zu wissen …" Ihr stockte der Atem. „Wie soll mein Leben ohne sie weitergehen?"

Jenna legte tröstend eine Hand auf ihren Unterarm und lächelte sanft und mit großer Zuversicht, als die Königin sie ansah.

„Ich lasse nicht zu, dass sie stirbt", versprach sie. „Und wenn meine und Cardasols Kraft nicht ausreicht, wird Marek uns helfen."

„Wird er das?", wisperte Alentara.

Jenna nickte und richtete ihren Blick auf ihre Patientin, sodass auch Leon wieder dorthin sah. Die Kraft des Steins entfaltete bereits ihre Wirkung. Sie konnten beobachten, wie sich Shezas Gesicht entspannte, die Schmerzen abebbten und sie einen tiefen, erleichterten Atemzug nahm. Die Knoten in Leons Gedärmen lösten sich auf und er konnte wieder etwas freier atmen. Auch von Jenna und Cilai kamen Laute der Erleichterung.

Alentaras Lippen entkam sogar ein leises Lachen und ein paar Tränen liefen über ihre Wangen, tropften auf Shezas Schulter. Doch ihr glücklicher Ausdruck verschwand sofort wieder. Trauer und Reue verzerrten ihre schönen Züge.

„Ich habe so viel falsch gemacht, Dinge getan, für die sie mich zutiefst verachtet", wisperte sie mit belegter Stimme. „Sie wird mir nie vergeben."

Leon sagte lieber nichts dazu. Aus seiner Sicht war Shezas Gram das geringste Problem der Königin. Es gab eine Menge Menschen, die sich von Alentara bedroht und betrogen gefühlt hatten. Bald würden die Machthaber, die es noch in dieser Welt gab, Gericht über sie halten und Leon bezweifelte, dass diese so gnädig mit ihr sein würden wie Jenna. Ihre Kooperation wog mit Sicherheit nicht alles auf, was sie getan hatte.

Seine Freundin legte das Amulett auf einen Bereich von Shezas Körper, der nicht verbrannt war, schloss die Augen und schien sich zu konzentrieren. Was sie da genau tat, wusste Leon nicht, aber in seinen Schläfen kribbelte es unangenehm, somit handelte es sich wohl um einen Zauber – vermutlich einen, der bei der weiteren Heilung helfen sollte. Jenna sah sehr zufrieden aus, als sie die Augen wieder aufschlug und Leons Sorgen um Sheza wurden noch ein wenig kleiner. Sie würden die Kriegerin nicht verlieren. Nicht heute und auch nicht in Zukunft und das war ein sehr beruhigender Gedanke.

Alentara, die noch nicht darin geübt war, Jennas Mimik zu lesen, blickte sie fragend an und zuckte sogar zusammen, als seine Freundin sich vorbeugte, um ihre Hand erneut auf den Unterarm der Königin zu legen.

„Sie hat dich immer verteidigt, immer geglaubt, dass du zu deinem guten Kern zurückfinden wirst", tröstete sie Alentara. „Und das hast du. Glaube mir, du hast sie nicht verloren. Liebe kann fast alles verzeihen und wichtiger als die Vergangenheit ist die Zukunft, die du für sie und dich erschaffen willst. Wenn ihr gefällt, was du bereit bist für euch beide zu tun, wird sie gern an deiner Seite bleiben."

Die schöne Frau atmete zittrig ein, ergriff Jennas Hand und drückte sie. „Danke!", sagte sie bewegt und crhielt ein mitfühlendes Lächeln.

„Ich werde das Amulett für ein paar Stunden bei ihr lassen", erklärte Jenna. „Es wird sie auch in meiner Abwesenheit weiter heilen. Danach möchte ich es wiederhaben."

Leon holte Luft, um zu protestieren, doch Cilai berührte ihm am Arm und schüttelte nachdrücklich den Kopf.

„Ich werde nicht wagen, es an mich zu nehmen", beruhigte ihn Alentara. „Ich weiß, dass viele ein Problem damit haben, an mein Wort zu glauben, aber du nimmst mir sicherlich ab, dass ich nicht vorhabe, *ihn* noch weiter zu vergrätzen. Er würde es sich ohnehin zurückholen – und bestimmt nicht auf sehr nette Art und Weise. Mir ist es lieber, ihm nicht so schnell wieder zu begegnen."

„Das dachte ich mir schon", lächelte Jenna und erhob sich.

Leons Augen ruhten weiterhin voller Misstrauen auf Alentara. Erst als Cilai ihn am Arm ergriff und mit einem leisen „Komm!" aufforderte, zu gehen, konnte er mit Jenna und ihr das Zimmer verlassen. Es mochte sein, dass Sheza die Kraft des Amuletts dringend brauchte und Alentara sie wahrlich retten wollte, aber sie hatten Cardasol mit so viel Blut, Schweiß und Tränen erkämpft, dass er diesen kostbaren Schatz nur sehr ungern in den Händen ihres Feindes zurückließ. Zudem hatte Marek *ihm* die Steine anvertraut. Doch er war leider überstimmt, musste sich fügen.

„Eventuell kann ich auch noch etwas für Sheza tun", überlegte Cilai, als sie sich schon ein paar Schritte in den Flur hinein bewegt hatten. „Ich habe in meinem Gepäck ein paar Heilkräuter, mit denen ich ihr einen stärkenden und heilsamen Tee brauen könnte."

„Tu das", forderte Jenna sie auf, den Blick bereits sehnsüchtig auf das Ende des Flurs gerichtet. Ihre Schritte wurden mit jedem Meter, den sie hinter sich brachten, schneller und Leon hatte Mühe, mitzuhalten, schmerzten ihm doch immer noch alle Knochen und Muskeln.

„Für dich finde ich auch noch was", setzte Cilai sanft hinzu und winkte sein „Mir geht's gut" mit einer Hand ab. Stattdessen ergriff sie seine Hand, als sie erneut die Vorhalle betraten, und zog ihn mit sich mit. Leon sah etwas verunsichert Jenna nach, die auf einmal stehen geblieben war. Doch als er erkannte, wen sie da fixierte, sträubte er sich nicht mehr gegen Cilais festen Griff. Seine Freundin würde für die nächsten Minuten ohnehin in eine andere Welt verschwinden, in der es niemand anderen gab als Marek und sie.

Er sah furchtbar aus. Schlimmer, als sie es sich vorgestellt hatte – und das, obwohl ihm schon jemand einen großen Teil des Blutes und Schmutzes aus dem Gesicht gewischt hatte. Jennas Herz schmerzte und es fiel ihr schwer, normal zu atmen, während sie sich wie in Trance auf Marek zubewegte. Die Sehnsucht nach seiner Nähe zerriss sie innerlich, auch wenn sie die ganze Zeit auf ihrem Weg zum Schloss eine Verbindung mit ihm gehabt, gespürt hatte, dass er lebte, nicht mehr kämpfen musste, sich ausruhen konnte. Er war so furchtbar erschöpft und schwach, wie sie ihn bisher nur einmal erlebt hatte, und sie wollte ihm so gern helfen.
Gleichzeitig war ihr Bedürfnis, selbst Trost in seinen Armen zu finden, fühlen zu können, dass sie ihn nicht verloren hatte, derart groß, dass sie es kaum mehr unter Kontrolle hatte. Eigentlich wollte sie auf ihn zustürzen und sich in seine Arme werfen, ganz gleich ob er sie halten konnte oder nicht. Doch sie blieb eisern; lief, anstatt zu rennen, lächelte ihn an, anstatt in Tränen auszubrechen, als sich ihre Blicke fanden.

Die Müdigkeit in seinem Gesicht schwand rasch dahin. Es erhellte sich deutlich und er richtete sich auf, rutschte unter sichtbaren Schmerzen an den Rand der Liege und sah sie an, als wäre sie sein Lebenselixier, das er dringender brauchte als die Luft zum Atmen. Er streckte die Hände nach ihr aus und, als sie ihn endlich erreicht hatte, zog er sie, bevor sie etwas tun konnte, an sich heran, schlang die Arme um ihre Hüften und drückte sein Gesicht in ihren Bauch, die Augen fest geschlossen. Ihre Arme legten sich von ganz allein um seinen Nacken und sie hörte, wie er tief einatmete, fühlte, wie er endlich den Rest seiner Anspannung gehen ließ, endlich vollkommen loslassen konnte. Sie ließ ihre Finger in sein Haar gleiten, streichelte sanft seinen Kopf und hielt ihn fest, geschützt und geborgen, bis er bereit war, sie wieder freizugeben. Zumindest so weit, dass er den Kopf heben und sie ansehen konnte.

Der kurze Körperkontakt hatte bereits ausgereicht, um ihm etwas Kraft zurückzugeben, und das warme Funkeln seiner Augen erlaubte es ihr, sich aus seiner Umarmung zu lösen und neben ihn auf die Liege zu setzen. Ganz loslassen konnten sie sich nicht. Ihre Hände suchten von ganz allein den Kontakt zueinander.

„Du siehst schrecklich aus", waren die ersten Worte, die ihr über die Lippen kamen, und sie hob eine Hand an seine Wange, folgte mit den Fingern der verkrusteten Wunde, ohne sie richtig zu berühren.

„Alles nur oberflächlich", gab Marek leise zurück. Sein Daumen strich sanft über ihren Handrücken, sandte ein warmes Prickeln in ihren Körper. „Es hätte schlimmer ausgehen können."

„Ist es aber nicht", gab sie zurück und verbannte diesen schrecklichen Gedanken rasch aus ihrem Verstand.

„Weil ich nicht allein war." Seine Lippen umspielte ein dankbares Lächeln. „Weil die Menschen eben manchmal doch bleiben, wenn es darauf ankommt."

Jenna erwiderte sein Lächeln und musste gleichzeitig schon wieder mit Tränen kämpfen.

„Selbst die, von denen man es nie erwarten würde", fuhr er fort und Jenna nickte bewegt. „Er hat was gut bei mir."

Sie stieß ein leises Lachen aus und wischte sich dann rasch die Tränen von den Wangen, die dennoch zu laufen begannen. „Das sag ich ihm", versprach sie.

„Du auch", setzte er hinzu, strich ihr behutsam das Haar aus dem Gesicht und ließ seine Hände dann an ihren Wangen verweilen. Seine Daumen glitten ganz zart über ihre Lippen und dann küsste er sie, ohne sich darum zu scheren, wer es sah, küsste sie hingebungsvoll und sehnsüchtig, als ob er nie wieder damit aufhören wollte.

„Ich liebe dich", flüsterte sie etwas atemlos, als er sie wieder frei gab. Sie musste das sagen, weil er genau das eben ohne Worte ausgedrückt hatte, und sie wollte, dass er es hörte, immer und immer wieder. Weil er es verdiente und brauchte. Mehr als jeder andere.

Ein Räuspern ganz nah bei ihnen erinnerte sie daran, dass sie nicht so allein waren, wie es sich für Jenna angefühlt hatte, und als sie den Blick hob, sah sie in Kaamos gerötetes Gesicht. Seine Augen glitzerten verdächtig, also hatte er offenbar auch ihr sehr privates Gespräch mit angehört.

„Da sucht noch jemand anderer nach dir Ma'harik", sagte der Hüne und wies auf die beiden alten Leute, die in der Mitte des Saales standen und sich suchend ansahen, zwischen ihnen ein kleines Mädchen, das sie an der Hand hielten.

Marek nahm sofort eine steife Haltung an. „Nein, bring ... bring sie hier raus", forderte er seinen Freund auf. „Sie hat Angst vor mir. Sie sollen sie nicht zwingen, herzukommen."

Kaamo bewegte sich, doch es war schon zu spät. Gideon hatte sie entdeckt und lief los, zog Rian und seine Frau hinter sich her.

„Warte", sagte Jenna rasch und eilte an Kaamo vorbei. Nur wenige Meter von Mareks Liege entfernt stoppte sie Gideon. Die Freude des alten Mannes über ihr Wiedersehen war so groß, dass er sie sofort in seine Arme zog und überschwänglich drückte. Tala wollte es ihm nachtun, doch Rian war schneller, warf sich mit solcher Wucht gegen Jenna, dass ihr für einen Moment die Luft wegblieb. Ihre dünnen Arme drückten sie ganz fest und sie presste ihr Gesicht in ihren Bauch, ganz ähnlich wie ihr Vater zuvor.

Leise Schluchzer ertönten und Jenna strich ihr sanft durch die weichen, dunklen Locken, wiegte sie hin und her, bis nur noch ein leises Schniefen zu vernehmen war. Dann erst löste sie vorsichtig Rians Hände von ihren Hüften und ging vor ihr in die Hocke, um ihr ins Gesicht zu sehen. Das Mädchen sah sie mit großen, rot geweinten Augen an.

„Alles wird jetzt wieder gut werden", versprach sie ihr. „Niemand wird dir mehr etwas antun."

„Tschital ane?", fragte Rian verängstigt. *Ist der Zauberer weg?*

Jenna war nicht sicher, was sie darauf antworten sollte. „Hast du alles gesehen?", fragte sie stattdessen auf Zyrasisch zurück.

Die Kleine nickte und ihre Augen füllten sich erneut mit Tränen. Ihr Blick flog an Jenna vorbei und sie wusste ganz genau, wen das Mädchen entdeckt hatte.

Sie sah wieder Jenna an. „Tata?", wisperte sie und das Flehen in ihrer Stimme zerriss Jenna das Herz. Sie nickte nur und ergriff die kleine Hand, die sich ihr entgegenstreckte, ohne zu zögern. Wie mutig war doch dieses Kind, das sich nun von ganz allein auf den so bedrohlich und durch seine Wunden beinahe entstellt aussehenden Kriegerfürsten zubewegte, nach all dem Schrecken, den es erlebt hatte. Liebe vermochte die größten Wunder zu vollbringen.

Marek war zuerst erstarrt und nun schüttelte er den Kopf, sah Jenna entsetzt an – bis sie beide direkt vor ihm standen. Rian starrte ihren Vater stumm an, die Augen riesig, die Lippen geöffnet und der kleine Körper ähnlich angespannt wie der des Kriegers. Marek regte sich nicht. Sein Blick ruhte auf dem Gesicht seines Kindes und da war keine Abwehr mehr in seiner Haltung und Mimik, nur Trauer, Reue, Sorge und unendliche Zuneigung. Rians Augen füllten sich mit Tränen und sie warf sich plötzlich mit einem lauten Schluchzen nach vorn, in die Arme ihres Vaters, die sich, ohne zu zögern, für sie öffneten, sie umschlossen und festhielten, während sie herzzerreißend an seiner Brust weinte.

Jenna presste die Lippen fest aufeinander, aber auch dieses Mal verlor sie den Kampf gegen ihre Emotionen, musste die Tränen laufen lassen.

Marek hatte die Augen geschlossen, Kinn und Lippen ruhten in Rians Haar und das Kribbeln in Jennas Schläfen verriet ihr, dass er ganz sacht seine Kräfte benutzte, um das aufgelöste Kind in seinen Armen wieder zu beruhigen. Selbst zu weinen, erlaubte er sich nicht, obgleich ihm danach war. Schließlich musste er vor allen Anwesenden seine Behauptung aufrechterhalten, dass er keinerlei Vatergefühle für Rian hegte – auch wenn jeder wusste, dass er sich damit nur selbst belog.

Nach einer kleinen Weile hatte sich das Mädchen soweit gefangen, dass sich Marek aus seiner Umklammerung befreien und es zumindest ein kleines Stück von sich wegschieben konnte. Sein Blick suchte den Rians.

„Du musst jetzt noch einmal für mich tapfer sein", sagte er mit belegter Stimme. „Kannst du das?"

Das Kind zögerte deutlich, doch dann nickte es.

„Gideon und Tala werden dich von hier fortbringen", fuhr er fort. Rians Gesicht verzog sich sofort, als wolle sie wieder weinen, und er sprach rasch weiter. „Ich muss hier noch ein paar sehr wichtige Dinge erledigen und kann mich nicht um dich kümmern, aber danach werde ich euch suchen und zu euch kommen. Ihr müsst schon früher gehen - nicht sofort, aber bald – und einen sicheren Ort finden, an dem ihr euch ausruhen könnt, weit weg von hier. Die beiden werden gut auf dich aufpassen, bis ich komme."

„Und du?", schniefte das Mädchen. „Wer passt auf *dich* auf?" Ihre Hand legte sich demonstrativ auf seine verletzte Wange. „Du brauchst einen Aufpasser viel mehr als ich."

Mareks Mund zuckte minimal. „Da gebe ich dir recht", erwiderte er. „Jenna passt auf mich auf."

Rian sah sie an und Jenna gab sich die größte Mühe, ihr Lächeln möglichst authentisch aussehen zu lassen. Das Kind nahm ihr diese schauspielerische Leistung glücklicherweise ab und strahlte sie mit einer Dankbarkeit in den Augen an, die Jenna fast wehtat, bevor es sich wieder seinem Vater zuwandte. Das Mädchen schlang noch einmal seine Arme um dessen Hals und drückte ihn kurz, bevor es Gideons und Talas Hand ergriff.

„Wir werden gut auf sie achtgeben", versprach der alte Mann. „Hier und auch später, wenn wir wieder ein Zuhause gefunden haben."

„Das weiß ich", gab Marek mit einem warmen Lächeln zurück. Ein Lächeln, das sich nur so lange hielt, bis die drei in der Menschenmenge verschwunden waren. Sorge und Wehmut nahmen schnell wieder Besitz von seinen Zügen und Jenna legte ihm tröstend eine Hand auf die Schulter.

„Ich hasse es, Versprechen zu geben, die ich vielleicht nicht halten kann", gestand er leise und seine Hand legte sich auf die ihre.

„Ich auch", erwiderte sie, ohne jeden Vorwurf in der Stimme.

Marek schien es dennoch so aufzufassen, denn er sah sie sofort entschuldigend an. „Sie wäre sonst nicht mit ihnen gegangen", erklärte er sein Handeln und ihr Blick wurde sofort ganz sanft und verzeihend.

„Ich weiß", gab sie zurück und drückte seine Schulter. Sie sahen beide hinüber zum Ausgang, durch den Rian zusammen mit ihren Zieheltern soeben verschwand. Es war zwar noch kein Abschied, doch in gewisser Weise fühlte es sich so an. Sie würden nicht mehr viel Zeit mit den Dreien verbringen können.

„Das wird schon", versuchte sie ihm dessen ungeachtet Mut zu machen, musste aber feststellen, dass seine Augen schon längst wieder etwas anderes fokussierten – oder *jemand* anderen. Lord Hinras und weitere Anführer ihrer Allianz, die eindeutig auf sie zuhielten. Doch es war nur der Lord, der es schließlich wagte, nahe an Marek heranzutreten. Die anderen blieben in einem respektvollen Abstand stehen und wagten es noch nicht einmal, zu ihnen hinüberzusehen.

„Es scheint so, als sei der Krieg erst einmal vorbei", klärte der Lord sie über eine Tatsache auf, die längst allen bewusst war. „Und das haben wir vermutlich deinem Einsatz zu verdanken, Marek. Nichtsdestotrotz sind einige der Machthaber in unserem Verbund weiterhin sehr beunruhigt. Wir denken, dass es sehr wichtig wäre, sich mit allen zusammenzusetzen, die noch etwas in dieser Welt zu sagen haben – und zwar möglichst bald. Wir müssen uns darüber beraten, was nun mit Königin Alentara und ihren Verbündeten geschehen soll, und uns dann überlegen, wie wir wieder für Frieden, Gerechtigkeit und Ordnung in den Ländern Falaysias sorgen können."

„Das sehe ich genauso", erwiderte Marek gelassen. „Was schlägst du vor?"

„Unsere Zelte hier abzubrechen und für morgen eine große Versammlung in Markachtor anzuberaumen. Ich weiß nicht, ob Alentara da mitspielt, aber uns in der Hauptstadt ihres Landes zu treffen, würde ein Zeichen für alle anderen setzen."

„Sie *wird* mitspielen", antwortete Jenna für Marek. „Niemand wird sich, nach allem, was geschehen ist, noch mit uns anlegen wollen."

Wen sie mit ‚uns' meinte, schien der Lord sofort zu verstehen, denn er schluckte schwer, bevor er sich um ein Lächeln bemühte und nickte.

„Dann werde ich Alentara aufsuchen und mit ihr zusammen alles weitere veranlassen", ließ er verlauten und entfernte sich eiligst von ihnen, gefolgt von seinen erleichterten Begleitern.

Jenna sah Marek ernst an und las in seinem Gesicht, was auch ihr durch den Kopf ging: Die kurze Zeit der Erholung war vorbei. Der Ernst des Lebens machte keine langen Pausen.

onsequenzen

Könige und Fürsten sahen auch nicht anders aus als gewöhnliche Menschen, wenn sie nicht gerade in festliche Roben gekleidet waren, das hatte Leon schon vor einiger Zeit festgestellt. Die Männer und Frauen, die sich in der Festung am Rand von Markachtor trafen, um über die Zukunft Falaysias zu entscheiden, hatten nur wenig mit den Vorstellungen der adligen Welt gemein, die sich die meisten Menschen machten. In manch einem Gesicht konnte man noch eine gewisse vornehme Arroganz vorfinden, aber sonst …

Früher war Leon in einer Besprechung mit den obersten Führern der Allianz trotz ihrer sichtbaren Menschlichkeit immer sehr aufgeregt und nervös gewesen. Das hatte sich bereits nach seinem Wiedersehen mit König Renon deutlich gelegt, doch die vollkommene Gelassenheit, die ihn jetzt entspannt, beinahe etwas schläfrig an der langen Tafel im Versammlungssaal der Festung sitzen ließ, war neu. Möglicherweise hing sie auch mit der Tatsache zusammen, dass er sich von dem Kampf mit Demeon noch nicht richtig erholt und keine Kraft hatte, um Herzklopfen zu bekommen oder auch nur einen Hauch von Nervosität zu entwickeln. Schließlich waren sie ja schon im Morgengrauen aufgestanden, um ihre Reise zur Hauptstadt Trachoniens anzutreten. Es war zwar nicht so, dass er keinen Schlaf bekommen hatte, aber ausreichend waren die fünf Stunden nächtlicher Ruhe auf keinen Fall gewesen.

Sein Blick wanderte zu Marek, der mit Jenna gegenüber von ihm saß, und ein Hauch von Mitleid überkam ihn. Der Bakitarerfürst sah zwar besser aus als direkt nach dem Kampf, hatte jedoch noch lange nicht zu seiner alten Form zurückgefunden. Die dunklen Ringe unter seinen Augen bezeugten einen Schlafmangel, der alles andere als gesund für ihn war, und er war für seine Verhältnisse relativ blass, wirkte geschwächt und kränklich. Seine Wunde an der Wange war jedoch gesäubert und gut versorgt worden und befand sich, wie alle anderen kleineren Schnitte und Blessuren, eindeutig im Heilungsprozess. Wenigstens konnte man das schon mal als Fortschritt bezeichnen. Mit Sicherheit war Jenna dafür verantwortlich und Leon erfreute es, dass zumindest seine Freundin einen einigermaßen erholten Eindruck machte. Die anderen Führer sollten schließlich nicht glauben, dass sie sich jetzt, in der Zielgerade, von ihnen übertölpeln lassen würden.

Allerdings schienen die meisten von ihnen immer noch einen gehörigen Respekt vor Marek zu haben, denn keiner wagte es, ihn für einen längeren Zeitraum als ein paar flüchtige Sekunden anzusehen – selbst seine eigenen Vertrauten, die ebenfalls mit am Tisch saßen – was offenbar daran lag, dass wieder einmal die abenteuerlichsten Geschichten über den Kampf der Magier die Runde machten. Einige davon waren zwar recht unglaubwürdig, wie die über das Aufsteigen eines riesigen gehörnten Dämons im Thronsaal, doch dass der Kriegerfürst Marek zu einem unbezwingbaren Zauberer mutiert war, schien jeder zu glauben.

Mittlerweile waren auch viele darüber eingekommen, dass Marek Nadir war und sich bisher nur hinter ein paar Strohpuppen versteckt hatte, was zumindest den Groll der bakitarischen Fürsten gegen ihn hatte zurückkehren lassen. Sie fühlten sich an der Nase herumgeführt, blieben der Allianz aber weiterhin erhalten, weil sie nicht ihr Mitspracherecht in den zukünftigen politischen Entscheidungen verlieren wollten. Damit ließ sich auch das Auftauchen Coriks erklären, der immer noch der größte Skeptiker unter den Bakitarern blieb und Marek bereits den ein oder anderen kritischen Blick zugeworfen hatte.

Leon mochte den Mann nicht. Er war hitzköpfig und selbstgerecht und strahlte dies auch über alle Maßen aus. Sein Gesicht schien keine andere Farbe als rot zu kennen und seine Augen funkelten sofort verärgert, sobald man ihn zu lange ansah. Nein, Leons Bedürfnis mit einem solchen Typen verhandeln zu müssen, war nur geringfügig vorhanden und er fragte sich, warum Marek trotzdem etwas auf ihn gab.

Leons Augen sctzten ihre Wanderung fort. Insgesamt waren zwanzig Männer und Frauen versammelt, deren Gesichter er, bis auf das von Corik, alle zumindest schon einmal gesehen hatte, unter ihnen auch Lord Kirian und König Losdal, die sich beide bisher vornehm zurückgehalten und lediglich einen Teil ihrer Truppen mit in den Kampf geschickt hatten. Verwundert war Leon auch darüber, König Antrus an ihrem Tisch vorzufinden, denn aus seiner Sicht war sein Verrat ein Vergehen, das eigentlich hart bestraft werden musste. Da aber auch Alentara ohne Fesseln zwischen ihnen saß, nahm Leon das erst einmal so hin. Lord Hinras hatte sich sicherlich etwas dabei gedacht.

Sein alter Freund beendete gerade das intensive Gespräch mit Ytzan und Enario, die von ihm auf Jennas Bitte eingeladen worden waren, und stand auf, die Hände erhoben, um für Ruhe an ihrem Tisch zu sorgen. Es dauerte nicht lange, bis ein jeder seiner unausgesprochenen Aufforderung nachgekommen war und die Aufmerksamkeit aller auf ihm ruhte.

„Meine lieben Freunde und tapferen Mitstreiter, dies ist ein wichtiger Tag, der in die Geschichtsbücher Falaysias eingehen wird", begann er seine Einleitungsrede, „denn heute sitzen zum ersten Mal seit rund hundert Jahren, die Anführer aller Völker Falaysias friedlich und mit den besten Absichten an einem Tisch, um über die Zukunft dieser Welt zu entscheiden. Ich hoffe, wir alle werden ihr den langersehnten Frieden bringen, den sie verdient hat."

Die meisten der Anwesenden nickten zustimmend und auf den Gesichtern der Übrigen war zumindest keine Ablehnung oder gar Verärgerung zu finden.

„Der derzeitige Waffenstillstand ist hauptsächlich dem mutigen Handeln Marek Sangarshins und dem daraus folgenden Nachgeben Königin Alentaras zu schulden", fuhr Onar fort. „Dies sollte beiden hoch angerechnet werden. Dem ungeachtet können wir nicht darüber hinwegsehen, dass Alentara allen anderen Ländern dieser Welt den Krieg erklärt hatte und offensichtlich danach strebte, eines nach dem anderen zusammen mit ihrem Hofzauberer Dalon widerrechtlich einzunehmen. Habt Ihr etwas zu diesen Vorwürfen zu sagen, Eure Hoheit?"

Die Königin sah kurz in die Runde und schüttelte dann zu Leons großem Erstaunen den Kopf. Ihre Reaktion sorgte für aufgeregtes Gemurmel am Tisch und selbst Marek machte einen verblüfften Eindruck. Jeder einzelne der Anwesenden schien zumindest *etwas* mehr Kampfgeist von ihr erwartet zu haben.

„Ihr wollt nichts zu Eurer Verteidigung hervorbringen?", hakte Onar noch einmal nach. „Euch wird Hochverrat und unrechtmäßige kriegerische Handlung angelastet. Auf solche Vergehen steht nicht nur ein Abdanken, sondern die Todesstrafe."

„Ich habe hier keine Fürsprecher und niemand wird mir glauben", erwiderte die Königin mit einem müden Lächeln. „Warum soll ich einen verlorenen Kampf führen und mich selbst demütigen? Die Machthabenden in dieser Welt haben noch nie Erbarmen mit denen gezeigt, die sie für Verbrecher hielten - unabhängig davon, ob diese schuldig waren oder nicht."

Ihre Worte gaben Anlass für weiteres aufgeregtes, teilweise sogar empörtes Stimmengewirr, doch keiner wagte es, sich laut zu Wort zu melden. Zumindest keiner der alten Machthaber.

„Dieses Mal werden sie es aber", erhob Jenna ihre Stimme und ließ auf stummes Staunen erneut aufgebrachtes Gemurmel folgen. Sie ließ sich davon jedoch nicht einschüchtern.

„*Ich* spreche für sie!", verkündete sie laut und Leon konnte nicht genau sagen, wer über ihre Worte schockierter war – die Führer ihrer Koalition oder Alentara selbst.

Marek war der Einzige, auf dessen Gesicht sich etwas anderes zeigte als Überraschung und Fassungslosigkeit. Es war eine Mischung aus Stolz und Belustigung. Er schmunzelte sogar.

Hinras räusperte sich mit sichtbarem Unbehagen im Blick. Er hatte es noch nie gemocht, wenn Menschen sich nicht so verhielten, wie er es sich von ihnen wünschte. „Gut ... Was hast du zu sagen?"

„Es mag sein, dass die Königin geplant hat, die anderen Länder anzugreifen und einzunehmen, aber sie tat es nicht, zog sich aus Piladoma zurück, bevor es zu einer Schlacht kommen konnte", erinnerte die junge Frau an die letzten Geschehnisse, die viel länger zurück zu liegen schienen, als es tatsächlich der Fall war. „Sie hat immer wieder ihre Bereitschaft zu Verhandlungen signalisiert, um hohe Verluste von Menschenleben auf beiden Seiten zu vermeiden. Dies sollte ihr, aus meiner Sicht, hoch angerechnet werden und eine Milderung der Strafe mit sich führen."

Das Gebrabbel setzte wieder ein, doch Jenna sprach mutig weiter, gab den anderen keine Chance, lauter als sie selbst zu werden.

„Zudem wäre es uns nicht gelungen, Dalon davon abzuhalten, die Macht über Cardasol an sich zu reißen, wenn sie nicht eingeschritten wäre und uns geholfen hätte."

Das entsprach zwar nicht ganz der Wahrheit, aber zumindest in Teilen. Ohne die Ablenkung durch Alentaras Sorge um Sheza, wäre es Marek wahrscheinlich nicht gelungen, das Hiklet mit der Hilfe Cardasols zu zerstören – und das war eindeutig der Moment gewesen, der Demeons Vorteil zunichtegemacht hatte.

„Und jeder hier weiß, wie stark die Kraft dieses magischen Objektes ist", mahnte sie die anderen. „Einige von uns haben mit eigenen Augen gesehen, was Tichuan widerfahren ist, wie furchtbar dort die dort freigesetzten Energien gewütet haben. Ohne das Einschreiten der Königin wären wir jetzt mit Sicherheit alle die Sklaven Dalons."

Stille kehrte am Tisch ein. Beklommene Stille.

„Auch ihr Verhalten nach den Geschehnissen in ihrem Schloss zeigt ihre Einsicht", fuhr Jenna beherzt fort. „Sie gab ihrem Heer den Befehl, die Waffen ruhen und die Befehlshaber ihrer Feinde ins Schloss zu lassen. Sie zeigte in jeder Hinsicht Kooperationsbereitschaft und half dabei, dieses Treffen zu organisieren. Das sollten wir nicht vergessen."

„Was schlägst du also vor, sollen wir mit ihr tun?", fragte Onar und es war keinerlei Spott in seiner Stimme zu finden. Zumindest ihn hatte sie bereits überzeugt.

Ihr Blick richtete sich auf Alentaras gefasstes Gesicht. „Sie soll vom Thron zurücktreten und das Land verlassen. Sie soll schwören, sich aus jeglichem politischen Geschehen rauszuhalten und sich niemals wieder auf negative Weise bemerkbar zu machen. Dasselbe gilt für Antrus."

Das Stimmengewirr setzte wieder ein, doch es war nicht annähernd so laut wie zuvor und schien auch nicht mehr von aufgepeitschten Gefühlen getragen zu werden. Lediglich Antrus schnappte empört nach Luft, riss sich jedoch zusammen, als ihn Mareks scharfer Blick traf.

Lord Hinras sah Jenna eine ganze Weile nachdenklich an, bis er wieder die Hand hob und die Stimmen der anderen nach und nach verebbten.

„Ich halte das für eine akzeptable Lösung", ließ er alle wissen und der strenge Ton, den er dabei anschlug, ließ den anderen nicht viel Raum, sich gegen ihn zu stellen. Antrus wurde ganz blass und zog an dem Kragen seines Wamses, als würde er dadurch besser Luft bekommen.

„Was ist mit dem Zauberer?", erkundigte sich Enario.

„Ja, was ist mit Dalon?", wurde er sofort von Kommandant Drigo unterstützt.

Onar antwortete nicht darauf, sondern sah gleich Jenna an, hob fragend die Brauen. Die Augen der jungen Frau richteten sich auf Marek, der ebenfalls sofort den Blickkontakt mit ihr gesucht hatte. Sie schienen sich schnell und wortlos auszutauschen, doch es war nicht Jenna, die antwortete, sondern der Kriegerfürst.

„Dalon hat bereits seine gerechte Strafe erhalten", verkündete er. „Er wird niemandem jemals wieder schaden können."

„Aber er ist ein mächtiger Zauberer", entfuhr es Ytzan aufgeregt, „er kann dem Stamm der Quavis ..."

„... nichts mehr antun", unterbrach Marek ihn. „Ich habe ihm seine Kräfte genommen und es gibt keine Möglichkeit für ihn, sie zurückzugewinnen. Er ist ein Wrack, das zurzeit noch nicht einmal dazu in der Lage ist, sich ohne Hilfe auf den Beinen zu halten."

Das war nicht gelogen. Leon hatte den Zauberer auf ihrem Ritt nach Markachtor in einer der Kutschen gesehen, mit denen die Verletzten und Erschöpften transportiert worden waren. Er war zu einem zitternden Häufchen Elend verkümmert, kaum ansprechbar und nicht kräftig genug, selbstständig zu essen und zu trinken. Er brauchte für alles Hilfe und machte nicht den Eindruck, als würde er allzu bald wieder allein klarkommen. Für diesen Mann war der Tod sicherlich eine Erlösung, aber Marek war nicht willens, ihm diesen Wunsch zu gewähren. Was andere an ihrem Tisch als Erbarmen missdeuteten, war in Wahrheit die härteste Strafe, die es für Demeon augenblicklich geben konnte.

„Zu leben ist zu diesem Zeitpunkt für ihn schlimmer als zu sterben", ließ Marek schließlich doch noch alle an seinen Gedanken teilnehmen und die Anwesenden schienen zu verstehen, tauschten sich leise über das Gehörte aus.

„Wird er auf freien Fuß gesetzt?", wollte Corik wissen, dem diese Idee überhaupt nicht zu gefallen schien.

„Vorerst nicht", gab der Bakitarerfürst zurück. „Er wird mein Gefangener bleiben, bis wir genau wissen, wie es in Zukunft um ihn steht."

Es war ganz klar, dass in dieser Hinsicht niemand ein Mitspracherecht hatte, aber das schien auch keiner einzufordern. Selbst Corik verkniff sich weitere Fragen. Allem Anschein nach war die Angst vor Mareks Kräften zu groß, um auch nur im Ansatz Widerstand zu zeigen. Sobald er den Mund aufgemacht hatte, waren die Leute sehr viel defensiver geworden und eigentlich war es auch besser so. Es gab hier zu viele Möchtegern-Machthaber, die andernfalls unangemessen laut ihre Rechte einfordern würden – Rechte, die sie Leons Auffassung nach gar nicht besaßen.

„Gibt es unter uns Gegenstimmen zu diesen Vorschlägen?", erkundigte sich Onar.

Blicke wurden ausgetauscht. Man tuschelte. Sonst blieb es still.

Der Lord wandte sich Alentara zu und sah sie ernst an. „Alentara von Trachonien, nehmt Ihr dieses Urteil an?"

Die Königin schluckte schwer und für den Bruchteil einer Sekunde hatte Leon Zweifel, dass sie das Richtige sagen würde, doch dann nickte sie. „Ja, das tue ich. Ich werde meine Regentschaft beenden und ins Exil gehen."

Onar sah Antrus an, dessen Nervosität und Unbehagen sichtbar zugenommen hatte. „Antrus von Allgrizia, wie steht Ihr zu Eurem Urteil?"

Der Möchtegernkönig wischte sich mit einem Tuch, das er zuvor mit zitternden Fingern aus der Brusttasche seines Wamses gefummelt hatte, den Schweiß von der Stirn und schluckte schwer. Sein ängstlicher Blick flog zu Marek, dann zu Jenna und schließlich zurück zu Onar.

„Ich …" Der Kampf mit sich selbst war deutlich in seinem Gesicht zu erkennen. Für Menschen wie ihn gab es kaum etwas Schlimmeres, als unter Zwang auf ihre - ohnehin unrechtmäßigen - Machtansprüche verzichten zu müssen.

„Gibt es vielleicht eine Möglichkeit ...", begann er, stockte jedoch gleich wieder, denn Mareks Miene hatte sich erheblich verfinstert. Antrus' Adamsapfel bewegte sich sichtbar unter der Haut auf und ab.

„Ja ... also ich ... ich akzeptiere es natürlich", stammelte er.

„Das ist eine weise Entscheidung", lobte der Lord ihn und man konnte den anderen Machthabern ansehen, dass sie seine Meinung teilten. Es war nicht nur so, dass sie Antrus seit seinem Verrat hassten – jeder wusste, dass der Mann ein schlechter Politiker war, dem man keine Machtposition zukommen lassen durfte, weil er jedes Land in den Ruin wirtschaften würde. Allgrizia war das beste Beispiel dafür. Sie waren froh, ihn loszuwerden.

„Gut", sagte Hinras und schien dieses Thema für geklärt zu halten, denn er gab einem Diener in der Nähe einen Wink, der darauf sofort eine eingerollte Landkarte herantrug. Onar löste schnell den Lederriemen darum und breitete sie auf dem Tisch aus, sodass jeder der Anwesenden einen guten Blick darauf hatte.

„Das ist eine Karte von den Ländern Falaysias, bevor sie durch König Abarx aufgelöst und den drei heute existenten Ländern zugeordnet wurden", erklärte der Lord. „Wir kennen sie alle gut, weil wir in der Allianz schon lange überlegt haben, die Länder in ihren alten Grenzen wiederherzustellen."

Er sah kurz auf und erhielt viele nonverbale Zustimmungen. Zufriedenheit bezüglich der Aufteilung Falaysias, die Abarx vorgenommen hatte, hatte es nie gegeben. Immer wieder hatten die übrigen Könige versucht, über die Grenzen zu verhandeln. Oft waren Kriege ausgebrochen und manch ein Land vorübergehend gesplittet worden. Mehr als zweihundert Jahre voller Kriege und Konflikte. Es war Zeit, das ein für alle Mal zu beenden.

„Ich habe mich auf der Reise hierher und auch schon vorher mit einigen der bakitarischen Fürsten ausgetauscht und konnte heute auch mit Marek darüber reden", fuhr Lord Hinras fort. „Die Bakitarer teilen unseren Wunsch."

Dieses Mal war die Aufregung, von der alle ergriffen wurden, freudiger Natur – Leon war überrascht, Corik nicht widersprechen zu hören – doch Onar unterband auch diese rasch.

„Der einzige Punkt, in dem unsere Meinungen auseinandergehen, ist die Frage danach, wer die Machthaber in diesen Ländern seien sollen", klärte er die Anwesenden weiter auf. „Könige kommen für unsere Verbündeten nicht in Frage. Weder für die Bakitarer noch für die Tikos, Quavis und Chratna. Sie haben mit den vorangegangenen Monarchien sehr schlechte Erfahrungen gemacht und werden keinen Frieden mit uns halten können, sollten wir versuchen, ihnen diese Form der Herrschaft wieder aufzuzwingen."

„Aber wir brauchen Regenten!", entfuhr es Drigo erregt. „Wir brauchen Gesetze und Regeln und Menschen, die dafür sorgen, dass diese durchgesetzt werden."

„Das ist wahr", stimmte Marek ihm zu, „aber sollte ein Volk nicht selbst entscheiden können, wer es anführt?"

Nicht nur die anderen Bakitarerfürsten, sondern auch Ytzan und Enario nickten sofort begeistert und selbst Kychonas Lippen verzogen sich zu einem zustimmenden Lächeln.

„Kann ein Volk das denn?", gab Lord Kirian zweifelnd in die Runde, während König Losdal sich weiterhin bescheiden im Hintergrund hielt. „Einen fähigen Regenten wählen?"

„Vaylacia und die Galad-Region sind gute Beispiele dafür", erwiderte Marek. „Und auch Yanta und Melandor sind auf einem guten Weg. Die Länder und großen Städte werden Hilfe brauchen, um die richtigen Entscheidungen zu treffen – das steht außer Frage – aber sie haben diese Chance verdient. Sie sollten die Möglichkeit haben, ihre Anführer zu wählen und auch wieder abzuwählen, wenn sie mit ihnen unzufrieden sind."

„Ich kann mir nicht vorstellen, wie das funktionieren soll", merkte Losdal nun doch kritisch an und es ärgerte Leon, dass es immer wieder ausgerechnet die ehemaligen Könige und Fürsten waren, die ein Problem mit dieser Idee hatten. Wer einmal in einer machtvollen Position war, gab diese anscheinend nicht so gern wieder her, ganz gleich, ob er ein guter oder schlechter Regent gewesen war.

„Der Großteil der Bevölkerung Falaysias hat doch gar kein Interesse an der Politik", meinte der Mann zu wissen. „Wichtig ist ihnen nur, dass es ihnen gut geht, unabhängig davon, ob es nun ein König ist, der sie regiert oder ein gewählter Landesverwalter."

„Das wollen wir doch alle!", platzte es aus Leon heraus und der Fokus richtete sich auf ihn. Unangenehm, aber da musste er jetzt durch. „Sie wären dann aber selbst an ihrem Elend schuld, wenn es ihnen unter einem Regenten *nicht* gut geht, *und* hätten die Möglichkeit, etwas dagegen zu tun - und zwar ohne zu rebellieren und unnötig Blut zu vergießen."

„Wir würden Bürgerkriege und Rebellionen höchstwahrscheinlich vermeiden", stimmte ihm Kychona zu. „Und könnten auch Kriege zwischen den Ländern verhindern, wenn wir die Regenten dazu verpflichten, miteinander Kontakt zu halten und zu kooperieren."

„Es wird mit Sicherheit nicht leicht werden", kam auch Marek ihnen wieder zur Hilfe, „aber es *ist* möglich. Die Stämme der Bakitarer praktizieren das schon seit Jahren und werden darin immer besser. Aus ihren Erfahrungen können wir lernen. Fehler müssen nicht wiederholt werden. Wie Kychona schon sagte: Wenn wir diesen Verbund weiter aufrechterhalten, können wir uns gegenseitig beeinflussen, helfen und auch kontrollieren."

„Das mag ja alles sein", gab Drigo zu, „aber so schnell können wir keine Wahlen stattfinden lassen – schon gar nicht in allen Ländern zur gleichen Zeit."

„Das verlangt ja auch niemand", brachte sich Kychona weiter in die Runde ein. „Wir brauchen ohne Zweifel in jedem Land erst einmal Übergangsregierungen und ich denke, gerade an diesem Tisch sitzen einige gescheite Menschen mit den notwendigen Führungsqualitäten, um solche zu stellen. Einige haben bereits einen guten Ruf in der Bevölkerung und werden mit Sicherheit nicht abgelehnt werden. Ihnen muss nur klar sein, dass ihre Regierungszeit begrenzt ist - es sei denn, sie werden später erneut vom Volk für denselben Posten gewählt."

„So sehe ich das auch", ließ Lord Hinras verlauten. Er strich die Karte vor ihm noch einmal glatt und sah sich dann in ihrer Runde um. „Lass uns feststellen, wer sich berufen fühlt, eine derart verantwortungsvolle Aufgabe in der Zukunft zu übernehmen und dann abstimmen, welches Land ihm zugeteilt wird."

Einige der Anwesenden lehnten sich sofort interessiert vor. Leon jedoch tat genau das Gegenteil. Er schob sogar seinen Stuhl ein Stück zurück und machte für die zukünftigen Regenten Platz. Es überraschte ihn nicht, Marek dasselbe tun zu sehen. Er hatte schon die ganze Zeit den Eindruck gehabt, dass der Krieger genug davon hatte, über das Schicksal ganzer Völker zu entscheiden. Er war ausgebrannt und sehnte sich nach nichts mehr als ein wenig Ruhe. Um das zu erkennen, brauchte man nur in sein Gesicht zu sehen.

Gleichwohl gefiel Leon diese Tatsache nicht, denn aus seiner Sicht brauchte Falaysia den Bakitarerfürsten noch für eine ganze Weile. Sie brauchten ihn, seine Erfahrungen und Führungsqualitäten, um die aus den Fugen geratene Welt wieder auf Kurs zu bringen. Wenn er sich zu früh von ihr verabschiedete, konnte alles ganz leicht wieder in die falsche Richtung laufen und das musste auf jeden Fall verhindert werden. Nur wusste Leon nicht, ob das auch Marek selbst klar war – oder Jenna. Ihre Augen waren voller Hoffnung, als sich die beiden einen verstohlenen Blick zuwarfen, und Leon bezweifelte stark, dass dieses Gefühl auch nur im Ansatz mit den Entscheidungen zusammenhing, die gerade eben gefällt worden waren. Zum ersten Mal seit längerer Zeit scherte sich seine Freundin nicht mehr um den Rest der Welt. Leider.

Vollkommen entspannt auf einem Bett zu liegen und sich endlich einmal keine Sorgen über den nächsten Tag und das Schicksal ihrer Freunde und Verbündeten zu machen, fühlte sich merkwürdig fremd für Jenna an. Es war nicht so, dass sie es nicht genoss – die Matratze unter ihrem Bauch war dafür viel zu weich und kuschelig – aber es war dennoch seltsam. Alles war so ruhig und friedlich, als wären die letzten Tage, ja sogar Wochen nur ein schlimmer Traum gewesen, aus dem sie endlich erwacht war. Das Feuer des Kamins knisterte beruhigend und warf sein warmes Licht in den kleinen Raum, ließ es mit Mareks Silhouette spielen, der sich über den einzigen Tisch in ihrem Zimmer gebeugt hatte und die Karte studierte, die er zuvor darauf ausgerollt hatte.

Jennas Lippen verzogen sich zu einem seligen Lächeln. Sie mochte es, wenn er tief in seine Gedanken versunken war oder gar schlief und nicht bemerkte, wie genau sie ihn betrachtete. Wann sonst hatte sie Gelegenheit, seinen Anblick aufzusaugen, ohne sich dafür zu genieren?

Ihre Augen wanderten seine langen Beine hinauf, über die schmalen Hüften, das breite Kreuz; machten kurz an seinem Nacken Halt, versanken in den dunklen Locken, die durch die letzten Ereignisse alles andere als einen geordneten Eindruck machten und ihre Finger geradezu anbettelten, sie zu entwirren. Nur nackt hätte er ihr noch mehr Freude machen können. Aber man konnte ja nicht alles haben.

Ihr entwischte ein leises Seufzen und Marek sah stirnrunzelnd zu ihr hinüber. So zu tun, als wäre das Geräusch nicht von ihr gekommen, fiel ihr nicht schwer. Sie hob fragend die Brauen und er wandte sich wieder von ihr ab, richtete sich auf, verkreuzte die Arme vor der Brust und gab nun selbst ein tiefes Seufzen von sich. Der Grund dafür war allerdings mit Sicherheit ein anderer als der ihrige.

„Tun wir das Richtige?", fragte er, ohne die Augen von der Landkarte abzuwenden.

„Ich denke schon", ließ sie sich auf das ernste Thema ein, wenngleich ihr eigentlich nicht der Sinn danach stand. Sie hatte zwar abschalten wollen, aber solange er das nicht tat, konnte sie es auch nicht tun. Es fiel ihr nicht leicht, aber sie kletterte vom Bett und gesellte sich zu ihm, betrachtete die Karte kurz und suchte dann seinen Blick.

„Wir haben viel erreicht", sagte sie. „Die Bakitarer haben nun ein Heimatland, das ihnen niemand mehr wegnehmen kann, ohne sich mit allen Regierungen anzulegen und die Gefahr in Trachonien ist gebannt. Viele der Übergangsregenten sind gute Männer und Frauen, denen zuzutrauen ist, dass sie die Probleme in den ihnen zugeteilten Ländern meistern. Sowohl Leon als auch Kychona haben uns das bestätigt. Und sollte doch einmal einer von ihnen durchdrehen, wird die neue Allianz ihn stoppen."

„Das klingt alles zu einfach", äußerte Marek, was leider auch Jenna fühlte, jedoch nicht richtig an sich heranlassen wollte.

„Das mag sein", gab sie zu, „aber irgendwo müssen wir anfangen. Die Leute sind zumindest willens, etwas zu ändern. Sie *wollen* den Frieden und das ist eine große Chance."

Marek nickte nicht, schüttelte aber auch nicht den Kopf. Er starrte nur weiterhin die Karte an, mit dieser sorgenvollen Falte zwischen den Brauen, die ihn sehr viel älter aussehen ließ, als er war.

„Marek", sprach Jenna ihn sanft an, packte ihn an den Schultern und drehte ihn zu sich herum, um ihm fest in die Augen zu sehen.

„Der Kampf ist vorbei. Du hast deinen Teil getan, um diese Welt zu retten, und darfst es dir erlauben, loszulassen. Du darfst dich entspannen, dich erholen – das hast du dringend nötig. Wenn du weiter so machst, wirst du irgendwann zusammenbrechen und für mehr als nur ein paar Tage komplett ausgeschaltet sein."

„Mir geht es …"

Jenna hielt ihm rasch den Mund zu. „… beschissen", beendete sie den Satz in ihrem Sinne. „Du hast gestern kaum zwei Stunden geschlafen, obwohl du vollkommen erschöpft warst. Das konnte ich noch tolerieren, weil die Versammlung in Markachtor bevorstand, aber die ist jetzt vorbei und sehr gut für uns alle ausgegangen. Es ist Zeit abzuschalten. Du legst dich jetzt ins Bett und schläfst. Keine Widerworte."

Ein amüsiertes Funkeln erschien in seinen Augen und er nahm ihre Hand von seinem Mund.

„Du bist ja eine richtige kleine Kommandantin", stellte er belustigt fest, doch sie scherte sich nicht weiter darum, nahm ihn an der Hand und führte ihn zum Bett.

Seine Brauen bewegten sich nach oben, als sie damit begann, sein Hemd aufzuknöpfen. „Hast du nicht gerade eben noch vom Ausruhen gesprochen?"

Sie verdrehte die Augen und streifte ihm das Hemd von den Schultern. Für einen Moment stockte ihr der Atem und ihr Hass auf Demeon kehrte mit aller Macht zurück. Sie war nicht dabei gewesen, als Marek gestern seine beschädigte Kleidung gegen saubere, unversehrte ausgetauscht hatte, und sah jetzt erst, welchen Schaden der Zauberer an dessen Körper zurückgelassen hatte. Abgesehen von blauen Flecken und blutigen Schrammen verschiedenster Größe und Form, hatte er auch die alte Verletzung der Drachenpranke ein Stück weit aufreißen lassen.

Jenna wollte sich gar nicht vorstellen, welchen Schmerzen der Krieger ausgesetzt gewesen war. Ihr Hass verwandelte sich innerhalb eines Wimpernschlags in tiefes Mitgefühl und sie schloss Marek wortlos in die Arme, streichelte sanft seinen Rücken und Nacken und ließ ihn auf diese Weise wissen, wie leid ihr das alles tat.

Er hielt sie ein paar Herzschläge lang fest und schob sie dann wieder von sich weg. „Das heilt schon wieder", tröstete er sie und sie nickte sofort, kletterte aufs Bett und zog ihn mit sich.

Leider missverstand er sie schon wieder und legte sich nicht neben sie, sondern schob sich sofort mit dem Oberkörper über sie.

„Marek", begann sie, konnte jedoch nicht weitersprechen, weil er sie innig küsste und sie sich wenigstens für ein paar Sekunden den wundervollen Liebkosungen seiner Lippen hingeben musste. Erst als sich seine Hand unter ihr Hemd schob, drückte sie ihn zurück und schüttelte den Kopf.

„Ich meinte das ernst", brachte sie mit etwas wackeliger Stimme hervor und hielt seine Hand fest, bevor sie ihre Brust erreichte. „Du sollst dich ausruhen."

„Mach ich doch", schmunzelte er und küsste ihre Wange, ihren Hals, ihr Schlüsselbein …

Jenna ignorierte die wohligen Schauer, die er ihr damit schenkte, richtete sich auf und brachte ihn dazu, sich auf den Rücken zu legen. Seine Hände zogen zwar an ihr, doch sie blieb eisern, ließ sich nicht von ihm über sich ziehen. Stattdessen legte sie einen Arm quer über seine Brust, stützte ihr Kinn auf seine Schulter und sah ihn liebevoll aber bestimmt an. „Du schläfst jetzt."

Er zog die Brauen zusammen. „Das ist dein Ernst, oder?"

Sie nickte.

„Du meinst nicht, dass wir es ausnutzen sollten, zum ersten Mal zusammen in einem richtigen Bett schlafen zu können?", hakte er nach.

„Doch – die Betonung liegt allerdings auf dem Wort *schlafen*."

Die Versuchung war groß, aber manchmal musste man zum Wohl eines anderen Menschen stark bleiben.

Mareks Gesichtszüge wurden ernster und er richtete seinen Blick auf die Zimmerdecke, holte etwas schwerfällig Atem.

„Ich weiß nicht, ob das viel Sinn macht", gestand er.

„Weil du deinen Kopf nicht frei kriegst?", hakte sie nach.

Er sah sie überrascht an. „Das hast du bemerkt?"

Sie lächelte. „Wir sind miteinander verbunden – schon vergessen?"

„Nein", seufzte er, „aber ich habe mich darum bemüht, das von dir fernzuhalten."

„Ich weiß." Sie legte ihren Kopf auf dem Kissen ab, ohne den Kontakt zu seiner Schulter gänzlich zu verlieren und ließ ihre Finger sanft über seine Brust gleiten, hielt dort inne, wo sie das gleichmäßige Schlagen seines Herzens ganz deutlich spüren konnte.

Er bewegte sich und nur wenig später fühlte sie sein Kinn an ihrer Stirn und seine Finger auf ihrem Handgelenk. Für eine kleine Weile streichelten sie einander nur ganz zart, entspannten sich dabei immer mehr. Jennas Lider wurden immer schwerer, doch sie riss sich zusammen. Sie würde garantiert nicht *vor* ihm einschlafen.

„Willst du mir erzählen, was genau dich so sehr beschäftigt?", wisperte sie schließlich.

Sie erhielt nicht sofort eine Antwort. Aber sie fühlte, wie sich sein Körper wieder etwas anspannte. Sein Brustkorb weitete sich und sein Atem blies etwas kräftiger als zuvor über ihr Gesicht.

„Es ... es gab da diesen Moment im Thronsaal", kam es schließlich doch noch leise über seine Lippen, „als alle Bruchstücke Cardasols auf mich reagierten, einen Kontakt zueinander herstellten ... Diese extreme Kraft vereint mit der meinigen. So etwas hatte ich noch nie zuvor in meinem Leben gefühlt – noch nicht einmal, als wir zusammen gezaubert haben. Ich hätte das Herz zusammenfügen können. Damit wäre die Kraft noch einmal verstärkt worden und ein Mensch, der sie beherrschen kann – er wäre allmächtig, unantastbar, unbesiegbar geworden."

Mareks Brustkorb weitete sich erneut, als er tief einatmete, um die Emotionen zurückzudrücken, die erneut in ihm aufzukommen drohten.

„Der Gedanke, sich niemals mehr fürchten zu müssen, niemals mehr Opfer zu sein, sich Welten unterwerfen, die Menschen dazu zwingen zu können, das zu tun, was man sich wünscht ...", er schüttelte kaum merklich den Kopf, „... er hat mich wanken lassen, in Versuchung geführt."

„Aber du hast ihm widerstanden", erinnerte sie ihn, weil sie genau wusste, worauf er hinaus wollte. „Du hast dich für das Richtige entschieden."

„Ich weiß – zumindest rede ich mir das erfolgreich ein", erwiderte er. „Aber da sind diese Zweifel in meinem Inneren und ich frage mich immer wieder, ob Demeons Ansatz eventuell doch nicht so falsch war; ob es nicht sehr viel leichter wäre, anhaltenden Frieden herzustellen, indem man die Menschen in Falaysia dazu zwingt, das zu tun, was man für richtig hält. Cardasol würde mir die Macht dazu geben."

Sie hob den Kopf und sah ihn an, ohne jeden Vorwurf im Blick, weil sie seinen Gedanken verstand und ihn nicht dafür verurteilen konnte, ihn zu haben.

„Kannst du dich noch daran erinnern, was ich dir vor Kurzem über Veränderungen gesagt habe?", fragte sie sanft.

„Natürlich", gab er zurück, „du sagtest, man könne keinen Menschen von außen dazu zwingen."

„Ganz genau", lächelte sie. „Ich bleibe bei dieser Aussage und sie trifft erst recht auf ganze Völker zu. Niemand kann die Menschen hier oder in meiner Welt dazu zwingen, die richtigen Entscheidungen zu treffen. Sie müssen selbst den richtigen Weg finden."

„Ich habe das aber schon getan", wandte er ein, „Städte und ganze Länder dazu genötigt, zu tun, was ich für richtig hielt."

„Und hat es auf Dauer funktioniert?"

„Nur bei einigen und nur weil sie schnell eingesehen haben, dass meine Entscheidungen die richtigen waren."

Sie strich ihm sanft über das stoppelige Kinn, hielt an seiner Verletzung inne und folgte dann lieber dem Schwung seiner Unterlippe.

„Es wird mit Gewissheit ein steiniger Weg in einen anhaltenden Frieden werden", gab sie zu. „Aber sie werden ihn bewältigen – besser, als wenn man sie dazu zwingt. Darauf vertraue ich. Wir brauchen nicht die Zauberkraft Cardasols, um unsere zukünftigen Probleme zu bewältigen. Und du brauchst sie auch nicht."

Er hielt ihre Hand fest und sah sie ernst an.

„Das weiß ich *jetzt*", betonte er, „aber später wird mir eine innere Stimme wieder zuflüstern, wie viel leichter doch alles sein könnte, wenn ich die Kraft der Steine an mich reiße. Denn das tut sie schon, seit wir das Schloss verlassen haben. Ich hätte nie erfahren dürfen, wie es ist, mit allen Teilstücken verbunden zu sein. Es lässt mich nicht mehr los. Ich kann auf einmal verstehen, warum die Zauberer über Jahrhunderte um diesen magischen Schatz gekämpft haben. Ich kann sie nicht mehr verdammen."

„Das sollst du ja auch nicht."

„Doch, das sollte ich, denn sonst wird aus mir irgendwann genau der übermächtige, furchtbare Zauberer, in den Demeon mich schon immer verwandeln wollte."

„Niemals", widersprach sie ihm mit Vehemenz.

Marek sah sie verständnislos an. „Wie kannst du da so sicher sein?"

Sie sah ihm fest in die Augen, damit er erkennen konnte, dass sie nicht den Hauch eines Zweifels hegte.

„Zum einen kenne ich deinen innersten Kern und weiß, dass dir das nie passieren wird", klärte sie ihn auf, „und zum anderen hast du bereits gezeigt, dass du dieser Versuchung widerstehen kannst."

Er hob zweifelnd die Brauen. „Habe ich das?"

„Ja. Du hast Leon drei der Amulette zurückgegeben."

„Eines hab ich behalten."

Sie legte den Kopf schräg und kniff die Augen zusammen, während sie seine Züge genauer betrachtete. „Ja, aber aus einem anderen Grund, als du denkst", sagte sie schließlich.

Er runzelte die Stirn und sie erhob sich, lief hinüber zu seinen Sachen und holte das Schmuckstück aus einer der Taschen heraus, um mit ihm zurück auf das Bett zu klettern. Sie betrachtete es für einen Augenblick, kuschelte sich dann wieder an Marek und legte das Amulett auf seine Brust, wo es sogleich sein warmes rötliches Licht entfaltete.

Ein Lächeln schob sich auf ihre Lippen, als er die Augen schloss und beinahe beglückt ein- und wieder ausatmete. Sie wusste ganz genau, was er empfand. Es gab kaum etwas, das sich besser anfühlte, als die warme Energie Cardasols. Sex mit Marek vielleicht, aber sonst …

„Du hattest sie alle in deinen Händen", sagte sie, als seine Augen wieder auf ihrem Gesicht ruhten, „hättest zum Beispiel das Amulett von der Dracheninsel behalten können, das meinem Empfinden nach die größten Kräfte in sich trägt, aber du hast dich für dieses entschieden."

Ihre Finger berührten die Einfassung des Steins, folgten den geschmiedeten Krallen eines gesichtslosen Monsters. Nefians Erbe. Das Amulett, mit dem ihre gemeinsame, schicksalhafte Geschichte begonnen hatte.

„Du meinst, ich habe es aus sentimentalen Gründen an mich genommen und nicht, weil mir nach Macht dürstet?", fragte er und zumindest einer seiner Mundwinkel bewegte sich ein paar Millimeter nach oben.

Sie nickte. „Es ist ein Teil von dir. Das war es schon immer und wird es immer sein. Ein Teil deiner Geschichte, deines Lebens ... deines Herzens. Und du hast jedes Recht der Welt, es zu behalten. Du wirst niemals Unrecht damit tun, weil es dich immer an die Menschen erinnern wird, die an dich geglaubt haben, die sehr viel früher als du selbst erkannt haben, wer du in Wahrheit bist."

„Du glaubst, es wird mich vor der Versuchung schützen, die in ihm selbst zu finden ist?", fragte er leise, aber sie konnte in seinen Augen lesen, dass er die Antwort darauf bereits kannte.

„Ja", bestätigte sie dennoch mit Inbrunst, „das glaube ich. Ich glaube an dich. Das habe ich schon immer."

Tiefe Zuneigung glühte in Mareks hellen Augen auf. Seine Hand fand ihren Nacken und zog sie zu sich heran. Und dann küsste er sie voller Dankbarkeit und Liebe, die ihren Glauben an ihn nur noch weiter bestärkte. Cardasol war keine Gefahr in seinen Händen. Heute nicht und auch nicht in der Zukunft.

Entscheidungen

Jenna wusste nicht genau, wovon sie geweckt wurde. Der frische Wind, der ihr um die Nase blies? Oder vielleicht das Zwitschern der Vögel ganz in ihrer Nähe? Möglicherweise war es aber auch das Kribbeln an ihrem Bein, das Gefühl, das dort etwas hinaufkletterte. Sie runzelte die Stirn und schlug die Augen auf, sah in einen blauen Himmel, in den sich die Wipfel einiger Bäume reckten.

Mit einem Ruck saß sie aufrecht, sah sich staunend um und überlegte wie um Himmels Willen sie so plötzlich auf einer Lichtung mitten im Wald gelandet war.

„Das ist doch aber nicht das erste Mal", konnte sie eine Stimme vernehmen und aus dem Dickicht trat zu ihrem Erschrecken Demeon hervor, nicht so geschwächt und zitternd, wie sie ihn Erinnerung hatte, sondern so, wie er ihr zum ersten Mal begegnet war. Selbst seine Kleidung war dieselbe. Ein eleganter Anzug, der wie maßgeschneidert saß und in dieser Welt eigentlich nicht zu finden war.

„Es sollte dich also nicht erschrecken", setzte er seinen zuvor gesprochenen Worten hinzu.

„Das ist nur ein Traum", stellte sie fest und sofort fand sich Ruhe in ihrem Inneren ein. „Ich bin gar nicht aufgewacht."

„Sicher?" Er hob forschend die Brauen.

„Ja", erwiderte sie und kratzte sich an der Schläfe, weil diese begonnen hatte zu kribbeln. „Und du entspringst nur meinen Ängsten."

„Die da wären?"

„Dass du deine Kräfte gar nicht verloren hast und nur darauf wartest, wieder zuzuschlagen."

„Und was entspricht der Wahrheit?"

„Du hast alles verloren, das dich früher so stark gemacht hat: Deine Kräfte, deine geistige Überlegenheit, deine Liebe. Ich brauche dich nicht zu fürchten."

Demeons Miene erstarrte und nach ein paar Sekunden begann sie sich aufzulösen, wurde zu einem Nebel, durch den jemand anderer auf sie zu schritt. Jemand, mit dem Jenna schon fast gerechnet hatte. Melina.

Sie gab ein erleichtertes Lachen von sich und ging ihrer Tante rasch entgegen, blieb dann jedoch stehen, weil sie wusste, dass sie diese ohnehin nicht erreichen konnte.

„Du kannst dir nicht vorstellen, wie erleichtert ich bin, dich gesund und munter vorzufinden", brachte Melina seufzend hervor. „Wir waren uns zwar sicher, dass du noch lebst und Demeon dir nichts angetan haben kann, aber wir wussten nicht, ob das auch für alle anderen Beteiligten gilt. Der Kontakt brach so plötzlich ab."

„Ja, ich weiß, aber es war nicht zu verhindern", erwiderte Jenna. „Wir danken euch aus tiefstem Herzen für eure Hilfe. Ohne euch wäre alles gewiss sehr viel dramatischer verlaufen und Demeon ... ich weiß nicht, wie das Ganze für ihn geendet hätte."

„Ist er noch am Leben?"

„Ja, aber er besitzt keinerlei magische Kräfte mehr und ist für niemanden mehr eine Gefahr."

Melinas Gesicht nahm einen Ausdruck an, der zwischen Mitleid und Überraschung schwankte. „Es ist also gelungen? Ihr konntet ihm seine Begabung nehmen, ohne ihn zu töten?"

Jenna nickte. „Wahrscheinlich ist das für ihn eine schlimmere Bestrafung als der Tod."

„Aber auch die gerechtere", fügte Melina an.

„Woher wusstet ihr, dass wir eure Hilfe brauchten?", sprach Jenna eine ihrer wichtigsten noch unbeantworteten Fragen aus.

„Durch deinen Ruf vor ein paar Tagen", erklärte Melina. „Ich konnte dich zwar zu diesem Zeitpunkt noch nicht kontaktieren, aber fühlen, dass du eine sehr viel bessere Hilfe als die meinige erhalten hattest. Peter, Benjamin und ich nahmen uns jedoch vor, unsere Sinne offen zu halten, weil wir rechtzeitig zur Stelle sein wollten, wenn wieder etwas Schlimmes passiert."

Jenna gab ein leises Seufzen von sich. „Ich möchte mir nicht vorstellen, was passiert wäre, wenn ihr mich nicht zur rechten Zeit unterstützt hättet. Es war für Marek eine sehr knappe Angelegenheit."

„Wie geht es ihm?", erkundigte sich Melina mit echter Sorge in der Stimme.

„Den Umständen entsprechend. Er muss erst wieder zu Kräften kommen, kann das aber nicht einsehen. Ich tue mein Bestes, um ihn wieder in Form zu bringen."

„Schaffst du das in achtundvierzig Stunden?"

Jenna bedachte ihre Tante mit einem irritierten Stirnrunzeln. „Wieso?"

„Dein Vater ist misstrauisch geworden und setzt nun alle Hebel in Bewegung, um dich aufzuspüren", verkündete Melina zu ihrem Grauen. „Er hat einen Flug nach Kopenhagen gebucht, um dich dort zu suchen, und der geht in etwa achtundvierzig Stunden."

Jennas Magen machte eine unangenehme Umdrehung und ihr Puls beschleunigte sich. Sie hatte ihr altes Leben und den bevorstehenden Abschied von dieser Welt bislang wundervoll verdrängen können und nun wurde sie gnadenlos von der Realität eingeholt.

„Wir haben mittlerweile alles beisammen, um das Tor hier in unserer Welt zumindest zu aktivieren, sodass wir mit dafür sorgen können, dass die Verbindung zwischen den Welten bei deiner Reise zurück stabil bleibt", berichtete Melina weiter, ohne von Jennas Gefühlschaos Notiz zu nehmen, „aber ihr müsst den Durchgang drüben öffnen. Und das könnt ihr nur mit Mareks Kräften."

Jenna wich ihrem drängenden Blick aus, versuchte mit aller Macht den Kloß in ihrem Hals hinunterzuschlucken und die Panik, die sie packen wollte, zu verdrängen.

„Ist er bereit dazu, das Tor für dich zu öffnen?", hakte Melina nach.

„Ich denke schon", gab Jenna beklommen zurück. Es war eher eine andere Person, der es momentan an Bereitschaft mangelte.

Aus Melinas Richtung kam nichts mehr und nur deswegen sah Jenna wieder auf. Ihre Tante war noch da. Sie sah nicht wütend aus, nur unendlich traurig.

„Vielleicht sollte die Frage eher lauten, ob *du* dazu bereit bist", erkannte sie ganz richtig.

Jenna fiel es unglaublich schwer, die nächsten Worte auszusprechen. „Das sollte ich, oder?", wisperte sie.

„Jenna, Liebes", erwiderte Melina sanft. „Das ist ganz allein deine Entscheidung. Niemand kann dich zwingen, dein Leben hier fortzusetzen. Du musst wissen, was du willst, was du brauchst."

„Und was ist, wenn ich … wenn ich das nicht weiß?", brachte sie mit erstickter Stimme hervor und der Druck in ihrer Brust wurde stärker, begann sich in einen unerträglichen Schmerz zu wandeln.

„So etwas gibt es nicht", behauptete ihre Tante. „Man weiß immer, was man will. Nur ist es manchmal schwer, die Wahrheit zu akzeptieren, weil sie so viel seelische Pein mit sich bringt. Horche in dich hinein. Gibt dir ein bisschen mehr Zeit, dann wirst du wissen, was zu tun ist."

Jenna kniff die Lippen zusammen, atmete tief durch und nickte dann. „Wirst du dann wieder da sein?"

„Ganz bestimmt", versprach ihre Tante mit einem sanften Lächeln. „Ich werde immer da sein, ganz gleich, wie du dich entscheidest."

Jennas Bedürfnis, Melina in die Arme zu schließen und fest zu drücken, war enorm, doch alles, was sie tun konnte, war ihr zu winken, als sie sich ebenfalls im Nebel ihres Traumwäldchens auflöste. Der Schmerz in ihrer Brust ebbte deutlich ab, ließ dafür einen unangenehmen Druck in ihrer Magengegend zurück, der auch nicht verschwand, als sie aufzuwachen begann.

Probleme wie diese ließen sich nicht auf ewig verdrängen, stellte sie schmerzlich fest. Die Zeit war gekommen, sich damit auseinanderzusetzen, was sie für ihre Zukunft wollte.

Jenna schlug die Augen auf, blinzelte ein paar Mal gegen das helle Licht an, das bereits in ihr Zimmer fiel, und sah sich dann um. Selbstverständlich war Marek schon aufgestanden und auch nicht mehr anwesend, sodass sie erst einmal im Unklaren darüber blieb, wie lange er hatte schlafen können. Soweit sie sich erinnern konnte, war er noch vor ihr eingeschlafen und hatte sich zumindest ein bisschen erholen können.

Jemand hatte eine Schüssel Wasser, Seife, Handtücher und frische Kleider in ihr Zimmer gebracht und so lief Jenna ungefähr eine Stunde später erfrischt und sauber durch die Gänge der Festung, auf der

Suche nach einem vertrauten Gesicht. Sie fand es in einem der größeren Gemeinschaftsräume. Leon saß dort mit Cilai vor dem großen Kamin und unterhielt sich leise mit ihr, doch Jenna wagte es nicht sofort, auf die beiden zuzugehen. Da war etwas in der Art, wie sie sich ansahen ... so warm und zugeneigt. Leon hielt Cilais Hände in den seinen und strich immer wieder mit den Daumen über ihren Handrücken und sein Mund ... eigentlich war er die ganze Zeit am Lächeln und seine Augen leuchteten, als hätte plötzlich jemand ein Licht in seinem Inneren angezündet.

Jenna atmete erleichtert auf und machte innerlich drei Kreuze. Endlich! Endlich hatte ihr Freund begriffen, was für einen wundervollen Menschen er da an seiner Seite hatte und wie sehr er diesen bereits liebte. Ihre Freude für das frisch verliebte Paar war derart groß, dass sie selbst zu strahlen begann, als sie nun doch langsam auf die beiden zu schlenderte. Sie hielt nur kurz inne, weil Leon sich vorbeugte und Cilai sanft küsste, und räusperte sich dann, bevor sie die letzten Schritte auf sie zumachte.

Die beiden Köpfe ihrer Freunde wandten sich ihr überrascht zu und aus Jennas Lächeln wurde ein breites Grinsen, als beide sichtbar erröteten. Wie süß!

„Hast du ausgeschlafen?", erkundigte sich Leon, ließ Cilai los und machte sofort auf der Bank für sie Platz. „Komm, setzt dich zu uns!"

Jenna zögerte, kam dann jedoch seiner Bitte nach.

„Marek meinte, wir sollen dich ausschlafen lassen, weil du das bitter nötig hättest", erklärte Cilai. „Der Kerl hier", sie gab Leon einen neckischen Knuff in die Seite, „wollte dich nämlich wecken, weil Sheza nach dir gefragt hat."

„Oh, wie geht es ihr?", entfuhr es Jenna erfreut und sie sah sich kurz um, auch wenn sie wusste, dass dies unsinnig war. Die Trachonierin hatte sich zwar durch die Kraft Cardasols so weit erholt, dass sie transportfähig gewesen war (Alentara hatte sie nicht im Schloss zurücklassen wollen), allerdings hatte sie gestern noch kaum aus eigener Kraft sitzen können.

„Nicht so gut, dass sie sich schon zu uns gesellen könnte, aber sehr viel besser als zuvor", antwortete Leon jetzt schmunzelnd. „Oder hat dein suchender Blick Marek gegolten? Der ist runter zu den Ställen, weil Bashin da etwas Ärger gemacht hat."

„Nein, ich …" Jenna brach ab, musste erst einmal die vielen verschiedenen Bedürfnisse, die sie verspürte, nach Wichtigkeit sortieren. „Euch beiden geht es gut?"

Cilai und Leon nickten synchron. „Meine Brüder und ich werden heute Nachmittag zusammen mit Tala, Gideon, Rian und den Chratna-Kriegern aufbrechen, um unsere Mutter bei ihnen abzuholen. Wir denken, wir werden alle zurück zu Onkel Bentos Hof kehren. Dort ist auch noch genug Platz für ein paar Menschen mehr und dann …" Ihr Blick flog etwas verunsichert zu Leon. „Mal sehen …"

Sie zuckte die Schultern, aber Jenna fühlte, dass da noch etwas anderes war, worüber sie noch nicht zu sprechen wagte. Auch Leon senkte kurz den Blick und kratzte sich verlegen am Kinn.

Ein mulmiges Gefühl begann sich in Jennas Bauch auszubreiten und sie musste sich sehr anstrengen, weiterhin einen fröhlichen Eindruck zu machen.

„Das ist schön", erwiderte sie mit einem verkrampften Lächeln. „Grüß deine Mutter von mir."

„Vielleicht kannst du das ja auch noch selbst machen", sagte Cilai. „Wir würden uns freuen, wenn ihr uns noch einmal auf dem Hof besucht, bevor …"

Jenna wartete, doch die junge Frau beendete auch diesen Satz nicht.

„Ja, das wäre schön", log sie stattdessen selbst und fühlte sich immer unwohler in ihrer Haut. Sie sah mit wachsender Sehnsucht hinüber zur Tür des Saales.

„Ich sollte Sheza nicht so lange warten lassen", überlegte sie und erhob sich. „Wir kennen das ja alle. Wenn wir krank sind, verzehren wir uns nahezu nach Besuch. Und hier gibt es ja keinen Fernseher oder Ähnliches auf den Zimmern - noch nicht einmal Bücher, mit denen man sich die Zeit vertreiben kann."

Cilai runzelte verwirrt die Stirn und Leon winkte schnell ab, stand jedoch ebenfalls auf. „Ich bringe dich zu ihr."

„Ist nicht nötig", versuchte Jenna ihn abzuwimmeln und lief rasch los. Sie wollte jetzt nicht allein mit ihm sein, wollte noch nicht hören, was er ihr zu sagen hatte, weil sie genau zu wissen meinte, was das war. Ihre Bereitschaft, weitere seelische Schmerzen zu ertragen, war augenblicklich verschwindend gering.

Doch Leon ließ sich nicht so leicht abwimmeln. An der Tür hatte er sie eingeholt, öffnete diese galant für sie und war auch im Flur wieder rasch an ihrer Seite.

„Ich finde, wir sollten uns alle etwas Zeit lassen, uns zu erholen, wieder zu Kräften zu kommen, bevor wir die nächste große Sache angehen", sprach er gnadenlos genau das Thema an, das Jenna vorerst hatte meiden wollen. „Falaysia hat mehr zu bieten als Krieg und Kampf. Man kann es sich hier auch schön machen und wir haben so viele Menschen an unserer Seite, die es verdient haben, ein bisschen Zeit mit uns zu verbringen."

Jenna blieb ruckartig stehen. „Die habe ich aber nicht!", platzte es ungehalten aus ihr heraus. „Meine Zeit hier läuft innerhalb der nächsten achtundvierzig Stunden ab!" Ihre Stimme zitterte bei den letzten Worten und sie wandte sich schnell von ihm ab, lief weiter und drängte die dummen Tränen zurück, die sofort wieder zur Stelle waren, obwohl niemand sie wollte.

Leon schloss zu ihr auf, packte sie am Arm und stoppte sie. „Was meinst du damit?"

Sie seufzte resigniert, sah kurz zu Boden, um sich zu sammeln und sah ihn dann etwas gefasster an.

„Meine Tante hat mich kontaktiert, weil mein Vater durchdreht und sicherlich Himmel und Hölle in Bewegung setzen wird, um mich zu finden", erklärte sie ihre missliche Lage. „Und wenn er das tut, ist Melina die erste, die dadurch in Schwierigkeiten gerät. Ich will mir gar nicht vorstellen, was das bei Benny auslöst ..."

Sie schloss die Augen und schüttelte den Kopf. „Ich *muss* zurück. Möglichst schon morgen."

Ihr Freund starrte sie mit offenem Mund an und hatte sichtbare Mühe, die neuen Informationen zu verarbeiten und mit seinen vorherigen Zukunftsplänen in eine Linie zu bringen. Jenna brauchte nur in seine Augen zu sehen, um zu wissen, dass sie mit ihrer anfänglichen Vermutung ins Schwarze getroffen hatte. Sie würde auch ihn verlieren, wenn sie zurück nach Hause kehrte. Ihre Brust schnürte sich zusammen und ihre Nase begann zu prickeln.

„Jenna, ich ..." Leon stockte, holte tief Luft und brachte es doch nicht über sich, weiterzusprechen. In seinem Gesicht lag derselbe

Schmerz, den auch sie verspürte, und sie legte rasch eine Hand auf seinen Oberarm, presste tapfer die Lippen zusammen und nickte.

„Ich weiß", wisperte sie und schon rollte eine ihrer verdammten Tränen ihre Wange hinunter.

„Sie braucht mich", erklärte er dennoch mit belegter Stimme. „Und ich hab Foralt versprochen, mich um sie und den Rest der Familie zu kümmern, auf sie aufzupassen."

„Ich werde dich bestimmt nicht zwingen, dein Versprechen zu brechen", schniefte Jenna, wischte sich rasch die Tränen von den Wangen und schloss schließlich Leon in die Arme, drückte ihn ganz fest an sich.

Er tat dasselbe und sie fühlte mit jeder Faser ihres Körpers, dass dies auch für ihn keine leichte Entscheidung war. Vor ein paar Monaten waren sie noch Fremde füreinander gewesen, die nicht wussten, wie sie miteinander auskommen sollten und jetzt ... jetzt waren sie die allerbesten Freunde und Jenna konnte sich gar nicht mehr vorstellen, für längere Zeit ohne ihn zu sein, sein liebes Gesicht nicht mehr zu sehen, seine Stimme nicht mehr zu hören. Sie konnte sehen, dass es ihm genauso ging, als sie einander wieder losließen; in den Tränen, die nun auch in seinen Augen zu finden waren, dem Zucken seiner Lippen und der Zuneigung und Trauer in seinem Blick.

Ihre Hand ergriff die seine und drückte sie. „Wir haben ja noch ein bisschen Zeit miteinander", tröstete sie ihn und sich selbst und klammerte sich verzweifelt an diesem Gedanken fest, um nicht jetzt schon die Fassung zu verlieren.

Er nickte, holte stockend Atem und zwang sich zu einem Lächeln, bevor er sich von ihr weiter den Flur hinunterziehen ließ.

Shezas Freude über ihr Auftauchen war groß. Jenna erkannte die sonst so grimmige Kriegerin kaum wieder. Obwohl ihre Wunden noch nicht ganz verheilt waren und sie weiterhin Schmerzen haben musste, strahlte ihr ganzes Gesicht und ab und an huschte ein Lächeln über ihre Lippen, während sie sprach. Sie bedankte sich für ihre Rettung und die Gnade, die sie alle für Alentara gezeigt hatten, und sprach ihre Bewunderung für Jennas Kräfte und ihr lebensrettendes Einschreiten aus.

„Magie war etwas, für das ich ab einem bestimmten Zeitpunkt nichts weiter als Verachtung übrig hatte", erklärte sie, „etwas Feiges, Hinterhältiges, womit man Menschen unterdrücken und zu seinen Sklaven machen kann – weil ich sie auf diese Weise kennengelernt hatte. Ich hatte vergessen, dass sie in den Händen guter Menschen wundervolle Dinge vollbringen kann. Und du bist ein guter Mensch, Jenna."

Sie legte dabei eine Hand auf die ihre. „Du bist jemand, dessen Herz niemals verdorben werden kann. Es ist eher so, dass es die anderer Menschen wieder aufwärmt, für die richtigen, guten Dinge schlagen lässt. Lass dir niemals etwas anderes einreden."

„Das werde ich nicht", versprach Jenna überzeugt und konnte nichts dagegen tun, dass ihr Herzschmerz zurückkehrte. Auch wenn Sheza ihre Worte eventuell gar nicht so gemeint hatte – sie fühlten sich wie ein weiterer Abschied an, erinnerten sie daran, was ihr noch bevorstand.

Die Kriegerin sah sie lange an und legte den Kopf schräg. „Du musst uns bald verlassen, nicht wahr? Da ist so viel Wehmut in deinen Augen."

Jenna schluckte schwer und drückte die neuerliche Welle von Trauer, die sie überfallen wollte, weg. Dann erst war sie dazu fähig, zu nicken.

„Das ist schade", erwiderte die Kriegerin und aus ihren Augen war zu lesen, dass sie das vollkommen ernst meinte. „Wir könnten deine Hilfe hier noch gut gebrauchen. Aber wenn es so sein muss …"

Sheza musterte sie noch einmal genauer, ergriff dann das Amulett, das Jenna zur weiteren Heilung bei ihr gelassen hatte, und zog es sich über den Kopf.

„Hier." Sie legte es in ihre Hand und schloss ihre Finger darum. „Ich hoffe, du planst nicht, es wieder an *ihn* abzugeben."

„*Er* hat uns alle gerettet", erinnerte Jenna sie.

„Er hätte uns aber auch alle töten können", gab die Kriegerin ernst zurück. „Es war ein Spiel mit dem Feuer, das sich nicht wiederholen sollte. Ich weiß, dass du ihn beschützt wissen willst – aber reicht es nicht, wenn er nur eines der Amulette behält?"

„Das tut es", stimmte Jenna ihr zu und zog sich den Riemen des magischen Schmuckstücks über den Hals. „Und er sieht die ganze

Sache übrigens genauso wie du. Er verspürt kein Bedürfnis, alle Steine an sich zu nehmen."

Sheza nickte verständnisvoll und begann dann zu lächeln. „Ich dachte immer, dass es nichts gibt, worin wir - du und ich - uns ähneln, aber ich habe mich geirrt. Wir glauben so fest an die Menschen, die wir lieben, dass wir sie dadurch tatsächlich retten können – ganz gleich, wie sehr sie sich dagegen sträuben."

Jenna stieß ein leises Lachen aus, drückte noch einmal Shezas Hand und erhob sich dann.

„Du wirst mir immer in guter Erinnerung bleiben", sagte sie mit belegter Stimme und Shezas Nicken belegte, dass sie dasselbe empfand.

„Passt du mir auch auf sie auf?", fragte Jenna Leon, als sie das Zimmer der Kriegerin verlassen hatten.

„Natürlich", versprach er ihr sofort und musste dann schmunzeln. „So weit, wie sie das zulässt."

Hinaus auf den Hof begleitete Leon sie nicht mehr. Er erklärte ihr, dass er noch ein paar Dinge mit Kychona zu besprechen habe und Jenna entließ ihn bereitwillig. Sie brauchte keine Begleitung, um den Weg zu den Ställen zu finden, und wenn sie ehrlich war, war es ihr auch lieber, allein mit Marek zu sein, wenn sie ihm die neusten Nachrichten überbrachte.

Der Bakitarerfürst war in der Tat noch bei Bashin, doch leider nicht allein. Er lehnte an dessen Box, während er sich ernst mit Kaamo und Uryo unterhielt. Die Männer schienen zu sehr in ihr Gespräch vertieft zu sein, um sie zu bemerken. Doch als der Kriegerfürst unauffällig seine Hand hob und sie heranwinkte, ohne sich zu unterbrechen, erkannte sie, dass sie mit der Vermutung nur zum Teil richtig gelegen hatte. Zumindest ihm war ihr Auftauchen nicht entgangen.

„Vielleicht kann Jenna uns dabei helfen", machte Marek nun auch die anderen auf sie aufmerksam und sie war mit wenigen Schritten bei ihnen.

Kaamos Augen leuchteten erfreut auf, während Uryo eher Unbehagen ins Gesicht geschrieben stand.

„Roanar ist nicht mehr aufzufinden", klärte Marek sie rasch über das Thema ihrer Unterhaltung auf. „Ich habe ihm meine besten Fährtenleser hinterhergeschickt, aber sie konnten ihn bisher nicht aufspüren, was bei einem Magier seines Kalibers nicht weiter verwunderlich ist."

„Ihr braucht ihn aber, um herauszufinden, wer alles zum Zirkel gehört", schlussfolgerte Jenna.

„Ganz genau", stimmte der Krieger ihr lächelnd zu. „Dass kein einziges Mitglied dieser Bande zu der Versammlung gestern gekommen ist, obwohl auch sie dazu aufgerufen wurden, lässt in Bezug auf diese Organisation nichts Gutes erahnen. Sie haben entweder Angst, dass die neuen Regenten sie entmachten und zum Tode verurteilen könnten, oder sie sind bereits stärker, als wir ahnen, und planen unseren Untergang."

Bei diesem Wort lief Jenna ein kalter Schauer den Rücken hinunter und sie bemühte sich darum, dieses Problem in ihrem Inneren nicht größer zu machen, als es war.

„Selbst wenn sie nur Angst haben, sind sie immer noch gefährlich genug, um uns zu schaden", gab Kaamo zu bedenken. „Nicht unbedingt jetzt, aber später. Deswegen müssen wir auf jeden Fall wissen, wer neben Roanar noch zur Führungsspitze gehört."

„Und wie kann ich euch dabei helfen?", wollte Jenna wissen.

„Indem du mit Sheza sprichst", erklärte Marek.

„Da war ich gerade erst."

„Dann musst du noch mal hin. Sie hatte bisher den besten Einblick in die Machenschaften des Zirkels, weil sie selbst dazugehörte. Wir müssen alles erfahren, was sie weiß. Und mir wird sie sich mit Sicherheit nicht öffnen."

Jenna brauchte nicht lange nachzudenken, um zu nicken. „Ich werde sehen, was ich tun kann", versprach sie.

„Gut – dann mache ich mich auch auf den Weg", verkündete Uryo und wollte sich schon abwenden, doch Kaamo packte ihn am Arm und zog ihn in eine kurze, aber kräftige Umarmung mit dazugehörigem Rückenklopfen.

„Pass auf dich auf!", brummte der Hüne und Uryo antwortete mit einem schiefen Grinsen, bevor er sich endlich auf den Weg machen konnte.

Jenna hatte die ganze Szene mit hochgezogenen Brauen und großen Augen verfolgt und stieß nun einen ungläubigen Laut aus. „Ihr seid Freunde?"

„Cousins", verbesserte Kaamo sie schmunzelnd.

Jennas Mund klappte auf und sie starrte ihren Freund ein paar Herzschläge lang vollkommen sprachlos an. Das war eine Enthüllung, mit der sie nicht gerechnet hatte.

„Cousins?", wiederholte sie schließlich perplex.

„Er ist der Sohn meines Onkels – also ja, Cousin", bestätigte Kaamo geduldig.

„Heißt das, du kennst ihn auch?", wandte sich Jenna ungläubig an Marek, der ihr ein schiefes Lächeln schenkte.

„Seit Ewigkeiten."

„Ewigkeiten?" Ihre Stimme klang ein wenig schrill, doch das ließ sich nicht verhindern.

„Wir waren in unserer Jugendzeit als das unsägliche Trio verschrien", berichtete Kaamo nicht ohne Stolz. „Unzertrennlich und einander treu ergeben. Bis Uryos Mutter sich dazu entschied, neu zu heiraten und den Stamm zu verlassen, um auf einem Bauernhof alt zu werden. Die Trennung war sehr hart für uns."

„Er ist einer deiner Spione!", entfuhr es Jenna und Marek legte ihr rasch die Fingerspitzen auf den Mund.

„Sch-sch", machte er. „Das soll noch eine Weile so bleiben, denn er ist einer der besten."

Sie pflückte seine Finger von ihren Lippen. „Und was genau ist sein aktueller Auftrag?", fragte sie sehr viel leiser.

„Antrus in die Mangel nehmen, um herauszufinden, was *er* weiß", erklärte er ganz offen. „Ich würde mich ja selbst darum kümmern, aber, wie Kaamo mir eben berichtete, warten die Bakitarerfürsten auf mich, um eine genauere Erklärung für die letzten Geschehnisse von mir zu hören. Wir treffen uns in zwei Stunden in dem Lager, das sie nicht weit von hier entfernt aufgebaut haben."

Ein weiteres Mal an diesem Tag verkrampften sich Jennas Innereien und sie sah ihn besorgt an.

„Mir wird nichts geschehen", versprach er und legte sanft eine Hand auf ihre Schulter. „Ich bin ja jetzt bestens geschützt und selbst die Bakitarer fürchten mich mehr denn je."

Sie schloss kurz die Augen und nickte dann gefasst.

„Sie haben eine Erklärung verdient", gab sie zu. „Ich befürchte nur, dass sie dich schon wieder ausstoßen und einen neuen Heeresführer wählen."

„Das werden sie, aber das ist nicht weiter schlimm", sagte er und Jenna wusste nicht, was sie mehr schockierte – seine Aussage oder die Gelassenheit, mit der er eine derartige Entwicklung hinnahm.

„Ich war lange genug für sie alle verantwortlich", erklärte er. „Irgendwann ist es für jeden vorbei. Ein Führungswechsel wird ihnen ganz guttun – insbesondere, da ich in etwa einschätzen kann, wer der neue Großfürst werden wird."

Sein Blick wanderte kurz zu Kaamo, der verlegen zur Seite sah, und das reichte, um Jennas Nerven einigermaßen zu beruhigen.

„Und es gibt noch einige andere Dinge, um die ich mich kümmern muss", fügte er hinzu.

„Aber ... aber wenn sie jemand anderen wählen", gab sie zu bedenken, „jemanden, der der neuen Allianz feindlich gesonnen ist ..."

„Das wird nicht passieren", ließ er sie gar nicht erst ausreden. „Wer immer auch der neue Anführer der Bakitarer wird, wird sich nicht gegen die Allianz stellen, denn sie gibt den Bakitarern offiziell ihr Land und damit auch ihre Heimat zurück und wird sie in Zukunft in alle politischen Entscheidungen bezüglich dieser Welt einbinden. Sie werden nicht so dumm sein, dieses Glück aufs Spiel zu setzen. Schon gar nicht, wenn ich ihnen nachher noch einmal deutlich klarmache, dass auch ich hinter allem stehe, was gestern besprochen wurde. Es mag sein, dass sie mich abwählen werden, aber damit werden ihr Respekt und ihre Angst vor dem wahren Nadir nicht verschwinden. Sie werden bei großen Entscheidungen gewiss auch weiterhin seinen Rat in Anspruch nehmen."

Jenna hob überrascht die Brauen. „Du nimmst diesen Namen jetzt offiziell an?"

„Ja", bestätigte er und es war eindeutig, dass er sich mit dieser Entscheidung alles andere als wohl fühlte. „So ist es am besten für alle. Offiziell wird es heißen, dass Jarej und ich schon immer diese Rolle ausgefüllt haben. Alle anderen Gerüchte werden wir auslöschen. Auf diese Weise kann Kaamo Großfürst werden und ich ihm weiterhin mit Rat und Tat zur Seite stehen. Die Welt wird vor weiteren Angriffen der Bakitarer sicher sein."

Jennas Blick flog zu Kaamo und der bestätigte diese Aussage mit einem Nicken. Erst dann wagte sie es, erleichtert aufzuatmen. Der Knoten in ihren Gedärmen wollte sich weiterhin nicht auflösen, doch das hatte andere Gründe. Gründe, die jetzt ebenfalls angegangen werden mussten.

„Kaamo", wandte sie sich an den Hünen, der sie sofort aufmerksam ansah. „Würdest du Marek und mich kurz allein lassen?"

„Selbstverständlich", gab er ihrem Wunsch, ohne weiter nachzufragen, nach, wandte sich um und verließ schnellen Schrittes den Stall.

Marek zog nachdenklich die Brauen zusammen und sah sie fragend an. „Was ist los?"

Sie holte tief Luft. „Vorhin, als du gegangen bist und mich hast weiter schlafen lassen …" Verdammt! Warum musste es nur so schwer sein, das auszusprechen?

„Hat deine Tante Kontakt zu dir aufgenommen?", versuchte der Krieger ihr zu helfen.

„Ja", erwiderte sie mit dünner Stimme und sofort schossen ihr Tränen in die Augen. Das wurde ja immer besser! Wo war nur ihre Selbstbeherrschung hin?

Mareks Gesichtsausdruck wurde sehr viel weicher und zugänglicher und im nächsten Augenblick hatte er sie auch schon in den Armen. Instinktiv klammerte sie sich an ihn, drückte ihr Gesicht gegen seine Brust und versuchte angestrengt, nicht zu weinen, nicht so verflucht schwach zu sein. Sie fühlte sein Kinn an ihrer Stirn, seine Lippen in ihrem Haar.

„Es ist also soweit", wisperte er und sein warmer Atem erzeugte ein angenehmes Kribbeln auf ihre Kopfhaut.

Sie schloss die Augen und fühlte, wie sich nun doch ein paar Tränen aus ihren Wimpern lösten. Das Nicken, das sie zustande brachte, war wohl kaum zu erkennen, doch Marek verstand sie.

„Wann?"

„Uns … uns bleiben achtundvierzig Stunden", flüsterte Jenna an seiner Brust und schloss ihre Arme noch fester um ihn, so als könnte sie diese Tatsache damit nichtig machen.

„Dann sollten wir aufbrechen, sobald ich vom Treffen mit den Bakitarern zurück bin", schlug er gefasst vor.

Sie atmete stockend ein, biss die Zähne zusammen und wehrte sich mit aller Macht gegen die Trauer und Verzweiflung, die sich über sie hermachen wollten. Noch war sie hier und er bei ihr. Noch war keine endgültige Entscheidung gefallen. Und es war nie falsch, zu hoffen. Das war es doch nicht, oder?

„Marek?", brachte sie kaum hörbar hervor.

„Ja?"

„Kannst du mich noch ein bisschen so halten?"

Er antwortete nicht verbal, drückte sie einfach noch fester an sich und küsste ihre Schläfe. An ihrem Ohr konnte sie das gleichmäßige und beruhigende Schlagen seines Herzens hören. Und für den Augenblick genügte das, um nicht zu verzweifeln.

Zeichen

Abschiede, so herzlich sie auch waren, taten immer weh. Es spielte keine Rolle, ob man die Personen, die man hinter sich ließ, vielleicht oder auch garantiert wiedersehen würde – es tat weh zu gehen oder auch verlassen zu werden. Und je mehr man an den Menschen hing, von denen man getrennt wurde, desto schmerzhafter wurde der Abschied, desto größer war das Loch, dass sie im Herzen zurückließen.

Es geschah auf einer Weggabelung in den Wäldern Piladomas, dass Leon gleich sechs liebgewonnenen Menschen Lebewohl sagen musste: Cilai und ihrer Familie und Gideon und Tala. Gut, für ihn war es nur ein ‚Auf Wiedersehen', aber es fühlte sich trotzdem nicht gut an, weil er vor allem Cilai nur sehr ungern aus seinen Armen ließ. Die junge Frau hatte auch vor ihren Brüdern keine Hemmung, ihn innig zu küssen und ihre Liebe für ihn kundzutun, und machte es ihm damit nicht gerade leichter, sie loszulassen. Viel zu lange hatte er auf derlei Körperkontakt verzichten müssen, und vermisste sie bereits, als sie wieder auf ihr Pferd stieg.

Gideon klopfte ihm verständnisvoll den Rücken und drückte ihn kurz an sich, ihm ein kleines Schmunzeln schenkend, während Talas Abschied von Jenna sehr viel tränenreicher war. Verständlicherweise, denn die beiden würden sich wahrscheinlich nicht so schnell wiedersehen. Wenn überhaupt.

Leon verdrängte den Gedanken rasch wieder, weil er sein Herz schmerzhaft zusammenziehen ließ, und sah stattdessen hinüber zu Marek, der vor Rian kniete und ihr etwas in die kleinen Hände gab, das sie sofort fest an sich drückte. Was er ihr dazu sagte, konnte Leon aus der Entfernung, nicht verstehen, aber er konnte das Kind, trotz der Tränen, die es weinte, lachen hören.

„Möglicherweise ist es ja nicht für immer", versuchte nun Gideon seine Frau und Jenna zu trösten, die sich beide die Tränen aus den Gesichtern wischten, bevor sie sich ein letztes Mal umarmten. „Manche Geschichten haben kein Ende. Sie gehen immer weiter, werden nur länger und schöner."

Jenna gab ein ersticktes Lachen von sich, schloss den alten Mann nun ebenfalls fest in die Arme und brachte ein leises, aber von Herzen kommendes „Danke!" hervor.

Gideon schob sie auf Armeslänge von sich weg, betrachtete sie noch einmal liebevoll von Kopf bis Fuß und drückte sie dann ein letztes Mal.

„Ich muss dich doch erkennen, wenn du wieder auftauchst", begründete er sein Handeln und brachte sie erneut zum Lachen.

Rian war zu ihnen hinübergelaufen und schlang ihre kleinen Arme um Jennas Beine, um sie von dort unten anzustrahlen. Die junge Frau strich ihr liebevoll durch das zerzauste Haar, dann stiegen die drei auf ihre Kutsche und ließen das Pferd im gemächlichen Schritt loslaufen. Ihnen folgten auch Bashin und die beiden Tiere, die Jenna und Leon bis zu diesem Halt gebracht hatten, denn den weiteren Weg nach Locvantos mussten sie zu Fuß fortsetzen.

„Meine Krieger passen gut auf sie alle auf", versprach Kychona, die wie Kaamo der ganzen Abschiedsszene stumm, aber voller Anteilnahme beigewohnt hatte. „Hier in den Wäldern gibt es keinen besseren Schutz als sie."

Leon stimmte ihr mit einem Nicken zu, konnte sie dabei jedoch nicht ansehen. Seine Augen blieben bei Cilai, bis sie, mit einem letzten Winken, um die nächste Biegung des Weges verschwunden war.

„Ich freue mich für euch", hörte er Jenna hinter sich sagen, und wandte sich zu ihr um. „Ich hab dir das noch nicht gesagt – aber ich tue es. Ihr wart schon immer füreinander bestimmt."

Leon lachte glücklich, legte einen Arm um ihre Schultern und zog sie kurz an sich, um ihr einen Kuss auf die Schläfe zu drücken. Mareks verärgertes Stirnrunzeln entging ihm nicht und nur deswegen, hielt er sie auf seinem Weg hinüber zu den Quavis etwas länger im Arm, als nötig war.

Am Nachmittag waren sie in einer relativ großen, bunt gemischten Gruppe aufgebrochen – Tikos, Quavis, Chratna und Bakitarer – die sich aber während ihrer Reise immer weiter verkleinert hatte. Erst hatten sich die Bakitarer von ihnen getrennt, dann die Tikos und nun waren es die Chratna, zusammen mit ihren Freunden. Die Quavis würden sie noch ein weiteres Stück begleiten, aber dann würden sie ganz allein sein. Allein, um das heilige Tal zu betreten.

Ein Schub Aufregung ließ Leons Herz flattern und ein leichtes Prickeln in seinen Schläfen entstehen. Er sah die anderen der Reihe nach an und auf Mareks Kopfbewegung in Richtung der Berge hin setzte sich ihr kleiner Tross wortlos in Bewegung.

Es vergingen ein paar Minuten, bis wieder erste Worte ausgetauscht wurden und zunächst waren es nur die Quavis, die leise miteinander sprachen. Ytzan, der Marek schon ein paar Mal verstohlen angesehen hatte, fasste sich nun auch ein Herz und schloss zu dem Krieger und Jenna auf.

Leon strengte sich zwar an, aber die beiden unterhielten sich zu leise, um auch nur ein Wort zu verstehen. Gerade als er sich dazu entschloss, den Abstand zwischen ihnen und den anderen Dreien zu verringern, erschien Kychona an seiner Seite.

„Wie geht es dir?", fragte sie und er runzelte verwundert die Stirn. Es war ja nicht so, dass sie sich ewig nicht gesehen hatten und sie sich die Frage nicht selbst beantworten konnte.

„Gut?", erwiderte er mit verständnislosem Blick.

„Konntest du gut schlafen?"

Er musterte sie kurz, bevor er antwortete. „Kychona ... um was geht es hier genau?"

Sie sah sich kurz nach den anderen um und kam noch etwas näher, während sie ihren Weg weiter fortsetzten.

„Ich wollte die anderen mit meinen Fragen nach deinem Zustand nicht beunruhigen", erklärte sie mit gedämpfter Stimme, „aber ... die Kräfte, die in deinen Körper geflossen sind, müssen enorm gewesen sein."

Leon wollte sich noch nicht so richtig an das schreckliche Geschehen in Tichuan erinnern, aber er hatte offenbar keine Wahl, denn die alte Frau starrte ihn mit einer Intensität an, die nicht zu ertragen war.

„Das waren sie", gab er zu. „Ich dachte ein paar Sekunden lang, dass mein Schädel platzt und ich in Flammen aufgehe, wie ich es in

Hemetions Büchern gelesen habe. Aber das ist nicht geschehen. Ich hatte nur einige Minuten lang das Gefühl, die Besinnung zu verlieren und nie wieder in meinem Leben auch nur eine minimale Bewegung machen zu können."

„Und jetzt?"

„Fühl ich mich gut – wirklich."

Seine Aussage schien der Alten noch nicht zu genügen. „Hast du etwas Ungewöhnliches geträumt?", horchte sie ihn weiter aus.

Er dachte kurz nach und schüttelte dann den Kopf. „Nichts Ungewöhnlicheres als sonst."

„Dalon hast du nicht gesehen? Oder irgendetwas aus seiner Vergangenheit?"

„Nein." Er legte den Kopf schräg und betrachtete sie nachdenklich. „Kommt jetzt der Haken an der Geschichte, den ihr mir alle bisher verschwiegen habt?"

„Es gibt keinen Haken – außer dass du dabei hättest sterben können. Aber das wusstest du ja."

„Dann verstehe ich deine Fragen nicht."

Die Greisin wich seinem Blick aus, betrachtete ein paar Schritte lang den blauen Himmel über ihnen, doch Leon konnte ihr ansehen, dass sie angestrengt nachdachte.

„Es kann manchmal noch gewisse ‚Nachzuckungen' geben", gestand sie endlich. „Energetische Impulse, die deine Glieder zucken und dich schlecht schlafen lassen."

An leichte Zuckungen konnte er sich in den ersten Stunden nach dem Kampf erinnern, aber geschlafen hatte er tatsächlich einigermaßen gut.

„Es könnte auch sein, dass ihr mehr als nur Dalons Zauberkraft aus ihm herausgezogen habt", setzte Kychona nach einer kleinen Pause hinzu und nun war die bohrende Intensität in ihrem Blick zurück. „Zum Beispiel Erinnerungen."

Darum ging es also.

„Warum ist das wichtig?", fragte er. „Wir haben ihn besiegt. Er kann uns nicht mehr schaden."

„Er war nicht allein."

„Aber auch Alentara und Roanar haben aufgegeben."

„Alentara schon. Roanar hingegen …" Sie sprach nicht weiter. Das musste sie auch nicht. Es hatte sich schnell verbreitet, dass der Mann spurlos verschwunden war – zu ihrer aller Ärger.

„Du meinst, ich könnte über Demeons Erinnerungen eventuell herausfinden, wohin er geflohen ist", mutmaßte Leon.

Sie nickte. „Wenn Zauberer sterben und sie noch die Zeit dazu haben, einen ihrer Lehrlinge zu sich zu rufen, können sie ihre restliche Kraft und einen Teil ihrer Erinnerungen an diesen abgeben. Derjenige muss dazu seine Stirn an die des Sterbenden pressen und seinen Geist für ihn öffnen."

Leon stutzte und verspürte ein kurzes unangenehmes Ziehen in seinem Bauch.

„Das ist genau das, was Narian bei mir gemacht hat, als er mir sein Amulett anvertraute", ließ er Kychona wissen, doch sie machte keinen überraschten Eindruck, als hätte sie es bereits geahnt.

„Heißt das, ich habe seine Erinnerungen in mir, ohne das jemals bemerkt zu haben?", hakte er mit Unbehagen nach.

„Ja, vermutlich", bestätigte die Magierin seine Befürchtung. „Sie werden anscheinend nur in dir wachgerüttelt, wenn es einen Anreiz dazu gibt. Ein bekannter Ort oder eine Sache, mit der Narian zu tun hatte. Möglicherweise hast du auch schon ein paar davon gesehen, ohne es zu bemerken, weil du diese Art von Erinnerungsfetzen gar nicht von deinen eigenen unterscheiden kannst."

Leon rieb sich nervös den Nacken. „Gilt dasselbe dann auch für Demeons Erinnerungen?"

„Wenn sie mit in deinen Geist geflossen sind – ja", antwortete Kychona mit gnadenloser Ehrlichkeit. „Ich bin mir damit aber sehr unsicher, weil er eben nicht gestorben ist. Ich hatte nur die Hoffnung, dass es vielleicht so ist."

„Ich werde die Augen offen halten", versprach Leon. „Oder besser gesagt den Geist."

„Das wäre großartig", lächelte die Alte. „Lass es mich wissen, wenn dir etwas auffällt."

Sie ließ sich wieder zurückfallen, um, wie schon viele Male zuvor, ein Gespräch mit Kaamo anzufangen und Leon musste grinsen. Die beiden waren mit ihrem enormen Größenunterschied ein recht seltsames Paar, aber sie schienen wunderbar miteinander auszukommen.

Oft konnte man ihr gemeinsames Lachen durch den Wald hallen hören und Kychona hatte zum ersten Mal, seit Leon sie kannte, auf dem Pferd, das sie sich mit Kaamo geteilt hatte, einen entspannten Eindruck gemacht. Sie vertraute ihm und Leon konnte es ihr nicht verübeln. Der Hüne hatte etwas an sich, dem man sich kaum entziehen konnte.

Leon riss sich von dem Anblick los und schloss nun endlich zu Jenna auf. Sie schien dem Gespräch zwischen Marek und Ytzan gespannt zu lauschen, hatte aber dennoch ein warmes Lächeln für ihn übrig, als er an ihrer Seite auftauchte.

Er runzelte erstaunt die Stirn, als er feststellte, dass die Sprache, die Marek und der Stammesfürst der Quavis benutzten, nicht Zyrasisch war, und bedachte seine Freundin mit einem fragenden Stirnrunzeln. Seit wann beherrschte sie die Sprache der Quavis?

„Verstehst du, was sie sagen?", raunte er ihr zu und ihr Nicken überraschte ihn.

„Das hat etwas mit meiner Verbindung zu Marek zu tun", wisperte sie zurück. „Ich kann auf seine Fähigkeiten zurückgreifen, wenn er es zulässt."

Und dass er das eindeutig tat, verriet der kurze Seitenblick des Kriegers auf sie beide und das damit einhergehende leichte Zucken seines Mundwinkels.

Leon sagte nichts mehr dazu, sondern lief für eine Weile nur entspannt neben den anderen her, lauschte dabei den Stimmen der beiden Männer an seiner Seite und öffnete ganz automatisch seinen Geist. Hm. Vielleicht konnte man ja auch als Nicht-Magier einen Nutzen aus den gesammelten Energien herausschlagen.

Die Sprache der Quavis war schärfer und härter als die der übrigen Völker Falaysias, aber auch in ihr waren einige zyrasische Worte zu finden. ‚Monta' hieß zum Beispiel ‚Berg' und ‚Waron' Krieger. Sie unterhielten sich allem Anschein nach über die Aufgabe der Quavis, die Bewachung von Anos heiligem Tal. So schwer war die Sprache dann doch nicht, denn immer mehr Worte fügten sich zu Sinnabschnitten und schließlich zu voll verständlichen Sätzen zusammen.

Leon stutzte. Hatten die beiden jetzt doch noch ins Zyrasische gewechselt?

„Es gab immer einen Wächter – einen Zauberer, der das Tal beschützte", sagte Ytzan gerade. „Mein Volk diente ihm und fühlt sich auch heute noch dazu verpflichtet."

„Ihr seid jahrelang ohne einen Wächter ausgekommen", erwiderte Marek etwas angespannt. „Niemand ist an euch vorbeigekommen. Das Tal war sicher."

„*Du* bist an uns vorbeigekommen", widersprach Ytzan ihm. „Sogar zweimal."

„Ja, weil mir die Rolle als Wächter von Nefian zugedacht wurde, er mich darauf vorbereitet hat", informierte Marek den Quavi. „Ich kenne alle Zugänge und das Tunnelsystem des heiligen Berges. Andere Zauberer würden bei dem Versuch, in das Tal einzudringen, kläglich scheitern und sterben."

„Das weißt du nicht", mahnte Ytzan ihn. „Und wie du schon sagtest: Du bist dafür ausgebildet worden. Es *sollte* deine Aufgabe sein – so wie es die unsere ist."

Marek stieß ein frustriertes Seufzen aus und schüttelte den Kopf.

„Du wirst mich nicht dazu bringen, den Rest meines Lebens in diesem Berg zu fristen, Ytzan", brachte er jetzt schon etwas knurriger hervor. „Dieser Weg ist vor Jahren zugewachsen. Ich werde ihn nicht mehr gehen. Aber ich kann dir versprechen, dass ich mich um den Zirkel der Magier kümmern werde. Ich lasse nicht zu, dass sie wieder größere Macht gewinnen. Sie werden euch, Kesharu oder irgendeinem anderen Volk Falaysias je wieder Schaden zufügen."

Dem Häuptling der Quavis schien diese Aussage nicht sonderlich zuzusagen. Er betrachtete Marek noch ein paar Herzschläge lang mit grimmigem Gesichtsausdruck, nickte dann knapp und ließ sich schließlich zurückfallen, um den restlichen Weg mit seinen Männern fortzusetzen. Jenna suchte Mareks Blick, doch der schüttelte sofort den Kopf und so liefen sie erst einmal schweigend weiter.

An einer kleinen Lichtung machten sie erneut Halt, um sich von den Quavis zu verabschieden - was weitaus weniger herzlich und tränenreich vonstatten ging - und mit etwas Brot und Wasser zu stärken. In der Nähe gab es auch einen kleinen Bach, an dem sie die Wasserschläuche auffüllen und sich ein wenig erfrischen konnten. Leon begab sich sofort nach dem Essen dorthin und genoss dabei die frische

Luft des Waldes und den Sonnenschein, der durch das dichte Blätterdach brach, so sehr, dass er die ganze Zeit vor sich hin lächelte.

Marek erschien nur ein paar Minuten später neben ihm und musterte ihn mit einem seltsamen Ausdruck in den Augen, bevor er sich ebenfalls hinhockte und den Schlauch ins sprudelnde Wasser hielt.

„Danke", kam es Leon über die Lippen, nachdem er beschlossen hatte, dass sie lange genug geschwiegen hatten.

Marek zog irritiert die Stirn kraus. „Wofür?"

„Dass du mich ebenfalls an dem Gespräch mit Ytzan hast teilnehmen lassen", wies Leon auf das Offensichtliche hin.

Zwischen den Brauen des Kriegers bildete sich eine tiefe Falte. „Habe ich nicht."

„Na, klar", grinste Leon, doch der ernste Blick seines Gegenübers ließ seine amüsierte Miene gleich wieder verschwinden. „Hast du nicht?"

„Nein", verwirrte der Mann ihn weiter. „Wahrscheinlich war es Jenna und sie hat nicht bemerkt, dass ihr noch geistig verbunden seid."

„Ach so, ja." Irgendetwas störte Leon an dieser Behauptung. Etwas war da nicht ganz richtig.

Marek schien es ähnlich zu gehen, denn sein Blick wanderte immer wieder zu ihm, selbst noch, als er seinen Wasserschlauch gut gefüllt hatte und zuschraubte. Er hielt inne und seine Augen verengten sich. „Wie hast du die Quelle hier gefunden?"

Leon kratzte sich nachdenklich am Hinterkopf. „Hast du nicht gesagt, wo sie ist?"

„Nein. Nur, dass wir eine Möglichkeit haben, unser Wasser wieder aufzufüllen. Du bist aber hierher gelaufen, als wärst du schon einmal da gewesen."

Das war in der Tat seltsam.

„Warst du's?", verlangte Marek zu wissen.

„Ich wüsste nicht wann, aber jetzt, wo du es sagst …" Leon sah sich genauer um und sein Blick blieb an dem breiten Stamm eines Baumes hängen, in den jemand ein Zeichen eingeritzt hatte. Er erhob sich und ging darauf zu, konnte nicht verhindern, dass sein Herz sofort etwas schneller schlug.

„Das kenne ich auch", kam es ihm nur sehr leise über seine Lippen, während er den tiefen, verharzten Linien mit den Fingern folgte. „Wie kann das sein?"

„Das sind die Erinnerungen, von denen ich sprach", ertönte Kychonas raue Stimme ein Stück weit hinter ihm und Leon drehte sich erstaunt zu ihr und Marek um.

„Erinnerungen?", wiederholte der Krieger alarmiert.

„Ja", bestätigte die Alte. „Ob Demeons oder Narians wissen wir noch nicht."

„Wir haben Demeon seine Kräfte geraubt, nicht seinen kompletten Geist", weigerte sich Marek, ihre Idee vollständig anzunehmen. „Außerdem war er nie hier – nicht nachdem Nefian das Zeichen in den Baum geritzt hat, um mich zu ihm zu leiten."

„Oh! Nefian war das?" Kychona schien ehrlich überrascht. Sie trat nun neben Leon und strich wie er zuvor über die tiefen Rillen im Stamm des Baumes. „Ja, jetzt fühle ich es auch."

„Wenn es nicht Demeons Erinnerungen sind ...", begann Leon.

„... müssen es Narians sein", ergänzte Kychona. „Er hat zu der Zeit noch gelebt. Die Frage ist nur, was er hier wollte."

Marek schien das Thema überhaupt nicht zu behagen, denn sein Gesichtsausdruck hatte sich deutlich verfinstert und er gab ein missbilligendes Schnaufen von sich.

„Wie dem auch sei", schritt er rasch ein, „hier ist nicht der richtige Ort, um sich über derlei Dinge zu unterhalten. Wir sollten das auf einen späteren Zeitpunkt verschieben, wenn wir bereits im Tal sind."

Leon hatte nichts dagegen einzuwenden. Die neuen Erkenntnisse waren auch ihm zu gruselig und er folgte Marek nur allzu gern zurück zu den anderen. Kychona fügte sich ihrer Entscheidung und nur wenig später setzten sie ihren Weg zum Berg Kesharu fort.

Leider konnte Leon den Verdacht, die Gegend besser zu kennen als er sollte, nicht gänzlich abschütteln. Eigentlich war sogar eher das Gegenteil der Fall: Je näher sie dem Berg kamen, desto stärker wurde das Gefühl, sich in dieser Region schon einmal aufgehalten zu haben, hier ganz dringend etwas gesucht zu haben. Und als sie schließlich vor einer riesigen Felswand stehen blieben, war ihm mit einem Mal klar, was es war: Ein Eingang, groß genug, um einen Elefanten zu verschlucken.

Leon konnte die Umrisse des Durchganges ganz genau erkennen und das lag nicht nur daran, dass er ihn schon einmal gesehen hatte, sondern dass dieser erst vor Kurzem benutzt worden war. Es stellte sich schnell heraus von wem.

„Du willst wieder hier durchgehen?", erkundigte sich Jenna überrascht bei Marek.

„Wir sind zu fünft", erklärte er ihr. „Euch alle sicher durch die Tunnel oben zu bringen, ist mir nicht möglich. Es gibt dort sehr sensible Fallen. *Einen* Menschen kann ich ohne Probleme durchlotsen, aber mehrere ..." Er schüttelte den Kopf.

„Das war ja auch der Sinn des Tunnelsystems", wusste Kychona. „Es sollte für Fremde unüberwindbar sein - insbesondere für Gruppen von Zauberern."

Leon starrte indes nur das Zeichen in der Mitte des Durchganges an, sah wie sich eine zitternde Hand, über deren Daumen sich ein Runenzeichen befand, danach ausstreckte. Dann war das Bild auch schon wieder verschwunden. Er war entsetzt, musste sich anstrengen, es vor den anderen zu verbergen.

„Die Wand hat sich wirklich wieder aufgebaut", stellte Jenna, die dichter an den Felsen herangetreten war und ihn nun mit beiden Händen berührte, begeistert fest.

„Alles andere hätte keinen Sinn gemacht", merkte Marek an, legte eine Hand über die ihre und schloss die Augen. Es dauerte nicht lange, bis silbern leuchtende Linien von dem Zeichen aus über die Felswand glitten, sie für einen Moment komplett umspannten. Schließlich war ein lautes Rumpeln zu vernehmen und der harte Fels fiel in sich zusammen, bis nur noch feiner Sand am Boden liegen blieb.

Jenna gab ein ungläubiges Lachen von sich, während Leon tief Luft in seine Lunge sog, weil er zu lange mit dem Atmen aufgehört hatte. Auch wenn er diesen 'Trick' schon in der Schlucht gesehen hatte – er beeindruckte ihn aufs Neue.

„Rein geht es anscheinend leichter", kommentierte seine Freundin die Zauberei amüsiert.

Marek schüttelte zwar den Kopf, aber das schien sie nicht weiter zu interessieren. Sie lief kurzerhand in den dunklen Gang und die anderen folgten ihr brav. Leons Herz zog schon wieder das Tempo an, doch auch er überwand schließlich sein wachsendes Unbehagen und ergab sich dem Willen der Gruppe.

Am Ende war er über diese Entscheidung sehr froh, denn was seinen Augen offenbart wurde, als er aus dem Tunnel trat, würde er mit Sicherheit sein Leben lang nie wieder vergessen und für immer von dieser wundervollen Erfahrung zehren. Er hatte schon viele wunderschöne Orte in Falaysia zu Gesicht bekommen, doch Jala-Manera mit seinem grünen Dschungel, der bunten Flora und Fauna und wundervoll warmen Temperatur war ein Paradies, das nur von Götterhand erschaffen worden sein konnte. Nichts in dieser Welt konnte sich damit messen. Das war die Gewissheit, die sich in seinen Verstand brannte, als er sich mit großen Augen und offenem Mund umsah, und nie wieder ausgemerzt werden konnte.

Am Abend, als sie alle die Eindrücke des Tages verarbeitet und sich an den leckeren Früchten des Tales satt gegessen hatten, saßen sie noch eine Weile zusammen am Feuer und versuchten sich auf das zu konzentrieren, was noch vor ihnen lag. Leicht war es nicht, hier inmitten der üppigen Pflanzenwelt, der Wärme und Geborgenheit, die dieses Tal ausstrahlte, doch es war notwendig, hatten sie alle doch zuvor kaum ein Wort über ihr großes Vorhaben verloren.

Sie waren am gestrigen Nachmittag zusammengekommen, ohne sich abzusprechen. Kaamo, weil er offenbar von Marek in alles eingeweiht worden war, und Kychona, weil Leon ihr von Jennas Kontakt mit Melina erzählt hatte. Niemand hatte Einwände gegen die Teilnahme der anderen an dieser letzten 'Kooperation' gehabt. Die Entscheidung lag bei jedem einzelnen von ihnen.

„Vier Elemente, vier Steine, vier Zauberer", murmelte Kaamo, seinen Blick in das prasselnde Feuer in ihrer Mitte gerichtet. „So hieß es doch immer."

„So steht es auch in den Büchern", ergänzte Leon. „Vier Zauberer und ein Ladror, der sich opfert, um das Tor zu öffnen."

„Niemand wird morgen geopfert", sagte Jenna streng. „Wir schaffen das auch, ohne dass jemand seine Lebensenergie in den Zauber steckt."

„Und wie?", wollte Kaamo wissen.

„Indem wir alle einen kleinen Teil davon abgeben", schlug Jenna vor.

„Ein kleiner Teil reicht aber nicht", mahnte Marek sie. „Aus den Büchern war herauszulesen, dass die Aktivierung des Tores sehr viel Energie kostet. Wenn es erst einmal offen ist, bleibt sie im Fluss – aber wenn es sich wieder schließt, nimmt es noch einmal eine Menge Energie mit sich. Wir können das Öffnen des Tores zusammen tragen, aber nicht auch noch das Schließen."

„Ist K'uaray nicht wieder zurück in dieses Tal gekehrt?", erkundigte sich Kychona.

Marek sah sie scharf an. „Tiere sind keine besonders guten Ladroren, weil sie nicht den Willen verspüren, sich zu opfern, und man sie die ganze Zeit unter Kontrolle halten muss. Das ist ebenfalls alles in den Büchern nachzulesen."

„Aber es wäre doch möglich, den Drachen zu nutzen", versuchte die Greisin es weiter, „zumindest, um den Energiesog beim Schließen des Tores auszuhalten."

Mareks Miene wurde finster. „Wir rühren K'uaray nicht an!", knurrte er unnachgiebig. „Ich bin stark genug, um das selbst zu tragen."

„Bist du nicht!", entfuhr es Jenna aufgewühlt. „Das ist viel zu gefährlich! Dann bleibe ich lieber hier!"

„Und wenn wir Demeons Kräfte dafür benutzen?", sprach Leon aus, was ihm gerade in den Kopf schoss.

Es wurde still um ihn herum. Alle sahen ihn an, vollkommen verblüfft, und hatten vermutlich exakt denselben Gedanken wie er: Wieso war ihnen diese Idee nicht schon vorher gekommen?

„Ich meine, seine magische Kraft steckt jetzt ungenutzt in mir", wurde er ausführlicher, auch wenn das gar nicht mehr nötig war, um die anderen zu überzeugen. „Und wir alle wissen, wie groß seine Kräfte waren."

„Das ist es!", bestätigte Kychona mit einem erfreuten Lachen. „Niemand wird dabei Schaden nehmen und es sollte auf jeden Fall reichen, wenn wir alle bereit sind auch noch selbst einen Teil unserer Energien zu opfern."

„Das sind wir", sagte Kaamo mit Nachdruck und seine Augen leuchteten begeistert.

Jennas Freude war hingegen etwas gehemmter und Leon wusste ganz genau wieso. Es gab jetzt nichts mehr, was sie dazu zwang, zu gehen oder zu bleiben. Sie war vollkommen frei, sich für das eine oder andere zu entscheiden, und manchmal war es genau das, was nur schwer zu ertragen war. Manchmal war es einem lieber, wenn einem bestimmte Entscheidungen abgenommen oder zumindest erleichtert wurden.

Nichtsdestotrotz gab sie sich große Mühe, sachlich zu bleiben und gefasst über die notwendigen Vorbereitungen zu sprechen. Kychona und Marek wollten noch einmal die betreffenden Paragraphen in den Büchern lesen, die sie von Alentara zurückbekommen hatten und Jenna sprach mit Leon ab, am nächsten Morgen die Verbindung mit ihm zu verfestigen, damit sie ihn mit Cardasol schützen und dennoch Demeons Kräfte an das Tor ableiten konnte. Kaamo versprach ebenfalls zuvor einige Zauber zu trainieren und nachdem sie noch ein paar belanglose Dinge besprochen hatten, löste sich ihre kleine Versammlung langsam auf. Marek und Jenna verzogen sich in ihre Höhle und Kaamo begann, sein Nachtlager unweit des langsam ersterbenden Lagerfeuers aufzubauen.

Als Leon ebenfalls aufstehen wollte, um schlafen zu gehen, hielt Kychona ihn jedoch am Arm fest.

„Warte", bat sie ihn und er ließ sich stirnrunzelnd wieder neben ihr nieder.

„Es ist richtig, Demeons Kräfte zu opfern", begann sie, „aber es wäre gänzlich falsch, das ebenfalls mit Narians zu tun. Wir würden damit auch seine Erinnerungen verlieren und die brauchen wir noch."

„Um den Zirkel ein für alle Mal auszuschalten", wusste Leon und die Alte nickte sofort. „Ich weiß nur nicht, wie ich die beiden Energien unterscheiden und nur eine von ihnen schützen kann."

„Das brauchst du auch nicht", erwiderte die Magierin. „Wenn du es zulässt, dass ich auf deinen Geist zugreife, könnte ich einen Schutzwall um Narians Erbe errichten, denn ich *kann* die beiden Kräfte unterscheiden. Ich werde Narians Energie in dir verschließen. Dann können sie und all die Erinnerungen, die daran hängen, nicht beim Öffnen des Tores vernichtet werden."

„Oder du nimmst dir einfach alles", schlug Leon vor, doch dieses Mal schüttelte die Alte ihren Kopf.

„Das ist nicht so leicht und würde sowohl mich als auch dich sehr viel Kraft kosten", erklärte sie, „Kraft, die wir morgen dringend brauchen."

Leon dachte kurz über ihre Worte nach und nickte schließlich. „Gut – dann machen wir das mit dem Schutz. Was muss ich tun?"

„Nichts. Nur stillhalten und dich entspannen."

Kychona beugte sich vor und legte ihre Hände an seine Schläfen. Dann schloss sie die Augen und er tat es ihr nach, versuchte jegliche Anspannung aus seinem Körper weichen zu lassen, gleichmäßig und tief zu atmen. Das Prickeln, das in seiner Stirn entstand, war ihm schon beinahe vertraut. Es wanderte über seinen Nacken, den Rücken hinunter, durch jede einzelne noch so kleine Nervenbahn und bald schon vibrierte sein ganzer Körper auf angenehmste Weise. Sein Kopf wurde ganz warm. Er sah kurz ein paar Bilder in seinem Inneren aufblitzen, zu schnell, als dass er erkennen konnte, was es war, und dann ließ Kychona ihn wieder los und das Vibrieren erlosch.

Er öffnete seine Augen und sah die alte Frau vor sich fragend an. Sie atmete etwas schneller und schwitzte, lächelte jedoch.

„Und?", fragte er sie und konnte es sich nicht verkneifen, seine Schläfen mit den Fingerspitzen zu reiben, weil diese immer noch kribbelten. „Hat es funktioniert?"

„Ich denke schon", erwiderte sie zufrieden und tätschelte kurz sein Knie. „Geh jetzt schlafen – wir haben morgen viel vor."

Leon sah sie noch einen Moment nachdenklich an, dann nickte er und stand auf. Sie hatten in der Tat viel vor, aber das, was ihn am Ende wohl am meisten abverlangen würde, war der endgültige Abschied von Jenna. Etwas, das er ein weiteres Mal weit von sich weg schob, weil er den Gedanken daran immer noch nicht ertragen konnte. Morgen. Morgen würde er sich damit auseinandersetzen. Nur nicht heute. Er musste schlafen, um stark zu sein, wenn es darauf ankam.

as zurück bleibt

„Es ist schon fast wieder ganz verheilt." Jennas Augen folgten den verschorften Linien auf Mareks Haut, ihre Finger ertasteten vorsichtig deren Ränder. In der Höhle, in die sie sich zurückgezogen hatten, brannte nur eine Fackel, was es schwer machte, den Zustand der Verletzung genau zu erkennen, doch sie ließ es sich nicht nehmen, Optimismus zu verbreiten. Es war genau das, was sie jetzt brauchten.
Sie sah den Krieger aufmunternd an. „In ein paar Tagen fühlst du es auch nicht mehr", behauptete sie fröhlich.

Marek sagte nichts dazu. Er fing stattdessen ihre Hand ein und führte sie an seine Lippen, küsste ganz zart ihre Fingerspitzen, den Handrücken, ihr Handgelenk. Jenna atmete stockend ein. Überall dort, wo er sie liebkoste, begann ihre Haut zu kribbeln und sie erschauerte, auch wenn sich gleichzeitig ihre Brust schmerzhaft zusammenzog, weil sie den Gedanken, dass dies eventuell das letzte Mal war, dass er sie auf diese Weise berührte, nicht verkraften konnte. Verflucht! Warum konnte man derartige Emotionen nicht ausschalten? Warum konnte sie nicht die Gegenwart genießen, ohne dabei ständig an die Zukunft zu denken?

Sie öffnete die Lippen, wollte etwas sagen, wusste jedoch nicht was. Stattdessen sah sie nur in seine Augen, die ungewöhnlich dunkel waren, fast braun erschienen, sah darin alles, was sie selbst empfand, und verstand. Worte waren manchmal nicht notwendig, nicht ausreichend. Sie bewegte sich stumm auf ihn zu, ließ sich von ihm auf seinen Schoß ziehen, hinein in die wohltuende Wärme seines Körpers. All ihre Sinne öffneten sich ganz weit, schärften ihre Wahrnehmung, ließen sie nur noch fühlen, nicht mehr denken, denn genau das war es, was sie jetzt brauchte.

Ihre Finger glitten an seinem Hals entlang, in sein weiches Haar im Nacken, während sie ihre Lippen auf seinen Mund senkte. Sie küsste ihn nicht nur, sie ertastete ihn, prägte sich die Beschaffenheit seiner Lippen bis ins letzte Detail ein, brannte sie in ihr Gedächtnis, so wie alles andere, das sie dabei wahrnahm. Seinen Geruch, seinen Geschmack, das Geräusch seines Atmens.

Er tat dasselbe. Sie spürte es in seinen langsamen Bewegungen, dem Verweilen seiner Finger auf ihrer Haut, den intensiven Liebkosungen, fühlte, wie er sie sich, alles, was sie ausmachte, verinnerlichte; jedes Stück Haut, das er freilegte, jede Reaktion, die er hervorrief, jedes Gefühl, das in ihren Augen aufleuchtete. Es gab keine Ungeduld mehr, keine extreme Aufregung, die es schwer machte, sich zu beherrschen. Nur das innige gegenseitige Erleben ihrer Körper und Empfindungen füreinander.

Kleider fielen, Hände und Lippen streichelten, ertasteten, rieben über Haut, Muskeln, Fleisch. Und immer wieder hielten sie inne, sahen sich tief in die Augen, griffen nach dem Geist des anderen, um das Gefühl der vollkommenen Einheit nie mehr zu vergessen. Jenna hatte verdrängen wollen, dass dies die letzte Nacht war, die sie miteinander verbrachten, doch jetzt war sie für jede Sekunde dieses wortlosen Abschiedes dankbar.

Sie liebten sich, genauso langsam und intensiv, wie sie sich zuvor berührt hatten, erschufen Erinnerungen, die ihnen auf ewig erhalten bleiben würden, und vergaßen wenigstens für diese Zeit den Schmerz und die Trauer, die sie schon seit Tagen verfolgten.

Auch danach konnten sie sich nicht loslassen, hielten einander in den Armen und streichelten sich, wortlos und vollkommen entspannt, bis sie irgendwann doch noch einschliefen.

Es war die Abwesenheit von Mareks Körperwärme, die Jenna einige Zeit später aus dem Schlaf holte. Sie drehte sich auf den Rücken und tastete nach ihm, ohne die Augen zu öffnen.

„Bist du wach?", drang seine Stimme an ihr Ohr und sie hob den Kopf. Durch den Höhleneingang fiel nur wenig Licht, doch es genügte, um seine Gestalt vor sich ausmachen zu können.

„Ja", bestätigte sie und setzte sich auf. Sie war nicht länger nackt und konnte sich dunkel daran erinnern, irgendwann Hemd und Hosen übergestreift zu haben, weil ihr in der Nacht doch etwas kalt geworden war.

„Komm!", forderte Marek sie sanft auf, ergriff ihre Hand und eine der Decken und zog sie auf die Füße.

Sie lief etwas verwirrt mit ihm mit, hinaus aus der Höhle. Es war nicht mehr ganz so dunkel, weil die Dämmerung bereits einzusetzen schien, und so konnte sie den schmalen Weg, auf dem sie sich an der Felswand entlang bergauf bewegten, ganz gut erkennen. Jenna stellte keine Fragen. Was immer Marek ihr auch zeigen wollte, sie war sich sicher, dass es die kleine Kletterei am Morgen wert war. Er würde die kostbare Zeit, die sie noch miteinander hatten, nicht unnütz verschwenden.

Nach einem etwas steileren Stück Weg, das sie tatsächlich erklettern mussten, traten sie durch eine Art natürlichen Torbogen im Felsen auf einen Vorsprung und Jenna blieb der Atem weg. Weit unter ihr erstreckten sich die riesigen Wälder Piladomas und sie konnte von ihrem Aussichtspunkt aus so weit sehen, dass sie das Glitzern des Ozeans in der Ferne ausmachen konnte, aus dem nun die Sonne hervorzusteigen schien. Es war erst ein sehr kleiner Teil von dem glühenden roten Ball zu sehen, der einen rot-goldenen Schein auf die ruhige Wasseroberfläche warf, aber der Anblick genügte schon, um ein warmes Ziehen in ihrer Brust zu verursachen.

Marek nahm wieder ihre Hand und führte sie an den Rand des Vorsprunges, setzte sich und zog sie dann zu sich hinunter, sodass sie einen Platz zwischen seinen Beinen fand, sich mit dem Rücken gegen seine Brust lehnen konnte. Die Decke, die er mitgebracht hatte, schlang er um seine Schultern und wickelte sie dann beide darin ein.

Jenna sog tief die frische Luft des Morgens in ihre Lunge, zog Mareks Arme fest um ihren Körper und versuchte, das Brennen ihrer Augen und das Prickeln ihrer Nase mit aller Macht zu ignorieren. Ihr Herz war so schwer und dennoch öffnete es sich ganz weit, als die Sonne weiter in den Himmel stieg und mit ihrem Farbenspiel aus unterschiedlichsten Rot- und Gelbtönen die Landschaft unter ihr in eine Märchenwelt verwandelte. Rosa Nebelschwaden zogen durch die Wälder, die Wipfel der Bäume leuchteten wie goldene Kronen und der Himmel schien zu brennen.

„Als ich noch hier bei Nefian lebte, war das mein Lieblingsplatz", sagte Marek leise und seine Brust vibrierte dabei angenehm an ihrem Rücken. „Ich bin oft morgens hergekommen, um der Welt beim Erwachen zuzusehen."

„Das ist so wunderschön", wisperte Jenna andächtig.

„*Das* ist Falaysia, wie du es in Erinnerung behalten solltest", raunte Marek etwas heiser in ihr Ohr. „Nicht den Schrecken und das Leid, das du in den letzten Tagen und Wochen erlebt hast. Diese Welt hat mehr zu bieten als das."

Sie nickte bewegt und wischte rasch die Tränen von den Wangen, die schon wieder zu laufen begonnen hatten.

„Das weiß ich doch", sagte sie leise und nahm einen etwas zittrigen Atemzug. „Ich weiß das."

Er drückte sie an sich, presste seine Lippen auf ihre Schulter und dann auf ihre Schläfe. Sie bemerkte, dass auch er mit sich kämpfte, tief Luft holen musste, um tapfer zu bleiben, und lehnte ihren Kopf an seine Wange.

Für eine Weile blieben sie still, sahen nur dem Sonnenaufgang zu und genossen die wärmende Nähe des anderen. Unter ihnen kreisten zwei Raubvögel umeinander, stiegen synchron in die Lüfte, suchten den Kontakt zueinander und flogen auseinander, nur um dann wieder zusammen zu kommen. Jennas Herz wurde noch schwerer, als es ohnehin schon war, und es begann erneut diesen dummen Kampf mit ihrem Verstand, den es nicht gewinnen konnte.

„Auf dem Weg hierher habe ich viel über Locvantos und die Steine nachgedacht", unterbrach sie schließlich doch noch die Stille zwischen ihnen. „Das Tor ist schon so lange nicht mehr geöffnet worden und es war schon früher sehr schwer, das zu tun. Ich … ich habe einige Zweifel entwickelt, ob uns das wirklich gelingen kann, weil ich auf gar keinen Fall will, dass jemandem etwas zustößt, nur weil ich nach Hause will."

„Zweifel sind ganz normal, Jenna", beruhigte Marek sie. „Die haben wir alle. Dessen ungeachtet wollen wir, dass unser Vorhaben gelingt."

„Wollen wir das?", erwiderte sie bedrückt und drehte ihm ihr Gesicht zu.

Er lehnte sich ein Stück zurück, legte den Kopf schräg und studierte ihre Züge, die Stirn in Falten gelegt, weil er noch nicht verstand, was sie ihm sagen wollte. Ihre Brust schnürte sich zusammen und sie schluckte schwer.

„Ich ... ich erwische mich immer wieder bei dem Gedanken, dass es gar nicht so schlimm wäre, wenn es nicht funktioniert, wenn wir das Tor nicht öffnen können", brachte sie mit erstickter Stimme hervor und die nächsten Tränen machten sich selbstständig, „weil die Gewissheit, dich zu verlieren, sobald der Zugang zu meiner Welt besteht, mich innerlich zerreißt. Weil ich mir plötzlich nicht mehr vorstellen kann, dass es etwas Schlimmeres für mich geben könnte, als dieses Gefühl ertragen zu müssen."

„Jenna." Marek hob eine Hand an ihre Wange, hielt mit dem Daumen ihr Kinn fest und sah ihr tief in die Augen. „Du bist ein Kind der Moderne. Du bist dort drüben aufgewachsen, hast Menschen zurückgelassen, die dich aus tiefstem Herzen lieben und die du ebenso, wenn nicht sogar mehr vermissen würdest als mich. Du hast dein Leben dort geliebt und diese Welt ... sie würde dich irgendwann verrückt machen oder abstumpfen lassen, sodass du nicht mehr der Mensch bist, der du einmal warst. Das ist ihr bereits einmal schon beinahe gelungen und ich lasse nicht zu, dass sich das wiederholt. Du *musst* nach Hause gehen!"

Jenna presste die Lippen zusammen und schloss die Augen, ließ die Tränen laufen. Sie war verzweifelt, insbesondere, weil Marek fast mit jedem seiner Worte recht hatte. Nur in einer Hinsicht irrte er sich. Sie würde ihre Familie nicht mehr vermissen als ihn.

„Ich habe schon oft darüber nachgedacht, wie es wäre, dich hierzubehalten", hörte sie ihn sehr viel leiser sagen. Seine Stimme hatte sich verändert, klang ähnlich belegt wie die ihre. „Nicht zuzulassen, dass du gehst, egoistisch zu sein."

Sie blinzelte, versuchte ihre Augen von dem Tränenschleier zu befreien und erkannte schließlich, dass Marek lächelte, traurig, aber voller Liebe zu ihr.

„Es hat sich nie richtig angefühlt", gestand er, „nie so, als wäre es möglich, ohne all das, was ich an dir liebe, irgendwann zu zerstören. Ich kann dir hier nicht bieten, was du brauchst."

Jenna drehte sich so weit zu ihm herum, wie es in ihrer Position ging, griff nach ihm, krallte ihre Finger in sein Hemd und lehnte ihre Stirn an die seine.

„Dann komm mit mir", hauchte sie verzweifelt, obwohl sie wusste, wie unvernünftig dieser Vorschlag war, wie viele Gründe es gab, die dagegen sprachen.

Er stieß ein leises, unglaublich trauriges Lachen aus. „Es gibt keinen Platz für mich in deiner Welt", wisperte er zurück, streichelte dabei zärtlich ihr Gesicht.

„Du könntest bei mir leben", schlug sie vor, auch wenn sie wusste, dass es nicht das war, was er meinte. „Meine Wohnung ist groß genug und mein Hund würde dich lieben."

Er lachte erneut, küsste sie, ließ seine Hand sanft durch ihr Haar gleiten und wurde viel zu schnell wieder ernst.

„Ich lebe hier seit rund vierundzwanzig Jahren, länger als ich in deiner Welt gelebt habe", machte er ihr behutsam klar. „Mich gibt es dort nicht mehr. Ich habe weder eine Schule besucht noch irgendeine Ausbildung gemacht, die man meines Erachtens braucht, um seinen Lebensunterhalt zu verdienen. Ich war dort immer isoliert, habe außerhalb der Gesellschaft leben müssen. Glaubst du, das wäre jetzt anders? Was soll ich in deiner Welt tun, Jenna? Wie soll ich mich dort zurechtfinden, wenn sie nicht mehr die ist, die ich vor so langer Zeit verlassen habe? Ich bin ein Krieger. Das war ich mein Leben lang – was soll deine Welt mit mir und ich mit ihr anfangen?"

Jenna atmete stockend ein. Sie wollte ihm so gern widersprechen, doch sie konnte es nicht, weil es nichts gab, was sie diesen Worten entgegensetzen konnte. Sie waren wahr. Liebe konnte viel bewirken, aber sie war nicht die Lösung aller Probleme.

„Wenn ich mich selbst davon überzeugen könnte, dass es Sinn macht, dass es möglich wäre, dort drüben bei dir zu sein, würde ich mitgehen", fügte Marek hinzu. „Ich habe auch *das* schon ein paar Mal durchdacht, aber ich sehe keine Möglichkeit. Es würde nicht funktionieren."

„Also gibt es nur den ... den Abschied für uns", hauchte Jenna mit tränenerstickter Stimme. „Das ist so unfair!"

Nun kam doch ein leises Schluchzen über ihre Lippen und er zog sie an sich, umschlang sie mit seinen Armen und hielt sie ganz fest, während sie sich für einen kleinen Moment ihrer Trauer und Verzweiflung hingab, das Gesicht gegen seine Brust gedrückt, die Finger in sein Hemd gekrallt, als wolle sie ihn nie mehr loslassen.

„Das mit uns hätte gar nicht passieren dürfen", flüsterte er mit kratziger Stimme in ihr Haar. „Wenn man bedenkt, wie sehr ich dich am Anfang gehasst habe, ist es ohnehin ein kleines Wunder."

„Du hast mich gehasst?", schniefte sie an seiner Brust.

„Du hast mir Nefians Amulett gestohlen – das Einzige, was mir von ihm geblieben war", erinnerte er sie, „und das Schlimmste daran war, dass ich mich trotzdem von dir angezogen fühlte, dass sich meine Menschlichkeit wieder in mir regte, sobald ich dir in die Augen sah. Ich wollte das nicht, weil ich immer dachte, dass mich diese Seite von mir schwach macht und ihr nachzugeben, alles gefährden würde, wofür ich über lange Jahre hart gearbeitet hatte, meinen Plan ins Wanken bringt."

Sie hob den Kopf, rückte wieder ein Stück von ihm ab. „Cardasol zu zerstören?"

Er nickte.

„Ich weiß, wir haben schon darüber geredet, aber …" Sie holte tief Luft. „Du musst es mir versprechen, Marek. Am Leben zu bleiben. Cardasol nicht zu zerstören. Wenn ihr die Steine nach dem Öffnen des Tores wieder gut versteckt, wird niemand deren Macht für sich einsetzen können und …"

„Das wird nicht nötig sein", unterbrach Marek sie sanft und sie stutzte.

„Warum nicht?"

„Es gibt nur *einen* Weg, zu verhindern, dass jemand Cardasol wieder zusammensetzen und missbrauchen kann: Ein Teil davon muss diese Welt verlassen."

Ihre Augen weiteten sich. „Du willst mir eines der Amulette mitgeben? Ist das denn möglich?"

„Malin hat es damals zumindest getan", klärte er sie auf. „Es ist nicht nur eine Legende. In Hemetions Büchern wird das bestätigt und Hemetion hat es selbst ausprobiert. Der Stein, den du mitnimmst, beschützt dich und hält den Übergang, nicht das Tor, solange offen, bis du ihn vollständig durchschritten hast."

„Aber ihr könnt das Tor dann nie wieder öffnen!", entfuhr es ihr aufgeregt. „Der Durchgang ist dann für immer für euch verschlossen!"

„Und das ist gut so", setzte er mit Nachdruck hinzu. „Niemand kann mich dann dazu zwingen, das Tor zu öffnen, und auch ich kann nicht mehr in Versuchung geführt werden, Cardasol zusammenzusetzen, weil es schlicht und einfach nicht mehr möglich ist."

Jenna hatte große Schwierigkeiten, diese Behauptung anzunehmen, hatte ihr die Tatsache, dass Marek alle Steine besaß und zur Not Locvantos wieder öffnen und zu ihr kommen konnte, doch noch einen minimalen Hoffnungsschimmer gegeben. Wenn sie eines der Amulette mitnahm, zerplatzte dieser wie eine Seifenblase. Es sei denn ... es sei denn, das Amulett machte es ihr möglich, das Tor in *ihrer* Welt leichter zu öffnen.

„Du musst es nur gut verstecken", mahnte Marek sie. „Erzähle niemandem in deiner Welt davon, dann ist es sicher."

Sie konnte nicht sofort auf seine Forderung reagieren, hatte noch zu sehr mit ihren eigenen Überlegungen und aufgepeitschten Gefühlen zu kämpfen.

„Aber die Amulette, die bei dir bleiben ...", brachte sie schließlich hervor, „... du versteckst sie, versuchst nicht, sie zu zerstören. Versprich mir wenigstens das!"

Er zögerte und sofort zog sich Jennas Magen schmerzhaft zusammen. „Marek!" Sie schlug ihm mit der flachen Hand gegen die Brust. „Ich gehe nicht, wenn du mir das nicht versprechen kannst!"

Er seufzte, fing ihre Hand ein und hielt sie über seinem Herzen fest. „Ich verspreche es", sagte er schließlich doch noch und ein tiefer Blick in seine Augen genügte ihr, um zu wissen, dass er es ernst meinte, dass sie sich auf sein Wort verlassen konnte.

Sie schloss erleichtert die Lider und er zog sie ein weiteres Mal in seine Arme. Ihre Augen richteten sich auf die Welt unter ihnen, die nun von den hellen Strahlen der Sonne wachgekitzelt wurde, und an ihrem Ohr vernahm sie das beruhigende Schlagen eines Herzens, dem sie sich für immer verbunden fühlen würde, ganz gleich wie viele Welten sie voneinander trennten..

eimkehr

Jede Reise kam irgendwann zu einem Ende. Das war ein Gesetz, an dem nicht zu rütteln war. Nur wie das Ende aussah, das lag ganz in der Hand des Reisenden. In Jennas Fall war es nicht ganz so simpel, aber wenn sie ihre Situation genau betrachtete, hatte sie immer noch eine Wahl. Sie *konnte* in Falaysia bleiben. Sie musste nur die Kaltherzigkeit aufbringen, ihre Familie im Stich zu lassen, und den Willen haben, auf die Sicherheit und dem Komfort einer modernen Gesellschaft zu verzichten.

Letzteres würde ihr extrem schwerfallen, doch sie fühlte, dass sie dazu bereit war, ihre Liebe zu Marek größer war als ihre Liebe zu sich selbst. Ihren Vater und Benjamin im Stich zu lassen – dazu war sie nicht fähig. Ihr Bruder brauchte sie. Nach dem Tod ihrer Mutter hatte sie deren Rolle eingenommen und Benjamin war zu jung, um sich schon allein durch die Aufs und Abs des Lebens zu kämpfen. Sie zu verlieren, würde ihn härter treffen als jeden anderen, der sie liebte, und sie bezweifelte, dass er sich davon je wieder erholen würde. Genauso wenig würde sie die Schuldgefühle, die ein solch egoistisches Handeln nach sich ziehen würde, ertragen könnte. Davon abgesehen, schien auch ihr Vater gerade durchzudrehen und die Situation, in der sich Melina und Benjamin befanden, noch weiter zu dramatisieren.

Jenna war nicht dafür geschaffen, egoistisch zu handeln – also tat sie es auch nicht. Das Wohl der anderen ging vor und sie war schon immer eine Künstlerin darin gewesen, auch in der dunkelsten Stunde noch ein Licht zu sehen, Hoffnung zu haben. Nur dieser Hoffnung hatte sie es zu verdanken, dass sie nicht ständig weinte und schluchzte, seit der Tag des Abschieds angebrochen war. Stattdessen lief sie zwar mit schwerem Herzen, jedoch gestrafften Schultern zusammen mit den anderen durch den Dschungel des Tales zu den steilen Felswänden Jala Maneras, in denen sich Locvantos befand.

Das Relief des Tores war immer noch so eindrucksvoll, wie sie es von ihrem ersten Besuch in Erinnerung hatte. An die vier Meter hoch und fast genauso breit erstreckte es sich über die Steinwand. Die unzähligen Verzierungen und Figuren ließen es so prunkvoll wie den Eingang eines Schlosses erscheinen und doch gab es keine sichtbare Tür, nichts, das darauf schließen ließ, es durchschreiten zu können.

Kaamo und Leon, die das Tor noch nie zuvor gesehen hatten, standen eine Weile mit offenen Mündern davor und betrachteten es sichtbar beeindruckt, während die anderen drei damit begannen, alles für die Aktivierung Locvantos' vorzubereiten. Viel war allerdings nicht zu tun. Jenna holte zusammen mit Marek die Amulette aus ihrer Tasche, während Kychona noch rasch das Buch aufschlug, in dem das genaue Vorgehen von Hemetion beschrieben worden war. Jennas Finger zitterten jedoch so sehr, dass ihr eines der Amulette entglitt. Sie wollte es wieder aufheben, doch Marek war schneller, ergriff nicht nur das Schmuckstück, sondern auch ihre Hand, und drückte einen sanften, tröstenden Kuss auf ihre Knöchel.

Leider trug das nicht gerade dazu bei, sich zu beruhigen. Der Schmerz wallte so stark in ihr auf, dass sie die Lippen fest zusammenpressen musste, um nicht sofort in Tränen auszubrechen, und sie entzog sich ihm rasch wieder, wandte sich ab und sah hinüber zu Leon. Ihr Freund hatte offenbar alles mitbekommen, denn er schenkte ihr einen mitfühlenden Blick und kam dann auf sie zu.

„Wie genau wollen wir vorgehen?", wandte er sich an sie, vermutlich um sie von ihrem Herzschmerz abzulenken.

„Wir setzen die Amulette in die für sie vorgesehenen Einkerbungen und aktivieren sie dann", erklärte Jenna knapp und reichte ihm eines der Schmuckstücke.

„Bekommt das einen bestimmten Platz?"

„Ja", antwortete Kychona an ihrer Stelle. „Die Drachen, die den Stein halten, stehen für das Element Luft."

Sie wies auf die obere Ausbuchtung auf der rechten Seite und Leon lief sofort dorthin. Jenna folgte ihm mit Kychonas Amulett, dessen Einfassung eine Wellenform hatte und eindeutig für das Element Wasser stand.

Die Steine passten perfekt in die dafür vorgesehenen Löcher und Jenna spürte ein leichtes Knistern und Kribbeln im Äther, wie damals als Kychona das Lied der N'gushini gesungen hatte. Ihr Herz schlug sofort schneller und ihr Inneres zog sich gleichzeitig zusammen. Sie griff nach Leons Hand, der sich sofort zu ihr umwandte und sie fragend ansah. Doch sie antwortete ihm nicht verbal. Stattdessen schloss sie ihn in die Arme und drückte ihn so fest sie konnte an sich. Er bedachte sie mit einem fragenden Blick.

„Ich weiß nicht, wie viel Zeit wir gleich noch haben", kam es ihr schweren Herzens über die Lippen. „Deswegen …"

Sie rückte ein Stück von ihm ab, nahm sein Gesicht in ihre Hände und sah ihm fest in die Augen, die verdächtig zu glänzen begannen.

„Ich will, dass du weißt, dass ich mir niemand anderen an meine Seite gewünscht hätte als dich", sagte sie mit einigermaßen fester Stimme. „Du warst mir der beste Freund, den man sich vorstellen kann, und ohne dich hätte ich das alles niemals heil durchstehen können. Du magst zwar nicht immer die besten aller Entscheidungen fällen – wer kann das schon – aber du fällst sie mit den besten Absichten, für die, die du liebst und ich hoffe, dass sich das nie ändert und du so bleibst, wie du bist, weil … weil ich dich schrecklich gern habe, Leon, und dich furchtbar vermissen werde."

Zu ihrem Leidwesen brach ihre Stimme bei ihren letzten Worten und die Tränen liefen nun doch, bei ihnen beiden.

„Aber ich kann dich vollkommen verstehen, hörst du?", fügte sie noch schnell an, bevor er etwas sagen konnte, oder gar den Eindruck gewann, dass sie mit ihrem tränenreichen Abschied Druck auf ihn ausüben wollte. „Glaub niemals, dass das nicht so ist, denn du und Cilai, ihr gehört zusammen und ihr werdet mit Sicherheit glücklich miteinander werden. Das wünsche ich euch von ganzem Herzen. Ich werde euch niemals vergessen."

„Das werde ich dir auch schön schwer machen", stieß Leon mit einem halben Lachen aus und wischte sich rasch über die Augen, bevor er sie noch einmal in seine Arme zog.

„Ich weiß, wie das mit der Kontaktaufnahme funktioniert – vergiss das nicht", murmelte er in ihr Haar.

Sie gab ein ersticktes Lachen von sich, küsste seine Wange und löste sich dann wieder von ihm, auch wenn es ihr schrecklich schwerfiel. Erst in diesem Augenblick bemerkte sie, dass auch Kaamo an sie herangetreten war und sie liebevoll ansah. Mehr brauchte es nicht, um sie dazu bewegen, auch ihn fest in die Arme zu schließen. Noch ein guter Freund, den sie zurücklassen musste.

„Pass gut auf dich auf", schniefte sie, als sie sich wieder losließen und ansahen. „Und du weißt schon, auf wen noch."

„Natürlich", versprach er ihr. „Ich will ja nicht, dass du mir bei unserem nächsten Wiedersehen den Kopf abreißt."

Sie lachte und der kleine Funken Hoffnung, den sie die ganze Zeit in ihrem Herzen trug, leuchtete ein wenig auf, vertrieb einen Teil ihrer Trauer, machte den Abschiedsschmerz erträglicher.

Kychona war ebenfalls aufgestanden, hielt sich jedoch genauso im Hintergrund wie Marek, der gerade das letzte Amulett an seinem Platz befestigte und so tat, als würde er von all dem nichts mitbekommen.

Jenna ging auf die alte Magierin zu und blieb vor ihr stehen. Sie wusste nicht genau, wie sie sich verabschieden sollte, und wartete darauf, dass Kychona den ersten Schritt machte. Ein Lächeln erhellte das Gesicht der Greisin und sie ergriff Jennas Hände, streichelte sie sanft.

„Als wir uns zum ersten Mal begegneten, hatte ich ein junges, beinahe naives Mädchen vor mir, das zwar einen entschlossenen, aber auch etwas verlorenen Eindruck auf mich machte", sagte sie. „Was ich aber von Anfang an spürte, war, dass du ein guter Mensch bist, der immer auf das Wohl aller bedacht sein wird, und nur dieses Gefühl hat mich damals dazu bewogen, aus meinem Versteck herauszukommen und mich wieder für die Bevölkerung Falaysias einzusetzen. Dafür danke ich dir von Herzen."

„Und ich danke dir für alles, was du für uns getan hast", erwiderte Jenna. „Ohne dich hätten wir es nie bis hierher geschafft."

Kychona lächelte nur und nahm sie in die Arme.

„Ano wird dich wohl behalten zurück nach Hause bringen", versprach sie ihr. „Und ich werde ein Auge auf die haben, die du liebst und hier zurücklassen musst."

„Danke", flüsterte Jenna in das schlohweiße Haar der Magierin und war erst dann wieder bereit, sie loszulassen.

Sie atmete tief durch und wandte sich dann zu Marek um, der nun vor dem Tor stand, die Hände in die Hüften gestemmt, und es betrachtete, als gäbe es augenblicklich nichts Wichtigeres zu tun. Sie wusste, dass sie keine weitere dramatische Abschiedsszene von ihm erwarten konnte. Die wunderschöne Nacht und der Morgen in seinen Armen war seine Art des Lebewohlsagens gewesen und eigentlich war sie ihm dafür auch dankbar, denn sie war sich nicht sicher, ob sie gehen konnte, wenn er sie noch einmal in die Arme nahm oder gar küsste. Sie war sich ja noch nicht einmal sicher, ob sie es konnte, wenn er es *nicht* tat.

„Wir ... wir sollten entscheiden, wer welches Element übernimmt", rang sich Jenna schließlich durch, zu sagen, und die anderen sahen etwas irritiert von ihr zu Marek.

Kaamo war der erste, der sich wieder fing. „Mein Element ist die Luft", verkündete er und stellte sich auf die Seite des Tores, an der sie das entsprechende Amulett untergebracht hatten. „Ich denke, hier bin ich am besten aufgehoben."

„Dann werde ich das Wasser aktivieren", meldete sich Kychona.

Jenna suchte Mareks Blick. Er brauchte ihr nur zuzunicken und sie wusste, dass er das Feuer übernahm. Die Erde war ihr am vertrautesten und mit Feuer hatte sie noch nicht besonders viele Erfahrungen gesammelt.

„Wo soll ich mich positionieren?", fragte Leon. Ihm war anzuhören, dass auch seine Aufregung wuchs, schließlich hing eine ganze Menge von ihm ab.

„In unserer Mitte", wies Kychona ihn an und ihr Freund musste erst tief Luft holen, bevor er ihrer Aufforderung nachkommen konnte.

Jennas Herz fing an in ihrer Brust zu hämmern. Sie wusste, dass das nicht gut war, dass sie eigentlich ruhig und konzentriert bleiben musste, doch sie konnte es nicht. Es geschah. Ihre Zeit in Falaysia nahm ein Ende. Sie würde zurück nach Hause kehren, ihre Familie wiedersehen ... ihre Freunde verlieren ... und Marek. Sie biss heftig die Zähne aufeinander, während sie ihre Position neben dem Krieger einnahm, zwang sich, nicht nach ihm zu greifen, durfte nicht schwach werden.

Wärme drang kribbelnd in ihren Geist, streichelte beruhigend ihre Seele, vermittelte ihr, dass alles gut werden würde, sie das Richtige tat. Sie wollte sich dagegen sträuben, doch der mentale Kontakt zu dem Mann, den sie liebte, brachte die Ruhe in ihr Inneres, die sie brauchte, um das alles durchzustehen, zu tun, was ihre Pflicht war. Und da war noch eine andere Energie, die zu ihr durchdrang, ihn unterstützte und sie beide beruhigte.

‚Alles wird gut werden', vernahm sie Kychona. ‚Das ist nicht das Ende, sondern nur wieder ein neuer Anfang. Euer ganzes Leben liegt noch vor euch und irgendwie werden sich eure Wege wieder kreuzen. Das fühle ich. Ano hat euch nicht auf so seltsame Weise zusammengeführt, um euch gleich danach für immer zu trennen.'

Jenna fühlte es auch. Mit einem Mal war die Gewissheit da und ihr war gleich, ob sie von ihr selbst kam oder von jemand anderem. Wichtig war nur, *dass* sie da war und ihr half zu tun, was sie tun musste. Sie griff nach Kychonas Energie und verband sich mit ihr, wie sie es bereits mehrmals geübt hatten, und tastete dann nach Kaamos. Der Hüne öffnete sich ihr sofort und die Leichtigkeit, mit der sie einen stabilen Kontakt mit ihm herstellen konnte, machte ihr Mut. Sehr viel vorsichtiger näherte sie sich Leon, weil sie fühlte, wie aufgeregt er war, und sie ihm auf keinen Fall Angst machen wollte. Er schien jedoch regelrecht aufzuatmen, als sie die ohnehin noch bestehende Verknüpfung mit ihm aktivierte und den Kreis, den sie bildeten, damit schloss.

Schnell verstand sie wieso. Es fühlte sich fantastisch an und ihre Ängste und Sorgen verflogen, wurden vollkommen von dem warmen Glühen in ihrer Brust, ihrem Kopf, ihrem ganzen Körper verschluckt. Die Welt war nur noch schön, ließ sich formen und in ihrem Sinne verändern. Es gab keine Gefahren, denen sie zusammen nicht trotzen, keine Probleme, die sie nicht lösen konnten und vor ihnen verbanden sich in bunten, wunderschönen Linien die Bruchstücke Cardasols, ließen den Rahmen des Tores hell aufleuchten und dann auch den Raum, der dazwischen lag.

Doch dabei blieb es nicht. Ein Sog setzte ein und das Innere des Tores begann hellblau zu glühen, schien den harten Felsen, aus dem es zuvor bestanden hatte, aufzulösen, einen unendlichen Raum dahinter zu schaffen. Der Sog wandelte sich und nun rollte eine Welle immenser Energie auf sie zu, schien in der Energiewand des Tores zu explodieren. Alle Steine strahlten in einem solch blendenden Licht auf, dass Jenna die Augen zusammenkneifen musste und gleichzeitig heftig nach Atem rang, weil der Energiesturm auch in ihr Inneres drang, durch sie alle hindurchfuhr.

‚Denkt daran: Ihr dürft die Energie des Tores nicht in die Umwelt ableiten', mahnte Kychona sie alle und Jenna fragte sich, woher sie die Kraft nahm, ihnen ihre Gedanken zu senden. ‚Das Tor muss sie sich nachher zurückholen können – sonst greift es auf unsere zurück. Verteilt sie gleichmäßig auf uns alle.'

Jenna wankte und versuchte die Anweisung der erfahrenen Magierin umzusetzen und gleichzeitig das Energiefeld, in dem sie sich befanden, zu glätten und konstant zu halten. Sie alle bemühten sich darum. Kychonas Aura leuchtete unter der Anstrengung, mit der sie in das Geschehen eingriff und auch Kaamo bemühte sich, das Tor und alle Beteiligten zu stabilisieren.

Marek hingegen hatte so sehr mit seinen eigenen durcheinandergeratenen Kräften zu kämpfen, dass er sich um nichts anderes kümmern konnte, als diese zu kontrollieren. Als Jenna bemerkte, dass Kychona und Kaamo die Situation langsam in den Griff bekamen, verstärkte sie ihre Verbindung zu ihm und begann sein zuckendes, unruhiges Energiefeld zu glätten. Cardasol half ihr dabei und bald schon hatte sich alles beruhigt, flimmerte das Kraftfeld im Tor ruhig vor sich hin, wie der Ozean an einem windstillen Tag. Man fühlte seine schier unermessliche Kraft, aber sie war jetzt im Lot mit sich selbst und keine Gefahr mehr.

Jenna wandte sich dem Tor zu und betrachtete es mit großen Augen. Es war atemraubend, sah nun eher durchsichtig aus, bis auf das helle blaue Licht, das immer noch in seiner Mitte leuchtete, nach ihr zu rufen schien.

‚Es ist soweit', erinnerte Kychona sie. ‚Alles, was du jetzt noch tun musst, ist hindurchzugehen. Ich werde dein Element übernehmen, sobald du in den anderen Raum trittst. Mache dir keine Sorgen um uns. Wir werden das alles weiterhin kontrollieren können.'

Jenna nickte gefasst, drückte ihre anschwellende Trauer tapfer zurück. Bewegen konnte sie sich jedoch noch nicht. Der erste Schritt war der schwerste und sie war noch nicht bereit, ihn zu tun. Jemand anderes tat es an ihrer Stelle. Marek trat dichter an das Relief heran und löste eines der Amulette aus seiner Verankerung. Das Licht des Portals veränderte seine Stärke und auch durch ihre magische Verbindung zu den anderen wanderte ein leises Surren. Mehr geschah nicht.

‚Was tut ihr da?' Kychona war besorgt, regte sich jedoch nicht.

‚Das Richtige', erwiderte Marek und reichte Jenna das Amulett.

Ihre Augen begannen zu brennen, als sie erkannte, dass es seines war, das einzige Andenken an Netian, das sie ihm vor so langer Zeit vom Hals gerissen hatte. Seine Hände schlossen sich um ihre, die das Amulett in ihrer Mitte hielten, und Jennas Tränen begannen zu laufen.

„Nein", hauchte sie. „Nicht dieses!"

„Doch", wisperte er. „Du weißt warum."

Sie presste die Lippen zusammen und nickte, konnte nur mit Mühe ein Schluchzen unterdrücken.

„Du bist ein Idiot", stieß sie erstickt aus.

„Ich weiß." Er lachte, nun ebenfalls mit Tränen in den Augen, und drückte einen Kuss auf ihre Stirn.

Nur Sekunden später packte er sie entschlossen an den Armen und drehte sie herum, schob sie auf das blau glühende Licht des Tores zu. Jenna gab ihm nach, setzte zögerlich einen Fuß vor den anderen und er ließ sie los. Ihr Herz krampfte sich zusammen, donnerte gegen ihren Brustkorb und der Schmerz wurde unerträglich. Das konnte nicht das Ende ihrer Geschichte, konnte kein Abschied für immer sein. Es gab immer einen anderen Weg, eine bessere Lösung.

Jenna warf sich herum, war mit zwei Schritten wieder bei Marek, warf ihm die Arme um den Hals und drückte ihn so fest sie konnte an sich.

„Ich schaffe einen Platz für dich in meiner Welt", flüsterte sie das Versprechen in sein Ohr, das sie beide brauchten, um stark zu bleiben. „Und dann komme ich dich holen."

Er atmete schwerfällig aus und, als sie von ihm abrückte, erkannte sie auch in seinen glänzenden Augen die Hoffnung, die sich mit aller Macht in ihrer Brust ausbreitete. Sie küsste ihn innig, fühlte dabei, dass er lächelte, und konnte sich dann erst von ihm losreißen. Es waren ihre eigenen Worte, die es ihr erst ermöglichten, die letzten

Schritte auf das Tor zuzumachen. Ganz kurz sah sie noch einmal über ihre Schulter, in all die lieben Gesichter, die sie mit Sicherheit schrecklich vermissen würde, und trat dann hinein in das Licht.

Der Sog, der einsetzte, war kaum zu ertragen. Er riss sie nach vorn, in einen reißenden Strudel unterschiedlichster Energiequellen, der sie auseinanderzureißen drohte und gleichzeitig fest zusammenzupressen schien, und dann war sie auf einmal schwerelos, löste sich in der Unendlichkeit des Universums auf und wurde in rasender Geschwindigkeit wieder zusammengesetzt. Der Schub, mit dem sie auf das nächste grelle Licht zuschoss, war enorm und dennoch flog sie nicht durch es hindurch, sondern sank ganz langsam, fast in Zeitlupe hinein. Hinein in die Welt, die ihre Heimat war.

4

Benjamins Herz schlug so hart in seiner Brust, dass es fast schmerzte, und er konnte vor lauter Aufregung kaum mehr richtig atmen. Seit sie – Peter, Melina und er selbst – die wenigen kleinen Bruchstücke Cardasols, die sie besaßen, in die dafür vorgesehenen Löcher gesteckt hatten, spielte sich vor seinen Augen Unglaubliches ab. Zuerst hatten sich nur feine Linien silbernen Lichts um den Rand des Tores herum gebildet. Dann hatten sich kreuz und quer knisternde Verbindungen aufgebaut und das Tor bläulich aufleuchten lassen. Dieser Zustand war eine Weile erhalten geblieben, doch jetzt … jetzt wurde alles noch viel seltsamer. Die Steinwand, über die sich der Torbogen spannte, löste sich auf, machte einem blauen Licht Platz, dessen grelles Strahlen Benjamin dazu zwang, schützend einen Arm vor sein Gesicht zu halten.

In dem Licht entstand ein wilder Strudel, der ihn und auch Melina und Norring ein paar Schritte zurückweichen ließ. Dann beruhigte sich alles. Das Licht glühte noch weiter, aber es war kaum noch Bewegung in ihm zu erkennen. Stattdessen zeichnete sich ein Schatten in ihm ab, eine dunkle Gestalt, die immer größer wurde.

Benjamin hörte auf zu atmen und erstarrte. Der Schatten drückte sich durch die Wand aus Licht, wurde dreidimensional, nahm langsam genaue Formen an und schließlich trat er in den kleinen Kellerraum, in dem sie sich befanden. Eine junge Frau, gekleidet in altertümliche Sachen, schwer atmend und um ihre Fassung ringend.

Tränen schossen in Benjamins Augen und in der nächsten Sekunde warf er sich mit einem Schluchzen in die Arme seiner aufgelösten Schwester. Sie roch anders und doch vertraut, fühlte sich anders an und war doch dieselbe, hielt ihn fest so wie er sie, drückte ihn an sich, als wolle sie ihn nie wieder loslassen. Und das sollte sie auch nicht – nie wieder.

„Alles ist gut, alles ist gut", konnte er sie flüstern hören, während sie ihn sanft hin und her wiegte. Es war unglaublich beruhigend, genauso wie die Wärme und das Kribbeln an seiner Brust, das ihn nicht eine Sekunde an ihren Worten zweifeln ließ.

„Es hat funktioniert", konnte er Melina hinter sich krächzen hören, als hätte sie es erst jetzt fassen können. Wahrscheinlich war es auch so. Manche Dinge waren zu schön, um sie glauben zu können.

Es dauerte nicht lange, dann war ihre Tante bei ihnen, umarmte sie beide und weinte mit ihnen. Endlich, nach all diesen qualvollen Monaten der Anspannung, Sorgen und Angst, war Jenna wieder zu Hause. Endlich konnte sich Benjamin wieder entspannen, sich geborgen und sicher fühlen. Seine Familie war wieder komplett.

Melina war die erste, die sich aus der Gruppenumarmung löste und einen Schritt zurücktrat und Benjamin bewunderte sie dafür, hatte er selbst doch große Schwierigkeiten, sich überhaupt vorzustellen, seine Schwester wieder loszulassen. Doch er konnte zumindest den Kopf heben und ihr ins tränennasse Gesicht blicken.

Sie sah müde aus, erschöpft und traurig, aber auch glücklich und erleichtert. Schlank, ja sogar fast zu dünn war sie geworden und älter, aber in ihren Augen leuchtete immer noch die Wärme und Güte, die ihr Wesen ausmachten. Sie nahm sein Gesicht liebevoll in ihre Hände und lächelte.

„Bist du groß geworden", kam es ihr mit gebrochener Stimme über die Lippen und weitere Tränen lösten sich aus ihren Wimpern. „Fast erwachsen."

Er lachte und sie stimmte mit ein, drückte ihn noch einmal fest an sich und er ließ es sich nur allzu gern gefallen. Zum Gedrücktwerden war man nie zu alt.

Seltsam, da war wieder dieses Kribbeln, doch er konnte nicht feststellen, woher es kam, weil Jenna ihn jetzt losließ und sich stattdessen noch einmal von Melina in die Arme nehmen ließ.

„Geht es dir gut?", erkundigte sich ihre Tante fürsorglich und Jenna nickte sofort.

„Es hat nur wenige Sekunden gedauert und sich sehr merkwürdig angefühlt", berichtete sie, „aber ich bin in einem Stück hier angekommen, wie man sieht."

Sie bemühte sich um ein Lächeln, doch ihre Augen leuchteten dabei nicht auf. Ihre Freude wurde immer noch von einer Trauer überschattet, die Benjamin nicht ganz verstand. Sie war zurück und die Welt war wieder in Ordnung.

„Was ist mit Leon?", erkundigte sich Melina zurückhaltend und Jennas Miene wurde noch trister.

Natürlich! Leon war nicht bei ihr! Daran musste es liegen!

„Er wollte dort bleiben", erklärte seine Schwester mit verständnisvoller Miene. „Mit jemandem, den er sehr liebt."

„Ich verstehe", erwiderte Melina lächelnd, ergriff Jennas Hand und drückte sie mitfühlend.

„Diese Entscheidung ist ihm sicherlich nicht leicht gefallen", machte sich nun auch Norring bemerkbar, der sich bisher eher im Hintergrund gehalten hatte, und Jennas Augen füllten sich erneut mit Tränen.

„Nein, sicherlich nicht – aber es war das Richtige", erwiderte sie, wischte sich mit einer Hand über die Augen und trat dann auf ihn zu, ihm die andere reichend. „Es freut mich sehr, Sie kennenzulernen, Mr Norring."

„Nenn mich Peter", gab er mit einem warmen Lächeln zurück und drückte ihre Hand. „Förmlichkeiten haben in diesem Kreis nichts mehr zu suchen."

„Das freut mich sehr", ließ sie ihn wissen, doch etwas in ihrem Blick veränderte sich. Sie kniff sogar ein wenig die Augen zusammen, während sie sein Gesicht musterte, so als suchte sie dort nach irgendetwas. Peters Lächeln wurde unsicherer und Jenna besann sich schnell, lächelte ebenfalls und ließ ihn los.

Stattdessen sah sie sich jetzt in der geräumigen Höhle um und betrachtete noch einmal das Tor, durch das sie getreten war und das nun vollständig erloschen war. Ein Hauch Sehnsucht und Trauer machte sich in ihren Augen bemerkbar, bevor ihr Blick an einem der Schmuckstücke hängen blieb, mit dem sie das Tor auf dieser Seite stabil gehalten hatten.

Benjamin streckte rasch seine Hand vor und nahm die Kette seiner Großmutter an sich, von dem egoistischen Gefühl getrieben, eine Rückreise nach Falaysia erst einmal unmöglich zu machen. Er konnte nicht anders handeln, musste seine Schwester sicher an seiner Seite wissen. Sie schien ihm sein Handeln auch nicht übel zu nehmen, sah ihn stattdessen verständnisvoll an und strich ihm liebevoll über das Haar, bevor sie einen Arm um seine Schultern legte und ihn an sich zog.

„Und jetzt sag mir: Was für einen Blödsinn stellt Dad gerade an?", überraschte sie ihn mit einer Frage, mit der er noch gar nicht gerechnet hatte.

Benjamin seufzte theatralisch und seine Schwester musste wieder lachen und ihn erneut drücken. Seinem Empfinden nach konnte das gern ewig so weitergehen. Sie lachen zu hören und von ihr geknuddelt zu werden, war in diesem Moment das Schönste, was es für ihn geben konnte. Gerade weil er wusste, dass es nicht lange anhalten würde.

Er hatte recht. Schon in Melinas Auto, nachdem Jenna sich umgezogen hatte, kehrten die Ernsthaftigkeit und Sorge in ihren Umgang miteinander zurück. Seine Tante berichtete von dem Wutanfall seines Vaters, von seinen Beschuldigungen gegenüber Melina, seinen Zweifeln an der Echtheit von Jennas Emails und seinem Plan, zusammen mit Benjamin nach Kopenhagen zu fahren, um zu überprüfen, ob seine Tochter tatsächlich dort war.

„Warum ist sie nicht mehr über ihr Handy erreichbar?", hatte er gezetert und war dabei aufgeregt im Wohnzimmer auf und ab gelaufen. „Wenn sie ein neues hat, warum hat sie mir nicht ihre Nummer zugesandt? Das hat sie früher immer getan! Da stimmt doch etwas nicht! Sie ist in Schwierigkeiten und kann mir nicht sagen, was los ist, weil sie mich nicht in diese Sache mit reinziehen will. Darin ist sie wie ihre Mutter, will immer die beschützen, die sie liebt, koste es was es wolle."

Melina war daran schuld. Das hatte er auch noch behauptet. Melina war *immer* an *allem* schuld. An dem Kontaktabbruch zwischen den Chetanora-Schwestern, an dem Tod seiner geliebten Frau, an Jennas Verschwinden. Sie hatte seine Tochter in irgendein ‚krummes Ding' mit reingezogen, in irgendeinen ‚okkulten' Mist und er würde nicht zulassen, dass ihr etwas passiere, hätte schon viel zu lange seine Augen vor der Wahrheit verschlossen, seine väterlichen Pflichten sträflich vernachlässigt und so weiter und so fort.

Benjamin hatte sein Bestes gegeben, ihn zu beruhigen, war daran am Ende aber kläglich gescheitert. Sie hatten sich gegenseitig angeschrien, verletzende Dinge zueinander gesagt und danach nicht mehr miteinander gesprochen. Benjamins Zimmertür war mit solchem Schwung zugeknallt, dass sogar ein bisschen Putz von der Decke gerieselt war.

Der Flug war innerhalb weniger Stunden gebucht, der Hund schnell in einer Pension untergebracht und die Koffer am nächsten Morgen gepackt gewesen. Benjamin hatte sich heute nur mit einen kleinen Trick davonschleichen können, um mit Melina und Peter zum alten Gutshof zu fahren und das Tor auf ihrer Seite zu aktivieren. Mit Sicherheit hatte Benjamins Vater bereits wieder in Panik die Polizei alarmiert. Und das war auch der Grund, aus dem sie sich alle dazu entschieden, dass Benjamin ihn noch im Auto anrief, um ihn zu beruhigen.

„Benny?!", dröhnte ihm die Stimme seines Dads entgegen, die Panik und Verzweiflung in ihr nur allzu offensichtlich. „Wo zur Hölle bist du?! Du kannst doch nicht einfach so verschwinden?! Ich hab dich überall gesucht und ..."

Den Rest konnte Benjamin nicht mehr verstehen, weil Jenna ihm mit einem leisen „Komm" das Telefon wegnahm.

„Dad?", fragte sie sanft in eine kurze Sprechpause hinein.

Absolute Stille war die Folge.

„Jenna?" Die Stimme hörte sich kaum nach der ihres Vaters an, so gebrochen klang sie.

„Ich bin wieder da", ließ Jenna ihn wissen und auch ihre Stimme krächzte. Sie presste die Lippen aufeinander, blinzelte die Tränen weg, die in ihren Augen glänzten. „Benny und Melina haben mich gerade vom Flughafen abgeholt. Wir wollten dich überraschen."

Auf der anderen Seite der Leitung war ein heftiges Einatmen zu hören und dann ein leises Schluchzen.

„Wir sind gleich da", fuhr sie fort. „Wir biegen gerade in unsere Straße ein. Kommst du raus?"

Keine Antwort. Jenna nahm stirnrunzelnd das Handy vom Ohr und starrte auf den Bildschirm. Die Verbindung war abgebrochen.

„Ist er *so* sauer?", fragte Benjamin mit Bangen.

Seine Schwester richtete ihren Blick nach draußen und schüttelte abwesend den Kopf und als sie vor ihrem Haus hielten, wusste er warum. Ihr Vater stürzte aus dem Hauseingang und sah sich hektisch um, das Gesicht schmerzlich verzerrt und tränenüberströmt.

Jenna riss die Tür auf, stieß ein ersticktes „Papa!" aus und warf sich mit dem nächsten Atemzug in seine Arme. Beide schluchzten und weinten und hielten einander fest, so wie Benjamin und sie es kurz zuvor getan hatten und er konnte nicht anders – er begann wieder, mit ihnen zu weinen. Er sträubte sich nicht als, sein Vater um Jenna herumgriff und ihn mit in die Umarmung zog, drückte sich an die beiden und schloss ganz fest die Augen. Das fühlte sich verdammt gut an. Jenna hatte mit ihren Begrüßungsworten recht gehabt: Alles würde wieder gut werden. Endlich.

Es war keine Überraschung für Melina, dass ihre Nichte nicht sofort am nächsten Tag nach ihrer Heimkehr zu ihr in die Kellerwohnung kam. Sie musste erst einmal alles verarbeiten, was geschehen war, all den Kummer und Schmerz, den sie mit zurückgebracht hatte, ein Stück weit von sich wegschieben und sich wieder an das Leben in dieser Welt gewöhnen. Melina hatte viel Geduld. Doch nach dem sechsten Tag, der verstrich, ohne dass Jenna Kontakt mit ihr aufnahm, überlegte sie langsam, ob sie nicht doch selbst die Initiative ergreifen sollte.

Benjamin war zwar am gestrigen Nachmittag kurz bei ihr aufgetaucht und hatte gesagt, dass alles in Ordnung war und Jenna, neben allen wichtigen Dingen, die nach so langer Abwesenheit zu erledigen waren, nur ihren Vater wieder zur Ruhe bringen wollte, aber das hatte ihr Bedürfnis nach einem Austausch nicht abschwächen können. Es gab unglaublich viel, das sie mit ihrer Nichte besprechen, das sie wissen musste, und je mehr Zeit verstrich, desto quälender wurde es, weiter warten und sich zurückhalten zu müssen.

Am Abend schließlich entschied sie sich dazu, Jenna anzurufen, doch gerade, als sie das Handy in die Hand nahm, vernahm sie Schritte draußen auf der Treppe. Sie legte das Telefon wieder auf den Tisch und erhob sich von der Couch, um sich zum Eingangsbereich des Wohnzimmers umzudrehen. Ihr Herz machte einen freudigen Sprung, als ihre Nichte durch den Perlenvorhang trat, ein entschuldigendes Lächeln auf den Lippen tragend. Melina eilte auf sie zu und schloss sie mit einem erleichterten Aufatmen in die Arme.

„Es tut mir unendlich leid, dass ich erst so spät bei dir auftauche", entschuldigte sich Jenna sofort, als Melina sie wieder etwas von sich wegschob und liebevoll betrachtete. In ihren Jeans und dem weiten blauen Shirt, das an ihrer Brust etwas ausgebeult war, sah sie endlich wieder wie ein Mensch der Neuzeit aus.

„Schwamm drüber", winkte Melina rasch ab, nahm die junge Frau bei der Hand und zog sie hinüber zur Couch, auf der sie sich bereitwillig niederließ.

Melina selbst lief in den Küchenbereich und schaltete den Wasserkocher an, um rasch einen schmackhaften Tee zuzubereiten.

„Du siehst sehr viel besser aus als noch vor ein paar Tagen", sagte sie zu ihrer Nichte und die nickte mit einem kleinen Lächeln.

„Ich erhole mich jeden Tag ein kleines Stück", bestätigte sie, „auch wenn es anstrengend ist, sich hier nach all der Zeit wieder zurechtzufinden. Es gibt so viele wichtige Dinge zu erledigen und ständig bin ich damit beschäftigt, meine Lügen, warum ich so lange Zeit weg und nicht erreichbar war, weiter auszuschmücken und möglichst plausibel zu machen."

„Irgendwann ist auch das vorbei", tröstete Melina sie voller Mitgefühl.

„Ja", seufzte Jenna und lehnte sich auf der Couch zurück, begann sich etwas mehr zu entspannen. „Ich muss dir dafür danken, dass du die ganzen Kosten für meine Wohnung und die Unterbringung von Floh in den ersten Wochen getragen hast."

Melina machte eine abwinkende Geste. „Deine Großmutter hat uns Töchtern einiges an Geld und anderen Werten vermacht", erklärte sie ihr und konnte endlich mit zwei gut gefüllten Teetassen zurück an den Wohnzimmertisch kehren. „Mach dir darüber keine Gedanken – ich hätte das noch für eine sehr viel längere Zeit tun können."

Über Jennas Gesicht huschte ein Schatten, doch sie riss sich zusammen, bemühte sich weiter darum, einen fröhlichen Eindruck zu machen.

„Ich habe mit Professor Hannigan von der Universität gesprochen", berichtete sie. „Er meinte, die Stelle, die sie mir vor meiner Abwesenheit angeboten hatten, wäre zwar mittlerweile besetzt, aber in einem Vierteljahr werden sie ein weiteres Projekt mit Studenten starten, für die sie noch ein paar Dozenten brauchen. Meine Examensarbeit und der sehr gute Notendurchschnitt sprächen dafür, mich einzustellen."

„Oh, das freut mich sehr!", gab Melina strahlend zurück. „Sie wären schön dumm, wenn sie meine begabte Nichte nicht in Erwägung ziehen würden."

Jenna senkte verlegen den Blick. „Bis dahin kann ich mich mit meinen alten Nebenjobs über Wasser halten, denke ich", berichtete sie weiter. „Und wenn ich von der Uni angenommen werde, kann ich endlich damit anfangen, meine Schulden bei dir abzuarbeiten."

Melina hob beschwichtigend die Hände. „Wie gesagt: Mir fehlt das Geld nicht. Du hast damit alle Zeit der Welt."

Jenna sah sie voller Dankbarkeit an, ergriff kurz ihre Hand und drückte sie sanft, bevor sie sich ihrem Tee widmete.

Melina betrachtete ihre Nichte voller Zuneigung. Es tat unglaublich gut, sie wieder bei sich zu haben, und trotzdem fühlte es sich anders an als zuvor. Da war diese Traurigkeit in ihren Augen, ihrer ganzen Körperhaltung und Ausstrahlung, die nie ganz verschwinden wollte. Diese tiefe Sehnsucht nach jemandem, den Jenna schmerzlichst vermisste. Um wen es ging, war nicht schwer zu erraten, und Melinas Mitgefühl mit der jungen Frau wuchs weiter, wusste sie doch ganz genau, wie weh unglückliche Liebe tat. Diese Erfahrung hätte sie ihrer Nichte gerne erspart.

Jenna hatte für eine Weile nur dagesessen, mit ihrer dampfenden Teetasse in den Händen, und geistesabwesend ins Leere gestarrt. Jetzt bewegte sie sich wieder, stellte die Tasse vor sich ab und schüttelte den Kopf.

„So sehr ich mich auch bemühe ... es geht einfach nicht." Sie suchte den Blickkontakt zu Melina und der Schmerz war nun ganz deutlich aus ihren Augen zu lesen. „Ich versuche ja, mich abzulenken, aber meine Gedanken machen sich immer wieder selbstständig und es tut ...", sie holte schwerfällig Atem, „... so weh."

Melina wandte sich ihr zu, nahm die Hände ihrer Nichte in ihre und streichelte sie mitfühlend. „Ich weiß."

Jenna schloss die Augen. „Ich kann keinen Kontakt zu ihm herstellen", kam es leise über ihre Lippen und ihre Lider flogen wieder auf. „Er lässt mich nicht an sich heran. Ich habe es versucht – schon einige Male – auch, weil ich wissen wollte, ob er sich an sein Versprechen hält, aber ich dringe nicht zu ihm durch. Und das Schlimme ist, dass ich ihn verstehen kann, dass ich genau weiß, warum er das tut."

„Und was *ist* der Grund dafür?"

„Es ist ihm schon immer schwergefallen, einen Mittelweg zu finden. Für ihn gibt es nur ein entweder oder. Er mag einer der tapfersten Menschen sein, die ich kenne, und dennoch kann er den Schmerz eines solchen Kontaktes nicht aushalten. Und er hat Angst."

„Angst wovor?"

„Dass er es sich anders überlegen könnte. Dass ich ihn dazu bringen könnte, hierher zu kommen."

„Willst du das denn?" Melina hob fragend die Brauen.

Jenna wich ihrem Blick aus, betrachtete stattdessen ihre Teetasse.

„Ich weiß es nicht", sagte sie leise, aber etwas an ihrem Gesichtsausdruck und ihrer Körperhaltung verriet Melina, dass sie nicht ganz ehrlich war.

„Es spielt auch keine Rolle", setzte sie mit einem resignierten Schulterzucken hinzu, „denn solange ich ihn nicht erreichen kann, wird es nicht möglich sein."

Melina nickte verständnisvoll. „Hast du denn wenigstens Leon erreichen können?"

Jennas Gesicht erhellte sich sofort und sie brachte sogar wieder ein Lächeln zustande, als sie Melina anblickte.

„Ja, schon vor ein paar Tagen", war die erfreuliche Nachricht. „Er war gerade zusammen mit Cilai auf dem Weg nach Vaylacia. Die Anführer der neuen Allianz treffen sich dort erneut, um ihr weiteres politisches Vorgehen zu koordinieren und die Wahlen in den verschiedenen Ländern zu organisieren. Lord Hinras hat sich Leon als Berater an seine Seite gewünscht und er und Cilai werden sich allem

Anschein nach in Vaylacia niederlassen. Gideon und Tala werden mit Rian nachkommen, weil sie glauben, dass das Kind dort besser aufgehoben ist als auf einem Bauernhof und ihr Vater zudem des Öfteren in der Stadt sein wird. Gero und Cilais andere Brüder bleiben mit ihrer Mutter vorerst auf dem Hof ihres Onkels und Kaamo und die übrigen Fürsten der Bakitarer …"

Jenna hielt inne. Sie hatte endlich Melinas verzweifelten Gesichtsausdruck bemerkt. „Diese Namen sagen dir nichts, nicht wahr?"

„Nun, ich habe sie schon ab und an gehört", erwiderte Melina, „und es gibt auch ein paar deiner Erinnerungen, die noch in meinem Geist herumschwirren, aber sie helfen mir nicht dabei, alles zu verstehen."

Ihre Nichte sah sie nachdenklich an, ließ ihren Blick zu ihrem Tee schweifen und nickte dann.

„Kannst du noch mehr Wasser aufsetzen?", bat Jenna. „Ich denke, wir brauchen etwas mehr Zeit, um dich auf meinen Wissensstand zu bringen."

Melina lachte. „Aber sicher doch!", gab sie zurück und erhob sich. „Ich würde *alles* tun, um endlich die ganze Geschichte zu hören."

Ihr Wunsch erfüllte sich. In den nächsten Stunden berichtete Jenna ausführlich von ihrer abenteuerlichen Reise durch Falaysia, ihrer Begegnung mit der Magie und mit dem Mann, den sie aus tiefstem Herzen lieben gelernt hatte. Melina war bewusst, dass sie nicht jedes Detail zu hören bekam, doch es war deutlich mehr, als sie erwartet hatte, und am Ende fühlte sie sich fast so, als wäre sie dabei gewesen. Und sie verstand Jennas Verzweiflung über Mareks Unerreichbarkeit.

„Konntest du denn von Leon erfahren, was er derzeit macht?", fragte sie behutsam, als Jenna ihre lange Erzählung dort beendet hatte, wo sie damit begonnen hatte.

„Ja, er sagte, Marek habe sich schon von ihnen getrennt, nachdem sie gemeinsam Jala Manera verlassen hatten", gab ihre Nichte bekannt und der Schmerz fand sofort in ihre Augen zurück, wurde jetzt von großer Sorge begleitet. „Er habe es als seine Aufgabe angesehen, eigenhändig nach Roanar zu suchen und durch ihn auch die anderen Führer des Zirkels bloßzustellen und gefangen zu nehmen."

„Das wird nicht so leicht sein", äußerte Melina ihre Bedenken. „Sie werden sich gewiss in der nächsten Zeit gut verstecken und Marek sollte seine Kraft lieber dort investieren, wo sie am dringendsten gebraucht wird: in den Aufbau einer neuen, besseren Gesellschaft."

„Das würde ich ihm auch gerne sagen", seufzte Jenna, „aber er lässt mich ja nicht."

Melina legte beruhigend eine Hand auf ihr Knie.

„Gib ihm ein wenig Zeit", bat sie ihre Nichte. „Ich bin mir sicher, dass dies kein Dauerzustand sein wird. Er liebt dich genauso wie du ihn – allzu lange wird er es nicht aushalten, nicht zu wissen, wie es dir geht."

„Ja, vielleicht." Jenna strich sich gedankenverloren eine lose Haarsträhne aus dem Gesicht und Melina betrachtete sie nachdenklich.

„Du sagtest, er hat dir eines der Amulette mitgegeben", wiederholte sie und konnte nichts dagegen tun, dass sich ihr Puls sofort beschleunigte. „Kann ich es sehen?"

„Du meinst, ich habe es dabei?" Jenna sah sie fragend an, doch ihre Mundwinkel zuckten verräterisch. Nach einem Moment des stummen Blickwechsels, gab sie schließlich nach, griff in den Ausschnitt ihres T-Shirts und holte einen Beutel an einer Lederschnur heraus. Sie öffnete ihn mit flinken Fingern und nur einen Atemzug später hielt sie ein wunderschönes Amulett in den Händen. Der rote Stein in seiner Mitte hatte beim Kontakt mit ihrer Haut sofort hell aufgeleuchtet, beruhigte sich jetzt aber wieder und glühte in einem sanften Weinrot vor sich hin.

Melina fiel erst auf, dass sie aufgehört hatte zu atmen, als ihr bereits schwindelte, und sie sog rasch Luft in ihre Lunge.

„Das ... das ist wunderschön!", stieß sie begeistert aus.

„Nimm es ruhig in die Hand", forderte Jenna sie lächelnd auf.

Sie schüttelte den Kopf, doch dann war die Versuchung zu groß und sie streckte doch noch ihre Hand danach aus. Ein warmes Prickeln wanderte durch ihre Finger, als sie den Stein an sich nahm. Doch das Licht in ihm erstarb.

„Er reagiert nicht auf dich!", stellte Jenna überrascht fest. „Warum nicht?"

„Keine Ahnung", gab Melina etwas enttäuscht zurück. Sie drehte das Schmuckstück in ihren Fingern, betrachtete es von allen Seiten und erstarrte. Ihr Herzschlag zog sein Tempo rasant an.

Jenna bemerkte die Veränderung in ihrem Verhalten sofort. „Was ist?", fragte sie besorgt.

„Hast du jemals bemerkt, dass da jemand ein Zeichen in die Stahleinfassung geritzt hat?", verlangte Melina etwas atemlos zu wissen.

„Nein." Jenna rutschte näher an sie heran und Melina wies mit dem Finger auf das winzige Symbol an einer der Krallen, die den Stein hielten. Ein in einer Ellipse eingeschlossener Pfeil mit Pfeilspitzen an beiden Enden.

„Das ist das Zeichen Malins", erklärte Melina und war viel zu aufgeregt, um sich Gedanken darüber zu machen, warum Jenna plötzlich einen etwas beklommenen Eindruck machte. „Ich habe es in den Büchern von Peter gesehen. Dort stand, dass die Zauberer, die damals die Steine in Amulette einfassten, in einem jeden von ihnen ihr spezielles Zeichen hinterließen. Malins war dieses und ich denke, dass es genau dieser Stein ist, den er damals mit in unsere Welt nahm. Ich denke, dass die kleineren Bruchstücke von ihm abgetrennt wurden."

Jennas Augen hatten sich deutlich geweitet und sie musste schwer schlucken, bevor sie wieder sprechen konnte.

„Das ist noch nicht alles", setzte sie hinzu und nun war es an Melina, sie überrascht anzusehen. „Ich kenne das Zeichen. Ich kannte es schon, bevor ich nach Falaysia geschickt wurde."

Melina runzelte verwirrt die Stirn. „Woher?"

„Als Grandma starb, war Mum doch bei ihr, oder?", fragte Jenna.

„Ja ..." Melinas Herz pochte wieder schneller. Sie gab das Amulett zurück an Jenna, konnte es nicht weiter in ihrer Hand halten.

„Sie gab damals eine Kette an sie weiter, die Mum bis zu ihrem Tod trug und niemals ablegte", offenbarte ihre Nichte ihr. „Sie sagte, sie sei ihr Glücksbringer. Und als sie selbst im Sterben lag und ich an ihrem Bett saß, da wollte sie, dass ich sie nehme und bei mir trage – für immer. Aber ich konnte nicht. Ich wollte sie nicht gehen lassen."

„Jenna." Melina ergriff ihre Unterarme und sah ihr fest in die Augen. „Was willst du mir damit sagen?"

„Der Anhänger ... er stellte exakt dasselbe Symbol dar!", stieß Jenna aus.

Nun weiteten sich auch Melinas Augen und ihr Magen machte eine unangenehme Umdrehung. „Das Symbol von Malin?"

Ihre Nichte nickte nachdrücklich. „Ich habe es auch in einer Höhle hinter dem Wasserfall in Jala-Manera gefunden. Marek hat es dort in den Stein geritzt. Ich bin mir ganz sicher, dass es sich um dasselbe Zeichen handelt."

„Wo ist die Kette jetzt?", erkundigte sich Melina aufgewühlt. Ihr kam da ein ganz irrsinniger Gedanke, den sie noch nicht richtig an sich heranlassen wollte. Nicht, solange sie das Schmuckstück nicht mit eigenen Augen gesehen hatte.

„Entweder wurde Mum damit begraben, oder Dad hat sie vorher an sich genommen", überlegte Jenna.

„Kannst du ihn fragen?"

„Natürlich."

Für ein paar Minuten versanken sie in nachdenkliches Schweigen, dann sah Jenna Melina wieder an.

„Das kann alles kein Zufall sein, oder?", wisperte sie, als hätte sie Angst, die Worte laut auszusprechen. „Dieses Amulett ...", sie hielt es vor sich in die Luft, „... es *sollte* in meine Hände geraten."

Melina starrte den Stein in seiner Mitte an, konnte beobachten, wie das Licht in ihn zurückkehrte, fühlte, wie seine Energie nach Jenna griff, und nickte. Es war schwer, das alles nicht als eine schicksalhafte Fügung anzusehen und wahrscheinlich machte es keinen Sinn, daran zu zweifeln. Sie tat es trotzdem, weil sie Angst hatte. Angst, dass diese neue Entdeckung ihre Nichte ein weiteres Mal nach Falaysia führen würde, und sie eventuell danach nicht mehr zurückkehre.

„Ich muss diese Bücher sehen, Melina", sprach Jenna die Worte aus, die sie schon gefürchtet hatte, und obwohl ihr widerstrebte ihr diesen Wunsch zu erfüllen, nickte sie.

„Das wirst du", versprach sie ihr. „Aber komm erst einmal richtig zu Hause an. Danach können wir uns immer noch darum kümmern. Die Sache hat ja keine Eile."

„Versprochen?" Jenna sah sie eindringlich an.

Melina zögerte nur minimal. „Versprochen", bestätigte sie und war sich zum ersten Mal seit langer Zeit nicht sicher, ob sie auch später noch bei dieser Zusicherung bleiben würde.

Epilog

Es war noch nicht allzu spät am Abend. Draußen auf der Straße spielten Kinder trotz der kühlen Temperatur lautstark miteinander. Ab und an fuhr ein Auto vorbei. Aus dem Haus gegenüber war das melodiöse Spiel eines Pianos zu vernehmen. In Peters Wohnung war es hingegen ruhig. Bis auf das gleichmäßige Klicken des Sekundenzeigers seiner Wanduhr war nichts zu vernehmen.

Normalerweise schaltete er den Fernseher oder zumindest das Radio ein, wenn er nach Hause kam. Es fiel ihm meist schwer, ohne ein Hintergrundgeräusch zur Ruhe zu kommen. Stille in seiner Wohnung machte ihm nur jedes Mal auf grausamste Weise klar, wie einsam er war, was er schmerzlichst vermisste, was er verloren hatte. Er war selbst daran schuld. Hatte es verdient, für die Dinge, die er getan hatte, zu leiden. Trotzdem weigerte er sich meist, diesen Schmerz zu ertragen. Jedoch nicht heute. Nicht an diesem Tag. *Seinem* Geburtstag.

Die Kiste auf seinem Schoß wog schwerer als sie war, beinhaltete sie doch die wenigen Erinnerungsstücke, die ihm von seinem Sohn geblieben waren: Alte Fotos, Babysöckchen, das erste Kuscheltier (ein kleiner Drache mit großen Knopfaugen und einer dicken Nase), eine Streichholzschachtel, die drei Milchzähne enthielt, und eine Zeichnung ihrer kleinen Familie mit völlig unförmigen Proportionen.

Peter strich sanft das vergilbte Papier glatt und gab, wie immer wenn er das Bild betrachtete, ein leises Lachen von sich, das ihm gleichwohl nicht die Last eines verlorenen Lebens vom Herzen nehmen konnte. Süßer Schmerz, das war der richtige Ausdruck für sein Empfinden, während er nun den schmalen Stapel Fotos in die Hände nahm, jedes einzelne eine ganze Weile betrachtete, bevor er es zurück in die Schachtel legte. Zu jedem Bild gehörte eine spezielle Erinnerung, die er sich jedes Jahr ins Gedächtnis rief, um sie niemals zu vergessen.

Wie ähnlich sein Sohn Anjara gesehen hatte ... Dieselben Augen, dasselbe Grübchen im Kinn, dieselben dunklen Locken. Sie hatte ausgesehen wie eine Indianerprinzessin mit ihren hohen Wangenknochen und dem dunklen Teint. Er war so vernarrt in sie gewesen, vernarrt in ihre Güte und Intelligenz, ihre Anmut und Weisheit, hatte nie begriffen, warum sie sich in *ihn* verliebt hatte. Sie hätte *jeden* Mann haben können und doch war ihre Wahl auf ihn gefallen. Gemeinsam hatten sie dieses Wunder vollbracht, dieses Kind, das nicht existieren durfte, dessen Kräfte zu stark waren, um zu überleben. Niemand hatte ihm zugetraut, sich selbst zu kontrollieren, der Versuchung, zum mächtigsten Magier aller Zeiten zu werden, zu widerstehen. Und doch war es ihm gelungen, hatte er allen bewiesen, dass Anjara in ihm weiterlebte, in seiner Brust dasselbe gute Herz schlug, das diese Frau so einzigartig gemacht hatte.

Das Bild vor Peters Augen verschwamm und er wischte sich rasch die Tränen aus den Augenwinkeln, um das Gesicht des lachenden Kindes auf dem Foto in seinen Händen zärtlich zu streicheln.

„Es tut mir so leid", flüsterte er. „Wenn du nur wüsstest, wie leid mir alles tut."

Ein Klopfen an seiner Haustür ließ ihn so heftig zusammenzucken, dass ihm die Kiste vom Schoss rutschte und polternd zu Boden ging. Ein paar Sekunden lang überlegte er, alles rasch einzuräumen, besann sich dann aber und lief zur Tür, um erst einmal durch den Spion zu gucken. Eine junge Frau stand davor – eine Frau, die er kannte.

Der Schlüssel war rasch herumgedreht und die Tür ebenso schnell geöffnet. Jenna sah besser aus als bei ihrer letzten Begegnung. In den letzten Wochen hatte sie sich sichtbar erholt, war nicht mehr so blass und müde. Sie lächelte ihn an und ihre Augen funkelten dabei lebhaft.

„Darf ich reinkommen?", fragte sie und er trat mit einem auffordernden „Bitte!" zur Seite. Den Mantel zog sie gleich im Flur aus und hängte ihn an die Garderobe, was wohl bedeutete, dass sie etwas länger bleiben wollte. Leider. Denn eigentlich war Peter noch lange nicht mit seiner stillen ‚Geburtstagsfeier' fertig. Er fühlte sich verwundbar, schwach – keine gute Grundlage, um sich mit einer jungen

Frau auseinanderzusetzen, die mittlerweile sehr eng mit seiner Familiengeschichte verbunden war.

Als sie auf das Wohnzimmer zusteuerte, eilte er ihr rasch voraus, packte die Kiste und warf seine ‚Erinnerungen' ungeordnet hinein, um sie dann etwas fahrig zu schließen.

„Habe ich dich bei etwas Wichtigem gestört?", fragte sie.

Er schüttelte knapp den Kopf, wenngleich ihm danach war, diese Annahme zu bestätigen und Jenna darum zu bitten, zu gehen

„Kann ich dir etwas anbieten?", fragte er stattdessen. „Tee? Kekse?"

„Tee wäre schön", gab sie zu seinem Bedauern zurück und ließ sich auf der Couch nieder. „Mit Milch und Zucker."

Er verschwand in der Küche und nach zehn Minuten hatte er alles zusammen, um sich zu ihr an den Wohnzimmertisch zu setzen.

„Also – was führt dich zu mir?", erkundigte er sich, während er ihr einschenkte.

„Ich … hatte das Bedürfnis, mit dir über ein paar Dinge zu sprechen, die mich sehr beschäftigen", antwortete sie mit ernster Miene.

„Dinge, die meinen Sohn betreffen?", riet er.

Sie schwieg, doch ihre Mundwinkel hoben sich ein Stück. Ihr Blick fiel auf die Kiste, die er auf den Tisch gestellt hatte.

„Er hat heute Geburtstag, nicht wahr?", fragte sie, anstatt auf seine Frage zu antworten. „Das Geburtsdatum in der Akte, die du für Melina kopiert hast, ist richtig, weil *du* es eingetragen hast."

Er nickte stumm, holte tief Atem und hob dann den Deckel von dem Karton. Jenna beugte sich vor und ihr Gesichtsausdruck wurde ganz weich, als sie eines der Kinderfotos in die Hand nahm.

„Oh mein Gott!", stieß sie in diesem Ton aus, den Frauen oft anschlugen, wenn sie etwas besonders süß fanden. „Wie alt war er da?"

„Drei Jahre", gab er schmunzelnd bekannt. Ihre Freude an den Bildern war herzerwärmend und seine Zuneigung für die Frau, die seinen Sohn auf jede erdenkliche Weise gerettet hatte, wuchs noch weiter an.

„Diese Pausbäckchen", lachte sie und betrachtete auch die anderen Fotos. „Aber seine Augen … die sind immer gleich geblieben."

Ihr Lächeln verschwand und in ihrem Gesicht war bald schon derselbe Schmerz zu finden, den auch Peter in seinem Inneren fühlte.

Jenna reichte ihm die Fotos und senkte den Blick, schien zu überlegen, wie sie das, was sie zu sagen hatte, am besten formulieren konnte. Schließlich holte sie tief Luft.

„Vor ein paar Wochen, als ich hierher zurückkam, war es die richtige Entscheidung, das allein zu tun", gestand sie. „Es gab zu viele gute Gründe, Marek nicht mitzunehmen, und ich hatte das Gefühl, dass er es tatsächlich nicht wollte, nicht konnte."

Peter runzelte die Stirn, weil ihm die Richtung dieses Gesprächs nicht gefiel, doch er sagte noch nichts dazu, wollte sie erst einmal anhören.

„Ich denke, dass dieses Gefühl falsch war", setzte sie, für ihn wenig überraschend, hinzu.

„Warum?", entkam es ihm nun doch.

„Er hat es nicht zerstört – obwohl es immer sein Ziel war", sagte sie leise und hob den Blick, sah ihm direkt in die Augen. „Cardasol – das Herz der Sonne. Es existiert immer noch."

„Woher weißt du das?", fragte Peter vorsichtig.

Ihre Lippen verzogen sich zu einem Lächeln, als sie in den Ausschnitt ihrer Bluse griff und ein antik aussehendes Amulett hervorbrachte. Eine Pranke hielt einen roten Stein in ihrer Mitte fest. Einen Stein, in dem ein Licht pulsierte, rhythmisch wie das Schlagen eines Herzens. Peter stockte der Atem. Er hatte nicht gewusst, dass sie eines der Amulette mit in diese Welt gebracht hatte.

„Er hat es nicht ausgelöscht, nicht weil er es mir versprochen hat, sondern weil er sich an eine Hoffnung klammert, die schon seit einer Weile in ihm schlummert", erklärte sie ihm und ihre Augen glänzten verdächtig.

„Die Hoffnung worauf?", wisperte Peter.

„Endlich richtig zu leben. Glücklich zu werden."

„Mit dir." Es war keine Frage. Er wusste, dass es so war. „Und wo? *Hier*? Wie soll das gehen? Es gibt immer noch Zauberer, die versuchen könnten, an seine Kräfte und seine Verbindung zu Cardasol heranzukommen, ihn auszunutzen."

„Ich kann ihn beschützen", behauptete sie kühn. „Und du kannst das auch. Du hast eine ganze Organisation, die dazu in der Lage wäre. Und er wäre mit seinen Kräften von unschätzbarem Wert für euch, hätte eine wichtige Aufgabe, die es ihm erleichtern könnte, sich an das Leben in der Moderne zu gewöhnen. Er wäre eine große Hilfe im Kampf gegen wahnsinnige Zauberer. Du hast mit Sicherheit auch schon öfter über diese Möglichkeit nachgedacht."

Er wandte den Blick von ihr ab, betrachtete seine eigenen langen Finger, die langsam über den geriffelten Rand eines der alten Fotos glitten. „Glaubst du wirklich, dass er das will, dass es sein Wunsch ist, für uns zu arbeiten, hierher zu kommen, in eine Welt, die ihn gejagt und vertrieben hat, als er noch ein Kind war?"

Jenna hob die Schultern. Ihr Blick war ruhig und gefasst, ihre Körperhaltung entspannt. „Er sollte zumindest die Möglichkeit haben, zu hören, was wir ihm bieten können, und sich dann selbst zu entscheiden, oder?"

Natürlich war sie ruhig – mit einem solchen Argument in der Tasche. Was sollte er dazu sagen? Wie sollte er ihr widerstehen, wenn ihn doch sein schlechtes Gewissen so sehr plagte und das Bedürfnis, seinen Sohn wiederzusehen, in den letzten Wochen beinahe unerträglich geworden war? Vor allem heute, an diesem besonderen Tag. Sie hatte ihren Besuch wahrhaft gut geplant.

„Was willst du von mir, Jenna?", fragte er mit einem Seufzen. „Was soll ich für dich tun?"

Sie beugte sich ein Stück zu ihm vor, legte eine Hand auf die seinen und drückte sie sanft. „Hilf mir, für Marek einen Platz in dieser Welt zu schaffen!"

„Und dann?"

„Dann öffnen wir gemeinsam das Tor nach Falaysia und sehen, was passiert."

Ende

Liebe Leser,

ich vermute, dass das Ende dieser Reihe einige von euch sehr überrascht hat und möchte gern eine kleine Erklärung dazu abgeben.

Als ich vor langer Zeit den Einfall für diese Geschichte hatte und sie Stück für Stück in meinem Kopf entstand, war mir nach kurzer Zeit klar, dass Jennas erste Reise nach Falaysia nicht ihre letzte sein würde. Der wilde Krieger Marek passte nicht so richtig in unsere moderne Gesellschaft und ich konnte es Jenna auch nicht antun, für immer in einer mittelalterlichen Welt gefangen zu sein. Zudem wurde die Geschichte so umfangreich, dass mir schnell klar war, dass ich am Ende von Jennas Reise noch nicht alles erzählt haben würde.

Aus diesem Grund entwickelte sich in meinem Kopf mit der ersten Geschichte auch gleich eine zweite. Damals dachte ich aber auch, dass die erste Reihe nur ein Dreiteiler werden würde. Weit gefehlt. ☺

Um es kurz zu machen: Für die, die bereits genug von Marek, Jenna und Leon haben, denke ich, ist das Ende annehmbar und eher in der Nähe eines Happy Ends anzusiedeln, auch wenn Marek nicht mit Jenna mitgegangen ist. Es steht euch selbstverständlich frei, eure Fantasy spielen zu lassen und euch selbst auszudenken, wie und ob die beiden wieder zueinander finden werden.

Für alle anderen habe ich die erfreuliche Nachricht, dass Jennas, Mareks und Leons Geschichte noch nicht zu Ende erzählt ist und es auf jeden Fall ein Sequel geben wird. Wie viele Bände die nachfolgende Reihe am Ende haben wird, kann ich nicht im Vorfeld ankündigen – aber es werden wahrscheinlich mindestens drei werden.

Der Plan ist, Ende des Jahres mit dem Schreiben zu beginnen, da ich erst einmal ein paar andere Buchprojekte angehen wollte, und den ersten Band möglichst noch im ersten Quartal des nächsten Jahres zu veröffentlichen.

Jenna, Marek, Leon, ich und die anderen würden sich freuen, euch dann wieder mit nach Falaysia zu nehmen. Bis dahin hoffe ich, euch vielleicht auch mit meinen anderen Projekten begeistern und schöne Lesestunden bereiten zu können.

Alles Liebe wünscht euch,

eure Ina Linger

Aktuelle Informationen über die Autorin und ihre Bücher sind über

http://www.inalinger.de

und

https://www.facebook.com/pages/Ina-Linger/129772957077351

verfügbar.

Printed in Poland
by Amazon Fulfillment
Poland Sp. z o.o., Wrocław